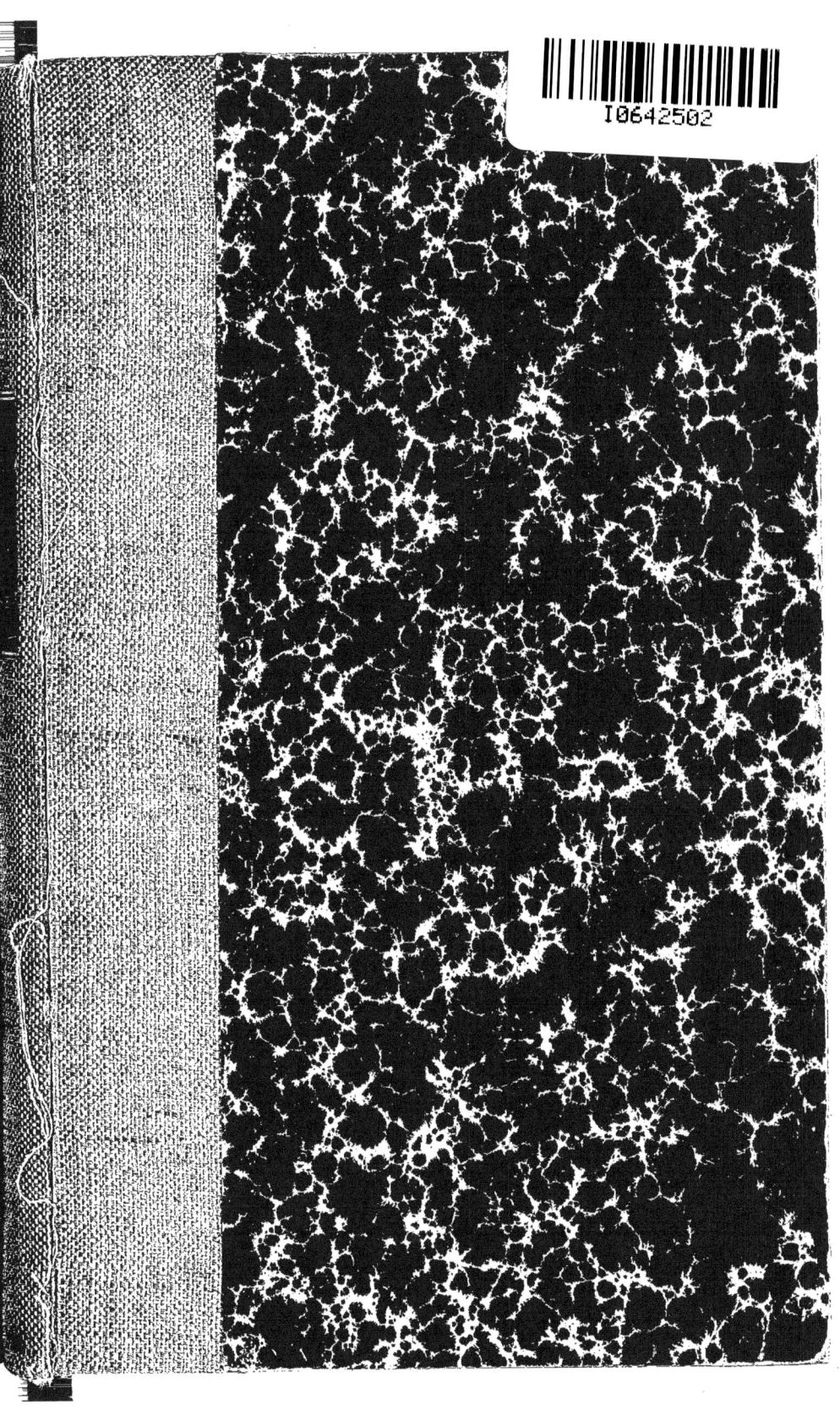

ŒUVRES COMPLÈTES DE JEAN-BAPTISTE AUBRY

DOCTEUR EN THÉOLOGIE

PUBLIÉES PAR SON FRÈRE, PRÊTRE DU DIOCÈSE DE BEAUVAIS

Conserver la Couverture

TOME VIII

COURS

1324

D'HISTOIRE ECCLÉSIASTIQUE

ET

THÉOLOGIE DE L'HISTOIRE DE L'ÉGLISE

II

PARIS

DESCLÉE, DE BROUWER & Cie | VICTOR RETAUX, Libr.-Éditeur
30, RUE SAINT-SULPICE, 30 | 82, RUE BONAPARTE, 82

1899

ŒUVRES COMPLÈTES DE JEAN-BAPTISTE AUBRY

COURS

D'HISTOIRE ECCLÉSIASTIQUE

ET

THÉOLOGIE DE L'HISTOIRE DE L'ÉGLISE

ŒUVRES COMPLÈTES DE JEAN-BAPTISTE AUBRY

DOCTEUR EN THÉOLOGIE

PUBLIÉES PAR SON FRÈRE, PRÊTRE DU DIOCÈSE DE BEAUVAIS

TOME VIII

COURS

D'HISTOIRE ECCLÉSIASTIQUE

ET

THÉOLOGIE DE L'HISTOIRE DE L'ÉGLISE

II

PARIS

DESCLÉE, DE BROUWER & Cie | VICTOR RETAUX, Libr.-Éditeur
30, RUE SAINT-SULPICE, 30 | 82, RUE BONAPARTE, 82

1899

DES MÊMES AUTEURS

J.-B. Aubry, Missionnaire, Théologien, 1 v. in 12   3 fr. 50

Les Chinois chez eux, 1 vol. in-8, illustré . . . 4 fr. 00

La Méthode des Études sacrées en France,
  1 vol. in-8 . . . . 4 fr. 00

Les Grands-Séminaires, 1 vol. grand in-8, 700 p. 8 fr. 00

Mélanges philosophiques, 1 vol. in-8. . . . . 6 fr 00

Théorie catholique des Sciences, 1 vol. in-8 . . 6 fr. 00

Le Christianisme, la Foi, les Missions, 1 v. in-8. 6 fr. 00

L'Église, le Pape, le Surnaturel, 1 vol. in-8. . 6 fr. 00

Méditations sacerdotales, 1 vol. in-8 . . . . 6 fr. 00

Études sur l'Écriture sainte, 1 vol. in-8, 768 p. 7 fr. 50

Le Radicalisme du Sacrifice, 2ᵉ ÉDITION, 1 vol.
  in-32 . . . . 0 fr. 30

QUATRIÈME ÉPOQUE

DEPUIS LA PREMIÈRE CROISADE
JUSQU'AU PROTESTANTISME
1095 A 1517

LA RENAISSANCE CHRÉTIENNE

CHAPITRE PREMIER

Situation générale de l'Église après le pontificat
de S. Grégoire VII
et caractère particulier de l'époque où nous entrons

Nous retrouvons ici l'Église telle que nous la laisse S. Grégoire VII, et nous conduisons son histoire jusqu'au seuil du protestantisme, c'est-à-dire jusqu'à la Réforme de Luther. A cette période, nous donnons le titre de *Renaissance chrétienne*, parce qu'elle a été pour l'Église une époque de gloire et de prospérité, une époque où sa puissante fécondité s'est montrée de la manière la plus éclatante.

I

SITUATION ACQUISE A L'ÉGLISE PAR LE PASSÉ.

L'Église, à la mort de S. Grégoire VII, est, tout à la fois, bien différente de ce qu'elle était avant Charlemagne, et bien la même en toutes choses ; c'est-à-dire que rien n'a changé chez elle, *dans l'ordre des principes : doctrine, constitution, hiérarchie, fécondité, moyens d'action, apostolat, sacrements,* tout cela est identique, parce que tout cela vient de Jésus-Christ et ne peut changer. Mais, tout a changé dans sa position extérieure, c'est-à-dire que, si les principes sont les mêmes, *leur application* est toute différente : *extension, puissance, état de l'enseignement, fruits de sainteté.*

Du reste, sur toute la ligne elle est en progrès, et nous voici arrivé à la période non la plus glorieuse, — car toutes le sont, et on ne voit pas comment toutes ne le seraient pas également, — mais la plus prospère de sa puissance, celle où le principe chrétien est appliqué à l'ordre social dans sa rigueur avec le plus de fidélité, et où le développement doctrinal est le plus beau.

I. *Modification apportée à l'extension du règne de l'Église par la chute de l'Empire d'Orient et la propagation de la foi.*

L'Eglise est *catholique*, d'abord *en principe*, en ce sens qu'elle est destinée à tous, qu'elle doit porter l'Evangile partout, et qu'elle est obligatoire pour tous ; même *en fait*, il faut qu'elle le soit, en ce sens qu'elle ne peut manquer à sa mission, et que, par conséquent, il faut que sa prédication aboutisse toujours à lui faire occuper dans le monde une grande place, la plus grande place, et à étendre son règne sur la plus grande partie des nations. La catholicité numérique ne lui est pas essentielle, bien moins encore la catholicité absolue ; mais la *catholicité morale relative* lui est nécessaire, et ne lui a jamais manqué. L'Eglise peut donc cesser de régner sur un peuple, même considérable, sans perdre sa catholicité ; et c'est une attention providentielle qu'elle ne perd jamais une nation, sans en conquérir une autre ou plusieurs autres. C'est ce qui est remarquable dans l'époque où nous entrons.

1º L'*Orient se sépare de l'Eglise*, au IXe siècle, par le schisme de Photius, que consomme Michel Cérulaire au XIe siècle. C'est donc une branche considérable et précieuse qui se détache. La catholicité de l'Église en serait-elle perdue, même quand cette défection ne serait pas compensée ? Nullement, car la branche reste moins grande que l'arbre, ne forme pas un tout, et enfin ne conserve même pas de vie ; tandis que l'Eglise continue son chemin, et n'en conserve pas moins de vigueur. Là où est Pierre, là est l'Eglise ; là où sont la tête et le cœur, là est la vie ; là où est le tronc, là sont les fruits. L'Orient est, au contraire, condamné à l'immobilité. ·

2º La *propagation de la foi* dans le Nord-Est de l'Europe remplace cette branche par une plus grande et plus féconde. Et, en effet, cette propagation commence à la fin du VIIIe siècle, sous Charlemagne, juste avant le schisme ; sans doute parce que Dieu, prévoyant la chute de l'Orient, préparait d'autres nations, sur lesquelles il pourrait reverser les grâces qu'il allait enlever aux autres, et qui pussent leur être substituées dans le plan du catholicisme. C'est peut-être une nouvelle raison du retard apporté à la propagation de la foi dans le Nord ; Dieu le tenait en réserve.

L'Histoire de l'Eglise se déplace donc un peu ; on ne s'occupera plus de l'Orient que comme d'un pays étranger à l'Eglise ; elle ne sera plus responsable de ce qui s'y passera ; nous n'aurons plus à étudier, parmi les faits de l'histoire des peuples de l'Orient, que les persécutions qu'ils feront endurer à l'Eglise, et les essais de conversion et de réunion qu'elle tentera auprès de ces peuples.

Au contraire, de nouvelles nations sont entrées dans l'Histoire, pleines de jeunesse, de vie et d'énergie ; l'Eglise trouvera chez elles toutes sortes de bons éléments à utiliser ; et déjà nous l'avons vue produire, parmi ces nations, des fruits bien remarquables de sainteté.

II. *Accroissement de la puissance de l'Eglise.*

Il en est de même de la puissance de l'Eglise : la puissance qu'elle a aujourd'hui est celle que lui a donnée Jésus-Christ, et celle-ci ne peut pas s'augmenter. Ce que pourrait y ajouter le droit humain n'est pas, relativement à ce que lui donne le droit divin, plus que n'est une goutte d'eau ajoutée à l'Océan. Mais Jésus-Christ a donné à l'Eglise la puissance *in actu primo ;* c'est à l'Eglise d'appliquer cette puissance *in actu secundo,* la puissance radicale ne s'accroît pas, l'application change.

Je n'ai pas ici à refaire l'exposé de la théorie des rapports entre l'Église et l'État ; j'ai à constater son résultat. Or, son résultat, c'est qu'on a donné à l'Église la place qui lui convient, la première, le trône ; elle règne par la législation, par les rois, par l'esprit chrétien qui préside à l'éducation du peuple. Et voici les conséquences de cette théorie dans le détail :

1° *L'indépendance de l'Église dans sa hiérarchie* qui, dans l'ordre spirituel, ne peut être asservie à aucune autre puissance. C'est la querelle des Investitures qui est l'occasion de cette manifestation. Cette guerre des Investitures est comme une hérésie pratique qui consisterait à attribuer aux princes temporels l'autorité d'élire les membres de la hiérarchie et de leur donner la juridiction. Nous avons vu l'Église, sous Grégoire VII, revendiquer, au nom de l'Évangile, *l'autorité exclusive* dans cet ordre de choses. Cette indépendance s'affirme aussi par l'accroissement, l'exaltation et les privilèges du clergé, par la diffusion de l'état monastique, la création des cardinaux, l'attribution au clergé d'une puissance même séculière.

2° *La subordination de la fin temporelle à la fin spirituelle.* Les faits de cette période nous ont prouvé non seulement que l'Église ne dépend pas des princes, mais que ceux-ci dépendent d'elle ; que non seulement ils ne la gouvernent pas, mais qu'ils lui obéissent dans l'ordre spirituel. Ce principe nous apparaissait déjà avant Charlemagne, mais dans des faits moins suivis, et d'une manière moins éclatante ; tandis qu'aujourd'hui c'est le grand fait de l'époque dont nous sortons.

3° *La primauté du pape* était évidente, d'après la simple théologie ; de plus, elle était déjà en vigueur sur toute la ligne ; mais elle s'affirme ici sur toute la ligne aussi, avec bien plus d'évidence et aux applaudissements du monde catholique, qui aurait dû réclamer, si elle eût été le fruit d'une usurpation. Voici les points principaux sur lesquels la primauté du pape s'affirme surtout :

1) *Comme chef de toute l'Église.* — La manifestation de cette qualité du pape a été si éclatante à cette époque, que Fébronius attribue à la période qui précède S. Grégoire VII l'origine de cette suprématie du pape, dont la première cause serait l'apparition des Fausses Décrétales. Rien n'est, je ne dis pas plus faux, mais plus évidemment absurde. Il

est prouvé que le recueil est du IXe siècle ; or, bien avant ce temps, la puissance du pape nous apparaît en exercice ; et puis, au IXe siècle et aux suivants, quand elle s'exerce, elle s'exerce au nom de l'Évangile, et tout le monde catholique la reconnaît, même ceux qu'elle frappe. Les faits principaux où nous l'avons vue s'exercer sont : le schisme de Photius, où il s'agit précisément de cette question ; la querelle des Investitures, dont je viens de parler, mais où nous voyons aussi l'épiscopat se soumettre au pape. Et toute cette grande observation, vraie pour toutes les époques, l'est plus encore pour celle-ci : pour attaquer l'Église, c'est au pape qu'on s'en prend ; et si l'Église se défend, c'est le pape qui soutient tout le poids de la lutte.

2) *Comme juge des controverses et définiteur infaillible de la foi.* — Je parle de cette question ici pour que cette énumération des prérogatives du pape ne soit pas incomplète ; mais, d'ailleurs, il y a aussi, dans cette époque, plusieurs circonstances où cette autorité suprême du pape en matière de foi, s'affirme visiblement : ainsi, dans les questions doctrinales mêlées à la querelle de Photius, on recourt au pape, pour trancher la question du *Filioque ;* ainsi encore, dans la lutte contre les hérésies du temps, qui sont peu nombreuses, mais assez pour donner une preuve de la foi du moyen âge à l'infaillibilité du pape.

3) *Comme réformateur des mœurs et gardien de la discipline.* — Il est avéré que les mœurs s'étaient généralement relâchées, depuis Charlemagne, parmi le clergé ; et que les vices du temps étaient l'incontinence et la simonie. Nous avons vu comment les papes qui ont précédé Grégoire VII, et Grégoire VII surtout, ont travaillé à la réformation des mœurs et de la discipline, en corrigeant ces deux vices ; tout n'est pas achevé là, et S. Bernard travaillera dans le même sens.

4) *Comme centre de la propagation de la foi.* — Toutes les conversions qui se sont opérées, sont faites par l'autorité du pape qui a donné les missions ; et jamais une église

n'a été formée, sans être, *ipso facto*, unie au pape comme à son centre et à son premier évangélisateur.

III. *État de la doctrine chrétienne.*

1° *Les hérésies et la controverse.* — Nous avons déjà vu plusieurs fois que, pour connaître l'état de la doctrine chrétienne à une époque, il suffisait de savoir sur quels points, à quels points de vue, et dans quel sens elle était attaquée ; car elle était défendue sur ces mêmes points, et aux mêmes points de vue et dans le même sens. Nous avons vu aussi, d'une manière frappante, dans la suite des hérésies sur l'Incarnation, comment l'Enfer suit, dans ses attaques, un ordre logique, régulier et théologique, par la permission de Dieu. L'histoire de l'époque qui vient de finir ne déroge pas à cette remarque générale.

1) *Restes d'hérésies sur l'Incarnation.* — Au moment même où avait commencé l'époque précédente, les restes des controverses grecques sur l'Incarnation, tâchaient de rependre vie en Occident sous une forme nouvelle, *l'Adoptianisme*, professé par Élipand, archevêque de Tolède, et Félix, évêque d'Urgel. Ils vivaient, en Espagne, au temps de Charlemagne, et enseignaient non pas directement le Nestorianisme, mais quelque chose d'approchant, savoir : pour faire agréer aux mahométans la doctrine chrétienne, ils disaient : « Le Christ est le vrai Fils de Dieu selon sa nature divine, mais il n'est que Fils adoptif de Dieu selon la nature humaine. Il est Dieu substantiellement selon sa nature éternelle ; c'est uniquement par métonymie et improprement qu'on peut dire qu'il est Dieu selon sa nature temporaire et humaine, comme on dit des hommes eux-mêmes, dans un sens, qu'ils sont fils de Dieu. » — Ils furent combattus par Paulin d'Aquilée, Théodulphe d'Orléans, Leidrade, Agobard, Benoît d'Aniane, et surtout Alcuin ; puis, par des conciles réunis par Charlemagne ; enfin, condamnés par les papes et par toute l'Église. — Ainsi, la dernière main fut mise, grâce aux hérétiques eux-mêmes, au traité de l'Incarnation.

2) *Controverse de Gotescalc sur la prédestination.* — Cette

controverse se rattache à toutes les précédentes sur l'Incarnation, en ce que la volonté salvifique et la prédestination est la conséquence de l'Incarnation ; et à la controverse des Pélagiens sur la grâce, en ce que la prédestination est le couronnement au ciel de la grâce donnée sur la terre. S. Augustin, contre les Pélagiens, avait enseigné que la grâce est nécessaire pour être sauvé, et que le ciel n'est donné qu'à ceux que Dieu y prédestine ; il n'avait pas dit que certaines âmes fussent exclues de cette prédestination par une damnation antécédente à leurs mérites ; Gotescalc, exagérant quelques expressions de S. Augustin, le dit. Il fut combattu par Raban-Maur, Hincmar de Reims, Scot Érigène, etc., et condamné dans plusieurs conciles particuliers dont la doctrine a été confirmée par le pape et par l'Église universelle.

La question de la grâce venait donc de faire un nouveau pas, et le *traité de la grâce* pouvait attendre le protestantisme et le jansénisme ; l'Église désormais avait, dans les controverses du Pélagianisme et de l'Adoptianisme, des arsenaux qui lui suffisaient pour trancher toutes les questions relatives à ce dogme.

3) *Controverses sur l'Eucharistie.* — Mais la grâce, qui nous est procurée par l'*Incarnation et la Rédemption*, ne nous est pas donnée sans condition, et ne nous vient pas sans un rite extérieur et surnaturel. La question des sacrements avait été agitée sans doute, mais incidemment. Le temps était venu où, après avoir nié l'Incarnation et sa conséquence la grâce, l'hérésie niait aussi le moyen par lequel nous vient la grâce. C'est ce qu'elle va faire ; et, pour cela, elle s'adresse au plus grand de tous les sacrements, à celui qui résume les autres, sûre que ce qu'elle dira de lui, s'adressera aux autres. L'Eucharistie fut donc attaquée dans l'époque d'où nous sortons, et c'est sur ce point que la théologie eut le plus de progrès à faire.

Il y eut deux controverses, l'une au IXᵉ, l'autre au XIᵉ siècle.

La *première controverse sur l'Eucharistie* au IXᵉ siècle,

s'ouvre avec Paschase Radbert, bénédictin de Corbie. Celui-ci, pour établir la présence réelle, dit que Jésus-Christ est vraiment présent sous les espèces, et que son corps, tel qu'il est dans l'Eucharistie, est *absolument identique* à celui qui est né de Marie et qui a souffert ; en quoi il fut accusé d'exagérer cette identité, et de la pousser jusqu'au mode d'existence que ce corps a eu sur terre et qu'il a dans l'Eucharistie. Voici la déclaration qu'il occasionna de la part des docteurs catholiques, et qui est restée l'expression de la vérité : « Le corps de Jésus-Christ, renfermé dans l'Eucharistie, est un, selon sa nature — *naturaliter* — avec le corps formé dans le sein de Marie, mais différent quant à la forme apparente ou au mode d'existence — *specialiter modus existendi* — en ce sens que, dans l'Eucharistie, le corps du Christ est spiritualisé, et possède des propriétés qu'il n'avait pas sur terre. — La querelle s'étendit et se clarifia ; les uns, comme Raban-Maur, expliquant catholiquement les données peu claires de Radbert ; les autres, comme Scot Érigène, les expliquant dans un sens allégorique, et ne voyant plus dans l'Eucharistie qu'un pieux symbole ; d'autres encore, comme Amaury, prêtre de Metz, exagérant encore l'identité déjà exagérée par Radbert, et aboutissant à cette conclusion que l'Eucharistie, comme nourriture du corps, est soumise aux lois de la digestion, opinion indigne qui fut flétrie du nom de stercorianisme. Ces deux opinions sont hérétiques ; mais la controverse n'eut pas de solution immédiate, accentuée, avant Bérenger.

La *seconde controverse sur l'Eucharistie* date de Bérenger, archidiacre d'Angers, au XIe siècle. Bérenger embrassa l'opinion de Scot Érigène qui ne voyait dans l'Eucharistie qu'un symbole ; il nia nettement la transsubstantiation, et dit que dans l'Eucharistie, comme dans tout autre sacrement, l'élément terrestre, sanctifié par la présence spirituelle de Jésus-Christ, devient porteur d'une vertu plus haute. L'enseignement de Bérenger était accentué et assez subversif sur un point important de la doctrine chrétienne, pour motiver les condamnations de l'Église. En effet, un très-grand nombre de bénédictins et d'autres théologiens écrivirent contre lui pour le réfuter. Huit conciles particuliers furent réunis contre lui, avant et sous S. Grégoire VII ; et leurs déclarations restent comme l'expression de la doctrine de l'Église. Enfin, Bérenger se rétracta. Les écrits des Conciles et des Docteurs du temps, surtout des Bénédictins, sont restés des monuments bien remarquables de la croyance à l'Eucharistie et de l'espèce d'efficacité des sacrements en général ; ils pourront plus tard servir contre les protestants.

4) *Hérésies sur la morale.* — Les principaux points du dogme ayant été attaqués et définis, les hérésies morales arrivent à leur tour, et nous verrons comment celles des Albigeois et des Vaudois tendront aussi au même but, la perversion morale, tout en revenant sur celles d'entre les questions dogmatiques précédemment agitées qui se rapportent plus directement à la morale.

La première est l'*hérésie des Nicolaïtes*, ancienne hérésie qui apparaît de nouveau au XIe siècle, alors que le clergé s'étant corrompu, une partie de ses membres se mit à prêcher contre le célibat comme mauvais. C'est contre cette hérésie pratique que lutte S. Pierre Damien, surtout dans sa mission à Milan : « Le vice, dit-il, devient une hérésie, quand on le soutient par un dogme pervers. » Cette erreur, sinon sous la forme d'hérésie, au moins sous la forme de vice, fut alors assez répandue.

Un peu plus tard, l'*hérésie des Incestueux*, c'est-à-dire de ceux qui, pour favoriser les mariages au degré de consanguinité défendu par les lois canoniques, se refusaient à compter les degrés d'après les règles de l'Église, mais conservaient la coutume des lois romaines qui ne mettaient les frères et sœurs qu'au second rang. Cette erreur fut combattue par S. Pierre Damien encore, et condamnée par un concile de Rome, sous Alexandre II.

2° *Les progrès de la science théologique.* — Charlemagne avait fondé des écoles ; c'était organiser la science. Et, en effet, c'est à lui que commence le grand travail de la restauration des sciences théologiques ou du remaniement de la doctrine chrétienne, que l'on commence à organiser et à coordonner de manière à en faire *une science*. La fondation des écoles était, à ce point de vue, une grande initiative, et Alcuin, le premier chef de ces écoles, peut être regardé comme le père de la scolastique. De nombreuses écoles publiques furent fondées en France, en Allemagne, et une multitude de savants sortit de ces écoles, indépendamment même de l'impulsion donnée par les hérésies.

L'Empire frank devint, grâce à cette institution, un centre de lumière qui envoya de tous côtés des germes de restauration. Ainsi, au IXe siècle, des savants de France vont fonder ou réformer l'Université d'Oxford ; Raban-Maur est le créateur des institutions scolastiques de l'Allemagne qui ont toujours conservé tant de vie. En France, les savants abondaient à cette époque ; et leurs ouvrages sont les livres d'études qu'ils faisaient eux-mêmes pour leurs élèves, ou le fruit d'études collectives. Voici quelques noms à la hâte : D'abord, la pléiade des savants du temps de Charlemagne : Pierre Pisan, Paulin d'Aquilée, Paul Diacre, Alcuin, Théodulphe d'Orléans, Agobard de Lyon, Claude de Turin, Raban-Maur, Strabon, Hincmar de Reims, Paschase Radbert, Anastase le Bibliothécaire, Scot Érigène, Gotescalc. — Tout cela est pour montrer que la science vivait, et qu'elle vivait dans l'Église et par l'Église ; je ne prétends pas d'ailleurs qu'elle y était à son apogée, ni même qu'elle y fût florissante. Blanc montre que la raison sommeillait au moyen-âge, et que les travaux de ce temps signalent l'absence du génie, et furent inspirés par la force des choses et pour répondre aux besoins de l'époque.

IV. *Réformation des mœurs cléricales.*

Les accusations portées contre le clergé du moyen-âge sont très exagérées ; cependant, le clergé et les moines ne furent pas sans reproches. Mais le premier reproche revient aux princes, qui s'étaient adjugé le *droit d'Investitures*, et qui, par là, furent cause d'une grande partie du mal. En effet, nous voyons l'incontinence et la simonie marcher de pair avec ce droit des Investitures ; elles naissent avec lui et meurent avec lui. Pour s'assurer de ce triste état de choses dans le clergé, et constater qu'il y avait même de la faute des papes, il suffit de lire le I⁰ˢ livre du *Traité de la Considération* de S. Bernard.

Mais, à l'époque où nous arrivons, déjà le remède est porté, et il a commencé à produire ses fruits. Les prédécesseurs de S. Grégoire VII ont combattu l'incontinence et la simonie avec vigueur, et nous avons vu S. Pierre Damien, leur conseiller, leur instrument et leur ambassadeur, tonner contre les mœurs du temps, envoyé à Milan, en France, en Allemagne, dans ce but. En même temps que lui et après lui, Hildebrand fait la même chose, sous plusieurs papes qu'il a fait élire, et qui lancent des décrets dans ce sens ; enfin, lui-même devient le pape Grégoire VII, et toute sa vie se résume en une lutte contre ces deux vices dont il attaque d'abord la racine, les *Investitures*. A sa mort, la réforme n'était pas achevée ; mais nous la verrons se continuer.

En attendant, trois choses nous suffisent : 1° le mal n'est pas venu de l'Eglise ; 2° l'Eglise n'a jamais été sans le combattre ; 3° l'Eglise, même aux époques du plus grand mal, n'a jamais été sans résultat, dans la correction du mal et la production des saints. C'est dans ce travail que nous la retrouvons aujourd'hui, et que nous abordons l'histoire de la renaissance chrétienne.

II

CARACTÈRE PARTICULIER DE L'ÉPOQUE OU NOUS ENTRONS

Ici, nous changeons complètement de terrain. L'époque d'où nous sortons a été accusée d'ignorance ; celle où nous entrons ne pouvant recevoir le même reproche, on lui fait celui de superstition, et cela parce que l'Eglise entre ici dans la plus haute période de puissance qu'elle ait jamais eue, et que tout va de front chez elle à son apogée. Aussi, dans une question préparatoire, faudrait-il tout examiner pour être complet. Nous choisirons seulement quelques points principaux.

I. *Continuation et nouvel aspect des attaques dirigées contre l'Église.*

La forme qu'avait revêtue la persécution, à l'époque précédente, c'était la guerre à la primauté du pape, et la violation des droits de l'Église à la liberté des élections. La même guerre va continuer et prendre une nouvelle forme.

1º *Nouveaux attentats du pouvoir temporel aux droits et à la liberté de l'Église.* — Les rois avaient accordé spontanément à l'Église l'exercice des droits qu'elle possède par l'institution de Jésus-Christ ; nous l'avons vue revendiquer ces droits, et nous avons vu ces princes reconnaître qu'ils lui appartiennent. Pourtant, cette concession était dure à faire ; aussi voyons-nous, à chaque instant, l'ambition séculière revenir sur ses propres aveux. Au moment même où nous en sommes, cette lutte du pape qui possède et qui veut garder, contre le prince qui ne possède plus mais qui veut reprendre, cette lutte est très ardente ; elle va continuer sur toute la ligne, en Allemagne surtout, mais aussi en Angleterre et en France.

Du reste, comme le droit de l'Église est désormais bien établi et bien connu, il n'est plus besoin que la Providence envoie de grands princes initiateurs et créateurs à ce point de vue ; l'Église peut marcher seule dans la défense de ses droits, et si Dieu a toujours soin de placer un grand règne catholique là où il y a de grandes œuvres chrétiennes à fonder et le droit de l'Église à affermir, il n'est pas prodigue de ces règnes, il l'est plutôt d'épreuves, sachant bien que les épreuves sont pour l'Église une occasion de s'affirmer et de se fortifier. La lutte sur ce point n'est pas nouvelle ; elle ne fait que continuer.

Ainsi, *en Allemagne*, Henri V continue la guerre des

Investitures, sur laquelle nous ne reviendrons pas. Frédéric Barberousse vise à la domination universelle, au détriment du Saint-Siège par qui il veut faire sanctionner son projet. Louis de Bavière veut soustraire l'empire d'Allemagne à la domination du pape. — *En Angleterre*, Henri II lutte dans le même sens contre S. Thomas Becket. — *En France*, Philippe-Auguste et Philppe-le-Bel agissent toujours dans le même esprit.

2° *Tentative de substitution de l'esprit national à l'esprit catholique.* — L'esprit *catholique* est un esprit d'universalité, il fait abstraction des nationalités ; il n'y a, devant l'Église, ni Juifs, ni Gentils. Cet esprit prime le patriotisme même ; et, quelque glorieuse que soit une nation, elle ne peut prétendre à empiéter sur les droits de l'Église universelle, et à faire exception. Cet esprit *national*, opposé au catholicisme, est bien plus ancien que le XIIe siècle ; mais c'est dans l'époque où nous entrons qu'il apparaît plus visiblement, qu'il se constitue en un système ayant ses défenseurs dans le clergé, ses conciles, et sa théorie doctrinale formulée.

En Angleterre, Henri II couvre ses attentats aux droits de l'Église du nom de « coutumes d'Angleterre. » En Allemagne, Henri V, Barberousse, Louis de Bavière et les autres, veulent soustraire leur empire et même l'Église allemande au Saint-Siège. En France, le gallicanisme veut prendre une place dans la Pragmatique Sanction de S. Louis où l'on parle de *libertés de l'Église gallicane ;* mais c'est seulement à Philippe-le-Bel qu'il faut le rapporter ; ce prince interdit les communications du clergé avec le Saint-Siège et les appels au pape.

Plusieurs Bulles sont lancées, nous aurons à en parler dans la question du gallicanisme. Boniface VIII et Clément V sont les papes qui ont le plus lutté et souffert pour maintenir cet esprit catholique. Le schisme d'Occident ne contribua pas peu à répandre le gallicanisme. Des conciles non œcuméniques furent convoqués par les gallicans et s'attaquèrent à l'autorité du Pontife romain.

II. *Nouvelle application du principe de l'union des deux pouvoirs dans les guerres de religion.*

Nous avons vu ce principe reconnu sous toutes les formes et appliqué de toutes les manières. A chaque pas, dans l'Histoire, nous rencontrons cette déclaration dans la bouche des papes, et cet aveu dans celle des rois : il faut que les deux glaives soient unis, le glaive matériel au service du glaive spirituel. Déjà ce principe a été mis en pratique pour la défense de la suprématie du Saint-Siège. Les ennemis de l'Église crient au meurtre et à l'infamie, à la vue de ces guerres ; leurs cris ne peuvent que redoubler à la vue des guerres que nous allons étudier. Ils comprennent qu'une guerre s'élève entre deux peuples, pour venger les injures personnelles d'un prince et pour la défense du point d'honneur ou de l'intérêt le plus médiocre ; ils ne comprennent point qu'on défende par les armes la religion.

Je comprends, sous le nom de *guerres de religion*, les croisades et les guerres contre les Albigeois et les Vaudois, quoique ce nom soit ordinairement donné à ces dernières seulement.

1º *C'est l'existence de l'Église qui est défendue dans les croisades.* — Il faut s'en tenir à ce principe. La religion fut toujours le premier motif des croisades, bien qu'un motif public y intervînt aussi ; et ce fait est la plus haute expression de l'union des deux pouvoirs.

Voici les trois principales causes des croisades : 1) la nécessité d'arrêter les invasions musulmanes qui menaçaient l'Europe entière de la servitude et de la barbarie ; 2) les besoins et les maux des chrétiens d'Orient, dont les biens, la vie et la foi étaient menacés ; 3) le danger de l'empire grec.

Voici maintenant leurs résultats : 1) Elles sauvèrent la foi et la liberté de l'Europe ; 2) elles mirent fin au servage en Europe ; 3) elles firent cesser les guerres continuelles que les seigneurs se faisaient entre eux, en France, en Angleterre, en Allemagne, en Italie ; 4) elles contribuèrent au développement des sciences en Occident ; 5) elles y étendirent le commerce ; 6) elles introduisirent plusieurs productions utiles ; 7) les arts en reçurent un grand accroissement. Je sais bien que pas une, considérée en particulier, ne réussit, c'est-à-dire n'obtint le résultat immédiat auquel on tendait directement ; mais toutes réussirent, si on les considère dans leur ensemble.

2° *C'est la pureté de doctrine de l'Église qui est défendue contre les Albigeois.* — Nous avons ici la même application du même principe sur un autre point. C'est, avant tout, le principe religieux qui inspire la guerre contre les Albigeois, et le motif politique ou d'ordre social n'est que secondaire. C'est ce qui est évident, à considérer la conduite de l'Église, celle du peuple chrétien, les déclarations du pape et des évêques, etc. Aussi, l'historien Darras me semble-t-il inconséquent avec lui-même ou avec l'Histoire quand, pour expliquer la conduite de l'Église, il en appelle aux motifs politiques. Ou il faut, selon moi, condamner l'Église, ou il faut dire que le motif religieux a inspiré cette guerre, et que cela était bien.

L'hérésie des Albigeois, nous le verrons, était aussi antisociale qu'antireligieuse ; on pouvait donc la combattre par les armes, au nom de l'ordre social, et les ennemis n'auraient eu rien à dire ; mais on pouvait aussi le faire au nom de la religion, et on le fit, en vertu de ce principe : il vaut mieux mourir que perdre la foi, ou bien : on doit défendre la foi chrétienne par tous les moyens qui ne sont pas mauvais en soi ; ici encore, n'était-ce pas leur plus grand intérêt que les peuples défendaient ?

On objecte les excès qui se commirent dans cette lutte. Mais 1) ils sont le fait des hommes chargés de l'exécution ; l'Église ne répond que de l'entreprise, de son initiative et de son principe ; 2) ils étaient plus grands encore dans le parti des hérétiques.

III. *Grand mouvement intellectuel inspiré par l'Église.*

Cette époque est d'une richesse intellectuelle incomparable. On a pu l'accuser de superstition, surtout faire à la scolastique les reproches de mesquinerie, de recherches minutieuses. Mais l'époque dans laquelle nous entrons n'en reste pas moins l'une des plus riches de l'Histoire, et la plus intéressante à étudier ; c'est le *jardin de l'Histoire*.

1º *Nouvelle organisation de la science sacrée.* — C'est la science sacrée surtout qui est étudiée au moyen-âge ; et tous les savants de ce temps mettent leurs connaisssances au service de la religion et de la doctrine chrétienne. 1) On se place à un nouveau point de vue pour étudier la doctrine chrétienne : Ce n'est plus le simple enseignement de la foi, comme au premier-âge, ni l'apologétique et la preuve de témoignage, comme contre l'hérésie ; c'est le raisonnement qui *se rend compte* de sa foi, non au sens protestant, mais toujours sous le joug de l'autorité. De là vient la nouvelle méthode de traiter les questions au simple point de vue du raisonnement, et le nouvel ordre dans lequel on place les vérités chrétiennes, les groupant par traités, et les rapprochant pour montrer leurs relations. 2) Des Universités sont fondées ; des écoles catholiques et des disputes théologiques s'organisent partout.

2º *Renaissance des lettres.* — C'est à cette époque que se forment les littératures nationales, et quelques langues modernes, surtout l'italien au commencement, et le français à la fin. Les poètes chrétiens produisent alors beaucoup, et, d'après les historiens, il y eut, en France seulement et rien qu'au XIIᵉ siècle, 821 écrivains, dont 178 anonymes. De cette même époque date la chevalerie et la formation des bibliothèques monastiques. L'art chrétien fait son apparition dans la même époque.

IV. *Admirable fécondité de l'Église.*

C'est alors que se développent partout les Ordres religieux ; ils couvrent l'Europe de leurs institutions et de leurs travaux, fondent des œuvres de toutes sortes, des hôpitaux, des écoles. — A la même époque se rattache encore la fondation des Jubilés, de la paix et de la Trêve de Dieu, de l'Inquisition, etc.

CHAPITRE II

La première croisade.

« On ne peut avoir une idée juste du moyen âge, dit Michaud, sans connaître à fond les croisades; de même qu'on ne peut connaître complètement les croisades, sans avoir une idée approfondie du moyen âge (¹). » Il serait peut-être bon d'ajouter qu'on ne peut bien connaître aujourd'hui les croisades, sans avoir lu l'ouvrage de Michaud, surtout son VIᵉ volume, qui résume l'histoire du temps sous deux grands sujets : *L'esprit des croisés, l'influence et le résultat des croisades*. *L'Histoire des croisades* de Michaud n'est pourtant ni inspirée ni éclairée par la foi; mais l'auteur a étudié avec amour cette grande époque, et il rend justice tout à la fois à l'Église qui les inspira, au grand sentiment qui guida les croisés, et aux résultats considérables des croisades.

La croisade est une des plus puissantes manifestations de l'influence de l'Église. On n'avait pas encore vu, jusque-là, des populations entières, sous l'influence d'une pensée chrétienne, se réunir en masse et d'un commun accord, pour travailler ensemble au même but. Jusque-là, chacun vivait de son côté; les populations ne s'occupaient les unes des autres que de temps en temps, pour se combattre, et les chrétientés ne soupçonnaient pas leur existence réciproque. Les croisades les réunissent; l'esprit d'association naît ici;

1. *Hist. des Croisades*, t. VI, préface.

et c'est à partir de ce moment que les nations chrétiennes ne sont plus étrangères les unes aux autres.

En même temps que la croisade est, par suite de cette association, un fait considérable de l'histoire ecclésiastique universelle, puisque toute l'Europe y prit part, elle est aussi, pour chacune des nations de l'Europe, un fait national, et pour la France surtout une grande gloire nationale, car si l'idée de la croisade est venue du Saint-Siège, c'est à la France d'abord que Rome s'est adressée pour la réaliser, de sorte que nous avons ici la justification de ce titre de *Fille aînée de l'Église* donné à notre patrie.

I

PRÉPARATION DES CROISADES.

I. *Ambition et progrès du mahométisme.*

Nous avons vu, au VIIe siècle, Mahomet prêcher sa propre mission divine, rassembler sous son drapeau la partie sensuelle et fanatique de la population arabe, instituer une religion nouvelle, l'établir autour de lui par la force du glaive, et marcher lui-même, puis envoyer ses sectaires pour l'installer partout. A sa mort, toute l'Arabie était soumise ; en peu d'années, après sa mort, le mahométisme fut planté, par la victoire, en Syrie, puis en Palestine, même à Jérusalem ; puis en Égypte, en Perse ; au VIIIe siècle, en Afrique ; de là enfin il arrivait en Europe de deux côtés à la fois, par Constantinople et par l'Espagne.

Le mahométisme établissait non seulement sa domination politique, mais surtout sa fausse religion ; et c'est à ce titre, non pas exclusivement, mais principalement, que nous le verrons combattu par les nations chrétiennes. En Occident, les prédécesseurs de Charlemagne l'avaient déjà combattu, au VIIIe siècle, et chassé de France — surtout Charles-Martel en Gaule. Au IXe siècle, les Maures Sarrasins viennent d'Afrique en Italie et jusqu'à Rome, d'où ils sont chassés par S. Léon IV. A la fin de ce même siècle, ils envahissent encore l'Italie, surtout sous Jean VIII qui s'adresse en vain à tous les princes chrétiens, et qui, à la fin, est obligé d'acheter d'eux la paix de l'Italie, en s'engageant à leur payer une rente énorme. Au Xe siècle, nouvelle invasion ; et les pontifes, accusés d'immoralité, repoussent encore les Sarrasins ; Jean X surtout ; Othon-le-Grand les arrête, lui aussi, en Allemagne, et une portion d'entre eux se convertit et forme la Hongrie. Au XIe siècle, ils se jettent de nouveau sur l'Italie, et Benoît VIII les repousse.

D'autre part, les voyages de France en Terre-Sainte, au Xe et au XIe siècle, étaient devenus fréquents ; en sorte que les Européens, devenus témoins des sacrilèges des musulmans et des souffrances des chrétiens, à leur retour, exaltaient, par leur récit, l'esprit de leurs compatriotes. Partout les musulmans faisaient endurer aux chrétiens la persécution, et cherchaient à détruire le christianisme. Le temps était venu où les efforts pour leur résister ne demeureraient plus isolés, mais où toute la chrétienté allait se réunir contre eux, non plus seulement pour les repousser, mais encore pour les attaquer jusque dans leur pays et leur reprendre au moins la Terre-Sainte.

II. *État de la Terre-Sainte et premiers projets de croisade.*

Le mahométisme s'était installé sur la terre où le christianisme avait germé ; la croix y était devenue comme une étrangère, de telle sorte qu'elle ne pouvait plus y être rapportée que par ceux qui, à l'origine, étaient eux-mêmes des étrangers pour elle.

L'idée de repousser le mahométisme n'était donc pas nouvelle. Charles-Martel et les rois chrétiens, les papes surtout, en ce sens, avaient réalisé maintes fois la croisade. Mais ce qui était moins ancien, c'était l'idée d'une *association entre les nations chrétiennes de l'Occident,* pour aller combattre le mahométisme jusque sur son terrain, et soulager les chrétiens opprimés de l'Orient.

Or, cette idée vient d'abord du Saint-Siège, comme toutes les grandes institutions chrétiennes. Mais, comme je l'ai dit plus haut, il faut que la France soit associée de très près dans ces glorieux événements ; j'ajoute ici qu'elle est associée non seulement à leur exécution, mais même, d'une manière toute providentielle, à leur première idée, et que si cette idée est venue du Saint-Siège, le premier pape qui l'ait eue est aussi le premier pape que la France ait donné à l'Église, Sylvestre II ; le premier pape qui ait mis la main d'une manière efficace à la réalisation de ce projet, est aussi un pape français, Urbain II. En sorte que tout était sauf : le privilège que possède le Saint-Siège d'être la source de toutes les grandes idées et le centre des grandes entreprises, et le privilège que possède la France, comme fille aînée de l'Église, d'avoir l'initiative et la première part dans les œuvres de dévouement religieux.

Nous avons déjà vu, en effet, Sylvestre II, touché des malheurs de Jérusalem, faire à toute la chrétienté un appel auquel les Pisans seuls répondirent. Presque un siècle plus tard, S. Grégoire VII encourage les seigneurs français qui marchent contre les Maures d'Espagne et les musulmans d'Orient ; lui-même avait préparé aux Grecs un secours de cinquante mille hommes dont la guerre des Investitures absorba ailleurs les ressources. Nous allons voir ces projets s'effectuer.

III. *Dernier appel des Grecs à l'Occident chrétien.*

A la fin du XIᵉ siècle donc, Urbain II occupant le Saint-Siège, Alexis Comnène, voyant son pouvoir exposé aux invasions et son peuple en butte aux persécutions continuelles des mahométans, envoie à Urbain II des ambassadeurs avec des lettres où il lui expose sa situation et celle des chrétiens d'Orient, et lui demande, contre l'Islamisme, le secours de son influence en Europe. Ces lettres racontaient les outrages dont les Lieux-Saints, surtout le Saint-Sépulcre, étaient le théâtre. — Le pape réunit un concile à Plaisance (1095), où un bon nombre de chrétiens s'engagent déjà à aller combattre contre les mahométans. Le mouvement n'était pas encore général, nous allons le voir s'étendre.

IV. *Prédication de Pierre l'Ermite, et décret d'Urbain II pour la croisade.*

L'idée de la croisade, partie de la France, se fortifie, surtout en France. Ici se place l'un des tableaux les plus beaux et les plus entraînants du moyen âge, la prédication de Pierre l'Ermite. C'est une des gloires de la Picardie, car il est d'Amiens. Les historiens nous font son portrait : son extérieur inculte, disent-ils, lui donnait sur la population un grand ascendant. Lui-même avait visité la Terre-Sainte. On racontait que sa mission lui avait été donnée d'une manière surnaturelle. Il vint trouver le pape, et lui renouvela la prière des chrétiens d'Orient.

Urbain II réunit le concile de Clermont, afin de s'adresser plus facilement à la généreuse nation française. La cause était populaire, car la foi était ardente. Quatre mille ecclésiastiques vinrent au Concile avec un fort grand nombre de laïques. Le décret fut porté, et les chrétiens en masse, peuple et grands seigneurs, firent serment de partir pour l'Orient. Plusieurs choses sont ici à remarquer :

1° *Le motif essentiellement chrétien et le caractère exclusivement religieux* de la croisade à son origine et dans cette première assemblée de Clermont. C'est ici la principale question de principe qui intervient dans les croisades ; en défendant le tombeau de Jésus-Christ, on défend ce principe, que toute puissance, même matérielle, doit servir l'Église. « Telle fut, dit Alzog, la grande pensée des croisades ; des considérations humaines ont pu s'y mêler ; ce n'en fut pas moins une pensée du ciel qui, pendant 200 ans, remua l'Europe (¹). »

2° *Les indulgences accordées par le pape* à ceux qui se croisaient, entreprenaient le pèlerinage, et entraînaient dans ce mouvement tous les personnages pieux de l'époque.

3° *L'assurance* avec laquelle partaient tous ces braves gens. Il semble que le cas d'une défaite n'avait pas même été prévu ; et l'enthousiasme était si grand, qu'on se croyait sûr de vaincre.

1. Alzog, *Hist. de l'Église*, p. 286.

4° Un *motif d'expiation* qui entraînait aussi à la croisade tous les coupables d'alors.

5° Enfin, la *puissance de la foi*, qui faisait ainsi partir tout un peuple. Ce motif est vraiment inexplicable pour les indifférents d'aujourd'hui. La plupart des croisés faisaient les plus grands sacrifices. Michaud, quelque peu ironique sur les motifs que nous venons d'énumérer, rend justice au sentiment chrétien qui guidait les croisés, surtout à l'humilité des plus grands chevaliers et de ceux qui se conduisirent le plus héroïquement.

II

EXPÉDITION ET CONQUÊTES DES CROISÉS.

I. *Triste échec d'une première expédition dirigée par Pierre l'Ermite.*

Pierre l'Ermite se met à la tête d'une première armée avec Gauthier Sans-Avoir et Gotescalc. Malheureusement, la discipline n'existait guère parmi ces bandes qui, trop souvent, erraient et pillaient sur leur passage. Michaud, qui fait le tableau de ce désordre, ajoute que « les croisés s'instruisaient surtout à l'école de l'adversité ». En effet, ils commencèrent par l'adversité.

L'armée de Pierre l'Ermite se grossissait partout à son passage ; c'était comme une population qui change de pays, obligée de piller partout pour vivre, par conséquent de révolter les populations sur son passage. Une bonne partie fut exterminée en Bulgarie ; le reste périt devant Nicomédie et Nicée, où plus de vingt-cinq mille soldats et toute la troupe des moines, vieillards, femmes et enfants furent massacrés, et leurs ossements entassés dans un vallon voisin de Nicée, pour montrer aux autres croisés, plus tard, le chemin de la Terre-Sainte.

Si cette première expédition fut une calamité, due à l'imprudence et à l'indiscipline des croisés, à l'inertie des chefs : elle fut aussi une leçon, bien que plusieurs autres expéditions n'aient pas obtenu un meilleur résultat.

II. *Premiers triomphes de l'armée régulière.*

Mais cette première effervescence une fois passée, et ayant emporté en grande partie l'élément fanatique et superstitieux de l'émigration, la croisade sérieuse commença. Ici, nous nous trouvons en face des plus beaux noms de l'Histoire de France et des chroniques de la vieille chevalerie, qui viennent se mêler à notre Histoire ecclésiastique. Le chef de toute cette armée est Godefroy de Bouillon, que nous avons vu coupablement mêlé à la révolte de Henri IV d'Allemagne contre l'Église, sous Grégoire VII, et qui expie noblement et vaillamment ses fautes. Sa valeur militaire et ses vertus chrétiennes sont célébrées à la fois par tous les historiens et tous les chroniqueurs du temps, qui nous font de lui un beau portrait. Nous en parlerons au moment de son règne.

Tous les seigneurs vendaient leurs terres que rachetaient les évêques et les abbés ; en sorte, dit Maimbourg ([1]), que les mondains se dépouillaient pour Jésus-Christ, et que ceux qui avaient fait vœu de se dépouiller pour lui, s'enrichissaient de leur dépouille ; mais, ajoute-t-il, nous n'avons pas le droit de les en blâmer, puisqu'ils les achetaient pour en orner leurs églises. Les Normands surtout furent nombreux à cette croisade, à cause de leur grande dévotion pour les pèlerinages.

L'armée se disciplina, traversa l'Italie, fit bénir ses armes par le Souverain-Pontife à Lucques, et s'embarqua pour Constantinople. Sur tout son parcours, elle entraînait les populations, tout en laissant partout quelque débris d'elle-même. Ajoutons que si l'armée des croisés traînait à sa suite des femmes et toute une population, dont la conduite n'était pas régulière, elle renfermait aussi un grand nombre de saintes âmes, même des communautés religieuses tout entières.

1. T. I, p. 64.

Les croisés vinrent camper sous les murs de Constantinople. On peut se figurer la frayeur de l'empereur, à la vue
de cette armée innombrable qui renfermait l'élite de
l'Europe, et qui eût volontiers attaqué la capitale de l'empire.
Cependant, les croisés continuèrent leur route, ralliant
Pierre l'Ermite avec quelques débris de son armée. Nicée
et Antioche de Pisidie tombèrent en leur pouvoir. A Dory-
lée, le Sultan les attendait avec trois cent mille hommes ;
c'est là que Godefroy de Bouillon révéla son héroïque bravoure. On prit Edesse, où Baudoin de Flandre demeura roi
de cet antique et splendide royaume d'Assyrie. Puis, après
huit mois de siège, Antioche fut réduite à son tour, et l'on
trouva dans cette ville la sainte Lance ; c'était un grand
événement pour cette armée chrétienne.

III. *Siège et prise de Jérusalem.*

L'armée se remit en marche pour la Ville-Sainte ; mais
quelles appréhensions pour les croisés qui, enfin, arrivaient
au but et avaient échappé aux dangers du chemin ! Rohrbacher raconte comment ils se préparèrent à entrer dans l'antique cité, par la prière, la confession et la pénitence, et avec
quel enthousiasme ils s'installaient dans tous les lieux sanctifiés par la vie du Sauveur. Il leur fallut bâtir toute une
ville opposée à la Ville-Sainte, se munir de provisions et
d'engins. Enfin, malgré le terrible feu grégeois, malgré le
fanatisme des musulmans, Jérusalem fut prise, un vendredi
à trois heures de l'après-midi, le 15 juillet 1099. Les croisés
pénétrèrent dans la ville avec respect, et l'exemple de la
piété qu'ils donnèrent alors est bien fait pour effacer toute
trace des désordres dont ils avaient pu se rendre coupables
auparavant. Ils s'emparèrent avec vénération des objets
saints, surtout de la vraie croix ; et ce peuple, qui avait tant
souffert, qui venait de si loin, qui avait couru tant de dangers, essuyé tant de pertes, et vu mourir tant de ses membres, se crut largement compensé par l'acquisition de cet
objet si minime en lui-même, si important par le souvenir
qui s'y rattache, par la vertu qu'on lui attribue à juste titre,
et par le principe qu'il représente.

III

I. *Érection du royaume de Jérusalem.*

Dix jours après la conquête, Godefroy de Bouillon fut élu roi de Jérusalem. Mais il refusa de porter la couronne et le titre de roi, et se fit honneur d'être appelé Baron du Saint-Sépulcre. Le trône de David et de Salomon était donc relevé, un successeur leur était donné, et un successeur digne désormais, par ses hautes vertus, de la grande mission que l'Europe lui donnait. Désormais, la France est installée auprès du tombeau de Jésus-Christ. Il y a là quelque chose de providentiel, et une belle manifestation de ce grand rôle, de cette mission de la France chrétienne que Dieu a établie comme fille aînée de l'Église, comme protectrice des choses les plus saintes du christianisme ; la France faisait au Saint-Sépulcre ce qu'elle a fait longtemps et naguère encore sur le tombeau de S. Pierre. La prise de Jérusalem ne parvint en Europe qu'après la mort d'Urbain II, dont le nom nous est si cher et reste attaché au souvenir de la première croisade et de toutes les croisades, comme leur initiateur.

II. *Règne glorieux-et-saint de Godefroy de Bouillon.*

Pendant qu'en France le désordre était à la Cour, les Français croisés se conduisaient avec une sagesse et une vertu admirables, et on put croire que le royaume de Jérusalem serait bientôt la plus haute expression et la plus glorieuse application du principe chrétien au gouvernement civil d'un pays. Godefroy commença par donner à son royaume une législation que Michaud appelle la moins imparfaite qui eût jamais été appliquée parmi les Francs ; ajoutons aussi que c'était la plus chrétienne, et qu'ici la tâche lui était relativement facile ; cette législation s'appelle Assises de Jérusalem. En même temps, la conquête matérielle se poursuivait avec la conquête spirituelle, facilitée par le prestige de Godefroy de Bouillon sur les musulmans. A la mort de ce héros chrétien, le trône de Jérusalem fut disputé par plusieurs compétiteurs ; le corps de Godefroy de Bouillon fut enseveli dans l'église du Saint-Sépulcre.

III. *Institution et mission des Ordres religieux militaires à Jérusalem.*

Nous aurons à étudier bientôt, soit dans le principe qui en a provoqué la création, soit dans ses développements en Europe, cette institution fondée pour la défense des Lieux-Saints, et appelée à jouer dans l'Histoire un rôle si important. Nous verrons alors comment les Ordres religieux militaires, chargés officiellement de défendre à perpétuité le royaume de Jérusalem, acquirent une influence et jouèrent un rôle, sinon toujours chrétien et conforme au principe qui les avait fondés, du moins considérable, si considérable qu'il en vint à porter ombrage à la puissance royale, dont il contrebalançait l'autorité par son immense fortune.

CHAPITRE III

Saint Bernard

« Deux passions, dit Michaud ([1]), se partageaient, à cette époque, la société chrétienne : l'une poussant les chrétiens au désert monastique, l'autre, sur le chemin de Jérusalem. S. Bernard fut l'éclatante expression de ce double enthousiasme religieux ; il fut l'homme de cette double passion qui remuait alors le monde, et les chroniqueurs du XIIe siècle nous disent le prodigieux effet de sa parole. » En d'autres termes, S. Bernard fut l'homme le plus occupé des affaires extérieures de l'Église, et l'homme le plus absorbé dans la vie intérieure et la pensée des choses mystiques. Tel est le vrai point de vue où il faut se placer pour bien comprendre la vie de S. Bernard.

Aussi, peut-on faire et a-t-on fait de S. Bernard une double histoire, celle de sa vie monastique et celle de sa vie politique. M. Ratisbonne réunit ces deux points de vue dans sa vie de S. Bernard, qui est la meilleure aujourd'hui et qui résume l'histoire de l'époque : il traite de sa vie domestique, monastique, politique, scientifique, et apostolique. Nous parlerons ici de S. Bernard d'abord comme religieux et apôtre ; puis, comme homme politique. Tous les faits de son histoire peuvent d'ailleurs se référer à ces deux titres.

S. Bernard est peut-être la figure du moyen âge tout à la fois *la plus aimable*, au point de vue de l'étude du caractère,

1. *Hist. des Croisades*. T. II, p. 120.

et *la plus importante*, au point de vue de l'étude historique.
— Je dis *la plus aimable*, à cause de ses vertus personnelles,
comme religieux et comme apôtre, et parce qu'il porte
encore l'empreinte naïve et candide du moyen-âge, et que
pourtant, ouvrant cette époque de la renaissance chrétienne,
il appartient, par son air de civilisation, aux temps modernes.
Ajoutons que sa piété envers Marie n'est pas pour diminuer
son amabilité. — Je dis *la plus importante*, parce que son
influence ayant été universelle dans son siècle, il est mêlé à
toutes les affaires de l'Église, et il donne le mouvement dans
toute l'histoire de son siècle.

Il est encore une de *nos grandes figures nationales*, et ici
il personnifie parfaitement la France chrétienne et l'esprit
français, plein de grâce et d'amabilité, plein d'entrain, d'initiative, de dévouement et d'esprit apostolique. Le vrai caractère français est, en quelque sorte, universel, capable partout
de popularité et d'influence, capable de tout entraîner,
comme nous allons voir S. Bernard le faire dans tous les
pays civilisés de l'Europe.

I

SAINT BERNARD RELIGIEUX ET APOTRE.

I. *Mouvement dans l'ordre monastique, et réforme de
Cîteaux.*

Nous avons vu le mouvement qui s'était opéré dans l'ordre
monastique, mouvement de création, de S. Benoît à Charlemagne ; de diffusion, de Charlemagne à Grégoire VII ; de
réformation, sous Grégoire VII. Ce mouvement, certes, était
très grand en France, à cette époque ; pour s'en faire une
idée, « que l'on déploie, dit Montalembert, la carte de
l'ancienne France. »

Jusqu'à l'époque de la Renaissance chrétienne, l'ordre de
S. Benoît avait été seul en possession de la vie monastique ;
ici, nous le voyons former diverses branches ; plus tard,

d'autres ordres s'y adjoindront ; mais les Bénédictins sont encore à peu près seuls en France. Or, à la fin du XIᵉ siècle, la réforme de l'état monastique se personnifie en France dans la congrégation de Cîteaux. — La réforme était donc inaugurée ; mais le mouvement ne se communiquait pas ; on accusait même Cîteaux de rigorisme. On avait besoin d'un homme qui fût à la fois un saint et un organisateur. Tel fut S. Bernard.

II. *Commencements de S. Bernard, jusqu'à la fondation de Clairvaux.*

S. Bernard naquit près de Dijon, d'une famille pieuse et toute patriarcale. Dès l'âge de 22 ans, et dans toute la fraîcheur d'une jeunesse pleine de charme et d'attrait, il arrivait à Cîteaux avec de nombreux parents, et trente jeunes seigneurs, dont quatre de ses frères, qu'il enlevait au monde et entraînait par ses discours et son exemple. C'était une puissante recrue, et Guillaume de Sᵗ-Thierry dit que Cîteaux éclata en cantiques d'actions de grâces. Les vertus de S. Bernard dans le cloître, le caractère attrayant de sa sainteté ont fait de lui dans l'état religieux ce que devait être plus tard S. François de Sales dans le clergé séculier. La douceur, l'amabilité est d'ailleurs la caractéristique des saints de cette période, Sᵗᵉ Élisabeth, S. Dominique, S. François d'Assise. Cîteaux dut à cette aimable influence de s'accroître rapidement, en sorte que, deux ans après l'entrée de S. Bernard, il fallut fonder quatre nouveaux monastères. La réforme n'avait mis que deux ans à atteindre son plein développement ; elle devait s'étendre plus loin.

En 1115, S. Bernard partit avec douze religieux, dont ses quatre frères, pour dresser sa tente dans une vallée du diocèse de Langres, infestée de voleurs et nommée *Vallée d'absinthe ;* S. Bernard, avec son esprit gracieux, lui donna le nom de *Claire Vallée*, Clairvaux. Il y construisit des cellules, établit supérieur un de ses compagnons, donna à deux de ses frères les humbles fonctions de cellérier et de portier, puis alla se faire ordonner par Guillaume de Champeaux, évêque de Châlons. La colonie monastique s'accrut, et le nom de Clairvaux se vérifia à tous les points de vue : par *la vertu* et la pratique exacte de la règle ; par la charité des religieux entre eux ; par leur nombre qui obligea de fonder jusqu'à 72 nouveaux monastères ; par les relations et l'influence de S. Bernard ; enfin et surtout par les vertus et le gouvernement du saint abbé.

III. *Travaux apostoliques de S. Bernard pour la réforme morale du monde chrétien.*

Le temps était venu où l'œuvre commencée par S. Pierre Damien, si avancée par Grégoire VII, et entreprise aussi par Cîteaux, devait s'accomplir : c'était la réforme morale de l'Europe chrétienne. Que le clergé et même la cour pontificale en eussent éprouvé le besoin, pour s'en convaincre il suffit de lire le livre *De Consideratione* de S. Bernard. Par réforme je n'entends pas un bouleversement radical, comme celui que les protestants ont opéré et qui atteint jusqu'à la doctrine chrétienne et la constitution de l'Église ; celui-ci est impie et impossible, à cause du caractère immuable de la doctrine et de l'indéfectibilité de l'Église. J'entends là réforme des individus dans leurs mœurs, le secours donné à l'Église pour l'aider à produire ses fruits de sainteté. Or, cette dernière réforme, l'Église en a toujours besoin, parce que jamais sa fécondité n'est épuisée, et que jamais la sainteté n'atteint parmi les hommes le plus haut degré qu'elle est susceptible d'atteindre. Si Luther, au lieu de fausser le mouvement, l'avait renouvelé, l'époque qui a été la plus désastreuse pour l'Église, eût pu devenir la plus féconde et la plus glorieuse. — Nous verrons, de fait, quels fruits différents ont produits ces deux réformes, si différentes dans leur principe, leur objet et leur esprit : le principe est, d'un côté, le libre-examen, de l'autre, l'autorité de l'Église ; l'objet est, d'un côté, la doctrine à détruire, de l'autre, la sainteté à produire ; l'esprit est, d'un côté, la révolution, de l'autre, la soumission.

1° *Réforme du clergé par la réorganisation de l'ordre de Cluny et la conversion de quelques personnages importants de l'époque.* — Vu le grand nombre et la haute influence des moines du XIIe siècle, il était urgent de commencer cette réforme des mœurs par les monastères ; le mal d'ailleurs était grand chez eux, et l'on peut en juger par la guerre qui avait été faite au projet de réformation formé par S. Bernard. Lui-même avait commencé par former une pépinière de saints et d'apôtres à Clairvaux. Voici que ses efforts vont s'étendre au reste de l'ordre monastique.

La congrégation de Cluny était l'une des plus glorieuses branches de l'ordre de S. Benoît. Fondée en 910, elle avait produit un grand nombre de saints ; elle s'était répandue, au XIe siècle surtout, dans toute l'Europe, si bien qu'à la fin du XIe siècle, elle avait sous sa dépendance une foule de monastères riches et bien fournis de sujets, en France, en Allemagne, en Espagne, en Pologne. A l'origine, ils étaient fort sévères ; mais le relâchement était venu avec les richesses, et les moines de Cluny s'étaient élevés avec fureur contre la réforme.

A propos de deux des enfants de Clairvaux qui passèrent à Cluny, et répandirent de faux bruits contre la réforme de saint Bernard, une lutte s'engagea entre celui-ci et Pierre-le-Vénérable, abbé de Cluny, qui s'était tenu en dehors du relâchement de sa congrégation, et qui était et resta l'ami de S. Bernard. S. Bernard fit une *Apologie* de son ordre, et une peinture des mœurs monastiques du temps, qui est un monument historique. S'en prendre à ces moines, c'était presque attaquer le monde entier, car, dit l'annaliste de Cîteaux, « leur nombre égalait une armée. » Mais S. Bernard stigmatisa leur relâchement avec tant de force, que les abbés de Cluny s'assemblèrent, et que la réforme fut adoptée.

L'*Apologie* de S. Bernard, dit Ratisbonne, « avait excité partout une violente réaction ; mais en même temps elle réveilla plus d'une conscience et déposa dans les âmes des paroles graves et fécondes qui, après la première effervescence, produisirent des effets salutaires. » L'abbé Suger fut une de ses grandes conquêtes ; il cumulait les fonctions d'abbé de St-Denys et de premier ministre de Louis VI et de Louis VII ; comme homme d'État, il est resté la gloire de son siècle et l'une des gloires de la France. Mais son monastère en souffrait singulièrement au point de vue de la discipline ; il était devenu un lieu de plaisance pour les rois. En lisant l'*Apologie* de S. Bernard, Suger se convertit, s'entend avec lui, et réforme son monastère. Nous allons le voir travailler aussi à la réforme du clergé séculier.

Henri, archevêque de Sens, tombé dans les mêmes désordres, et touché de la même grâce, écrit aussi à S. Bernard pour lui demander une instruction sur les devoirs de l'épiscopat. Le saint abbé cède à sa prière, et son instruction est curieuse aussi, comme détail, sur le luxe dont s'entouraient les évêques. Il est évident que S. Bernard attaque ici l'abus et non l'usage, le luxe et non la distinction extérieure.

Étienne de Senlis, évêque de Paris, se réforme aussi ; de favori qu'il était de Louis VI, il devient l'objet de sa haine et de ses persécutions. Louis VI le dépouille de ses biens, le chasse de Paris. S. Bernard tente auprès du roi sa réhabilitation, mais il échoue ; et la mort de son fils, arrivée sur ces entrefaites, fait seule consentir le roi au retour d'Étienne. Bien d'autres personnages illustres, moines, clercs ou laïques, sont aussi convertis par S. Bernard, et sa correspondance avec eux forme une bonne partie de ses œuvres spirituelles.

2º *Concile de Troyes pour la réforme cléricale.* — S. Bernard avait 37 ans, et il était le réformateur de l'Europe chrétienne, connu, consulté, vénéré de toute la chrétienté, quand le pape Honorius II réunit à Troyes un concile des évêques de France, pour organiser et généraliser le mouvement imprimé par le saint abbé. Il fut naturellement l'âme de cette assemblée, qui formula divers décrets pour la réforme cléricale et monastique, et qui compte parmi les actes de l'Église relatifs à ce grand mouvement.

Le concile de Troyes était assemblé, quand les premiers Chevaliers du Temple, institués à la fin de la première croisade, mais non encore érigés canoniquement, y envoyèrent leurs délégués avec Hugues de Paganis, leur premier grand-maître, afin d'obtenir un règlement qui leur permît de se constituer en ordre religieux. Ce règlement respire tout à la fois l'esprit guerrier et l'esprit monastique ; il concilie et dirige, en les unissant, ces deux passions dont nous avons parlé d'après Michaud ; et, en lui donnant une forme chrétienne, un frein sacré et les liens du vœu solennel, il utilise, pour le bien de l'Église, cet amour des combats qui préludait à la chevalerie. — Le livre *De Consideratione* est comme la formule de toute l'œuvre réformatrice de S. Bernard.

IV. *Travaux de S. Bernard comme docteur.*

Nous aurons à revenir sur le mouvement intellectuel du moyen âge, quand nous parlerons de la scolastique. Ce qu'il nous importe de savoir ici, pour apprécier le rôle qu'a rempli S. Bernard dans sa vie scientifique, c'est qu'il est tout à la fois un des coopérateurs de ce grand mouvement qui s'est opéré, au XIIe siècle, vers les sciences et les lettres, et un des défenseurs de *la foi catholique*, en tant qu'elle est *la foi* — c'est-à-dire au-dessus de la raison — contre la science rationnelle révoltée. Il est donc ici, comme lorsqu'il s'agit de réforme, opposé au protestantisme. C'est qu'en effet, selon Ratisbonne (¹), l'esprit humain commençait alors cette révolte qu'acheva Luther ; « au XIIe siècle, la double tendance de l'idée chrétienne qui éclairait la science par la foi, et celle de la pensée rationnelle qui établissait la foi par des arguments humains, se prononça nettement et se sépara en deux écoles distinctes, l'une personnifiée par S. Bernard, l'autre par Abailard. »

1º *Luttes auxquelles S. Bernard prend part.* — Nous aurons aussi à revenir sur les hérésies et les erreurs philosophiques de ce temps ; nous ne devons ici que citer, et montrer ce qu'y fait S. Bernard.

La première de ces luttes est aussi l'une des plus célèbres du moyen âge, celle d'Abailard ; on l'appelle lutte des *Réalistes et des Nominaux.* On connaît l'histoire d'Abailard

1. *Vie de S. Bernard,* t. II, p. 4.

et d'Héloïse, la question des Universaux, et les erreurs auxquelles Abailard aboutit avec ses principes. S. Bernard, sans entrer dans la discussion de son système, combat ses erreurs opposées à la foi, en confère avec Abailard lui-même, puis le dénonce au pape Innocent II qui le condamne. Dans cette circonstance, S. Bernard montre sa foi en l'infaillibilité du pape. Enfin, Abailard, corrigé de ses passions et de ses erreurs, se convertit et meurt dans la piété.

On commençait alors à voir apparaître toutes ces hérésies morales du moyen âge que nous reverrons, qui sont les précurseurs du protestantisme et dont la principale fut celle des Albigeois. S. Bernard fait le tableau des désordres causés par ces hérésies ; on allait jusqu'à employer le bûcher et les supplices pour comprimer les consciences, et c'est en cela surtout que le moyen âge s'est attiré la haine du libéralisme moderne. S. Bernard et Pierre-le-Vénérable combattirent ces hérésies par la parole, et convertirent beaucoup des dissidents.

2° *Caractère et autorité des écrits de S. Bernard.* — La Tradition a donné à S. Bernard le titre de *Docteur melliflue*, à cause de la grâce de ses écrits. Cette grâce et cette onction respirent partout, dans ses *Sermons à ses religieux* et dans ses *Lettres spirituelles*. Ses ouvrages touchent surtout à ce côté de la théologie que le moyen âge a tout à la fois exploité et faussé, la théologie mystique ; ce genre concorde avec l'emploi effréné du symbolisme au moyen âge. Les protestants eux-mêmes ne purent s'empêcher de marquer leur estime pour ce grand docteur.

3° *Sa doctrine sur la Vierge et sa dévotion envers elle.* — On a agité la question de savoir si S. Bernard avait cru à l'Immaculée-Conception. Sa piété envers Marie n'est, de l'orthodoxie de sa foi, qu'une preuve de sentiment et de convenance ; d'ailleurs, la question, telle que Darras la résume, ne permet de rien tirer de S. Bernard contre ce dogme. S. Bernard est aussi l'un des Pères qui ont le plus écrit sur la Ste Vierge ; et, depuis quelques années qu'on tente de faire une *théologie de Marie*, c'est surtout à lui qu'on emprunte, et il ne manque pas non plus d'arguments pour l'Immaculée-Conception ; il énumère les personnages qui ont été sanctifiés avant leur naissance, et il dit qu'assurément Marie a eu le même privilège, mais que, de plus, elle l'a été dès sa conception. Il est du reste l'auteur de l'*Ave maris Stella* et du *Salve Regina ;* c'est lui qui a créé cet élan donné au culte de Marie, élan que développeront si bien plus tard S. Dominique et S. François d'Assise, élan qui est sans doute le *charisma*, le signe de salut et de prédestination des temps modernes.

II

VIE POLITIQUE DE SAINT BERNARD.

I. *Influence de S. Bernard sur son siècle.*

Nous avons dit que toute l'histoire du temps de S. Bernard se résumait dans sa vie, parce qu'il intervenait dans toutes les luttes. Voilà précisément la réalisation de ce principe chrétien appliqué à la politique. Nous voyons à cette époque un religieux gouvernant le monde à cause même de son détachement et parce qu'il l'avait quitté ; et cette célébrité, cet ascendant, loin d'être l'objet de ses désirs, l'importunait et lui semblait un fardeau.

II. *Son zèle pour la défense du Saint-Siège, sous Innocent II.*

Nous avons eu, plusieurs fois déjà, l'occasion de constater l'esprit de révolte et d'affranchissement qui s'insurge contre l'autorité de l'Église, même dans ce moyen âge d'où les ennemis du Saint-Siège font dater la puissance des papes, et où sans doute cette puissance est généralement incontestée, mais où pourtant elle ne manqua pas d'ennemis intéressés pour accuser ses empiétements, s'ils s'étaient produits en effet. Ainsi, avons-nous vu, entre Charlemagne et Grégoire VII, le Saint-Siège disputé par deux factions —

les Allemands et les Italiens — qui désolent l'Église par leurs persécutions, sous Grégoire VII lui-même. Cet esprit d'affranchissement se personnifie et s'incarne, en Allemagne, dans Henri IV ; il se précise et se localise dans la querelle des Investitures ; en Italie, il s'incarne dans les factions qui favorisent l'empereur d'Allemagne. Au XIIe siècle et sous S. Bernard, nous avons vu déjà cette lutte continuer, cet esprit de révolte s'accentuer dans l'ordre dogmatique, et se manifester dans les erreurs rationalistes d'Abailard et de quelques autres. L'objet de la question que nous abordons ici, c'est de le montrer s'appliquant à l'ordre politique et s'affirmant par le schisme de Pierre de Léon. Enfin, après S. Bernard, nous verrons ce même esprit se continuer encore, s'élargir et se manifester dans l'ordre politique par les révoltes des factions italiennes et autres, et, dans l'ordre dogmatique, par les hérésies des Vaudois et des Albigeois. Enfin, toute cette révolte de l'esprit humain aboutira au protestantisme. C'est d'ailleurs le même esprit qui, dès avant Grégoire VII, se manifeste aussi par l'indiscipline des clercs.

S. Bernard, nous l'avons vu, a combattu cette tendance avec succès dans les mœurs et la discipline religieuses, et dans l'ordre dogmatique même, contre Abailard ; nous allons le voir ici s'opposer, de toute la force de son influence, à sa manifestation dans l'ordre politique, en ce sens qu'il défendra l'autorité du pape légitime contre ses ennemis. — Remarquons-le bien, le caractère des attaques dirigées contre le Saint-Siège, depuis Charlemagne jusqu'ici, n'est pas de nier l'antiquité de l'autorité pontificale et de dénoncer ses empiétements ; c'est de détruire cette puissance dont on reconnaît l'antiquité, ou de l'accaparer, tout en la reconnaissant légitime. Tâchons de voir comment l'autorité pontificale a trouvé dans ces luttes l'occasion de s'affirmer.

1° *Schisme de Pierre de Léon.* — A la mort d'Honorius II, le Sacré-Collège fut divisé : une partie nomma le cardinal Grégoire qui prit le nom d'Innocent II et qui fut regardé comme le vrai pape ; les autres nommèrent le riche et intrigant cardinal Pierre de Léon, ancien moine de Cluny, qui prit le nom d'Anaclet II. Pierre de Léon était puissant, il fit marcher une armée contre Innocent II, s'empara de Rome et en chassa le pape légitime ; en même temps, il notifia à tous les royaumes chrétiens son élection. Nous allons voir l'Europe entière bouleversée par ce schisme, tant il est vrai que la primauté du pape était bien reconnue.

La France, l'Angleterre et l'Allemagne avaient été ralliées par S. Bernard au pape légitime. La France avait conservé ce beau rôle de bouclier de l'Église que lui avait donné Charlemagne ; elle fut insensible aux louanges de Pierre de Léon. S. Hugues de Grenoble excommunia l'antipape, et un concile national, réuni à Étampes par Louis VI, remit à S. Bernard la décision de la question ; il se déclara pour Innocent II, et fut imité par toute la France. Innocent II se réfugia en France où il fut reçu avec enthousiasme ; S. Bernard qui l'accompagnait se rendit à la cour du roi d'Angleterre, Henri Ier, et de l'empereur d'Allemagne, Lothaire, qu'il rallia à la cause du pontife légitime. Lorsque le pape put compter sur l'appui de ces princes, il réunit à Reims un concile de 276 évêques, où il fut proclamé légitime et où Pierre de Léon fut de nouveau excommunié. La conduite du roi, dans cette circonstance, fut celle d'un prince chrétien ; le Souverain-Pontife le récompensa, comme aux jours de Charlemagne. Louis VI venait de perdre un fils ; Innocent II lui adressa ses condoléances et ses consolations ; bientôt après il couronnait son second fils Louis VII, le Jeune, âgé seulement de dix ans.

2º *Retour du pape à Rome.* — Avant de rentrer à Rome, Innocent II voulut faire à l'abbaye de Clairvaux une visite solennelle, soit pour remercier S. Bernard, soit pour bénir lui-même un monastère devenu si célèbre. Il ne voulut pas quitter Clairvaux sans emmener avec lui S. Bernard. Le passage du célèbre religieux à travers l'Italie fut une marche triomphale ; il réconcilia Pise et Gênes et provoqua partout, sur son passage, un mouvement de pacification. De retour à Rome, le pape trouva Pierre de Léon enfermé et fortifié dans Saint-Pierre ; toutefois la ville entière se soumit au pape légitime. S. Bernard parvint un moment à comprimer l'intrus, mais Pierre était toujours puissant ; il rallia ses forces, se rendit de nouveau maître de la ville et chassa Innocent II à Pise. Pierre de Léon y fut une seconde fois excommunié, et S. Bernard, muni des pouvoirs du Concile, parcourut l'Italie et obtint la soumission des principales villes, surtout de Milan, et ramena triomphalement à Rome le Souverain-Pontife.

En France, un seul seigneur, le duc d'Aquitaine, était entré dans le schisme ; S. Bernard le convertit, en lui présentant l'hostie consacrée. Ce procédé, bien qu'extrême, est dans les mœurs du temps, et il n'y avait là ni une profanation de l'Eucharistie, ni une violence illégitime faite à la conscience, mais plutôt un mouvement déterminé par une inspiration surnaturelle.

En Sicile, Roger, duc de Sicile, à l'exemple du duc d'Aquitaine en France, s'était laissé gagner par les largesses de Pierre de Léon, et était entré dans le schisme ; il continuait de troubler le sud de l'Italie, et Lothaire, empereur d'Allemagne, se mettait en route pour le soumettre par les armes. La médiation plus pacifique, et même plus efficace et plus sûre de S. Bernard le prévint. Le saint vint à Salerne où Pierre de Pise, cardinal, soutenait la cause de Pierre de Léon et de Roger. L'argument de S. Bernard, pour prouver de quel côté était la véritable Église, est remarquable, c'est celui de tous les Pères contre toutes les hérésies : l'Église est catholique ; donc, celle des deux communions à laquelle adhère la chrétienté, est la bonne ; donc, Pierre de Léon, qui est seul, est dans l'erreur. — L'Italie acheva de se détacher de l'antipape ; Roger hésitait encore, lorsque Pierre de Léon mourut ; le schisme s'éteignait donc malgré l'élection dérisoire de Victor IV que personne ne voulut reconnaître, et qui lui-même, après s'être dit pape un moment, se laissa toucher par S. Bernard qui l'amena aux pieds d'Innocent II.

3° *Dixième Concile œcuménique, second de Latran.* — Le schisme de Pierre de Léon avait duré huit ans ; les désordres qu'il avait causés par son retentissement dans toute l'Europe, le relâchement qu'il avait produit parmi les Églises, dont les concessions intéressées de Pierre de Léon avaient été la cause, et qui durait encore, bien que la cause en fût détruite, étaient des motifs suffisants pour la tenue d'un concile œcuménique, et font comprendre l'affluence des évêques qui s'y rendirent au nombre de mille.

S. Bernard eut une grande part dans la préparation de ce concile, dont le premier effet fut de réparer les ravages du schisme. La plus fâcheuse conséquence de ce schisme était la perturbation de la hiérarchie, Pierre de Léon ayant donné aux Églises des pasteurs illégitimes. La plupart se soumirent au concile, et leur élection fut revalidée.

Si la destruction du schisme était la cause principale traitée au concile, elle ne fut pas la seule. Un grand nombre de règlements généraux y furent portés sur des matières disciplinaires. On y combattit la simonie, l'incontinence des clercs, enfin les désordres que les actes des papes et de S. Bernard n'avaient pas achevé de détruire. Des lois canoniques nouvelles y furent portées, pour sauvegarder l'honneur du sacerdoce ; on interdit aux prêtres certaines fonctions, comme la jurisprudence et les arts ; on établit certains privilèges ecclésiastiques, la clôture des monastères, le for, le canon, etc. Des peines furent portées contre certains crimes qui tendaient à se répandre, l'usure, l'incendie, les tournois, etc. On y renouvela aussi la condamnation portée contre les erreurs qui s'étaient répandues depuis quelques années, surtout contre celle d'Arnaud de Brescia.

La doctrine d'Arnaud de Brescia se rapporte à des matières que nous avons bien souvent traitées déjà : les rapports de l'Église et de l'État. Et ainsi, le décret porté contre le sectaire est un des grands points d'appui pour notre thèse de l'union des deux pouvoirs. Arnaud de Brescia n'est pas autre chose qu'un libéral, et la condamnation portée contre lui tomberait sur ceux qui défendraient, comme principe, la séparation des deux pouvoirs. Je dis comme principe, car les catholiques, même libéraux, ne la défendent pas ainsi ; mais la condamnation d'Arnaud de Brescia les atteint indirectement en ce sens que si le principe est mauvais, l'application peut être tolérée, subie et déplorée comme une triste nécessité, mais non défendue et approuvée comme un état légitime, normal et définitif. Il suit de là que le *Syllabus* n'a fait que rappeler une doctrine anciennement définie.

De ce principe, Arnaud déduisait l'illégitimité de la possession des biens temporels par l'Église. On sait les objections qui peuvent être et qui sont faites sur ce point ; il me semble que toutes se rapportent à deux chefs principaux : 1) Jésus-Christ n'a pas donné ce droit à l'Église ; 2) ce droit est incompatible avec la nature de la mission de l'Église.

La réponse qui doit servir de principe de solution pour ces objections et de règle pour l'intelligence des décisions portées soit au second concile de Latran, soit dans toute autre circonstance, par l'Église, c'est que : 1) Jésus-Christ n'a pas donné ce droit à l'Église « *ut finem Ecclesiæ, sed ut medium quo finis obtineatur* ». Jésus-Christ ne l'a pas institué directement et explicitement, nous le concédons ; mais il l'a donné implicitement, c'est-à-dire en accordant à l'Église le droit de revendiquer tout ce qui lui serait nécessaire pour atteindre sa fin. 2) La seconde objection est la plus répandue, aujourd'hui qu'on ne s'occupe guère de ce que Jésus-Christ a ou n'a pas institué. Comme elle consiste en une question de fait, la meilleure réponse est une négation motivée sur des faits ; du reste, on peut aussi résoudre l'objection en montrant que l'Église, si elle n'est pas de ce monde, est dans ce monde, et doit vivre comme une société dans le monde ; si elle n'est pas humaine dans sa source et son objet, elle l'est dans ses membres et, par conséquent, elle doit vivre à la manière humaine.

La conduite de l'Église et les matières traitées dans ce concile nous donnent un exemple bien autorisé des termes dans lesquels on posait alors la puissance pontificale. Toute l'Europe bouleversée par une question de succession au trône de S. Pierre, est une preuve du cas que l'on faisait de la primauté du pape. Le parti de l'antipape, considéré comme un schisme par l'Église universelle, prouve que la puissance pontificale était regardée comme universelle. Un concile réuni pour cette cause, prouve qu'on la regardait comme un point bien essentiel et bien immuable dans la constitution de l'Église. La déclaration expresse du concile prouve la même chose. « Un auteur du temps, raconte l'historien Fleury, rapportant la harangue que fit le pape dans ce concile, lui fait dire, entre autres choses : Vous savez que *Rome est la capitale du monde*, que l'on reçoit les dignités ecclésiastiques par la permission du Pontife Romain comme par droit de fief, et qu'on ne peut les posséder légitimement sans sa permission. — Jusques ici, ajoute Fleury, nous n'avons point vu cette comparaison des dignités ecclésiastiques avec les fiefs, dont en effet la nature est toute différente. » Si Fleury veut nier la légitimité de ce droit du pape, nous préférons à sa doctrine celle du concile même.

III. *Heureux fruits de son influence sous Eugène III.*

S. Bernard gouvernait déjà le monde par son influence, quand un de ses disciples, moine de Clairvaux, devenu abbé d'un monastère de Rome, fut élu pape sous le nom d'Eugène III. L'amitié du jeune pape et de S. Bernard est demeurée célèbre, ainsi que la lettre que le saint écrivit aux cardinaux et celle qu'il écrivit à Eugène III lui même. C'est pour ce pape qu'il composa ce livre *De la Considération*, son principal ouvrage, et qui est comme le règlement des papes. Il est facile, en se plaçant à un point de vue différent de celui que S. Bernard avait sous les yeux, de trouver dans ce livre des objections 1) contre le droit d'appel à Rome, et S. Bernard donnerait prise aux gallicans, 2) contre le droit de l'Église de posséder des biens temporels, et il serait accusé de libéralisme ; mais il ne faut pas oublier que S. Bernard parle en religieux et contre les abus, non en théologien et contre les principes.

Le règne d'Eugène III se ressentit de l'influence et du génie de S. Bernard qui lui écrivait : « On dit que c'est moi qui suis le pape et non pas vous. Ceux qui ont des affaires viennent fondre sur moi de toutes parts, et je ne puis me soustraire à leur impétuosité. »

IV. *La seconde croisade.*

1º *État du royaume de Jérusalem depuis la mort de Godefroy de Bouillon.* — Godefroy de Bouillon était mort depuis 50 ans ; les premiers croisés avaient fondé en Asie les principautés d'Edesse, de Tripoli, d'Antioche, et le royaume de Jérusalem. Depuis lors, le Saint-Sépulcre n'avait pas été abandonné, car les religieux militaires restaient préposés à sa garde ; de plus, pendant cet espace, il y avait eu trois rois dont l'histoire n'est qu'une suite de traits d'héroïsme, Baudoin Iᵉʳ, Baudoin II, Foulques d'Anjou. Au temps de S. Bernard (en 1144) la conquête de scroisés, tant de fois attaqués par les musulmans, fut fortement ébranlée ; l'émir Zenghi attaque Edesse, pendant que son fils Noureddin attaque Antioche. Le roi chrétien de Jérusalem, Baudoin III, est un enfant de 12 ans, fils et successeur de Foulques d'Anjou. Edesse et Antioche, les deux barrières qui défendent le royaume de Jérusalem, sont prises par les musulmans qui menacent la Ville-Sainte. L'évêque de Gabale, en Assyrie, est envoyé en Occident pour apprendre aux princes ces désastres.

2º *S. Bernard prêche la croisade, en France et en Allemagne.* — L'évêque de Gabale s'adressa à Eugène III qui accorda de nouvelles indulgences, et fit choix de S. Bernard pour prêcher cette seconde croisade qui, malheureusement, devait aboutir à des revers lamentables, par l'injustice des hommes et la trahison des chrétiens grecs. S. Bernard se conduisit avec une parfaite prudence ; car non seulement il se montra un prédicateur comme Pierre l'Ermite, pour soulever les masses, mais encore il aida à l'organisation par ses conseils, et il eut la sagesse de rester dans son rôle de religieux.

Il s'adressa d'abord au roi de France, Louis VII, qui venait de monter sur le trône, et qui, déjà, avait à expier le massacre de Vitri. Suger était opposé à la croisade ; mais

S. Bernard décida le roi à réunir une assemblée générale à Vézelay où il prêcha la croisade. Celle-ci fut décidée. Le roi, sa femme et nombre de seigneurs, prirent la croix ; S. Bernard lui-même déchira ses vêtements pour faire des croix ; mais il refusa le commandement des croisés par prudence et par esprit religieux.

En Allemagne, où il alla prêcher la même croisade, sa seule présence et ses miracles mirent tout en branle ; deux cent mille hommes se disposèrent à partir avec Conrad, roi de Germanie. « On ne voyait partout, dit S. Bernard lui-même, que des veuves et des orphelins dont les époux et les pères étaient vivants. » — L'origine de la mission de S. Bernard en Allemagne, c'est qu'un moine, nommé Rodolphe, chargé d'y prêcher la croisade, engageait les croisés à tuer les Juifs dans leur expédition, comme sans doute on l'avait fait dans la première, mais sans s'y être engagé. S. Bernard accourut pour détruire l'effet de ces paroles. Nous avons là un témoignage de la conduite que, dans ce temps comme toujours auparavant et toujours depuis, tenait envers les Juifs l'Église catholique, et des égards exceptionnels qu'elle avait pour eux. Malheureusement, tout ce qu'il y eut de grand et de beau dans l'entreprise, finit avec S. Bernard.

3° *Départ des croisés et trahison de Manuel Comnène.* — Quatre cent mille hommes étaient sur pied ; une partie des Allemands se dirigèrent sur le Portugal et chassèrent les Maures de Lisbonne. Un autre corps d'armée réduisit les Slaves païens, en Saxe et en Danemark. Le corps principal — entre autres tous les Français — partit directement pour la Terre-Sainte, en passant par Constantinople, malgré les conseils de Roger de Sicile, qui se défiait avec raison des Grecs. Manuel Comnène reçut les croisés à Constantinople avec mille protestations d'amitié, mais en exigeant d'eux l'hommage préalable de toutes les conquêtes qu'ils pourraient faire. Godefroy, évêque de Langres, dissuada les croisés, et les engagea au contraire à prendre Constantinople, cette porte de l'Occident par laquelle les musulmans ne manque-

raient pas d'entrer. Mais son conseil ne fut pas écouté.
Manuel Comnène, au lieu de protéger les croisés, les
trahit, leur tendit partout des pièges, et les entoura
d'ennemis.

4° *Déplorable issue de la croisade*. — L'armée de Conrad,
qui était restée plus longtemps à Constantinople, avait eu
tant à souffrir des avanies et des trahisons des Grecs,
qu'avant même d'avoir vu l'ennemi, elle était réduite, par la
faim et la maladie, à vingt mille hommes ; aussi fut-elle
vaincue et exterminée du premier coup. Celle de Louis VII,
mieux disciplinée et plus prudemment conduite, résista
davantage, sans avoir de succès ; malgré le courage et le
bon commandement du roi, elle tomba de revers en revers,
après une seule victoire. Des deux armées ainsi décimées,
une partie retourna tristement à Constantinople, le reste,
avec Louis VII, partit pour Antioche ; mais tellement
affaibli qu'on ne songeait même plus à combattre. Les
deux rois firent alors un simple pèlerinage aux Lieux-
Saints.

La nouvelle du désastre arriva bientôt en Occident, et
l'on chercha à rallumer l'enthousiasme pour organiser une
nouvelle croisade ; mais S. Bernard refusa de prendre part
au mouvement, et le roi de France revint avec quelques
centaines de chevaliers. Pour savoir l'impression que faisait
en Europe le triste résultat de cette croisade, le découragement qu'il causait aux âmes, l'animosité ou les murmures
qu'il excitait contre les promoteurs de cette entreprise, et
l'épreuve qu'il constituait pour la foi et la confiance en Dieu
dans les chrétiens, il faut lire le premier chapitre du IIe livre
De Consideratione de S. Bernard : il y parle du sort de la
seconde croisade qu'il avait prêchée et qui, commencée en
1146, finit par un échec trois ans après. Il montre le désarroi
des croisés après tant d'espérance et de confiance en Dieu ;
on voit, en le lisant, que cet échec renversait non seulement
toutes leurs espérances, mais encore toutes leurs idées ; car
il avait été si évident pour eux que Dieu les avait appelés,
et devait combattre avec eux, qu'ils ne savaient comment

expliquer leurs revers. Comment Dieu avait-il pu les abandonner ensuite et les laisser vaincre? S. Bernard recherche
les causes de cet échec de la croisade : Ce n'est pourtant pas
la témérité de l'entreprise, car c'est Dieu qui l'a voulue et
conduite, et il en a donné des signes nombreux. Ce ne sont
pas non plus les péchés des croisés, car la miséricorde, en
pareil cas, l'emporte sur la justice, et les péchés des Hébreux
n'ont pas été un obstacle à leur triomphe final sur les
Égyptiens ; et puis, cet échec a été une humiliation pour la
cause même de Dieu, plus encore qu'un châtiment pour les
croisés. S. Bernard montre combien on est monté contre
lui, au point qu'il n'ose faire une proclamation au peuple
chrétien pour le consoler, relever son courage, expliquer les
événements ; il prie Eugène III de le faire à sa place,
d'exposer au peuple chrétien les signes d'assistance divine
qui se sont manifestés. Pour lui, il n'attend plus que les
murmures du peuple chrétien, et il en fait son acte de résignation.

Une preuve de l'effet que dut produire en Occident le
triste résultat de cette croisade, c'est que, non seulement les
poètes lui ont manqué, faute d'exploits à chanter, mais aussi
les historiens, faute de gloire et de conquêtes à raconter ;
car la seconde croisade n'a eu que trois historiens, ; et,
comme s'ils avaient craint de révéler au monde les revers
des soldats chrétiens, tous les trois interrompent leur récit
au milieu des événements, et parlent à peine de la fin
d'une expédition dont ils ont décrit longuement les préparatifs.

Une des grandes utilités que les Croisades étaient peut-
être destinées à avoir, dans le plan de Dieu, par leur insuccès
même, fut de soumettre à une immense épreuve la foi et la
confiance du peuple chrétien. A cette époque, la foi était peu
éprouvée au dedans ; or, il faut à la foi des épreuves, et
chaque époque a les siennes. N'est-ce pas la pensée de
S. Bernard disant : *Quam confusi pedes evangelizantium
pacem, annuntiantium bona !*

5° *Mort de S. Bernard.* — S. Bernard s'était retiré dans

son cher monastère ; il n'avait pas vu échouer ainsi toutes ses œuvres, même en politique, et il avait du moins restauré l'ordre monastique. Son succès était encore plus réel qu'apparent, et plus fécond pour l'avenir que pour le présent. Il mourut à 63 ans, en 1153, et fut élevé sur les autels vingt ans plus tard.

CHAPITRE IV

Luttes du Saint-Siège contre Frédéric Barberousse

I

I. *Situation de l'Italie et du Saint-Siège vis à vis des empereurs d'Allemagne, depuis Othon le Grand.*

La première chose qu'il fallait prendre pour réaliser le projet de Frédéric II, et le premier élément de sa monarchie universelle, c'était l'Italie. Or, de ce côté non plus il n'était plus temps, et l'œuvre de la Providence était finie ; car 1) l'Italie avait échappé à la domination *réelle* et *suivie* des empereurs d'Allemagne qui croyaient encore la tenir, mais ne la tenaient plus ; 2) il s'y était formé des Républiques unies mais distinctes, avec un caractère, un gouvernement et un drapeau différents. — Je dis Républiques unies ; or, c'est contre l'Allemagne que se faisait cette union, et le Saint-Siège était toujours à leur tête pour organiser la défense. Cette constitution était devenue pour l'Italie une seconde nature, c'est là un fait important et pour l'histoire du moyen âge et pour l'histoire moderne, puisque la révolution dernière d'Italie a prétendu détruire cette œuvre de plusieurs siècles. — Nous allons voir ces républiques ou principautés, Rome à leur tête, lutter pour maintenir cette constitution.

II. *État de l'Allemagne depuis la guerre des Investitures jusqu'à l'avènement de Frédéric.*

La dernière fois que nous nous sommes occupé de l'Allemagne, c'était déjà dans une lutte mémorable contre le Saint-Siège, la guerre des Investitures, sous Henri IV et Henri V, laquelle se termine en 1123, par le IXe concile œcuménique, Ier de Latran. Henri V étant mort, le trône d'Allemagne est disputé par Lothaire, duc de Saxe, qui est élu à Mayence, par Conrad de Franconie et Frédéric de Souabe qui revendiquent ce trône. Mais Lothaire est seul reconnu. S. Bernard intervient même en sa faveur, et ce prince est couronné empereur par le Pape.

A la mort de Lothaire II, Conrad de Franconie, d'abord son compétiteur, monte sur le trône d'Allemagne, défend l'Église, sous Lucius II, et prend part à la seconde croisade. C'est le premier prince de la maison de *Hohenstauffen*. Celui-ci ne fut jamais reconnu empereur d'Allemagne, bien qu'il en ait eu les mérites et exercé la puissance ; mais il ne s'arrogea pas cette dignité, parce qu'elle ne lui avait pas été accordée par l'Église. A sa mort, en 1152, il y avait trente ans que la guerre des Investitures était close par le Ier concile de Latran, lorsque Frédéric Barberousse monta sur le trône.

De tous ces princes, pas un seul qui ne reconnût tenir du Pape la dignité impériale en même temps que l'onction et la couronne. Conrad de Franconie ne s'était pas intitulé empereur, faute d'en avoir reçu la dignité du Pape. Frédéric Barberousse fut le premier des empereurs allemands qui dédaigna de reconnaître tenir du Saint-Siège la dignité impériale ; encore ne put-il s'y refuser sans démentir les sentiments de ses prédécesseurs, et sans se contredire lui-même, en désavouant sa propre conduite, nous allons voir pour quelles raisons... Avec lui commence la longue lutte des Hohenstauffen contre le Saint-Siège, lutte qui dura cent dix ans, et ne se termina qu'en 1268, à la mort de Conradin, dernier empereur de la maison de Souabe.

III. *Projet de monarchie universelle qui inspire toutes les entreprises de Frédéric et tout le gouvernement des Hohenstauffen.*

L'historien Darras nous dit que le projet de Frédéric Barberousse était le rétablissement de la monarchie universelle. Il rêvait de rétablir son empire comme l'ancien empire romain ; aussi, afin d'accorder ce rêve avec le caractère chrétien que devait revêtir son gouvernement, prit-il pour type Charlemagne, cherchant à réaliser son idéal, mais en faisant de l'Église la vassale ou l'instrument de son pouvoir, tandis que Charlemagne avait fait le contraire. Ce projet est celui dont toute cette famille va poursuivre l'exécution, pendant une lutte de cent ans, contre le Saint-Siège qui finira par triompher.

Le signe de réprobation imprimé à ce projet, c'est son caractère attentatoire à l'autorité de l'Eglise, la pensée machiavélique de faire de l'Eglise un moyen de gouverner, une vassale ou une puissance distincte, mais confinée dans un coin de la société, et encore heureuse de vivre, — en un mot, séparation ou assujettissement de la puissance spirituelle à la puissance temporelle.

On peut toutefois se demander si ce projet de monarchie universelle, dépouillé du moins de ce caractère attentatoire aux droits de l'Église, était et est encore réalisable. Non, à mon avis. — Je crois d'ailleurs que Frédéric se trompait de siècle. — En voici les raisons :

1º Ce projet n'a été conçu, et même tenté, avec un commencement d'exécution, qu'à l'origine et comme préparation des grands mouvements de la propagation de la foi, dont l'empire universel était porteur. Ainsi, l'Empire romain en est le premier, et l'Empire de Charlemagne, le dernier exemple. Or, cette raison n'existe plus ; aussi, n'y a-t-il plus d'Empire universel. Il y a de grands empires, chargés de la même œuvre dans leurs limites : ainsi, l'Angleterre et la Russie ont peut-être cette mission, qu'elles remplissent mal ; l'Empire chinois sera peut-être l'instrument de l'Évangile, comme l'Empire romain l'a été.

2º Les grands empires, par leur *universalité*, préparaient la catholicité. Aujourd'hui, l'Église la possède, donc l'Empire universel est inutile. Le vase est brisé, une fois la liqueur portée à destination, et il n'y a plus d'inconvénient à déjouer l'ambition des hommes qui, en voulant être l'instrument de leur propre grandeur ou en ne pensant qu'à cela, étaient autrefois, et n'ont plus besoin d'être aujourd'hui, l'instrument des vues de Dieu et du bien de l'Église.

3º C'est une chose singulière que toutes les fois qu'il y a eu essai d'Empire universel, Rome en était le centre, tant à cause de sa position naturelle, qui en fait une ville catholique, que pour des raisons surnaturelles connues de Dieu, soupçonnées par Satan. Or, aujourd'hui que Rome appartient à l'Église, à titre de domaine temporel, avec un État temporel, impossible de faire un empire universel qui, ou bien manquerait de tête, puisque Rome devrait être sa capitale, ou bien ferait au Pape une position anormale, en enclavant ses États ; tandis que le morcellement des empires permet au Pape de garder son royaume.

IV. *Objet et portée de la lutte du Saint-Siège contre ces princes ambitieux ; sa liaison avec l'histoire du passé et de l'avenir.*

La lutte du Saint-Siège contre les Hohenstauffen a donc d'abord un *objet humain* et temporel : défendre l'indépendance de l'Italie ; et une *signification politique* : arrêter l'ambition d'un prince qui grossit ses États aux dépens des autres, et qui veut donner à son Empire une grandeur intempestive. A ce point de vue, le Saint-Siège fait déjà beaucoup, et nous le verrons lutter pendant tout le moyen âge pour l'indépendance de l'Italie. Mais derrière cette pensée politique, il y a une pensée religieuse et un dessein providentiel qui se rapporte directement à l'histoire de l'Église. Si le pouvoir temporel du Pape était nécessaire comme rempart du pouvoir spirituel, la liberté de l'Italie était nécessaire comme rempart du pouvoir temporel du Pape contre un grand État. Mais enfin, la question même purement spirituelle et purement théologique de la primauté du Pape sur l'Église universelle, et de son indépendance dans le gouvernement spirituel de la chrétienté, intervient aussi dans cette lutte.

Voici donc une des plus grandes historiquement, et des plus importantes luttes du moyen âge, sur la monarchie pontificale, sur l'indépendance de l'autorité du Saint-Siège, et sur les rapports à établir entre le Saint-Siège et la puissance civile du prince chrétien. Plusieurs remarques préliminaires doivent trouver place ici, avant que nous entrions dans l'étude du fait historique.

1º Jamais, dans toute cette lutte, la primauté du Pape n'est mise en doute, ou attribuée au droit ecclésiastique, même par l'usurpateur qui aurait eu tant d'intérêt, et qui, si la chose avait eu quelque vraisemblance, devait avoir une si vive tendance à le faire. Or, selon les ennemis de la monarchie pontificale, dans les temps modernes, l'usurpation était fraîche encore, et le souvenir devait en être bien vivant dans la pensée des princes et des évêques, que cette usurpation dépossédait.

2º L'ambition de Frédéric, c'est, pour arriver à l'empire universel, de soumettre le spirituel au temporel, et de faire de l'Église un moyen de gouverner. Sa tactique pour en venir là, c'est, ne pouvant ni nier, ni détruire l'autorité pontificale qui servait de digue à son ambition, de l'accaparer à son service, en la donnant à ses créatures ; et ainsi, s'il y a ici controverse pour l'autorité pontificale, on dispute non sur sa nature et ses limites, mais sur son indépendance vis-à-vis de la puissance civile, et sur le sujet en qui elle repose.

3º Comme le doute même sur ce point n'est pas historiquement possible, il nous est facile de remarquer comment, dans cette lutte, le seul fait d'être séparé du vrai Pape, — il n'est pas douteux pour l'Histoire, — constitue un schisme avec l'Église universelle, et comment le monde catholique tout entier se croit obligé d'intervenir pour adhérer au vrai Pape contre le faux, tant la question de succession au siège de Rome est regardée comme fondamentale et intéressant l'univers.

4º En même temps, la phase dans laquelle nous entrons,

nous montre l'Église attaquée par le schisme, comme elle l'a été si souvent au moyen âge. A côté de la série ininterrompue des légitimes pasteurs de l'Église, il y a toute une série de mercenaires dont l'histoire est parallèle à celle de l'Église. Ainsi, nous avons vu les schismes d'antipapes commencer vers Othon, puis reprendre à chaque instant et se continuer jusqu'après le schisme d'Occident. Mais il faut le remarquer : 1) leur série est à chaque instant interrompue, soit par leur propre conversion, soit par l'abandon ou la trahison de ceux qui les avaient élevés ; 2) ils manquent entre eux absolument d'unité, et ne s'accordent que pour combattre l'autorité légitime ; 3) leur signe de réprobation et leur note distinctive, c'est la qualité d'esclaves du pouvoir civil.

5° Nous verrons, dans une autre question, les précurseurs du protestantisme dans l'ordre des doctrines ; en voici la préparation dans l'ordre politique. L'une des grandes puissances sur lesquelles s'est appuyé le protestantisme dans son enfance, c'est la puissance civile des princes ambitieux et révoltés contre l'Église. Cet esprit de révolte nous est apparu déjà plusieurs fois chez les princes d'Allemagne ; mais il croît et s'accuse de plus en plus ; c'est le protestantisme qui approche ; c'est sa gestation dans la société allemande qui se dénonce.

II

PREMIÈRES RELATIONS DE FRÉDÉRIC AVEC LE SAINT-SIÈGE.

I. *Frédéric étouffe les troubles suscités par Arnaud de Brescia.*

Frédéric était déjà en Italie avec ses armées, pour commencer l'exécution de son projet ; mais il n'avait pas encore attenté directement au droit de l'Église, et il faisait acte de la souveraineté qu'il possédait en effet, bien qu'ébranlée, quand Arnaud de Brescia *révolutionnait* l'Italie en sens contraire. Le pape Adrien IV pouvait encore en appeler à Frédéric qui demandait l'empire et qui, en conséquence, avait mission pour combattre les ennemis du Saint-Siège. C'est ce qu'il fit ; il prit Arnaud, et le livra au pape qui le fit pendre. Par quel principe agit-il ainsi ? Il regardait l'attentat d'Arnaud contre Rome comme un *attentat à ses propres droits*, puisqu'il croyait Rome à lui ; et il y a là deux *principes contraires*, mais également mauvais : césarisme et révolution.

II. *Soumission de l'Italie et couronnement de Frédéric.*

Toutefois, l'Italie était encore à lui *de droit ;* il la soumet ; et sa conquête n'est un attentat que par l'abus et la tyrannie qu'il y exerce, et par l'arrogance avec laquelle il vient exiger la couronne d'empereur. Il exige *comme un droit* au lieu de demander *comme un bienfait* la couronne impériale, et refuse de se soumettre à la cérémonie de l'étrier, qui signifiait la dépendance vis-à-vis du Saint-Siège. Adrien IV lui répond en lui refusant le baiser de paix, symbole de l'union des deux pouvoirs. Frédéric se soumet ; il est couronné, et la joie du peuple allemand éclate, tandis qu'une faction de Romains fomente la révolte et se fait massacrer par l'empereur.

III. *Premières hostilités de Frédéric contre le Saint-Siège.*

Jusqu'à présent, bien qu'on vît l'ambition de Frédéric se manifester déjà dans sa conduite et sa contenance, celui-ci restait encore uni au Saint-Siège, et la collation de la couronne impériale l'obligeait à défendre l'Église et faisait de lui le protecteur officiel du Saint-Siège. Pendant deux ans, la paix, sinon l'union et l'amitié, fut gardée entre lui et le pape.

1º *Rupture de Frédéric avec le pape.* — Adrien IV fit la paix avec Guillaume-le-Mauvais, roi de Sicile, qui avait pris part au mouvement révolutionnaire suscité par Arnaud de Brescia. Frédéric, irréconciliable avec ce parti, aurait voulu qu'on lui jurât une haine éternelle ; d'où une première cause de mécontentement contre le pape. Bientôt après, la Lombardie se révolta, Frédéric la soumit de nouveau, et profita de cette circonstance pour renouveler ses prétentions et menacer Rome. C'est alors que le pape lui écrivit cette lettre qui est encore un monument de l'union de l'Église et de l'État au moyen âge, et où il rappelle à l'empereur ses rapports avec le Saint-Siège, *les bienfaits* qu'il tient de Rome et la *couronne impériale* qu'il lui a conférée. Darras fait dépendre toute la discussion qui s'ensuivit d'une traduction insidieuse et malveillante de ce document ; la chose eut lieu en effet, et elle concourut sans doute pour sa part à irriter l'empereur ; mais, enfin, elle ne put être qu'un prétexte pour l'orgueil de Frédéric. Il traita avec mépris et colère les légats du pape, qui furent obligés de fuir ; il déclara en même temps qu'il ne reconnaissait nullement tenir du pape sa dignité impériale. Ses courtisans mirent la même doctrine en honneur. Dès lors, la guerre était déclarée.

Il est nécessaire ici, pour apprécier la conduite de Frédéric, de se reporter à ce que nous avons dit 1) de l'origine de la dignité impériale en Charlemagne qui la tenait du pape ; 2) du sens qu'y attachait l'Eglise et dans lequel elle continuait de la conférer, et du droit exclusif qu'elle se reconnaissait de la conférer ; 3) de sa nature, des droits et charges qu'elle emportait, et de la dépendance dans laquelle elle établissait le prince qui en était revêtu, vis-à-vis de l'Eglise ; 4) de la soumission avec laquelle tous les empereurs, jusque-là, même les moins soumis, avaient reconnu tenir de l'Eglise et du pape cette dignité, au point que Henri IV lui-même ne niait pas cela.

Frédéric Barberousse, le premier, en refusant de reconnaître cette dépendance, est, à ce point de vue, un innovateur ; il enchérit sur l'œuvre de ses prédécesseurs ambitieux. Combien il est facile de voir ici que si l'une des deux puissances a empiété sur l'autre, au moyen âge, ce n'est pas celle de l'Église sur celle de l'État, comme on le dit trop souvent, mais celle de l'État sur celle de l'Église. Toutes ces révoltes des princes contre l'Église sont la protestation de l'Histoire contre les théories modernes.

2° *Trahison de la Lombardie à la diète de Roncaglia.* — Pour achever son œuvre, et en venir enfin à l'exécution de son grand projet de monarchie universelle, Frédéric va, comme Othon et Henri IV, faire sanctionner ses plans, et élever autel contre autel. Nous avons dit qu'il avait soumis la Lombardie de nouveau révoltée ; après cette soumission, il réunit une diète ou assemblée générale de l'Empire, composée des évêques, jurisconsultes et seigneurs ; c'est là qu'il fait donner à ses prétentions le sceau d'une autorité nulle réellement, mais qu'il tâchait de rendre imposante. Cette assemblée se distingua par sa servilité : elle rétablit, au profit de Frédéric, la toute-puissance absolue des empereurs romains ; déclara que l'empereur seul a le droit de posséder, en sa qualité de seigneur temporel, les terres et fiefs ; que la volonté de l'empereur est le droit, la justice et la loi, c'est-à-dire qu'il n'y a rien sur la terre qui puisse arrêter sa puissance et la limiter. Parmi les usurpations commises par Frédéric, et consacrées par la diète de Roncaglia, deux choses doivent être remarquées : la centralisation et l'absolutisme qui désormais n'avait plus de limite, ni du côté des hommes, ni même du côté de l'Église.

Dans le fait que nous venons de rappeler, nous avons un remarquable spécimen du caractère italien déjà formé au XIIe siècle. A cette époque, les principautés ou républiques distinctes sont en pleine formation, bien que Frédéric conserve tous ses droits sur les Lombards ; déjà on remarque la *souplesse* avec laquelle l'Italie se prête à tous les jougs ; la maxime des peuples de la péninsule est de céder provisoirement, d'attendre que la force leur revienne pour conquérir l'indépendance, — *L'Italia fara da se*, — car, s'ils sont toujours en butte au joug étranger, ils conservent l'horreur de ce joug ; et ils usent volontiers de l'hypocrisie et de la lâcheté pour trahir celui dont ils sanctionnent toutes les volontés.

Adrien IV allait excommunier Frédéric, lorsque la mort vint le frapper. Lui, du moins, avait énergiquement défendu l'indépendance de l'Italie ; il ne connaissait pas la faiblesse italienne, non plus d'ailleurs que les papes ses successeurs, tant il est vrai que le Souverain-Pontificat transforme les hommes et les élève à la hauteur de toutes les nobles causes.

III

RÉVOLTE CONSOMMÉE ET SCHISME DE FRÉDÉRIC BARBEROUSSE
SOUS ALEXANDRE III.

I. *Élection d'Alexandre III.*

A la mort d'Adrien IV, la majorité des cardinaux lui choisit pour successeur ce cardinal Roland que nous avons vu envoyé comme légat auprès de Frédéric et si maltraité par lui. La sagesse et le courage dont il avait fait preuve dans cette affaire, lui valurent la tiare pontificale. Il prit le nom d'Alexandre III. Voltaire, qui pourtant n'était ni flatteur pour les papes, ni hostile aux empereurs d'Allemagne, a fait de lui un beau portrait ; la raison qui lui fait dire : « L'homme qui mérita le plus du genre humain au moyen âge fut Alexandre III,» c'est qu'Alexandre III sauva l'Europe de cette terrible monarchie universelle, et sauva surtout l'indépendance de l'Italie.

L'élection était valide sans aucune possibilité de doute ; mais le cardinal Octavien, tout dévoué à Frédéric, accepta de deux de ses collègues le rôle d'antipape, sous le nom de Victor IV, et, par sa violence, obligea Alexandre III à quitter Rome, tandis que lui-même se faisait sacrer.

II. *Schisme et violence de Frédéric Barberousse.*

Les deux concurrents écrivirent à Frédéric, comme au défenseur-né du Saint-Siège et au protecteur officiel des droits du pape légitime. Malgré son parti pris contre Alexandre III, son antique ennemi, l'empereur simula l'impartialité, et prétendit juger entre les deux concurrents. Alexandre III soutint alors ce vieux principe catholique : *Romanus Pontifex a nemine judicatur.* Il avait demandé secours et non jugement, et s'il n'appartenait pas même aux évêques de juger le Saint-Siège, bien moins encore cela appartenait-il à un prince séculier. Cette revendication d'un droit imprescriptible du Saint-Siège, était une note de la légitimité d'Alexandre III. Aucun doute n'était possible. Cependant, Frédéric, contre le cri unanime de tout le monde catholique, prit parti pour l'antipape. Alexandre III excommunia l'empereur et l'antipape. Aussitôt, Frédéric se remit en campagne contre l'Italie qui avait adhéré à la communion d'Alexandre III ; mais la cruauté et les excès du prince provoquèrent contre lui une réaction, et une vaste insurrection s'organisa contre son autorité.

III. *Alexandre III acclamé par l'univers catholique et défendu par la France.*

Le monde catholique tout entier se prononça, comme l'Italie, pour Alexandre III ; et cette adhésion unanime est le meilleur argument en faveur de la légitimité de ce pape, car *ubi Petrus ibi Ecclesia,* de même *ubi Ecclesia ibi Petrus;* et si l'un est difficile à reconnaître, l'autre lui sert de note distinctive. L'empereur d'Orient, lui aussi, reconnut l'autorité d'Alexandre III, et lui offrit sa protection. Nous ne parlons pas de la France qui, depuis longtemps, nous apparaît dans tout l'éclat de sa fidélité à l'Église et qui était alors très chrétienne, défendant et accueillant les papes opprimés et chassés de Rome ; qu'il nous suffise de dire que ce fut Alexandre III qui posa la première pierre de Notre-Dame de Paris, en 1163, et qu'il reçut, au concile de Tours, l'adhésion de tout le clergé, des ambassadeurs de tous les princes de la chrétienté, excepté de Frédéric Barberousse, que l'on considéra comme déchu du pouvoir à cause de son opposition.

IV. *Rétablissement et nouvel exil d'Alexandre III.*

L'antipape Victor IV étant mort, Frédéric fit nommer à sa place, par les schismatiques, l'un des deux cardinaux schismatiques qui avaient élu Victor IV. Ce nouvel antipape prit le nom de Pascal III, et Frédéric jura de ne jamais reconnaître pour papes que ses successeurs, moyennant quoi Pascal, pendant trois ans qu'il vécut encore, sanctionna, de son autorité usurpée et nulle, tous les attentats de Frédéric.

Cependant, les adhérents mêmes du schisme, à l'occasion de cette élection illégitime, se détachèrent en grand nombre de l'empereur ; le pape, malgré les intrigues de Frédéric, fut rappelé à Rome par une députation du peuple ; il y retourna aux acclamations de toute la France, mais il y rentra par la Sicile, pour éviter de traverser les États soumis à Frédéric. La cruauté de ce prince venait d'ailleurs de provoquer une réaction ; le peuple lombard, tyrannisé par lui, s'était répandu dans toute l'Italie, portant avec lui la haine du tyran qui, jointe à la haine naturelle pour l'étranger, allait produire une puissante coalition. Toute l'Italie se réunit en une fédération, présidée par le pape et basée sur une alliance de vingt années contre le projet de monarchie universelle de Frédéric. Les Lombards rentrèrent dans leur pays, rebâtirent Milan ; ils contruisirent même une nouvelle ville en mémoire de leur retour et en signe de prétention à l'indépendance ; ils lui donnèrent le nom d'Alexandrie, pour montrer que la raison de leur espérance était la protection du Saint-Siège.

Frédéric vit bien que l'Italie lui échappait. Pour la ressaisir, il assiégea Ancône pendant un an ; la ville fut prise, et il marcha sur Rome d'où Alexandre III fut obligé de fuir. Frédéric y entra et se fit couronner par l'antipape Pascal III, montrant ainsi que même dans le schisme, et tout en persécutant l'Église, c'était encore d'elle qu'il reconnaissait, malgré lui, tenir la dignité impériale. Mais la vengeance de Dieu qui se manifesta aussitôt par la mortalité sur l'armée, acheva de détacher de lui les peuples.

Le pape était donc proscrit et dépouillé, mais en même temps il recevait les hommages du monde entier ; et le sens que les catholiques attachaient à cette adhésion, nous est clairement manifesté par les paroles de Jean de Salisbury : On croyait l'empereur déchu même de sa dignité royale, par suite de la condamnation du pape.

L'antipape Pascal III crut sanctionner les desseins de Frédéric en canonisant Charlemagne, que l'empereur affectait de prendre pour son idéal, en travestissant son œuvre

Nous avons vu que ce culte fut toléré dans quelques églises, et qu'à cause de l'invalidité de sa canonisation, la canonicité de ce culte resta douteuse ; s'il y a quelques probabilités pour elle et pour la sainteté de Charlemagne, elles viennent non de l'acte de Pascal III, mais de la renommée de sainteté qu'obtint Charlemagne et de la tolérance de l'Église pour ce culte.

V. *Fin de la guerre et du schisme.*

1° *Siège d'Ancône et triomphe de l'Italie.* — Pascal III mourut au bout de trois ans. Frédéric fit élire à sa place Calixte III qui fut absolument délaissé. Les Italiens se fortifiaient, affirmant de plus en plus leur indépendance et leur union avec Alexandre III. Frédéric vint de nouveau mettre le siège devant Ancône, mais il fut vaincu et vit sa flotte détruite par les Vénitiens ; c'était la fin du schisme et des troubles. L'Italie triomphait parce que ses républiques distinctes avaient uni et groupé leurs forces sous l'autorité du Souverain-Pontife ; la fortune de ses armes devait plus tard être soumise aux mêmes conditions.

2° *Soumission de Frédéric et rétablissement de la paix.* — Il y avait 15 ans que durait le schisme et qu'Alexandre III gouvernait l'Église ; Frédéric avait vu toute l'Europe se détacher de lui pour se rallier au Saint-Siège, et nous avons dans ce fait une preuve encore soit de la foi du peuple au moyen âge, soit de son attachement au Saint-Siège. Abandonné et vaincu, l'empereur fut enfin obligé de demander grâce et de se laisser dicter les conditions de la paix. Le traité fut stipulé à Venise, par toutes les républiques italiennes ; Frédéric dut restituer au Saint-Siège tous les domaines temporels dont il s'était emparé ; Alexandre III reçut l'hommage des envoyés de Frédéric, qui reconnut enfin sa dépendance envers le Souverain-Pontife et qui ne put reconquérir ses droits de souverain que grâce à son repentir. L'antipape Calixte III lui-même se soumit, et le schisme prit fin, malgré une tentative dérisoire de le continuer par une ombre d'antipape. Du même coup l'Italie recevait une constitution basée sur un traité de Frédéric avec les villes de la Lombardie.

VI. *Troisième concile de Latran, XIe œcuménique.*

Nous avons vu toutes les grandes luttes précédentes se terminer par un concile œcuménique à intervalles assez rapprochés, en sorte que c'est le troisième concile de ce siècle, qui fut d'ailleurs aussi fécond qu'il fut agité ; ainsi, la guerre des Investitures se termine par le 1er concile de Latran (1123), le schisme de Pierre de Léon, par le 2e concile de Latran (1139), et cette dernière lutte, par le 3e concile de Latran. Notons encore que le travail opéré par ces conciles, c'est l'affirmation constante, et de plus en plus éclatante, des droits et prérogatives du Saint-Siège, et l'émancipation de l'Église devant l'État ; de même que le but poursuivi, dans les luttes que terminent ces conciles, c'est l'abaissement du Saint-Siège et l'asservissement de l'Église, ou mieux l'asservissement de l'Église dans la personne du pape. — Aussi, ces conciles se tiennent *au Latran*, et il y a dans le choix de ce palais une coïncidence et une attention remarquable. Ces conciles se rattachent du reste à la même série de conciles à laquelle appartient le concile de Florence dans son décret sur la primauté du pape.

De cette fréquence de la tenue des conciles à cette époque et au siècle suivant où le Saint-Siège était si puissant, les adversaires de la monarchie pontificale tirent une objection sinon contre la primauté du pape, au moins contre les proportions qu'elle a prises, disent-ils, vis-à-vis des évêques. Ils nous montrent, au moyen âge, l'autorité de l'épiscopat, comme corps enseignant, bien plus souvent en exercice sous la forme conciliaire, et ils en concluent que cette autorité était considérée alors comme bien plus grande qu'on ne la croit aujourd'hui ; qu'en conséquence elle a été abaissée, amoindrie ; par qui ? Par le Saint-Siège, qui ne croyait pas alors avoir en lui-même tout ce qu'il faut pour juger et définir, tandis qu'il croit l'avoir aujourd'hui, et qui aujourd'hui ne réunit plus de conciles, parce que les évêques au concile gênent l'action pontificale. — A cette objection nous répondrons : 1) Si les évêques se réunissaient plus souvent, c'est que les luttes étaient plus fréquentes ; 2) d'ailleurs, cette époque est celle où la puissance pontificale était le moins contestée ; 3) la cause précisément de la fréquence des conciles était une contestation, sous une forme quelconque, de cette puissance ; 4) le résultat de leur réunion était d'affirmer cette primauté et cette puissance sous la forme où elle était niée.

Tel fut, en particulier, le but du XIe concile œcuménique. Trois questions principales y furent réglées.

1° La discipline avait souffert pendant les dernières guerres ; le schisme avait donné à un bon nombre d'Églises d'Allemagne des pasteurs illégitimes, et enlevé à leurs Églises des pasteurs légitimes. Le concile réhabilita les victimes, déposa les autres ou revalida leur élection. C'était ainsi une affirmation nouvelle faite par le concile et même par ces pasteurs illégitimes devenus pénitents, de cette primauté du pape contre laquelle leur élection avait été un attentat. Cette nécessité de refaire l'ordre hiérarchique dans ces Églises, n'avait aucune raison d'être, sinon parce que la juridiction ne peut arriver aux évêques et jusqu'au dernier des prêtres, qu'en lui venant du pape légitime qui est la source de toute juridiction. Nous avons vu cette même opération se faire toujours après les schismes, non seulement depuis Charlemagne, mais bien auparavant, par exemple dans le schisme d'Acace, au Ve siècle. C'est là une des grandes et des plus remarquables manifestations de la primauté des papes dans l'Histoire.

2° Ce qui avait été l'objet moins encore des *négations spéculatives* que des *attentats pratiques*, depuis Othon, c'était la *liberté de l'Église*, son indépendance vis-à-vis de l'État. Je dis moins des *négations spéculatives*, car, dans l'ordre de la doctrine, on admettait généralement cette liberté, et c'est seulement en ce moment que des hérésies commençaient à se montrer sur ce point, hérésies qui étaient la conséquence de cette pratique ; tandis que, dans la pratique, les princes cherchaient tous à grossir leur autorité aux dépens de l'Église.

Pour assurer cette indépendance, on dut garantir la sûreté des élections pontificales, en décrétant que l'élection du pape n'aurait aucune valeur, s'il n'était nommé par les deux tiers du Sacré-Collège. On peut se demander comment ce décret obligeait les cardinaux, et si le pape mort, ils ne pouvaient pas l'abroger. A cela je réponds : 1) Ce décret porté par la plus haute autorité qui soit dans l'Église, peut aussi être abrogé par elle, c'est-à-dire par le concile ou par le pape ; 2) tant que cette abrogation n'est pas faite, il oblige ceux qui ne sont pas dépositaires de la totalité de cette puissance suprême. Or, les cardinaux, réunis en conclave, ne sont que les délégués de cette puissance suprême, délégués non pour la totalité de son exercice ; surtout, ils ne sont pas délégués pour exercer sa puissance législative, mais ils sont délégués pour un seul point, lui donner un chef. Donc, n'étant pas dépositaires de la puissance législative, ils sont soumis aux canons, et ne peuvent les abroger.

3° La paix des royaumes chrétiens était aussi depuis longtemps troublée, soit par les invasions des Sarrasins, soit par certains crimes sociaux qui se généralisaient, soit par les troubles que suscitaient partout les hérésies antisociales du temps. — 1) On porta des règlements relatifs à la défense des chrétientés contre les Sarrasins. — 2) On fit des lois contre les coutumes abusives, comme les *tournois*, l'*usure*, les exactions des petits seigneurs ; on lança des peines canoniques contre elles, et on établit d'autres coutumes, comme la *Trêve de Dieu*, des églises particulières pour les lépreux. — 3) On condamna les erreurs antisociales qui commençaient à apparaître sous diverses formes, et qui se rattachaient toutes, comme les branches d'un même tronc, à la grande erreur des Cathares, dont le principe est le principe même du protestantisme, la *négation de toute autorité*, négation appliquée surtout alors à l'ordre politique, mais qui bientôt va s'appliquer à l'ordre religieux.

VII. *Nouvelle constitution donnée à l'Italie par le traité définitif entre Frédéric et l'Italie.* ·

Nous avons vu l'Italie triompher de la tyrannie de Frédéric, et s'affranchir de sa domination devenue injuste et abusive. Les confédérés, même après le rétablissement de la paix, se défiaient encore de lui et gardaient les armes. Il fallait régulariser cette position. C'est alors que l'empereur Frédéric fut obligé de signer un traité définitif avec l'Italie. Ce qu'il faut surtout remarquer dans ce traité, et ce qui est le changement important dans la constitution de l'Italie, c'est que l'état d'indépendance vis-à-vis des étrangers et de république dans lequel s'étaient constituées les provinces italiennes, est *consacré en droit* comme il était accompli déjà en fait antérieurement. Les empereurs d'Allemagne voudront, plus tard, reprendre leur domination en Lombardie, mais il sera trop tard, et les efforts de l'Italie ne seront plus des *révoltes*, mais une *juste défense* où le pape sera le premier à prendre parti. — Guizot a, sur cette constitution de l'Italie en républiques, des idées dont la fausseté est la conséquence de ses principes protestants, qui l'empêchent de comprendre la nécessité du pouvoir temporel des papes.

Ainsi se termine la lutte du Saint-Siège avec Frédéric Barberousse, qui va racheter ses fautes par la soumission et par la croisade, mais dont le nom reste entaché dans l'Histoire, parce que ses principaux actes sont la révolte, et que la soumission n'est qu'une exception dans sa vie, tandis que le contraire s'était produit sous le règne d'Othon-le-Grand.

CHAPITRE V

Saint Thomas Becket de Cantorbéry
défend l'Église catholique persécutée en Angleterre

I

I. *État de l'Église catholique en Angleterre depuis sa conversion jusqu'à l'avènement de Henri II.*

Nous avons vu l'Angleterre évangélisée au VIᵉ siècle par les apôtres envoyés par S. Grégoire-le-Grand, surtout par S. Augustin, premier archevêque de Cantorbéry. Depuis, elle n'a paru qu'incidemment dans l'Histoire de l'Église. La première phase de l'Histoire de l'Église en Angleterre comprend le VIᵉ et le VIIᵉ siècle, qui se passent à évangéliser l'Angleterre et l'Irlande. Ce travail de conversion se termine avec le VIIᵉ siècle, et alors toute la Grande-Bretagne est catholique, la hiérarchie est constituée, la situation du clergé régulièrement organisée. Montalembert a raconté l'état florissant des Ordres monastiques dans ces contrées et à cette époque. La vie catholique est alors à son apogée, surtout sous la forme monastique ; elle commence dès lors à mériter le nom d'*Ile des Saints.*

Au VIIIᵉ siècle, l'Angleterre catholique imprime un mouvement considérable à la science. Des couvents de l'Irlande et de la Grande-Bretagne, vivifiés par l'amour et l'ardeur de la science, sortit bientôt cette première série de savants qui se répandirent sur le continent, pour y conserver ou y réveiller la civilisation languissante ou presque éteinte. Bède le Vénérable fut suscité dans la première moitié de ce siècle, l'École d'York produisit Alain et fut très florissante dans la seconde moitié du même siècle.

Du VIIIᵉ au XIᵉ siècle, l'Église d'Angleterre est pure dans son clergé, très unie à Rome dans la personne de ses rois, dont l'un fonde le *Denier de S. Pierre*. Les métropoles de Cantorbéry et d'York sont les centres de la vie catholique et de la *lumière* intellectuelle.

Malheureusement, les invasions des Barbares viennent menacer l'ordre et la science, et Alfred-le-Grand, à la fin du IXᵉ siècle, fait revenir de France les germes de la science qui avait fleuri chez nous ; malgré ses efforts, la vertu et la science sont en baisse.

A la fin du Xᵉ siècle, Dunstan, archevêque de Cantorbéry, et Oswald, archevêque de Worcester, élevés en France, opèrent une grande réforme dans le clergé ; mais des révolutions politiques survenues, compromettent l'ordre et retardent le mouvement. Enfin, la réforme s'achève au milieu du XIᵉ siècle ; et, malgré quelques tentatives tyranniques de Guillaume-le-Roux, à la fin du Xᵉ, l'Église d'Angleterre devient florissante pendant tout un siècle. Cet état de prospérité s'exprime par un fait inouï jusque-là et qui, depuis, est resté unique dans l'Histoire d'Angleterre, l'avènement d'un Anglais, Adrien IV, au Saint-Siège.

II. *Etat de l'Eglise en Angleterre sous Henri II.*

Henri II avait l'ambition, non pas d'un conquérant qui, comme Frédéric Barberousse, rêve la monarchie universelle, mais celle d'un despote qui veut tout centraliser, même l'Église, entre ses mains. Ces deux ambitions aboutissent d'ailleurs au même résultat. Ce prince vit l'Église d'Angleterre libre, prospère, échappée par conséquent au joug des rois, et il résolut de revenir sur les faits accomplis, de reconquérir ce qu'il croyait ses droits. C'est dans ce but qu'il se

livra au triple attentat commis par tous les persécuteurs : Vol
des biens ecclésiastiques, abrogation des privilèges traditionnels du clergé, oppression de sa liberté dans les élections.
Lui aussi, préludait au protestantisme d'Angleterre, et déjà
sa révolte a tous les caractères du futur protestantisme
anglais : servitudes locales, absolutisme du prince. Nous
allons voir comment S. Thomas Becket lui résista.

II

ORIGINE ET HISTORIQUE DE LA LUTTE

I. *Elévation de Thomas Becket au siège de Cantorbéry.*

Fils d'un croisé et d'une musulmane convertie, élève
brillant des universités d'Oxford, de Paris et de Bologne,
Thomas Becket avait pris part au mouvement intellectuel
imprimé à l'Angleterre par S. Dunstan, S. Oswald, et continué depuis. C'était un esprit très cultivé, et il a laissé un
Cantique à la Sainte Vierge, des *Lettres* qui donnent une
haute idée de son esprit et de son savoir, et où il paraît pro-
fesser le *pouvoir direct* de l'Église sur le temporel des rois,
enfin quelques *Traités théologiques.* De retour à Cantorbéry,
il en devint archidiacre, puis ministre et chancelier de
Henri II. Il se fit remarquer surtout par sa magnificence
princière, qui plaisait au roi et qui lui fit gagner ses bonnes
grâces. Il était d'ailleurs fort habile administrateur et politique remarquable ; aussi, les meilleurs actes de la première
partie du règne de Henri II sont-ils dus à ses conseils,
surtout les traités avec la France.

Sur ces entrefaites, le siège de Cantorbéry, qu'avaient
occupé S. Augustin et S. Dunstan, étant devenu vacant.
Henri II, pour mieux réaliser ses plans, et comptant sur
Thomas qui, peut-être, les avait trop favorisés jusque-là, lui
proposa cet archevêché. Thomas résista : il prévoyait la
rupture ; mais, sur les instances du roi, il finit par accepter.

Dès lors, il changea complètement de vie, et devint l'Atha-
nase de l'Angleterre.

II. *Ses premières résistances aux volontés royales. Portée
de cette résistance.*

La disgrâce de S. Thomas commença par la résignation
qu'il fit de la charge de chancelier, comme incompatible avec
celle d'archevêque, pour deux raisons sans doute : le surcroît
d'occupations et l'obligation de servir un roi qu'il voyait
attenter aux droits de l'Église.

Henri II exigea d'abord de lui la promesse de maintenir
toutes les coutumes d'Angleterre. Or, on sait l'équivoque et
les dangers de ces coutumes en général : elles sont toujours
un prétexte, par leur caractère vague et indécis, à tous les
passe-droits, et un drapeau de révolte sous le nom d'*exemption
locale*. En France, ces coutumes s'appellent le gallicanisme,
en Angleterre, l'anglicanisme, en Allemagne, avec une autre
nuance, le joséphisme. Abstraction faite de leur caractère
vague et indécis, en principe, elles sont une *contravention à
l'esprit catholique* ou *universel*, et l'Église ne fait que les
tolérer comme un mal nécessaire. — En Angleterre, ce que
le roi appelait coutumes, c'étaient des *abus intolérables ;* ou,
plutôt, ce n'étaient pas des coutumes, mais des innovations
introduites par lui-même.

Une assemblée générale se tint à Westminster ; tous les
évêques, sauf un, signèrent le serment de maintenir les
coutumes, mais avec la clause : *Sauf notre ordre.* Le roi,
furieux, parvint, à force de menaces, à diviser l'épiscopat.
S. Thomas demeura presque seul à maintenir les droits de
l'Église ; dans une seconde assemblée, tenue à Clarendon,
il refusa seul la pure et simple signature du serment. Cir-
convenu et trompé par toutes sortes de ruses, bien plus
qu'intimidé par les promesses et les menaces, il donna enfin
sa signature sans restriction pour ce qu'on prétendait être le
bien de l'Église. Mais il se repentit presque aussitôt, et
adressa au roi la révocation de son acte ; il envoyait en même
temps au pape Alexandre III des députés, pour solliciter le
pardon de sa faiblesse.

III. *Rupture complète.*

Un concile fut réuni à Northampton par le roi d'Angleterre ; les évêques y cédèrent à la volonté royale ; S. Thomas, appelé à comparaître, résista seul avec un de ses collègues ; dès lors il dut accepter l'exil, et se réfugier en France. Or, nous le voyons, dans cette circonstance, s'opposer à cet esprit d'Église nationale qui fait le fond du gallicanisme et qui est si contraire à l'esprit catholique. Les paroles que prononce Louis VII à cette occasion, expriment, elles aussi, avec une remarquable clarté, la croyance des Français et la puissance royale de cette époque sur l'institution des membres de la hiérarchie.

Henri II s'efforça de prévenir l'arrivée de tout acte pontifical dans son royaume ; c'était la promulgation de la doctrine contenue dans la XXVIIIe proposition du *Syllabus* : *Episcopis sine gubernii venia fas non est, vel ipsas apostolicas litteras promulgare.* S. Thomas, retiré à Cîteaux, fut obligé de quitter ce monastère, pour ne pas compromettre l'ordre entier en Angleterre. Muni des pleins pouvoirs du pape, il excommunia Henri II, donnant ainsi l'exemple non seulement d'une hardiesse tout apostolique, mais encore du droit qu'a l'Eglise d'excommunier les princes. L'abandon où son peuple laissa Henri II, est un témoignage de l'attachement des Anglais au catholicisme, et de leur foi au pouvoir du pape et des évêques sur les princes. Le roi fut obligé de rappeler l'illustre proscrit et de lui donner raison contre lui même.

IV. *Dénouement de cette lutte.*

S. Thomas rentra donc à Cantorbéry ; mais il demeurait l'obstacle le plus radical à une réconciliation durable, puisque Henri II n'abandonnait pas ses desseins ambitieux. Aussi, le désaccord continua-t-il, jusqu'à ce que le roi trouvât des courtisans assez coupables, pour mettre à exécution son souhait de se voir débarrassé de cet adversaire irréductible. S. Thomas fut mis à mort, et Rome condamna ses meurtriers, tout en pardonnant au prince repentant. Mais celui-ci expia cruellement le crime qu'il avait provoqué ; il fut

frappé dans sa famille et dans son autorité ; comme Théo-
doric, il fit une pénitence publique ; et non seulement il
se réconcilia avec le pape, mais il reconnut sa dépendance
vis-à-vis du Saint-Siège. C'est à dater de cette époque
que les légats du pape commencèrent à résider en Angleterre.

CHAPITRE VI

Pontificat d'Innocent III

I

I. *État de l'Europe catholique à l'avènement d'Innocent III ; et appréciation de la tâche qu'il va remplir et du but qu'il poursuit.*

L'historien Darras se borne ici à passer en revue les diverses nations d'Europe, à dire en quelles mains se trouvait le pouvoir ; mais cela ne forme pas une vue d'ensemble sur l'état général du monde pris dans son unité, et sur la mission d'Innocent III, en tant que tous ses actes se rattachent à un principe unique. Voici mon appréciation.

Nous avons vu le grand principe de l'union des deux pouvoirs, reconnu comme principe de politique chrétienne, et appliqué dans toute l'Europe d'une manière *régulière et définitive* sous Charlemagne ; puis, continuant à dominer toute la politique du moyen âge, même à travers les retours de césarisme chez les princes ambitieux. Nous avons vu ce principe appliqué tour à tour sous toutes ses formes, et trouvant, dans la réaction même des tyrans, une occasion de s'affirmer et de s'appliquer. Nous avons vu même les papes le défendre au nom, je ne dis pas de la *constitution de l'Europe*, mais du *droit divin*, et revendiquer pour eux-mêmes, comme papes, *à titre de droit inaliénable, l'autorité indirecte sur le temporel.*

D'un autre côté, *pour concilier les charges que cette autorité leur imposait, avec les devoirs du gouvernement spirituel du monde*, et en même temps pour donner à ce *principe de l'union des deux pouvoirs une forme* visible, populaire et capable de frapper tous les yeux, les papes ont restauré l'Empire d'Occident, avec un *caractère tout particulièrement chrétien*, celui de *défenseur officiel* de l'Église, investi, vis-à-vis d'elle, de *certaines charges* et de *certains privilèges*. Mais cette dignité n'était pas absolument nécessaire, et nous la voyons, dans certains moments, abolie provisoirement, soit faute de sujet capable, soit par l'indignité du sujet qui la portait ; et alors le pape reprend en main l'usage du privilège et l'exercice des fonctions qu'il avait déléguées à l'empereur. Ce sont là les moments pénibles de la lutte.

Jusqu'à présent la lutte avait toujours été localisée sur un ou quelques points, par exemple en Allemagne, sous Grégoire VII et Alexandre III, en Angleterre sous le même Alexandre ; mais rarement le pape avait eu à lutter partout à la fois. Or, voici ce qui fait le *caractère propre de la mission* d'Innocent III : l'Empire étant vacant, comme il l'avait déjà été plusieurs fois, et l'Église sans défenseur au dehors de sa hiérarchie, *la lutte a lieu sur tous les points à la fois*, toutes les nations se trouvent en souffrance ; en sorte que *ce pape doit lutter chez toutes ensemble contre les efforts qui s'y faisaient non pour renverser le principe de l'union des deux pouvoirs et de la subordination du temporel au spirituel, mais pour en éviter l'application.*

Le devoir du pape, *en vertu de ce principe*, c'était le *maintien des droits des souverains légitimes*, et la *direction des mœurs* des princes. L'empereur, s'il y en avait eu un, aurait été chargé de cela ; mais le trône impérial était vacant, et au pape revenait le devoir de résoudre, pour le bien du peuple et de la religion, les questions de *succession*, de *partage* et de moralité des princes.

Ces remarques aideront à comprendre ce que le pape Innocent III eut à faire, en face des questions politiques qui se posaient.

Une dernière remarque, avant d'entrer dans le détail des faits, et de voir comment Innocent III répondit à ce programme. A quel titre intervint-il dans toutes ces questions ? Comme chef spirituel du monde ; lui-même l'indique, dans une lettre à Othon, l'un des prétendants du trône d'Allemagne. Nous trouvons, dans les paroles du pontife, *le principe fondamental qui est la royauté pontificale*, et la conséquence qui est *l'union des deux pouvoirs*.

II. *Accusations graves et nombreuses portées contre Innocent III par les historiens français, depuis le XVIIe siècle.*

C'est une grande honte pour la France, que les historiens qu'elle a donnés à l'Église aient si souvent sali ses plus beaux caractères de leurs calomnies ou de leurs préjugés ; ils ont fait cela surtout pour les papes, principalement pour ceux du moyen âge. Sans doute, la cause en est que ces historiens, étant césariens et gallicans, et trouvant la conduite de ces papes directement opposée à leurs doctrines, ne pouvaient qu'en condamnant leur politique, échapper à la condamnation qui en ressortait pour eux-mêmes ou pour la conduite des princes au service desquels leur plume écrivait l'Histoire. Comme le fait remarquer Saint-Chéron, dans l'introduction à la traduction de la vie d'Innocent III par Hurter, l'École rationaliste moderne a été plus impartiale, et, sous ce rapport, le mouvement qu'elle a imprimé en Histoire a été providentiel, elle a déblayé le terrain. A ce point de vue, l'Allemagne protestante a donné une rude leçon à la France catholique gallicane et janséniste, et les meilleures histoires de quelques grands papes du moyen âge sont d'auteurs protestants, comme celle de Grégoire VII par Voigt, celle d'Innocent III par Hurter, et une histoire de la papauté par Ranke.

Le fond des principales accusations portées contre Innocent III, est toujours ce reproche d'ambition et d'empiétement dont nous avons déjà parlé, et par lequel les gallicans sont bien obligés d'expliquer l'éclat dont le moyen âge avait entouré la royauté pontificale, dans l'ordre spirituel et dans l'ordre temporel. Saint-Chéron, dans l'introduction à la vie d'Innocent III, rapporte les principaux jugements portés sur ce pape par les historiens français et anglais depuis le XVIIe siècle, Bossuet, Fleury, Voltaire, Hume, Gibbon, Hallam, Daunou, et la pléiade des gallicans qui se sont occupés plus spécialement de l'histoire de France, comme Mézeray, Anquetil, Velly, Millot, Ségur, Sismondi, Capefigue, Michelet, etc.

III. *Réhabilitation et apologie des œuvres d'Innocent III par l'histoire même protestante, surtout dans l'Allemagne moderne.*

Saint-Chéron le fait remarquer avec raison : « Pour l'honneur de la vérité, il ne faut pas croire qu'Innocent III et son siècle aient été condamnés à attendre le livre de notre écrivain allemand, pour être vengés de tant d'injustice et d'ignorance. » Il cite, pour l'Allemagne, comme ses apologistes, Jean de Müller, Wilken, Raumer ; en France, Du Theil, et le P. Daniel, dans son Histoire de France ; en Angleterre, Lingard. En sorte que, malgré les calomniateurs, la tradition des éloges dûs à Innocent III, a toujours eu des représentants.

Le fond de la justification d'Innocent III doit toujours être, non seulement, comme le remarque Darras, que le moyen âge avait donné au pape un pouvoir temporel extraordinaire, mais que le pape n'usait que du droit conféré au Saint-Siège en vertu de la prééminence du spirituel sur le temporel. Le témoignage de Hurter est d'autant plus remarquable que, comme *protestant* et *allemand*, il avait intérêt à continuer l'œuvre des accusateurs d'Innocent III. Mais Hurter était un caractère intègre, comme le prouve sa conversion.

Enfin, veut-on une appréciation plus saine encore, s'il est possible, faite par un catholique français ? il faut lire l'*Introduction à la vie de Ste Élisabeth de Hongrie* par Montalembert.

IV. *Antécédents, élection et sage gouvernement d'Innocent III.*

Né de la noble famille des Conti, et le second de quatre

fils, Lothaire fut élevé dans la science, et se prépara, par de fortes études, à prendre une grande part aux luttes de l'Église contre l'ambition des princes ; il assistait d'ailleurs à ces luttes, puisque la querelle des Hohenstauffen se produisit pendant sa jeunesse. Il étudia la théologie à Paris et le droit à Bologne, car ces deux villes possédaient alors les Écoles les plus célèbres. Au milieu du luxe que les écoliers de ces universités entretenaient, il se fit remarquer par l'austérité de sa vie, la pureté de ses mœurs, et la simplicité de ses goûts. D'autre part, quand il revint à Rome, âgé de 29 ans, son génie naissant et sa haute capacité le firent élever bien vite aux premières dignités de l'Église, et lui obtinrent, dans l'administration des affaires ecclésiastiques, la même influence qu'avaient exercée Hildebrand, S. Pierre Damien et S. Bernard.

C'est au milieu des occupations les plus absorbantes qu'il composa ses traités ascétiques *Des misères de la vie* ou *du mépris du monde*.

Le grand rôle qu'il avait joué sous les papes précédents le fit élire, à l'unanimité des cardinaux, à 37 ans. Il refusa le souverain-pontificat, mais, obligé d'accepter, il prit le nom d'Innocent III. — Darras énumère les sages mesures qu'il prit, pour s'entourer des conseils les plus prudents, et pour suffire à toutes les exigences de sa position en même temps qu'aux besoins de sa piété qui s'épanchait dans des ouvrages mystiques, comme son traité *De sacro altaris mysterio*, le *Stabat Mater*, le *Veni sancte Spiritus*.

II

RESTAURATION DU POUVOIR PONTIFICAL EN ITALIE.

Pour accomplir cette mission, la première chose à faire était de fortifier sa propre autorité. Or, cette autorité du pape, comme souverain temporel, se composait de trois par-

ties : le *gouvernement de Rome*, la *possession d'un domaine libre
et formant l'État de l'Église,* une *influence dans l'Italie* qui
devait être l'instrument, et qui pouvait être l'obstacle principal de sa mission. Or, ces trois parties de l'autorité pontificale avaient eu à souffrir continuellement, dans les
dernières luttes, soit par l'esprit de révolte à l'intérieur,
soufflé surtout par Arnaud de Brescia, soit par les empiétements extérieurs, surtout sous Frédéric Barberousse. Nous
allons voir comment procéda Innocent III.

I. *Rétablissement du pape dans Rome.*

Depuis Othon-le-Grand, nous avons vu plusieurs fois
Rome divisée par les partis et le pape exilé en luttant contre une fraction de son peuple. Depuis lors, la division de
la population romaine en deux partis, le parti allemand et le
parti italien, s'était perpétuée ; souvent elle avait créé des
antipapes, et il en était resté au peuple romain un esprit
d'indépendance qui avait souvent dicté au pape des conditions. Arnaud de Brescia avait donné un corps à cet esprit
d'indépendance, et l'avait formulé en principes.

Innocent III, ne pouvant rompre avec son peuple, le
combla de largesses ; il lui accorda une *constitution fondée
sur quelques concessions* qui, tout en étant populaires, avaient
le mérite de faciliter l'administration du temporel. Moyennant quoi, il rétablit une monarchie pontificale temporelle
solide et stable. En même temps, sa bienfaisance et son
dévouement lui conciliaient tous les esprits.

II. *Restitution des domaines temporels du Saint-Siège.*

L'État temporel de l'Église, fondé depuis si longtemps,
était alors, comme toujours, malgré son exiguïté, l'objet des
convoitises. Les empereurs d'Allemagne n'avaient pas manqué d'ajouter ses provinces à leur domination, commençant
la série de leurs usurpations par le plus petit mais le plus
important des royaumes. Henri VI les avait données en fief
à son sénéchal Markwald ; Innocent III les lui redemanda,
et sur son refus, l'excommunia. La restitution se fit d'elle-
même, et le peuple se sépara ; tant sont efficaces les moyens
de restitution dont se sert l'Église.

III. *Organisation de la confédération toscane.*

Frédéric Barberousse, par ses excès, avait détaché de lui les provinces italiennes ; elles s'étaient constituées en républiques confédérées avec le pape pour président, et nous avons dit qu'à dater de ce jour, un nouvel ordre de choses commençait pour l'Italie : *confédération de républiques distinctes*, ordre providentiel en ce qu'il facilitait la royauté du pape en l'éloignant de tout grand royaume, tout en organisant pour sa défense les ressources d'une grande nation. — Les empereurs d'Allemagne s'efforçaient sans cesse de reconquérir leurs domaines ; ils avaient pu rétablir leur autorité dans toutes les provinces d'Italie ; celles-ci se révoltèrent ou, plutôt, repoussèrent ce joug illégitime et se reconstituèrent en confédération, sous la présidence du Souverain-Pontife. La puissance du pape était désormais rétablie sans guerre, en Italie, Innocent III pouvait donc commencer son œuvre.

III

FERMETÉ D'INNOCENT III DANS L'AFFAIRE DU DIVORCE
DE PHILIPPE-AUGUSTE

La France, depuis longtemps, ne nous est guère apparue, dans l'Histoire, qu'avec le rôle qui lui convient, *protectrice et fille fidèle de l'Église*, soumise au pape ; dans les persécutions endurées par le Saint-Siège, elle était constante et souvent seule à protester. Elle avait eu aussi une belle part dans les *Croisades.* Elle commence à perdre de cette gloire sous le règne de Philippe-Auguste. Les premières années de son règne avaient été aussi consacrées à la croisade d'où ce prince était revenu sans en attendre la fin, en haine des Anglais ses alliés. L'affaire de son divorce est restée, dans l'Histoire de France, un fait tristement célèbre par son origine, mais glorieusement célèbre par son dénoûment.

I. *Divorce et union adultère du roi de France.*

Philippe-Auguste avait épousé, en secondes noces, la princesse danoise Ingelburge ; aussitôt après ce mariage, il fut pris d'une invincible aversion pour elle, et fit casser cette union indissoluble par un concile composé d'évêques courtisans et présidé, à Compiègne, par l'archevêque de Reims, son oncle. La reine en appela à Rome, et refusa énergiquement de rentrer en Danemark. Philippe-Auguste l'enferma dans un couvent, et épousa la malheureuse Agnès de Méranie, sa parente. Ceci se passait sous le pontificat de Célestin III, qui n'avait pas eu le temps de traiter cette affaire quand il mourut.

Plusieurs fois déjà nous avons vu des affaires de cette nature soumises au Saint-Siège et tranchées par lui, toujours dans le même sens et de manière à affirmer l'indissolubilité du mariage ; par exemple, le divorce de Charlemagne fut condamné, et si le pape n'en vint pas à une extrémité comme celle où Innocent III va être obligé d'en venir, c'est qu'il ne se sentit pas appuyé comme Innocent III le sera. *Plus la France était chrétienne, plus elle avait droit et besoin* qu'un principe comme celui de l'indissolubilité du mariage fût sauvegardé.

II. *Excommunication du roi et interdit du royaume au concile de Dijon.*

Innocent III, à qui le cas de Philippe-Auguste fut soumis, n'était pas d'un caractère à transiger. Il envoya un légat pour instruire l'affaire ; mais le roi n'en tint que davantage pour son crime. Un concile fut réuni à Dijon ; le roi refusa d'y comparaître, et l'interdit fut prononcé contre le royaume de France ; le baptême des nouveau-nés et l'absolution des mourants seuls y étaient désormais autorisés. Ce fut alors un bouleversement extraordinaire, les chrétiens s'enfuirent du royaume, et le roi, exaspéré, exerça sa vengeance sur les évêques qui l'avaient condamné.

III. *Soumission de Philippe-Auguste.*

Cependant Ingelburge était toujours maltraitée ; quant à Philippe-Auguste, abandonné de ses sujets, même de ses serviteurs, et attaqué par ses barons, il dut se résoudre à négocier la paix avec Innocent III, et à renvoyer Agnès de Méranie pour reprendre Ingelburge. La soumission de ce prince est une gloire pour la France qui nous apparaît alors si profondément chrétienne ; pour le roi lui-même qui suit le bel exemple de Théodose ; pour l'Église surtout qui montre son inflexibilité sur les principes et qui reçoit ici l'hommage le plus éclatant du moyen âge.

Malheureusement, cette querelle devait avoir une consé-quence funeste ; elle devenait comme le point de départ et la première apparition du gallicanisme.

IV

INTERVENTION DU PAPE COMME GARDIEN DE LA JUSTICE
ET DE L'ORDRE SPIRITUEL
DANS DES QUESTIONS DE SUCCESSION

I. *Diverses causes qui peuvent donner compétence à l'Église dans des questions de cette nature.*

Ici je trouve l'occasion d'appliquer, dans la question de succession et de *légitimité*, mes principes de pouvoir indirect du pape sur le temporel des rois.

Nous avons vu quelle était la situation du monde catho-lique à l'avènement d'Innocent III, les nombreuses ques-tions qui étaient posées par la force des choses, et la concurrence de plusieurs compétiteurs dans diverses nations. Il y avait là deux intérêts à sauvegarder à la fois, tous deux également en péril, tous deux faisant également de ces questions temporelles de succession des questions mix-tes :

1º *L'intérêt de la justice, considérée en elle-même et au point de vue religieux.* — Qu'une nation adopte telle ou telle forme de gouvernement, ou que, s'étant fixée là-dessus, elle soit gouvernée par tel ou tel souverain, voilà une question tem-porelle. Mais une fois le droit fixé et l'autorité conférée à celui qui en est le sujet, il n'est pas indifférent à la justice, au for intérieur, ni à la religion, ni par conséquent à l'Église, que l'autorité soit disputée à celui qui la possède légitimement, et on conçoit très bien le pape s'opposant au compétiteur injuste, en vertu de son autorité spirituelle, pour défendre *la justice*, sans même que le droit public l'ait investi, dans ces questions, d'un droit surérogatoire.

2° *Le bien du peuple chrétien*, non seulement son bien temporel, mais aussi son bien spirituel, est compromis dans une question de cette nature, et cela, 1) parce qu'il est exposé à la guerre et aux divisions qui mettent en péril le bien spirituel, 2) parce que l'exemple d'injustice et d'usurpation qui lui est donné est pernicieux, 3) parce que le peuple ne peut être conduit, comme il doit l'être, vers sa fin spirituelle, qu'à condition d'avoir à sa tête un prince dépositaire d'une autorité remplissant les conditions tracées par S. Paul : *Non est potestas nisi a Deo legitime ordinata* ([1]). — A ce titre encore, on comprend que le pape, en vertu de sa seule autorité apostolique, intervînt dans les questions de succession, de collation ou de revendication du pouvoir.

Dans sa conduite vis-à-vis des princes, au sujet des questions de succession, à quel titre intervient Innocent III ? Est-ce en vertu du *pouvoir indirect qu'il a, comme pape, sur le temporel*, ou en vertu d'un *pouvoir direct qui lui avait été conféré, comme au juge suprême des intérêts temporels de l'Europe catholique, par le droit public du moyen âge ?* — L'historien Darras est pour cette dernière opinion ; je la trouve timide, et cette solution le conduira très loin ; il accorde trop à cette sorte de preuve. Pour moi, il me semble difficile sans doute de nier, surtout en étudiant le pontificat d'Innocent III, que ce pape ait exercé des droits distincts de ceux du pape ; cependant, je ne vois rien ici d'*évidemment conféré par le droit public*, et je vois beaucoup de choses faites *au nom de la justice chrétienne* et en vertu du pouvoir pontifical.

1. Rom. XIII.

Il est difficile, dans le cas où Innocent III et les papes du moyen âge ont reçu du droit public quelque chose outre ce que leur donne leur qualité de pape, de démêler dans ces faits et dans leur conduite, ce qui appartient à leur *autorité purement civile*, de ce qui appartient à leur *autorité spirituelle*. Toutefois, deux choses sont claires : 1) Ils prennent pour point de départ ce principe fondamental de la subordination du temporel au spirituel en toutes choses. Or, cet argument appartient à leur rôle de chef de l'ordre spirituel. 2) Ils font profession, *non pas de donner leur volonté pour la loi*, ce qu'ils feraient s'ils agissaient au nom du droit public, mais de *suivre eux-mêmes une loi d'un ordre supérieur* dont ils ne sont que les ministres, celle de la justice chrétienne, ce qui convient à la mission du pape. 3) Une troisième chose est moins claire, et m'inspire des doutes, c'est que les papes aient consenti à se charger, au nom du droit public, d'un droit qui ne leur était pas conféré par Jésus-Christ ; n'est-ce pas là ce que S. Paul aurait appelé : *Nemo militans Deo implicat se negotiis sæcularibus ?*

II. *Exercice de ce droit par Innocent III.*

Nous allons étudier, en leur temps, les déclarations d'Innocent III relatives à cette question, et nous verrons, comme pour les papes précédents, de quelle nature est le droit qu'il s'attribue. Rohrbacher, mieux que les autres auteurs, me paraît apprécier cette question à son vrai point de vue théologique, et appliquer avec plus de courage à la politique chrétienne, le principe de la royauté de l'Eglise sur la terre. En même temps, il cite les documents, et on voit dans les déclarations du pape les principes qu'il invoque. Il est vraiment remarquable que nulle part nous ne voyions les papes invoquer ce droit public dont Darras parle à chaque instant, et cette constitution européenne à laquelle il attribue les faits que nous rencontrons à chaque page de l'Histoire ecclésiastique.

1° *Exercice de ce droit en Sicile.* — L'origine de la querelle, en Sicile, c'est que deux dynasties étrangères se disputaient le pouvoir, une dynastie normande, et une dynastie allemande, cette dernière représentée par une veuve, Constance, avec un roi de cinq ans, Frédéric II. La dynastie normande n'était plus en possession. La reine, se fondant sur le lien féodal qui existait entre la Sicile et le Saint-Siège, demandait au pape d'assurer la domination de sa dynastie, en conférant à Frédéric II l'investiture solennelle. Le pape n'accepta qu'à la condition 1) qu'on rendrait la liberté aux derniers restes de la dynastie normande qui avaient été emprisonnés ; 2) qu'on abandonnerait les privilèges concédés au royaume de Sicile dans la personne de Guillaume Ier par Adrien IV, sous le nom des *Quatre Chapitres*, ces privilèges portant atteinte à l'unité catholique dans sa discipline. Constance abandonna ces privilèges, et Innocent III accorda à Frédéric II l'investiture solennelle, à condition qu'il renoncerait, tant qu'il serait roi de Sicile, à ses droits sur l'Allemagne. Sur ces entrefaites, Constance mourait, mettant son fils sous la tutelle du pape qui accepta le rôle de tuteur pendant neuf ans, rétablit la paix en Sicile et rendit à Frédéric II, à sa majorité, un royaume soumis et florissant.

2° *Exercice de ce droit en Allemagne.* — En Allemagne, la question de succession était en suspens entre les deux partis des Guelfes et des Gibelins. Nous avons déjà dit qu'il y avait trois compétiteurs au trône d'Allemagne ; Frédéric II y ayant renoncé, restaient Philippe de Souabe et Othon de Brunswick. Le premier réclamait pour lui le droit d'hérédité, car Henri VI, dont il était frère, était le troisième Hohenstauffen empereur d'Allemagne, en sorte que le droit d'hérédité avait quelque vraisemblance. Philippe représentait donc un parti qui prit le nom de Gibelin, par une corruption italienne du nom de la famille Weibling à laquelle il appartenait. Mais une autre famille, celle des Welf, qu'on appela en Italie Guelfes, disputait à celle des Gibelins son influence ; elle était représentée par Othon.

Or, nous le savons, le pouvoir se transmettait en Allemagne par élection. Othon avait donc autant de droit que Philippe ; et la prétention de Henri VI de rendre son empire héréditaire n'avait pas eu son effet. Les deux compétiteurs se firent inscrire chacun par leur faction qui commença en Allemagne et en Italie cette longue lutte du moyen âge. Mais, dans le doute où se trouvaient les deux compétiteurs, ils recoururent à Rome.

Rohrbacher le fait remarquer avec raison : d'après la Bulle d'Innocent III, comme il s'agissait de la nomination d'un empereur défenseur en titre du Saint-Siège, c'était bien au pape, comme pape, que revenait cette élection ; si elle emportait avec elle la collation du pouvoir souverain, c'était une autre question. D'autre part, le pape avait le devoir de nommer le plus digne de cette fonction ; de là vient qu'il pesa les raisons, et fit, de sa propre autorité, la nomination, et ne déclara pas seulement de quel côté se trouvait le droit. Les deux raisons qu'il donna sont d'ailleurs des raisons d'ordre chrétien et de bien public : 1) la nécessité de rompre la prescription pour l'hérédité dans une telle famille ; 2) les antécédents de Philippe de Souabe et de sa famille. Aussi, Hurter dit-il avec raison, que si la Germanie a conservé son antique forme de transmission du pouvoir, c'est à Innocent III qu'elle le doit.

Othon fut donc élu et couronné empereur. Philippe, son rival, ayant été tué par un de ses serviteurs, toute l'Allemagne se rallia à Othon qui épousa la fille de Philippe : malheureusement, ce prince se jeta sur la Sicile et s'empara des biens de l'Église ; Innocent III se vit dans la nécessité de l'excommunier, de le déposer, et de désigner à sa place Frédéric II qui, plus tard, finit aussi par trahir le Saint-Siège. Le pape n'était vraiment pas heureux dans ses élus, et s'il continuait à exercer son pouvoir, ce n'était guère que pour maintenir son droit sur les princes de la chrétienté.

3° *Exercice de ce droit en Angleterre.* — Voici de nouveaux faits qui se présentent avec le même caractère, et qui donneront au pouvoir pontifical l'occasion de se manifester encore, et au pape un nouveau motif d'expliquer la nature, le sens et les motifs de son intervention. En même temps aussi, ces faits vont nous montrer l'un des premiers points de contact entre les deux nations rivales qui se retrouveront plus tard si souvent en présence, et la première phase de leurs longues luttes qui rempliront la fin du moyen âge, et dont le prolongement dure encore sous nos yeux. Car déjà le roi d'Angleterre possédait plusieurs provinces françaises du littoral occidental.

1) La *querelle de Jean-sans-Terre avec Philippe-Auguste* fut la première affaire portée au tribunal du Saint-Siège. Voici l'origine de la lutte : Jean-sans-Terre succédait à Richard-Cœur-de-lion qui, *par son testament, dépossédait Arthur de Bretagne* au profit de Jean-sans-Terre. Ce dernier détail est important à noter, pour expliquer comment Innocent-III se déclara pour le droit de Jean-sans-Terre. Celui-ci succédait donc légitimement à Richard pour les trois quarts de ses États, particulièrement pour les provinces françaises. Mais quelques-unes de ces provinces proclamèrent le droit d'Arthur, et refusèrent soumission à Jean, qui marcha contre elles et se débarrassa de son rival par l'assassinat. Philippe-Auguste, même avant ce crime, s'était opposé à la conquête de Jean ; il le cita à son tribunal, et, sur son refus de comparaître, s'empara de ses provinces et s'apprêta même à envahir l'Angleterre.

Jean recourut au pape, non pour justifier son crime, mais pour confirmer son droit. Et ici commence la question de l'intervention du pape. Notons d'abord que Jean reconnaissait la compétence du pape dans cette question de succession. Le pape d'ailleurs va affirmer lui-même sa propre compétence, en intervenant en effet, mais à quel titre ? Se basera-t-il sur le *droit public du moyen âge*, ou sur *son pouvoir spirituel ?*

Voici le premier élément de solution à cette question. Il s'agissait si peu du *droit public* du moyen âge, que Philippe-Auguste, au nom sans doute du principe libéral de la séparation des deux pouvoirs, déclina la compétence du pape, et fit la réponse suivante : Il n'appartient pas aux papes de s'ingérer dans les différends des rois, et il n'est pas tenu, lui, roi de France, d'obéir aux commandements apostoliques dans les choses qui regardent les feudataires de son royaume.

Or, Philippe-Auguste n'aurait pu donner cette réponse, et sa réponse, qui n'est que fausse, eût été invraisemblable, si le droit public du moyen âge avait seul donné au pape une compétence purement civile dans ces choses purement civiles.

Innocent III, dans sa réponse, va-t-il invoquer le droit public du moyen âge ? 1) Pour le cas en litige, il répond, *au nom de sa juridiction spirituelle*, au roi de France de cesser les hostilités. 2) Il affirme en outre, comme principe général, que rien n'appartient plus à *sa sollicitude pastorale* que d'admonester les princes chrétiens et de les porter à la paix. 3) Il fait appel à des arguments très étrangers au droit public, l'Écriture, la promesse faite à Pierre, l'exemple des premiers empereurs chrétiens. 4) Enfin, il évoque et réserve la cause à son jugement suprême. — Or, je ne vois pas en tout ceci comment Darras peut encore expliquer la réponse d'Innocent III par le *droit public du moyen âge*, d'autant plus que le pape va jusqu'à dire qu'il s'occupe non pas de l'affaire du fief, mais du péché d'usurpation, distinguant ainsi le crime personnel du droit légitime. Ajoutons que Philippe-Auguste se soumit.

2) *Trahison, excommunication, déposition et soumission de Jean-sans-Terre.* — Innocent III avait affirmé le droit et fait son devoir ; Jean-sans-Terre pouvait abuser, ce serait pure ingratitude, sans rien prouver contre la sentence du pape.

La lutte reprit en effet entre Jean et Innocent III. Jean chassa Langton, archevêque de Cantorbéry, comme Henri II avait chassé S. Thomas Becket. C'était le renouvellement de l'abus des investitures. Le pape intervint, mais Jean résista. C'est alors qu'un décret fut lancé fulminant l'interdit sur le royaume d'Angleterre. Le roi se vengea en déchaînant sa cruauté contre les évêques et le clergé qui obéissaient au pape ; l'impiété de ce prince n'eut d'égale que la lâcheté avec laquelle il chercha des alliés chez les Maures, qui le repoussèrent. Innocent III fut obligé de lancer contre lui l'excommunication nominale, et de le déposer du trône ; Philippe-Auguste, qui venait de reprendre Ingelburge, fut nommé exécuteur de la sentence, et le royaume de Jean-sans-Terre lui fut livré., — Cependant, toute l'Angleterre, mécontente, s'était éloignée du roi impie, avait accepté la sentence du Saint-Siège et l'autorité de Philippe-Auguste qui arrivait pour attaquer Jean-sans-Terre. Celui-ci, effrayé de la tournure que prenait la situation, finit par se soumettre, et cette soumission même est une preuve du droit du pape dont sa formule de soumission contenait un aveu explicite. Le pape lui rendit alors sa couronne, au grand mécontentement de Philippe-Auguste.

3) *Ligue contre Philippe-Auguste et bataille de Bouvines.* — Cependant, les princes du Nord s'étaient ligués avec Jean-sans-Terre contre Philippe-Auguste, lors de ses premières prétentions sur les provinces anglaises, et étaient restés attachés au roi d'Angleterre. Or, la guerre ne se terminait pas au moyen âge sans combat, et l'hostilité était trop radicale pour cesser ainsi à la soumission de Jean. Les coalisés se rencontrèrent avec l'armée française dans le nord de la France, à Bouvines ; la victoire fut remportée par Philippe-Auguste qui avait consacré ses armes à la défense du Saint-Siège et qui, battant du même coup plusieurs princes ennemis du Saint-Siège et excommuniés, leur imposait pour première condition de cesser leurs entreprises contre l'Église et de revenir à la communion romaine. Tel fut pour l'Église le résultat de la bataille de Bouvines. — Pour l'Angleterre, cette bataille eut une conséquence éloignée plus importante encore ; c'est que les princes anglais, unis à Langton rétabli sur son siège, forcèrent le roi à signer la *grande charte des libertés anglaises*, fondement, dans l'ordre politique, de la constitution actuelle de l'Angleterre, et, pour l'ordre chrétien, de la restitution des libertés de l'Église, tant de fois violées. Un détail intéressant pour nous, c'est que nous voyons, dans la bataille de Bouvines, l'évêque de Senlis, de Guérin, dont le conseil valait une armée, et l'un de nos plus fameux évêques de Beauvais, Philippe de Dreux, armé d'une massue, et qui n'avait pas une moindre valeur.

V

Pendant qu'Innocent III défendait l'Église au-dedans contre l'esprit d'envahissement et d'usurpation des princes chrétiens, le catholicisme était attaqué par les ennemis extérieurs sur deux points à la fois, en Orient et en Occident. Un mot seulement de ces faits — dont chacun séparément reviendra dans l'Histoire — pour montrer Innocent III défendant partout les intérêts de la catholicité, et faire voir le caractère vraiment *catholique* de la puissance pontificale démontré par le *concours universel* de toutes les causes à son tribunal comme à un tribunal compétent *partout* et *en tout* ce qui regarde la religion.

I. *Sollicitude d'Innocent III pour l'Orient.*

1º *Part qu'il prend à la quatrième croisade.* — Nous verrons plus loin l'Histoire de cette croisade. Ce fut Innocent III qui l'inspira, en s'occupant, dès les premiers temps de son pontificat, des chrétientés d'Orient, déléguant deux cardinaux pour susciter le mouvement, accordant des indulgences et des subsides, se chargeant enfin, pendant l'absence des croisés, de protéger leurs biens et d'administrer leurs affaires. Malheureusement, les croisés ne suivirent pas ses conseils, et l'expédition échoua pour n'être reprise qu'au XIIe concile œcuménique.

2º *Tentative de réunion des deux Églises.* — Les croisés ayant, contre leur premier projet et contre les conseils d'Innocent III, soumis Constantinople, amenèrent les Grecs de ce pays à un retour vers l'Église romaine ; le patriarche déclara publiquement, à Ste-Sophie qu'il reconnaissait Innocent III pour successeur de S. Pierre et pour vicaire de Jésus-Christ. C'est encore un document à ajouter aux autres déjà si nombreux qui montrent la suprématie du

Saint-Siège reconnue par l'Église de Constantinople, et ce témoignage conserve sa valeur, bien que la réunion ait été de peu de durée. Pour assurer l'union, le pape ordonna et rétablit sur son siège le patriarche qui avait été précédemment élu ; il lui confirma ses anciens droits, et au clergé de Constantinople le droit d'élire son patriarche. Mais cette union fut bientôt rompue.

II. *Sollicitude d'Innocent III dans la guerre des Albigeois.*

Nous verrons plus loin l'histoire des Albigeois, comme secte doctrinaire ; pour le moment, notons seulement qu'ils nient le principe fondamental sur lequel s'appuie toute la constitution de l'Église, le *principe d'autorité*, et qu'ainsi ils préludent au protestantisme et au socialisme, qui sont les deux applications — religieuse et politique — du même principe ; deux applications qui, de nouveau, se sont réunies de notre temps, en 89, puisque la liberté effrénée est le premier des principes de 89. — Les Albigeois établirent leur doctrine de prétendue liberté, en pillant et en massacrant. Raymond VI, comte de Toulouse, fut un des grands patrons de la secte, et leur prêta le secours de ses armes.

Innocent III, pour ramener les Albigeois au bien, commença par l'apostolat. Pierre de Castelnau et quelques autres, parmi lesquels S. Dominique, leur prêchèrent la foi catholique ; le premier fut martyrisé pour la foi par la faute, sinon par les actes du comte Raymond. Innocent III excommunia et déposa ce seigneur, puis appela la France aux armes. Son appel fut entendu, et Simon de Montfort prit le commandement de cette *guerre de religion.* Sa victoire fut complète sur toute la ligne, et la campagne se termina par la glorieuse victoire de Muret où le héros catholique, avec vingt-cinq mille hommes, battit les cent mille Albigeois de Raymond et de Pierre d'Aragon. Nous savons que S. Dominique créa son institut pour combattre les Albigeois par la parole.

VI

DOUZIÈME CONCILE ŒCUMÉNIQUE, QUATRIÈME DE LATRAN

Ce concile est comme la synthèse du pontificat d'Innocent III, et le résumé de tout le moyen âge chrétien. Alzog l'appelle le plus brillant de tous les conciles jusqu'à ce moment de l'Histoire ; il vit réunis 412 évêques, un grand nombre d'abbés et de princes chrétiens, les ambassadeurs des empereurs.

I. *Canons relatifs à la foi.*

Les erreurs contre lesquelles l'Église avait à fulminer avaient été peu variées ; elles furent condamnées, les unes directement, les autres indirectement. Les Vaudois et les Albigeois furent anathématisés, et Raymond de Toulouse, leur protecteur, se soumit ainsi que son fils.

Le concile rendit aussi, sur le devoir pascal, un décret qui, en soi, est disciplinaire, mais qui semble venir comme condamnation pratique des erreurs de Bérenger ; ce qui prouve la fausseté de cette double assertion : que la croyance en la présence réelle, comme la fréquentation de l'Eucharistie, commence à cette époque.

Enfin, de ce concile date la répression officielle et canonique des hérétiques ; c'est l'application effective de l'inquisition déjà fondée.

II. *Canons disciplinaires.*

Ces canons sont très nombreux ; ils concernent l'organisation des Croisades ; le projet d'union définitive des deux Églises, projet fondé sur l'honneur accordé aux évêques de Constantinople et le second rang à eux attribué comme patriarches ; enfin, la réforme des abus, la réunion des conciles provinciaux, les conditions de validité et les empêchements du mariage.

CHAPITRE VII

La chrétienté d'Orient depuis Godefroy de Bouillon jusqu'à saint Louis.

I

TROISIÈME CROISADE.

Nous avons vu l'insuccès de la seconde croisade, pleuré par S. Bernard, insuccès tel que, non seulement les poètes lui ont manqué, faute de gloire à chanter, mais aussi les historiens, faute d'exploits à raconter. Le découragement fut si grand à la suite de ce désastre, que l'Europe laissa pendant 40 ans (1148-1190) le faible royaume de Jérusalem livré à lui-même se débattre contre les Sultans.

I. *État du royaume chrétien de Jérusalem après la seconde croisade.*

1º *Alternative de succès et de revers entre Saladin et les rois de Jérusalem, jusqu'à Guy de Lusignan.* — Baudoin III, roi de Jérusalem sous la seconde croisade, continua la lutte après l'échec de cette croisade ; il reprit Ascalon, pendant que Noureddin lui reprenait Damas et peu à peu ses autres places. Amaury, successeur de Baudoin III, chercha à s'emparer de l'Égypte ; mais Noureddin, après quelques revers, l'arrêta, et enfin Saladin, général de Noureddin, conquit définitivement ce pays. Baudoin IV venait de succéder à son père, lorsque, de son côté, Saladin, profitant de la mort de Noureddin, s'empara de son trône et se montra aussi grand de caractère que les rois de Jérusalem étaient faibles et efféminés. Sans doute, Saladin perdit un peu de terrain en Palestine, au début de son règne ; mais bientôt, grâce à la faiblesse des rois de Jérusalem dont le dernier, Guy de Lusignan, était absolument incapable, il se rendit maître de la situation.

2° *Prise de Jérusalem par Saladin et chute du royaume de Jérusalem.* — Les chrétiens, affolés par les succès de Saladin, affluèrent de toutes parts à Jérusalem pour s'y réfugier ; mais la ville était mal défendue, entourée de murailles en ruine, hors d'état de résister à un siège vigoureux. Saladin s'en empara rapidement, en chassa les chrétiens, les princes et les grands ; mais, dans sa victoire, il se conduisit généreusement, et rendit la liberté aux prisonniers. Le culte de Mahomet fut partout installé, et le royaume chrétien de Jérusalem fut détruit, après 88 ans d'une durée dont la première phase avait été la seule vraiment pure et glorieuse.

II. *Conquêtes des croisés.*

Cependant Clément III appelait les peuples chrétiens en Orient, et pour leur fournir des subsides, il établissait la dîme Saladine. Malheureusement, cette mesure excita des plaintes appuyées par Pierre de Blois ; il ne se trouva pas alors, comme au temps de Pierre l'Ermite et de S. Bernard, de grandes et puissantes voix pour animer les peuples ; mais le bruit de la chute du trône de Godefroy suffit seul pour ébranler l'Europe du Nord au Midi. En peu de temps, trois héros, *Philippe-Auguste en France, Richard, roi d'Angleterre*, et *Frédéric Barberousse, empereur d'Allemagne*, se trouvèrent prêts, chacun à la tête d'une brillante armée. Il faut remarquer que tous trois s'étaient magnifiquement distingués par leurs qualités militaires, et que, conduisant ensemble 500 mille hommes, ils auraient pu, en s'unissant, conquérir l'univers.

1° *Départ, succès et mort de Frédéric Barberousse.* — Frédéric partit seul avec son fils Frédéric de Souabe, et passa par Constantinople. Mais Isaac l'Ange, alors empereur, s'unit à Saladin contre lui, et dressa mille pièges aux croisés ; Frédéric résolut alors d'aller directement à Jérusalem. Débarqués en Asie, les croisés se virent encore trahis par les Grecs et bientôt attaqués par le sultan d'Iconium, allié d'Isaac l'Ange. Frédéric sortit victorieux du combat, s'empara d'Iconium, et ouvrit de nouveau la Terre-Sainte aux chrétiens. Ces premiers exploits donnaient les plus belles espérances, lorsque Frédéric mourut, comme Alexandre-le-Grand, en se baignant dans le Cydnus. Frédéric de Souabe poursuivit l'œuvre de son père, fit quelques nouvelles conquêtes, et mourut à Ptolémaïs.

2º *Départ de Philippe-Auguste et de Richard Cœur-de-Lion.* — Au moment où Frédéric Barberousse mourait, la croisade était prêchée en France et en Angleterre par Guillaume de Tyr. Philippe-Auguste et Richard Cœur-de-Lion se donnèrent rendez-vous à Messine. Pendant ce temps Guy de Lusignan, pour réprimer la faiblesse avec laquelle il avait gouverné et combattu d'abord, réunissait les restes des anciennes armées françaises, au nombre de neuf mille hommes ; il y joignait d'autres troupes venues d'Occident, et se trouvait ainsi à la tête de 60 mille hommes ; instruit par l'expérience, il se détachait complètement des Grecs de Constantinople qui ne cessaient de trahir la cause des croisés. C'est alors que Philippe-Auguste et Richard Cœur-de-Lion arrivèrent pour attaquer Ptolémaïs, de concert avec les troupes de Guy de Lusignan.

3º *Siège et prise de Ptolémaïs ou Saint-Jean-d'Acre.* — Saladin, apprenant que Ptolémaïs était menacée, accourut avec une nombreuse armée pour présenter le combat ; mais le grand caractère de Richard Cœur-de-Lion le subjugua ; l'admiration, l'amitié même qu'il voua au roi d'Angleterre, inspira bientôt à Philippe-Auguste une jalousie qu'aigrit encore la fierté de Richard et qui les força à convenir que jamais ils ne combattraient ensemble. Malgré tout, le siège de Ptolémaïs se continuait ; la ville, forcée par la famine et par la vigueur des assiégeants, dut enfin se rendre.

4° *Retour de Philippe-Auguste et conquêtes de Richard.*
— Philippe-Auguste, jaloux de Richard, se décida à quitter
la Terre-Sainte, suivi des autres princes de l'Europe qui
partageaient sa haine et ses susceptibilités ombrageuses.
Richard demeura seul à guerroyer en Palestine, avec une
bravoure qui lui a valu, dans l'Histoire, une place exceptionnelle, et dans les fastes de l'Angleterre une réputation
légendaire.

III. — *Issue de cette croisade.*

1° *Retour de Richard et mort de Saladin.* — C'est le
moment où Jean-sans-Terre, profitant de l'absence de
Richard, s'emparait de ses États. Richard dut revenir à
la hâte pour arrêter l'usurpateur, malgré son regret de
n'avoir pas reconquis Jérusalem. De son côté, Saladin,
vieux et épuisé, signait avec les croisés un traité de paix
qui garantissait aux chrétiens la liberté de rentrer à Jérusalem, et la possession territoriale de toute la côte mari-
time.

Saladin mourut peu de temps après la conclusion de ce
traité. Tel fut le résultat, incomplet mais glorieux, de la
troisième croisade ; il avait suffi pour détourner les dangers
dont la puissance musulmane menaçait la chrétienté, même
en Europe.

2° *Injuste détention de Richard et intervention du pape
en sa faveur.* — Richard, nous l'avons dit, avait indisposé
contre lui les princes chrétiens ; or, à son retour en Europe,
Léopold d'Autriche, qui gouvernait la Dalmatie, le prit, le
fit emprisonner, puis le vendit à Henri VI. Tout le monde
ignorait cela ; le pape Célestin III l'apprit et, comme pape,
chargé de sauvegarder la justice et de protéger spécialement les croisés, il excommunia les deux princes injustes.
Ceux-ci vendirent alors aux Anglais la liberté de Richard,
et furent de nouveau excommuniés et menacés d'être déposés. Henri VI, loin de se laisser intimider par les jugements
pontificaux, dépouilla et persécuta les derniers descendants
des rois de Jérusalem, et profana les tombeaux des anciens
rois ; il fut excommunié une troisième fois et mourut subite-

ment et misérablement ; Léopold d'Autriche se repentit et fut absous.

II

QUATRIÈME CROISADE.

I. *Organisation de la croisade et départ pour l'Orient.*

La conquête n'avait pas été complète, à la fin de la troisième croisade ; le but de la quatrième fut d'achever l'œuvre commencée. Innocent III, devenant pape peu après, en eut donc la pensée, et en fut l'inspirateur, dès les premiers temps de son pontificat. L'intervalle entre ces deux croisades n'avait été que de dix ans (1192-1202). Pendant ce temps, la situation acquise en Orient avait quelque peu souffert, grâce à l'incurie et à la division des princes préposés au gouvernement des provinces conquises, et qui, ne possédant pas Jérusalem, ne prenaient pas le titre de rois. La prédication de Foulques de Neuilly remua encore la France, et fit retentir jusque dans le palais des princes, le tonnerre des menaces évangéliques ; aussi, de nombreux seigneurs prirent part à la croisade.

II. *Digression des croisés sur Constantinople.*

Le malheur des croisés était toujours venu de ce qu'ils se laissaient détourner du but par leur ambition ou par la ruse de leurs adversaires. Le conseil que leur donna Innocent III les aurait sauvés, et la Terre-Sainte avec eux : Ne regardez pas en arrière, comme la femme de Loth, leur disait-il. — Or, ils commencèrent à s'arrêter en Dalmatie, pour reconquérir sur les Hongrois et au profit des Vénitiens leurs bienfaiteurs, une ville de ce pays. De là, ils furent appelés à Constantinople par Isaac l'Ange, le vieil ennemi des croisés, pour le rétablir sur le trône dont son frère Alexis l'Ange l'avait renversé ; ils y arrivèrent sous la conduite du doge Dandolo, battirent les 150 mille soldats d'Alexis, et rétablirent Isaac sur son trône, à condition qu'il se soumettrait au

Saint-Siège. La promesse fut faite, la réunion des deux Eglises décrétée ; mais la haine des Grecs contre les Latins en ajourna l'exécution, et bientôt après Isaac était détrôné, son fils égorgé par une faction qui poussait au pouvoir un aventurier, Ducas Murzuphle.

III. *Prise de Constantinople et fondation d'un empire latin en Orient.*

Les croisés français avaient promis aide et protection à l'empereur Isaac détrôné ; ils renversèrent son compétiteur, et, à la faveur de l'anarchie, s'emparèrent de Constantinople. Aussitôt, un conseil fut assemblé pour élire un nouvel empereur, et le choix tomba sur le comte de Flandre, qui ne s'était sans doute pas attendu à cet honneur au commencement de la conquête, et qui prit le nom de Baudoin Ier.— Innocent III pleura, en voyant la Terre-Sainte oubliée pour des conquêtes étrangères. Avec le règne de Baudoin commença l'empire latin de Constantinople ; il absorba toutes les forces de la quatrième croisade, et dura 58 ans avec peu de gloire et d'utilité. La conquête de Constantinople, selon Michaud, loin d'être, comme le croyaient les chevaliers, le chemin de la Terre-Sainte, ne fut qu'un obstacle à la conquête de Jérusalem, et leurs imprudents exploits mirent les colonies chrétiennes dans le plus grand péril.

III

CINQUIÈME CROISADE.

I. *Etat de la Terre-Sainte dans l'intervalle de ces deux expéditions.*

Pendant que les croisés perdaient leur temps à Constantinople, la ruine de la conquête opérée dans la quatrième croisade s'achevait. Les chrétiens avaient tout perdu ; il ne restait plus aux colonies chrétiennes que les deux villes de Ptolémaïs et de Tyr, où elles étaient comme emprisonnées et dans la crainte perpétuelle des plus grands excès de la part des Sarrasins. Elles se donnèrent pour roi, en 1210, Jean de Brienne. C'est alors que fut publié, au douzième concile œcuménique, le décret pour la Ve croisade. On ordonna et promit solennellement d'observer la paix de Dieu, entre tous les princes et peuples chrétiens, durant quatre ans ; les évêques devaient réconcilier tous les adversaires. Voilà enfin une clause que je reconnais appartenir au *droit public* du moyen âge.

II. *Travaux et revers des croisés.*

Malheureusement, les diverses chrétientés de l'Europe étaient dans l'impuissance de répondre efficacement à l'appel du pape Honorius III. L'empire latin de Constantinople avait déjà grand'peine à se soutenir lui-même ; de son côté, l'Espagne avait à soutenir au dedans sa croisade permanente ; les autres nations avaient à leur tête des princes impies, comme Frédéric II en Allemagne, ou trop faibles, comme Philippe-Auguste en France et Henri III en Angleterre.

Les Hongrois qui, autrefois, dans la 1re croisade, avaient été le principal obstacle et même la cause de la ruine de l'expédition conduite par Pierre l'Ermite, étaient seuls en mesure de partir avec leur roi André. Ils s'unirent au roi de Jérusalem, Jean de Brienne, tandis que le roi André rentrait en Europe, rappelé par la révolte, et mourait bientôt dans ses États. Le seul exploit de Jean de Brienne fut la prise de Damiette, après 17 mois d'efforts héroïques.

Peu accoutumés au pays, mal installés, les croisés furent décimés par la famine, surpris par les inondations qui détruisirent leurs ouvrages et leur enlevèrent toute ressource. C'est alors qu'apparut la belle et apostolique figure de S. François d'Assise qui s'efforça, mais vainement, de convertir les musulmans. Damiette fut reprise avec toute la conquête antérieure ; mais le sultan Malek-el-Kamel se montra généreux : il donna la liberté aux prisonniers et permit aux restes de l'armée de retourner en Europe. Ainsi se termina la Ve croisade (en 1222).

IV

I. *Usurpation par Frédéric II du titre de roi de Jérusalem.*

Après l'échec de la cinquième croisade, Jean de Brienne, roi nominal de Jérusalem, vint en Europe, afin de provoquer une nouvelle expédition. Le prince le mieux en mesure de le secourir était Frédéric que le pape Innocent III, son tuteur, avait transféré du trône de Sicile sur celui d'Allemagne. Mais Frédéric s'était montré ingrat et rebelle envers le Saint-Siège : plusieurs fois, sous le pontificat d'Honorius III, il avait promis de prendre part à la croisade ; mais la promesse était toujours restée sans effet. Pour le décider, Jean de Brienne lui donna sa fille en mariage, et Frédéric fit, pour la cinquième fois, le serment, sous peine d'excommunication, de secourir la Terre-Sainte. On pouvait espérer ; mais bientôt, Frédéric, abusant encore de la confiance de Jean de Brienne, le dépouilla de ses États et de son titre de roi de Jérusalem, se flattant, non pas de délivrer la Terre-Sainte, mais d'établir en Orient sa suzeraineté.

II. *Expédition dérisoire et succès impie de Frédéric.*

Sur ces entrefaites, Grégoire IX devint pape et reprit énergiquement le projet de croisade ; il pressa Frédéric d'exécuter son serment. L'empereur, craignant l'excommunication, feignit de partir pour la Terre-Sainte ; mais il s'arrêta à Otrante, alléguant une maladie, et l'entreprise échoua. Grégoire IX ne fut pas dupe de l'hypocrisie de l'empereur et fulmina contre lui l'excommunication ; Frédéric, par le fait de cette sentence, devenait incapable de prendre part à cette croisade. C'est alors que le prince, qui jusque-là avait reculé devant l'exécution de ses serments, se décida inopinément à partir ; il avait d'ailleurs préparé les choses en Orient de manière à s'assurer, de la part du Sultan et par une transaction honteuse, l'entrée de Jérusalem et l'exercice dérisoire de sa royauté volée. Il se mit en route contre la volonté du pape, et les chrétiens de Palestine refusèrent de communiquer avec lui.

Le sultan Mélédin, après avoir obtenu de Frédéric un arrangement impie, céda Jérusalem démantelée non pas à l'Église, ni aux chrétiens, comme autrefois, mais à l'empereur qui semait partout l'irréligion, scandalisait les chrétiens, et allait jusqu'à étonner les musulmans. D'ailleurs, Frédéric était devenu presque musulman ; il favorisait le mahométisme, au point de s'étonner qu'on ne se livrât pas aux cérémonies de cette religion là où il se trouvait ; inutile d'ajouter du reste que Jérusalem, tout en lui étant livrée, restait au pouvoir des musulmans. Lui-même se couronna roi de Jérusalem au Saint-Sépulcre, car aucun évêque n'avait voulu remplir cette fonction criminelle ; il demeura deux jours en ce lieu vénérable, afin d'en dater ses lettres et de faire acte de roi, puis quitta la Terre-Sainte, emportant avec lui le mépris universel.

Ainsi se termina cette triste croisade ; elle ne fut d'aucune utilité à la puissance chrétienne en Orient ; et les expéditions que va tenter S. Louis seront le dernier effort avant l'abandon complet de la Ville-Sainte. Frédéric II fut le dernier roi qui parut à Jérusalem comme souverain.

CHAPITRE VIII

Saint Louis roi de France.

I

SA VIE ET SON GOUVERNEMENT.

Il est bon, pour comprendre le rôle de la France dans l'histoire du moyen âge catholique, de voir ce qu'elle était devenue depuis Charlemagne.

I. *Etat de la France à l'avènement de S. Louis.*

1° *Au point de vue politique.* — L'œuvre de Charlemagne s'était disloquée, et, de division en subdivision, on en était arrivé à la *féodalité.* Depuis un siècle seulement, les rois reprenaient leur autorité, probablement en raison des Croisades qui les mettaient à la tête du peuple et engageaient les grands à se mettre sous leur protection. Philippe-Auguste surtout avait fait beaucoup pour restaurer l'autorité royale en France.

Nous n'avons pas à nous occuper directement de l'œuvre politique de S. Louis ; disons seulement que, parce qu'il fut un saint, il ne faudrait pas croire, selon un préjugé trop accrédité par les historiens modernes, qu'il fut un esprit faible et doué seulement de vertus privées.

2° *Au point de vue religieux.* — L'œuvre de Charlemagne avait été l'implantation du christianisme dans la société. Les mélanges étant opérés, l'amalgame n'était pas fait, comme dit Guizot ; il se fit du IXe au XIe siècle. Au XIe et au XIIe siècle, il est achevé ; la société est chrétienne, et, comme une terre bien préparée, elle va produire des œuvres comme des fruits. Depuis le XIe siècle, en effet, les œuvres se multiplient, et les Croisades sont la manifestation de l'état florissant de la religion en France. Qu'on dise ce que l'on voudra, lorsque nous voyons partir en croisade le peuple, les seigneurs et les rois de France, nous en concluons que la nation est très chrétienne. Or, nous avons vu ce spectacle : des populations entières partant pour la croisade ; des seigneurs en grand nombre quittant tout et peuplant la Palestine ; des rois, comme Philippe-Auguste, donnant au monde l'admirable exemple du repentir et de la soumission au pape ; enfin, la France unanime dans sa fidélité et son dévouement à l'Église.

II. *Régence de Blanche de Castille pendant la minorité de S. Louis.*

Blanche de Castille travailla avec sagesse aux deux grandes œuvres royales qui devaient remplir le règne de son fils. Nous savons de quels soins pieux elle entoura son éducation, et Guizot lui-même admire ce qu'elle fit pour lui préparer un trône solide. C'est pendant la minorité de S. Louis que les derniers des Albigeois firent leur soumission politique et religieuse.

III. *Vie privée, caractère et piété de S. Louis.*

Saint Louis résume bien le moyen âge comme législateur, comme héros et comme saint. Pour se faire une idée de sa piété, de ses vertus privées, et pour admirer complètement cette belle figure de *héros chrétien*, il faut lire le récit de Joinville. C'est surtout une scène belle et touchante que celle que nous offre ce roi simple et généreux, rendant la justice à Vincennes ; lui si fier cependant qu'il refusera de payer sa rançon en argent, et que, par un sentiment d'honneur bien français, il donnera Damiette comme prix de sa liberté.

IV. *Législation chrétienne de S. Louis.*

Nous n'avons pas à nous occuper spécialement des lois d'ordre purement civil portées par S. Louis ; elles ont surtout trait aux relations entre l'autorité royale et la féodalité. Ce qui nous intéresse ici, c'est le côté où sa législation touche aux choses religieuses et à l'Église. Disons d'abord que le caractère et le principe général de ses lois, c'est non la *loyauté humaine*, mais la *justice et la foi chrétienne*. On n'en était plus, en France, à attendre une législation chrétienne, appuyée sur le principe catholique de l'union de l'Église et de l'État ; cette législation existait depuis Charlemagne, avait été perfectionnée par ses successeurs, appliquée par tous sur la plupart des points, violée par quelques-uns dans certaines clauses, mais toujours remise en vigueur ; enfin elle a dominé les quatre siècles qui séparent Charlemagne de S. Louis. Aussi, S. Louis n'avait à statuer sous ce rapport que sur quelques points de détail, soit sur l'application des grandes institutions chrétiennes du moyen âge, soit sur la punition des vices du temps, soit sur les mesures nécessaires à prendre pour l'application des lois de l'Église et la prospérité de la religion.

1° *Lois contre le blasphème*. — Le blasphème était un des péchés du temps ; S. Louis le détestait, et le corrigeait autour de lui, comme aussi le sire de Joinville, qui l'avait complètement aboli dans son château. Ainsi raconte-t-il à Joinville qu'un chevalier, assistant à une discussion entre des moines et des Juifs, posa une question à un de ces derniers, et, sur sa réponse, le frappa de son bâton ; S. Louis ajoute : « Aussi vous dis-je que nul, se il n'est très bon clerc, ne doit disputer à eulz ; mès l'omme lay, quant il ot mesdire de la loy crestienne, ne doit pas défendre la loy crestienne, sinon de l'épée, de quoi il doit donner parmi le ventre dedens, tant comme elle y peut entrer. » — Aussi, non content de punir le blasphème dans sa maison, il en sanctionna la défense dans son royaume par une loi générale, et par des châtiments exemplaires dont la rigueur fut même blâmée par le pape Clément IV.

2° *Établissement de l'Inquisition en France*. — Comme nous aurons à développer cette question plus tard, nous n'avons qu'un mot à dire ici sur la question de principe. Tout se résume à savoir si l'union de l'Église et de l'État doit être telle, que l'État, *protecteur* et *serviteur* de l'Église, mette au service de sa doctrine et de son gouvernement les forces dont il dispose, sanctionne par l'autorité du glaive matériel les jugements de l'autorité spirituelle, et use de la *contrainte pour l'application des lois de l'Eglise*. Cette question se pose à chaque pas, au moyen âge, ou plutôt la réponse y est donnée à chaque pas par la conduite de l'Église et des rois chrétiens.

Pour y répondre aujourd'hui, en face des préjugés modernes, soit ignorance, soit respect humain, on tourne souvent autour du vrai principe de solution, et on s'en tire par des faux-fuyants du genre de ceux-ci : 1) On allègue les *mœurs du temps ;* 2) on fait remarquer que l'Église était *étrangère à ces mesures*, et condamnait seulement spirituellement, ignorant si le prince allait condamner corporellement ; 3) on allègue le caractère antisocial de toute erreur religieuse et, en particulier, des erreurs du temps où fut établie l'Inquisition. Toutes ces raisons ont du bon, mais elles sont secondaires, et il ne faut pas les mettre au premier rang. Le principe de solution, c'est *l'union des deux pouvoirs* et le *devoir imposé à l'Etat* de défendre l'Église.

L'origine de l'Inquisition, sous S. Louis, est racontée par Rohrbacher, d'après Joinville : des évêques se plaignirent au roi qu'on ne tenait plus compte des excommunications, et que le roi laissait dépérir la religion, si, par la confiscation des biens, il n'obligeait les excommuniés à satisfaire à l'Eglise. Le bon roi consentit à cette mesure, à condition qu'un tribunal distinct serait établi pour juger si l'Eglise avait été lésée dans ses membres, prévenant ainsi les difficultés qui seraient survenues, si des clercs ou même des évêques avaient à tort réclamé satisfaction. Ce tribunal fut établi et composé de religieux dominicains et franciscains. Les hérétiques turbulents, nés au siècle antérieur, et les Juifs surtout, usant de représailles à l'occasion des croisades, nécessitaient cette institution.

Dans l'établissement de ce tribunal distinct, fondé par

S. Louis qui ne voulait pas que les évêques fussent seuls entendus dans leur propre cause, Guizot voit une *manifestation gallicane*, en ce sens que S. Louis ne ferait ici qu'affirmer une des *libertés de l'Eglise nationale*. Ce que nous y voyons, nous, c'est seulement une mesure de prudence, une *application discrète du principe de l'union des deux pouvoirs*.

3º *Pragmatique sanction*. — Deux questions distinctes se rattachent à ce fait : la question de la législation chrétienne, édictée par S. Louis, et celle des libertés gallicanes qu'il est accusé de défendre ici et ailleurs ; cette seconde question reparaîtra, nous n'avons ici qu'à l'indiquer.

Les cinq articles authentiques de la *Pragmatique*, montrent bien le respect de S. Louis pour les lois de l'Eglise, et l'application de ce principe que l'Etat peut sanctionner les lois de l'Eglise. Ces cinq articles, qui ne sont que la promulgation des antiques libertés de l'Eglise, depuis et même avant Charlemagne, étaient déjà rappelés par S. Louis à Raymond, comte de Toulouse, lorsque celui-ci abjura l'hérésie des Albigeois. Un sixième article serait une loi empreinte de gallicanisme et presque identique à un des quatre articles, sous prétexte de *libertés gallicanes ;* il mettrait l'Eglise de France sous la servitude du prince à qui il donnerait le rôle non de défenseur, mais d'oppresseur de l'Eglise. Disons que ce sixième article n'est pas authentique ([1]) et que, le fût-il, il est incompatible avec la primauté du pape. Rohrbacher fait remarquer que le mot de libertés de l'Eglise gallicane intervient pour la première fois dans l'Histoire, dans le décret de S. Louis, à la conversion de Raymond de Toulouse, et la seconde fois dans la Pragmatique ; aujourd'hui, l'Eglise de France serait libre des lois de l'Eglise universelle ; sous S. Louis, elle était déclarée libre, sur certains points, de l'autorité des rois de France ; alors, c'étaient des *privilèges*, aujourd'hui, ce sont des *abus*.

[1]. L'authenticité de toute la *Pragmatique sanction* de S. Louis est d'ailleurs énergiquement contestée et niée par des auteurs de grande autorité.

II

EXPÉDITIONS DE S. LOUIS EN ORIENT.

I. *Septième croisade.*

1° *Nouvelles pertes depuis la sixième croisade.* — Nous avons vu la sixième croisade terminée par la ridicule prise de possession de Jérusalem où Frédéric II entra plutôt en apostat qu'en prince chrétien et croisé. Jérusalem alors était démantelée et, au départ de Frédéric, elle n'avait pas tardé à être reprise par les Sultans. Durant les vingt-deux ans qui séparèrent la sixième croisade de la septième, elle passa aux mains de trois puissances différentes, les Ayoubites, les Karismiens ou Mongols, venus du fond de l'Asie, enfin, le Sultan d'Égypte, au pouvoir duquel elle se trouvait au moment où vont se passer les faits dont nous parlons. En même temps, les Mongols qui, une fois sortis de Jérusalem, s'étaient jetés en Russie, venaient d'en être chassés, et se préparaient encore à reconquérir la Palestine.

2° *Circonstances de cette nouvelle croisade et prise de Damiette.* — Innocent IV pressait les princes chrétiens à la croisade ; S. Louis était jeune encore ; il fit vœu de partir pour la Palestine, à la suite d'une maladie dont il avait obtenu la guérison. Mais au lieu d'aller droit à Jérusalem, il imita Jean de Brienne, partit pour l'Egypte, attaqua le Sultan au cœur de ses États, et s'empara de Damiette.

Encouragés par ce succès, et espérant réduire complètement le Sultan, afin de s'emparer ensuite plus facilement de la Palestine, les croisés remontèrent le Nil et s'emparèrent du camp des Sarrasins. Robert d'Artois les entraîna plus loin encore jusqu'à *Massoure*, qui devait être l'écueil de toute l'expédition. Cette ville fut prise ; mais le chef des Mamelucks, d'abord mis en fuite, avait eu le temps de regarder derrière lui et de s'apercevoir que ses ennemis avaient plus de hardiesse que de nombre et de force ; il revint sur ses pas, et massacra la petite armée de Robert d'Artois. Telle fut la première défaite.

S. Louis, de son côté, arrivait à peine à Massoure, qu'il avait à repousser l'armée ennemie ; il demeura vainqueur et maître du camp des Sarrasins ; malheureusement, son armée était décimée, sans vivres, et embarrassée dans les canaux formés par la crue du Nil.

3° *Prise de S. Louis à Massoure ; reddition de Damiette ; fin de l'expédition.* — Au moment même où S. Louis apprenait la mort de son frère qui lui amenait du renfort, la peste envahissait l'armée, et forçait les croisés à partir ; mais il était déjà trop tard, les soldats mouraient en grand nombre, et S. Louis tomba, frappé par le terrible fléau et victime de son dévouement pour les pestiférés que lui-même avait voulu secourir de ses propres mains. Les Sarrasins eurent le temps d'accourir, de prendre d'assaut le camp des croisés qui furent tous faits prisonniers avec S. Louis. A cette nouvelle, la reine Marguerite, demeurée à Damiette, se prépara à mourir.

S. Louis, dans sa captivité, étonna et édifia, par sa piété et sa magnanimité, les musulmans que les anciens croisés n'avaient que trop souvent scandalisés ; non content de payer, pour sa rançon et pour celle de son armée, une somme d'argent, il promit de rendre Damiette et toute sa conquête. Dès qu'il fut rendu à la liberté, il retourna en Palestine, réparant les places demeurées au pouvoir des chrétiens, et songeant à organiser une nouvelle croisade ; mais la mort de la reine Blanche le rappela en France, et ainsi finit la septième croisade. — Rappelons, seulement pour mémoire ici, le mouvement populaire des *Pastoureaux* en France, qui avait eu pour but la délivrance de S. Louis. Suscitée par l'amour que le peuple portait à S. Louis, puis dégénérée en une expédition d'aventuriers, cette manifestation est un trait caractéristique des mœurs et de l'esprit chevaleresque du temps.

II. *Huitième croisade.*

Vingt années séparent la septième de la huitième croisade (1250-1270). Toute la conquête des croisés était retombée entre les mains des musulmans, à l'exception de St Jean-d'Acre. La France était tranquille et heureuse sous le plus saint des rois ; S. Louis avait conservé la croix sur ses vêtements dans le dessein bien arrêté de reprendre l'expédition sainte. Il s'embarqua enfin à Aigues-Mortes pour Cagliari, où les croisés devaient centraliser toutes leurs forces. Sur ces entrefaites, le roi de Tunis, ayant manifesté hypocritement l'intention de se faire chrétien avec tout son peuple, les croisés, indécis d'abord sur l'itinéraire qu'ils suivraient, se dirigèrent vers Tunis. A peine étaient-ils sous les murs de cette ville, que le roi de Tunis, loin de se convertir, entra en hostilité avec eux. Pour comble de malheur, la peste se déclara de nouveau dans l'armée ; S. Louis et les princes tombèrent malades au moment même où il fallait résister aux musulmans ; et Charles d'Anjou, roi de Sicile et frère du roi, arriva trop tard pour recevoir le dernier soupir de S. Louis.

Philippe III, le Hardi, succéda à son père ; il continua le siège de Tunis, de concert avec Charles d'Anjou, s'empara de cette ville, consentit à faire la paix avec les musulmans, et rentra en France. La trêve conclue était de dix ans ; pendant cette période, les chevaliers du Temple et de l'Hôpital remportèrent encore quelques avantages partiels ; mais toutes les villes conquises furent reprises une à une et ruinées, jusqu'à ce qu'enfin, en 1291, date mémorable et finale pour la croisade, St-Jean d'Acre, le centre de la conquête et le dernier rempart du royaume chrétien d'Orient, fut prise à son tour par les musulmans.

III. *Quatorzième concile œcuménique, second de Lyon ; derniers projets de croisade.*

Le découragement avait atteint les princes, mais l'Église n'en avait pas encore ressenti les atteintes. Aussi, le pape Grégoire X reprit-il le projet de croisade avec vigueur ; tel fut même le principal objet du quatorzième concile, exprimé par le décret de communication. Mais l'argent seul ne fit pas défaut ; il fut impossible de réunir une armée. Plusieurs fois, pendant quelques années encore, la croisade fut remise en question, mais jamais plus elle ne fut réalisée. La Terre-

Sainte était désormais abandonnée, malgré la protection dont s'efforcèrent de l'entourer les rois de France, par des traités passés avec les musulmans, et fondés sur la paix laissée aux chrétiens et la liberté garantie aux pèlerins. Aujourd'hui encore, la Palestine est dans le même état où la laissèrent les Croisades ; il y a, du reste, à cette situation, une raison providentielle : Dieu a voulu punir les Juifs de leur péché, et leur montrer, par l'oppression de leur culte comme du nôtre, que, du côté de Jérusalem, il n'y a plus d'espérance ; il a voulu surtout laisser Rome au premier rang, de telle sorte que les chrétiens puissent voir, sans crainte d'erreur, que le royaume de Dieu a été transplanté.

CHAPITRE IX

Les ordres religieux du XIIᵉ et du XIIIᵉ siècle.

La production des saints, et surtout des œuvres propres à les former, est tout à la fois une prérogative et une note. *Une prérogative*, c'est-à-dire une propriété nécessaire et inhérente aux dons surnaturels dont Jésus-Christ a orné son Église, et qui ne sauraient rester improductifs — *Arbor bona non potest malos fructus facere*, mais, nécessairement, *Arbor bona bonos fructus facit ;* et l'arbre qui ne produit pas de bons fruits sera coupé et jeté au feu. *Une note*, et je dis même une *note positive ;* car l'Église catholique a, *seule*, la vertu de produire la *sainteté surnaturelle*, la seule dont nous parlons ici. En voici la raison : Il faut que le fruit pousse sur un arbre, et que l'arbre soit fécond ; or, la fécondité surnaturelle qui produit les saints ne peut être donnée que par Dieu seul ; l'homme est radicalement impuissant dans cet ordre de choses, attendu qu'il y a là une nécessité qui surpasse sa nature. Or, parmi les sectes qui se disputent le monde, 1º une seule est divine ; à elle seule, par conséquent, a été donnée cette vertu surnaturelle ; elle seule peut donc produire des saints. Donc, toute religion qui me prouvera qu'elle possède la vertu de produire des saints, a droit à ma foi et à mon adhésion parfaite, parce que *A fructibus eorum cognoscetis eos.* 2º Celle qui est fausse ne peut pas produire des saints, à moins que ce ne soit 1) *accidentellement*, ce qui ne me suffit pas, car la vertu dont je parle produit toujours et *nécessairement ;* 2) par une *vertu empruntée ou volée*, comme la servante, dit S. Augustin, fuit sa maîtresse en la volant. Si donc une secte se montre à moi avec des saints, je regarderai en second lieu *si ce fruit lui est habituel*, s'il est né des *principes à elle propres*, et non puisés ailleurs en vertu de l'extension de l'âme de l'Église, plus grande que celle de son corps. 3) L'expérience confirme ces principes généraux, en nous montrant la *stérilité des sectes séparées*, et la *fécondité continue du catholicisme*; par exemple, l'impuissance et l'échec des efforts qui ont été tentés chez les protestants, pour produire des sœurs de Saint-Vincent-de-Paul et des ordres religieux ; quiconque chez eux embrasse la vie religieuse, ou bien se fatigue de ses vœux, ou bien est emporté et se convertit au catholicisme.

On peut s'étonner qu'ayant appelé cette quatrième époque la *Renaissance chrétienne*, et qu'ayant dit que le moyen âge était la période la plus glorieuse de l'Histoire ecclésiastique, nous n'ayons presque vu, jusqu'à présent, que des malheurs, des persécutions et des entreprises échouées. Pour justifier le nom que j'ai donné à cette époque, il faut remarquer que la vie catholique, avec son expansion et ses fruits, continue avec tout cela et malgré tout cela, et qu'elle se manifeste par des *œuvres* que nous ne pouvons étudier qu'à la fin, c'est-à-dire quand elles sont achevées et que nous pouvons en grouper les phases. — Leur opportunité a ses raisons : 1° dans *les luttes du présent*, parce que ces luttes sont l'occasion pour elles de se manifester avec éclat, et la revanche de l'enfer furieux de se voir détrôné ; 2° dans la *Réforme* qui se prépare. Comme signe, la prospérité de l'Église ôtait à une grande réforme toute raison d'être ; et ainsi l'absurdité du protestantisme éclatait d'avance ; car si l'on fait la part des maux du moyen âge, on constate que ceux-ci ne demandaient qu'une réforme secondaire. Comme précaution pratique providentielle, Dieu préparait, dans les monastères, des défenseurs de sa doctrine et des armées pour son Église, bien que quelques-uns aient trahi leur mission.

I

LES CONGRÉGATIONS BÉNÉDICTINES APRÈS SAINT BERNARD.

L'ordre de S. Benoît, représenté par un grand nombre de congrégations très puissantes et très nombreuses, arrive alors à une prospérité qu'il n'avait jamais connue auparavant, et qu'il n'a plus retrouvée depuis. Voici les principales formes qu'a revêtues cette puissance.

I. *Immense influence donnée à l'ordre de S. Benoît, surtout à la congrégation de Clairvaux, par S. Bernard.*

En ramenant les Bénédictins à l'esprit de leur institut, S. Bernard leur donna ce qu'ils avaient en vain cherché à obtenir en s'en écartant, un haut ascendant sur le monde même politique. Cet ascendant se manifeste par divers côtés : 1° Ils forment l'esprit chrétien des populations. Nulle époque n'a été plus heureuse pour la foi dans le peuple ; nul doute que ce progrès ne fût dû aux moines mêlés partout aux populations. 2° Cette influence rallie les chrétientés au Saint-Siège dans les luttes politiques ; elle est utilisée par l'Église dans les persécutions qu'elle endure de la part des princes ; elle maintient le monde catholique en union avec le pape, soit quand un prince se sépare de lui, soit quand un antipape élève chaire contre chaire. Ainsi, c'est par l'influence des moines qu'Alexandre III, persécuté par Frédéric Barberousse, est acclamé par le monde entier, lorsque Victor III lui dispute le Saint-Siège.

Les richesses des monastères les mettaient à même de soutenir toutes les œuvres, quoi qu'il en soit de l'abus qui pût s'ensuivre. Des personnages éminents entraient chez eux ; des princes, des rois même prenaient l'habit monastique.

II. *Formation de sujets nombreux et capables pour toutes les dignités.*

On était alors loin de ce préjugé de notre temps qui confine le clergé dans les choses du culte *exclusivement*, et ne lui donne aucune part aux affaires, ce qui prive le bien public de cœurs *désintéressés* et d'*intelligences* choisies. Nous savons d'ailleurs le genre de progrès que, sous ce rapport, a pu faire la France contemporaine. — Au contraire, en vertu de l'union de l'Église et de l'État, le clergé régulier surtout avait une large part dans l'administration même publique, quant à ce qu'elle a de compatible avec l'état religieux.

Le haut clergé se recrutait dans les monastères bénédictins. Nous avons vu plusieurs papes sortir du cloître ; la plupart des évêques étaient des religieux. Les légats du pape, les ambassadeurs des princes, les ministres même étaient choisis parmi les religieux ; leur caractère se prêtait admirablement aux missions de pacification, de prudence ou de remontrance confiées à leurs soins.

III. *Coopération puissante des Bénédictins dans l'organisation du mouvement intellectuel opéré au moyen âge.*

Dans la science religieuse, les Bénédictins furent les dépositaires et les gardiens de la théologie et des sciences sacrées qu'ils furent ensuite appelés à enseigner, eux surtout d'abord, dans les écoles publiques. Ils eurent souvent même le monopole de la science profane, dans ces temps d'ignorance et de bouleversements où les Lettres n'avaient de refuge que chez eux. On peut s'en faire une idée par ce qui nous est raconté de leurs bibliothèques. Les arts surtout et l'architecture, dont la transformation fut si importante, soit comme cause, soit comme expression de la civilisation, et dont le changement est si considérable au XIIe siècle, furent soutenus et développés par eux ; c'est alors que, sous leur influence, fut créée cette admirable institution du compagnonnage.

L'ordre bénédictin forma alors plusieurs congrégations célèbres, devenues des branches distinctes, mais non séparées du grand ordre dont elles conservaient l'institut, le but essentiel et la forme générale, avec un gouvernement et des lois propres. Ainsi les congrégations de Fontevrault, Cluny, Cîteaux, Clairvaux, Grammont. Nos villages de

France sont d'ailleurs remplis de ces *maisons conventuelles* fondées au moyen âge.

II

ORDRES RELIGIEUX MILITAIRES.

I. *Origine, caractère et opportunité de cette institution.*

Quant à l'origine des ordres religieux militaires, il faut remonter aux premiers temps du christianisme dans l'Ouest, se rappeler l'esprit belliqueux des seigneurs, les duels, les tournois. L'Église, voulant corriger cette barbarie, donna aux seigneurs un but chrétien dans les Croisades, et utilisa saintement leur ardeur ; enfin, elle accorda une sorte de dignité propre et imposa des obligations à ceux qui avaient un sang plus noble. L'origine des ordres religieux militaires s'identifie donc avec celle de la chevalerie religieuse avant les Croisades. Les membres de ces ordres étaient d'abord de simples hospitaliers ; puis, ils ont ou bien ajouté aux trois vœux de religion celui de prendre part aux Croisades, ou bien, par nécessité, obtenu la permission de se défendre et de défendre leurs hôtes. Chez eux, les vœux de religion étaient donc compatibles avec la vie militaire ; et on peut les considérer soit comme des guerriers faisant des vœux, ce qui n'est jamais défendu à des guerriers, soit comme des religieux combattant, et il n'y a pour interdire cette seconde condition que des lois positives ecclésiastiques ; or l'Église pouvait lever ces lois.

L'opportunité de cette institution était fondée sur le besoin social immense auquel ces ordres étaient appelés à pourvoir, à l'occasion des Croisades, et sur la mission qu'ils avaient reçue de donner à l'esprit chevaleresque du temps une forme, un aliment, et une direction chrétienne.

II. *Hospitaliers de Saint-Jean de Jérusalem, de Malte, du Saint-Sépulcre.*

L'origine de ceux-ci est d'un demi-siècle antérieure aux

Croisades. En 1048, des marchands chrétiens d'Amalfi avaient fondé à Jérusalem une église consacrée à Marie et un hôpital dédié à S. Jean-Baptiste pour les pèlerins malades ; ceux qui acceptèrent le soin de ces deux institutions prirent le nom de Frères Hospitaliers de Saint-Jean de Jérusalem. Avec le temps, ils s'enrichirent en hommes et en ressources, prirent un costume, une hiérarchie, un Grand-Maître, et la règle monastique de S. Augustin. En 1118, ils ajoutèrent à leur institut le devoir de combattre les Infidèles. Demeurés fidèles à leur vocation, ils établirent leur siège successivement à Rhodes, et à Malte en 1530, d'où le nom de Chevaliers de Malte. Quant aux Chevaliers du Saint-Sépulcre, ils furent fondés vers le même temps, en 1120, et réunis aux précédents au XVe siècle.

III. *Les Templiers.*

En 1118, neuf chevaliers chrétiens ajoutèrent à leur vœu de croisés ceux de religion, fondèrent une association à Jérusalem, dans un palais qui leur fut donné par Baudoin II, sur l'emplacement du *Temple* de Salomon. Le nouvel ordre allait tomber, faute de sujets et de statuts ; S. Bernard, au concile de Troyes, en 1128, leur donna une règle. Dès lors ils s'établirent à Paris, et créèrent la *Culture du Temple*, les Courtilles et le *Temple* lui-même, monastère célèbre plus tard par la captivité de Louis XVI et de la famille royale.

Les Templiers rendirent de glorieux services à la France, et méritèrent les éloges de S. Bernard. Malheureusement, la grande fortune qu'ils avaient acquise leur fit perdre l'esprit de leur vocation. On les accusait d'ailleurs d'abus nombreux et même de crimes monstrueux ; mais l'histoire vraiment impartiale n'a jamais pu faire la preuve de ces accusations. Philippe-le-Bel, averti secrètement par quelques membres de l'Ordre, entreprit de faire une enquête. Le Grand-Maître, Jacques de Molay, en appela au pape, qui protesta contre l'usurpation par la puissance séculière d'un droit ecclésiastique. Le roi se soumit d'abord à la décision du pape, mais bientôt il faisait arrêter et dépouiller les Templiers. C'est

alors que le pape Clément V évoqua définitivement l'affaire
à son tribunal. Le procès des Templiers fut instruit — un
procès qui se plaide encore aujourd'hui devant l'Histoire et
qui est le plus obscur et le plus fameux du moyen âge.
Clément V exigea une procédure prudente et régulière, qui
dura quatre ans ; enfin, au Concile de Vienne, XVe œcuménique, et après six mois d'examen, le Souverain-Pontife
condamna l'Ordre des Templiers, mais *par voie de provision*,
pour montrer qu'il frappait non pas l'Ordre mais les individus
envers lesquels, d'ailleurs, il usa de prudence et de miséricorde. Leurs biens furent affectés à diverses destinations.
Clément V se réserva de statuer sur le sort du Grand-Maître
et des principaux membres de l'Ordre ; plusieurs furent mis
en liberté et se convertirent ; les autres furent interrogés par
les légats du pape et condamnés à une prison perpétuelle ;
mais un grand nombre rétractèrent les aveux faits, décla-
rèrent-ils, sous le coup de la pression judiciaire et de la tor-
ture. Nous mentionnerons seulement la précipitation impatiente avec laquelle Philippe-le-Bel fit supplicier Jacques de
Molay et les principaux Templiers, afin de s'emparer de
leurs richesses.

IV. *Chevaliers Teutoniques de Notre-Dame des Allemands.*
L'hôpital des pèlerins allemands, fondé en 1190 à Jérusalem, avait besoin, pour soigner les chrétiens et défendre
les croisés de cette nationalité, d'une confrérie parlant la
langue allemande ; d'où l'origine des Chevaliers Teutoniques,
placés sous le vocable de *Notre-Dame*, comme leur hôpital.
Ceux-ci prirent part aux dernières croisades et fixèrent le
centre de leur confrérie en Prusse. Après les Croisades, ils
furent appelés par les princes chrétiens de Pologne, pour les
défendre contre une partie des Prussiens encore barbares.
Peu à peu ils s'implantèrent dans la Prusse, la civilisèrent, y
bâtirent des villes, et y fondèrent l'ordre social. Devenus, par
leurs richesses et leur influence, les maîtres du pays, ils
commencèrent à sortir de leur vocation, jusqu'à ce que leur
Grand-Maître, devenu protestant et souverain de Prusse, y
établit la Réforme.

V. *Les Ordres chevaliers en Espagne.*

En Espagne, l'esprit chevaleresque s'unissait à un grand sentiment de foi dont la conservation est l'œuvre de l'Inquisition ; c'est ce qui explique le grand nombre de religieux qu'a toujours produits ce pays. Là aussi, les chrétiens avaient à repousser les barbares ; et ce sont les incursions réitérées des Maures qui nécessitèrent la création des Ordres d'Alcantara, de Calatrava, d'Evora, de Saint-Michel, de Saint-Jacques de Compostelle. Nous renvoyons aux auteurs pour l'historique de ces Ordres qui se distinguèrent longtemps par leur bravoure et leur dévouement poussés jusqu'à l'héroïsme.

III

LA VIE RELIGIEUSE SOUS LA FORME DES ŒUVRES DE CHARITÉ.

Le principe de charité envers le prochain, propre au catholicisme, s'unit ici au principe de charité envers Dieu, pour produire les œuvres dont nous allons parler. Ce principe n'a été fécond que dans le catholicisme, et c'est en France qu'il a vu son principal développement ; voici les points principaux sur lesquels il a manifesté sa fécondité au moyen âge.

I. *Le soin des malades.*

La grande sollicitude du christianisme pour les membres souffrants de Jésus-Christ provoqua l'institution des *Hospitaliers* ou *Antonistes*, ainsi nommés parce qu'ils soignaient, dans les hôpitaux, les malades atteints en grand nombre du *feu sacré* ou *feu de S. Antoine*. Nous trouvons, à la même époque, les Hospitaliers du *Saint-Esprit*, aujourd'hui encore en exercice à Rome ; ceux de *S. Lazare*, dont le Grand-Maître devait avoir été lépreux ; ces congrégations, d'abord purement hospitalières, devaient, avec le temps, devenir des Ordres militaires.

II. *La rédemption des captifs.*

La captivité est une des plaies inhérentes au voisinage des musulmans, surtout des Maures d'Espagne ; la charité catholique tourna de ce côté encore sa sollicitude et, dans le but de porter secours aux captifs, des congrégations, qui sont peut-être les deux formes de la même, s'organisèrent, celle des *Trinitaires* ou *Mathurins*, fondée par *S. Jean de Matha* en 1200, et dont Cerfroy devint le centre, et celle de *Notre-Dame de la Merci*, fondée par *S. Pierre Nolasque*. Ces deux congrégations ont un même objet, et cherchent aujourd'hui à se relever à Cerfroy, dans un but analogue mais tout spirituel.

III. *Les corporations laborieuses, béguinages,* etc.

On sait le rôle et l'importance des *corporations* au moyen âge ; elles sont demeurées le type et le modèle de l'organisation du travail chrétien ; la Révolution française, en les détruisant sans leur substituer une législation sérieuse, a jeté la société dans un désordre dont elle souffre aujourd'hui plus que jamais.

Les *Béguines* et les *Béguards* — du nom de Lambert le Bègue leur fondateur — étaient religieux par leurs vœux, mais sans forme spéciale de vie religieuse ; ils se livraient aux œuvres de charité, comme le soin d'enterrer les morts, ce qu'ils faisaient en chantant à voix basse, d'où leur nom de *Lollards*. Plus tard, ces institutions se corrompirent ; cependant, elles sont encore très florissantes en Belgique.

Les religieux *Pontifes* avaient pour spécialité de construire des ponts ; ils faisaient les trois vœux de religion, et ajoutaient un vœu spécial pour les attacher au soulagement de telle ou telle misère.

IV. *Ordres mendiants et pénitents.*

Les Ordres mendiants et pénitents sont au nombre de quatre : les *Carmes*, les *Dominicains*, les *Franciscains*, les *Augustins.*

1º *L'Ordre du Carmel* fut fondé en 1205, par le bienheureux Albert, patriarche de Jérusalem. Les Carmes prétendent remonter au prophète Élie, sans doute parce que leur berceau est la même grotte où il a vécu de la même vie, et qui n'a jamais cessé d'abriter des anachorètes. S. Simon Stock consacra l'Ordre des Carmes à Marie et, à l'époque des incursions des Sarrasins, ceux-ci se transportèrent d'Asie en Allemagne ; là ils se développèrent et puisèrent la prospérité la plus grande dans la mission spéciale qu'ils reçurent, en la personne de S. Simon Stock, leur sixième général, d'être les apôtres du culte de Marie avec le scapulaire comme arme et comme insigne.

2º *L'Ordre de S. Dominique* fut fondé pour la défense, par la prédication, de la doctrine et de la morale chrétiennes contre les erreurs et les désordres des Albigeois. S. Dominique avait déjà travaillé à cette œuvre individuellement ; c'est pour opposer à ces sectaires une armée régulière et organisée, qu'il forma son Ordre de Frères Prêcheurs. Nous devons encore à S. Dominique l'institution du Rosaire qui est le couronnement de la dévotion à Marie.

3º *L'Ordre de S. François d'Assise*, dont la vie est connue de tous, avait surtout en vue le détachement pratiqué par la pauvreté ; il se partagea en trois Ordres qui existent encore aujourd'hui. Vers le milieu du XIIIe siècle, et sous le généralat d'Élie de Cortone, l'Ordre de S. François se divisa en deux parties, les rigoristes ou *zelatores*, et les modérés ou *fratres de communitate*. Avec les Dominicains, les Franciscains prirent une large part dans les luttes scolastiques de l'Université.

4º *L'Ordre des Ermites de S. Augustin*, qui renouvelèrent la vie cénobitique ; les *Servites de Marie*, qui personnifiaient le culte de la Très-Sainte-Vierge ; les *Célestins*, dérivés de l'Ordre de S. Benoît, mais plus sévères encore ; les *Humiliés*, Ordre de pénitence suscité contre les hérésies morales. On vit encore certaines familles religieuses pousser l'esprit de pénitence jusqu'au rigorisme, quelquefois même jusqu'à l'hérésie, comme les *Flagellants*.

CHAPITRE X

Luttes de Frédéric II contre le Saint-Siège et fin de la guerre de 100 ans.

Cette guerre a déjà absorbé deux de nos chapitres (¹) ; cependant il faut lui en consacrer un troisième, à cause de son importance ; car elle résume le moyen âge, et donne la clef de cette grande question des luttes entre le Sacerdoce et l'Empire qui ont rempli ces siècles si chrétiens d'ailleurs, qui ont donné au principe politique chrétien tant d'occasions de se manifester et de s'affirmer, et qui aboutissent au premier concile de Lyon où la sanction finale et solennelle est donnée au principe de l'union des deux pouvoirs, fondée sur la subordination du temporel au spirituel.

Nous avons vu cette lutte *commencée par Frédéric Barberousse contre Alexandre III.* Cette première phase aboutit au onzième concile œcuménique, troisième de Latran, qui pose en quelque sorte les préliminaires de la thèse, par la *condamnation des erreurs antisociales.* Elle est continuée par *Othon III contre Innocent III ;* et si le douzième concile œcuménique qui clôt le pontificat de ce pape, n'est pas occasionné par cette lutte, il s'en occupe cependant encore, pour affirmer toujours le droit de l'Église. Or, à la fin du pontificat d'Innocent III, nous entrons dans la dernière phase de cette guerre, puisque Frédéric II apparaît.

1. V. plus haut IIIe époque, ch. VII ; IVe époque, ch. IV.

I

BIENFAITS DONT FRÉDÉRIC EST REDEVABLE A INNOCENT III.

Innocent III élève Frédéric II sur le trône de Sicile, et lui sert de tuteur.

Quoi qu'il en soit de la question de savoir si le pape peut, quand il veut, et en vertu de quel droit il peut conférer le pouvoir, il est certain que celui de Frédéric II, comme celui de ses prédécesseurs, n'avait de valeur que celle qui lui était donnée par le pape ; et que ces princes, loin de contester le droit du pape, l'avaient souvent invoqué, quand il pouvait s'exercer à leur profit. Ainsi en fut-il de Frédéric II dès l'origine.

Nous avons vu, au commencement du pontificat d'Innocent III, deux compétiteurs se disputer le trône de Sicile. Constance, mère de Frédéric II, âgé de cinq ans, demandait pour lui l'investiture à Innocent III qui la lui accorda. Constance étant venue à mourir, Innocent III accepta la tâche de fortifier le trône qu'il avait élevé et, après 9 ans de tutelle, il rendait à Frédéric, devenu majeur, un royaume prospère et parfaitement soumis à son autorité.

Innocent III échangea la première couronne de Frédéric II, en Sicile, contre celle d'empereur d'Allemagne. Peu de temps après, le pape fit plus encore : Othon III se rendit indigne de la puissance impériale ; Frédéric II y avait des droits, mais les deux couronnes étant incompatibles, Innocent III le transféra au trône d'Allemagne, et Frédéric II ne protesta pas contre cette immixtion du pape dans les affaires d'Othon III.

II

SIXIÈME CROISADE ([1]).

Frédéric II avait promis de faire la croisade, mais il reculait toujours. Aussitôt après la mort d'Innocent III, ce refus devint hostile, et Frédéric se jeta dans la politique ambitieuse et usurpatrice des empereurs allemands ; aussi ne mit-il la main aux affaires d'Orient que pour servir l'antique projet de domination universelle de ses prédécesseurs en commençant par l'asservissement de l'Église.

Nous avons vu plus haut comment il usurpa le titre de roi de Jérusalem sur Jean de Brienne, dont il avait épousé la fille en renouvelant sa promesse de croisade ; son expédition impie et dérisoire fut un scandale, même pour les musulmans, qui le traitèrent avec mépris et se jouèrent de son orgueil ambitieux.

III

FRÉDÉRIC II EN LUTTE DIRECTE CONTRE L'ÉGLISE.

Jusque-là, Frédéric II était hostile, et il s'était fait excommunier, mais non encore déposer ; car il n'avait pas encore fait directement la guerre au Saint-Siège.

I. *Doctrines et complaisances de Pierre des Vignes et de Thadée de Suesse pour l'ambition impériale.*

Je cite séparément le nom de ces deux hommes, parce qu'ils sont restés, le premier surtout, célèbres dans l'Histoire comme ministres des volontés de Frédéric II, dévoués à ses projets de domination universelle, et justifiant, par des théories et des lois, ce que l'empereur pratiquait sur leurs conseils. Le *Recueil des lois de Sicile*, composé par Pierre des

1. Voir le récit de cette croisade au chap. VII, art. IV, p. 102.

Vignes, fut même l'occasion de la publication des *Décrétales* de Grégoire IX.

II. *Première expédition en Italie ; condamnation et soumission de Frédéric.*

A son retour de Jérusalem, Frédéric II se jeta sur l'Italie, et Grégoire IX fut obligé de fuir de Rome, chassé par une faction. L'empereur s'empara d'abord des villes lombardes qui, ayant échappé à Frédéric Barberousse et aux empereurs d'Allemagne, avaient formé une ligue présidée par le pape, et relevaient de son autorité. Grégoire IX renouvela l'excommunication déjà portée lors du refus de Frédéric de partir pour la croisade, et renouvelée au retour de la 6e croisade ; il y ajouta un décret de déposition. — Pour cette fois, Frédéric se soumit et fut absous. Comme ses prédécesseurs, cet empereur commençait ainsi la série de ses persécutions par une soumission, par des protestations et une pénitence qui sont pour nous, en droit chrétien, un des éléments du jugement à porter sur la nature et l'étendue du pouvoir du pape, et pour l'Histoire et dans l'ordre des faits, une réprobation faite par eux-mêmes de leur conduite subséquente.

III. *Seconde expédition en Italie.*

1° *Attentat contre le pouvoir temporel du Saint-Siège sous Grégoire IX.* — Frédéric II avait demandé en mariage Ste Agnès, fille de Ottokar II, roi de Bohême. Cette princesse avait fait vœu de virginité ; elle en appela au pape pour conserver sa liberté, et trouva en Grégoire IX un défenseur. C'est alors que l'empereur, dont la réconciliation avait été peu sincère, envoya de nouveau ses troupes en Italie, et tailla un royaume à Eutius, son fils naturel, dans les États de l'Église, en Sardaigne. Grégoire IX, qui avait près de cent ans, l'excommunia pour la quatrième fois, le déposa et offrit sa couronne à Robert d'Artois, frère de S. Louis, qui la refusa. Frédéric ne put retenir sa fureur, et se servit de Pierre des Vignes, afin de bouleverser la religion et de persécuter tous ceux qui demeuraient fidèles à Grégoire IX ; il en appela même à un concile général. Le pape le prit au mot, et convoqua les évêques ; mais l'empereur, pressentant qu'il n'en tirerait rien de favorable à ses desseins pervers, arrêta les évêques, et les emprisonna deux ans. S. Louis le somma d'avoir à les mettre en liberté, pendant que Grégoire IX mourait de chagrin.

2° *Tentatives de pacification à l'avènement d'Innocent IV.* — Le successeur de Grégoire IX avait été l'ami de Frédéric II ; celui-ci prévit qu'il allait devenir son ennemi, et accepta l'offre de pardon qu'on lui offrait, tout en se refusant à suivre les engagements que les légats exigeaient de lui. Innocent IV voulut alors traiter personnellement avec lui, et prépara une entrevue à Città di Castello ; mais il apprit que l'empereur voulait attenter à sa liberté et s'enfuit en France. Réfugié à Lyon, il y convoqua le premier concile général tenu en France et composé de 140 évêques.

IV. *Treizième concile œcuménique, premier de Lyon.*

Frédéric II, appelé à comparaître au concile, y envoya pour le défendre Thadée de Suesse qni se répandit en protestations, en promesses vagues, sans toutefois accepter les bases précises de réconciliation proposées. Un délai de 15 jours fut donné à l'empereur pour accepter les conditions du concile ; mais il ne voulut pas se soumettre. Il fut alors déposé, et nous avons ici une consécration solennelle des principes du moyen âge sur l'union des deux pouvoirs ; et il ne s'agissait pas, dans l'espèce, de droit public, car alors un concile n'eût pas été réuni, et n'eût ni prononcé ni maintenu la déposition de l'empereur, comme le fit le concile de Lyon.

Frédéric II essaya de se venger ; mais son armée fut vaincue par la ligue lombarde ; lui-même se vit abandonné de tous et mourut, comme ses complices, dans l'exaltation de sa haine et dans l'impénitence finale. Nous allons voir comment ses successeurs, en acceptant l'esprit de Frédéric II, acceptèrent aussi l'héritage de son châtiment.

IV

I. *La guerre contre le Saint-Siège, continuée en Sicile, sous Alexandre IV par Conrad IV, fils légitime, et par Manfred, fils naturel de Frédéric II.*

A la mort de Frédéric II, les princes allemands lui donnèrent un successeur hors de sa famille, qui leur avait causé tant de tourments, et la lutte des Hohenstauffen fut ainsi terminée. — Conrad IV, fils légitime de Frédéric II, et Manfred, son fils naturel, luttèrent d'abord pour reconquérir aux Hohenstauffen le trône impérial ; mais, ne pouvant obtenir gain de cause, ils reportèrent leur ambition sur la Sicile, premier royaume de Frédéric II auquel il avait continué à prétendre, et la guerre se concentra dans ce pays.

Le trône pontifical était occupé par Alexandre IV, lorsque Manfred, retiré en Sicile, prétendit gouverner ce pays pour Conrad sans avoir besoin de l'investiture, et se livra à de continuelles incursions sur les Etats du Saint-Siège. Alexandre IV somma les deux princes de s'abstenir de ces attentats, et se vit dans la nécessité de les excommunier et de déclarer vacant le royaume de Sicile.

II. *Querelles de succession à la mort de Conrad ; intrigues de Manfred, et solution en faveur de Charles d'Anjou.*

Manfred fit assassiner Conrad IV pour s'emparer de son trône ; restait Conradin, fils de Conrad, âgé de cinq ans, dernière espérance de la famille. Celui-ci se trouvait en Allemagne où la succession de Frédéric II était disputée par deux compétiteurs. Manfred profita de son absence pour s'emparer du trône de Sicile, malgré la protestation du pape Urbain IV qui intervint encore pour reconnaître, malgré les attentats de son père, le droit de Conradin. Manfred fut excommunié de nouveau, et la couronne fut offerte à Charles d'Anjou, frère de S. Louis, qui accepta le trône de Sicile.

III. *Expédition du jeune Conradin. La race des Hohens-tauffen s'éteint avec lui.*

Charles d'Anjou réorganisa le royaume ; il marcha sur Naples, contre Manfred qui fut tué au combat, mettant ainsi fin aux contestations et aux troubles. Malheureusement, Charles d'Anjou devint violent dans son administration et se fit détester de ses sujets ; Conradin, le dernier des Hohenstauffen, en profita pour se jeter sur la Sicile ; mais il fut vaincu, emprisonné et mis à mort. Les derniers efforts des partisans de Conradin aboutirent aux *Vêpres siciliennes ;* c'était la fin des Hohenstauffen et de la guerre de 100 ans.

IV. *Résultat final de la guerre de 100 ans, et caractère de la lutte du côté du Saint Siège.*

Cette guerre offrit à l'Eglise de nombreuses occasions d'affirmer son droit à la possession d'un pouvoir temporel direct. Elle nous montre en exercice le pouvoir indirect certainement indéniable de l'Eglise sur le temporel des princes ; elle offre des données claires et des déclarations précises sur la nature du pouvoir alors exercé en Europe ; au point de vue politique, elle consomme la nouvelle constitution italienne, et lui donne la consécration du droit et de la justice.

CHAPITRE XI

Rapports entre la France et le Saint-Siège sous Philippe-le-Bel.

Jusqu'ici nous avons vu la lutte contre le Saint-Siège localisée en Allemagne ; à la suite de la guerre de 100 ans, cette lutte n'était pas achevée, mais seulement interrompue. La France, elle, très docile, n'avait encore mérité que les éloges des papes pour sa soumission et sa fidélité. Or, voici que la lutte va apparaître aussi en France, dans des circonstances et avec des signes assez caractéristiques pour nous intéresser vivement, en ce qu'une des questions les plus vives qui se soient jamais agitées en France, trouve ici la première phase de son histoire et sa première solution directe : *le gallicanisme,* sur lequel nous reviendrons dans un chapitre spécial.

I

BONIFACE VIII AVANT SES LUTTES AVEC LE ROI DE FRANCE.

Bien que la conduite de Boniface VIII, avant ses luttes, ne se rapporte pas directement à cette étude, il est bon de la donner, comme une sorte de préface, soit pour nous faire apprécier complètement la conduite du pape dans cette lutte même, soit pour montrer l'opportunité de la question que nous allons traiter.

I. *Avènement et caractère de Boniface VIII.*

S. Célestin V, après 4 mois de pontificat, s'était reconnu trop faible pour ce fardeau et avait abdiqué. Son successeur, Boniface VIII, s'étant montré très énergique dans toute sa conduite, on en prit occasion pour l'accuser d'avoir usurpé le Saint-Siège et forcé son prédécesseur à la retraite. Ce qui demeure la vérité, c'est que Boniface VIII empêcha d'inquiéter la conscience de S. Célestin sur son abdication, et le fit garder respectueusement. Boniface donna une première preuve de son énergie en osant se fixer au milieu des factions.

II. *Énergie avec laquelle il consolide son pouvoir à l'intérieur des États du Saint-Siège.*

Le parti des Gibelins, dirigé par la famille puissante et célèbre des Colonna, représentée alors par deux cardinaux, ayant soulevé Rome contre le pape, Boniface VIII excommunia les deux cardinaux, les déposa et les cita à son tribunal. Ceux-ci résistèrent et se firent les propagateurs de la calomnie relative à l'élection de Boniface VIII. Toute la famille Colonna fut alors excommuniée, et sa fortune confisquée. Les deux cardinaux opposèrent une nouvelle résistance, et se retirèrent à Palestrina. Les troupes pontificales s'emparèrent de la ville, et les cardinaux, la corde au cou, vinrent se soumettre au pape qui leur pardonna, maintint leur déposition, et détruisit Palestrina. Une troisième fois les Colonna se révoltèrent ; leurs biens furent alors confisqués définitivement, et eux-mêmes envoyés en exil.

III. *Institution du Jubilé séculaire et concours de la chrétienté vers Rome.*

Nous avons vu antérieurement le Jubilé accordé à l'occasion des Croisades, et de grandes indulgences offertes au peuple à plusieurs reprises. Rien jusque-là n'avait été organisé officiellement ; le Souverain-Pontife régularisa l'établissement des indulgences, et fixa la date du Jubilé d'abord au commencement de chaque siècle, puis tous les 25 ans. Nous ne citons ce premier Jubilé séculaire, qu'à cause du grand concours de chrétiens qui se rendirent à Rome, et qui est 1) significatif après les attaques dont le Saint-Siège avait été l'objet, 2) providentiel pour prémunir la chrétienté européenne contre les malheurs qui se préparaient, 3) enfin important à noter, puisque le XIVᵉ siècle vit naître le gallicanisme, et que ce fait est une démonstration en sens contraire.

II

LUTTES DE PHILIPPE-LE-BEL CONTRE LE SAINT-SIÈGE, SOUS BONIFACE VIII.

Depuis longtemps, la France nous apparaît comme l'une des nations les plus soumises à l'Église, et, par voie de conséquence, comme très prospère ; elle avait pris, aux Croisades, la part la plus glorieuse ; elle était le refuge des persécutés, particulièrement des papes. La conséquence de cette politique, c'était la solide formation, l'exaltation même du pouvoir civil que Blanche de Castille, et S. Louis surtout, avaient entrepris de restaurer à la faveur des Croisades et en réunissant, sous un seul sceptre, tous les petits États divisés. Mais nous n'avons pas à nous appesantir sur cette question qui est du domaine de la politique.

Or, voici que commençait, en France, le travail d'émancipation et, en quelque sorte, de schisme qui existe depuis longtemps chez d'autres peuples. La période de soumission fidèle allait se terminer pour notre pays. Toutefois, nous verrons les papes conserver de grands ménagements pour la France, soit en raison des services rendus, soit en raison de la nature différente du pouvoir qu'ils y exerçaient et qui, pour la France, *n'était certainement pas du droit public.* Ici, toutes les Bulles de Boniface VIII sont des documents précieux pour notre thèse du pouvoir indirect.

I. *Caractère de Philippe-le-Bel. Sa querelle avec le roi d'Angleterre. Intervention du pape.*

Philippe-le-Bel fut un prince violent et orgueilleux. Dès

les premières années de son règne, nous le voyons aux
prises avec Édouard Ier, roi d'Angleterre. Le pape Boniface VIII voulant intervenir, Philippe rejeta sa médiation ;
c'est alors que le Souverain-Pontife lança sa Bulle *Clericis
laïcos*, défendant aux clercs d'aider le roi de quelque subside
que ce fût sans la permission du Saint-Siège. Bien que le
pape n'eût pas outrepassé son droit, le roi de France entra
dans une violente colère, et se révolta contre la sentence de
Rome ; il alla même jusqu'à lancer un édit royal contre le
décret du pape.

Boniface VIII craignit alors de voir Philippe-le-Bel tourner ses armes contre le Saint-Siège, comme les empereurs
d'Allemagne, et lui adressa la Bulle *Ineffabilis* qui, sans
atténuer les principes posés par la première et les obligations qu'elle imposait au roi, en modérait le sens et arrêtait
les interprétations outrées qu'on en avait faites. Mais Philippe ne fut pas touché ; il continua d'opposer une vive
résistance.

C'est alors que le Souverain-Pontife, toujours en vue d'une
conciliation urgente, et pour rapprocher la France du Saint-
Siège, publia la canonisation de S. Louis ; ce n'est pas que
le pape agît ainsi par pure complaisance, il ne faisait que
hâter la promulgation du décret de canonisation préparé
depuis longtemps ; mais le fait de cette canonisation, en de
telles circonstances, était une leçon et une protestation à
l'adresse de Philippe-le-Bel ; il était encore une preuve du
bien fondé de la soumission de S. Louis au Saint-Siège, et
de la nécessité pour les princes de s'incliner devant les décisions de l'Église.

Philippe-le-Bel se soumit, prenant pour une approbation
de sa conduite la manière d'agir du Saint-Siège ; cependant,
il laissa ou fit brûler le décret du pape et maltraita son légat.
La Bulle *Ausculta fili* que Boniface VIII lui avait adressée
est la formule même de la doctrine sur la subordination du
Temporel au Spirituel ; et les abus décorés du nom de
Regales, et reprochés au roi par le Souverain-Pontife, ne
sont pas autre chose que les *Libertés gallicanes*. Les histo-

riens prouvent d'ailleurs que le pape, dans cette Bulle, n'outrepassa point le pouvoir pontifical.

II. *Apparition du Gallicanisme. Sa condamnation.*

Le gallicanisme fut donc inventé et érigé en doctrine par Philippe-le-Bel pour les besoins de sa cause. Jusque-là, ou bien il n'existait pas, ou bien, s'il existait, ce n'était qu'un souffle et une tendance dont tout le monde, même ses tenants, reconnaissaient l'illégitimité et le caractère attentatoire aux droits de l'Église.

Philippe-le-Bel, ne voulant pas se soumettre et, cependant, voulant donner à ses actes l'apparence de la justice, trouva des hommes pour ériger en théorie ce qu'il mettait en pratique ; c'est là l'origine de tous les ministres de ce caractère, et la coutume des tyrans. Les États-généraux furent assemblés ; Pierre Flotte, courtisan du roi, en fut l'âme, et fit une déclaration qui est la formule même du gallicanisme ; déjà d'ailleurs l'idée gallicane avait fait des progrès dans certaines classes ; dans d'autres, au contraire, l'adhésion n'était pas libre.

C'est alors que Boniface VIII réunit un concile à Rome. Trente-neuf évêques français purent seuls s'y rendre, malgré la défense de Philippe-le-Bel ; et cette démarche de l'épiscopat constitue déjà une profession de foi contre la doctrine gallicane. A la fin du concile, Boniface VIII lançait la Bulle *Unam sanctam* qui condamne l'esprit de révolte, sanctionne la subordination du temporel au spirituel, et par conséquent, ne peut être taxée d'exagération ni d'empiétement.

Philippe-le-Bel refusa encore de se soumettre à cette Bulle, et Boniface VIII lança contre lui l'excommunication. Le roi de France, sans être arrêté par le malheur, car il venait d'être vaincu par les Flamands, réunit une seconde fois, au Louvre, les États-généraux ; avec l'aide de l'exilé Colonna, il osa déclarer Boniface VIII déposé sous prétexte d'hérésie, et envoya en Italie Sciarra Colonna et Guillaume de Nogaret, alors garde des sceaux, pour s'emparer du pape. Boniface tenait alors un consistoire à Anagni, pour se laver des fausses imputations portées contre lui par le roi de

France et ses conseillers. C'est dans cette ville que les envoyés du roi s'emparèrent du pontife et l'accablèrent d'insultes. Boniface VIII fut délivré au bout de trois jours par les habitants d'Anagni, et rentra à Rome où les deux cardinaux Orsini le trahirent et le firent emprisonner ; il mourut de chagrin peu de temps après. La querelle entre Philippe-le-Bel et le Saint-Siège ne prit fin que sous Clément V ; elle laissait désormais la France en proie aux idées gallicanes, que nous verrons porter les fruits les plus funestes pour la société civile comme pour la religion.

CHAPITRE XII

Lutte du Saint-Siège contre Louis de Bavière.

I

Essais d'émancipation progressive de la dignité impériale en Allemagne.

A la disparition de la famille des Hohenstauffen, Rodolphe de Habsbourg avait hérité de leur trône, et refusé de se faire couronner par le pape. A la mort de ce prince, son fils Albert, duc d'Autriche, avait reçu de lui l'investiture des duchés d'Autriche et de Styrie, confisqués sur Ottokar de Bohême. Albert, à la mort de son père, voulut recueillir la succession de l'empire allemand ; mais le gouvernement tyrannique qu'il exerçait dans ses deux duchés, lui ayant aliéné ses sujets, les électeurs lui préférèrent Adolphe de Nassau. Celui-ci se fit aussi détester, et l'Allemagne se partagea entre les deux compétiteurs. Albert défit et tua de sa main son rival et fut alors élu et couronné à Aix-la-Chapelle. A son tour, il eut des démêlés avec Boniface VIII, et fut tué par son neveu, dans une expédition contre la Suisse. Henri VII de Luxembourg lui succéda et fut couronné empereur à Milan ; il voulait faire revivre les droits des empereurs sur l'Italie avec l'appui de la Savoie ; mais les Guelfes, aidés de Robert d'Anjou, roi de Naples, soulevèrent la Toscane. Henri songeait à passer dans le royaume de Naples, lorsqu'il mourut à Buonconvento. Aussitôt Frédéric, duc d'Autriche, petit-fils de Rodolphe de Habsbourg, et Louis de Bavière, se disputèrent l'Empire. Quoique dépendant de la France, puisqu'il résidait à Avignon, le pape Jean XXII chercha à faire prévaloir sa médiation entre les deux compétiteurs ; mais Frédéric étant tombé entre les mains de Louis de Bavière, celui-ci prit le titre de roi des Romains sans attendre la confirmation du Souverain-Pontife.

II

LOUIS DE BAVIÈRE EN ITALIE.

Louis de Bavière, devenu, de fait, empereur d'Allemagne, venait d'ériger en doctrine les essais d'émancipation commencés par ses prédécesseurs, et de donner ainsi sa conclusion à la guerre de 100 ans, lorsqu'il fut sommé par Jean XXII de comparaître devant lui dans l'espace de trois mois. L'empereur, feignant de plier, demanda au nouveau pontife la prolongation du délai, et se mit à protester, devant la diète de Nuremberg, contre le droit que s'arrogeait le pape d'examiner la validité de son élection, disant que sa dignité reposait uniquement sur le choix des princes électeurs. Le délai fut accordé ; mais Louis s'étant emporté jusqu'à accuser le pape de protéger l'hérésie, celui-ci l'excommunia et l'interdit (1324). Dans sa colère, le prince se promit d'imiter Henri IV et Philippe-le-Bel, et traita Jean XXII d'ennemi de la paix et de fauteur des troubles qui désolaient l'Allemagne et l'Italie. Il s'ensuivit une violente polémique dans laquelle le pape compta parmi ses adversaires les docteurs de l'Université de Paris, plusieurs moines savants et surtout Marsilius de Padoue qui, dans son ouvrage *Defensor pacis*, s'égare jusqu'aux dernières conséquences du calvinisme, et conclut à l'omnipotence impériale.

Une telle doctrine en fit naître une tout opposée sur l'omnipotence des Pontifes. Quelques religieux soutinrent que le pouvoir des papes est le seul qui découle immédiatement de Dieu ; que toute autorité, celle de l'empereur comme celle des autres souverains, dérive de l'autorité pontificale ; que le pape peut reprendre aux électeurs le droit d'élection à eux concédé ; qu'il a le droit de nommer directement l'empereur, soit par voie d'héritage, soit par voie d'élection, etc.

Ces opinions achevaient de troubler les esprits, de bouleverser les idées, et de semer le désordre ; elles ébranlèrent les plus zélés partisans de l'ancien ordre de choses, et leur firent craindre que le Pontificat suprême ne succombât lui-même dans la lutte.

C'est alors que Louis de Bavière, réconcilié avec Frédéric d'Autriche, se dirigea vers l'Italie. Entouré de moines et d'évêques schismatiques, il mit en pratique la doctrine de ses partisans. A Rome, il décréta la peine de mort contre ceux qui se rendraient coupables d'hérésie ou de lèse-majesté; il accusa de trahison, fit déposer et condamner à mort Jean XXII, pour lui substituer Nicolas V. Celui-ci fut le dernier antipape, comme Louis fut le dernier empereur excommunié. Enfin, Robert de Naples chassa l'empereur de l'Italie, son antipape fut fait prisonnier par Jean XXII, et mourut à Avignon. L'interdit qui avait suivi l'excommunication de Louis fit en Allemagne une impression très fâcheuse pour lui ; aussi s'efforça-t-il, afin d'en être relevé, de montrer la plus humble soumission envers le Saint-Siège ; mais Jean repoussa avec fierté toute condition de paix qui conserverait le trône impérial à Louis, et celui-ci en vint jusqu'à vouloir abdiquer en faveur de son cousin Henri, duc de Bavière. Il reprit cependant bientôt après, et plus vivement que jamais, les hostilités contre ce pontife, et prétendit convoquer un concile général pour y accuser le pape d'une hérésie sur l'état des saints, et le faire déposer.

III

Jean XXII étant mort, sur ces entrefaites, Benoît XII, son successeur, introduisit de nombreuses réformes dans la cour pontificale et dans les mœurs du clergé ; en même temps, il terminait la controverse suscitée, sous son prédécesseur, sur l'état des âmes. Puis, secouant le joug honteux des rois de France, il se montra favorablement disposé pour l'empereur Louis qui, de son côté, accueillait toutes les ouvertures raisonnables. Le roi de France s'efforça d'empêcher la réconciliation du pape avec l'empereur, et tout ce que put faire le pontife pour l'Allemagne, si cruellement éprouvée, fut de ne point lancer de nouvelles censures.

Dès que l'Allemagne connut cette disposition du pape, les princes électeurs se réunirent à Francfort, pour déclarer Louis innocent des griefs qui avaient motivé l'interdit ; et, bientôt après, confondant l'empereur, en sa qualité de protecteur de l'Église, avec le roi des Romains, ils proclamèrent que l'empereur tenait sa dignité et sa puissance uniquement des princes électeurs. La polémique continua donc, avec plus de violence que jamais ; mais Louis nuisit à sa propre cause, soit en attaquant les droits les plus sacrés de l'Église, et en accordant, de sa propre autorité, des dispenses matrimoniales et le divorce de son fils ; soit en revenant sur ses pas, craintif et pusillanime ; aussi, le peuple perdit-il entièrement confiance en lui, ce qui permit à Clément VI, qui venait de succéder à Benoît XII, de lancer contre lui un anathème entouré de tout l'appareil des imprécations judaïques. Clément invita en même temps les électeurs à choisir un autre souverain, en leur recommandant Charles de Moravie, fils de Jean IV, roi de Bohême. Ce prince fut élu effectivement ; mais les scandaleuses menées de la diète le forcèrent à se réfugier en France. La mort de Louis ne rendit pas à Charles la confiance de la nation, quoiqu'il revînt avec la levée de l'interdit pontifical, et il fut obligé de se faire réélire à Francfort et couronner à Aix-la-Chapelle. L'avènement de Charles IV au trône d'Allemagne fut le signal de la paix, et ce prince demeura fidèle au Saint-Siège. L'empire devait jouir de la paix jusqu'à l'avènement du protestantisme, dont les précurseurs étaient déjà nés et avaient fait les premiers essais de séparation.

CHAPITRE XIII

Le grand schisme d'Occident.

I

LES PAPES D'AVIGNON ET LE GRAND SCHISME D'OCCIDENT.

I. *Séjour de la cour romaine à Avignon.*

Depuis Clément V, mort en 1314, jusqu'à Urbain VI et Clément VII son concurrent (1378), six papes siégèrent à Avignon. On sait les inconvénients de ce séjour, qui donna à la France une influence politique trop exclusive dans les conseils pontificaux. En même temps que le Saint-Siège perdait ainsi son indépendance, la confiance des peuples à la chaire apostolique était affaiblie, l'équilibre européen rompu, enfin le trouble et l'anarchie régnaient dans la Ville Éternelle.

Jean XXII succéda au pape Clément V ; nous venons de voir les démêlés de ce pontife avec Louis de Bavière, qui alla jusqu'à lui opposer un antipape et qui mourut excommunié. Jean XXII nourrit un moment le projet de rentrer à Rome, mais il ne put le mettre à exécution. A Jean XXII succéda Benoît XII, puis Clément VI. Ce fut sous le pontificat d'Innocent VI, leur successeur, que Nicolas de Rienzi tenta de rétablir l'ancienne République romaine ; puis, après s'être soumis au pape, il fut nommé sénateur de Rome, et enfin tué par le peuple dans une émeute.

II. *Le pape Urbain V à Rome.*

Urbain V, successeur d'Innocent VI, céda aux vœux de ses sujets, et fit une apparition à Rome. Mais, menacé par les désordres de l'Italie et par l'influence des cardinaux français, il changea encore de séjour, et revint mourir à Avignon, selon la prédiction de Ste Brigitte qui avait annoncé qu'il mourrait en touchant le sol de sa patrie. Après lui, Grégoire XI nomma jusqu'à 18 cardinaux français. Cependant, la crainte de perdre tout pouvoir à Rome, les empiétements des Florentins sur le patrimoine de S. Pierre, et les sollicitations de Ste Catherine de Sienne, le décidèrent à s'embarquer pour Rome, en ne laissant à Avignon que dix cardinaux (1377). Il mourut l'année suivante, pendant qu'il faisait ses préparatifs pour retourner en France.

II

ORIGINE DU GRAND SCHISME D'OCCIDENT.

I. *Causes historiques de la division.*

Grégoire XI venait donc de succomber en Italie, au moment où il se préparait à rentrer en France. C'était marquer leur place à ses successeurs et leur tracer leur devoir. Les Romains demandèrent avec instance un pape italien ; ils furent exaucés, car l'archevêque de Bari fut élu à l'unanimité et prit le nom d'Urbain VI. Tout d'abord il n'y eut aucune contestation, tous les cardinaux lui prêtèrent serment, et son élection fut notifiée à tous les princes chrétiens ; l'Église avait donc un chef avoué du clergé et du peuple, et reconnu de l'univers entier. Urbain VI montra, sur le siège de S. Pierre, beaucoup de vertu mais moins d'expérience ; son énergie fut taxée de violence, sa sévérité, de rigorisme, et sa franchise, d'emportement. Il avait annoncé l'intention de rétablir l'obligation de la résidence, de diminuer le luxe de sa cour et de réformer les mœurs ; mais la prudence devait en régler l'application. Ces projets de réforme achevèrent d'aliéner l'esprit de plusieurs cardinaux déjà hostiles à Urbain VI, et ils répandirent le bruit que son élection n'avait pas été libre ; malgré les efforts courageux de Ste Catherine de Sienne, ils se réunirent en conclave dans les États napolitains et proclamèrent Robert de Genève, sous le nom de Clément VII. Le grand schisme était commencé.

II. *Urbain VI et l'antipape.*

Urbain VI demeurait en Italie ; l'antipape, de son côté, cherchait un refuge et des appuis. Rome et Avignon devinrent plus que jamais hostiles l'une à l'autre, et la chrétienté se partagea en deux obédiences. Elles étaient, il est vrai, d'une inégalité incontestable pour les esprits non prévenus. L'Allemagne, la Hongrie, la Pologne, la Suède, le Danemark, l'Angleterre, la Bretagne, la Flandre, presque toute l'Espagne, et l'Orient tout entier, demeurèrent fidèles à Urbain VI. Le parti de Clément n'avait de racines qu'en France ; mais la reine de Naples, le comte de Savoie, et les rois de Chypre et d'Écosse, habitués à subir l'influence française, furent gagnés peu à peu à la cause de Clément, et contribuèrent à accroître le schisme.

Les docteurs d'Oxford se prononcèrent pour le pape légitime, ceux de Paris pour l'antipape Clément. Ceux-ci se fondaient sur ce que l'élection n'avait pas été libre ; ceux-là répondaient péremptoirement que l'archevêque de Bari avait refusé la tiare, et que les cardinaux, en le suppliant de l'accepter, avaient paru l'élire une seconde fois; que ceux mêmes qui n'avaient pas pris part à l'élection, avaient assisté au couronnement, reçu la communion des mains d'Urbain, prêté le serment, sollicité et obtenu des grâces, enfin qu'ils étaient demeurés trois mois fidèles à sa cause. Ils terminaient en concluant, avec toute la rigueur de la logique : De deux choses l'une : ou les cardinaux ont regardé comme pape l'archevêque de Bari, ou ils l'ont considéré comme intrus. Dans le premier cas, pourquoi élire Clément VII ? Dans le second, pourquoi notifier à la chrétienté l'élection d'Urbain VI ? C'est un intrus qu'ils ont élu et proclamé sciemment. Quel sacrilège ou quelle légèreté ! Quand on échappe à l'un de ces deux reproches pour mériter l'autre, mérite-t-on quelque confiance aux yeux de l'Histoire ?

S'il y a eu, dans les deux obédiences, de saints personnages et d'éminentes vertus, cette considération ne les rend pas pour cela également douteuses. Les saints de ce siècle ont pu partager les préventions sur une question qui divisait les esprits et les croyances, et vivre, même dans la communion la moins rassurante pour la foi, avec tous les signes de la sainteté. Partagés sur le fait, les fidèles ne l'étaient pas sur le droit ; à leurs yeux, la papauté demeurait immuable, quels que fussent le nom et le séjour de celui qui l'occupait ; leur vertu se développait au milieu des périls comme au sein de la paix ; et, quand les intelligences étaient les plus troublées, les cœurs droits n'en étaient pas moins unis à Dieu et à l'Église.

III

NATURE ET TÉNACITÉ DU SCHISME D'OCCIDENT

I. *Dangers courus par l'Église.*

On aurait pu croire que la mort du pape Urbain VI et de l'antipape Clément VII, son adversaire, aurait mis fin à la division. Malheureusement, il n'en fut pas ainsi, et nous allons voir toute la ténacité du grand schisme et le danger immense qui menaça la société chrétienne flottante et divisée depuis si longtemps entre plusieurs chefs rivaux. Un pouvoir purement humain n'aurait pas résisté à cette crise qui attaquait la constitution de l'Église par une voie différente et même essentiellement opposée à celle que Photius et les Grecs avaient suivie, mais qui ne tendait pas moins à détruire *en fait* l'autorité pontificale. Car cette autorité, surtout aux yeux des peuples, ne pouvait demeurer une simple abstraction, et, détachée de la personne du pape, ou réduite à lancer des bulles et des fulminations impuissantes qui se croisaient sur les deux camps, elle perdait son prestige et s'avilissait par le rôle opiniâtre de ceux qui ne voulaient pas lâcher la tiare.

En effet, après que le schisme se fût présenté sous l'aspect passager d'une scission du collège des cardinaux, il prit, dans la personne des prétendants eux-mêmes, par des élections respectives maintenues des deux côtés pendant près de 30 ans, un caractère d'*obstination* qui mit autant de scandale que de trouble dans l'Église.

II. *Pierre de Lune, le Photius de l'Occident.*

Le fameux Pierre de Lune, qui se donna à lui-même le nom de Benoît XIII, dépassa en ce genre tout ce qu'on peut imaginer de plus *tenace*, et fit servir le privilège de sa longévité à la prolongation du schisme. Il nous est impossible de suivre ce Photius de l'Occident, comme il a été appelé, dans le jeu qu'il fit de ses promesses et l'habileté de ses évolutions, dans la résistance militaire et le courage qu'il déploya, dans les délais artificieux qu'il sut créer. Avant d'entrer en conclave, il avait juré que, s'il était élu, il s'efforcerait de rétablir l'unité de l'Église, fût-il obligé pour cela de renoncer au Souverain-Pontificat. Et cependant rien ne put le faire abdiquer. Aussi prodigue de faux-fuyants et de flatteries auprès des princes, que brave et courageux devant le maréchal Boucicault qui assiégeait le château d'Avignon, il sut profiter des fautes de ses adversaires et se tirer des situations les plus compliquées. Enfin, retranché dans son schisme comme dans une citadelle, on le vit réduit à sa forteresse de Paniscole ; et, dans l'espérance d'avoir un successeur, il ne voulut pas, même devant la mort, laisser échapper ce qu'il nommait sa *papalité* et ce fantôme de juridiction qui lui était plus cher que la vie.

IV

LES CONCILES DE PISE ET DE CONSTANCE. FIN DU SCHISME.

I. *Le concile de Pise.*

On avait donné pour successeur au pape légitime Urbain VI, Pietro Thomacelli, qui prit le nom de Boniface IX, et rétablit l'autorité pontificale à Rome et dans les autres territoires de l'Église. Mais ni ce pontife, ni les papes Innocent VII et Grégoire XII ne purent s'entendre avec l'antipape Benoît XIII, sur la question d'une abdication simultanée. La convocation d'un concile œcuménique pouvait seule mettre fin à ce schisme déplorable.

Un concile se réunit en effet à Pise, et déposa Grégoire XII et Benoît XIII, pour élire à leur place Alexandre V. Malheureusement, au lieu d'éteindre le schisme, cet événement ne fit que le compliquer encore ; car le concile de Pise n'avait été convoqué par aucune autorité légitime ; il s'était déclaré lui-même œcuménique ; le refus de comparaître fait par les deux prétendants, ne donnait à l'assemblée ni le droit de les déposer, ni celui de les remplacer. On n'avait réussi qu'à donner à l'Église trois papes au lieu de deux, et à partager le monde en trois obédiences. Grégoire XII, retiré à Gaëte, était reconnu par les Etats napolitains, la Hongrie, la Pologne et les royaumes du nord.

La Castille, l'Aragon, la Navarre, l'Écosse, la Corse et la Sardaigne, obéissaient à Benoît XIII. La France, l'Angleterre, le Portugal, la haute Italie, se soumirent à Alexandre V. Avignon, si longtemps le siège des antipapes, rentra sous la même obédience ; et les députés du Pontife romain étant venus trouver Alexandre V à Bologne, pour lui apporter les clefs de la ville, le pressèrent de l'honorer bientôt de sa présence. Le pape promit de se rendre à leurs vœux ; mais il mourut bientôt après, et les cardinaux de son obédience lui donnèrent pour successeur Jean XXIII.

L'embarras des fidèles fut alors plus grand que jamais.

Où était le pape légitime ? Si l'on ne peut guère douter que Benoît XIII ne fût un antipape, d'une part Grégoire XII se présentait avec tous les droits d'Urbain VI et des papes de Rome ; de l'autre, Jean XXIII, héritier de la tiare qu'Alexandre V avait reçue de l'assemblée de Pise, avait entraîné beaucoup de suffrages importants.

II. *Concile de Constance.*

Fatigués de tant d'incertitude, tous les esprits appelaient un nouveau concile. Les cardinaux des diverses obédiences s'accordaient à le demander, et les princes en pressaient la tenue. Mais il fallait, pour en assurer les heureux effets, deux choses qui avaient manqué au concile de Pise : une convocation plus régulière, et une autorité plus grande dans les résolutions. Sur les instances de l'empereur Sigismond, Jean XXIII prit l'initiative de cette salutaire mesure, en convoquant le concile à Constance.

Cette nouvelle assemblée groupa dix-huit mille ecclésiastiques, et plus de seize cents princes et seigneurs. On y vota par nations et avec le désir unanime de terminer le schisme, en remplaçant les trois papes douteux par un pape unique et véritable. Réunie par Jean XXIII, reconnue par Grégoire XII, formée par les Pères de toutes les nations, elle avait, dans sa composition comme dans sa convocation, un caractère évidemment œcuménique. L'avis du concile était que les trois papes compétiteurs abdiquassent ensemble. Jean XXIII donna, le premier, ce généreux exemple, mais il le désavoua plus tard ; Grégoire XII, après l'avoir imité dans son abdication, y persévéra noblement ; Benoît XIII s'obstina à garder la tiare, malgré les vives exhortations de St Vincent Ferrier et l'abandon général des princes et des peuples qui l'avaient reconnu.

La fuite de Jean XXIII pendant la tenue du concile, amena cette décision extraordinaire, qui s'applique au cas d'un pape douteux, et déclare formellement que toute personne, même ornée de la *dignité papale*, est subordonnée au concile. Par suite de ce principe, le concile déposa Jean XXIII qui, par son éloignement, avait rétracté ses promesses.

L'élection du pape Martin V mit fin à ces longs débats. La condamnation de Wiclef et de Jean Huss fut prononcée par ce concile et confirmée par Martin V, qui fit ainsi son premier acte de juge et de docteur de la foi.

III. *Concile de Bâle* (1431-1442.)

Le pape Martin V voulut, au concile de Bâle, achever l'œuvre commencée par les conciles de Pise et de Constance, la réforme des abus, la pacification de l'Europe, la condamnation des erreurs des Hussites, et la réunion des Grecs. Eugène IV, successeur de Martin V, sur la demande des Grecs, disposés alors à se réunir aux Latins, voulut transférer le concile à Bologne. Les Pères du concile de Bâle s'y opposèrent, et citèrent le pape à leur tribunal. Celui-ci, devant cet acte de révolte, et craignant un nouveau schisme, révoqua son décret de translation, mais à condition que ses légats présideraient le concile maintenu à Bâle, et que ce qui avait été fait contre l'autorité pontificale serait révoqué. Aucune de ces clauses ne fut gardée ; bien plus, on aggrava les décrets de la quatrième session du concile de Constance, en soutenant que « le pape était soumis à la correction du concile ». Quelques-uns des Pères se repentirent de leur opposition, et se rendirent, sur l'invitation d'Eugène IV, au concile de Ferrare, où venaient d'arriver les évêques d'Orient et Michel Paléologue, fils de l'empereur de Constantinople. Ceux qui restèrent à Bâle semblent n'avoir suivi, à dater de cette époque, que leur dépit et leur amour-propre blessé. Pendant deux ans, ils prirent les mesures les plus anticanoniques, multiplièrent les outrages contre le pape, supprimèrent les bulles, le jugèrent et le déclarèrent suspendu de tout pouvoir ; enfin, ils mirent le comble à ces énormités en créant un antipape, Amédée VIII, duc de Savoie, qui mourut après dix ans d'ennuis et de chagrins. Deux fois seulement, les Pères de Bâle se montrèrent irréprochables, et traitèrent les questions proposées, sans passion et avec le désir de défendre la foi catholique. Ce fut d'abord dans la discussion des erreurs des Hussites, qu'ils amenèrent à se contenter, pour toute concession, de la communion sous les deux espèces ; secondement, lorsqu'il s'agit, dans la trente-sixième session, de l'Immaculée-Conception de la Très-Sainte Vierge, doctrine qu'ils déclarèrent conforme à celle de l'Église et à la foi catholique. Ce concile a, été regardé à tort comme œcuménique, jusqu'à sa vingt-cinquième session, par Bossuet, de la Luzerne, et en général par les auteurs gallicans, à plus forte raison par Mossheim et les protestants, par Fébronius et son école. Les auteurs catholiques le rejettent dans toute sa durée, appuyés sur les plus graves motifs dont le principal est que ce concile n'a été ni présidé, ni confirmé par le pape.

Si nous avons eu de tristes époques dans notre Histoire, nous n'avons pas eu d'époque plus mauvaise dans toute l'Histoire de France que celle du schisme d'Occident et des conciles de Bâle et de Constance, bien que nous en ayons traversé de plus irréligieuses. L'esprit de schisme soufflait partout, et il éclata plusieurs fois, menaçant d'aboutir à une séparation complète ; ce qui l'en empêcha, ce fut le tempérament foncièrement catholique de la nation française et son bon sens, qui sentait ce qu'il y avait là d'odieux et d'impossible. Il faut y regarder à deux fois, pour comprendre que la présence des papes à Avignon n'ait pas empêché, que même elle ait peut-être produit cet esprit en France. Ce fut le paroxysme de l'erreur gallicane qui respire partout et au nom de laquelle se fait tout cela. Cet esprit de schisme laissa des traces profondes dans les doctrines nationales ; ces traces, ce sont les idées gallicanes et ce qu'on a toujours appelé depuis les *libertés gallicanes*, les *maximes gallicanes*. C'est à la faveur de cet esprit que le protestantisme s'est implanté en France, et on sait si ce fut solidement, puisqu'il y est encore et paraît n'y pouvoir être détruit que par son fruit extrême, l'incrédulité radicale.

Quant au concile de Bâle, nous avons, dans les éloges que Bossuet lui donne ([1]), et dans l'autorité que lui attribuèrent et l'usage qu'en firent les théologiens français, la preuve du mal qu'il fit et des traces qu'il laissa dans les esprits.

[1]. *Sermon sur l'Unité de l'Eglise.*

CHAPITRE XIV

Appréciation générale de cette quatrième époque au point de vue des rapports entre l'Église et l'État.

Toutes les époques de l'Histoire ecclésiastique sont instructives pour celui qui cherche dans les faits la marche de la Tradition catholique ; et à mesure que j'avance, je trouve toujours que l'époque où je suis arrivé est la plus intéressante. Une chose est certaine, c'est que la période qui s'étend de Charlemagne à Luther, est celle des rapports entre l'Église et l'État ; question importante aujourd'hui plus que jamais. Aussi, lorsqu'on étudie cette époque, doit-on ainsi procéder :

On doit commencer par étudier (1) la thèse de l'union entre les deux pouvoirs, et de la subordination nécessaire du temporel au spirituel. On peut donner à cette thèse les cinq parties que j'ai établies, avant d'entreprendre l'Histoire du règne de Charlemagne (2). Cette thèse, bien établie et discutée, donnera l'intelligence des faits qui suivront.

D'abord, Charlemagne est le vrai fondateur de cette union des deux pouvoirs ; l'espace qui le sépare d'Othon-le-Grand (814-962), est, pour l'Église, celui de la possession à peu près tranquille de son autorité. Othon ouvre la liste des princes qui, par une intervention indiscrète, changent en oppression la protection qu'ils doivent à l'Église. La lutte, commencée

---

1. Par exemple dans le *Cours de Droit canon* du R. P. Tarquini, un des meilleurs sur la question.

2. V. IIᵉ époque, ch. I et II.

par lui, continue en Allemagne jusqu'à Louis de Bavière, au XIVᵉ siècle. Voici, toujours pour l'Allemagne, les principales phases de cette lutte.

I

I. *Depuis Othon jusqu'à Henri IV d'Allemagne* — à la fin du XIᵉ siècle. — La révolte du pouvoir civil n'a qu'une tendance non avérée, que personne ne songe encore à ériger en doctrine et que les papes combattent et dénoncent à chaque instant.

II. *A partir de Henri IV,* cette tendance s'accentue, se localise, prend un corps dans la guerre des investitures, s'érige en doctrine ayant ses défenseurs et ses docteurs ; elle est combattue par Grégoire VII et Innocent III, deux pontificats bien importants à ce point de vue ; et, comme il y a là une question de principe fondamentale, la question de la subordination d'un pouvoir à l'autre, la lutte s'engage.

III. *Une guerre à mort s'allume* donc entre les deux pouvoirs : c'est la guerre de 100 ans, commencée par Frédéric Barberousse, dont le programme est remarquable comme rêve d'ambition et de césarisme. Les diverses révoltes du pouvoir séculier avaient déjà suscité, de la part du Saint-Siège, bien des déclarations précieuses pour l'historien et le théologien, qui vont en s'expliquant et en se spécifiant toujours. Mais la guerre de 100 ans, par là même qu'elle est le plus grand attentat du pouvoir civil, et la plus puissante manifestation de ses projets ambitieux, donne lieu à des déclarations encore plus efficaces de la part de l'Église, et la force à donner, dans les conciles de ce temps, une consécration solennelle à sa doctrine sur l'union des deux pouvoirs ; les décrets du premier concile de Lyon surtout, me semblent être le couronnement de cette lutte et le résumé, la conclusion dernière des déclarations de l'Église à ce sujet.

IV. A partir de ce moment, *l'esprit de révolte ainsi ordonné tourne en hérésie* ; les précurseurs du protestantisme apparaissent ; les princes qui ont hérité des projets ambitieux des Hohenstauffen, se préparent à sortir du sein de l'Église ; Luther arrive, réunit tous les révoltés et fonde avec eux une autre Église, dont le principe même est cet esprit de révolte que l'enfer le chargeait d'ériger non plus en doctrine mais en secte.

II

RAPPORTS ENTRE L'ÉGLISE ET LE ROYAUME DE FRANCE.

En France, cet esprit de révolte entre-t-il ? A quel moment ? Et sous quelle forme ?

I. *Jusqu'à Philippe-Auguste*, l'autorité des rois est trop compromise, et leur pouvoir trop affaibli par la féodalité, pour leur permettre, comme aux empereurs d'Allemagne, de rêver une domination universelle dont l'Église serait l'instrument et l'esclave ; par conséquent, ils ne songent pas encore à échapper à l'autorité de l'Église, parce que sans elle ils ont bien d'autres barrières à renverser. Ce n'est qu'après la restauration de l'autorité royale en France, c'est-à-dire entre Philippe-Auguste et Philippe-le-Bel, que l'esprit de révolte, en retard ici sur l'Allemagne, arrive avec la prospérité ; mais il est encore plus caché et moins avoué que sous les empereurs allemands successeurs d'Othon.

II. *C'est sous Philippe-le-Bel* que cet esprit de révolte éclate, et sous la forme du *Gallicanisme*, que ce roi invente ou érige en doctrine, pour les besoins de sa cause, contre Boniface VIII ; c'est-à-dire que, pour échapper à l'autorité du Saint-Siège — seule limite qui s'opposât désormais à l'agrandissement de son pouvoir — il cherche à substituer l'esprit national à l'esprit catholique, et à rendre, en France, l'autorité civile maîtresse même de la religion, bien plus encore qu'à soustraire l'Église française à l'autorité du pape.

La révolte ne va guère plus loin en France, et n'a jamais été jusqu'à l'hérésie ; je crois que, depuis, elle est restée, un peu plus ou un peu moins, ce qu'elle était sous Philippe-le-Bel.

III

NATURE DU POUVOIR EXERCÉ PAR LE SAINT-SIÈGE SUR LES ROYAUMES.

Les faits étant ainsi groupés, il me semble qu'on voit l'origine commune du gallicanisme et du protestantisme, qui sont deux formes du même esprit, et deux applications inégales du même principe. Voilà pour les faits, qui sont la *partie matérielle* de l'Histoire.

Mais la question délicate autant qu'importante, la voici : *De quelle nature est le droit exercé par le Saint-Siège dans toutes ces luttes ?* Je vois les papes non seulement réclamer du pouvoir civil, pour l'Église, certaines concessions et certains privilèges — cela, ils l'ont toujours fait et ils le font encore — mais je les vois aussi excommunier des princes, les déposer, les transférer d'un trône à un autre, intervenir comme juges dans des questions de succession, nommer des empereurs et des rois, arrêter des guerres, en demander ou en exiger. Tout cela, le font-ils comme papes, en vertu du pouvoir de Pierre, et, par conséquent, peuvent-ils toujours le faire ? Ou bien le font-ils en vertu d'un *pouvoir de surérogation* qui ne leur était pas dû, de par l'Évangile, que leur aurait librement *concédé* l'autorité civile, et qu'elle pouvait leur reprendre ; le font-ils, en un mot, en vertu du *droit public* reçu au moyen âge ? C'est là toute la question, et elle est difficile à trancher. En attendant une solution plus ample et plus sûre, voici quelques réflexions à examiner.

I. Le meilleur document que nous puissions avoir pour nous éclairer sur ce point, ce sont les actes, décrets, bulles et déclarations des papes, expliquant eux-mêmes la nature de leur pouvoir, leur droit d'intervenir, le caractère de leur intervention. Or, dans tous ceux de ces actes que j'ai pu lire, *de l'argument de droit public,* jamais un mot. Quand leur médiation est rejetée, ils l'imposent, et ils la défendent en montrant la base de leur pouvoir ; et dans ces exposés de leurs motifs, toujours leur point de départ est *l'autorité du Saint-Siège, l'autorité donnée à Pierre, la puissance qu'ils tiennent de Jésus-Christ, leur qualité de chefs de l'Église, les prérogatives indestructibles du siège de Pierre.* Ne semble-t-il pas s'ensuivre que le droit qu'ils exercent alors est divin, et s'il découlait du droit public, ne trouverions-nous pas quelquefois des appels à ce droit public ?

II. Ici se présente une objection qui pour moi n'est pas encore bien résolue ; elle est tirée de l'expérience des faits ; la voici : Si ce pouvoir de l'Église sur le temporel des rois, tel qu'il est exercé au moyen âge, est divin, comment expliquez-vous que la seule époque où il ait été possible à l'Église de l'exercer, soit précisément celle où l'Église a le plus souffert du côté des princes et par leur ambitieuse intervention ? Comment Dieu a-t-il permis que l'Église échouât constamment dans l'exercice d'un droit imprescriptible, et fût en quelque sorte elle-même l'artisan de ses maux ? N'y a-t-il pas là un signe évident que l'Église ou du moins la papauté s'était fourvoyée, en s'ingérant dans un ordre d'affaires si étranger à sa mission ?

Je vois bien quelques éléments de réponse dans les bons fruits que cette ingérence produisait par ailleurs, surtout en ce que le pape étant souverain en Europe, et commandant aux princes même les plus révoltés, les gouvernements étaient encore chrétiens sur le reste, et les lois restaient encore chrétiennes et étaient chrétiennement appliquées de par l'autorité de l'Église. Mais cela n'est pas décisif.

III. Il y a, dans la conduite des papes de ce temps, certaines classes d'actes que je crois nécessaire d'attribuer à un pouvoir humain délégué par la société civile, par exemple la nomination d'un prince à un trône, sa translation d'un trône à un autre, et, en général, l'intervention du pape dans toutes les affaires où le bien de l'Église n'est intéressé à aucun degré ; pour tous ces actes, j'admets l'argument de Droit public, parce que je ne vois pas le moyen de les attribuer à un pouvoir spirituel et directement divin. Sur tous les autres points, c'est-à-dire dans toutes les affaires où le bien de l'Église est intéressé à quelque degré que ce soit, je crois que les papes agissaient en vertu de leur pouvoir spirituel, d'après la quatrième des cinq règles de ces rapports entre l'Église et l'État. Ainsi, les papes pouvaient, comme papes, et, par conséquent, *peuvent encore déposer un prince* pour impiété et révolte contre leur autorité, et comme mettant obstacle au bien spirituel des peuples.

Il est assurément très difficile de tracer, dans la conduite des papes du moyen âge, une ligne exacte de démarcation entre ceux de leurs actes qu'ils accomplissent en vertu du *droit public*, et ceux qu'ils accomplissent comme papes et où nous devons voir un exercice de leur puissance spirituelle. Toutefois, il reste assez de points pour lesquels la question peut être clairement posée et résolue avec certitude ; celui de la déposition des princes est le plus controversé par les auteurs ; on peut le prendre avec profit pour l'objet d'une dissertation sur les rapports de l'Église et de l'État, et lui appliquer les règles dont j'ai parlé.

IV. Quant aux auteurs qui parlent de ces questions, ils sont très nombreux. Le P. Tarquini ([1]) a une longue thèse à ce sujet ; mais il se tient dans les premiers éléments de la question ; Taparelli suit à peu près le même raisonnement ; Philips ([2]), entre plus dans le détail, mais il reste dans la question de principe, sans l'appliquer aux faits et sans s'occuper spécialement de ce qui s'est passé au moyen âge. Le P. Bianchi, dans son traité *De la puissance ecclésiastique dans ses rapports avec les souverainetés temporelles*, est très solide dans la doctrine qui touche à cette question, et le P. Tarquini l'estimait beaucoup ; il traite de tous les faits dont je parle et dans le même sens, mais à un point de vue

1. Professeur du Collège-Romain.
2. Dans son ouvrage : *Du Droit ecclésiastique dans ses effets.*

spécial qui est de réfuter Bossuet. On a fait grand bruit de Darras, mais je ne crois pas que ce doive être ici notre maître ; sa science et son jugement théologiques me sont suspects, bien plus que son esprit, qui est très romain. Je crois que son succès est une question d'actualité. Dans la question qui nous occupe, pour défendre les papes du crime d'usurpation, il a recours au *droit public*, par lequel il explique toute leur intervention dans la politique. Il semble qu'il ait peur de choquer les préjugés de notre époque, en montrant que ce pouvoir était de droit divin et que, par conséquent, les papes l'ont encore. Je crois sa thèse fort exagérée, car enfin, si le pouvoir qu'ont exercé les papes était étranger à leur mission, comment auraient-ils accepté un fardeau si lourd, si embarrassant et que Jésus-Christ ne leur avait pas imposé ? Je préfère encore le jugement de Rohrbacher, parce qu'il donne scrupuleusement les pièces authentiques — décrets et bulles des papes — dans leur intégrité, et qu'il ne cherche la notion du pouvoir pontifical que dans les déclarations pontificales.

CHAPITRE XV

État de l'enseignement catholique et de la doctrine
pendant l'époque scolastique. 1093-1520.

I

I. Quand la transformation sociale et intellectuelle se fut
achevée dans l'ombre et le silence, à la fin du XIᵉ siècle, la société européenne se trouva foncièrement chrétienne, avec des lois, des institutions, une organisation, un
tempérament, une plénitude de vie chrétienne qui avait
un de ses éléments dans la vie politique, l'autre dans la vie
intellectuelle. Cette vie chrétienne n'avait encore rien produit de grandiose et de complet, pas d'œuvres majestueuses ;
mais la société, forte, renouvelée, refondue sur l'idéal évangélique, et arrivée à cette plénitude d'âge et à ce développement ferme, complet et viril, était de taille à produire ces
œuvres. La transformation intellectuelle se trouva, du même
coup, achevée aussi dans le sens et sous les influences dont
nous avons parlé. Nous avons montré ailleurs ([1]) ce que produit cette vie chrétienne dans la société, ici nous nous bor-
nons aux sciences théologiques.

Or, les études, jusque-là renfermées et couvées, pour ainsi

[1]. V. Œuvr. compl. de J.-B. Aubry, t. III, *Etudes sur le Christianisme*, et t. I, *Théorie cath. des sciences*.

dire, dans la solitude des cloîtres, sortent de ces sanctuaires rajeunies, radieuses et triomphantes, pour se répandre dans toutes les veines et tout le corps de la société chrétienne. Partout on voit s'ouvrir, pour les recevoir, des écoles qui seront bientôt les foyers de la science universelle, les *universités*. Les lettrés, quels qu'ils soient, se tournent exclusivement vers la théologie qui est, dès lors, le principe et la fin de toutes les études et, comme l'a très bien dit Guizot, « le sang qui coule dans les veines du monde européen. » Au reste, tout le passage de Guizot est à citer ici : « Le développement moral et intellectuel de l'Europe, dit-il, a été essentiellement théologique. Parcourez l'Histoire, du Vᵉ au XVIᵉ siècle, c'est la théologie qui possède et dirige l'esprit humain ; toutes les opinions sont empreintes de théologie ; les questions philosophiques, politiques, historiques, sont toujours considérées sous un point de vue théologique... L'esprit théologique est, en quelque sorte, le sang qui a coulé dans les veines du monde européen jusqu'à Bacon et Descartes... A tout prendre, cette influence a été salutaire ; non seulement elle a entretenu, fécondé le mouvement intellectuel en Europe, mais le système des doctrines et des préceptes au nom desquels elle imprimait le mouvement, était très supérieur à tout ce que le monde ancien avait jamais connu. Il y avait tout à la fois mouvement et progrès. »

II. Cette tendance générale des esprits, ce mouvement profond, en même temps qu'il a sa source dans la force surnaturelle de l'enseignement que l'Evangile avait déposé au cœur de la nation chrétienne, et qui travaillait les intelligences comme un levain qui fermente la pâte, s'explique aussi par la *logique naturelle :* au sein du chaos produit par la dissolution de la société romaine, l'Église avait été l'unique lumière, l'âme dirigeante dans l'œuvre de reconstruction. Les principes d'humanité, de justice, de modération et de douceur, qu'elle avait progressivement introduits dans la législation et dans tout l'exercice du pouvoir civil, reposaient uniquement sur son autorité ; l'esprit de sacrifice, de charité, et les vertus qu'elle avait fait passer dans la vie des peuples nouveaux et inoculés dans leurs veines, les fruits et les œuvres qu'ils avaient produits, provenaient d'elle. La théologie avait, jusque-là, tout inspiré, tout dirigé, tout fondé, appuyant ses décisions sur l'autorité de l'Église vivante et toujours enseignante, puisant ses concepts et ses preuves à la source des Écritures et des monuments traditionnels, décisions des papes et des conciles, écrits des Pères, travaux des docteurs. Il était donc naturel que les esprits, commençant à se rendre compte du travail accompli, dirigeassent leurs premières investigations vers le fondement du nouvel ordre de choses, pour en reconnaître la solidité, en contempler le fond, et y puiser les éléments d'un nouveau progrès ; il était naturel qu'on se demandât ce qu'était en lui-même cet Évangile dont la vertu était si merveilleuse, cet enseignement si fécond, et qu'on demandât à la théologie un enseignement moins élémentaire, plus développé, plus profond, qui rendît raison de ce qu'on avait cru et fait jusqu'alors en vertu de la seule autorité de l'Église.

III. Ici, ce n'est plus, à proprement parler, sous l'impulsion de l'erreur et par mode de réponse à l'hérésie, que procède le développement dogmatique ; c'est par investigation, par contemplation, par organisation et enseignement tranquille et magistral. La vérité catholique étant arrivée à ce que S. Vincent de Lérins nomme si bien la période de possession tranquille ou de règne pacifique, les esprits calmés et sans inquiétude vont travailler sans secousse, sous la seule et suave action de l'Esprit-Saint qui éclaire l'Église, et à la lumière calme, claire et profonde de leurs contemplations. Aussi, les plus grands docteurs de cette période sont en même temps des saints, et leur travail appartient autant à la piété qu'à la science, à la méditation qu'à l'étude. Ils devaient, reprenant et achevant l'œuvre des Pères, donner comme une édition nouvelle de leur démonstration et de leur interprétation de la foi révélée, ne rien dire de nouveau, et pourtant donner à toutes choses une beauté nouvelle, en les offrant à l'intelligence des peuples sous une forme harmonieuse et avec des aperçus plus complets. Leur œuvre consistait en trois points : 1) Investigation des raisons profondes de la foi, et description des concepts dogmatiques, par une contemplation intime et philosophique qui serait la vraie science ; 2) organisation des matériaux amassés jusque-là sans ordre et qu'ils ordonneraient en une synthèse parcimonieuse et simple ; c'est ce que S. Thomas dit, en très peu de mots, dans le prologue de sa *Somme théologique* ; 3) découverte des relations qui relient soit les choses révélées entre elles et qui font du christianisme un monument d'un ordre admirable, soit les choses humaines et rationnelles avec les choses révélées, et qui font de la théologie le trésor des principes premiers de toute science, et du christianisme la fin et le lien de tout ce qui est.

IV. Au cœur du moyen âge, les ministres de l'enseignement de l'Église n'avaient plus affaire, comme aux IVe et Ve siècles, à des chrétiens sortis des Catacombes, grandis à l'École des apôtres, des thaumaturges et des martyrs ; lesquels, ayant sous les yeux la démonstration palpable de la divinité du christianisme et de la prodigieuse faiblesse de la raison humaine dans les inventions religieuses et philosophiques du vieux monde, ne pensaient qu'à vivre de leur foi, et ne demandaient à l'enseignement que les vérités primordiales, sans songer à chercher des conceptions plus profondes, et sans avoir le temps d'écouter une démonstration philosophique de la vérité chrétienne. On avait à enseigner des populations élevées dans un milieu tout théologique, et qui, arrivant alors à l'âge de raison, sentaient le besoin d'approfondir et de coordonner leurs connaissances, de voir comment leurs croyances s'accordaient avec les connaissances naturelles, avec tous les aperçus réels et les aspirations légitimes de l'intelligence et du cœur. Et cette tendance ne se fit pas seulement sentir dans le peuple enseigné, mais plus encore dans le corps des docteurs, quand ils se remirent à feuilleter les écrits des Pères. Ce fut là le besoin des écoles et la tâche de l'enseignement.

V. On chercha donc une synthèse catholique qui embrassât l'universalité des connaissances humaines, spécula-

tives et pratiques, les rattachant à la théologie révélée,
comme au foyer central d'où rayonnent et où convergent
toutes nos perceptions intellectuelles du vrai, du beau, du
bien. Pour atteindre ce but, il fallait : 1) montrer que la
théologie catholique est une science dont toutes les parties,
assises sur la base inébranlable de l'autorité divine et
d'ailleurs incontestée de l'Église, forment entre elles un tout
solidaire et parfaitement lié ; 2) montrer, en systématisant
autour d'elle, c'est-à-dire en réduisant à l'unité, l'universalité
des connaissances révélées et des connaissances surnaturelles, que non seulement elle est une science distincte et à
part des autres, ne leur empruntant pas ses principes premiers, qu'elle n'est pas une déduction de la philosophie
naturelle ; mais que, tout au contraire, elle est la vraie
science des choses divines et humaines, surnaturelles et naturelles, la science mère et maîtresse qui fournit à toutes les
branches du savoir leurs premiers principes et la règle de
leur développement ; que seule elle peut éclaircir les mystères de la nature divine, de la nature humaine, de la nature
physique, considérées en elles-mêmes et dans leurs rapports ;
et que, en dehors de sa direction, l'esprit scientifique marche
en aveugle, et doit fatalement retomber dans ses anciennes
aberrations.

La première partie de ce travail, soit l'exposition scientifique et systématique des vérités révélées, avait été exécutée
par les Pères, mais çà et là, par traités épars et mêlés de
discussions de circonstance et de sujets vieillis ou personnels ; il fallait abréger, quintessencier leurs larges expositions, en retrancher les formes oratoires, réunir les détails
épars d'un même sujet traité par plusieurs, à diverses
époques ou dans divers ouvrages, réduire enfin leurs immenses travaux aux proportions d'une *somme théologique*
dont les éléments seraient puisés à des sources multiples.
L'autre partie du travail, qui consistait à faire pénétrer la
lumière du soleil théologique dans toutes les branches de la
science, agitées par la philosophie, et à créer par là une
philosophie chrétienne complète, avait aussi occupé le génie

des Pères, surtout de S. Augustin, mais d'une manière seulement accessoire. Il fallait donc l'entreprendre *ex professo*. Voilà ce que fit la scolastique.

VI. Qu'on le remarque bien, il ne s'agissait pas de demander compte à la foi de ses raisons et à Dieu de sa révélation, ni de contester à l'Église l'autorité doctrinale et le droit absolu d'exiger la soumission de la foi, qui fut toujours la première condition de la vie chrétienne. Si nous disons nous-même que la méthode scolastique mal comprise pouvait conduire au rationalisme, nous disons aussi qu'il y a, entre cette méthode et celle du *libre examen*, une distance infinie. La méthode scolastique repose sur la foi comme règle et directrice, et ce n'est pas l'intelligence qui asservit la foi et l'appelle à elle, mais la foi qui demande à l'intelligence sa méditation et ses études après son obéissance. Cette tendance, cette méthode, admirablement caractérisée par la célèbre épigraphe du *Proslogium* de S. Anselme : *Fides quærens intellectum*, n'était ni un abandon de la méthode démonstrative, ni une dégénération de la méthode expositive des Pères ; mais elle en était le résultat logique, et le développement naturellement amené par la logique de la science, exigé par l'état des esprits, provoqué par le rationalisme de l'époque, et dans l'ordre logique de l'esprit humain travaillant sur une science quelconque. Si on voulait voir, dans la méthode scolastique d'investigation des concepts dogmatiques par l'intelligence, et dans le mot de S. Anselme *Fides quærens intellectum*, le libre examen, la réponse à cette accusation, et la rectification de cette fausse manière de l'entendre, est dans la touchante prière de S. Anselme, au premier chapitre du *Proslogium*, prière qui est comme la règle et la devise de la théologie scolastique : *Non tento, Domine, penetrare altitudinem tuam, quia nullatenus comparo illi intellectum meum ; sed desidero aliquatenus intelligere veritatem tuam quam credit et amat cor meum. Neque enim quæro intelligere ut credam, sed credo ut intelligam. Nam et hoc credo, quia nisi credidero, non intelligam.*

Pour voir, à priori, la distance entre la *méthode d'investi-*

gation scolastique et la *méthode d'examen rationaliste*, il est remarquable que ceux qui exaltent la raison dans un sens rationaliste, ont une antipathie, une horreur instinctive pour la scolastique, qui est pourtant *Fides quærens intellectum*, et qui accorde pourtant beaucoup à la raison, mais dans un sens tout opposé.

VII. La méthode scolastique avait des dangers qui peuvent se résumer ainsi : il était à craindre qu'abusant de cette méthode, 1) la démonstration philosophique ne s'étendît, au préjudice de la démonstration théologique fondée sur l'autorité, et que l'accessoire ne devînt le principal et ne renversât la règle de foi ; 2) on n'introduisît, dans ce long tissu de raisonnements, quelques principes opposés à la foi, ramenant ainsi le rationalisme qu'on voulait combattre ; 3) on ne fît de la théologie, une série de spéculations subtiles, froides, sèches, plus propres à enfler qu'à édifier les esprits.

Il était donc à craindre que la raison, en s'exerçant ainsi sur des concepts révélés et supérieurs à elle, n'arrivât quelquefois à les mesurer à sa faiblesse, et à les pervertir en les arrangeant à sa façon, au lieu de se soumettre à la raison infinie qui les lui révélait. C'est ce qui se produisit en effet. L'étendard du rationalisme, levé par le sophiste irlandais Scot et l'écolâtre angevin Bérenger, triomphait dans les écoles de Roscelin, d'Abailard, aux applaudissements enthousiastes d'un peuple d'étudiants. Pour rétablir les concepts dans la rectitude de la foi, pour empêcher la théologie de verser dans ces voies fausses, pour approfondir le dogme sans fausser les notions, il fallait de grands théologiens vraiment philosophes, et qui, profondément versés dans les connaissances divines et humaines, fissent pénétrer dans celles-ci les lumières de l'enseignement religieux, trouvassent dans les ressources sacrées de la révélation et dans les monuments de la tradition catholique, une réponse satisfaisante à toutes les questions qui peuvent intéresser l'esprit humain, questions agitées inutilement depuis tant de siècles par la philosophie profane. Il fallait que la théologie, déployant les trésors inépuisables de science divine et humaine renfermés dans son sein, créât une philosophie vraiment catholique, c'est-à-dire universelle, qui démontrât non seulement l'accord intrinsèque de toutes les parties de l'enseignement théologique entre elles — ce qu'avaient fait les Pères, surtout S. Augustin — mais son harmonie au dehors avec les aperçus réels et les aspirations légitimes de l'intelligence, de l'imagination et du cœur de l'homme ; philosophie qui, par l'universalité de sa doctrine, et la solidité de ses réponses à toutes les objections, montrât que les articles du symbole chrétien sont les seuls principes fondamentaux de la science universelle.

VIII. En somme, cette construction scientifique germa et jaillit comme d'elle-même, des ruines de l'ancien monde intellectuel, après les cataclysmes dont nous avons parlé. L'édifice de la scolastique apparut tout à coup, on ne sait comment, quand l'orage fut dissipé, réalisant le type de la philosophie ; cette apparition mystérieuse, cette génération pour ainsi dire spontanée, est le propre de toutes les œuvres surnaturelles. Du reste, l'apparition céleste dura peu et passa comme une ombre : l'époque de la scolastique dure quatre siècles ; encore, sur ces quatre siècles ne faut-il compter que le cœur, c'est-à-dire 50 ou 60 ans qui sont, à proprement parler, l'époque de sa splendeur, époque avant laquelle elle s'élabore, et après laquelle elle s'efface et tombe en décadence — comme dans le passage de l'arc-en-ciel il y a un moment radieux mais fugitif qu'il faut saisir pour jouir du spectacle, car avant il se forme, sortant du vague de la nue, et après il s'efface et disparaît.

Ainsi, nous comptons trois périodes dans la formation de la méthode scolastique : 1) la période des *essais*, de S. Anselme à 1250 ; 2) la période de *construction*, surtout par S. Thomas, de 1250 à 1300 ; 3) la période de *raffinement* et de *décadence*, par la dégénération de la méthode scolastique, dégénération qui prépare la grande épreuve finale.

IX. On dira — et c'est le préjugé commun aujourd'hui contre la scolastique — que des Docteurs scolastiques ont fait triompher, dans l'enseignement, la méthode géométrique, méthode abstraite qui, ne tenant pas compte du côté historique de la religion, en considère l'enseignement au point de vue doctrinal, transporte la discussion du terrain solide de l'Histoire dans les régions nébuleuses de la métaphysique ; méthode anatomique qui, pour rendre raison de tout, sacrifie trop à l'analyse, divise sans fin, pulvérise les questions, absorbe l'esprit dans une infinité de détails et lui permet difficilement de s'élever à la synthèse, parce qu'il est bien difficile au maître, même le plus exercé, de bien saisir l'unité systématique des sommes de ce temps, et de descendre du premier au dernier article de la Somme par exemple, à travers un tel dédale de questions, en développant avec régularité cet immense corps de doctrine composé de tant d'articulations ; méthode enfin pleine de sécheresse et de monotonie, qui, pour tout définir, ôte à l'exposition de la vérité l'image, le sentiment, tout ce qui la rend vivante et attrayante à l'imagination et au cœur, et la réduit à n'être qu'un squelette soumis aux spéculations de l'esprit.

A cette objection nous répondons que le besoin de l'époque était une exposition scientifique présentant, non à l'imagination et au cœur, mais à l'esprit scientifique et spéculatif, la théologie révélée comme base et couronnement, principe et fin de la science universelle ; ce travail devait être le résumé logique et naturel de tous les travaux antérieurs en matière de théologie et de philosophie, la justification, au point de vue rationnel, de tout ce qu'on avait cru et pratiqué jusqu'alors, sur la foi de l'autorité catholique, le point d'appui et de départ de toutes les investigations scientifiques ultérieures ; mais en même temps et surtout, l'aliment sérieux et profond de toute autre étude destinée à prendre dans la religion, et à présenter à l'imagination et au cœur, des images saines et des sentiments vrais, la règle et la base de tout art, de toute poésie, de toute éloquence, de toute spéculation, faite, non plus pour exposer et définir, mais pour enlever, captiver et charmer les facultés sensibles.

II

I. Nous avons vu le beau programme tracé à la scolastique non par les hommes, non précisément ou explicitement par l'Église, non par le hasard, mais par la force logique et intrinsèque de la marche des esprits dans le travail de développement dogmatique étudié jusqu'ici. Or, nous avons dit aussi que déjà des essais de réalisation avaient été faits, même avant la scolastique. S. Vincent de Lérins n'appartient-il pas à ce genre d'écrivains par les règles qu'il trace, pour systématiser ? D'autres y appartiennent plus directement encore par leurs travaux synthétiques sur la théologie, comme S. Jean Damascène, au VIIIᵉ siècle. Tous ces ouvrages, avons-nous dit, précèdent chronologiquement les siècles que nous appelons *période des essais*, mais lui appartiennent logiquement ; car ils sont composés en dehors des règles de leur temps, et sont les avant-coureurs du nouveau genre d'écrits dont nous parlerons bientôt.

II. A la fin du XIᵉ siècle, la méthode se formule et entre dans le domaine public. Le premier qui l'applique et l'exprime d'une manière tout à fait claire et frappante, et qui est le père de la scolastique par le genre de ses travaux et l'influence de sa manière d'étudier et d'exposer la science divine, c'est S. Anselme. D'abord moine du Bec où il suit les leçons de Lanfranc, auquel il succède ensuite dans la chaire du Bec, en 1093, puis archevêque de Cantorbéry, il mérite, par son génie, le nom d'*Augustin de son siècle* qui montre le lien de ses travaux avec le passé, et celui de *Père de la scolastique* qui montre son rôle dans les destinées futures de l'enseignement. Esprit vaste, pénétrant, porté aux spéculations sublimes et profondes, il était, comme S. Augustin [1], « impatient d'arriver à l'intelligence de ce qu'il croyait... *Ita*

---

1. *Cont. Academ.*, l. III, c. II.

enim sum affectus, ut quid sit verum, non credendo solum, sed etiam intelligendo, apprehendere impatienter desiderem; — d'élever et d'étendre les forces de sa raison, en les mettant au service de la foi, et d'employer les procédés de la philosophie humaine à l'exposition et à la démonstration des dogmes catholiques. D'autre part, logicien serré, rigoureux, tourmenté du besoin de centraliser, de simplifier ses connaissances, en les ramenant toutes à une vérité première, à un principe universel, il était providentiellement destiné à fonder la méthode scolastique qui n'est, en réalité, que la systématisation ou la réduction à l'unité, de l'universalité des connaissances révélées et des connaissances naturelles. Il étudiait tout ce qu'ont dit les Pères, et son enseignement n'exposait pas autre chose que ce qu'ils ont exposé ; mais il en faisait la philosophie ; il retrouvait leurs concepts peu expliqués, et les mettait en lumière. L'épigraphe célèbre de son *Proslogium : Fides quærens intellectum,* caractérise admirablement son système, et donne la vraie formule de sa méthode comme aussi, nous l'avons déjà dit, celle de toute la méthode scolastique.

Sa méthode est bien le type de l'exposition philosophique et théologique de l'époque et des grands siècles de l'enseignement. Il l'a esquissée d'abord dans son *Monologium,* ou *exemple de la manière de se rendre compte de la foi,* et reproduite ensuite dans son *Proslogium* ou *la foi cherchant l'intelligence ;* elle n'est, dans ces ouvrages, qu'un résumé très compact et serré, mais elle n'avait plus besoin que d'être développée pour s'étendre à tous les articles de la foi ; luimême d'ailleurs a donné, dans son opuscule *Cur Deus homo,* un beau spécimen de ce développement.

III. Les deux grandes questions que nous avons montrées comme les éléments principaux et le fonds de l'enseignement scolastique, en se réunissant, inspirent une grande controverse de métaphysique qui remplit cette première période, la fameuse querelle des *Universaux.* Cette question est rarement bien comprise par ceux qui s'occupent du moyen âge ; ils s'imaginent d'ordinaire qu'il n'y a là qu'une spéculation sans aucune importance pratique, et sans rapport utile et direct avec le développement doctrinal dans la société chrétienne et dans l'Église même. Or, ce n'est pas seulement un point particulier de métaphysique, une question spéciale, un détail de philosophie, qu'on y agite ; bien moins encore est-ce une question oiseuse, mesquine, et une dispute ridicule, comme le disent ceux qui ne savent pas ce que c'est que le développement doctrinal dans le christianisme. Il serait, d'abord et *à priori*, bien étonnant que, dans une époque comme celle-là, des esprits comme ceux-là eussent donné tant d'importance et consacré tant d'études à une question mesquine et sans utilité. Il s'agit, au contraire, d'une question immense, et d'un point de doctrine qui, après avoir divisé déjà les écoles philosophiques dans l'antiquité, engendre, commande et domine toute la méthode scolastique, et qui a été agité bien des fois depuis et sous d'autres formes : la question de l'origine de nos connaissances, de l'origine et de la réalité objective de nos idées générales qui sont le principe premier de toute science, le fondement de nos spéculations rationnelles, le sanctuaire le plus reculé, le plus intime de nos conceptions, et ce qu'il y a, au fond de toutes nos connaissances intellectuelles, de plus rapproché de Dieu, de plus directement en rapport avec le Verbe, intelligence divine, type de la nôtre, le dernier terme que toute méditation scientifique tend à atteindre en approfondissant un sujet, parvenant ainsi, dans le travail de scrutation intellectuelle, aussi loin que possible dans l'intime de notre intelligence, et aussi près que possible des idées divines, types des nôtres. Quand on cherchait si et comment les principes de toutes nos connaissances sont en Dieu, comment, de Dieu, ils viennent et sont en nous et dans tous les hommes, si on parvenait à obtenir, de la philosophie et de la foi, un enseignement et quelques données sur toutes ces questions, on avait ainsi rattaché à ces deux sciences de principes, comme à leur source unique et universelle, toutes les sciences humaines, on était remonté à la lumière génératrice de toute science, de toute investigation scientifique ; et la théologie qui est

directement de Dieu par voie de révélation surnaturelle,
et la philosophie qui se fondait alors avec elle comme ayant
le même objet et venant aussi directement de Dieu par
voie d'illumination naturelle, se montraient bien comme
l'expression la plus fidèle et la plus rapprochée, la peinture
la plus ressemblante de la pensée divine sur toutes choses,
et pour tout principe, la plus haute expression du vrai en
tout et le type central de la science universelle. Et comme la
théologie avait absorbé la philosophie dont la lumière n'est
qu'un reflet de la lumière révélée, la théologie était bien,
comme je l'ai dit et comme le pensaient les scolastiques, le
point central et le sommet de toute science divine et humaine.

La question de l'origine des Universaux se présentait
ainsi : « D'où viennent nos idées du un et du multiple ; de
l'esprit et de la matière ; de l'infini et du fini ; du nécessaire,
de l'absolu, du parfait, et du contingent, du relatif, de
l'imparfait ; de l'éternel, de l'incréé, de l'immuable, de l'universel, et du créé, du variable, du particulier ? Ces idées sont-
elles communiquées à notre intelligence par une intelligence
supérieure, comme un reflet du monde intelligible vers
lequel nous devons tendre, ainsi que l'entend Platon ? ou
notre intelligence les acquiert-elle par la réflexion et la considération du monde visible, comme le veut Aristote ? ou
bien sont-elles une pure abstraction, enfantée par l'esprit
humain, comme le prétend Zénon ? En un mot, les premiers
principes de notre activité intellectuelle et de nos procédés
scientifiques sont-ils une communication divine, ou une simple découverte de notre esprit, ou sa création proprement
dite ? » — Quant à la réalité objective de nos idées universelles, la question se posait ainsi : « Nos idées expriment-
elles des êtres doués d'une existence réelle et conforme à nos
perceptions ? » — Oui, répondent Platon et Aristote, et les
deux êtres représentés par nos idées du un et du multiple,
de l'infini et du fini, de Dieu et de la matière, sont aussi éternels et nécessaires que leurs idées ; c'est le *dualisme*. — Non,
répond le *panthéisme idéaliste* ; le un, l'infini, le parfait, l'éternel seul existe, et le reste n'est qu'un reflet fantastique, un

rêve de notre esprit qui n'est lui-même qu'un rêve, s'il n'est pas l'infini. — Ou encore, selon le *panthéisme mixte* de Zénon, l'esprit et la matière, l'infini et le fini, l'immuable et le variable, existent réellement et éternellement, mais ne forment qu'un grand tout, l'Univers-Dieu. — Vaines abstractions, dit le *panthéisme matérialiste* ou pur athéisme d'Epicure et de Lucrèce, il n'y a de réel que les corps, et ils sont le résultat fortuit du mouvement aveugle et nécessaire d'atomes éternels. — Enfin, le *scepticisme académique*, s'adressant à toutes les écoles, rejette à la fois toutes leurs théories comme sans fondement certain, et prétend qu'il n'y a rien d'indubitable, sinon notre universelle ignorance.

Telles sont les solutions païennes qui se reproduisirent dans la question des universaux, sous diverses formes et avec diverses théories dont les principales sont le *nominalisme* de Roscelin et de ses disciples, le *réalisme* des Scotistes et de Guillaume de Champeaux, le *conceptualisme* d'Abailard.

Or, les grands docteurs scolastiques trouvèrent la vérité dans une juste conciliation, en combinant, avec la plus profonde sagesse, les différents facteurs vrais des grands problèmes agités dans les diverses écoles. S. Thomas surtout donnera cette combinaison parfaite et lumineuse ; mais avant lui déjà, S. Anselme en a trouvé le fond. Donc, l'idée du vrai, du beau et du bien qui, en nous et autour de nous, s'offre à notre intelligence, remonte, par le raisonnement, à l'Être souverainement vrai, beau et bon, source première et centre unique de la lumière qui préside à nos spéculations, et de toutes les réalités objectives ; Être indubitablement existant, puisque son idée implique nécessairement l'existence ; et qui, parfait en lui-même par l'unité de nature et la trinité de personnes, est la cause librement créatrice, nécessairement exemplaire et finale de tous les êtres, notamment de l'homme qu'il a formé à son image et à sa ressemblance. Il proclame la certitude du mode de connaissance qui consiste dans la foi, et il établit que l'esprit humain doit se développer sous un autre mode qui est la science ; mais il veut que la doctrine révélée par la parole divine soit la base de toute spéculation métaphysique.

IV. La méthode enseignée ou plutôt formulée par S. Anselme devint bien vite universelle, et fleurit magnifiquement dans toutes les écoles du XIIᵉ siècle ; disons pourtant qu'elle eut, même parmi les docteurs catholiques, quelques contradictions. Aussitôt après la mort de S. Anselme, le dernier en date des Pères de l'Église, S. Bernard, soit par esprit de fidélité à la méthode des anciens Docteurs, pour la conserver, la reproduire, soit pour écarter les dangers que nous avons montrés dans la méthode scolastique, se lève pour reproduire et recommander la méthode antique et, tout en combattant le rationalisme théologique et la dialectique présomptueuse d'Abailard, il rappelle aux théologiens que, pour grandir à l'école du Christ, les procédés d'Aristote servent de peu, et que, dans la science des choses divines, on avance plus par le recueillement, l'humilité et la prière, que par le raisonnement. Il semble protester contre la méthode introduite et mise en vogue par S. Anselme. — Il ne faut sans doute pas prendre dans un sens trop strict cette réclamation de S. Bernard, et il faut l'entendre avec tempérament, de peur d'y voir, sous la plume du dernier des Pères de l'Église, la condamnation d'une méthode qui a produit de si grands fruits, que les siècles ont consacrée, et que l'autorité de l'Église a sanctionnée. Il était bon du reste qu'il y eût ainsi un soutien de l'antique méthode, même quand il aurait un peu exagéré, comme cela arrive toujours, pour empêcher le progrès d'aller trop loin, et de devenir une innovation. Les mêmes plaintes se retrouvent à l'état d'allusion et d'une manière incidente dans l'*Imitation*, contre l'abus des discussions sur la grâce ; c'est sans doute dans le même sens qu'on doit entendre S. Bernard. On peut croire que si S. Bernard, postérieur pourtant à S. Anselme, a reçu le titre de Père de l'Église, ceci était dans la nature même du rôle qu'il a joué dans l'enseignement ecclésiastique, puisqu'il est resté fidèle à la méthode primitive des Pères.

V. L'opinion défendue par S. Bernard laisse dans la scolastique une grande trace, et fait qu'à côté de l'École théologico-philosophique ouverte par S. Anselme, on voit se former, parmi les disciples du grand abbé de Clairvaux, l'École théologico-mystique ou contemplative. Également opposées à l'École rationaliste, toutes deux la combattent avec force, mais par des procédés différents.

L'École rationaliste refusant le caractère de certitude à ce qui n'est certifié que par le témoignage, à tout ce qui ne tombe pas sous l'évidence directe, comme les premiers principes, ou réfléchie, comme les conclusions rigoureusement déduites de ceux-ci : l'École théologico-philosophique lui répondait que cette règle, fausse en elle-même, et même dans l'ordre des connaissances naturelles, devient absurde et impie quand on l'applique à l'ordre des vérités révélées, parce qu'alors elle soumet la raison divine au jugement de la raison humaine, et repousse le témoignage de Dieu par l'Église ; en même temps, elle s'efforce de prouver, par diverses autorités, l'existence et l'authenticité de ce témoignage. Or, les théologiens mystiques ou contemplatifs de l'école de S. Bernard, emploient d'abord les mêmes armes théologiques ; mais dans l'exposition et la démonstration, ils préfèrent la forme oratoire des Pères à la manière didactique et serrée de la nouvelle école ; au lieu de faire descendre les enseignements de la foi à la portée de la raison, ils s'efforcent, par des expositions chaleureuses, d'élever les âmes à la hauteur nécessaire pour contempler les objets de la foi dans leur vrai milieu, dans le Verbe fait chair, et obtenir de lui l'intelligence et l'amour ; ils traitent avec un peu de dédain cette méthode inquisitrice qui fait tomber la science de Dieu sous les procédés de la philosophie humaine, et qui veut tout définir, disséquer, catégoriser, à l'aide des formules d'Aristote ; ils aiment mieux qu'on cherche la vérité dans la prière et la méditation ; l'*Imitation*, chef-d'œuvre de l'École mystique, est pleine de cette pensée (1).

1. Cf. *Imit.*, liv. I, ch. I-III.

VI. Mais bientôt, les deux procédés finissent par se rejoindre et se fondre entièrement ; c'est alors que nous touchons à la véritable méthode scolastique, dans des théologiens qui unissent la méthode onctueuse et élevée des mystiques au besoin de résumer et de systématiser qui distingue l'autre méthode. Les deux grandes idées qui composent cette transformation, s'expriment, dès le XIIe siècle, dans deux mots qui servent de titres à beaucoup des expositions doctrinales de l'époque, les noms de *Somme* et de *Sentences*, dont il faut bien comprendre la portée caractéristique. Dans tous ces essais, les premiers scolastiques procèdent par *expositions synthétiques* sous le nom de *sommes*, et par *descriptions de concepts* sous le nom de *sentences*.

En effet, nous voyons apparaître, au XIIe siècle, comme types de cette méthode et auteurs de cette transformation, Hugues et Richard de St-Victor ; le premier publie un corps de théologie sous le titre de *Somme des Sentences* et, dans les deux livres des *Sacrements de la foi chrétienne*, il expose le système religieux depuis la création jusqu'à l'Incarnation du Verbe, et de là jusqu'à la fin des temps. Peu après, Pierre Lombard publie ses *Quatre livres des Sentences*, travail jugé si parfait, qu'il devient aussitôt la base de l'enseignement scolastique et compte, en moins d'un siècle, des milliers de commentateurs, parmi lesquels deux anges de l'École, S. Thomas et S. Bonaventure.

Toutefois, le *Maître des Sentences*, avec sa méthode admirablement logique, ne s'était presque appuyé que sur la démonstration proprement théologique, l'Écriture, les Pères, etc. Or, Alain de l'Isle, disciple de S. Bernard à Clairvaux et, depuis, évêque d'Auxerre, ajoute la partie philosophique ; dans sès *Articles de la foi catholique*, composés à la fin du XIIe siècle et dédiés à Clément III, il rend ainsi raison de sa méthode dans le prologue : *Sancti Patres Judeos a pertinacia, Gentiles ab erroribus virtute miraculorum recedere facientes, auctoritatibus Veteris et Novi Testamenti productis in medium, comprobatam fidem ampliaverunt. Sed nec miraculorum gratia mihi collata, nec ad vin-*

cendas hæreses, sufficit auctoritates inducere, cum illas moderni hæretici aut prorsus respuant, aut pervertant. Probabiles igitur fidei nostræ rationes quibus perspicax ingenium vix possit resistere, studiosius ordinavi, ut qui prophetiæ et Evangelio acquiescere contemnunt, humanis saltem rationibus inducantur. Hæ vero rationes, si homines ad credendum inducant, non tamen ad fidem capessendam plene sufficiunt usquequaque. Fides enim non habet meritum cui ratio humana ad plenum præbet experimentum. Hæc enim erit gloria nostra, perfecta scientia comprehendere in patria, quod nunc quasi in ænigmate per speculum contemplamur.

Alain de l'Isle est suivi dans cette voie par Alexandre de Halès, auteur de la *Somme de toute la théologie sur les livres des Sentences.* Enfin, le dominicain Albert, esprit des plus encyclopédiques qui se soient jamais vus, assemble, dans ses leçons et ses écrits, les immenses matériaux qui, sous la main de son illustre élève, vont servir à la merveilleuse construction de la science universelle.

III

PÉRIODE DE CONSTRUCTION DE S. THOMAS, 1250 A 1300.

I. L'unité scientifique, qui est le fruit de l'unité religieuse et qui va de pair avec l'unité politique, devenant de plus en plus nécessaire, tout se prépare et s'avance vers une immense et harmonieuse synthèse qui va systématiser l'universalité des connaissances, sous l'autorité incontestée de l'Église enseignante. Cette marche se trahissait par le besoin commun de philosopher, de généraliser, d'agrandir en tous sens le domaine des connaissances. Les *universités*, qui justifient leur nom en disputant *de omni re scibili*, étaient les centres où s'élaborait cette unité scientifique, pour rayonner de là sur le vaste théâtre de l'activité humaine, et leur nom même, nom traditionnel dont le sens est oublié aujourd'hui, exprime cette idée d'unité des sciences.

II. Au premier rang et au centre de cette grande synthèse scientifique, se tenait la science révélée, majestueuse et royale, informant toutes les sciences, et inspirant toutes les productions intellectuelles ; toutes les branches des connaissances humaines, humblement et harmonieusement goupées autour d'elle, en recevaient la lumière et leurs premiers principes, proclamant ainsi que l'enseignement catholique n'est pas seulement vrai, mais qu'il possède la *Vérité universelle* hors de laquelle il n'y a que des fragments de vérité incomplets, obscurs, impuissants à fonder la science des choses divines et humaines. Les arts, les institutions sociales, l'ordre politique, étaient imbus de son esprit, prenaient pour bases ses principes, pour inspirations ses croyances et ses sentiments, et recevaient d'elle leur direction première. Jamais on n'avait vu pareille harmonie dans une même croyance et autour d'un même principe.

Or, la théologie, reine et maîtresse des sciences, ainsi entendue comme centre des lumières universelles, prend sa formule dans un livre immortel, trésor de toutes les antiques traditions, abîme de contemplation théologique, type à jamais de l'exposition doctrinale de la foi chrétienne et dans lequel se reflète, autour duquel converge, pour ainsi dire, l'état intellectuel dont nous venons de parler : la SOMME THÉOLOGIQUE de S. Thomas d'Aquin.

III. C'est devenu presque une banalité d'apprécier la *Somme* de S. Thomas ; je ne puis cependant me dispenser d'en donner un rapide aperçu : immense travail, semblable à ces grands poèmes épiques qui n'appartiennent qu'à des âges héroïques, et qu'on croirait élaborés par tout un peuple en plusieurs siècles de méditations communes, tant il contient de choses profondes dont chacune semble être au-dessus d'une seule intelligence. La *Somme* est divisée en trois parties, qui traitent successivement de Dieu considéré en lui-même et dans ses œuvres, de l'homme considéré dans le monde de l'épreuve et dans sa marche vers le monde éternel, de Jésus-Christ fait homme pour relever l'humanité déchue et lui rouvrir le chemin de la vie. Écrite pour un siècle éminemment investigateur et pour des universités où la discussion ne connaissait pas de limites, la *Somme* offre, dans son ensemble, une série de 612 questions dont les 100 dernières, comp'étant l'œuvre inachevée du *Docteur angélique*, ont été extraites, par l'auteur du *Supplément* — Henri de Gorrichen, franciscain bavarois du XVᵉ siècle — du commentaire de S. Thomas sur les *Livres des Sentences*.

Chaque question contenant un certain nombre d'articles — en moyenne six — et chaque article, une proposition discutée, démontrée, avec réponse à un certain nombre de difficultés ou objections — en moyenne quatre — il en résulte une chaîne d'environ 3.600 articles où le docteur a exposé, discuté, résolu, presque toujours au double point de vue de la révélation et de la philosophie rationnelle, l'universalité des questions que peut agiter ou qu'agitait, du moins à cette époque, la raison humaine, sur l'existence, la nature, la destinée et les rapports mutuels de tous les êtres, depuis la Trinité éternelle, incréée et créatrice, jusqu'à la trinité des créatures, l'ange pur esprit, l'homme esprit et corps, et la matière ; chaîne immense, dont la construction présente au regard étonné de nos mesquines intelligences, la plus vaste synthèse, et, en même temps, la plus exacte analyse, pour discuter à fond et dans tous leurs ambages, sans inexactitude ni défaillance, chacune de ces innombrables questions, avec leur cortège de preuves et d'objections, et relier tant de parties en un seul corps doctrinal dont le lumineux ensemble étonne par sa grandeur, sa plénitude et son arrangement plein d'harmonie.

IV. Destinée aux jeunes étudiants en théologie, la *Somme* est, avant tout, une *synthèse* condensée ; le maître n'a pas tant à cœur, dans sa spéculation, de tout dire et d'épuiser toutes les questions sur les vérités révélées, que de les exposer dans un ordre scientifique, en les établissant par l'autorité de l'Église, et en donnant une juste et haute idée de leur notion ; il ne se dépense pas en citations de témoignages, mais il prend, il cueille, pour ainsi dire, la notion dogmatique dans l'enseignement actuel et vivant de l'Église actuellement vivante ; il la développe en un court et ferme exposé qui est la substance des textes de l'Écriture et des Pères. Avant tout, il décrit les concepts, il donne la substance du dogme, il trace les lignes essentielles avec leurs principaux accessoires, il donne les principes généraux de solution des objections, il fait pénétrer la lumière dans les principaux ambages de la question, et il juge que sa tâche est remplie, quand l'esprit est en possession de l'idée complète de la vérité particulière qu'il expose.

Bien que la *Somme* soit avant tout théologique, comme il n'y a pas de vraie théologie qui n'éclaire les sciences humaines, et ne renferme les principes premiers sur lesquels elles s'appuient, le maître doit aussi montrer ce lien de la théologie avec elles, et laisser voir ce côté de la science sacrée. Il ne descend au dépôt des connaissances humaines que discrètement, très brièvement, transitoirement et juste autant qu'il faut pour indiquer leur lien et montrer le point où elles s'emboîtent et les principes au moyen desquels elles se relient dans l'ensemble scientifique dont la théologie forme le centre. Il y descend avec la lumière de la foi, pour en montrer le grand côté, en dissiper les erreurs et les incertitudes, s'emparer des vérités qu'il y trouve, les consolider, les rallier aux vérités d'un ordre supérieur, et former ainsi la science complète des choses divines et humaines ou la philosophie universelle. A ce procédé synthétique, qui descend de la révélation à la raison, et donne une forme aux connaissances surnaturelles pour leur incorporer ou subordonner les connaissances humaines, sans jamais confondre les unes avec les autres, S. Thomas ajoute, dans ses *Quatre livres de la vérité de la foi catholique contre les Gentils*, le modèle du procédé analytique qui s'appuie sur les données de la philosophie naturelle, pour disposer les esprits non chrétiens à reconnaître la nécessité, l'existence et la vérité de la révélation chrétienne. Cette nouvelle *Somme* pourrait s'appeler la *Philosophie naturelle conduisant à la philosophie surnaturelle ;* en sorte que ces deux Sommes forment, par leur ensemble, comme le va-et-vient — *gressus et regressus* — de l'intelligence humaine se tournant tour à tour vers la lumière rationnelle et vers la lumière divine, et revenant de l'une à l'autre pour les éclairer l'une par l'autre. On a remarqué que la *Somme contre les Gentils*, bien que dirigée contre les diverses formes de l'incrédulité contemporaine — judaïsme, mahométisme, manichéisme — fournit encore tous les arguments et indique surtout toute la procédure à suivre contre l'incrédulité actuelle.

Enfin, pour les universités, dont l'enseignement embrassait toutes les connaissances, la *Somme théologique* était un système scientifique complet, un arbre généalogique rattachant toutes les branches du savoir au tronc de la science révélée qui les féconde par une sève inépuisable ; c'était comme une mappemonde, une carte routière des intelligences, montrant d'abord à l'universalité des connaissances leur centre commun, Dieu premier principe de toute spéculation vraie, parce qu'il est le premier principe de tous les êtres objets de nos spéculations ; traçant ensuite à chaque espèce de connaissance la route par laquelle elle peut, sans s'égarer, aider l'homme à marcher vers sa fin suprême qui est Dieu, atteint par la connaissance parfaite de la vision intuitive.

V. Objection. On dira — et c'est le préjugé commun aujourd'hui contre la scolastique — que S. Thomas fait triompher, dans l'enseignement, la méthode géométrique, méthode abstraite qui, ne tenant pas compte du côté historique de la religion, en considère l'enseignement au point de vue purement doctrinal, et transporte la discussion, du terrain solide de l'Histoire, dans les régions nébuleuses de la métaphysique ; méthode anatomique qui, pour rendre raison de tout, sacrifie trop à l'analyse, divise sans fin, pulvérise les questions, absorbe l'esprit dans une infinité de détails, et lui permet difficilement de s'élever à la synthèse. Quel est en effet, demande-t-on, parmi les maîtres de théologie eux-mêmes, l'esprit assez exercé pour saisir toute l'unité systématique de la *Somme*, et descendre du premier article de la première question au dernier de la 612e, en développant avec régularité cet immense corps de doctrine, composé de plus de 3600 articulations? Enfin, méthode sèche et monotone qui, pour tout définir et expliquer, ôte à l'exposition de la vérité catholique, l'image, le sentiment, tout ce qui rend la religion vivante, aimable et attrayante.

Réponse. Nous croyons que l'objection est déjà résolue par ce qui précède. Pour juger la *Somme*, il faut la regarder comme un livre classique, une base d'études, une méthode ; à ce point de vue, elle est parfaite et, en ne donnant que les grandes lignes de la science, la direction, le plan, les idées principales, elle ouvre au contraire large et immense la voie aux aperçus de l'imagination et aux impressions du cœur ; aussi voyons-nous commencer avec elle et comme jaillir d'elle deux grandes séries de productions qui appartiennent à l'imagination et au cœur, la poésie chrétienne et la littérature ascétique.

VI. Au reste, à côté du chef-d'œuvre de raisonnement, enfanté par l'école théologico-philosophique, l'école théologico-mystique du XIIIe siècle produisait aussi des chefs-d'œuvre également parfaits, inspirés par la même pensée, conçus d'après la même méthode fondamentale, mais dans un autre goût et adaptés à des esprits d'une autre trempe, plus imagée, plus poétique et plus tendre. Ainsi, le docteur séraphique *S. Bonaventure*, ami de S. Thomas, comme lui théologien et philosophe sublime, oblige toutes les connaissances à se mettre au service de la théologie, pour recevoir d'elle la lumière et les idées premières — dans l'opuscule *De reductione omnium artium ad theologiam* ; trace l'itinéraire de l'âme s'élevant, de la vue des choses sensibles, à la dernière hauteur du monde invisible — dans l'opuscule *Itinerarium mentis ad Deum* ; enfin formule sa méthode, lui aussi, dans deux manuels de théologie — le *Centiloquium* et le *Breviloquium* — où la philosophie la plus haute déploie les richesse de l'imagination la plus brillante dans le langage de la piété la plus tendre.

VII. Et qu'on ne croie pas que la tendance des études fût exclusivement vers l'abstrait et la métaphysique, et que la contemplation et la recherche du monde naturel et historique aient été absolument et systématiquement négligées. Au contraire, dans le même temps, les deux mêmes familles religieuses qui avaient donné les deux grands maîtres, produisirent encore, au milieu d'une pléiade de savants dans tous les genres, deux autres génies tout différents et dont la tâche fut de tempérer, de contenir la tendance des esprits vers des régions trop vagues, et de les ramener dans le champ plus positif du monde naturel et historique, considéré en lui-même et dans son rapport avec le monde surnaturel et intellectuel.

Le dominicain *Vincent de Beauvais*, précepteur de S. Louis, publie en 1260, 14 ans avant la mort de S. Thomas et de S. Bonaventure, son *Miroir universel — Speculum universale* — divisé en trois parties : 1) le *Miroir naturel,* où il expose l'histoire de la création, des créatures invisibles et visibles, surtout de l'homme ; 2) le *Miroir doctrinal,* qui montre l'universalité des sciences et des arts occupés, sous la direction de la théologie, à la réparation des maux temporels et éternels causés par la chute de l'homme ; 3) le *Miroir historique,* présentant l'histoire de l'Église et du genre humain, depuis Adam jusqu'à Jésus-Christ, et de là jusqu'à Innocent IV. Le coup d'œil offert par ce vaste travail, pouvait modifier certaines spéculations trop rigides et trop étroites sur le gouvernement général de la Providence, et éclairer les questions de la prédestination et de l'accord de la prescience divine, et de l'efficacité de la grâce avec la liberté humaine.

Le franciscain anglais Roger Bacon, dans ses trois grands ouvrages : *Opus majus, Opus minus, Opus tertium,* s'occupe surtout du progrès des sciences physiques ; mais en même temps, par ses observations à tous et surtout au pape Clément IV qui lui demandait compte de ses travaux, il démontre qu'il faut moins s'attacher à spéculer, disputer, subtiliser sur l'Écriture et les matières théologiques, qu'à se mettre en mesure de les mieux entendre par l'étude de l'hébreu, du grec, même des mathématiques et de la physique. Il prêche surtout, de parole et d'exemple, la nécessité de compléter les règles de la métaphysique par les observations de l'expérience et même, en matière de physique du moins, de substituer absolument celles-ci à l'autorité d'Aristote.

VIII. Au reste, nous ne nions pas le danger auquel pouvait donner lieu la méthode scolastique ; nous montrerons même tout à l'heure comment elle l'amenait, en quoi il consistait, et quelle décadence il a produite. Pour le moment nous prétendons deux choses : 1) le danger était dans l'abus et non dans l'usage de la méthode scolastique, qui était bonne et magnifique en elle-même, qui devait produire et qui produisit en effet les plus beaux fruits dans le travail du développement dogmatique ; 2) cette méthode elle-même fournissait toutes les ressources, traçait toutes les règles, et donnait toutes les précautions pour échapper au danger, et on n'y succombait que pour avoir méprisé ou négligé ces règles. Bien plus, nous avons précisément montré comment, au temps même de l'apogée de la méthode scolastique, l'Église produisait des maîtres dont l'enseignement positif, historique et fondé sur l'observation, répondait à ce danger.

IV

PÉRIODE DE DÉCADENCE.

I. Le travail de construction accompli par les maîtres du XIIIe siècle, avait donné un grand essor à l'enseignement, et réalisé un immense progrès vers cet idéal de perfection du développement doctrinal auquel l'esprit humain est conduit par l'Église catholique assistée du Saint-Esprit. Ce progrès une fois réalisé, les maîtres de l'École n'avaient qu'à *compléter*, dans le sens déjà indiqué, c'est-à-dire par l'étude des faits, par l'expérience et l'histoire, la méthode d'enseignement théologique. Je dis compléter, car si le travail entrepris par S. Anselme et achevé par S. Thomas, était bien le plus urgent pour l'époque, le plus fondamental et aussi le plus difficile dans la tâche des théologiens, il n'était cependant qu'une partie de l'enseignement théologique. En effet, la théologie, pour faire connaître à fond et aimer la religion, doit être l'*expression fidèle* de ce que Dieu a fait et enseigné ; or, dans l'organisation et l'enseignement de sa religion, Dieu a usé bien plus du langage des faits, des œuvres, que du raisonnement et de la déduction théologique ; la religion n'est pas une conclusion rationnelle et un produit de l'intelligence humaine ; et les dogmes à croire, les préceptes moraux, les cérémonies du culte, la constitution hiérarchique matérielle de l'Église, bien qu'harmonisés avec la nature et la raison de l'homme, n'en sont pas les exigences, mais sont les institutions de Dieu, un fait, la profession abrégée, la conclusion pratique de l'histoire religieuse ; profession et conclusion qu'on ne peut bien comprendre sans connaître d'abord le fait historique qui leur sert de prémisse. En somme, le système doctrinal catholique a pour base indispensable un fait qui appartient non pas aux spéculations rationnelles, mais à l'Histoire, et qui se constate non par raisonnement, mais par observation ; d'où il suit que toute instruction religieuse qui ne repose pas sur cette base est incomplète, et que celle qui rejette cette base est fausse, rationaliste et protestante.

Mais pourquoi S. Thomas et ses prédécesseurs n'ont-ils pas élevé sur ce fondement leur édifice théologique ? La réponse est facile. Au XIIIe siècle, le principe d'autorité est si incontesté, si familier, si élémentaire, si indubitable, et les faits historiques par lesquels il se confirme sont si bien devenus, pour toutes les intelligences, le pain quotidien, qu'il n'est pas besoin d'insister là-dessus. Même le rationalisme universitaire, dont la théologie avait à combattre les tendances, acceptait le christianisme comme fait historique, loi religieuse surnaturellement révélée et qu'on devait croire et observer sur la proposition de l'Église, organe incontestable de l'autorité de Dieu ; mais ce qu'il contestait au christianisme, c'était sa *valeur scientifique*, son titre de *vérité universelle*. La religion devait, selon lui, se borner à la connaissance spéciale du monde surnaturel de la grâce, de la gloire, et des devoirs à remplir pour y arriver ; il ne lui appartenait pas d'expliquer le monde naturel, de conduire la raison humaine à la science transcendante, de former ni de diriger les connaissances humaines, pas même d'établir entre elles et les connaissances fournies par la foi, une harmonie fondée sur la réalité ; elle devait laisser cette tâche à la philosophie rationnelle, et se contenter d'énoncer et de formuler, le plus brièvement possible, par propositions claires et précises, les vérités révélées, en évitant bien d'y montrer aucun lien d'harmonie avec les choses naturelles.

Les théologiens, répondant, comme toujours, aux besoins intellectuels du moment, laissent de côté la base historique de la foi, qui n'était nullement en cause, et dirigent tous leurs efforts vers le développement philosophique de l'enseignement. On sait, et nous avons dit quel beau et profond travail sortit de leurs mains ; mais ce couronnement des travaux théologiques antérieurs une fois trouvé, il fallait achever la tâche. Pour savoir quelle était cette tâche, il faut voir quel était bien le danger que pouvait avoir la méthode scolastique.

Or, nous le reconnaissons, la méthode si bien employée par S. Thomas et S. Bonaventure, si sage et si féconde dans leurs ouvrages, pouvait facilement pour d'autres, et devait nécessairement, avec des esprits sans règle, faire dégénérer le travail de spéculation, soit en un mysticisme vague, soit en vaines subtilités et en disputes stériles. En s'éloignant du monde positif de l'Histoire, on s'exposait à le perdre de vue et à s'égarer dans une vague abstraction ; et il fallait toute la sûreté de vue des deux grands docteurs du XIIIe siècle, pour descendre et remonter sans s'y perdre, l'échelle des spéculations qui nous expliquent les liens mystérieux des deux mondes et les harmonies de la nature et de la grâce, comme aussi pour remonter de la connaissance des êtres créés à celle de l'Être incréé. Aussi devait-on craindre que les disciples de ces deux grands docteurs, moins sûrs de leur visée, ne s'égarassent dans le chemin de leurs maîtres, ne cherchassent à placer entre le monde des réalités éternelles et celui des réalités passagères, un monde fantastique inter-

médiaire, et ne tombassent, oubliant l'autorité de l'Église
èt l'Histoire, dans un excès de mysticisme et de rationalisme.

II. Pour conjurer ce péril et achever la tâche, voici, selon
nous, ce que demandait la construction d'un plan modèle de
théologie scolastique.

1º Établir solidement l'autorité doctrinale de l'Église ;
bien définir son rôle dans l'enseignement, et la manière d'en
faire la base du système théologique.

2º Cette base posée pour supporter tout l'édifice, il fallait
établir pour première assise de la construction, un abrégé de
l'Histoire universelle, au point de vue de la tradition doctrinale, reliant l'autorité dogmatique actuellement en fonctions
avec les origines du christianisme ; mettre ainsi en lumière
le vaste plan de la sagesse divine dans l'éducation du genre
humain ; et présenter l'Église dans l'ensemble de sa vie et
dans le milieu réel où elle n'a cessé de déployer ses caractères divins et de développer son action surnaturelle.

Cette marche éclairerait le système doctrinal et hiérarchique de l'Église qui s'identifie avec l'histoire de l'homme ;
elle est du reste la marche même de Dieu dont le cours de
théologie, consigné dans l'Écriture, est avant tout une histoire, et dont la révélation se développe dans les faits ; c'est
aussi la marche suivie par les Pères, surtout par S. Augustin
dans sa *Cité de Dieu*, formulée par S. Vincent de Lérins,
et appliquée par Vincent de Beauvais, dans son *Speculum
universale*.

3º Les assises étant ainsi largement posées, on n'avait
plus qu'à élever au-dessus le système doctrinal ; c'est ici que
la *Somme théologique* de S. Thomas devait servir de type
dans l'art d'exposer et de démontrer tous les articles de la
foi catholique, aux deux points de vue donnés par le flam-
beau de la révélation expliquée par l'Église et par les
lumières naturelles de la raison. On aurait eu, par ce procédé,
la plus grande, la plus complète et la plus solide exposition
théologique possible, et on aurait échappé au danger que
portait avec elle la méthode spéculative.

III. Au lieu de cela, voici qu'à la fin du XIIIe siècle, on s'attache de plus en plus aux spéculations abstraites et métaphysiques, on revient à la question des universaux, on remanie et, par conséquent, on meurtrit l'œuvre de S. Thomas par de nouvelles constructions théologico-philosophiques. L'esprit de corps, dégénéré en esprit de parti, divise l'École en deux camps dont l'un est occupé par la famille dominicaine invoquant S. Thomas, l'autre par la famille franciscaine invoquant S. Bonaventure, mais surtout conduite par Duns Scot, le *Docteur subtil*. Celui-ci — mort en 1308 — dans ses *Questions sur les quatre livres des Sentences*, et dans ses questions *Quodlibétiques*, pose sur divers points de théologie et de philosophie, des thèses opposées à celles de la *Somme*. Si la lutte fût restée modérée, elle eût été utile au progrès doctrinal ; si les thomistes n'avaient exagéré et prêté le flanc, par quelques erreurs fameuses, ils fussent restés les maîtres de la doctrine, et ils auraient continué d'exercer, sans contestation sérieuse, cette grande magistrature. Malheureusement, ils firent fausse route, et donnèrent raison aux scotistes sur quelques questions importantes. Ainsi, en suivant Aristote dans sa subordination trop absolue des causes et moteurs secondaires à Dieu, cause universelle et premier moteur, et en enseignant la *prémotion physique* et *l'efficacité intrinsèque de la grâce*, le thomisme parut affaiblir la liberté de l'ange et de l'homme que Dieu a placés *in manu consilii sui* ([1]), et ne put se tirer d'affaire et se disculper du reproche de nier la liberté de l'homme, qu'en subtilisant et en invoquant les ombres du mystère. Scot eut beau jeu, et put paraître triompher en posant sa thèse : *Voluntati, in quantum est libera, essentiale est, ut voluntatis causa sit ipsa voluntas.*

De même encore, faute d'avoir bien approfondi le rôle assigné à la femme dans la réparation du péché, l'Ecole thomiste ayant eu le malheur d'enseigner que la Mère de Dieu et de la grâce avait été, au moins un instant, sous

1. *Eccli*. XV, 14.

l'empire du péché, l'École scotiste put se donner la gloire de revendiquer la vérité, et de provoquer contre cette erreur une discussion où elle dut avoir les honneurs de la guerre.

IV. Ces triomphes, assez faibles du reste, firent le salut du scotisme qui, fortifié par ses succès, eut beau jeu pour battre en brèche la grande méthode thomiste, et reconstruire à neuf le système scientifique. Assailli par une armée de dialecticiens éprouvés, le thomisme, à son tour, s'arma de toutes les ressources de la dialectique ; Aristote acquit en peu de temps, dans l'École, une importance qu'il n'avait pas encore eue ; on reproduisit bientôt, avec ses procédés et ses formules, les principes de sa philosophie panthéiste et fataliste ; on humilia la foi révélée devant la philosophie rationnelle. Déjà, en 1228, le pape Grégoire IX, dans sa lettre aux docteurs et maîtres de théologie de l'université de Paris, leur avait reproché « de déplacer, par une nouveauté profane, les limites posées par les Pères, d'attribuer à la nature, par leurs leçons terrestres, l'enseignement céleste dû à la grâce, de torturer les oracles divins en les accommodant à la doctrine des philosophes qui n'ont pas connu Dieu, et de rendre la foi vaine et inutile en s'efforçant, plus qu'il ne faut, de l'établir par la raison naturelle. » Plus tard, le pape Jean XXI, dans sa lettre à Guillaume Tempier, évêque de Paris, et les papes suivants, dans leurs censures de 1270 et de 1277 contre divers articles sur ces matières, ont lieu de condamner les mêmes erreurs bien accrues et plus répandues encore, car elles avaient pénétré jusque dans la faculté des Arts, et on en était venu à ce point de prétendre que « ce qui est faux au jugement de la foi catholique, peut être vrai selon la philosophie. »

V. Sans doute, les facultés de théologie, grâce à la vigilance du pape et des évêques, repoussèrent et combattirent ces erreurs, mais l'École était envahie, il en resta quelque chose ; en soumettant la reine des sciences à la dialectique, ces maîtres avaient ôté à leur enseignement la salutaire influence qu'il avait exercée jusque-là sur toutes les branches du savoir. Brisée, morcelée par la fureur des disputes et la manie de subtiliser, la théologie cessa d'être, dans les écoles, le centre radieux du monde intellectuel, pour devenir matière à d'interminables et stériles discussions, aussi rebutantes par la forme que peu intelligibles pour le fond.

VI. Cette décadence de la méthode scolastique eut, comme de juste, son résultat dans la prédication générale ; car c'est le propre de l'enseignement théologique d'être le foyer et le type de la prédication faite au peuple, et de plus les universités d'alors étant le centre et la source de toute science ecclésiastique, l'enseignement théologique ne pouvait y dégénérer sans porter coup à tout l'enseignement religieux des masses. Des pasteurs formés à des écoles où l'on dissertait de tout excepté de ce qu'il y a de grand, d'élevé, de profond et d'utile dans la foi, apportaient à leur troupeau un pauvre enseignement. La lumière théologique obscurcie, le sens chrétien se perd, l'ignorance se répand avec les désordres intellectuels et moraux qu'elle entraîne, des novateurs rationalistes plus hardis apparaissent ; l'autorité de l'Église, ayant toujours pour tâche et ne pouvant pas négliger de s'opposer à cet esprit nouveau, est attaquée partout et trouvée gênante, on pense à la supprimer radicalement pour la remplacer par un christianisme plus conciliant avec la raison, le mot *Réforme* est prononcé.

VII. Il appartient à un autre chapitre d'exposer comment, à ce travail qui s'opère dans les intelligences, répond un travail analogue opéré simultanément et en vertu des mêmes principes dans la société ; ce qu'il convient que nous en disions ici, c'est que la marche des intelligences commande celle de la vie sociale, que l'état politique et moral d'une société s'harmonise toujours avec l'enseignement qu'elle reçoit dans les pasteurs, ou plutôt tire de cet enseignement la substance et la règle de sa vie, et qu'ainsi l'enseignement dégénéré dépose et laisse déposer dans la société des principes funestes qui produiront des fruits de mort. *Quod si sal evanuerit, in quo salietur...?*

CINQUIÈME ÉPOQUE

DEPUIS LUTHER
JUSQU'AU TRAITÉ DE WESTPHALIE
1517 A 1648

PÉRIODE DE LA GRANDE ÉPREUVE

CHAPITRE PREMIER

Situation générale de l'Église catholique
à la naissance du protestantisme.

I

ÉTAT DE LA DOCTRINE CATHOLIQUE AU COMMENCEMENT
DU XVIᵉ SIÈCLE.

I. *La paix donnée à l'Église du côté des hérésies.*

Nous avons vu plus d'une fois, dans le passé, ce qu'est l'hérésie, et sa mission en quelque sorte providentielle. Rappelons, avant d'entrer dans cette nouvelle époque, que l'Église est une *société enseignante :* ce qui est l'intime, chez elle, c'est sa doctrine. L'enfer attaque donc surtout la doctrine chrétienne, et son attaque prend la forme de l'*hérésie*, qui est la négation du dogme et la falsification des concepts dogmatiques.

Par la grâce de Dieu, le bien sort du mal, et la victoire sortira de ces attaques. Voici comment : Le dépôt de la foi resterait intact dans l'Église dans tous les cas ; mais s'il était laissé à l'insouciance naturelle des hommes, ses monuments se perdraient, ses notions, sans se fausser, s'obscurciraient, et, après beaucoup de siècles, aujourd'hui par exemple, ayant en main l'Écriture et dans nos chaires l'enseignement sacré, il nous viendrait des doutes et nous nous demanderions si jamais la question a été prévue et agitée, et ce qu'il faut penser de tel sens donné à tel dogme d'ailleurs certain en lui-même.

Telle est l'œuvre de l'hérésie : elle attaque les dogmes et, par là, 1) elle met en lumière et force l'Église à consulter *son passé* et à montrer au jour ses *pièces authentiques ;* 2) elle suscite *des docteurs*, en forçant Dieu, pour ainsi dire, à armer des intelligences qui produiront des ouvrages, et ces ouvrages seront pour nous des *témoignages de la foi du passé ;* 3) elle force l'Église à *éclaircir ses dogmes*, et à en spécifier le sens.

L'hérésie a une marche régulière qui suit, dans ses négations, un ordre théologique parfait, de sorte qu'elle aboutit peu à peu à la formation de nos cours de théologie. — Or, à l'époque où nous sommes et depuis déjà quelque temps, le cycle des hérésies est fermé ou à peu près, car le Jansénisme ne s'affirme pas encore ; tout a été nié et faussé ; l'Église a donc été forcée de produire, de chacun de ses dogmes, des apologies qui serviront aux chrétientés futures contre tous les *réchauffeurs* d'hérésies possibles ; en sorte que, dans les luttes du passé, l'Église trouvera des armes pour les combats de l'avenir.

Ce n'est pas que l'Église se soit reposée ; jamais elle ne se repose, et le combat est une des conditions de sa vie ; mais ici elle n'a fait que changer de champ d'action ; elle est tranquille du côté de la doctrine, et nous la trouvons au commencement du XVIᵉ siècle avec une foi parfaite et indiscutée.

II. *Progrès et dangers de la méthode rationnelle appliquée par la scolastique aux sciences sacrées.*

La défense de la foi contre les hérétiques étant achevée, tout n'est pas fini ; il faut enseigner cette foi aux fidèles. Or, les travaux accomplis par les Pères, formant dans leur ensemble un corps de doctrine complet et solide, mais indigeste, sont repris en sous-œuvre au moyen âge par la *scolastique* qui les met en ordre, raisonne la foi et la compare à la raison. Cette œuvre, commencée au palais de Charlemagne, va se perfectionnant jusqu'aux XIIIᵉ et XIVᵉ siècles, avec

l'organisation des universités. Nous avons vu l'institution et
le mécanisme des universités au moyen âge ; nous avons
décrit les dangers qu'il fallait éviter dans le développement
de la doctrine, danger auquel succomba une partie de la
société et qui amena le protestantisme.

II

DÉPLACEMENT DE LA LUTTE CONTRE L'ÉGLISE
A LA FIN DE LA PÉRIODE PRÉCÉDENTE.

Je viens de le dire, l'Église n'a jamais eu de repos, et cet
état lui convient, puisqu'elle est essentiellement active et
qu'elle s'exerce dans un champ où il n'y a pas de repos possible, celui des âmes ; mais la lutte change de place et d'objet,
comme nous l'avons constaté depuis Jésus-Christ.

I. *Oubli complet, mort religieuse et intellectuelle de l'Orient
schismatique.*

L'Église, au IXe et au XIe siècle, avait fait de grandes
pertes en Orient ; ces pertes n'avaient pas été, la première
fois, sans retour, la seconde fois, sans espérance ; des tentatives continuelles de réunion avaient été faites ; malheureusement, l'Église Romaine vit échouer toutes ses avances et
tous ses efforts. Aussi, dès lors et rapidement, la vie chrétienne périt en Orient ; l'Église séparée n'a plus de conciles,
plus de saints, plus de manifestations chrétiennes, plus de
luttes doctrinales, plus d'Histoire. Le cadavre est si bien
mort, que les oiseaux de proie viennent s'en partager les
restes, le mahométisme apparaît. Il est vrai, cela ramène un
peu de vie en Orient par les Croisades ; mais les croisés vont
défendre non pas l'Église orientale, mais les reliques qu'elle
garde. Cette nouvelle lutte dure quelques siècles, puis, tout
est fini. Cet oubli complet, cette *immobilité*, cet état de *non
combat* prouve que Jésus-Christ n'est plus là. La vie et les
luttes émigrent vers le Nord-Ouest de l'Europe, elles rayonnent de Rome sur des populations jeunes et pleines d'espé-

rances. Enfin, une dernière et solennelle tentative de réunion des deux Églises a lieu au concile de Florence ; les retours sont assez nombreux, mais individuels, ceux qui sont plus généraux ne durent pas.

II. *Résultats de la lutte entre le Sacerdoce et l'Empire.*

Nous avons vu comment Charlemagne avait inauguré la mission des princes chrétiens, comment les empereurs d'Allemagne l'avaient faussement interprétée par leurs empiétements sur l'Église, enfin comment celle-ci avait répondu à ces empiétements par des affirmations multipliées et des définitions irréformables. Sur ce point encore, le jugement des papes est la pierre de touche et la plus haute expression de l'autorité de l'Église. Que de fois nous avons vu l'Église, luttant pour ses droits, affirmer d'abord son autorité spirituelle, parce que, définitivement et au fond, c'est toujours celle-ci qu'on attaque ; que de fois aussi nous l'avons vue défendre, et cela de par l'Évangile, son autorité temporelle, comme la sauvegarde nécessaire de l'autre. Cette autorité reçoit une sanction plus claire et plus autorisée que jamais, par le décret du concile de Florence, dont les affirmations sont le fruit même de mille attaques.

Malheureusement, les révoltes réitérées des princes sèment en Europe des idées et des tendances nouvelles, un ferment de discorde. Si les définitions de l'Église profitent à la partie saine du peuple chrétien, chez un trop grand nombre le mouvement est imprimé vers le mal. Même en se soumettant, beaucoup de sujets gardent quelque chose des principes faux de leurs princes ; les autres, les courtisans, les mécontents, les insubordonnés, ne se soumettent pas.

Nous en sommes donc arrivés à la *conspiration entre l'esprit d'indépendance sociale soufflé par les princes, et l'esprit d'indépendance intellectuelle sorti des écoles, contre l'autorité de l'Église, et contre le principe même d'une autorité spirituelle.* Sans doute, la conspiration est encore en voie de formation, mais elle est à sa dernière période. Si toute hérésie, tout schisme est une révolte contre l'autorité et, par conséquent, un protestantisme : la révolte de Luther est le résumé de toute hérésie, le point culminant, le *coup d'État* de l'enfer. Il est tellement vrai que le principe attaqué dans les luttes du Sacerdoce et de l'Empire, est le principe même de l'autorité, que Luther, loin d'étonner les princes, trouve, dès son premier appel, un écho dans leurs palais. En Luther, deux démons, l'indépendance sociale et l'indépendance politique, se rencontrent et s'unissent d'une sorte d'union hypostatique, et le *Protestantisme* est le nom de ce qui en résulte.

III. *Besoin et attente d'une réforme générale.*

Il est bien avéré que le monde avait besoin d'une réforme, en raison de ses mœurs, et que l'Église avait particulièrement à en souffrir ; mais rien ne nous prouve que Rabelais n'ait pas poussé au noir le tableau de son siècle ; certainement les écrivains ont exagéré l'état de la société à la naissance du protestantisme. La réforme, nous en sommes persuadé, était surtout nécessaire dans ceux qui, comme les princes d'Allemagne et les moines insubordonnés, réclamaient à plus grands cris la Réforme. Ce qu'il fallait surtout réformer, c'était l'insubordination de ceux qui voulaient réformer ce qui est irréformable, *l'autorité*.

Cette réforme, à plusieurs reprises, avait déjà été tentée avec succès, principalement par les nombreux conciles dont il suffisait d'appliquer les décrets ; du reste, la multiplication des ordres religieux et l'épanouissement de la vie monastique sont une preuve solide que la société se fût bien passée du protestantisme, pour produire les phénomènes de vie chrétienne et de sainteté qui sont les fruits ordinaires de l'Évangile.

III

ACHÈVEMENT DE LA TRANSFORMATION EUROPÉENNE.

Parce que les intérêts politiques sont connexes avec les intérêts religieux, que l'histoire des uns explique celle des autres, et qu'un mouvement dans les uns entraîne un mou-

vement dans les autres, il est nécessaire de nous rendre
compte de ce qu'est devenue l'Europe politique au moment
où nous la prenons ; d'autant plus que, selon Guizot, la
société européenne naît entre le *XVe siècle, qui est l'époque
de sa gestation*, et le *XVIe siècle, celle de sa première
enfance*.

I. *Formation définitive des nationalités de l'Europe
actuelle*.

Les grands cataclysmes sont la condition première des
grandes régénérations ; il avait fallu *briser l'Empire romain
pour faire l'Europe chrétienne*. Voyons comment, depuis
cette chute, la régénération s'est opérée en Europe. — Il y
a, entre l'histoire politique de Charlemagne et celle de
l'Europe aux XVe et XVIe siècles, une connexion très
intime et dans laquelle les six siècles intermédiaires ne sont
qu'une transition ; selon moi, ce n'est là encore que la
préface de l'Histoire de l'Europe. Voici cette connexion :
L'Europe, en sortant des mains de Charlemagne, se morcelle
en petits États, lesquels se subdivisent à l'infini ; en sorte
qu'au XIIe siècle, la forme de commune étant appliquée
partout, chaque province constitue comme un royaume
indépendant. En même temps, les différents ordres de l'État,
noblesse, clergé, bourgeoisie, forment comme autant de sociétés distinctes, ayant chacune ses lois propres. C'est à peine si,
dans ce morcellement, on reconnaît les grandes puissances.
Or, pendant et après les Croisades, peut-être à cause d'elles,
tous ces morceaux tendent à se rejoindre, et les princes à
ressaisir leur pouvoir, en faisant de leurs provinces un tout
homogène. La puissance des communes dépérit, les classes
se fondent les unes dans les autres, *les petites divisions d'État
s'effacent*, et les *grandes divisions de nations s'accusent*
davantage. Les rois sont plus puissants, et les guerres plus
générales ; elles sont de nation à nation.

Pendant le XVe siècle, le travail est achevé, et chacune
des grandes nations de l'Europe reçoit la constitution qu'elle
doit garder et qui a duré jusqu'à nos jours ; car cette œuvre
du XVe et du XVIe siècle commence à crouler aujourd'hui,

pour être remplacée par quoi ? — Nous renvoyons à l'historien Guizot, qui a des pages remarquables sur cette formation insensible et inaperçue même des hommes qui la produisent sans savoir où ils vont aboutir ; il y a là une preuve du règne de Dieu dans l'Histoire.

Voici quelques détails de cette transformation, pour la France : Après la mort du dernier fils de Philippe-le-Bel, en 1328, la couronne passe à la branche des Valois. Ces rois ont à lutter contre les Anglais, surtout Charles VII, au commencement du XVe siècle ; de ces luttes le pouvoir royal sort bien ramassé dans les mains du roi ; Louis XI achève de le centraliser. Le même phénomène se produit dans les autres nations, les républiques tombent partout, et le pouvoir personnel s'affermit. — Un détail qui ne manque pas d'intimité avec le fait de la formation des nationalités, c'est celui de la formation des langues. Celles-ci sont l'expression du caractère et de la situation morale des peuples ; or, elles se forment pendant cette période. En Italie, le Dante était passé au commencement du XIVe siècle, le Tasse allait passer au milieu du XVIe ; c'est de l'un à l'autre que la langue est créée. La France est un peu en arrière, mais le XVIe siècle est celui où la langue finit de sortir des langes du vieux patois de Joinville.

C'est au XVe siècle que les relations des gouvernements entre eux commencent à devenir fréquentes, régulières, permanentes. Alors se forment pour la première fois ces grandes combinaisons d'alliances, soit pour la paix soit pour la guerre, qui ont produit plus tard le système de l'équilibre. La diplomatie date en Europe du XVe siècle. — On voit par là que la civilisation et l'ordre européen sont antérieurs au protestantisme et non pas nés de lui ; la preuve en est que la civilisation française, qui est la source des autres civilisations, a fini son évolution au XVe siècle.

II. *Part que prend l'Église dans le mouvement civilisateur de cette époque.*

Ce mouvement civilisateur se compose des trois choses suivantes :

1° *L'amélioration du monde déjà chrétien.* Or, cette transformation est due à l'Église, car elle s'opère : — 1) dans l'ordre moral, et c'est l'Église qui alors, comme toujours, prêche le bien et produit dans ses saints de puissants exemples de vertu, en même temps qu'elle travaille, comme je l'ai dit, à la réformation des mœurs ; — 2) dans l'ordre social, par la transformation et la concentration du pouvoir entre les mains du prince pour unifier les nations ; et c'est l'Église qui provoque cette amélioration par les Croisades ; elle y coopère même directement, soit parce qu'elle réagit contre l'insubordination des inférieurs et les divisions intestines, soit parce que, profitant de l'application du principe d'union entre l'Église et l'État, comme nous l'avons vu dans l'époque précédente, elle prend au gouvernement une part importante. La société était chrétienne encore officiellement, bien que travaillée, surtout en Allemagne, par des courants pernicieux.

2° *Les tentatives de civilisation sur le monde non chrétien* sont le fait de l'Église ; car la découverte de l'Amérique, à la fin du XVe siècle, est faite en son nom et, par conséquent, lui appartient ; l'Amérique entre dans l'Histoire par les œuvres de l'Église.

3° *Les découvertes, les progrès des sciences et des arts* lui appartiennent ; car ceux qui en sont les auteurs sont ses religieux, les savants sortis de ses Écoles abbatiales, canoniales et épiscopales. Lorsque la poudre, l'imprimerie, la poste, furent inventées, il y avait longtemps que l'architecture prospérait ; déjà même l'architecture gothique entrait dans sa décroissance, mais les magnificences qu'elle avait produites appartenaient doublement à l'Église, puisqu'elles étaient destinées à son culte, et qu'elles étaient l'ouvrage de ses enfants, les moines ou les membres du compagnonnage. La peinture était dans sa période la plus brillante ; les Lettres renaissaient partout et, quoi qu'il en soit de la *Renaissance des études classiques,* les princes et les papes Médicis avaient été ses initiateurs.

III. *Ressources et dangers nouveaux que trouve l'Église dans cette transformation.*

Les ressources nouvelles mises au service de l'Église sont incontestables, et on ne peut nier que les inventions nouvelles aient été, objectivement, un grand bienfait pour l'humanité à tous les points de vue, comme ils étaient le fruit naturel et excellent de l'esprit humain ; ne soyons pas ennemis du progrès, mais seulement du progrès exclusif.

Il est certain que l'*imprimerie* surtout servit d'abord à l'Église ; elle venait d'être découverte à la fin du XVe siècle, et c'est là un fait vraiment providentiel ; car tous les grands travaux d'érudition opérés depuis Origène et S. Jérôme jusqu'au moyen âge, étaient achevés. Et, tandis que, quelques siècles plus tôt, l'imprimerie, arrivant prématurément et multipliant les exemplaires de travaux ou apocryphes, ou falsifiés, ou incorrects, ou incomplets, aurait à jamais mis le trouble dans le domaine de l'érudition et des lettres : au moment où elle arrive, il n'y a plus cet inconvénient, et il y a mille avantages immenses pour la science et pour la foi. Les savants s'agitent et se disputent pendant plus de dix siècles, et quels savants ! des Ordres religieux entiers ! et quelles disputes, qui absorbaient des vies humaines et d'immenses ressources en tout genre ! Les savants s'agitent donc pendant plus de dix siècles, non seulement pour écrire à nouveau, mais pour recueillir et obtenir intacts les anciens documents et ouvrages que nous sommes si heureux d'avoir aujourd'hui ; leur science, leur fidélité et leur persévérance luttent avec succès contre l'ignorance, la mauvaise foi et l'inconstance des hérétiques et des falsificateurs. Leurs ouvrages sont conservés dans le silence et la solitude studieuse des monastères qui, grâce à Dieu, n'avaient pas cessé d'être, pendant ces dix siècles, le sanctuaire des études solides et l'abri à peu près sûr des fruits de la science antique. — Quand arrive l'imprimerie, le travail est achevé, on peut répandre ces ouvrages dans le monde, tandis que, si l'imprimerie était venue plus tôt, au IVe siècle par exemple, qui sait si cet instrument si puissant de publicité n'aurait pas étouffé les travaux érudits et précieux de S. Jérôme sous la masse des copies et des traductions défectueuses de l'Écriture, qu'il nous montre lui-même si nombreuses, si répandues de son temps ; ou sous les réfutations de ses ennemis, car nous le voyons, dans ses lettres, en lutte pour ainsi dire avec l'univers entier? Qui sait si l'arianisme, si riche et si en vogue, tout-puissant même dans l'épiscopat et les conciles, enfin monté sur le trône de Constantinople, n'aurait pas dominé la vérité catholique au moyen de ce mode rapide de divulgation? Qui sait si S. Augustin serait venu à bout de couvrir la voix puissante des hérésies, répercutée et portée dans le monde entier par l'imprimerie? Aujourd'hui surtout, quel mal nous aurions, au milieu des amas de documents faux ou falsifiés, sortis de toutes sources et amassés par l'imprimerie, à découvrir les sources pures de la doctrine ! Au contraire, quand l'imprimerie arrive, cet inconvénient n'existe plus, le triage des bons et des mauvais ouvrages est fait, les grandes controverses d'érudition antique sont achevées, les vraies sources connues et les fausses dénoncées ; il n'y a plus qu'à divulguer ; d'autre part, la grande propagation du christianisme, la multiplication des œuvres d'apostolat, qui empêchent le clergé de perdre le temps à des travaux de copistes, et la vulgarisation des lettres et des sciences sacrées et profanes, exigent que cette divulgation en grand des anciens monuments soit faite sans retard.

Aux services considérables qu'elle était appelée à rendre, l'imprimerie ajoutait un danger : elle pouvait propager et multiplier l'erreur. De même, les rapports internationaux et la centralisation, qui présentaient de si grands avantages, pouvaient devenir un moyen d'agir en dehors de l'Église ou contre elle, surtout en raison de la fermentation protestante. L'inconvénient de la renaissance des lettres antiques était plus grand encore, il ramenait les idées païennes en Europe; et l'on sait l'engouement du XVe siècle pour les auteurs du paganisme, comme la pernicieuse influence de cet engouement.

IV. *Influence du protestantisme dans toute l'Histoire moderne.*

Au commencement de la cinquième époque, un mouvement de réforme générale travaille donc l'Europe, qui cesse de former une grande famille chrétienne ; le chef spirituel de cette famille européenne, qui, dans le moyen âge, tenait unis entre eux les éléments les plus opposés des divers États, perd presque toute son influence sur les événements politiques, en même temps que la pensée religieuse disparaît, pour ainsi dire, des relations publiques. La réformation de l'Église, à laquelle Luther prétend travailler, produit tous les mouvements politiques et religieux et devient, par conséquent, l'*axe de l'Histoire*. Il faut donc la prendre à son origine, la suivre dans ses progrès, y rattacher chaque événement, qu'elle seule amène, développe, explique et fait comprendre.

CHAPITRE II

Notion et histoire comparées du principe catholique d'autorité, et du principe protestant de libre examen.

Ce chapitre n'est qu'un point développé du précédent ; nous voulons le traiter séparément, parce qu'il forme la question de principe qui nous expliquera l'histoire du protestantisme, et nous donnera la clef du traité de l'Église et de la Tradition.

I

RÔLE DU PRINCIPE D'AUTORITÉ DANS L'ÉGLISE.

Je ne dis pas rôle du principe d'autorité *dans l'Église catholique*, mais je dis *dans l'Église ;* qu'on se reporte au traité des *Notes de l'Église ;* suivant ici la même méthode, et faisant d'abord abstraction de la certitude où nous sommes, nous catholiques, d'avoir chez nous la vraie Église de Jésus-Christ, nous nous supposons en quête de l'institution de Jésus-Christ ; par conséquent, faisant abstraction de la forme sous laquelle nous trouvons cette Église chez nous et de la question qui nous divise avec les protestants, nous cherchons, dans le monument original, quelle forme Jésus-Christ a donnée à son Église, sur quelle base il l'a instituée, pour adopter comme nôtre cette base, et pour la comparer soit à ce que nous trouvons chez nous, soit à ce que nous trouvons chez les protestants.

I. *Notion du principe d'autorité prise sur l'institution même de Jésus-Christ.*

Nous supposons prouvé qu'une religion a été instituée par Jésus-Christ. Sous quelle forme et sur quelle base l'a-t-elle été ? voilà toute la question. Or :

1º *Nécessité générale pour l'homme déchu, d'une autorité religieuse, quelle que soit la forme donnée à la religion par son auteur.* — Il était possible que la religion fût instituée sous différentes formes. Plaçons-nous d'abord dans la réalité du genre humain déchu, et d'une révélation une fois faite et non répétée à chacun, immédiatement, sans chercher ce qui était possible si la chute n'avait pas eu lieu, ou bien si Dieu changeait la condition de l'homme sur la terre, le rendait parfait et infaillible, ou bien s'il devait l'éclairer directement, *sine formidine erroris* sur ses devoirs et sa foi. Même étant donnée la déchéance de l'homme, il y avait encore une certaine latitude, et plusieurs systèmes étaient possibles ; nous ne cherchons pas encore lequel, *in concreto,* a été choisi, mais nous nous demandons, *in abstracto,* lequel était possible. Or, de toutes les formes de religion positive que Dieu pouvait adopter et imposer à l'homme déchu, il n'en est pas une qui n'exige *l'autorité,* à quelque degré, et qui n'exclue le libre examen.

En effet — 1) Dieu pouvait, sans établir un tribunal distinct et spécialement chargé du gouvernement religieux, confier ce gouvernement aux chefs de la famille, par voie d'hérédité, comme cela eut lieu d'Adam à Moïse. Dans ce cas, l'autorité religieuse est réunie à celle de la famille, mais elle existe, et les chefs de la religion se transmettent la révélation et l'enseignement avec autorité. — 2) Il pouvait ne pas établir un sacerdoce ou, en tous cas, ne pas séparer le sacerdoce du gouvernement civil de la société humaine, comme dans la première phase de la loi mosaïque ; mais ici encore nous retrouvons l'autorité, bien que sous une autre forme. — 3) Il pouvait donner seulement à l'Église sa révélation et la mission de l'enseigner, avec charge de se faire à elle-même une constitution, en lui en désignant la forme· — 4) Il pouvait, en ordonnant à l'Église de se faire une constitution, lui laisser la liberté de la choisir telle qu'elle voudrait — c'est le rêve moderne — ou bien lui en tracer les grandes lignes, ou bien en déterminer plus ou moins les détails ; et alors nous avons toujours une autorité qui, dans l'espèce, aurait reçu le pouvoir de se créer une constitution. — 5) Il pouvait établir lui-même directement l'Église sous la forme qu'il lui voulait ; or, telle est la constitution actuelle de l'Église, qui contient l'autorité à son plus haut degré et qui s'exprime ainsi : Jésus-Christ l'a voulue, je ne puis pas ne pas vous l'imposer. Qu'elle possédât une Écriture ou non, que la forme en fût monarchique ou aristocratique, cette autorité a été fondée sur la terre.

2° *Nécessité toute particulière de cette autorité dans le christianisme, vu la forme effectivement adoptée par Jésus-Christ pour son Église.* — Donc, en toute hypothèse, il fallait une autorité. Mais cette autorité comporte des degrés. Or, la forme adoptée par Jésus-Christ non seulement répond à cette nécessité générale, mais enchérit sur elle et exige un plus haut degré d'autorité. Jésus-Christ, en effet, *fonde lui-même son Église* et ne lui laisse pas le loisir de faire une constitution : *Ædificabo Ecclesiam ;* donc c'est lui-même qui envoie les apôtres : *Euntes prædicate* — ce qui suppose que déjà la constitution est faite ; autrement ceux-ci auraient dû d'abord se concerter en concile pour établir cette constitution. Et la forme que Jésus-Christ donne à son Église est celle d'une *société religieuse distincte*, et de la famille, et du pouvoir civil ; or, une société n'a de point de cohésion que dans l'autorité ; et le lien social, dans le christianisme, n'est ni la charité, ni la communauté d'intérêts religieux, ni même l'unité de foi qui est le but, mais ce qui produit l'unité de foi, c'est-à-dire l'autorité.

3° *Place essentielle que le principe d'autorité occupe dans l'institution de Jésus Christ.* — Et cette société n'est pas établie d'une manière quelconque, mais avec une forme déterminée qui exige plus spécialement encore l'autorité, à tel point que la destruction du principe d'autorité est aussi la destruction du christianisme dans son essence même. Or — 1) ce principe d'autorité est essentiel *comme base de la constitution hiérarchique ;* c'est-à-dire que l'Église n'est pas une *république démocratique,* et ne se gouverne pas par le principe de suffrage universel ; son gouvernement est une hiérarchie graduée, dont tous les degrés dépendent les uns des autres et s'échelonnent de manière à ce que tous dépendent finalement du plus haut degré, et à ce que personne n'échappe à cet enchaînement. De telle sorte que personne *n'entre dans cette Église en dehors de l'autorité* et qu'*aucun acte ne s'y fait qu'en vertu de l'autorité,* même l'acte le plus inaperçu du ministère ecclésiastique, comme l'absolution donnée par le dernier prêtre, même l'absolution du prêtre schismatique, quand il lui arrive d'être valide, car en tant qu'il fait cela, il est en communion avec l'autorité suprême ; Dieu lui-même s'est ainsi lié les mains. — 2) Ce principe d'autorité est essentiel *comme règle de la foi et source de son unité ;* en effet, Jésus-Christ confie la conservation de la doctrine révélée à un magistère authentique : *Qui vos audit me audit ;* ce magistère est une succession de gardiens de la foi, établie pour durer à perpétuité, et aujourd'hui représentée par l'épiscopat ; le but de cette institution est l'unité de la foi universelle ; la valeur de cette autorité n'est pas seulement historique, comme celle du *Testimonium fidei,* elle est *dogmatique,* c'est-à-dire *efficace de soi,* et de soi elle possède le charisma d'infaillibilité.

4° Or, le principe protestant de libre examen détruit l'essence même du christianisme ; il renverse sa constitution, il anéantit toute règle de foi.

II. *Antécédents du principe catholique d'autorité jusqu'au XVIᵉ siècle. Synthèse de l'Histoire de l'Église.*

Le fait même que, dans l'instant qui a précédé immédiatement Luther, le principe d'autorité était admis par tout le peuple chrétien comme règle de foi et base de la constitution religieuse, est une preuve rigoureuse que ce principe possède cette valeur et l'a toujours possédée de par Jésus-Christ, puisque Jésus-Christ a donné à l'Église sa forme définitive. Ceci n'est pas un préjugé, mais une prescription ; et la prescription du fait, dans l'Église, est une preuve rigoureuse du droit. — Mais prouvons-le par des détails pris dans tout le cours de la Tradition. Voici la thèse formulée par Perrone ([1]) : « Toutes les nations, tous les peuples, tous les individus qui, dans le long cours des siècles, ont professé la foi en Jésus-Christ, l'ont embrassée en vertu de la règle de l'Église catholique ou du principe d'autorité ; toute autre règle de foi était inconnue jusqu'à l'apparition du protestantisme. » Ajoutez que le même principe était regardé et suivi comme base de constitution. Les détails de cette thèse sont fournis par Perrone ([2]) ; nous en avons donné quelques-uns antérieurement, lorsque nous avons traité, dans la troisième époque, de l'état de la puissance pontificale.

1° *Application du principe catholique d'autorité aux temps apostoliques*. — Nous avons vu l'institution de ce principe par Jésus-Christ relatée dans l'Écriture même. Voyons si, conséquemment, il se trouve à sa place dans le christianisme, au premier instant où il *sort des mains de Jésus-Christ* pour être confié à celles des apôtres. Les temps apostoliques s'étendent de la mort de Jésus-Christ à celle de S. Jean, à la fin du Ier siècle. Les écrits des apôtres paraissent vers le milieu et à la fin de ce Ier siècle ; ceux de S. Jean, l'an 98, c'est-à-dire 65 ans après la mort de Jésus-Christ. Pendant ce laps de temps, l'Église s'était répandue dans la Palestine, l'Asie-Mineure, toutes les provinces de l'Empire romain, à Rome même et au delà. Partout son culte et sa discipline y étaient appliqués ; partout déjà on était en possession du *vrai sens* de la doctrine de Jésus-Christ, transmis par la seule prédication.

Or, 1) *ce fait même montre la place essentielle occupée alors par le principe d'autorité*, puisque la foi ne pouvait être reçue

1. *Le Protestantisme et la Règle de Foi*, t. II, p. 347.
2. *Ibid.*

que par la *prédication autoritaire.* 2) *Les faits contenus dans celui-là sont des manifestations de la même règle,* et nous montrent l'autorité réglant tout. Ainsi, nous savons que les apôtres gouvernent l'Église avec autorité, qu'ils tranchent des controverses ; l'*Écriture même leur est un instrument de leur autorité pour régler les questions de foi.* Ainsi, S. Jean compose son Évangile contre les hérétiques cérinthiens qui obscurcissaient la notion de la divinité de Jésus-Christ ; et le but de sa première Épître montre que son intention est de faire une *réponse autoritaire* aux querelles des Docètes. Les Actes des apôtres nous les montrent tranchant la question des rites judaïques. Les Épîtres de S. Paul sont pleines de ces sortes de *décisions magistrales,* surtout la première aux Corinthiens, où il règle une foule de questions sur la virginité, le mariage, les viandes consacrées aux idoles, etc. ; celle aux Colossiens, où il traite des observances légales, comme dans l'Épître aux Galates ; celle aux Thessaloniciens, où il répond à des questions sur la venue de Jésus-Christ pour juger le monde ; enfin, la deuxième Épître de S. Pierre contre les assemblées des pseudo-prophètes. — Les apôtres, dans leurs écrits, affirment, défendent, justifient leur autorité et font allusion à l'exercice de cette autorité. La venue même de S. Pierre à Rome en est une très grande preuve : le génie romain est centralisateur ; S. Pierre, qui devait être centre d'autorité, ne pouvait mieux choisir. Or, dans l'hypothèse des protestants, tout cela devait être laissé à la liberté de chacun et jugé seulement par les consciences et le sens privé.

2° *Transmission du principe catholique d'autorité dans l'âge immédiatement postérieur à celui des apôtres.* — On peut se demander si cet ordre de choses était transmissible, et ne devait pas cesser à la mort des apôtres, pour être remplacé par un autre dont, il est vrai, l'Écriture ne parle pas, mais que les apôtres pouvaient léguer verbalement à leurs successeurs. — Mais cette substitution non seulement est dénuée de la vraisemblance la plus élémentaire, à cause du silence de l'Écriture et de l'Histoire, mais encore est absolument impossible et répugne au fondement même du christianisme, puisque l'institution de Jésus-Christ était destinée, selon sa promesse, à rester toujours, et que les apôtres avaient soin de préserver surtout l'Église de toute innovation.

Dans le fait, cette transmission est incontestable ; l'âge qui succède à l'âge apostolique, *ne lui succède pas brusquement* et en un jour ; mais la société des hommes apostoliques vivait déjà à la fin de la vie des apôtres, qui exerçaient leur autorité *simultanément avec les hommes apostoliques* pendant plusieurs années, et ceux-ci avec leurs successeurs. Or, les apôtres avaient investi ces évêques de l'autorité : c'est ce que nous savons par S. Paul écrivant à Timothée : *Depositum custodi*, et recommandant aux chrétiens d'être soumis à leurs pasteurs ; nous connaissons aussi les sentences du deuxième chapitre de l'Apocalypse contre les sept anges des Églises, etc. La disparition des apôtres ne change pas la manière de prêcher la foi et de gouverner l'Église. — Le même corps épiscopal, dit Perrone (¹), en se dilatant dans les siècles suivants, à l'Orient et à l'Occident, au Nord et au Midi, non seulement ne perd rien de son existence matérielle, mais continue sa vie d'activité, et provient du même principe. Aussi, même à cette époque, est-ce toujours par voie d'autorité que l'on a raison des hérésies et des abus disciplinaires.

3° *Eclat incontestable de ce principe catholique d'autorité pendant l'âge des hérésies.* — Cet âge va de Constantin à Charlemagne ; et c'est tout naturellement en face des hérésies qu'il faut juger de la règle de foi dans l'Église. La foi étant attaquée, qui va répondre, et sur quel principe va-t-on se fonder pour répondre ? — L'origine même de toute hérésie était la négation, soit théorique et conséquente avec elle-même, soit pratique et inconséquente, de l'autorité de l'Église, et la pratique de l'examen privé. L'Église, en conséquence, procédait toujours de la même manière, tranchant les questions par voie d'autorité, rejetant de son sein et condamnant ceux qui résistaient ; pour le prouver, il fau-

---

1. *Le protestantisme et la règle de foi*, p. 113.

drait citer toutes les hérésies et tous les schismes depuis Arius jusqu'à Photius. Notons seulement ici 1) que le donatisme semble avoir pour mission, au commencement de cette ère d'hérésies, de mettre l'Église en demeure de poser le principe qui sera le point de départ de son argumentation ; 2) que la réunion des nombreux conciles du temps est une preuve de l'autorité de l'Église.

4° Règne incontesté de ce principe catholique d'autorité au moyen âge. — Je dis règne *incontesté*, depuis Charlemagne jusqu'à Luther ; parce que ni Luther, ni aucun protestant ne nient que ce principe ait dominé toute l'histoire du moyen âge. Or, pour se tirer d'embarras, ils disent que l'Église a empiété sur un domaine étranger, soit du côté des consciences, soit du côté des princes. Nous avons prouvé le contraire ; pour le moment, il suffit de constater qu'elle est en possession de l'autorité. Cette autorité était regardée, au moyen âge, comme si évidente, que ceux mêmes qui *l'attaquaient en pratique, la reconnaissaient en théorie*, eux qui ne demandaient qu'à pouvoir la nier, et qui étaient si peu disposés à laisser l'Église empiéter sur eux.

5° Accusation de tyrannie intellectuelle qu'attire à l'Église l'application complète de ce même principe avant Luther. — Cette accusation est portée par Guizot, et il la formule sous les noms de *mutilation de la raison, servitude intellectuelle, suicide moral, droit de coaction que s'arrogeait l Eglise, persécution de l'hérésie,* etc. Il oppose à cela la résistance de Jean Scot, de Roscelin et d'Abailard, et il l'appelle le *droit qu'ils réclamaient pour la raison d'être quelque chose dans l'homme, la revendication pour la raison du droit de raisonner.* — La réfutation est donnée par Gorini (¹) ; nous n'avons pas à la faire ici ; disons seulement que ce que l'Église réprimait, c'était les *écarts de la raison qui, non contente d'expliquer la foi, tendait à la juger,* et tombait dans ce danger de la méthode rationnelle dont j'ai parlé. Ce que nous avons à prendre, pour la thèse actuelle, c'est la

---

1. *Défense de l'Eglise*, t. III, 2ᵉ p., ch. IV.

rigueur avec laquelle le principe d'autorité était appliqué alors comme *règle de foi*, rigueur dont *cette accusation même nous fait foi*, et *qu'il nous suffit de constater* pour conclure : la règle de foi alors reconnue de l'Église, c'était l'autorité de l'Église ; donc la règle de foi établie par Jésus-Christ, c'est l'autorité de l'Église.

II

LA RÉFORME RELIGIEUSE DANS L'ÉGLISE CATHOLIQUE.

I. *Conditions pour qu'une réforme soit possible dans l'Église.*

Que des réformes soient *possibles, utiles, nécessaires*, c'est évident, puisque l'homme est partout ; et, de tout temps, l'Église a été la première à en prendre l'initiative. C'est qu'en effet la réforme morale est le principe même de l'Église ; elle n'est née que pour cela, et la première chose qu'elle fasse, c'est une réforme de l'homme ; l'appel d'une âme à la foi n'est pas autre chose. Cette réforme est le but permanent de l'Église, puisque, non contente de convertir, elle sanctifie. Mais il est évident aussi qu'il y a, pour que les réformes soient *compatibles* avec l'*immutabilité de l'institution divine*, des conditions nécessaires. Ces conditions se rapportent à deux chefs :

1º *Répugnance de l'Église pour toute innovation en matière religieuse* [1]. — L'Église, ayant été destinée par Jésus-Christ à durer *jusqu'à la fin des temps*, et portant dans ses mains le dépôt d'une *révélation qui est achevée* et qui est la *vérité absolue*, est invariable dans sa constitution et sa foi ; aussi, « que l'Église catholique maintienne pleinement ses principes fondamentaux, son inspiration permanente, son infaillibilité doctrinale, son unité ; que par ses lois et sa discipline

1. Cf. Gorini : ib., t. III, 2e p, ch. IV, p. 502. — Nicolas : *Du Protestantisme et de toutes les hérésies*, p. 377.

intérieure *elle interdise à ses fidèles tout ce qui pourrait y porter atteinte, c'est son droit comme sa loi* (¹). » — Cette déclaration n'est que l'explication de cette antique règle : *Nihil innovetur nisi quod traditum est ;* c'est le principe même de la Tradition. Les mêmes raisons expliquent la valeur absolue que possède dans l'Église *l'argument de prescription ;* là où il a son application, il a la valeur non d'un préjugé, mais d'une preuve rigoureuse à cause de l'indéfectibilité de l'Église. Il est bon de rapprocher cela du *caractère conservateur* de la Cour romaine, lequel va quelquefois jusqu'à l'excès ; mais il est providentiel.

2° *Limites dans lesquelles peut s'exercer la réforme, et qu'elle ne peut franchir sans devenir subversive.* — Cependant, cette répugnance de l'Église à toute innovation n'est absolue que s'il s'agit du dogme invariable et inaliénable gardé par elle. D'ailleurs ce qui est humain est réformable, parce qu'il n'y a que ce que Dieu a fait que l'homme ne puisse défaire, et que tout ce qui est humain est corruptible. La *règle* qui doit présider à toute réforme religieuse est évidente : tout ce qui appartient à la foi et aux mœurs, tout ce qui est d'institution divine, *appartient à l'essence du christianisme* et est absolument irréformable. Les limites dans lesquelles doit se tenir la réforme sont indiquées dans les promesses d'indéfectibilité faites à l'Église. Prenons les promesses : *Non deficiat fides... Portæ inferi... Vobiscum sum...* A quoi s'appliquent-elles ? Or, en cela l'Église est irréformable. A quoi ne s'appliquent-elles pas ? En cela elle peut l'être. — En dehors de cela, rien n'est absolument irréformable, mais les institutions ecclésiastiques ne peuvent être réformées que par la même autorité qui les a établies. Ce qui est abusif peut être réformé, nous dirons comment.

Toute la difficulté est donc de tracer la ligne de démarcation entre ce qui est de l'essence du christianisme et ce qui ne l'est pas. Or, c'est à l'Église, à l'autorité, de faire cela, et non à chacun arbitrairement. Quiconque dépasse cette

---

1. Guizot, *Méditations*, préface.

ligne, attaque l'essence même du christianisme, et, attaquant cela, touche à l'autorité divine et, par conséquent, à tout l'édifice du christianisme dont elle est le fondement ; sa *réforme est donc subversive*, c'est une révolte.

3° *Subordination dans laquelle la réforme doit se tenir vis-à-vis de l'autorité.* — Le principe d'autorité a une telle force dans l'Église, qu'il vaudrait mieux laisser tous les abus que de les ôter en le lésant, et abandonner à Dieu le soin de son Église. Il prime tout ; même les idées les plus heureuses, les innovations les plus fécondes, les réformes les plus urgentes, doivent passer par lui. C'est-à-dire que le réformateur doit : 1) avoir reçu de l'autorité sa mission, rien ne se fait dans l'Église sans cela : *Nemo præsumit sibi honorem... Qui non intrat per ostium... ;* 2) n'exercer sa mission que dans les limites où il lui est permis par l'autorité de le faire ; 3) rester dans l'union, l'obéissance et le respect à l'autorité.

Le réformateur doit passer par le principe d'autorité, même quand il réforme l'autorité dont il dépend ou est l'inférieur ; par exemple, qu'un saint veuille réformer l'épiscopat ou même le pape, il faut pour cela : 1) qu'il reçoive de l'autorité et du pape mission pour réformer le pape lui-même ; 2) qu'il fasse sa réforme tout en restant soumis à l'autorité de celui — comme chef — dont il réforme la conduite — comme individu. En dehors de ces conditions, il ne peut que proposer et non imposer.

Toutes ces conditions remplies, il est certain qu'il faut toujours faire des réformes dans l'Église, parce que l'élément humain y est toujours. Bien plus, le christianisme même n'est qu'une grande et permanente réforme.

II. *Histoire des réformes religieuses avant Luther.*

1° *Les réformes catholiques.* — L'Église catholique a toujours *pris l'initiative* des réformes morales ; toute son histoire est là. Soit à la première évangélisation du monde, soit dans sa persistance à maintenir et à appliquer l'Évangile : réforme ! soit du temps des apôtres, soit sous la persécution, toujours réforme ! Toutes les chicanes qu'on lui a faites sont venues de ce qu'elle voulait réformer, et ne voulait pas laisser les hommes s'endormir dans le mal. La civilisation des Barbares, les conciles sont des œuvres de réformes.

L'Église a perpétuellement dans son sein des institutions réformatrices ; les unes qui restent toujours et qui appartiennent au tronc même du christianisme, comme les sacrements et la prédication ; les autres qui sont des productions spontanées de la sainteté de l'Église, et comme des tribunaux chargés spécialement de remédier aux maux de l'Eglise — l'*Inquisition*, les *Ordres religieux* réformant le clergé réformateur lui-même. Ces institutions sont toujours les plus décriées, parce que si l'homme, par un côté de sa nature, est bon et veut la réforme, par un autre côté, il est mauvais et s'insurge contre la réforme. Le christianisme est une éternelle réaction contre la corruption par la production des saints ; et si, à certaines époques, les saints sont plus nombreux, c'est que les besoins de ces époques sont plus grands. A chaque instant de sa vie, l'Eglise donne mission à des hommes pour opérer la réforme. Ce sont généralement les saints dont je viens de parler ; et Dieu leur donne une influence proportionnée à leur grande entreprise. Ainsi Hildebrand, S. Pierre Damien, S. Bernard et les grands papes.

Sans doute, Luther était envoyé de Dieu pour cela ; et il avait été providentiellement doué de tout ce qui pouvait faire éclore ces germes de réforme semés depuis longtemps. Mais il gâta son œuvre, en la déplaçant et en s'affranchissant de toute autorité. Il voulait, il est vrai, appartenir à la classe de réformateurs qui avait produit Hildebrand, S. Pierre Damien et S. Bernard ; mais pour classer son œuvre dans une série d'événements de même nature, il faut chercher ailleurs, parmi Arius, Nestorius, Photius, et les autres hétérodoxes.

2° *Les réformes hétérodoxes.* — La prétention de tous les hérétiques révoltés et ennemis de l'Église a toujours été de réformer ; le principe protestant les justifie, en même temps qu'il prouve l'éternelle stérilité et l'inévitable perversion de toutes les réformes accomplies en dehors et à l'encontre de l'Église ; on devait les reconnaître à leurs fruits. Ces réformes ne produisent rien, ni institutions saintes, ni vertus héroïques, ni saints, ni dévouements, ni vocations ; elles éteignent les flammes du sacrifice, et aboutissent rapidement à la perversion des mœurs ; leurs auteurs mêmes sont nécessairement conséquents avec leurs principes et, poussés par leur propre institution, deviennent bien vite corrompus dans leurs mœurs, ou flatteurs des princes corrompus.

L'explication surnaturelle de ce phénomène est dans la *nécessité de la grâce*. Les réformateurs hétérodoxes peuvent avoir des ressources, de l'ardeur ; mais tout cela est humain ; pour féconder ces ressources, la grâce doit les pénétrer ; or, ces réformateurs ne sont plus en communication avec les sources de la grâce ; il ne leur reste qu'à mourir.

III. *Préparation de la grande réforme protestante. Les précurseurs du protestantisme.*

S'il y avait eu, bien souvent, dans les siècles antérieurs au protestantisme, de vrais désordres dans le clergé, Dieu avait suscité, pour les combattre, de grands réformateurs, Hildebrand, S. Bernard, S. Pierre Damien. Mais, à mesure qu'on avance vers le temps du protestantisme, les entreprises de la réformation de l'Église se gâtent de plus en plus ; les réformateurs deviennent souvent des perturbateurs, et oublient d'allier l'humilité et l'obéissance à d'autres vertus qu'ils ont quelquefois, et qu'en tout cas ils prêchent. Savonarole en est un grand exemple. L'esprit de révolte s'avance pas à pas et se précise peu à peu ; il est d'abord à l'état de tendance, puis à l'état de maladie qui se localise, enfin il s'accentue nettement : « L'œuf était pondu, dit Erasme, Luther n'eut plus qu'à le faire éclore ; » ou, pour employer une autre comparaison d'une horrible exactitude : le protestantisme arrivait à cette époque comme un ulcère qui aboutit.

Erasme se vanta d'avoir pondu l'œuf qu'a couvé Luther et d'où est sorti le protestantisme. Si triste que soit cet honneur, il ne lui appartient pas, et j'en ai assez dit sur les précurseurs du protestantisme et sur le travail social des siècles qui ont précédé Luther, pour faire comprendre que ce triste honneur n'appartient ni à Erasme, ni même à Luther. Cependant, Erasme a eu, dans les causes prochaines qui ont fait éclater l'orage, une part considérable. Moine sceptique et impie, fort lettré, plein d'esprit profane, mais érudit, même dans *là lettre* des sciences sacrées, Erasme fait servir cette érudition à fausser la science sacrée par ses plaisanteries, sa légèreté, ses interprétations arbitraires et l'audace avec laquelle il censure et redresse les théologiens les plus recommandés dans l'Église. Pour bien apprécier Erasme, il faut lire ce que dit de lui Canisius dans la préface qu'il a faite pour les *Lettres choisies* de S. Jérôme.

CHAPITRE III

Histoire de la vie et des doctrines de Luther.

Nous avons vu, dans les deux chapitres précédents, la préparation du protestantisme ; celui-ci n'est donc pas un *fait isolé* et sans précédents, mais il a, avec le passé des deux ou trois siècles antérieurs, une liaison très intime, en ce sens que toutes les autres révoltes sont des protestantismes partiels et inconséquents avec leur principe ; et la grande révolte du XVIe siècle est la localisation, la personnification de la révolte; Luther est l'incarnation de l'esprit d'indépendance religieuse ; sa rébellion n'est que l'éruption du volcan du libre examen, sorti des écoles rationalistes. Ainsi, selon Balmès, « il serait peu raisonnable de chercher les causes d'événements de la nature et de la portée de celui-ci, dans des faits de peu d'importance, petits en eux-mêmes, ou circonscrits dans des lieux et des circonstances déterminés ([1]). » Comme le montre ensuite Balmès, ces causes suffisantes ne sont ni dans la querelle des indulgences qui n'est qu'une occasion, ni dans les qualités, l'influence personnelle des premiers novateurs, ni même dans le besoin de réforme morale du monde, mais dans la *tentative d'affranchissement de la raison humaine,* comme le dit Guizot, grand admirateur de cette tentative.

Rohrbacher me semble tomber dans cette petitesse de vues, car, pour expliquer le protestantisme, sa diffusion, ses causes, il insiste trop sur la violence des novateurs, la corruption du

[1]. *Du Protestantisme comparé au Catholicisme,* t. I, ch. II, p. 12.

peuple à qui ils s'adressaient, et des princes dont ils se ser-
vaient ; ces arguments ne sont qu'individuels. — Ces réflexions
faites, voyons les causes occasionnelles du protestantisme et
le mode qu'il a suivi pour se développer.

I

PREMIÈRES ANNÉES DE LUTHER.

Il est curieux d'étudier les premières années de la vie de
Luther, soit pour y voir les ressources providentielles que
Dieu lui avait données et dont il pouvait faire un si bel
usage, soit pour démêler, au milieu de ces qualités, le défaut
qui va le conduire à l'abîme. Trop souvent, le tableau qu'on
en fait est empreint de l'esprit de parti, et on fait l'histoire
du passé avec celle de l'avenir.

I. *Éducation et vocation de Luther.*

Né à Eisleben, en 1483, de parents pauvres et paysans,
bien que son père exerçât plus tard une petite magistrature
à Mansfeld, Luther vint, à 14 ans, étudier à l'université de
Magdebourg où il vécut pauvrement. Mais c'est trop dire
que de le montrer dans l'indigence, il vivait d'aumônes
comme beaucoup des étudiants de ce temps, soutenus, en
grande partie, par les habitants des villes où ils étudiaient.
A cette époque déjà, nous rencontrons, mêlés à sa vie et
comme ses condisciples, des hommes qui plus tard encore
seront en rapport avec lui. De Magdebourg, Luther alla
étudier à Eisnach, en Thuringe, où il avait des parents, afin
de trouver chez eux un appui pour continuer ses études.
Beau, intelligent et intéressant jeune homme, il fit, dès son
arrivée, la conquête d'une veuve assez fortunée qui le reçut
et le garda dans sa maison. Là il fut un des disciples de
Trébonius, qui avait coutume de donner ses leçons la tête
découverte, pour honorer, disait-il, les consuls, les chanceliers,
les docteurs et les maîtres qui sortiraient un jour de son école.

Les progrès de Luther furent très rapides, surtout en éloquence et en poésie.

En 1502, à 18 ans, il quittait Eisnach pour l'académie d'Erfurth. Dans cette école célèbre, il étudia la dialectique et surtout les classiques païens avec le plus grand succès. L'imprimerie prenait naissance, il trouva à Erfurth quelques livres qui firent son bonheur. C'est là que nous le voyons pour la première fois ouvrir la Bible avec ravissement et s'extasier à sa lecture. En 1505, il recevait ses grades de philosophie, et s'appliquait à la philosophie d'Aristote alors en vogue. L'étude d'Aristote est desséchante et didactique : peut-être aurait-elle modéré cette âme trop poétique ; mais elle ne lui offrit aucun attrait.

Le réveil de son imagination et la naissance de sa vocation peut-être prématurée, furent occasionnés par la mort de son ami d'enfance, Alexis, frappé de la foudre auprès de lui. Cet événement tragique donna une nouvelle marche à ses idées et, laissant de côté la philosophie, il entra au couvent des Augustins ; deux ans après, en 1507, il était prêtre.

II. *Caractère de Luther.*

Luther était un beau caractère à qui Dieu avait beaucoup donné : plein d'ardeur, de grâce, d'amabilité, de tendresse, de piété, mais avec une couleur de poésie où l'imagination avait trop de place ; — caractère terrible, parce que l'orgueil y est toujours joint, voici sous quelle forme : on s'imagine voir, sentir, comprendre, ce que les autres, même les supérieurs, ne voient, ne sentent et ne comprennent pas ; et on sent trop vivement. Sa piété était ardente par suite de l'impressionnabilité excessive de son cœur et de son imagination ; c'était chez lui, dit Audin (¹), une fièvre de dévotion qui le dévorait et le rendit malade, au début de son sacerdoce. Il était surtout d'un mysticisme exalté, développé encore par le caractère des études du temps et de la scolastique dégénérée ; aussi, parmi les dogmes, celui de l'intervention des esprits dans le monde eut une grande influence sur sa vie :

1. *Vie de Luther*, p. 20.

il voyait le diable partout autour de lui, dans la tentation, et surtout dans ses ennemis.

Luther se fût peut-être élevé au génie, s'il s'était livré à la poésie, ou si, pour dogmatiser, il avait possédé une doctrine solide ; mais il étudiait trop par le côté sentimental. Aussi, ce qu'il y a d'effrayant dans ce caractère, c'est cette sensibilité immodérée et exclusive, de laquelle sortiront ses grands principes de la justification par la foi, de la foi par l'amour, de l'interprétation des Écritures par le sens privé et par la sensation soi-disant surnaturelle ; ce qu'il y a d'effrayant encore, c'est cette indépendance d'esprit où son imagination même le jetait vis-à-vis de l'autorité, en lui faisant substituer à l'enseignement tranquille et inexorable de l'Église, la flamme poétique et très inconstante du sens personnel.

III. *Voyage à Rome, et influence de ce voyage sur sa vie.*

Cette circonstance du voyage de Luther à Rome, en 1510, est demeurée célèbre dans sa vie à cause de l'influence qu'elle a eue sur son avenir. — Le mouvement artistique et littéraire, la *Renaissance,* dont l'Italie était le centre, et que les grands papes, comme Jules II, avaient encouragé à Rome, tournait vers cette ville les regards du monde entier, et faisait travailler bien des têtes en Allemagne. L'imagination de Luther ne pouvait manquer de se laisser porter à la rêverie par ces vagues récits, semblables aux narrations fabuleuses que les pèlerins apportaient d'Orient, et empreints d'un merveilleux propre à saisir l'imagination. Il désira voir Rome ; ce qu'il se proposait dans ce voyage, c'était la piété, mais une piété sentimentale ; il était plein d'illusions poétiques au sujet de Rome et du pape.

Luther reçut donc la permission de se rendre à Rome. Mais la Ville Éternelle le désillusionna ; et il faut bien avouer que l'Italie a, en toutes choses, quelque point antipathique aux natures septentrionales. Il avait cru trouver un paradis terrestre ; la nature physique lui déplut. Il espérait voir un clergé de saints, d'anachorètes ; la vulgarité et la trivialité des moines italiens, la magnificence matérielle du culte et de la cour romaine le choquèrent. Il cherchait une population

d'anges ; le peuple, un peu abject et alors passablement
païen de Rome, le scandalisa. Ce fut une révolution dans sa
vie : ses rêveries étaient contrariées, sa foi vaporeuse ébranlée ; et il s'en retourna en Allemagne rempli de tentations
contre la foi et de préventions contre l'Église romaine. C'est
de là que datent ses premières tendances à l'insubordination
contre la papauté ; elles n'éclatent que plus tard, lorsque le
travail spontané de l'imagination aboutit à un système religieux.

IV. *Ses débuts dans l'enseignement public et la prédication.*

Déjà, avant son voyage à Rome, Luther avait enseigné à
Wittemberg la dialectique d'abord, et avec peu de goût,
parce que cette science était sèche et humaine, puis la théologie. La jeunesse se portait en foule à ses leçons, et admi-
rait sa parole claire, incisive, toute pleine d'ironie ; mais les
esprits sensés s'effrayaient de ses tendances à dénigrer ses
devanciers ; c'est par là en effet que s'annonçaient ses *tendances à la nouveauté* et ses *innovations*. Ses supérieurs l'avaient
fait nommer prédicateur de la ville de Wittemberg ; il avait
résisté, par crainte de cette prédication publique qui, en effet,
devait être sa perte ; il finit par accepter, et obtint un immense
succès. Les défauts de son enseignement public sont 1) l'emploi exclusif de l'Écriture, qu'il expliquait d'ailleurs merveil-
leusement et de manière à ravir de vieux maîtres, 2) ses
apologies exclusives pour la foi qui justifie.

Jusque-là, la vie de Luther avait été pure et mortifiée ; il
se la rappela toujours avec bonheur, tout en disant qu'il
était alors « noyé dans la papisme ». C'est à ce moment et
au milieu de cette gloire humaine que nous le voyons tenté
et malheureux, en proie à un *vertige* inexplicable, exprimant
ses angoisses par des paroles étranges chez un prêtre, comme
celle-ci : « Chaque jour je fais un pas vers l'enfer ! »

II

I. *Connexion du dogme des indulgences :*

1º *Avec le reste du dogme catholique.* — Nous connaissons la doctrine catholique des Indulgences, expliquée par les Pères et le Concile de Trente. Luther prétend que les Indulgences sont, dans l'Église, un moyen facile d'obtenir le pardon de ses péchés, même les plus graves, grâce à certaines œuvres prescrites, et sans avoir à se convertir, ni à se repentir. L'enseignement et la pratique de l'Église sont tout autres : elle abrège et adoucit les pénitences publiques pratiquées antérieurement, en leur ajoutant ou en leur substituant des bonnes œuvres ; mais cela n'implique nullement l'abandon des conditions ordinaires de justification : la contrition, l'aveu sincère des fautes, la ferme résolution d'un changement de vie, etc. Nous savons, d'autre part, le lien étroit qui rattache la doctrine des indulgences soit au dogme de la Rédemption, comme à sa source, soit aux dogmes du purgatoire et de la communion des saints, comme à sa raison d'être, soit enfin à celui de la justification par la foi et les œuvres ou par la foi active, comme au mode selon lequel se fait l'indulgence ; car l'indulgence consiste en une œuvre informée par la foi. Ce qui choque les protestants, c'est que la peine nous est remise pour une simple bonne œuvre ; mais nous savons que cette œuvre doit être informée par la foi et la grâce : or, les protestants n'exigent que la foi sans les œuvres, condition bien plus choquante encore. Quant au mode d'appliquer les indulgences, il est remis à la liberté de l'Église ; le mode appliqué par Léon X eût-il été nouveau, le principe était déjà là pour justifier le décret du pape.

2º *Avec les anciens usages de l'Église.* — Nous avons vu, dans les époques précédentes, l'histoire des indulgences, et les différentes formes sous lesquelles est appliqué le principe invariable du droit de l'Église de lier et de délier. La première phase avait été celle de la pénitence publique, que l'on croyait efficace pour remettre la peine temporelle du purgatoire ; c'était déjà une substitution. La seconde phase avait été celle des indulgences mêmes, avec leur forme actuelle, dans tout le moyen âge, l'Église remettant la pénitence publique en échange de telle bonne œuvre, de tel acte de piété.

Quant aux suffrages pour les défunts, toujours on y avait cru, depuis les Catacombes jusque-là. Luther lui-même y avait cru dans la première partie de sa vie ; et sa seule consolation, dans le voyage qu'il fit à Rome, avait été de gagner des indulgences dans les églises ; il alla même jusqu'à regretter que ses parents ne fussent pas morts, afin de les délivrer du purgatoire par ce moyen.

II. *Décret de Léon X, et prédications du dominicain Jean Tetzel.*

Léon X, voulant recueillir des fonds pour achever St Pierre de Rome et faire la croisade contre les Turcs, publia des indulgences en faveur de ceux qui voudraient y contribuer par leurs offrandes. Il chargea de la publication du décret Albert, archevêque de Mayence, qui nomma prédicateur des indulgences le dominicain Jean Tetzel. Celui-ci eut un grand succès ; tous les chrétiens s'empressaient de profiter de ces richesses spirituelles. Mais c'est une question controversée de savoir si les prédications de Jean Tetzel étaient répréhensibles dans le fond ou la forme. Les uns, comme Alzog, l'accusent d'avoir exagéré la valeur dogmatique des indulgences et d'avoir changé son ministère en trafic, mais ils en donnent pour preuve des propositions qui n'ont rien d'exagéré. L'historien de Luther, Audin, rapporte qu'il a pu étudier à Mayence un recueil des instructions de Jean Tetzel qui n'ont rien d'exagéré et qui sont très théologiques. D'autres, surtout les protestants, accusent ce prédicateur dans sa vie et ses convictions, comme s'il avait fait bon marché du dogme qu'il prêchait, mené grand train et largement profité du fruit de ses quêtes. Qu'il nous suffise de répondre que jamais Luther n'a attaqué ses mœurs.

III. *Antagonisme et manifeste de Luther contre les indulgences.*

Une partie de l'Allemagne se montra hostile à la prédication des indulgences ; quelques princes et quelques évêques y mirent même obstacle. Les Augustins, rivaux des Dominicains, furent piqués de voir ceux-ci choisis pour la mission. Luther, un peu par jalousie d'Ordre, un peu par opposition à l'apparence de trafic et d'esprit mercantile qu'il avait critiqué à Rome, beaucoup par opposition à la doctrine des indulgences, commença à s'élever contre Jean Tetzel ; — je dis par opposition à la doctrine des indulgences, car elle choquait son rêve de la justification par la foi. Il commença par un sermon tapageur où il exposait sa théorie sur la justification et les indulgences ; on y sentait que déjà il avait dû faire de l'opposition à la prédication des indulgences, car il y était acrimonieux, et il faisait allusion au nom d'hérétique qu'on lui avait donné.

Les Augustins, effrayés de l'audace de Luther, ne purent l'empêcher de publier les quatre-vingt-quinze thèses dans lesquelles toute sa doctrine est en germe. Toutefois, Luther louvoyait encore, et s'efforçait de montrer que ce qu'il attaquait, c'était l'abus et non l'usage, l'excès de Jean Tetzel et non le décret du pape. Dès lors, la guerre s'alluma et devint européenne, tous les savants entrèrent dans la lutte ; et on en vint à mettre l'autorité du pape en question. Jean Tetzel eut beau répondre, le parti de Luther brûla le recueil de ses *antithèses.*

IV. *Négociations avec Rome et disputes publiques.*

Léon X, apprenant la conduite de Luther, voulut l'avertir ; celui-ci protesta de sa soumission, et continua audacieusement sa campagne. Le pape le cita à Rome, puis consentit à le faire entrer en conférence, à la diète d'Augsbourg, avec le cardinal Cajétan (1518). Mais Luther refusa de se rétracter, parce que, disait-il, sa doctrine ne lui semblait pas opposée à l'Écriture, aux décrets des papes, à la raison.

Toutefois, il commença à soutenir qu'en matière de foi, le fidèle est supérieur au pape, s'il a pour lui l'autorité de la raison. C'était l'*examen privé*. Léon X répondit par une bulle où il exposait le dogme des indulgences. Luther feignit des concessions, mais déjà son esprit était révolté, et dans une lettre à Spalatin il écrivait : « Je ne sais si le pape est l'antéchrist lui-même ou son apôtre. » — C'est alors que commence sa résistance positive et formelle, et, comme il veut encore concilier ensemble la soumission au pape et la révolte contre lui, on le voit, à ce moment, en contradiction flagrante et continuelle avec lui-même. Jusque-là il n'avait pas été condamné nommément, seule sa doctrine était anathématisée.

V. *Importance de cette querelle comme source des deux erreurs protestantes.*

C'est surtout à propos de Luther que se montre la force destructive et insinuante de l'erreur. Au début, Luther n'est pas hérétique, mais il le devient peu à peu, entraîné par ses principes. La doctrine catholique est une maçonnerie compacte et connexe ; ouvrez-y une tranchée, si petite qu'elle soit, l'eau entre et dissout tout l'ensemble ; vous nierez bientôt et nécessairement des dogmes dont la négation vous a d'abord fait horreur.

On peut se demander ce que vient faire la question des indulgences à l'origine d'une immense et radicale hérésie comme le protestantisme. J'ai dit précédemment que le protestantisme détruit l'essence même du christianisme ; il fait cela par deux négations qui se trouvent dans la doctrine de Luther sur les indulgences, et qui sont tout le fond de son système religieux. Deux grands principes dominent toute l'histoire et toute la vie de l'Église, l'un comme sa base, l'autre comme son couronnement. Le premier est celui par lequel l'Église repose sur la terre et qui explique sa conduite, donne la mesure de ses droits et justifie ses actes : c'est le *principe d'autorité, appliqué en elle sous la forme d'une hiérarchie vivante et ramenée à l'unité de gouvernement pour produire l'unité de foi et de communion ;* l'autre, par lequel l'Église touche au ciel, qui explique sa fécondité, donne la raison de ses espérances, et justifie sa foi en sa propre vertu : c'est le *principe d'un ordre surnaturel auquel elle est préposée, dans lequel elle vit et dont elle dispose en maîtresse.* L'un est l'âme, l'autre le corps ; l'un, la matière et le fond, l'autre, la forme et le vêtement du christianisme. Or, ces deux principes sont détruits ou faussés par le protestantisme, et c'est dans ce sens que le protestantisme détruit l'essence même du christianisme, en niant ou en falsifiant ces deux principes qui sont l'essence du christianisme.

Quant au principe d'autorité, j'ai dit précédemment comment le libre examen le détruit ; et je dirai plus loin comment le protestantisme réalise cette destruction par l'application du libre examen. Quant au principe et à la notion de l'ordre surnaturel, c'est dans la question des indulgences que Luther en commence la destruction. Aussi, cette querelle n'est-elle pas un petit incident et une dispute de mots, de détails, et sans portée ; je ne dirai même pas, avec Rivaux ([1]), que cette querelle fut la cause occasionnelle du protestantisme ; mais c'est la moitié du fond même du débat, car il y a, sous la question des indulgences, la question du surnaturel dont Luther attaque l'existence, et dont le dogme des indulgences est tout un grand chapitre. De plus, le *principe d'autorité* lui-même est directement en jeu dans cette querelle, puisque Luther aboutit à dénier à l'Église autorité sur le trésor des indulgences et, par conséquent, autorité sur l'ordre surnaturel.

Pour en revenir au dogme des indulgences, nous savons l'influence que ce dogme exerça sur les siècles de foi ; il faisait marcher des peuples entiers. Aujourd'hui, l'affaiblissement de la foi au surnaturel s'affiche, chez les impies, par la négation du principe même des indulgences ; avec quelle amertume aussi, par suite des erreurs protestantes, les impies du XVIe siècle — comme Rabelais — se moquaient des indulgences ! Même les âmes pieuses n'y croient pas assez

1. *Hist. de l'Église*, t. III, p. 4.

pratiquement, et négligent, faute d'esprit de foi, les trésors qui sont à leur disposition.

III

LUTHER HÉRÉSIARQUE. ÉLABORATION DU SYSTÈME LUTHÉRIEN.

De ce moment de la vie de Luther date le protestantisme.

I. *Propagande révolutionnaire contre l'Église. Partisans et réfutateurs de Luther.*

Luther commença par en appeler du pape au concile, renversant ainsi l'autorité constituée. L'origine même de sa révolte *contre l'Église* est la négation de l'autorité du pape ; jusque-là, il avait toujours reconnu cette autorité. Il élève donc chaire contre chaire, et commence à tenir école, non plus pour le compte de l'Église, mais pour le sien propre. Tout ce qu'il y a de ferments de révolte répond à sa voix. Les deux éléments de révolte se retrouvent ici : *révolte intellectuelle*, représentée par les docteurs, surtout Mélanchton et Carlostadt ; *révolte politique*, représentée par les princes, surtout par Ulric de Hutten. Mélanchton était distingué, tendre, mélancolique ; Ulric de Hutten était débauché.

Les réfutateurs ne manquèrent pas en Allemagne ; ils firent des livres solides ; mais Luther triompha avec des injures.

II. *Condamnation formelle et révolte définitive.*

Le pape Léon X chargea le théologien saxon Charles de Miltitz de traiter avec Luther. Celui-ci affecta une grande soumission au pape, et Charles de Miltitz accourut à Rome, croyant à la sincérité de Luther ; malheureusement, la joie de Léon X ne fut pas de longue durée. Luther reprit immédiatement ses diatribes contre le Saint-Siège, et le pape fut obligé de le condamner nommément. La bulle d'excommunication est du 15 juin 1520 ; elle contient : 1) l'exposé des motifs de la sentence : les injures et la révolte de Luther contre l'autorité, la profession de l'erreur et l'abus de l'Écriture ; 2) un avertissement à l'Allemagne qu'il sent prête à se soulever ; 3) la condamnation des propositions hérétiques ; 4) la condamnation de Luther et de ses partisans, s'ils persistent après soixante jours. Le décret pontifical était porté dans toutes les conditions d'un décret *ex cathedra*.

« Si la bulle de Léon X eût étouffé le protestantisme dans son berceau, dit M. de Maistre, elle eût évité la guerre de trente ans, la guerre des paysans, les guerres civiles de France, d'Allemagne, d'Angleterre, de Flandre, etc., l'assassinat de Henri III, de Henri IV, de Marie Stuart, du prince d'Orange, de Charles Ier, le massacre de Mérindol, le massacre de la Sainte-Barthélemy et la révolution française, incontestable fille de celle du XVIe siècle ([1]). »

III. *Diète de Worms.*

Luther, au lieu de se soumettre, comme on pouvait l'espérer, alla jusqu'au bout. Il lança des pamphlets injurieux contre la bulle, la brûla publiquement à Wittemberg (10 déc. 1520), proclama sa scission d'avec le Saint-Siège consommée, et se substitua à lui, déclarant qu'on ne pouvait communier avec les papistes. La situation était claire, et l'on se demandait ce qu'il adviendrait du parti positivement condamné.

Charles-Quint venait d'être couronné empereur ; le principe de l'union de l'Église et de l'État était encore en vigueur ; il reçut à la *diète de Worms* une application qui est à peu près la dernière ; là, les autorités civiles et ecclésiastiques, réunies et concertées, appliquèrent la bulle du Saint-Siège et mirent Luther au ban de l'Empire.

IV. *Conception du système religieux luthérien.*

Luther se retira à la Wartbourg et, dans cette solitude, enfanta son système religieux, dans la mollesse, la volupté et les rêveries poétiques, répondant à ceux qui le combattaient, par des dialogues et des satires dignes de Rabelais. Il appuyait son système religieux sur deux négations : celle

---

1. *Examen de la philosophie de Bacon*, t. II, ch. VII, p. 299.

de l'autorité de l'Église, et celle de l'ordre surnaturel. Ces deux grandes choses étant représentées par deux grandes institutions de Jésus-Christ, le *Pape* et l'*Eucharistie*, c'est donc à ces deux institutions que s'adressent surtout la haine et les plaisanteries du protestantisme, dès l'origine et dans toute la suite.

La réforme Luthérienne comprend essentiellement trois points que nous avons déjà touchés plus haut : 1) le système sur la constitution et l'autorité de l'Église, dont Luther repousse complètement la direction ; 2) le système sur l'ordre surnaturel, que l'hérésiarque dénature au point de le détruire entièrement ; 3) le système d'interprétation de la Bible, qui devient, entre les mains des protestants, un instrument de perversion, soit par la trop grande place qu'ils lui donnent, soit par l'interprétation personnelle, arbitraire et fausse qu'ils en font.

V. *Caractère de Léon X. Sa conduite personnelle dans l'affaire de Luther.*

Plusieurs historiens portent sur le pontificat de Léon X un jugement sévère : ils le montrent plus ami des lettres que des intérêts de la religion ; ils l'accusent d'avoir été prodigue, fastueux, d'avoir fait du trésor spirituel des Indulgences un moyen de satisfaire son luxe et de payer ses magnificences ; d'avoir, par ses prodigalités, donné occasion aux controverses protestantes que sa faiblesse de caractère empêchait d'arrêter. Au jugement d'un historien qui a étudié profondément et le siècle et la vie de Léon X, il y aurait du vrai dans ce tableau ([1]) ; d'ailleurs ce pontife, par son goût littéraire et artistique, par sa longanimité, trahit son origine; on sent qu'il appartient à la famille de Médicis, et Luther lui-même rendra témoignage à la générosité de son cœur en le surnommant *Mitis ut agnus ;* il est vrai que Léon X, sans rien sacrifier des principes, poussa jusqu'aux dernières limites la bonté envers le moine révolté, avant de le dénoncer à l'Allemagne et de le condamner.

1. Alzog, Audin : *Vie de Léon X.*

Léon X prit une immense part à la *renaissance littéraire et artistique,* au point que le XVIᵉ siècle s'appelle *siècle de Léon X* aussi bien que *siècle de la Renaissance.* A Rome, la vie du pontife fut mêlée à celle d'artistes comme Raphaël, Michel-Ange, le Bramante, et à celle de littérateurs comme Machiavel, Paul Jove, Guichardin, l'Arioste. Le XVIᵉ siècle fut, pour la Ville Éternelle, la plus brillante époque ; sans doute, il y eut un certain luxe et un peu d'engouement pour le *paganisme littéraire et artistique ;* mais il est faux que Léon X ait négligé les choses religieuses ; les plus beaux monuments qu'il nous a légués sont des monuments religieux, et il a donné à la science sacrée une impulsion vigoureuse ; Cajetan et quelques autres savants nous en donnent le témoignage.

IV

APPARITION DES NOTES DE L'HÉRÉSIE DANS LES FRUITS DU LUTHÉRANISME.

Nous savons que l'Église a des notes, que ces notes sont distinctes de sa doctrine, puisqu'elles servent à en faire reconnaître l'autorité, mais qu'elles sont les fruits de cette doctrine : *A fructibus eorum cognoscetis eos.*

I. *Explosion et premier triomphe du parti luthérien à la diète de Nuremberg.*

Luther sortit de la Wartbourg, son système religieux à la main ; il était prêt à appliquer sa religion et à en produire les fruits. La Wartbourg avait été comme sa retraite préparatoire ; il fallait maintenant réunir la secte, l'organiser, avant la dispersion des apôtres de l'erreur. La diète ayant été réunie à Nuremberg, l'hérésiarque n'eut qu'à frapper dans ses mains pour appeler à lui les princes allemands. Adrien VI, successeur de Léon X, s'imaginait avoir facilement raison de la nouvelle secte ; il se fit représenter à la diète par son légat Chérégat. Celui-ci s'aperçut sans retard que le mal était profond. Les membres de la diète, acquis à la cause de Luther, opposèrent au messager pontifical cent propositions ou griefs contre l'Église romaine ; ils promirent, mais vaguement, de maintenir l'ordre et de faire des efforts pour la mise à exécution des résolutions de la diète de Worms ; ils ne voulurent pas s'engager à autre chose. Dans une seconde séance, les princes se prononcèrent hautement pour Luther. C'était le triomphe de l'hérésiarque. Chérégat se retira confus, et Adrien mourut de douleur. Sans doute, la tendance de la diète n'était pas accentuée, mais peu à peu elle s'affirma, et l'appui des princes prit un caractère d'erreur opposé à la *catholicité*.

II. *Divisions de la secte,*

La nouvelle doctrine, loin de posséder la note d'*unité*, était un ferment nécessaire de discorde et de rébellion. La diversité de caractère des disciples de Luther n'avait aucun principe de cohésion : tandis que, dans l'Église catholique, cette diversité cède à l'unité, en neutralisant les influences les unes par les autres sous l'action de l'autorité ; chez les protestants, au contraire, elle produit la division à l'infini, parce qu'elle n'est pas réglée par l'autorité. Il suffit aux disciples de Luther d'appliquer le principe de leur maître, pour aboutir au désordre. La division entra donc dans la nouvelle école par chacun de ses dogmes ; et ce fut en vain que Luther s'efforça de rétablir l'unité, en cherchant à rétablir, à son profit, l'autorité qu'il avait abolie dans l'Église.

Les premiers fruits de cette division furent les troubles et les excès de Carlostadt ; on y vit des esprits grossiers pousser le principe du libre examen jusqu'à rejeter toute science, brûler tous les livres, piller les églises et les couvents, courir dans les ateliers afin de se faire expliquer la Bible par des ignorants. — Les *Anabaptistes* se séparèrent les premiers, et formèrent une nouvelle secte : Si la foi sauve seule, disaient ces derniers, comme Luther n'entend pas par la foi un *habitus supernaturalis*, l'enfant ne l'a pas, et son baptême est de nulle valeur ; de plus, l'Écriture ne parle pas du baptême des enfants ; donc, concluent-ils, il faut baptiser les enfants quand ils deviennent adultes. Ce fut Storck qui, à Wittemberg, tira cette première conséquence, et Mélanchton fut ébranlé par son argumentation. Luther accourut à Wittemberg « donner, disait-il, sur le museau des visionnaires », mais il y fut vivement combattu, et mis en contradiction avec lui-même. — Un peu plus tard, Jean de Leyde réveilla cette doctrine, l'installa à Munster où il se tailla un royaume et une Église autoritaire jusqu'à la tyrannie. — En Suisse, se développa une troisième branche qui, sous le nom de *Sacramentaire*, niait la présence réelle de Jésus-Christ dans la sainte Eucharistie, et n'y reconnaissait qu'un simple signe sacré ou sacrement qui signifiait la grâce mais ne la donnait pas. Plus tard, nous appellerons sacramentaires tous les hérétiques qui combattront la doctrine de l'Église au sujet des sacrements. — Enfin, après avoir allumé la *Guerre des paysans* et affiché son mépris pour le peuple, Luther se divisa contre lui-même par ses variations ; si Charles-Quint avait su profiter alors d'un tel désordre pour le réprimer vigoureusement, le protestantisme aurait disparu et l'Europe eût été sauvée des maux qui allaient s'abattre sur elle.

III. *La doctrine Luthérienne trahie par ses conséquences pratiques.*

La doctrine protestante devait manquer encore et surtout de la note de *sainteté*, et se caractériser par la ruine de toute morale et de tout culte. Nous avons insisté déjà sur la fécondité *essentielle* et *caractéristique* de l'Église de Jésus-Christ dans la production des saints, et sur la propriété exclusive de cette note dans l'Église catholique. L'importance de cette sainteté est indiquée par Jésus-Christ parlant des faux docteurs : *A fructibus eorum cognoscetis eos.* L'histoire des hérésies réalise invariablement cette règle. Voyons comment, ici, elle s'applique au protestantisme.

1° *Abolition du célibat.* — Lors même que le célibat ne viendrait pas de Jésus-Christ, il est toujours un grand fruit de sainteté, et l'attaquer en principe, c'est aller contre la sainteté du christianisme ; surtout, engager ceux qui s'y sont obligés, à le violer, c'est se rendre coupable d'un grand crime.

Or, ce serait mal définir la doctrine de Luther sur le célibat, que de dire, avec Darras, qu'il prêcha contre les vœux monastiques pour faire diversion à la révolte de ses disciples et pour satisfaire ses passions. Cette négation est dans la logique du principe de libre examen, et se rattache à son système religieux de destruction de l'autorité et des sacrements.

Luther s'éleva donc contre le célibat des moines et, en même temps, contre toute pureté, même contre la fidélité conjugale. Le sermon que lui-même prononça sur cette question est d'ailleurs rempli d'obscénités, et il suffit de rapprocher la profession de foi de Luther sur ce point, de la mission de *réformateur* qu'il s'attribuait, pour se convaincre de la fourberie coupable d'un imposteur qui ne s'attaquait à l'essence même du christianisme que pour en corrompre les mœurs. Nous savons comment les moines comprirent sa doctrine, et suivirent ses conseils ; Audin nous a donné l'horrible tableau des désordres qui s'ensuivirent. Il est à remarquer du reste que, par un châtiment divin, il n'est pas un de ces moines prévaricateurs qui soit venu à résipiscence.

2° *Mariage et vie privée de Luther.* — Dans les contrées envahies par le protestantisme, on redoute tellement la réaction que produirait la connaissance exacte des doctrines pratiques de Luther, qu'on laisse ignorer au peuple le *caractère moral* des auteurs du protestantisme ; à ceux qui le connaissent, on sent le besoin d'expliquer ce caractère, et on s'efforce de le concilier avec la mission de réformateur ; mais Dieu n'a jamais fait choix d'hommes méchants et pervers pour s'en servir, comme d'instruments directs de sa gloire, en ce qui concerne le bien spirituel des âmes, l'instruction des peuples, la propagation de la saine doctrine, et le perfectionnement des mœurs.

On s'est demandé quel avait été le mobile du mariage de Luther, la passion ou la déférence pour les avis de son père, ou le désir de donner l'exemple après le précepte. Luther indique ces deux derniers motifs, mais le premier apparaît aussi bien souvent, soit dans les pensées, soit dans les propos qui lui sont familiers. Sans doute, le réformateur, dans sa vie intime et familiale avec Catherine Bora, nous offre encore quelques traits de son beau caractère ; mais on sent, au fond, une conscience torturée par le remords. Il se livre à la bonne chère et au plaisir ; son langage est inconvenant et grossièrement obscène dans tous ses ouvrages, surtout dans ses *Chansons* contre le catholicisme et ses *Caricatures contre le pape*, surtout contre les Décrétales ; enfin l'épigramme et la plaisanterie jouent le rôle le plus considérable dans sa polémique et dans toute l'histoire de ses querelles dogmatiques, travestissant et ridiculisant nos croyances, les exagérant ou les faussant, surtout lorsqu'il s'agit du pape ou de la sainte Eucharistie.

3° *Bigamie du Landgrave de Hesse.* — La porte était désormais ouverte à tous les crimes, et le désordre devait aller aux extrêmes, dès lors que le principe d'autorité n'existait plus. Le Landgrave de Hesse, fidèle et dévoué luthérien, fut un des plus ardents disciples de cette nouvelle morale ; il adressa au sénat des réformateurs une consultation, arguant de ses inclinations intempérées, pour leur demander l'autorisation de prendre une seconde femme. La réponse des réformateurs fut une complaisance coupable et un *acte d'autorité* sans précédent comme sans valeur, puisqu'il prétendait dispenser même de la loi naturelle. Sans doute, beaucoup d'honnêtes gens ouvrirent les yeux et, révoltés par ces désordres, revinrent, avec Staupitz, à la foi catholique, mais le dévergondage des mœurs amené par une telle réforme, se répandit rapidement, de l'aveu même de Luther.

V.

CONSTITUTION ET PROPAGATION DU LUTHÉRANISME EN EUROPE.

Jusque-là, le Luthéranisme existait, sans doute, et il avait une doctrine surtout composée de *négations ;* mais son système ne s'était encore rapidement répandu que par le canal des *passions populaires*. Or, comme Luther prétendait réformer l'Église, et qu'à ses yeux celle-ci avait perdu la qualité d'Église du Christ, il fallait, à l'institution du réformateur, appelée, dans sa pensée, à devenir la véritable Église, une *constitution* extérieure, c'est-à-dire un gouvernement, une forme, un mode d'être parmi les hommes, des lois et une autorité, enfin un apostolat pour l'imposer, car la religion s'impose.

I. *Organisation de l'Église luthérienne.*

Jusqu'alors, tout le système de Luther n'avait eu en vue que de détruire l'organisation catholique ; mais cela ne suffisait pas ; la logique des choses devait l'entraîner nécessairement à fonder des institutions analogues à celles qu'il avait blâmées ou détruites. A l'instigation de Luther, le landgrave Philippe de Hesse réunit tous les réformateurs à Hambourg (en 1526) ; et de cette assemblée, présidée par Lambert, moine apostat d'Avignon, légat de Luther, sortit la première constitution de la religion luthérienne, dont les principaux linéaments se sont perpétués jusqu'à nos jours.

Les points principaux de cette constitution sont, 1) comme *base :* un corps ou *formulaire de doctrine* rédigé à Hambourg par Mélanchton, et qui est le symbole luthérien ; 2) comme *gouvernement :* un *corps de prédicateurs* institués pour répandre cette doctrine et visiter les églises, avec autorité pour enseigner ; 3) comme *moyen d'action sur le peuple* ou instrument : le *grand* et le *petit catéchisme* de Luther, aujourd'hui encore suivi en Allemagne, et qui est un exposé de ses principes par les *fondements de la doctrine*, qui sont au nombre de six : le *Baptême*, l'*Eucharistie*, le *Pater*, le *Décalogue*, les *devoirs chrétiens*, les *clefs du ciel* ou pouvoir apostolique donné aux prêtres.

II. *Protestation et appellation caractéristique de la secte, à la diète de Spire.*

L'Allemagne étant révolutionnée, Charles-Quint réunit la diète à Spire ; mais il eut peur de diviser l'Allemagne, en face des Turcs qui menaçaient de l'envahir. Les réformateurs furent donc épargnés provisoirement, et le soin de trancher la difficulté remise à un concile ultérieur. Toutefois, comme les catholiques maintenaient leur principe et l'intégrité de leur foi, les Luthériens, groupés en 14 villes, *protestèrent*. On se sépara ; et la protestation fut envoyée à Charles-Quint. Celui-ci, qui résidait alors à Bologne, reçut fort mal les porteurs de cette protestation ; dès lors, le *nom* et l'état de *protestantisme* demeurèrent à la secte.

Ce nom est un signe caractéristique : il exprime l'*origine*, l'*œuvre fondamentale*, la *raison formelle* de la religion luthérienne, c'est-à-dire la révolte ; il exprime aussi sa *fausseté*, car la vraie religion ne consiste pas à protester ou à nier, elle est au-dessus des attaques et dans une sphère plus élevée que les négations ; elle enseigne — *Euntes docete* — et elle n'a pas de nom particulier. Or, ce nom de protestantisme s'impose à la réforme, tant il exprime son caractère essentiel qui est d'être bien plus encore *anticatholique* que *chrétien*.

III. *Diète et confession d'Augsbourg.*

Pour en finir avec l'hérésie, Charles-Quint réunit la diète à Augsbourg, et somma les protestants de formuler leur doctrine ; en même temps, il réunissait les docteurs catholiques pour l'examiner. Mélanchton fut chargé par Luther de rédiger l'*Exomologèse* qui prit le nom de Confession d'Augsbourg, et qui est demeurée une des bases de la foi protestante, bien que le besoin d'innovation et de variation ne l'ai point épargnée. Luther l'approuva comme meilleure que celle qu'il aurait faite lui-même, et y apposa cet anathème : « Qu'il soit condamné, celui qui enseignera autre chose ! » Cette constitution proclamait cependant plusieurs dogmes contre lesquels Luther s'était élevé, et consacrait ou tolérait bien des pratiques qu'il avait violemment attaquées : ainsi la *Tradition*, la *Messe ;* de telle sorte qu'au fond elle condamnait clairement la mission de Luther. Les catholiques répondirent, non par leur profession de foi, car ils croyaient, disaient-ils, ce qui avait toujours été cru, et gardaient pour confession les anciens symboles ; mais par la réfutation publique de la confession d'Augsbourg. Mélanchton fut délégué par les protestants, et Eck par les catholiques pour se livrer à une discussion publique ; mais l'avocat de la cause protestante s'avoua vaincu sur plusieurs points ; il concéda le *pouvoir des évêques* et *l'autorité du pape*, et l'ascendant seul de Luther l'empêcha de se rendre à l'évidence. Celui-ci, furieux de cette défaite, invectiva son représentant, et fit paraître pamphlet sur pamphlet, jusqu'à ce que Charles-Quint, se déclarant assez édifié sur la question, déclara qu'il était de son devoir de réprimer le protestantisme. Un autre symbole, différent du premier, la *Confessio Tetrapolitana*, était d'ailleurs venu mettre de nouveau la division dans le camp des protestants.

IV. *Transaction et paix provisoire de Nuremberg.*

Charles-Quint était résolu à combattre l'hérésie, et il l'aurait étouffée, s'il n'avait eu qu'elle à combattre ; mais Dieu permit que Luther trouvât une aide dans l'invasion des Turcs. L'empereur, obligé de réunir contre eux les forces allemandes, convoqua les princes à Smalkalde ; mais les protestants ne consentirent à prendre part à la guerre qu'à la condition que les décrets d'Augsbourg seraient révoqués. Pressé par le danger, Charles-Quint accorda le *statu quo* jusqu'au concile ; ainsi les protestants, sûrs de l'impunité, purent-ils répandre l'erreur, grâce à cette paix provisoire, grâce aussi au bouleversement causé par l'invasion des Turcs.

V. *Progrès du protestantisme dans le nord, et naissance illégitime du royaume de Prusse.*

Le protestantisme se répandit rapidement sous l'influence des passions, principalement de l'intérêt, qu'il favorisait au lieu de travailler à leur répression. Chez les princes, l'ambition et la jalousie qui prenaient ombrage de l'autorité de l'Église ; dans le peuple, l'ignorance et la corruption : tels furent les agents les plus puissants de la réforme protestante. Ajoutons que le sang des martyrs avait sinon manqué, du moins été peu abondamment versé dans les contrées attaquées par l'hérésie, d'où il résultait une faiblesse proportionnelle de la foi.

Au développement de l'erreur protestante se rattache l'origine de la *puissance prussienne protestante*. Albert de Brandebourg, Grand-Maître de l'Ordre Teutonique, avait en fief diverses provinces orientales prussiennes, sous la suzeraineté de Sigismond, roi de Pologne ; il se révolta contre lui, se rendit indépendant et fonda, par ce crime, une monarchie illégitime devenue la monarchie prussienne. En même temps et pour se soustraire à tout contrôle, il embrassait le luthéranisme, renonçait à l'Ordre Teutonique et se mariait, malgré la condamnation de l'empereur et du pape. Ce prince, fondateur de l'université protestante de Kœnigsberg, appliqua si bien le principe *Cujus regio illius religio*, qu'à sa mort la Prusse protestante était fondée.

VI. *Annonce du concile œcuménique par le légat Vergerio.*

Déjà la secte était jugée et condamnée ; il fallait en prendre son parti. Luther cependant continuait à en appeler au concile, mais c'était pure question de forme. Le Souverain-Pontife Paul III, sans songer à transiger avec lui, mais pour céder à une nécessité d'un autre ordre, fit de la convocation de ce concile l'œuvre de sa vie. Le légat Vergerio fut envoyé en Allemagne pour en annoncer la convocation, et la notifier particulièrement à Luther. Mais celui-ci, qui en avait appelé avec tant de bruit au concile, n'en voulut plus entendre parler, et dressa contre lui un violent réquisitoire ; il provoqua une nouvelle réunion des princes et des docteurs protestants, à la diète de Smalkalde, restée célèbre à cause du nouveau formulaire de foi qui fut alors rédigé, et de la première opposition officielle qui fut faite au concile de Trente, même avant sa réunion. Dans ces tristes circonstances, les évêques et les princes catholiques tentèrent un nouvel essai de réunion ; le tendre et malheureux Mélanchton se montra, comme toujours, assez disposé à céder ; mais il fut entraîné, et la proposition fut, comme toujours, reçue par des injures.

VII. *Derniers moments et mort de Luther.*

Les dernières années de Luther furent tourmentées de remords et de visions infernales, en même temps que livrées au vin et à la bonne chère. Effrayé de l'immoralité et du libertinage produits par la prédication de sa doctrine et de sa morale, il s'enfuit de Wittemberg : « Sortons de cette Sodome, écrivait-il à sa femme ; je préfère errer en vagabond, mendier mon pain, que de passer les tristes jours que j'ai encore à vivre dans ce martyre de Wittemberg, au détriment de mon amer et précieux travail. » Pendant qu'on discutait à Ratisbonne les principaux points de sa doctrine, Luther était à Eisleben, quand une mort prématurée frappa l'homme qui avait eu la puissance et le malheur de diviser le cœur des peuples, de rompre le lien des familles, de blesser profondément, mais non à mort, comme il l'avait voulu, l'Église de ses pères. (18 février 1546). Luther termina sa carrière de réformateur comme il l'avait commencée, par la haine contre la papauté. Il avait reconnu, avant de mourir, que l'Écriture a des mystères et des profondeurs insondables, devant lesquels l'homme doit humblement s'incliner. Mais, toujours égal à lui-même, dit Alzog, il avait parlé avec le ton d'arrogance et d'orgueil qui lui était naturel, dans le testament où il avait consigné ses dernières volontés, au mépris de toutes les formes ordinaires de la justice humaine.

A considérer sa vie active et agitée, Luther est un des hommes les plus étonnants de tous les siècles. Malheureusement, il méconnut sa vocation, comme réformateur, parce qu'il n'avait ni la charité ni l'humilité nécessaires. Il rejeta audacieusement et inconsidérément l'autorité de l'Eglise, autorité que, plus tard, en contradiction flagrante avec ses principes, il revendiqua pour lui-même contre ses adversaires. Son courage, qu'on ne peut méconnaître, dégénérait facilement en sotte témérité ; son activité était infatigable, son éloquence populaire et entraînante, son esprit vif et plein de saillies, son caractère désintéressé, son âme religieuse ; et ce sentiment impérieux de religion, qui constitue le trait caractéristique de son système, contraste avec le ton frivole et le langage trivial qu'il affectionne. Pendant qu'il réclame à hauts cris le droit d'interprétation le plus large et le plus arbitraire pour lui, il le refuse à ses ennemis, et exerce sur ses plus intimes amis le plus dur et le plus honteux despotisme. Si, enfin, on se rappelle les propos obscènes, le langage honteux qu'il tint sur les institutions les plus saintes, comme celle du mariage, non seulement à table, mais dans ses ouvrages et ses discours publics, il faut bien, abstraction faite de ses principes religieux, lui refuser absolument la vocation d'un réformateur. Pour devenir un instrument de réforme dans l'Église, il aurait fallu qu'il commençât par se réformer lui-même, et, à juger avec impartialité l'œuvre de Luther, on reconnaît bien vite qu'il n'y eut pas de mission *apostolique* dans ces mouvements désordonnés, dans ces entreprises tumultueuses, dans ces luttes passionnées, dans cette polémique ardente et triviale dont se composa sa vie. « Une arrogance comme celle de Luther, que rien n'égala jamais, dit Erasme, suppose la folie ; et une humeur bouffonne comme celle du docteur de Wittemberg, ne s'allie point avec l'esprit catholique. »

VIII. *Interim de Charles-Quint et paix définitive accordée au protestantisme par les princes catholiques.*

Nous l'avons dit, Charles-Quint pouvait circonscrire ou étouffer le protestantisme, s'il ne s'était laissé absorber par ses guerres et ses conquêtes. Malheureusement, les concessions accordées à Nuremberg et à Smalkalde, se continuèrent après la mort de Luther et pendant la durée du concile de Trente. A l'imitation des théologiens de Constantinople, Charles-Quint fit, de son chef, rédiger un formulaire qui accordait la paix et des concessions provisoires aux protestants, en attendant les décrets du concile de Trente, et qui prit le nom d'*Interim*. Ces concessions accordaient aux protestants tout ce qui était de discipline ; mais elles atteignaient le dogme ; aussi, le formulaire fut-il condamné à Rome. Sans doute, il y avait des difficultés inouïes à réprimer le protestantisme, difficultés qu'accroissait encore le besoin de s'unir contre l'ennemi du dehors ; mais un acte comme l'*Interim* n'est excusé par rien ; il inaugure ou consacre la politique de transactions qui dominera dans la conduite des rois envers le protestantisme, et aboutira au traité de Westphalie.

L'acte de Charles-Quint eut pour conséquence d'autoriser les protestants à exprimer de nouvelles exigences ; ils s'attaquèrent à l'autorité de l'empereur qui, pour avoir la paix, réunit la diète à Passau, et admit, en principe, que la *paix provisoire décrétée par l'Interim, deviendrait définitive*. Le découragement s'empara dès lors des catholiques, et, en 1555, le sceau fut donné, à Augsbourg, à cette paix définitive qui reçut le nom de *paix religieuse* d'Augsbourg ; la *liberté des cultes* et l'*abandon du principe de l'union des deux pouvoirs* y furent consommés. Désormais, les digues étaient brisées, le protestantisme allait envahir toute l'Europe.

CHAPITRE IV

Calvin et la réforme en Suisse.

Le protestantisme de Luther, c'est le protestantisme en Allemagne ; sortez de l'Allemagne, c'est un autre protestantisme. A chaque nation d'ailleurs, chaque esprit particulier ; et il faut au culte et à l'enseignement chrétiens la variété dans l'unité ; le catholicisme a trouvé le secret, aucune secte ne l'a trouvé ; et le protestantisme, en voulant devenir catholique ou universel et s'adapter à chaque esprit national, n'a pu y parvenir qu'en se pulvérisant ; il a trouvé la variété en perdant l'unité ; en d'autres termes, la variété chez lui atteint la substance immuable de la religion : *chaque pays, chaque protestantisme.*

Les trois grands foyers du protestantisme sont l'Allemagne, la Suisse, l'Angleterre ; et chacune de ces nations possède son protestantisme propre et différant essentiellement. Nous avons vu le protestantisme de l'Allemagne, nous passons au second, celui de la Suisse, importé en France au XVIᵉ siècle.

I

LE PROTESTANTISME EN SUISSE AVANT CALVIN.

Introduction du principe protestant par Zwingle et Œcolampade.

Calvin ne fit que donner une nouvelle forme au protestantisme qu'il trouva déjà établi en Suisse. Il s'était manifesté antérieurement dans la dispute des sacramentaires : Zwingle et Œcolampade niaient tous deux la *présence réelle*, même par impanation, et ne voulaient voir dans l'Eucharistie qu'une figure ; ils entrèrent en lutte contre Luther et, comme lui, devinrent hérésiarques, et établirent leurs dogmes par la méthode du libre examen appliqué à l'Ecriture comme règle exclusive de la foi.

Zwingle, d'abord curé d'Einsiedeln, prétendait avoir trouvé le principe du libre examen avant d'avoir entendu parler des prédications de Luther, et même absolument avant lui. C'est à *Zurich* qu'il établit sa secte. Cette prétention, commune aux premiers réformés, est le signe opposé à la note d'apostolicité ; si leur doctrine est apostolique, comment peuvent-ils se disputer l'honneur de l'avoir prêchée les premiers ? A l'exemple de Luther, Zwingle commença par nier les indulgences ; il s'attaqua ensuite au mariage et à l'Eucharistie, et fonda sa secte sur ces bases.

Œcolampade, religieux brigitain, pieux et vertueux d'abord, devint le disciple de Zwingle, se maria comme lui, et établit à *Bâle* la doctrine de son maître, tandis qu'à Genève Farel et Viret devenaient les précurseurs de Calvin. Dès lors, le protestantisme se répandit rapidement en Suisse, et divisa le pays en cantons protestants et en cantons catholiques.

II

VIE DE CALVIN.

I. *Premières années de Calvin.*

Calvin, né à Noyon, en 1509, d'un tonnelier nommé Calvin ou Chauvin, fut élevé comme Luther par la charité des catholiques ; la famille de Montmaur ou Mommor, fit les frais de son éducation dirigée vers le sacerdoce. Mais on ne voit pas dans sa vie, comme dans celle de Luther, la reconnaissance et le souvenir de ses bienfaiteurs. A douze ans, il achetait la prébende de la chapelle de Notre-Dame de la Gésine, et partait pour Paris, où il étudia avec le plus grand succès la philosophie et la théologie. L'Université de Paris était alors le théâtre de fameuses disputes entre les protestants et les catholiques, disputes très importantes dans ce monde d'écoliers et de professeurs. A dix-neuf ans, il était muni de la cure de Marteville qu'il échangea plus tard contre celle de Pont-l'Évêque, au diocèse de Noyon, où il prêchait quelquefois ; mais il ne reçut jamais les Ordres. Il quitta bientôt Pont-l'Évêque pour aller étudier le droit à Bourges.

II. *Liaisons suspectes et premières tendances mauvaises de son esprit.*

Dans toutes les écoles qu'il fréquente, nous retrouvons Calvin en rapport avec des esprits dévoyés qui vont devenir ses compagnons, ou ses précurseurs, ou ses disciples dans la révolte, entre autres *Farel* qui sera son précurseur à Genève, *Théodore de Bèze*, impudique et débauché personnage, qui osera introduire des obscénités jusque dans ses traités sur l'Eucharistie et sur Notre-Seigneur ; Théodore fut si lié avec Calvin qu'il a été surnommé son Mélanchton.

L'idée luthérienne avait à Paris et dans l'université même quelques adeptes ; car il est tout naturel que toute idée combattue dans une école y trouve des défenseurs ; et puis, l'idée protestante répondait à la tendance rationaliste de la scolastique dégénérée. Pour Calvin, il adopta les idées protestantes d'abord par un principe de rigidité de mœurs qui le porta à déclamer contre l'Église ; il se composa ensuite un système personnel, surtout à Bourges, où il y fut aidé fortement par son maître Wolmar. Mais avec toute sa rigidité, et par un effet de la justice divine qui flétrit toujours les hérésiarques, il mérita la punition de Sodomie et fut marqué au fer rouge.

III. *Sa révolte et son exil.*

Nicolas Cop, recteur de la Sorbonne, et supérieur de Calvin, se laissa entraîner par lui, comme Carlostadt par Luther. Calvin ayant composé un des discours du Maître, l'autorité religieuse déclara ce discours hérétique, et Nicolas Cop fut exilé ; il s'enfuit avec Calvin, et trouva un refuge à la cour de la reine Marguerite de Navarre, qui se tenait à Nérac et où l'on intriguait pour introduire la réforme en France. Calvin, exilé lui-même de France, erra pendant plusieurs années de ville en ville, à Strasbourg, à Bâle, à Ferrare, enfin à Genève, prêchant partout sa doctrine et composant son système.

IV. *Sa vie politique et sa dictature à Genève.*

Le protestantisme avait été déjà établi à Genève par Farel et Viret, avec ce caractère d'intolérance si opposé au principe protestant ; Calvin s'y installa, prit en main le gouvernement même politique de la ville, et se montra si intolérant qu'il fut obligé de s'enfuir et de se retirer à Strasbourg où il forma une génération de protestants français parmi les réfugiés ; c'est cette génération qui répandra le protestantisme en France. A Strasbourg, où il épousa Idelette de Bure, Calvin sut encore s'emparer du pouvoir et se rendit odieux par la dureté de son gouvernement qu'il exerçait en dictateur cruel. C'est dans cette dernière ville qu'il mourut, en 1564, à l'âge de 55 ans, de maladies honteuses et d'une mort de réprouvé, au dire des protestants eux-mêmes.

III

DOCTRINE ET SYSTÈME RELIGIEUX DE CALVIN.

I. *Ses luttes contre Luther. Caractères communs et divergences des deux réformes.*

Le point de départ des deux hérésiarques est le même : la négation de l'autorité de l'Église. Calvin avait été conquis à l'hérésie par le principe luthérien du libre examen ; mais bientôt le disciple devint maître, et, pour être conséquent avec lui-même et appliquer le principe qu'il avait reçu de son maître, il rejeta l'autorité de Luther, et se fit une doctrine à lui.

Engagé dans la secte des *sacramentaires*, il lutta avec elle contre Luther, répondant à tous ses arguments que si Luther, par le libre examen, avait vu d'une façon, il ne pouvait empêcher les autres, d'après le même libre examen, de voir autrement. Une fois les premiers rapports échangés et les premiers essais de fusion échoués entre les deux hérésiarques, ils rompirent ensemble, et se combattirent l'un l'autre avec acharnement. Est-il besoin de dire qu'ils ne s'étaient accordés d'abord, comme tous les dissidents, que dans la partie négative de leur œuvre, la destruction, et qu'ils ne rompirent définitivement que sur la question de reconstruction d'une religion nouvelle ?

Le caractère commun des deux hérésies reste toujours le *protestantisme ;* mais les deux systèmes ont chacun leur caractère propre, qui n'est autre que le caractère de leur auteur. Alzog affirme que le système de Calvin est supérieur à celui de Luther, plus cohérent, plus constant, plus suivi ; tandis que celui de Luther est un *Opus tumultuarium*, celui de Calvin est plus serré, mieux appuyé. Le luthéranisme est une œuvre de fougue et de passion, faite sans plan prémédité ; le calvinisme est la forme scientifique du protestantisme. De plus, le système de Calvin se ressent beaucoup de la rigidité du moule dont il est sorti ; il est *despote implacable, inquisiteur encourageant la délation, censeur amer et ironique des mœurs, rigide dans ses dogmes* où il choisit plutôt les opinions sévères, rigide même dans le *caractère de sa prédication.*

II. *Exposition des dogmes calvinistes.*

Calvin expose et développe ses dogmes dans le livre de *l'Institution chrétienne,* composé par lui dès l'âge de 28 ans. Son point de départ, son principe et son premier dogme, c'est la *fausseté de l'Église romaine,* qui n'est, dit-il, qu'une dégénérescence du christianisme et une prostituée ; il nie, par conséquent, non seulement cette autorité, mais toute autorité, puisqu'il admet l'examen privé, bien qu'il accorde aux

Pères de l'Église *une certaine valeur, mais personnelle et non officielle* comme notre principe de tradition. Cette autorité renversée, il établit la sienne propre, et il attribue pour *notes* à son Église la *doctrine* et les *sacrements de Jésus-Christ.* Mais comme ces deux choses sont précisément celles qu'on cherche, quand on cherche la *véritable Église*, et qu'il faut un moyen de les trouver, ce moyen, Calvin le place dans le sens privé, éclairé par une lumière intérieure et surnaturelle ; en sorte que les notes de la véritable Église sont la *doctrine et les sacrements de Jésus-Christ discernés et reconnus* par le sens intérieur d'un chacun ou examen privé.

Le second dogme, qui tient une grande place dans le système de Calvin, c'est le *péché originel* en regard du *libre arbitre*, ou plutôt du *serf arbitre* et de la justification. C'est ici que la rigidité de l'hérésiarque s'est donné carrière, et que son enseignement est dur et effroyablement sévère. Il existe une contradiction qu'on ne s'explique pas dans la liberté que Calvin revendique pour l'âme humaine, sous ces *décrets nécessitants* relativement au salut ou à la perte de l'homme. De ce système se rapproche celui des Thomistes sur la prédestination ; mais celui-ci n'est pas condamné, parce qu'il ne détruit pas le libre arbitre. Calvin enseigne aussi la justification sans les œuvres ; mais il explique cela par le décret absolu de Dieu.

Par suite de cette *inamissibilité du salut*, enseignée par le calvinisme, il n'est pas possible d'introduire, et on n'a jamais introduit dans le christianisme, d'hérésie *plus pernicieuse au point de vue moral*, ni *plus dissolvante de la foi par le désespoir*, que cette hérésie.

Quant aux sacrements, Calvin prétend que la grâce sanctifiante est absolument séparée du sacrement, signe sensible mais non toujours efficace. Pour ce qui concerne la Cène et la présence du Christ dans l'Eucharistie, son langage est équivoque et obscur ; on croirait parfois qu'il parle d'une vraie manducation du corps et du sang du Christ, et que, selon lui, la réception du corps du Christ est indépendante de la foi, et que les indignes le reçoivent aussi. Mécontent de l'interprétation de Zwingle, d'après lequel le corps du Christ n'est présent dans la Cène que par et pour la pensée, et la Cène n'est qu'une simple commémoration de la mort du Christ, Calvin prétendait que le pain et le vin restent ce qu'ils sont et ne deviennent pas le corps du Christ, qui n'est présent qu'au ciel ; mais qu'au moment de la communion, il découle dans l'âme du fidèle, et en vertu de sa foi, une vertu divine émanée du corps du Christ qui est au ciel. Ainsi, à côté de l'élément sensible, il admettait un élément divin qui néanmoins n'était accordé qu'aux prédestinés.

Enfin Calvin, comme Zwingle, se montrait le constant ennemi des formes extérieures du culte, l'ardent destructeur de toute cérémonie religieuse, le détracteur amer de tout ce qui embellit le culte, élève l'esprit et nourrit le sentiment. Cette destruction des formes et de la pompe extérieure des rites est opposée à la nature physico-spirituelle de l'homme ; elle se rattache à ce système de rigidité de Calvin, et a fait de sa religion et de son culte un système froid et rien moins qu'attrayant.

III. *Organisation de l'Église calviniste.*

Calvin, à l'encontre de Luther, admettait la nécessité d'un ministère ecclésiastique auquel il faut être appelé de Dieu par vocation et rendu apte par ordination. C'est pourquoi l'ordination a une plus grande importance dans le système de Calvin que dans celui de Luther, qui la consacre avec l'investiture du pouvoir temporel. Calvin admet aussi l'épiscopat et le pouvoir ecclésiastique autoritaire ; son principe est même celui-ci : *Ecclesia est sui juris*, mais il ne l'applique que par moments, tout en attribuant à son Église une plus grande indépendance vis-à-vis de l'État que Luther et Zwingle. Il groupe ses fidèles en *petites communautés* ou républiques qui possèdent chacune son gouvernement, et ne conservent entre elles d'unité que par les synodes qui doivent être fréquents, et par le *consistoire de Genève* chargé de trancher les questions de foi, de morale et de gouvernement ecclésiastique.

IV. *Rôle de Genève, depuis Calvin, comme centre et foyer de propagande protestante.*

L'organisation de la religion de Calvin est tout *humaine* et essentiellement *subversive ;* mais parce qu'elle avait un certain degré de solidité et d'unité, elle fut seule capable de servir de type à quelques autres sectes, surtout aux Églises réformées de France et des Pays-Bas ; parce que, seule, elle avait une apparence d'unité et un gouvernement, elle fut aussi la seule qui eut la force de maintenir son influence. Ceci explique que Genève, depuis Calvin, soit demeurée le centre de la propagande protestante, et un foyer d'idées tel qu'on a pu l'appeler la *Rome du protestantisme.* Genève possède un apostolat, qui a pour instrument non pas les hommes, mais la presse, et pour moyen d'action la science et non la sainteté ; elle a une *propagande,* tandis que l'Allemagne n'en a pas ; une *propagande d'idées,* tandis que l'Angleterre ne répand que des Bibles ; malheureusement, c'est une *propagande d'idées révolutionnaires.* De là vient que la Suisse est le pays des *manifestations révolutionnaires* et des *complots,* le *refuge à la fois des comploteurs et de leurs victimes,* le *siège* peut-être aujourd'hui de la plus grande incarnation révolutionnaire fille du protestantisme, la *franc-maçonnerie,* qui me semble avoir beaucoup d'affinité avec la constitution calviniste.

CHAPITRE V

Histoire de la Réforme en Angleterre.

I

I. *Les traditions catholiques en Angleterre.*

Nous avons résumé l'histoire du christianisme en Angleterre, sous le pontificat de S. Grégoire-le-Grand ; après le
martyre de S. Thomas de Cantorbéry, Henri II se soumit
à la pénitence publique que le pape lui avait imposée, et la
religion continua de prospérer ; c'est même à partir de cette
époque jusqu'au protestantisme, que l'union de l'Eglise
d'Angleterre avec Rome s'exprima par la présence d'un
nonce à la cour. Sans doute, les rois normands qui avaient
envahi l'Angleterre, et à la souche desquels appartenait déjà
Henri II, créèrent à l'Eglise beaucoup de difficultés, en
restreignant ses anciennes libertés ; mais cela n'empêche que
la vie et les institutions chrétiennes, surtout la vie monastique et l'exercice de la charité, s'y développèrent très puis-
samment. M. de Montalembert, qui a tant parlé des religieuses anglo-saxonnes des premiers siècles, a longuement
célébré aussi les religieux du moyen âge en Angleterre.
Chose remarquable, les reproches faits aux monastères du
moyen âge pour le reste de l'Europe, ne s'adressent pas ou
s'adressent beaucoup moins aux monastères d'Angleterre ;

ceux-ci avaient produit un si grand nombre de saints, que l'Angleterre mérita d'être appelée l'*Ile des Saints*. Les monastères d'Angleterre étaient fort nombreux et fort riches ; il y en avait, dit Cobbett, 20 par comté, et leurs ruines sont encore debout. L'exercice de la charité était la *grande vertu anglaise ;* or, elle était centralisée dans les couvents ; et Cobbett, l'historien de cette époque mémorable, ne craint pas d'affirmer que l'Angleterre était alors le pays le plus heureux qu'on eût encore vu.

Le dépôt de la foi, même au milieu des troubles causés par les Barbares, n'avait jamais eu à souffrir des atteintes de l'hérésie. La preuve en est que déjà, avant Luther, quand Wiclef voulut y prêcher ses erreurs, un cri de réprobation et de colère s'éleva contre lui. Plus tard, quand Luther troubla l'Église à son tour, ses erreurs furent également très mal accueillies, et le roi lui-même Henri VIII, résuma très bien la foi de son peuple dans la réfutation qu'il en fit. Une preuve plus forte encore de cette pureté et de cette vivacité de la foi anglaise, c'est le nombre des martyrs qu'il fallut faire pour implanter le protestantisme en Angleterre ; dans ce pays, d'ailleurs, on s'écarta moins de la foi que dans d'autres contrées, bien que l'animosité contre l'Église y fût plus violente. Que si l'on cherche des causes éloignées au protestantisme anglais, il faut les trouver dans ce qui, aujourd'hui encore, est le caractère de la réforme en Angleterre, l'*ambition* des princes.

II. *Rôle glorieux d'Henri VIII avant son apostasie.*

1° *Sa défense de la foi catholique contre Luther.* — Henri VIII était un prince théologien, non à la manière des empereurs de Constantinople, mais à la manière de Charlemagne ; car il étudiait les théologiens catholiques, et utilisait sa science *pour servir* et non pour opprimer l'Église. S. Thomas avait été son maître. Or, le livre de Luther ayant pénétré en Angleterre, Henri VIII le fit brûler publiquement par les évêques, et composa lui-même, pour le réfuter, son ouvrage *Assertio septem sacramentorum.* Le Souverain-Pontife donna officiellement au roi le titre de *Defensor fidei,* et Luther n'eut pas assez d'injures contre cet acte solennel. Il est intéressant aussi de trouver, dans l'ouvrage de ce prince, la condamnation anticipée de la révolte future de Henri VIII, savoir *une profession de foi en la primauté du pape*, et aussi l'argument de tradition dont les Anglais surtout ont tant d'horreur aujourd'hui.

2° *Partie heureuse et irréprochable de son règne.* — Plusieurs années de la vie de Henri VIII se passèrent en luttes contre l'hérésie ; pendant 17 ans, il demeura ainsi fidèle à l'Église ; et Dieu le récompensa en bénissant ses œuvres et en lui donnant, dans la personne de saints personnages, tels que Wolsey, Fisher, Thomas Morus, des conseillers pleins de sagesse et de désintéressement.

II

AFFAIRE DU DIVORCE DE HENRI VIII.

Tentative de rupture avec l'épouse légitime.

Henri VIII avait épousé, à 19 ans, Catherine d'Aragon, veuve de son frère aîné ; le premier mariage de Catherine n'ayant pas été consommé, le pape donna au roi dispense de cet empêchement. Aussi, Henri VIII vécut-il 17 ans sans scrupule avec Catherine qui lui donna cinq enfants, dont un seul survécut, Marie Tudor, plus tard reine d'Angleterre. Une affection coupable pour Anne de Boleyn réveilla les scrupules du prince, et c'est alors seulement qu'il s'appuya sur le *Lévitique* pour arguer de l'invalidité de son mariage, et demander au pape de le rompre ; en même temps, il intriguait auprès des universités d'Europe pour les disposer en sa faveur ; et lui-même faisait une dissertation théologique sur le Lévitique, pour prouver qu'il n'avait pu épouser la veuve de son frère, et que Jules II n'avait pu le dispenser. Il subissait d'ailleurs l'influence néfaste de Cromwell qui venait de faire son apparition à la Cour, et dont les conseils le poussaient à l'asservissement de l'Église. Le pape Clément VIII ordonna une enquête canonique ; mais le roi, irrité des lenteurs de la procédure ecclésiastique, et d'accord avec Cranmer, le seul de ses anciens conseillers qui l'eût approuvé dans sa faute, usa de représailles, et, après avoir fait ratifier son union adultère par Cranmer, commença par abolir les Annates, déposséda Wolsey du siège de Cantorbéry pour l'attribuer à Cranmer, qui avait lui-même violé ses vœux pour entrer dans le mariage.

Vainement, le pape cassa la décision de Cranmer, et déclara illégitime et invalide l'union du roi avec Anne de Boleyn ; le roi, loin de se soumettre, rompit avec Rome, abolit l'autorité du pape en Angleterre, investit de tout pouvoir sur les évêques, l'archevêque de Cantorbéry, enfin, se posa en chef suprême de l'Église d'Angleterre, s'attribuant toute juridiction spirituelle, papale et épiscopale. Le serment de suprématie fut établi, et quiconque ne le prêtait pas entre les mains du roi, non seulement était déposé de ses fonctions, mais accusé de haute trahison. C'est alors que commença la confiscation des biens ecclésiastiques et des nombreux monastères, et l'on fait remonter à cette mesure inique la cause du paupérisme en Angleterre.

III

SCHISME COMPLET DE L'ANGLETERRE.

C'en était fait, et l'Angleterre venait de briser ses traditions catholiques et de désavouer toute son histoire. Le *crime personnel* du roi passe ici dans *l'ordre des crimes nationaux ;* et cette transition s'opère par la *part que prend l'esprit aux fautes du cœur*, et par *l'érection du péché en doctrine.*

I. *Élévation de Cromwell et persécution organisée.*

Le schisme est donc consommé et devenu national ; l'Église d'Angleterre est *une secte ;* elle prend son nom caractéristique et particulier : *Nouvelle Église établie par la loi*, dit Cobbett. Le *roi en est le chef*, selon le programme tracé par Cromwell, et ainsi s'achève *l'asservissement de l'Église au pouvoir séculier*. Pour donner à cette Église une hiérarchie, Cromwell est créé vicaire-général du royaume, chargé de toutes les affaires ecclésiastiques. En même temps, on désorganise l'ancienne Église par la déposition des évêques et la destruction des évêchés ; ainsi se trouve détruite la hiérarchie. Puis, on cherche à arracher l'Église même du sol populaire par la ruine et la suppression des couvents, par la destruction des souvenirs catholiques et nationaux ; on va jusqu'à jeter au vent les cendres de S. Augustin, d'Alfred-le-Grand et de S. Thomas Becket. Cette destruction achevée, on institue une hiérarchie nouvelle, composée de 16 évêchés et de 14 collégiales.

II. *Exécution de Thomas Morus. La comtesse de Salisbury.*

La nouvelle Église s'établit dans le sang, non pas de ses propres enfants, comme l'Église catholique, mais dans le sang de ceux qui préféraient la mort à l'apostasie ; et c'est encore une note de l'erreur, que la persécution sanglante par laquelle elle procède, tandis que l'Église catholique, à laquelle toutes les sectes ont injustement reproché son intolérance, se montre toujours miséricordieuse, même quand elle est obligée d'user de coercition. Les meurtres de Henri VIII lui sont reprochés comme des crimes, même par ses panégyristes, comme Burnet. Nous ne citerons que trois des victimes de la persécution d'Angleterre ; les autres furent très nombreuses, et l'Église, sous le règne des hérésiarques qui se succédèrent, fut en butte à une persécution digne des premiers siècles et qui est pour elle un signe caractéristique et glorieux.

Thomas Morus, Fisher et la comtesse de Salisbury furent les plus nobles victimes qui tombèrent directement pour la foi et qui joignirent à l'héroïsme du courage la couronne d'un véritable martyre. Thomas Morus était parvenu, par sa science et sa vaste capacité, à la dignité de grand chancelier ; il réunissait les qualités de l'homme d'État à celles du savant et du chrétien. Ni ses vertus, ni ses talents ne purent le soustraire à la fureur du roi. Ayant désapprouvé le divorce de la reine et la rupture avec Rome, malgré les menaces et les moyens de corruption mis en œuvre pour le gagner, il monta sur l'échafaud, calme et sérieux devant la mort, comme il l'avait été durant toute sa vie. Fisher, cet évêque de Worcester dont le roi lui-même avait pu dire un jour avec orgueil : « Aucun prince ne peut se vanter d'avoir un pareil sujet, » avait refusé, lui aussi, de prêter le serment de suprématie et de reconnaître le divorce de la reine ; sa noble tête tomba sous la hache du bourreau, après un emprisonnement de treize mois.

III. *Nombreux mariages et fin du règne de Henri VIII.*

L'instrument des cruautés de Henri VIII, Thomas Cromwell, ne tarda pas à tomber en disgrâce ; accusé de trahison et d'hérésie, il fut emprisonné en 1540, se montra aussi lâche qu'il avait été cruel, et fut exécuté malgré ses hypocrites protestations. A son tour, Anne de Boleyn monta sur l'échafaud pour faire place à Jeanne Seymour que l'impudique Henri voulait épouser ; mais cette dernière mourut au bout d'un an. A Jeanne succéda Anne de Clèves, que le roi répudia bientôt sous prétexte qu'on l'avait trompé en exagérant sa beauté. Catherine Howard la remplaça, pour être bientôt exécutée, comme coupable d'adultère, toujours d'après les avis de Cranmer. Enfin, Catherine Parr, sixième femme de Henri, survécut à ce monstre qui, dans l'espace de 48 ans, avait fait exécuter deux reines, deux cardinaux, deux archevêques, dix-huit évêques, treize abbés, cinq cents prieurs et moines, trente-huit docteurs, douze ducs et comtes, cent soixante-quatre gentilshommes, cent vingt-quatre bourgeois et cent dix femmes. — La vie et les débauches de ce tyran ne sont pas assez connues des Anglais protestants, et l'esprit de parti a trop caché ses crimes.

IV. *Caractères principaux de la révolte de Henri VIII et de sa législation religieuse.*

Le principal caractère de la révolte de Henri VIII, ce

n'est point l'esprit de liberté, c'est la *sécularisation de l'Église* et son *asservissement au pouvoir civil*. Ce caractère s'accorde avec le passé de l'Angleterre, en ce sens que tous les efforts de l'erreur ont pris cette forme particulière, et que les luttes de l'Église ont porté sur ce point ; S. Thomas Becket nous en offre déjà un exemple remarquable. Ce caractère s'accorde plus encore avec la suite de l'histoire d'Angleterre, depuis la révolte de Henri VIII ; car nous savons que l'*Anglicanisme* est toujours l'asservissement de l'autel au trône.

D'après la constitution de Henri VIII, l'archevêque de Cantorbéry confirmait la nomination des évêques faite par le roi, distribuait les dispenses. Le roi devenait chef suprême de l'Église et source de toute juridiction spirituelle papale et épiscopale ; et sa suprématie était enseignée et justifiée dans les chaires et les écoles. On ne devait plus prononcer le nom du pape qui, d'après la découverte faite par Cranmer dans l'Apocalypse, était l'antéchrist lui-même.

Somme toute, le protestantisme anglais est le moins anti-chrétien de tous par les croyances ; et le *Credo* anglais est encore le moins déraisonnable de tous ceux que la réforme a produits ; cela n'empêche qu'il est le plus anticatholique de tous par les sentiments, c'est-à-dire par la violence de la haine qu'il inspire contre l'Église. « C'est une règle générale et que je recommande à l'attention particulière de tout véritable observateur, dit J. de Maistre, qu'en Angleterre la haine contre le pape et le système catholique, est en raison inverse de la dignité intrinsèque des personnes. Il y a des exceptions sans doute, mais peu par rapport à la masse ([1]). » — Quant à l'esprit d'où procède le protestantisme anglais, c'est cet esprit païen qui apparaît bien à découvert dans la Renaissance, mais qui, assurément, existait dans la société européenne bien avant la Renaissance, non pas à l'état d'événement politique, mais à l'état de tendance pernicieuse, présente partout et saisissable nulle part.

1. *Du Pape*, liv. II, chap. VI.

*V. Achèvement de l'œuvre de Henri VIII par l'introduction
du protestantisme ; et nouvelle législation d'Édouard VI.*

Edouard VI, fils adultérin de Jeanne Seymour, la seule
qui n'eût pas perdu les bonnes grâces du roi, monta sur le
trône à l'âge de dix ans, sous la tutelle de son oncle mater-
nel, le comte Seymour, qui prit le titre de duc de Sommerset.
Ce jeune prince, faible et maladif, n'eut de distinctif dans
son caractère que sa haine contre le catholicisme ; il ne fit
que prêter son nom à l'œuvre d'*organisation protestante* de
l'Angleterre par Cranmer et Sommerset. C'est alors que la
révolte, qui n'avait encore été qu'un schisme ordinaire, prit
un caractère tout nouveau par l'*introduction du protestantisme* ou des doctrines protestantes ; le principe était entré,
mais non encore les croyances. Le fondateur de la nouvelle
constitution religieuse fut Cranmer, et son dogme fut le
dogme des calvinistes. Il rédigea, « sous l'inspiration du
Saint-Esprit, » outre le recueil d'*Homélies* et le *Catéchisme*,
publiés par ordre du Parlement, une liturgie nouvelle, le
Livre de la prière commune et de l'administration des sacrements. La messe fut abolie, le mariage des prêtres autorisé,
l'usage de la langue nationale introduit dans le culte. On
détruisit tous les objets de l'ancien culte ; on déposséda les
évêques récalcitrants, et « l'Église établie par la loi » fut
définitivement constituée. Un peu plus tard, quarante-deux
articles nouveaux remplacèrent les six articles de Henri VIII,
et des peines sévères furent édictées contre ceux qui s'écar-
teraient de la nouvelle Église.

VI. Interruption dans le schisme anglican.

A la mort d'Edouard VI, Marie, fille légitime de Catherine d'Aragon et de Henri VIII, réussit à s'emparer du
trône, malgré les partisans du protestantisme. Elle voulut
rétablir la religion catholique ; mais elle ne put que prendre
quelques mesures favorables au catholicisme, rétablir des
relations avec Rome, et obtenir pour l'Angleterre une sentence d'absolution. Parce qu'elle était impatiente et voulait
hâter le travail de restauration de la foi et du culte catholiques, elle suscita des révoltes qui l'obligèrent à sévir, d'où

l'accusation de cruauté qui a été injustement portée contre elle. Elle fit d'ailleurs grande œuvre de justice, en condamnant à mort un certain nombre de misérables qui avaient travaillé à la destruction du catholicisme ; Cranmer fut de ce nombre ; il se montra bas et rampant, se déclarant en faveur du catholicisme afin d'obtenir son pardon.

Le règne d'Elisabeth, qui allait succéder à Marie Tudor, devait voir le triomphe et l'organisation définitive du protestantisme en Angleterre, comme nous le dirons bientôt ([1]).

1. Au chapitre VIIe.

CHAPITRE VI

Le Concile de Trente.

De même qu'il faut avoir étudié le protestantisme, pour comprendre l'Histoire moderne, pour posséder la clef des événements étranges qui s'y déroulent, et connaître les principes qui régissent la société actuelle et leurs sources ; de même, il faut connaître le concile de Trente, pour comprendre la doctrine de l'Église en regard des principes protestants, et le remède qu'elle trouve dans sa foi pour l'opposer au fléau de la Réforme. L'étude du concile de Trente a été remise en culture en France, depuis l'apparition des principes modernes. Ce que nous faisons, dans un cours élémentaire d'histoire, ne peut donner la connaissance de ce monument, mais seulement l'historique de sa construction ; de même, les bribes qu'on en voit en théologie, ne peuvent en donner une idée complète. Il est nécessaire d'ailleurs d'étudier, dans son ensemble, le concile de Trente, parce qu'il est la synthèse la plus belle et la plus précise du christianisme, en face des erreurs du protestantisme. Ce concile a cela de particulier que, tandis que les précédents n'avaient traité que quelques points particuliers de la foi ou de la discipline, celui-ci a embrassé toute la doctrine.

I

Le concile de Trente, XVIIIᵉ œcuménique, fut convoqué et ouvert par Paul III, continué par Jules III, et terminé par Pie IV ; il dura dix-huit ans, et la première session en fut tenue le 13 décembre 1545, la 25ᵉ et dernière, le 4 décembre 1563. Il fut interrompu et repris deux fois ; il se fit donc en trois assemblées. Sous le pontificat de Paul III, le concile tint dix sessions : la première, le 13 décembre 1545, et la dernière, le 2 juin 1547. Mais entre la septième et la huitième session, le concile avait été transféré à Bologne (11 mars 1547), à cause de la peste qui s'était déclarée à Trente. La première interruption fut suscitée par la mauvaise volonté de Charles-Quint, après la dixième séance. Cette interruption dura depuis le 2 juin 1547 jusqu'au 1ᵉʳ mai 1551, et Paul III mourut dans cet intervalle, le 20 novembre 1549. La seconde assemblée et la continuation du concile eut lieu sous Jules III ; six sessions furent tenues : la première, le 1ᵉʳ mai 1551, et la sixième, qui fut la 16ᵉ du concile, le 18 mai 1552. La seconde interruption fut causée par la guerre des protestants d'Allemagne contre Charles-Quint ; elle dura 9 ans et 8 mois, depuis le 18 mai 1552 jusqu'au 18 janvier 1562. Dans ce nouvel intervalle, Jules III mourut ; Marcel II, Paul IV, et enfin Pie IV lui succédèrent ; ce dernier put enfin rétablir pour la troisième fois le concile, qui tint 9 sessions qui furent les dernières ; la 25ᵉ session et la clôture du concile eut lieu le 4 décembre 1563.

I. *Préparation du concile.*

1° *Les causes du concile de Trente sont au nombre de deux :* — 1) *La réforme du peuple chrétien.* Nous avons parlé du besoin de réforme ; il était réel du côté des mœurs et de la discipline, qui avaient souffert sur plusieurs points. Le protestantisme avait été une réforme, mais subversive et déplacée. Nous avons vu les conditions d'une bonne réforme ; la première était l'action de l'autorité ; or, la meilleure manière de travailler à la réforme par voie d'autorité, c'était la convocation d'un concile demandé par toute la chrétienté. — 2) *La question du protestantisme.* Jamais erreur n'avait tant troublé l'Église. Le protestantisme avait soulevé des questions doctrinales, résolues d'avance sans doute par la Tradition, mais auxquelles il faut toujours renouveler l'antique réponse de la foi révélée ; il avait bouleversé la discipline par l'abolition du culte, de la législation ecclésiastique, et de la hiérarchie ; il avait compromis la sécurité de l'Église, en s'emparant de ses biens, en privant le clergé des moyens de vivre, et en lui faisant devant la loi une existence intolérable ; enfin, il avait troublé les consciences et la paix religieuse des pays qu'il avait envahis, et il s'efforçait de tout accaparer.

2° *Le projet de réunion.* — Les conciles, depuis quelques siècles, étaient fréquents, et traitaient toujours de la réforme ; le dernier, Ve de Latran, tenu sous Léon X, avait traité de la même question, en particulier *de la presse, de la pacification des princes*, et des *monts de piété.* Luther, s'étant élevé contre la Tradition catholique, avait été condamné par le pape et par *la diète ;* dès lors, on sentit tellement la nécessité d'un concile pour réprimer ses erreurs, que tous les décrets de la diète et de Charles V portent le *caractère d'actes provisoires*, prononcés en attendant ce que devait faire le concile. Luther lui-même avait commencé par en appeler au pape, comme suffisant pour le juger ; puis, après la condamnation du pape prononcée contre lui, il en appela à un concile œcuménique. Le Saint-Siège, tout en maintenant sa propre compétence, et en affirmant la suffisance de son jugement, se prêta, pour le bien de la paix, à ce désir, et nous voyons Clément VII préparer déjà la convocation du concile. La mort de ce pape en retarda la convocation, mais Paul III en reprit le projet ; et nous avons vu comment *l'annonce officielle* du concile fut faite à Luther, par Vergerio, et comment Luther, au nom de la secte, se moqua du concile qu'il avait demandé et promit pourtant de s'y rendre.

Paul III eut la gloire de réunir le concile, malgré les difficultés qui l'avaient retardé jusque-là. Ces délais eurent d'ailleurs ce résultat heureux, qu'ils laissèrent aux passions le temps de se refroidir, aux réformateurs, celui de se prononcer peu à peu d'une manière claire et nette et, par conséquent, à l'Église, le moyen de les réfuter d'une manière positive.

II. *Première réunion du concile par Paul III.*

La première réunion du concile de Trente dura un an et demi, et fournit dix sessions publiques.

1º *Ouverture du concile.* — L'importance de l'acte qui se préparait se manifeste dans les difficultés que l'Église trouva à se réunir. Mantoue et Bologne, fixées d'abord, furent rejetées par les intrigues des protestants ; la ville de Trente fut enfin choisie comme terrain neutre et sur la frontière des nations intéressées à la tenue du concile. Le concile fut ouvert par trois cardinaux, parmi eux Polus, exilé d'Angleterre par Henri VIII, et devant quatre archevêques, vingt-deux évêques, cinq généraux d'ordres, et un grand nombre de théologiens, d'ambassadeurs et de princes.

2º *Décrets préparatoires.* — Charles V, craignant que *l'exposition claire de la vérité ne suscitât des troubles,* aurait voulu que le concile ne s'occupât point de doctrine, mais seulement de discipline et de réforme. Mais le concile passa outre ; il jugeait plus urgent de défendre la doctrine. Les quatre premières sessions furent occupées par des décrets préparatoires, réglant le *modus vivendi* du concile, rappelant le *symbole de la foi catholique,* comme base des définitions, et énonçant les *sources de la foi, dans l'Écriture et la Tradition.* On décida de traiter simultanément le dogme et la discipline ; et c'est pourquoi chaque session, après la IVe, renferme deux décrets, l'un sur la foi, l'autre *De reformatione.* Dès les premières sessions, les disputes furent vives entre évêques ; on en vint même aux coups. Il est à remarquer que l'on s'effrayait trop de la discussion dans le dernier concile, et qu'elle fut beaucoup plus vive à Trente.

3º *Diverses sessions.* — Dix sessions, en comptant les quatre préparatoires, se tinrent sous Paul III, savoir, huit à Trente et deux à Bologne. Nous ne nous occupons pas encore ici du fond de la doctrine qui y fut examinée ; disons seulement, en général, qu'on y traita les *points principaux de l'erreur protestante,* surtout du Luthéranisme qui est l'erreur-mère ; ainsi, on condamna les erreurs de Luther sur le *péché originel,* la *justification,* les *sacrements.* Quant à la discipline, on corrigea les principaux abus reprochés ou causés par le protestantisme ; on institua des chaires de théologie ; on ordonna la résidence et la visite des Églises ; on défendit la pluralité des bénéfices. Malheureusement, Charles V continuait son opposition et ne voulait pas qu'on indisposât les protestants par des condamnations qu'il déclarait *intempestives ;* c'est autant pour échapper à son contrôle indiscret que pour fuir la peste qu'on décréta la translation du concile à Bologne.

4º *Translation à Bologne et interruption.* — Charles V, voyant l'Église échapper à sa tutelle tyrannique par cette translation, mit le trouble dans le concile, en ordonnant aux évêques de rester à Trente ; ceux-ci ayant obéi, le concile, dans les huitième, neuvième et dixième sessions, tenues à Bologne, s'abstint de porter aucune définition. Malheureusement, les difficultés se prolongèrent tellement entre le pape et l'empereur, que le concile dut être suspendu ; Paul III mourut sans avoir vu son œuvre achevée, mais il avait fait beaucoup, et le concile de Trente eût été grand, même s'il se fût terminé à cette date.

III. *Seconde réunion du concile sous Jules III.*

1º *Reprise du concile.* — Jules III, successeur immédiat de Paul III, fit aussi, de la réunion du concile, sa tâche et l'œuvre de sa vie ; il parvint à réconcilier Charles V avec le Saint-Siège, obtint le concours de son autorité, et publia une bulle de convocation. Le concile s'assembla de nouveau, le 1er mai 1551, après un interruption de 4 ans.

2º *Hostilité du roi de France.* — Cette fois, l'opposition

reprit du côté du roi de France. Henri II était l'ennemi de Charles V, il prit ombrage de son alliance avec Jules III, et empêcha les évêques français de se rendre au concile. Les évêques obéirent au roi, et l'évêque Amyot fut chargé de notifier cette conduite au pape. Le gallicanisme était alors à sa belle époque et recevait son baptême politique. Il fallait que le roi de France estimât la *Pragmatique sanction* bien injuste et attentatoire au droit de l'Église, comme elle l'est en effet, *pour menacer le pape de la rétablir*, si celui-ci ne suivait pas ses désirs. Il prétendait bien que l'absence du clergé de France allait enlever au concile son caractère d'œcuménicité.

— Les Pères du concile répondirent au roi de France que la *Pragmatique* était injuste et abolie, qu'ils regrettaient l'absence des évêques français, mais qu'enfin il faudrait bien se passer d'eux.

3° *Diverses sessions*. — Le concile tint six nouvelles sessions, sous Jules III, et fut réuni une année. On y continua l'exposition de la doctrine sur les sacrements, en particulier sur l'Eucharistie, la Pénitence, l'Extrême-Onction ; les erreurs protestantes sur la Présence Réelle y furent condamnées. On y traita aussi de la réforme des mœurs cléricales, des conditions des jugements épiscopaux, de la juridiction épiscopale.

4° *Nouvelle interruption*. — Le concile fut de nouveau interrompu, mais cette fois par le parti luthérien qui leva une armée et marcha sur Trente. Le pape suspendit le concile, et les évêques se dispersèrent. L'armée protestante, conduite par les princes avec qui Charles V avait déjà transigé, s'empara d'Inspruck et exagéra ses exigences ; Charles V, inquiet et accommodant, consentit alors un pacte avec les protestants, et leur accorda la liberté par le *traité de la paix publique ;* il détruisait ce que l'Église, qui ne transige pas, s'efforçait d'édifier.

IV. *Troisième réunion sous Pie IV.*

La seconde interruption dura près de dix ans (1552-62) ; dans l'intervalle, deux papes, Marcel II et Paul IV, se succédèrent, impuissants, malgré leur désir, à continuer les sessions du concile. Ces dix années furent remplies par les *troubles politiques* que nous venons de signaler et par les progrès du protestantisme en Allemagne, en Suisse, en Angleterre et même en France. Combien alors il devait être facile à l'historien de se tromper et de prendre ces troubles pour la décadence de l'Église que les décrets de Trente ne pouvaient sauver, mais dont ils étaient, croyait-on, comme le dernier soupir ! Quelle patience il fallait pour garder l'espérance de réunir le concile et de couronner son œuvre ! Heureusement l'Église sait attendre : *Patiens quia æterna.*

1º *Nouvelle reprise du concile.* — Cependant, Charles V avait abdiqué ; Ferdinand Iᵉʳ, son frère, lui succéda et se montra favorable au concile ; il y invita même les protestants, qui restèrent sourds à son appel. Pie IV réunit une troisième fois le concile, sentant bien que c'était là le moyen de combattre efficacement la contagion du schisme, les progrès de l'hérésie, et la corruption des mœurs. La bulle de convocation fut envoyée partout, et le pape choisit des légats de toutes les nations, afin de se les concilier ; il fit appel même aux protestants, qui avaient toujours refusé de se présenter ; de là les *sauf-conduits* insérés dans les actes du concile. De son côté, Charles IX, roi de France, annonça, lui aussi, sa soumission au futur concile, et remit aux Pères la solution des affaires ecclésiastiques de son royaume. Cette réouverture se faisait donc dans une paix profonde et sous d'excellents auspices.

2º *Présence et rôle du cardinal de Lorraine.* — Il est beau de voir le rôle joué alors par la France auprès du concile ; le cardinal de Lorraine, qui avait une si grande influence politique et religieuse par son génie d'homme d'État, fut accueilli avec des honneurs extraordinaires ; les travaux du concile furent même interrompus pour le recevoir. Et cependant le cardinal de Lorraine, aussi bien que le premier ambassadeur du roi, représentait le gallicanisme et l'autorité césarienne. Cet ambassadeur s'efforça d'obtenir du pape qu'il ne se mêlerait pas des délibérations du concile, rappelant à cette occasion le propos de l'ambassadeur d'Espagne « qu'on

faisait venir de Rome à Trente le Saint-Esprit dans une
valise ». De son côté, le cardinal de Lorraine travailla à exalter l'épiscopat aux dépens du Souverain-Pontife, dont l'infaillibilité, dans cette dernière période, avait été mise en question ;
il fit tous ses efforts pour empêcher de définir cette infaillibilité et d'exalter le Saint-Siège.

3° *Diverses sessions.* — Neuf sessions nouvelles se tinrent
dans cette assemblée qui dura deux ans (1562-1563) et
activa ses travaux, malgré les difficultés intrinsèques des
questions. On y traita de la *Communion sous les deux espèces,*
du *sacrifice de la Messe, du sacrement de l'Ordre,* de la *réformation du mariage,* de la *juridiction des évêques,* enfin, du
culte des saints, des reliques et des images. On établit ou on
réorganisa une foule d'institutions, les séminaires, les chaires
de théologie, les paroisses, l'Index, le catéchisme et le bréviaire. Enfin, la clôture put être prononcée au milieu de la
joie universelle, dans la vingt-cinquième session tenue le
4 décembre 1563.

II

SYNTHÈSE DE LA DOCTRINE CATHOLIQUE DANS LES ACTES DU CONCILE DE TRENTE RELATIFS A LA FOI.

I. *Raison providentielle qui a fait produire à l'Église
l'exposition complète de sa foi au concile de Trente.*

La tâche du concile de Trente était immense, car la
réforme luthérienne avait outragé toutes les institutions,
sapé toutes les doctrines. Le concile de Trente consacra la
forme définitive des institutions, fit triompher la vérité de
tous les dogmes, et éleva à la gloire de la religion catholique,
le monument le plus complet, le plus victorieux, le plus
inattaquable qui fût jamais. Pour peu que l'on examine les
sessions de ce concile célèbre, on acquiert la conviction que
jamais synode ne développa et ne définit avec autant de
prudence, de netteté, de précision, un ensemble aussi com-

plet des plus importantes matières. La *raison providentielle* pour laquelle Dieu voulut que l'Église produisît cette *exposition synthétique* au seuil des temps modernes, nous apparaît, à nous maintenant qui sommes à trois siècles du concile de Trente. Les temps modernes sont un chaos d'opinions et une mêlée d'erreurs de tout genre ; jamais on n'a vu pareilles *ténèbres intellectuelles* et pareille cohue d'hérésies ; jamais non plus *pareils dangers, pour les âmes, de perdre la foi*. Il semble que ce soit la période prédite par Jésus-Christ, où les faux prophètes séduiront le monde et où les élus mêmes seraient séduits, s'il était possible. Dieu ne voulait pas que la société s'embarquât sur un océan si bouleversé sans préservatif.

Or, l'*exposition synthétique de la foi par le concile de Trente* est la *précaution de la Providence* ; c'est la réalisation de la mission de l'Église, indiquée par S. Paul : *Ipse dedit apostolos, prophetas... in ædificationem corporis Christi, donec occurramus in unitatem fidei.. ut non simus parvuli fluctuantes et circumferamur omni vento doctrinæ in nequitia ad circumventionem erroris* ([1]). Le moyen que Dieu a pris pour réaliser ce plan est multiple : — 1) Le protestantisme a été chargé de concrétiser, de rendre visibles ces erreurs, de les tirer du nuage, et de leur donner un corps que l'on pût combattre. Elles existaient déjà, mais à l'état de tendance et de malaise. Luther les *a fait aboutir comme un ulcère*. — 2) Les pouvoirs civils ont été inquiétés eux-mêmes et forcés de s'adresser à l'Église pour obtenir le remède. — 3) De grands papes, patients et courageux, ont été suscités pour conduire cette œuvre à bonne fin, à travers plusieurs années de lutte. — 4) Les difficultés, les oppositions et les interruptions ont eu pour but de donner du temps et de découvrir les écueils. — 5) Selon Alzog, les *extrêmes se rencontrèrent* sur un terrain commun, *se limitèrent* les uns les autres, et il en résulta l'*équilibre* nécessaire à la *véritable catholicité*. Les évêques et les théologiens espagnols se firent remarquer par la sagesse avec laquelle ils parvinrent à concilier les oppositions. —

1. Ephes. IV.

Cette synthèse est renfermée en entier dans la *Professio fidei Tridentina* du pape Pie IV.

II. *Fondement de la foi et méthode catholique.*

Pour avoir une base d'opérations et un point d'appui commun et hors de conteste, on reproduisit le *Symbole des apôtres*, dans la session troisième, et on donna la raison de son autorité : c'est qu'il est en usage dans l'Église romaine, qu'il est le principe de foi de tous ceux qui veulent suivre la doctrine de Jésus-Christ, et qu'ainsi les portes de l'enfer ne peuvent prévaloir contre lui. — Nous avons déjà, ici, le point de départ et la raison finale du concile : *le principe de Tradition et l'unité de la foi.* Il donne surtout la base de tout enseignement théologique, l'enseignement actuel de l'Église actuellement vivante ; rien de plus solide !

La méthode catholique est énoncée tout entière, en très peu de mots, dans la quatrième session, au décret sur les Écritures canoniques. On avait beaucoup discuté sur l'Écriture dans les précédentes controverses, l'Écriture étant *source de la foi ;* mais les hommes avaient mis cette source hors d'usage. On avait falsifié, rejeté, mis en doute certains livres de l'Écriture ; or, on détermina d'abord, en vue de l'arbitraire avec lequel les protestants avaient adopté ou rejeté telles ou telles parties des Écritures, le Canon de la Bible. On déclara, parmi les nombreuses traductions latines alors en usage, la Vulgate comme seule authentique, c'est-à-dire comme la meilleure ; on indiqua les rapports de l'Écriture-Sainte avec la doctrine de l'Église, à travers tous les siècles. Et puis, de *principale source de la foi* qu'elle est, on avait érigé l'Écriture en *unique règle de foi ;* il fallait lui restituer sa place traditionnelle. C'est ce que fit ce concile, dans le décret *de usu SS. Librorum : Ut nemo suæ prudentiæ innixus, in rebus fidei et morum... Sacram Scripturam ad suos sensus contorquens, contra eum sensum quem tenuit et tenet S. Mater Ecclesia, cujus est judicare de vero sensu et interpretatione S. Scripturæ, aut etiam contra unanimem consensum Patrum, ipsam S. Scripturam interpretari audeat.*

Tout cela est très court, mais suffisant, car rien n'est plus simple que la *voie d'autorité* ; il suffit de la montrer ; et l'acte de foi en l'autorité de l'Église embrasse toute la doctrine de l'Église. Dans nos traités, l'exposition des principes sur l'Église est longue et compliquée, parce que nous prouvons ; mais, en somme, il n'y a dans tout cela qu'une idée dominante : l'autorité de l'Église ; et au Concile de Trente, il suffisait de l'*affirmer*. D'ailleurs, les applications spéciales de l'autorité de l'Église aux divers points de la foi, viennent à chaque pas, *pro occasione*, dans le concile ; et la description de la constitution de l'Église arrive à sa place dans la question de l'Ordre, à la vingt-troisième session. La méthode inaugurée par le concile de Trente est un type qui va être appliqué désormais à toute la théologie ; Melchior Cano, et les autres théologiens, la développeront et en useront ; mais elle est inventée par le concile.

III. *Exposition de la foi catholique relative à l'ordre surnaturel en général.*

J'ai dit plus haut que le sens théologique se compose de deux grandes idées qui dominent tout l'ensemble de la théologie : l'*idée d'autorité*, l'*idée du surnaturel ;* la première est le moyen, et la seconde, le but. Or, Luther avait renversé ces deux notions ; c'est pour cela qu'il a détruit l'essence du christianisme, et ne lui a laissé que l'écorce. L'*idée d'autorité est simple* ; et comme Luther n'avait eu qu'une négation à jeter dans le monde pour la détruire, de même le concile n'a eu besoin que d'une définition pour en rétablir la notion. L'*idée du surnaturel est complexe* ; et la religion tout entière est tellement intéressée à sa notion juste, que tout est falsifié, si cette idée est falsifiée. Or, la grande mission du concile de Trente a été de *restaurer cette notion.* Aussi, ce que nous avons à étudier, dans ce concile, c'est l'enchaînement de l'ordre surnaturel dans la vie intime de l'Église, c'est la progression que suit l'*idée du surnaturel ou de la grâce dans ses rapports avec l'humanité régénérée par la Rédemption.* En même temps aussi, c'est pour l'étudiant un *moyen mnémotechnique* de retenir infailliblement la suite des définitions du concile de Trente, que de partir de cette idée, et de la voir se développant dans le christianisme. La forme sociale donnée à l'Eglise n'est que le contenant de la grâce ; ceci explique la connexion de ces deux idées : *l'autorité de l'Église* et le *don surnaturel*.

1º *Source de cette doctrine, pour l'état actuel de l'homme, dans la notion du péché originel* (session Vᵉ). — Le dogme du péché originel ne ressemble pas aux autres dogmes ; il en est la base ; aussi, la négation ou une fausse idée du péché originel avait tout falsifié dans le protestantisme. Les uns niaient la propagation de ce péché, d'où il résulterait que nous ne sommes pas déchus, et que la Rédemption n'a rien à faire en nous ; les autres, comme Luther, disaient que par le péché originel *notre libre arbitre a péri complètement ;* nous ne pouvons donc que pécher ; donc, *si Dieu nous sauve, ce ne peut être que par un décret nécessaire,* et ceux qui se damnent *sont perdus par la volonté de Dieu.* — Or, voici les points définis par le concile de Trente dans ses cinq anathèmes : — 1) Faute réelle d'Adam ; — 2) Transmission de la faute même et non seulement des peines, dans sa descendance, à l'exception de la Très-Sainte Vierge ; — 3) Unique remède au péché dans le mérite de Jésus-Christ, appliqué par le Baptême; — 4) Baptême conféré même aux enfants, *parvulis,* tant il est vrai que ce qu'il remet n'est pas une faute personnelle, et qu'il ne la remet pas en vertu de la *foi personnelle ;* — 5) Rémission du péché complète.

2º *Idée vraie de la justification et de la grâce* (sess. VI). — C'était là le but des erreurs de Luther, et il n'avait recouru au péché originel qu'afin d'expliquer son système et de le rendre cohérent et complet ; c'était aussi le fondement de sa morale. Il enseignait que la *foi seule nous justifie,* par opposition, d'une part, à l'efficacité du mérite de Jésus-Christ appliqué par les sacrements, de l'autre, aux œuvres chrétiennes ; la justification, d'après son système, est donc factice et n'efface rien en nous. — La VIᵉ session donna, sur la justification, un traité qui est un parfait modèle d'exposition doctrinale. En voici les points principaux d'après les 33 canons : — 1) Nécessité absolue de la grâce surnaturelle pour être justifié ; — 2) force diminuée mais non détruite du libre arbitre, de sorte que l'homme, même pécheur, peut faire autre chose que des péchés ; — 3) définition de la justification : *Translatio ab eo statu in quo homo nascitur filius primi Adæ, in statum gratiæ et adoptionis filiorum Dei per secundum Adam Jesum Christum ;* et son rapport avec la foi : *Fides est humanæ salutis initium, fundamentum et radix omnis justificationis ;* mais on affirme aussi l'*insuffisance de la foi personnelle* et la nécessité comme la valeur des œuvres, pour mériter le ciel et augmenter la sainteté. — 4) Il y a d'autres obligations morales que la foi. — 5) Le ciel est une vraie récompense. Le traité de la vie éternelle vient logiquement, dans l'enchaînement des dogmes théologiques, après celui de la grâce sanctifiante, dont le ciel est la consommation.

3o *Fonctions du Rédempteur, d'après ces deux sessions.* — C'est ici la source de la justification ; les protestants le croient aussi, mais dans un autre sens. Pour eux, le mérite de Jésus-Christ n'a, avec la justification et la grâce, qu'un *rapport éloigné* qui consiste en ce que *Dieu, par égard pour lui, oublie notre péché.* Selon le concile de Trente, le *mérite de Jésus-Christ nous justifie* comme le *péché d'Adam nous souille ;* la *justification est un bienfait non seulement de Dieu, mais de Jésus-Christ ;* et, pour nous, elle opère en nous un *effet réel,* elle est un *élément réel répandu dans notre âme,* et elle nous *rend foncièrement agréables à Dieu.*

IV. *Application de ces principes dans la doctrine sur l'efficacité des sacrements.*

C'était là le fond des choses ; restait à voir quels moyens Jésus-Christ avait établis dans l'Eglise, pour nous conférer cette grâce : *les sacrements.*

1o *Mode d'efficacité des sacrements, en général.* — Il y a, dans les sacrements, quelque chose qui est propre à chacun, et quelque chose qui est commun à tous. Nous ne nous occupons ici que de leur vertu commune. Luther niait quelques-uns des sacrements, faisait des autres de pures cérémonies, et ne leur donnait que la vertu d'exciter la foi par une image pieuse ou un souvenir, en frappant les sens ; ce qui était efficace, selon lui, c'était la foi. Le concile définit le *septenarium numerum*, et attribue aux sacrements l'efficacité *ex opere operato*, avec les dispositions comme conditions.

2° *Efficacité propre de chaque sacrement, en particulier.* — Les sept sacrements embrassent toute la vie et tous les degrés dans lesquels la vie se développe ; c'est-à-dire qu'ils sont la même grâce prenant toutes les formes adaptées à nos besoins ; j'énumère ces formes sans les développer : — 1) Le Baptême : justification première, naissance, filiation divine, grâce de naissance, ineffaçable et non renouvelable ; — 2) la Confirmation : consommation du caractère chrétien, seconde naissance, grâce de force ; nous devenons adultes dans la vie chrétienne, c'est pour toujours ; — 3) l'Eucharistie : présence réelle, nourriture, grâce d'aliment ; — 4) la Pénitence : grâce de retour, car nous retombons ; justification seconde aussi renouvelable que nos péchés ; — 5) l'Extrême-Onction : clôture de la vie chrétienne, grâce d'achèvement, de préparation à la mort, et de départ pour le ciel ; — 6) deux manières de vivre chrétiennement et d'appartenir à l'Eglise, comme membre simple du troupeau, ou comme partie du corps des pasteurs, et alors sacrement de l'Ordre, caractère ineffaçable, et surtout grâce de ministère, en tant qu'il se rapporte au sacrifice de la Nouvelle Loi, puisque c'est le but ; — 7) le Mariage : grâce de famille et d'état conjugal, symbole de l'union de Jésus-Christ avec l'Église.

V. *Insistance particulière du concile sur divers points, importants en eux-mêmes, et pour une raison d'actualité.*

1° *Le sacrifice de la Messe.* — La session XXIIe nous montre l'importance du sacrifice en général, comme centre de la religion, et du sacrifice Eucharistique en particulier, comme continuation de la Passion. Le protestantisme était une destruction trop radicale pour faire oublier le point central du culte ; il niait le *sacrifice*, détruisant ainsi le fond du christianisme. Or, le concile définit le *caractère du sacrifice* dans l'Eucharistie ; il le montre comme *commémoratif* et comme *suite de la Passion*.

2º *La constitution de la hiérarchie et l'efficacité du ministère ecclésiastique.* — L'Église est visible ; elle possède un
élément humain, une société hiérarchique, un sacerdoce. Le
protestantisme nie ou affaiblit cette autorité, ôte à l'Église
sa forme, sa visibilité et, conséquemment, son pouvoir et sa
vie. Le concile affirme et solidifie la hiérarchie, surtout il
définit le pouvoir épiscopal, et, dans ses décrets *dogmatico-
disciplinaires,* loin d'affaiblir la hiérarchie, il lui *confirme ses
pouvoirs,* et lui donne une situation régulière élevée et forte
dans le monde.

3º *La réformation des mœurs et de la discipline.* — Cette
réformation est visible dans tous les actes du concile ; après
chacune des sessions dogmatiques, un décret est porté pour
la réformation : — 1) dans le clergé, par des règlements
nombreux sur les bénéfices, l'instruction cléricale, les titres,
les ordinations, les séminaires ; — 2) chez les moines, par
l'acte de la XXVᵉ session : *De regularibus et monialibus ;* —
3) dans le peuple chrétien, par l'acte de la XXIVᵉ session sur
le mariage, la clandestinité, les concubinaires, les empêchements.

VI. *Corollaires doctrinaux sur le purgatoire, le culte des
saints, les indulgences.*

La session XXVᵉ traita ces points, secondaires en eux-
mêmes, mais importants par leur connexité avec les premiers
principes ; surtout le dogme du purgatoire dans son rapport
avec la doctrine de la justification, de la pénitence, des
indulgences, du pouvoir de l'Église, enfin avec le principe
du surnaturel.

III

RÉCEPTION ET APPLICATION DU CONCILE DE TRENTE.

I. *Confirmation solennelle du concile de Trente par Pie IV.*
L'autorité du pape et la sanction de sa volonté, a toujours
été regardée comme la condition première de la valeur

législative ou doctrinale des conciles. Aussi, les ennemis du Saint-Siège creusent-ils l'Histoire, pour y trouver que le Saint-Siège n'a pas confirmé les premiers conciles. Plus les décrets du concile de Trente étaient importants, plus on avait intérêt à nier leur valeur ; et cette négation vivait encore il y a quelques années en France, soit en théorie, soit en pratique, puisque quelques-uns de ces décrets n'étaient pas appliqués : c'était *le principe gallican.*

Au concile de Trente, comme toujours et nécessairement, la sanction finale vient du Saint-Siège. Pie IV *confirme les décrets du concile et les déclare obligatoires dès lors ;* en même temps, il ordonne à tous ceux qui sont revêtus de *l'autorité ecclésiastique, de les promulguer solennellement* dans leurs actes et leurs réunions. Il fait rédiger la *profession de foi de Trente,* dont la récitation est encore exigée de ceux qui reçoivent une charge ou une dignité ecclésiastique.

II. *Pureté de la foi assurée :*

1° *Par l'institution de plusieurs congrégations permanentes.* — On a beaucoup critiqué ces congrégations, de notre temps, et c'est la preuve de leur mérite. Elles sont des tribunaux permanents, relevant directement du Saint-Siège, et investis de son autorité pour centraliser certaines administrations ; leur prudence est proverbiale ; or, la plupart datent du concile de Trente. L'esprit de leur institution a été la conservation de la foi, le rétablissement et la régularisation de la discipline. Les deux principales dont nous avons à constater l'existence, sont celle des *Interprètes du concile,* chargée de l'interprétation officielle et exclusive du concile de Trente, pour éviter les erreurs ; et celle de l'*Index,* pour sauvegarder la foi du peuple chrétien. Cette dernière a été bien attaquée, à cause de son *principe* qui est ce qu'on appelle *intolérance,* mais qui est d'une haute sagesse et qui découle de l'Évangile et du rôle de pasteur.

2° *Par la composition du* CATÉCHISME *du concile de Trente.* — Les actes du concile renferment l'enseignement transcendant, la règle de foi, l'exposition supérieure de la doctrine. Ce catéchisme est *l'adaptation* de ce grand enseignement aux besoins du peuple par le ministère sacerdotal, ce qui est plus pratique. Il unit la *matière des vérités à prêcher* aux *conseils pratiques et aux règles de cette prédication* ; tout est là !

III. *Modèle d'application du concile de Trente aux Églises particulières dans les actes de S. Charles Borromée.*

C'est là le point d'attache de la vie de S. Charles aux faits généraux de l'Histoire ; et, je dois le dire en passant, l'historien Darras ne sait pas rattacher les vies des saints à la trame de l'Histoire ; il les donne toutes ensemble, comme Rohrbacher, et ne les relie au fil de l'Histoire que par cette considération générale à laquelle il s'ingénie à donner une forme nouvelle : L'Église est toujours féconde. Or, les actes de S. Charles Borromée et ses institutions sont restés un modèle d'application et d'interprétation pratique du concile de Trente ; la vie de ce grand évêque s'est passée à appliquer le concile de Trente, sur lui-même d'abord et dans sa vie épiscopale : il faut le voir observer la résidence, se livrer au ministère de la parole auquel il était si peu apte par nature, et dans lequel il a tant produit par vertu ; quelques-uns de ses actes sont même devenus le programme officiel de l'Épiscopat.

IV. *Introduction de la Réforme du concile de Trente dans les diverses nations catholiques.*

Des volumes ont été écrits sur cette grosse question, et de prétendus doutes sur ce point ont causé bien des troubles. La plus belle et la plus complète, comme la plus durable application du concile de Trente, fut faite naturellement à Rome où, selon Rohrbacher, le concile de Trente s'est comme incarné dans le pape et les cardinaux pour la réforme de la chrétienté au dedans et sa défense au dehors, et où toutes les institutions du concile subsistent et fonctionnent toujours.

Les décrets *sur la foi* furent reçus partout sans difficulté, excepté chez les protestants, qui n'y répondirent, dit l'historien Rivaux, que par la colère et des injures mêlées de quelques objections. Les difficultés soulevées à ce sujet ont été solidement réfutées par plusieurs auteurs, surtout par

Bergier et par le P. Berthier dans son *Histoire de l'Église gallicane*. Quant aux *décrets disciplinaires*, l'autorité ecclésiastique les appliqua partout par l'organe des *conciles particuliers ;* on compta plus de 80 assemblées réunies à cet effet au XVIᵉ siècle.

Toutes les difficultés vinrent de l'*autorité civile, surtout des cours judiciaires.* Les décrets du concile furent reçus à Venise, en Italie, en Portugal et en Pologne, sans aucune restriction. Philippe II, roi d'Espagne, de Naples et des Pays-Bas, les fit promulguer dans ses États, avec cette clause, qui fut d'ailleurs plus verbale que réelle et qui ne fut qu'un stigmate et un souvenir archéologique des oppositions de Charles V, « sans préjudice de tous droits royaux. » En Allemagne, les difficultés furent plus grandes, à cause du bouleversement causé par le protestantisme ; des historiens disent que jamais les décrets de Trente n'y furent reçus ; mais enfin, comme le montre Pallavicini, ils y furent reçus, surtout dans deux conciles, celui d'Augsbourg, en 1567, et celui de Salzbourg, en 1569. Un seul abus persista, ce fut le cumul des bénéfices.

Les plus grandes difficultés vinrent du côté de la France. Le cardinal de Lorraine déclara ces décrets reçus sans exception ni restriction ; l'épiscopat fit de même. Mais le pouvoir royal fit opposition ; les évêques lui demandèrent jusqu'à douze fois la publication du concile de Trente, et ne purent l'obtenir. Selon Alzog, l'opposition porta principalement sur les décrets concernant les amendes et les peines d'emprisonnement, laissées au pouvoir ecclésiastique ; le duel, le concubinage, l'adultère, le jugement des évêques par le pape seul, le consentement des parents reconnu nécessaire en France au mariage et non exigé par le concile, etc...

CHAPITRE VII

Intallation définitive du protestantisme en Angleterre sous Élisabeth et ses successeurs.

I

Nous avons vu (1) le catholicisme détruit pour les besoins de la volupté du roi Henri VIII ; le schisme se maintint sous le règne insignifiant d'Édouard VI, et ne fut momentanément interrompu que sous le règne de Marie Tudor, règne trop court pour que le levain du schisme fût détruit et la chaîne du péché national rompue. A peine Marie Tudor fut-elle descendue dans le tombeau, que le schisme releva la tête pour s'établir définitivement en Angleterre.

I. *Avènement et caractère de la reine Élisabeth.*

Marie Tudor était fille légitime de Henri VIII et de Catherine d'Aragon, tandis qu'Élisabeth était l'un des fruits du crime de ce roi et fille d'Anne de Boleyn ; aussi les intérêts du protestantisme s'identifiaient-ils complètement avec ceux d'Élisabeth. En effet, si elle restait catholique, elle proclamait par là même l'adultère de sa mère, Anne de Boleyn, l'illégitimité de sa propre naissance et son exclusion du trône. Le protestantisme seul pouvait appuyer sa

1. Au chapitre V.

royauté. Enfin, ce qui était décisif, les vues de l'Angleterre s'unissaient aux intérêts personnels d'Élisabeth ; car Élisabeth exclue, c'était Marie, reine d'Écosse, qui montait sur le trône d'Angleterre, et, comme elle avait épousé le Dauphin, le royaume tombait au pouvoir des Français. Cette pensée seule soulevait l'Angleterre, dont le patriotisme se prononçait pour Élisabeth. — Le pape Paul IV refusa de reconnaître sa légitimité, et déclara celle de Marie Stuart, reine d'Écosse, comme proche parente de Henri VIII.

Élisabeth, sous Henri VIII et Édouard VI, avait été une fervente protestante ; quand sa sœur, Marie Tudor, monta sur le trône, elle édifia tout le monde par son zèle pour le catholicisme : elle allait à la messe, avait un chapelain et un confesseur ; mais sa sœur n'avait jamais cru à la sincérité de sa foi. Élisabeth se fit cependant couronner suivant le rite catholique et comme reine catholique ; mais ce fut son seul acte de catholicisme, et même, dans cet acte, elle laissa tomber des paroles qui dévoilèrent ses intentions. Voici, au dire des historiens protestants, les traits qui dominent dans la physionomie de cette reine :

Femme d'un caractère non pas viril mais plein de nerfs, d'une hypocrisie extraordinaire, d'une ambition démesurée, elle fut habile au point d'organiser la réforme et de mériter des protestants le titre de *Grande* Élisabeth. La douceur de la papesse Élisabeth, dit ironiquement Rohrbacher, égalait sa pureté virginale ; or, on sait que sa cruauté intraitable lui a valu le surnom de Tibère féminin [1] ; selon un historien protestant, si on compare sa conduite à celle de son père, le doigt de la fille est plus gros que le corps du père. Elle ne fut jamais mariée, et se fit appeler la *reine-vierge* ou la *vierge-reine du protestantisme ;* mais on sait que ses mœurs n'en furent que plus dépravées jusque dans la vieillesse avancée, qu'elle était au désespoir de se voir vieillir, qu'elle eut des enfants, et que, dans son testament, elle déclare « que la couronne serait portée, après elle, par sa lignée

---

1. Mme de Staël.

naturelle. » Cobbett compte jusqu'à huit complices de ses infamies.

II. *Apostasie de la reine et du Parlement.*

En Angleterre, ce fut donc le gouvernement qui, le premier, se sépara de l'Église catholique par l'apostasie. La reine, dès les premiers jours de son règne, s'était déclarée hostile au catholicisme ; lorsque le pape eut nié ses droits à la succession, elle jeta entièrement le masque, rappela de Rome son ambassadeur, et fit rentrer dans son royaume les protestants exilés. A son instigation, le Parlement *renouvela la législation protestante* de Henri VIII, et établit la *primauté spirituelle de la reine.* Ce qu'il faut noter ici, c'est l'aveu contenu dans le titre même de ce décret du Parlement : *Révocation des statuts notés sous le dernier règne, en faveur de l'ancienne croyance.* Ainsi, les Anglais reconnaissaient que la réforme était une nouveauté, que le catholicisme était la *religion traditionnelle,* la *foi de leurs pères ;* or, c'est là, aux yeux des protestants anglais d'aujourd'hui, un argument tout-puissant en faveur de leur protestantisme et, pour un très grand nombre, le seul obstacle à la conversion. Et ce n'est pas là seulement une *raison de sentiment,* c'est l'*ancien argument très théologique de prescription,* proclamé par S. Vincent de Lérins, *Quod semper, quod ubique,* par S. Augustin contre les Donatistes, par S. Irénée contre toutes les hérésies. Il a donc toute valeur pour ramener les Anglais au catholicisme, religion de leurs ancêtres ; c'est d'ailleurs sur cet argument qu'insiste l'écrivain anglais Cobbett.

III. *Persécution religieuse pour pervertir la nation.*

Autre chose est le gouvernement, autre chose la nation ; le premier devait travailler à pervertir l'autre ; en Angleterre, la nation avait conservé un levain de protestantisme, mais *elle était encore foncièrement catholique ;* pour détruire sa foi, il fallut une longue et abondante effusion de sang, renforcée par la persécution légale qui n'a guère cessé qu'au XIXᵉ siècle, grâce à O' Connell.

1º *Violences contre l'Épiscopat et le clergé.* — Les évêques et les universités résistèrent avec courage, rédigèrent une protestation où ils *déclinaient* la *compétence du Parlement* comme étant un tribunal laïque, et firent une profession de foi à la *transsubstantiation*, à la *messe*, à la *primauté du pape*. Élisabeth les fit comparaître, et exigea d'eux le serment aux nouveaux statuts. Un seul, l'évêque de Landaff, obéit, tous les autres résistèrent, furent dépouillés de leur siège et emprisonnés ; quelques-uns purent échapper, les autres moururent en prison et, 33 ans plus tard, il en mourait encore un dans la Tour de Londres. La reine couronna ses forfaits en attribuant le siège de Cantorbéry à Mathieu Parker, apostat et chapelain d'Anne de Boleyn. L'influence de l'archevêque de Cantorbéry avait toujours été très grande, car ce siège était le cœur de l'Église d'Angleterre ; il avait été illustré par S. Augustin, S. Dunstan, S. Anselme, S. Thomas, puis profané par Cranmer. Dès lors, Élisabeth détruisit le sacerdoce en Angleterre, et il ne put se recruter et se perpétuer que par le *séminaire anglais*, fondé à Douai par Guillaume Allen.

2° *Destruction de la foi dans le peuple par l'effusion du sang.* — Pendant les 45 ans du règne d'Élisabeth, chaque jour fut signalé par des proscriptions et marqué par l'effusion du sang catholique ; cette reine est d'ailleurs un des monstres les plus sanguinaires que la terre ait portés. La législation cruelle et tyrannique d'Élisabeth demeura du reste en vigueur jusqu'au XIXe siècle, et aujourd'hui encore elle n'a pas perdu toute sa force. Des amendes énormes furent imposées à ceux de ses sujets qui négligeaient quelques-uns des devoirs religieux imposés par la papesse ; les citoyens insolvables étaient marqués d'un fer rouge à l'oreille. La peine de mort fut infligée à tout prêtre ordonné à nouveau, ou venu de l'étanger, ou surpris à exercer le ministère sacré ; quiconque donnait l'hospitalité à un prêtre catholique ou recevait son ministère, était condamné à la même peine. Le sang coula en abondance, et les martyrs furent nombreux dans tous les rangs de la société.

3° *Héroïque résistance de l'Irlande.* — On connaît le

courage et l'héroïsme du peuple irlandais ; nous n'en parlons ici que pour mémoire. Il semble que ce peuple soit né pour la persécution, et que telle est la condition de sa foi comme aussi de son patriotisme, car, depuis le règne d'Élisabeth jusqu'à nos jours, il n'a cessé de lutter et de souffrir pour la foi catholique comme pour la liberté. — Ce fut Pie V qui excommunia comme hérétique la reine Élisabeth.

IV. *Histoire de Marie Stuart.*

L'histoire de cette reine infortunée est aussi noble que touchante ; elle a eu, en France, un grand retentissement, à cause du lien que Marie Stuart eut avec notre pays, comme épouse de François II, à cause aussi de son amour pour le « tant beau pays de France. »

1º *Occasion de ses malheurs et de sa captivité.* — Fille de Jacques V, roi d'Écosse, et reine elle-même dès le berceau, Marie Stuart était presque parente de Henri VIII et, à la mort de Marie Tudor, seule héritière légitime du trône d'Angleterre. En 1558, après une exquise éducation, elle épousa le dauphin qui, peu après, devenait roi de France sous le nom de François II. Elle était donc à la fois reine de France et d'Écosse, lorsque François II mourut. Veuve à 18 ans, elle quitta la France et retourna en Écosse, pour épouser le vieux Henri Darnley ; celui-ci mourut à son tour, lui laissant un fils, Jacques Ier, plus tard roi d'Écosse et d'Angleterre. Malheureusement, les Écossais, travaillés par le protestantisme, à l'instigation d'Élisabeth, se soulevèrent contre Marie Stuart, et celle-ci, trompée sur les sentiments de sa *bonne cousine et sœur*, vint se réfugier auprès de la reine d'Angleterre.

2º *Captivité et mort de Marie Stuart.* — Élisabeth, jalouse de la beauté, de la distinction et de la triple royauté de Marie Stuart, suscita de grossières accusations contre ses mœurs et contre sa loyauté politique, et la fit jeter en prison. La captivité de l'infortunée reine dura 18 ans — 18 ans de tortures, d'angoisses et d'humiliations — au bout desquels Élisabeth réunit, pour la juger, un tribunal dont Marie déclina la compétence, comme princesse indépendante d'Élisabeth et reine d'Écosse. L'infortunée princesse fut enfin condamnée à mort et, dans cette cruelle circonstance, des réjouissances furent organisées à Londres et dans tout le royaume.

3° *Nouvelle excommunication d'Élisabeth.* — A la nouvelle de cet attentat épouvantable, le pape Sixte V lança une nouvelle excommunication contre Élisabeth, comme usurpatrice et régicide. En même temps, il tentait un nouvel effort, de par son autorité spirituelle, pour relever le vieux droit européen du moyen âge. Il réussit à lever l'invincible Armada avec Philippe II ; mais Dieu ne permit pas le succès, et l'Angleterre demeura livrée aux erreurs et aux désordres du protestantisme qui, dès lors, se divisa en plusieurs sectes dont la plus célèbre est celle des Puritains.

II

LA RÉFORME ANGLICANE SOUS LES SUCCESSEURS D'ÉLISABETH.

I. *Destruction des dernières espérances des catholiques, sous Jacques Ier, par suite de la conspiration des poudres.*

Cependant, les catholiques restaient en assez grand nombre ; ils espéraient, à la mort d'Élisabeth, un retour semblable à celui qu'avait opéré le règne de Marie Tudor, mais un retour plus durable. Sans doute, l'héritier du trône d'Angleterre, Jacques Ier, déjà roi d'Écosse, s'était montré faible jusque-là ; mais on espérait que, grâce à sa double royauté et se sentant plus indépendant par la mort d'Élisabeth, il en finirait avec l'erreur. Les catholiques, à son avènement au trône d'Angleterre, lui présentèrent une adresse, expression de leurs vœux et de leurs espérances ; et ils avaient d'autant plus confiance, qu'il s'était montré assez bien disposé pour la foi romaine, bien que son attachement au catholicisme fût peu sincère et peu profond.

Le rétablissement du catholicisme n'était pas seulement, pour Jacques Ier, une question de conscience ; c'était une affaire d'honneur et de sentiment filial, car le catholicisme était la religion de sa mère, de sa grand'mère, et la raison de son droit au trône. De fait, il s'était montré assez indifférent au sort de sa mère, et avait fait douter à bon droit de ses sentiments les plus naturels ; la conduite qu'il tint durant la longue captivité de Marie, et la facilité avec laquelle Elisabeth apaisa son irritation et ses menaces, ont été sévèrement jugées par l'Histoire. Les débuts de son règne furent d'ailleurs d'une couleur douteuse, et on peut se demander de quel côté il pencha d'abord ; toujours est-il qu'il ne persécuta pas le catholicisme.

Or, la réforme était incarnée dans un parti politique puissant et dans le Parlement, qui avait en main le pouvoir plus encore que le souverain, par un état de choses qui s'est conservé jusqu'en notre siècle. Si donc le prince se montrait catholique, il avait auprès de lui des assemblées qui devaient se charger d'effacer sa personnalité et de neutraliser son œuvre. Des renseignements postérieurs et authentiques ont appris que la fameuse *conspiration des poudres* ne fut qu'une intrigue et un stratagème du parti protestant, pour effrayer Jacques Ier et le déterminer contre les catholiques. Le roi s'y laissa tromper en effet ; il traita les catholiques en coupables, et fit exécuter une trentaine de prêtres. Puis, une fête annuelle fut fixée au 5 novembre, jour de la découverte du complot, et on inséra dans la liturgie une prière « pour obtenir la protection divine contre des ennemis sanguinaires. » On dressa aussi le *serment d'allégeance* que tout Anglais dut prononcer, et qui consistait à jurer obéissance au roi contre toute sentence et tout décret du pape, dont la primauté et l'autorité étaient rejetées. C'était le rétablissement du protestantisme. Paul V adressa aux catholiques anglais un bref, pour leur défendre de prononcer ce serment ; aussitôt la persécution recommença ; ce fut surtout une *persécution légale* dont les mesures extrêmes étaient l'exil et l'emprisonnement.

II. *La perpétuité du protestantisme assurée en Angleterre sous Charles I*^{er}*, par la révolution dans l'ordre politique.*

Ailleurs, le protestantisme, conséquent dans le principe, avait, dès le premier jour, sapé toute autorité, même politique ; en Angleterre, le principe protestant fut pour les rois un moyen de tyrannie, par la suprématie religieuse qu'ils s'attribuaient. Mais, bientôt, la logique du système reprit le dessus, le principe proclamé par les rois contre l'Église se tourna contre eux, ils avaient semé le vent, ils recueillirent la tempête. La démonstration du principe protestant est donc plus complète et plus frappante en Angleterre.

1° *Covenant signé en Écosse par les puritains.* — Le roi régnait encore, bien que le Parlement fût tout-puissant. Or, le roi pouvait tenter la restauration du catholicisme. Sous Charles Ier, prince faible et maladroit, l'anglicanisme se fortifia contre cette éventualité ; d'ailleurs, ce prince mécontenta le peuple, et le Parlement lui-même dut transiger sans relâche avec la révolution menaçante, en persécutant les catholiques, plus que ses convictions ne l'y portaient. Les *puritains, révolutionnaires avancés,* s'efforçaient de détruire tout ordre et tout sacerdoce ; le roi voulut enrayer la révolution ; mais il était trop tard, et *le Covenant ne fut signé en Écosse* que pour s'assurer contre le mauvais vouloir du roi. On y décréta la perpétuité du *protestantisme comme désunion d'avec Rome,* et l'abolition de l'épiscopat, de la liturgie et du droit ecclésiastique. Mais cette décision n'était plus prise au nom du roi ; au contraire, on s'engageait à défendre cet ordre de choses, même *contre le roi qu'on accusait de papisme* et auquel on devait désormais adresser ce reproche. C'est ici proprement la chute de la royauté et la révolution anglaise. Charles Ier n'eut pas la sagesse et l'énergie de se ressaisir du pouvoir qui lui échappait.

2° *Avènement, caractère et œuvre d'Olivier Cromwell.* — Le roi réunit le *long Parlement,* ou représentation nationale, et lui remit son autorité. Cromwell en faisait partie, et c'est là le principe de son influence. Celui-ci, par son prestige doublé d'audace et d'hypocrisie, travailla énergiquement à l'abaissement de l'autorité royale, en exaltant celle du peuple ; *de force*, il amena le peuple à *gouverner*, selon la tactique propre aux tyrans révolutionnaires.

3° *Condamnation et mort du roi.* — Il est à remarquer qu'il a fallu, en Angleterre, la mort de deux rois pour achever la révolution : avec Marie Stuart mourait la société catholique ; avec Charles Ier meurt l'autorité royale. De même, en France, la mort de Louis XVI sera, plus tard, la fin de l'ordre public chrétien et de l'autorité monarchique. Cromwell consomma son œuvre néfaste et révolutionnaire par la condamnation à mort de Charles Ier, et se fit déclarer protecteur de l'Angleterre.

III. *Tentatives infructueuses de restauration politique et religieuse en Angleterre, au XVIIe siècle.*

A la mort de Cromwell, la restauration des Stuart s'opéra dans la personne de Charles II, fils de Charles Ier. Ce fut, dit Guizot, un événement très national, la résurrection des vieilles traditions qui avaient encore des fidèles. Charles II aurait peut-être restauré le pouvoir, avec de la fermeté, du génie ; malheureusement, il n'eut ni l'un ni l'autre, et son autorité baissa peu à peu ; il fut accusé par le peuple et ne put s'empêcher de persécuter les catholiques. C'était l'époque où la *Compagnie de Jésus*, devenue célèbre, était partout accusée de complots ; on prétendit qu'elle voulait, en Angleterre, renverser le Parlement et le protestantisme ; dès lors, prêtres et catholiques durent reprendre le chemin de l'exil.

Jacques II, frère et successeur de Charles II, se montra catholique dans son gouvernement ; il donna aux catholiques d'abord la liberté, puis l'autorité, en condamnant les évêques qui ne voulaient pas publier ses décrets sur la liberté de conscience. Mais il ne tarda pas à être détrôné par Guillaume de Nassau, prince d'Orange, son gendre, qui s'empara de son royaume, aux acclamations du parti protestant dont l'autorité devenait désormais inébranlable. Jacques II se réfugia en France ; et Louis XIV s'efforça, mais vainement, de rétablir en Angleterre et le prince et la religion catholique. Le grand roi était lui-même à l'époque de ses revers ; il venait de perdre, par la défaite de Tourville, à La Hogue, en 1692, l'empire des mers qui passait dès lors à l'Angleterre ; c'était le triomphe du protestantisme anglais.

IV. *Destinée du protestantisme anglais dans la suite de l'Histoire et jusqu'à nos jours.*

Voici donc le protestantisme installé définitivement en Angleterre ; et cette nation n'apparaît plus dans l'Histoire de l'Église, avant les dernières années du XIXe siècle, lorsque, sous le pontificat de Pie IX, la hiérarchie s'y réinstalle et les conversions s'y multiplient.

1º *Caractère propre conservé par le protestantisme anglais.* — Ce caractère de l'anglicanisme est celui d'*Église légale*, comme l'a défini Cranmer. Le protestantisme anglais est administratif et établi par la loi, imposé par l'administration ; or, l'administration est révolutionnaire dans son principe ; elle tombera, et avec elle le protestantisme. Ce caractère permet de séparer la nation du Parlement, et de faire espérer un retour ; il montre que le protestantisme n'est pas spontané du côté du peuple, mais forcé par le pouvoir qui n'est pas national. « L'Église anglicane, dit J. de Maistre, a conservé une dignité et une force absolument étrangères à toutes les autres Églises réformées, uniquement parce que le bon sens anglais a conservé la hiérarchie ; sur quoi, pour le dire en passant, on a adressé à cette Église un argument sans réplique : Si vous croyez la hiérarchie nécessaire pour maintenir l'unité dans l'Église anglicane, qui n'est qu'un point, comment ne le serait-elle pas pour maintenir l'unité dans l'Église universelle (¹) ? »

2º *Émancipation des catholiques anglais au XIXe siècle.* — C'est par les efforts d'O'Connell que la chaîne déjà séculaire de l'asservissement du catholicisme en Angleterre a été rompue. Ce qu'ils obtinrent, en 1829, n'était encore que la liberté, mais cette liberté a été féconde, et, peu à peu, ils ont obtenu davantage.

3º *Inquiétude générale, au milieu de la prospérité maté-*

---

1. *Lettres et opuscules inédits*, t. II, p. 268.

rielle, et tendance à l'unité au milieu de la division. — Il est certain qu'il y a aujourd'hui, en Angleterre, une tendance prononcée vers l'unité entre les sectes nombreuses qui se partagent l'Angleterre, surtout les Eglises épiscopale, presbytérienne et puséyste ; quant au protestantisme rationaliste, il nous semble moins étendu et moins puissant qu'en Allemagne. L'Angleterre est le pays où le protestantisme est le plus divisé, et où il réclame plus impérieusement l'unité. Malgré sa prospérité matérielle immense, le peuple anglais est tourmenté comme de remords ; il le sera tant qu'il ne sera pas revenu au catholicisme, et ce tourment sera son salut : *Irrequietum est cor nostrum donec requiescat in te.* Il s'opère aujourd'hui en Angleterre un travail des sectes, une lutte, des conversions, un retour vers Rome, qui sont les signes les plus consolants et que présageait déjà Baronius à la vue des nombreux martyrs qui avaient fécondé cette *terre des saints.*

CHAPITRE VIII

Tentative d'invasion du protestantisme en France.

Avant d'aborder la question du protestantisme en France, remarquons d'abord, pour la satisfaction de notre patriotisme et de notre sens catholique, que le protestantisme, en France, n'a eu, à l'origine, que les *proportions d'une tentative infructueuse* et, depuis, est resté dans les limites d'une *exception et d'un parti de minime importance et sans avenir*. Les historiens sérieux ont remarqué que le protestantisme en France, au XVIᵉ et au XVIIᵉ siècle, fut bien moins une secte religieuse qu'un parti politique, et que les protestants s'inquiétaient bien plus d'assurer leur domination que de faire triompher leurs doctrines.

Par contre, la tentative des protestants a eu pour effet de réveiller en France le sens catholique, de révéler la France à elle-même. Et ce résultat est d'autant plus remarquable, que l'arrivée du protestantisme chez nous causa, dans l'ordre politique, des bouleversements que la révolution du XIXᵉ siècle a seule égalés ; montra combien, dans notre pays, le sens catholique était essentiellement lié au patriotisme ; et prouva enfin que l'ordre politique n'y est solide, qu'à condition d'être catholique — ce que les événements modernes nous prouvent de nouveau et surabondamment. — L'histoire du protestantisme français, considéré en lui-même, a moins d'importance que celle du protestantisme des autres pays, puisque le protestantisme n'est pas national chez nous ; mais cette histoire se rattache aux faits généraux, et tire son importance de ce que c'est elle qui amène le grand fait qui termine notre cinquième époque, le *traité de Westphalie*.

I

TROUBLES CAUSÉS EN FRANCE PAR L'APPARITION DU CALVINISME

I. *Préparation de ce fait dans l'état de la société française au commencement du XVIe siècle.*

Voici les *causes qui ont préparé l'apparition du protestantisme en France*, et lui ont ouvert la porte : les sectes du siècle précédent, la pragmatique-sanction, la conduite arbitraire de François Ier dans les affaires religieuses aussi bien que dans les affaires politiques, le choix des évêques plus soumis aux volontés du roi qu'à celle du pape, l'état déplorable des mœurs à la cour et dans la haute société. Toutes ces causes réunies avaient agi longtemps à l'avance et ouvert la voie. Des historiens impliquent, parmi ces causes, *la Renaissance* elle-même ; nous n'oserions aller jusque-là ; du moins, pouvons-nous dire que l'esprit littéraire, en France, tout en faisant un grand pas à cette époque, y fut très dévoyé et concourut à cette préparation. François Ier, dit un historien ecclésiastique (¹), pour propager, dans son royaume, la culture des sciences et des lettres, y attirait de toutes parts les étrangers dont on lui vantait les connaissances et les talents. Profitant d'une occasion si favorable, Luther, Mélanchton et Zwingle lui adressèrent des écrits artificieux, et lui envoyèrent ceux de leurs humanistes qui excellaient principalement dans la littérature, la connaissance des langues, et l'art de la dialectique.

1. Rivaux, *Hist. de l'Église*, p. 41.

A la faveur du grec et d'un peu d'hébreu, ces étrangers, à force de jactance, passèrent pour des prodiges de doctrine, s'insinuèrent chez quelques personnes de qualité, prirent un ton d'oracles, et interprétèrent d'une manière toute nouvelle l'Ancien et le Nouveau Testament, leur donnant adroitement le sens favorable à leurs erreurs, et le disant conforme au texte grec ou hébraïque qu'ils avaient perpétuellement à la bouche, au lieu de la Vulgate qu'ils affectaient de mépriser.

D'autre part, Marguerite de Navarre, sœur de François Ier et grand'mère de Henri IV, auteur de quelques poésies assez légères, ayant voulu pénétrer dans les profondeurs de la religion, sa témérité lui donna de l'attrait pour les nouvelles doctrines. Les novateurs en profitèrent habilement. A l'aide de quelques-uns de leurs livres, dont ils lui firent hommage, et sous les noms spécieux de pur Évangile, d'adoration en esprit et en vérité, de foi dégagée de superstition, ils parvinrent à lui inspirer de l'aversion pour la plupart des pratiques de l'Église romaine. Marguerite finit cependant par ouvrir les yeux, et revint de son égarement; mais Jeanne d'Albret, sa fille, mère de Henri IV, alla plus loin et ne revint jamais.

Déjà, les faits précédents nous ont montré le principe protestant faisant quelque bruit à Paris, où il s'incarnait dans Calvin ; celui-ci, à la vérité, fut obligé de fuir ; mais, du fond de son exil, il envoya en France quelque chose de ses principes ; et puis ses leçons, à Strasbourg, formèrent, dans les exilés qui les suivirent, des apôtres de sa doctrine en France. Calvin appropria d'ailleurs le principe protestant à l'esprit français, et ce ne fut jamais que sous cette forme qu'il prit quelques disciples chez nous. Du reste, bien que le protestantisme fût proscrit, il fallait qu'il eût à la cour un écho déjà puissant, pour que Zwingle et Calvin osassent dédier à François Ier leurs livres, et pour que ce prince en acceptât l'hommage.

Une autre cause fut l'esprit gallican qui aboutit, sous Henri II, à une grande opposition au concile de Trente, comme nous l'avons vu. — Toutefois le protestantisme, qui fermentait tout autour de la France, et qui l'avait traversée pour gagner l'Angleterre, n'y était pas encore, et il semble qu'il *cherchait à la cerner.*

II. *Invasion du Calvinisme en France.*

Les premières tentatives du protestantisme furent tout à fait partielles et clandestines ; c'est à Meaux que se tinrent ses premières assemblées, composées d'abord du petit peuple. C'est dans cette première période que Calvin, proscrit, lança de Suisse en France ses écrits. Toutes ces tentatives furent sans cesse étouffées par le pouvoir civil et l'autorité religieuse ; elles durèrent à peu près de 1525 à 1555. Théodore de Bèze se fit l'apôtre du calvinisme en France, apôtre léger et licencieux d'un culte rigide et glacé. La seconde période dura de 1555 à 1557 ; le calvinisme prit alors une consistance dans des assemblées tenues à Paris, assemblées encore clandestines, mais déjà plus populeuses, et composées de personnages plus marquants. En 1558, on vit, au Pré-aux-Clercs, des rassemblements composés de quelques milliers d'hommes qui chantaient ensemble les psaumes de Marot ; le prince de Condé et le roi de Navarre, père de Henri IV, étaient dans ces réunions.

Cependant, comme le parti protestant commençait à devenir menaçant et à faire du tapage, le Parlement condamna les Huguenots ; un de ses membres, Anne Dubourg, prêtre apostat, qu'on s'étonne de voir dans une assemblée publique de France à la fin du moyen âge, défendit les protestants, et fut lui-même condamné par le Parlement ; mais le président Minard, un de ses juges, fut menacé par lui et assassiné le même jour par les Huguenots ; la guerre était désormais allumée.

III. *Formation et première rencontre des partis dans la conjuration d'Amboise.*

L'histoire du calvinisme devint politique et s'envenima par la combinaison des haines politiques avec la division religieuse ; et ainsi la guerre devint à la fois politique et religieuse. Nous ne donnerons pas ici tout au long la nomenclature de la composition des partis ; tout ce qu'il nous importe de savoir, c'est que la France était divisée en trois partis : — 1) *Les Huguenots, représentés par la famille des Bourbons*, et ayant pour chefs Antoine de Bourbon, roi de Navarre et père de Henri IV, et Louis de Bourbon, prince de Condé. Nous trouvons, dans ce parti et parmi les Huguenots, Odet de Châtillon, évêque de Beauvais, cardinal à 20 ans, puis apostat ; celui-ci était la tête ecclésiastique du parti, et les calvinistes n'eurent garde de révéler sa corruption. — 2) Les *catholiques, formant la masse de la nation*, et ayant à leur tête les princes de Lorraine, Charles III, duc de Lorraine, et François de Lorraine, duc de Guise. — 3) Les *politiques ou mixtes*, voulant accorder les deux autres partis par des transactions réciproques, et comptant des membres dans les deux camps ; et, parmi ceux-ci, la famille de Montmorency, Anne de Montmorency surtout, qui était d'ailleurs très catholique et très fidèle au roi.

Les Huguenots formèrent le complot d'assassiner les Guise et d'enlever le roi François II, à Amboise. Les catholiques découvrirent le complot, attirèrent les conjurés à Amboise, tuèrent leur chef et la plupart d'entre eux. A la suite de cette conjuration, le cardinal de Lorraine, alors au pouvoir, poursuivit les sectaires, et voulut établir contre eux une inquisition que Michel de l'Hospital eut le tort d'entraver. Le prince de Condé, condamné, ne dut son salut qu'à la mort de François II, et releva son parti. Si l'inquisition avait pu être établie, on évitait ces longues guerres de religion et, *en versant un peu de sang coupable, on évitait une longue effusion de sang innocent*, ce qui n'empêcha pas le sang coupable de couler aussi. C'est alors que les protestants de France reçurent le nom de *Huguenots*, dérivé du mot allemand Eidgnoten, qui signifie confédéré, et qu'avaient adopté les réformés de Genève, en mémoire de leur serment secret de se soutenir réciproquement contre les autorités civiles. Dès lors aussi, la haine s'envenima, et la guerre s'ouvrit, comme en France toute guerre, par des satires et des chansons.

II

I. *Doctrine catholique et française sur la tolérance de l'hérésie.*

Déjà nous avons développé cette thèse ; il est bon d'y revenir ici, car les guerres dont nous allons parler ont servi d'occasion, plus que tout autre fait, au reproche d'intolérance fait à l'Église. Nous n'avons pas à transiger avec le préjugé moderne, et nous devons nous résigner à accepter le reproche d'intolérance, en expliquant notre conduite. Nous avons exposé plus haut la doctrine catholique sur les rapports de l'Église et de l'État ; or, cette doctrine, qui fait partie du dépôt de la Tradition catholique, avait son application en France dans les événements qui nous occupent, et l'*intolérance* de l'hérésie — si l'on tient à ce mot — était *un des principes de la constitution française.* A ce motif fondamental s'adjoignaient des motifs secondaires, que les historiens catholiques modernes mettent en première ligne et que je rejette au second plan ; ces motifs sont : — 1) Le caractère propre du protestantisme qui est d'être un dissolvant, particulièrement efficace, de tout ordre et de toute autorité ; — 2) le fanatisme des Huguenots, poussé jusqu'au meurtre et à la révolte ; la félonie et la traîtrise, qui les portait à chercher le secours des protestants allemands contre leur propre patrie.

L'intolérance et les agressions des Huguenots, soit pendant le cours des guerres de religion, soit même avant que les catholiques n'eussent pris les armes, ne laissent à la réforme aucun droit de se plaindre des massacres de Vassy et de la Saint-Barthélemy, et devraient détourner sur la tête des Huguenots l'hypocrite indignation des libéraux modernes qui n'accusent que le catholicisme.

II. *Concessions malheureuses du pouvoir royal, et audace croissante des Huguenots.*

Les Huguenots menaçaient la religion et le trône ; or, déjà ils étaient puissants. Le seul moyen de sauver le pouvoir, était la force ; et il était urgent d'en user, la conjuration d'Amboise venait de le prouver. Malheureusement, Catherine de Médicis, qui régnait pour ses enfants, adopta un système de transaction et de soi-disant équilibre, dont l'effet n'est que trop connu dans notre siècle. Sa première concession fut l'édit de Romorantin qui, sur la suggestion de Michel de l'Hospital et contre le désir du cardinal de Lorraine, empêcha l'établissement de l'inquisition. Bientôt, on alla plus loin encore : le roi décréta, dans l'assemblée de Fontainebleau, la suspension de toute poursuite juridique contre les Huguenots pour affaire religieuse, et promit la convocation d'un concile national pour l'abolition des abus ecclésiastiques. Il faut remarquer qu'on était alors en 1560, et dans l'intervalle de la deuxième à la troisième assemblée du concile de Trente, auquel Henri II avait fait tant d'opposition, et qui avait travaillé et s'annonçait comme devant travailler encore à l'abolition de ces abus.

Tout en faisant des concessions dans l'ordre politique, on s'imaginait que la discussion verbale trancherait les difficultés. Le *Colloque de Poissy* fut assemblé dans ce but de soi-disant pacification ; c'était une réunion de docteurs des deux sectes ; Lainez, général des jésuites, représentait les catholiques ; Théodore de Bèze, les calvinistes. Dans cette assemblée, le catholicisme triompha, au point que le Parlement en prit occasion pour établir les jésuites à Paris. Mais le résultat général fut nul. Les Huguenots n'en continuèrent pas moins d'exiger, et le pouvoir d'accorder des concessions.

III. *Représailles des catholiques dans l'affaire de Vassy, et guerre de religion.*

Les Huguenots n'avaient obtenu l'autorisation de pratiquer librement leur religion et de tenir leurs assemblées hors des villes, qu'à la condition de s'abstenir de toute violence contre les catholiques. Mais, loin de tenir à leur parole, et abusant de la tolérance dont eux-mêmes bénéficiaient, les Huguenots devinrent plus audacieux que jamais, tuèrent prêtres et moines, abattirent les églises, troublèrent les catholiques, et introduisirent de force les passants dans leurs prêches. Indignés de ces procédés, blessés dans leurs convictions, les catholiques se levèrent contre eux. Une dispute, survenue entre les gens du duc de Guise et les Huguenots réunis dans une grange à *Vassy*, donna le signal de la lutte. Le duc, accouru pour rétablir l'ordre, fut blessé ; ses gens, irrités, massacrèrent 60 Huguenots. Les Calvinistes se plaignirent de cette violation du traité de 1562 et, sous la conduite du prince de Condé, commencèrent la guerre.

Que le *massacre de Vassy* ait eu le *caractère de représailles*, c'est ce que prouvent les historiens ; mais ce que ne disent pas les ennemis du catholicisme, c'est que les catholiques furent poussés à se défendre par les excès, les persécutions et les assassinats des Huguenots. L'affaire de Vassy, peu importante en elle-même, ne fut pour les protestants qu'un prétexte pour partir en guerre contre le catholicisme.

IV. *Triple guerre entre les Catholiques et les Huguenots.*

La guerre civile s'alluma donc, conduite par le prince de Condé, contre les catholiques ; les Huguenots s'emparèrent des villes, versèrent partout des flots de sang ; le baron des Adrets surtout se distingua parmi les massacreurs ; sans doute il y eut aussi des excès parmi les catholiques, et le contraire eût été étonnant ; mais enfin l'Église n'en saurait être rendue responsable. La victoire demeura au duc de Guise et aux catholiques ; mais au moment de couronner ses victoires par la prise d'Orléans, le duc de Guise fut assassiné par Jean Poltrot que le chef des protestants, le fameux Coligny, avait soudoyé. C'est alors que fut signée la paix qui accordait aux Huguenots la liberté de conscience, l'exercice public de leur culte dans plusieurs villes, le droit de remplir des charges dans l'État.

La paix dura quatre ans. En 1567, un nouveau complot des Huguenots contre le roi, ralluma les hostilités ; une

grande bataille fut livrée à Saint-Denis, et la victoire resta
encore aux catholiques, mais elle coûta la vie à Anne de
Montmorency. C'est alors que fut signée la paix *boiteuse ou
malassise* en 1568.

La guerre civile se renouvela pour la troisième fois sous
Pie V ; et nous avons ici l'expression de la pensée de l'Église
sur le principe de tolérance, dans la conduite de Pie V qui
excita et aida à la guerre. De nouveau, les Huguenots furent
vaincus, dans la journée de *Jarnac*, et perdirent léur chef, le
prince de Condé. Mais Jeanne d'Albret ayant amené à
l'armée des Huguenots Henri de Béarn, fils du feu roi de
Navarre, et lui-même Huguenot, ses coreligionnaires le proclamèrent roi sous le nom de Henri IV ; les catholiques ne
voulurent pas le reconnaître, et le nommèrent avec mépris
Le Béarnais. Sous son commandement, les Huguenots furent
tantôt vainqueurs, tantôt battus par les catholiques ; enfin, la
paix fut faite de nouveau et, comme toujours, de nouvelles
concessions furent accordées aux Huguenots ; une législation fut établie en leur faveur, et on leur céda les villes
de La Rochelle, Cognac, la Charité, Montauban. Saint
Pie V déplora ces concessions, d'autant plus inexplicables
que le succès n'avait pas cessé de couronner les armes
royales.

V. *Affaire de la Saint-Barthélemy et nouvelles hostilités
dont elle est le signal.*

Il n'est pas besoin d'insister, pour rappeler combien ce fait
du massacre de la Saint-Barthélemy est devenu célèbre. Il
y a bien eu un massacre, c'est vrai : mais l'Histoire en rapporte de plus grands dont on a fait moins d'éclat. Ce sont
les philosophes du XVIIIe siècle qui lui ont donné cette
célébrité, Voltaire surtout. S'ils ont choisi ce fait entre plusieurs autres, que nous ne faisons pas difficulté d'avouer,
c'est sans autre fondement que le besoin de localiser leur
indignation sur un fait, et de jeter à la foule un nom qui fût
matière à indignation. — Voici les faits, séparés de toute
discussion. L'audace des Huguenots, par sa recrudescence,
effraya Catherine de Médicis et le roi Charles IX qui, le

24 août 1572, ordonnèrent le massacre des principaux chefs huguenots, surtout de Coligny. Les ordres furent exécutés dans Paris et au dehors ; le sang huguenot coula dans toute la France. Tel est, en peu de mots, le thème sur lequel on a construit tant de romans et de drames, injurieux pour l'Église et fantastiques au point de vue de l'Histoire.

Indiquons maintenant, sans les développer, les éléments de la discussion. En mettant les massacres au degré de dureté qu'on leur a prêté, les Huguenots avaient fait beaucoup plus encore, et mérité un plus grand châtiment ; le moyen dont on usait contre eux, bien que violent, s'expliquait, s'il ne se justifiait, par l'accroissement terrible de leurs forces qu'on ne pouvait réprimer pacifiquement.

De quelque côté que soient venus les ordres, une notable partie du massacre revient au compte de la réunion populaire qui dut outrepasser ces ordres, et des haines privées qui profitèrent du tumulte pour s'exercer ; car nombre de catholiques furent tués. Il est historiquement prouvé que *les ordres vinrent de la reine et du roi,* et que le pape et les évêques furent complètement étrangers à la décision. Le motif inspirateur de cette décision appartient directement à l'ordre politique, indirectement seulement à l'ordre religieux, pour lequel Catherine de Médicis n'avait pas tant de zèle. Rien ne prouve non plus que ce fût un attentat, car bien des historiens pensent qu'il s'agissait de déjouer une vaste conspiration. Enfin, toujours d'après les historiens, le nombre des victimes a été singulièrement exagéré. Du reste, le résultat général fut nul pour la religion et même pour l'État. Les calvinistes se levèrent, reprirent La Rochelle, leur boulevard, qui toutefois résista et ne se rendit qu'à la condition d'avoir la liberté du culte catholique. Puis la guerre continua sur d'autres points.

III

I. *Formation et principe de la Ligue.*

Henri III était avec les catholiques ; mais son indolence et ses ridicules débauches avec les *Mignons*, laissaient tout en péril. En même temps, Catherine de Médicis continuait à transiger et, après chacune de ses victoires, à rendre aux Huguenots les privilèges et l'existence légale qu'on leur avait enlevés. C'est par indignation pour cette conduite du pouvoir, par opposition à ces transactions, et pour le maintien de la foi et de la constitution, que se forma une vaste union qui prit le nom célèbre de *Ligue*. Elle prit naissance à Péronne, et la Picardie en fut d'abord le centre ; elle élut pour chef Henri le Balafré, duc de Guise. Son principe était la *défense de la foi et du trône*. Elle fut l'incarnation du droit de défense des traditions religieuses et nationales, et une des grandes manifestations de la soi-disant intolérance du moyen âge ; aussi eut-elle pour elle l'*appui et l'autorité* du pape Sixte V. Organisée en dehors de l'initiative royale, elle était loin d'être une révolte ou un empiétement ; au contraire, elle soutenait le trône, et Henri III, bien qu'il ne s'en souciât pas personnellement à cause de son indolence, ne put se dispenser de l'autoriser, même de se mettre à sa tête ; Philippe II, roi d'Espagne, la protégea aussi. Tout le travail de la Ligue tendait à empêcher Henri IV le Béarnais — le Biarnois, dit la satire Ménippée — d'arriver au trône. — La satire Ménippée ou Catholicon d'Espagne, critique et les Huguenots et la Ligue ; elle paraît avoir été composée par le tiers parti des politiques ; elle se rattache à la *Guerre d'Epigrammes* dont nous avons parlé.

II. *Guerre des Trois Henri.*

Henri III, roi de France, Henri de Guise, chef de la Ligue, Henri de Navarre entrèrent alors en lutte. Henri, duc de

Guise, ayant conquis toute l'influence que le roi ne savait conserver, Henri III fut obligé de quitter Paris, tant sa lâcheté l'avait rendu impopulaire. Pour se venger, il fit assassiner le duc de Guise, dont la mort affaiblit le parti catholique ; mais lui-même fut bientôt assassiné. C'est alors que les abus se multiplièrent dans tous les partis, le régicide fut érigé en doctrine, le meurtre se multiplia. Cependant, Henri de Béarn s'avançait sous les murs de Paris ; il prit le titre de roi, et commença à conquérir le royaume qu'il revendiquait comme sien.

III. *Abjuration de Henri IV.*

Le Béarnais investit Paris, et le siège que soutint alors cette ville est aussi célèbre que la générosité dont fit preuve Henri IV. La ville repoussa l'armée du *Béarnais*, malgré une famine affreuse qui décimait la population ; toute la cité, les États généraux, le duc de Mayenne en tête, se montrèrent résolus à mourir plutôt que d'accepter un roi huguenot. Henri IV, touché, parlait de se convertir, et négocia bientôt cette grave question avec Rome ; en même temps, il se faisait instruire à Suresnes par Duperron, devenu plus tard cardinal. Il fit enfin son abjuration à Saint-Denis, entre les mains de l'archevêque de Bourges. On a suspecté cette conversion qui ne semblait dictée que par un motif politique. Les raisons de croire à sa sincérité sont : d'abord le caractère impartial et l'influence de Duperron comme savant ; la confiance du Saint-Siège ; le caractère personnel et la conduite subséquente de Henri IV qui, avec son esprit très français, avait prévu ces délicatesses ; les difficultés politiques que cette conversion n'écartait pas, et celles que cette conversion même créait du côté des princes étrangers protestants ; enfin l'adhésion du duc de Mayenne, chef de la ligue, et son amitié pour le roi.

IV. *Agrément du pape à la conversion de Henri IV, et raisons qui expliquent l'attitude diverse du Saint-Siège vis-à-vis de la Ligue.*

Assurément, le Saint-Siège ne pouvait que se prêter à l'abjuration de Henri IV, et, à bien peser tous les éléments de cette affaire, il se conduisit selon sa mission, qui est de recevoir l'hérétique pénitent. Sans doute, cette question de la conversion de Henri IV était liée à une autre affaire très délicate; mais cette dernière, qui concernait la légitimité du roi, se trouvait, elle aussi, dans la circonstance, examinée et, au moins indirectement, tranchée par le Saint-Siège : Si Henri IV se convertissait, il était *roi légitime*. La question de sincérité était l'affaire personnelle du roi ; on s'assurerait d'autre part de tout ce qui était du domaine public, en exigeant de Henri IV la défense de l'Église.

Nous savons d'ailleurs que Sixte V commença par s'opposer vivement à l'avènement de Henri IV ; il l'excommunia et protesta contre la ratification de son avènement par la République de Venise. Mais, lorsque le roi eut remporté des victoires et parlé de conversion, Sixte V l'accueillit. A son tour, Clément VIII, ayant succédé à Sixte V et voyant Henri IV faiblir de nouveau sur la question de sa conversion, eut quelque hésitation à son égard. Sans doute, le Béarnais, par sa naissance, avait droit au trône ; mais il en était exclu comme protestant. S'il était demeuré hérétique, le pape l'aurait toujours rejeté, malgré ses victoires. Mais, au moment où Henri IV prétendait au trône, le désordre était grand, et il était à désirer qu'on y remédiât définitivement ; or, le seul moyen c'était la conversion de Henri IV ; les espérances que l'on fondait sur cette conversion furent la règle de la conduite du Saint-Siège ; les deux papes Sixte V et Clément VIII en donnèrent la formule ; et nous avons ici une nouvelle preuve du droit d'intervention de l'Église dans les affaires mixtes.

Henri IV converti, la ligue n'avait plus de raison d'être et devenait une révolte ; aussi ses chefs l'abandonnèrent-ils, et elle fut condamnée par le Saint-Siège ; elle tomba d'ailleurs dans le discrédit, parce qu'à son premier esprit, qui était très louable, elle substitua la *haine politique*. Dès lors, une fusion se fit entre les *ligueurs pervertis et les politiques*, *même les Huguenots*, et l'opposition se continua contre Henri IV.

V. *Protection donnée à l'Église par Henri IV, pendant la fin de son règne.*

Dès sa conversion, le roi voulut se conduire en vrai catholique ; il entretint les meilleures relations avec le pape, et défendit les droits du Saint-Siège sur le duché de Ferrare. De son côté, le Souverain-Pontife aida le roi à terminer par le traité de Vervins la guerre avec Philippe II d'Espagne qui s'était montré hostile à Henri IV, même après sa conversion ; et c'est ici la vraie fin officielle des guerres de la Ligue.

On a reproché à Henri IV son mariage avec une huguenote ; mais on peut rapprocher la violence que le roi affirma avoir subie pour contracter ce mariage, de l'inclination qu'il manifesta pour le catholicisme, et en conclure à la sincérité de sa conversion ; ce qui permit à l'Église d'annuler ce premier mariage, et à Henri IV d'épouser Marie de Médicis. — Henri IV d'ailleurs défendit l'Église, rétablit les jésuites que le Parlement avait expulsés, comme suspects d'avoir trempé dans le régicide de Jean Chastel. Un fait dont l'esprit a été controversé, c'est l'*Edit de Nantes* (1598) qui accordait en tous lieux aux calvinistes le libre exercice de leur religion, l'admission au Parlement de Paris, la formation de chambres spéciales dans les Parlements de Grenoble et de Bordeaux, l'autorisation de réunir des synodes, la création de plusieurs universités. Il fallut une grande sévérité pour faire enregistrer un décret si nouveau, et le ressentiment des catholiques fut entretenu par la persévérante intolérance des calvinistes ; l'assassinat de Henri IV, le 14 mai 1610, se rattache d'ailleurs à ces sourdes et implacables haines.

IV

FAITS PRINCIPAUX DANS LA SUITE DE L'HISTOIRE
DU PROTESTANTISMÊ EN FRANCE.

I. *Fin de la lutte par la prise de La Rochelle.*

Les Huguenots furent épargnés sous la régence de Marie de Médicis, durant la minorité de Louis XIII. Mais le vigoureux cardinal de Richelieu changea complètement de système à leur égard, lorsqu'il vit qu'il n'y avait pas de paix durable à attendre de la mauvaise foi et de l'esprit de révolte des calvinistes, plus que jamais irrités soit par le mariage de Louis XIII avec l'infante d'Espagne, soit par la restitution des églises faite aux catholiques. La prise de La Rochelle, dernier rempart des calvinistes, abattit entièrement leur parti politique, et termina enfin cette lutte sanglante de 70 ans. Aussi, les calvinistes demeurèrent-ils tranquilles, même sous la minorité de Louis XIV ; et, peu à peu, un grand nombre d'entre eux furent-ils ramenés au catholicisme par le zèle d'une génération d'évêques et de prêtres sortis de l'École de saint François de Sales et de saint Vincent de Paul.

II. *Révocation de l'Edit de Nantes.*

Cependant, la liberté des calvinistes demeurés dans l'hérésie fut de plus en plus restreinte, jusqu'au moment où Louis XIV, persuadé que leur persévérance était pur entêtement et opposition politique, et entraîné par les conseils du chancelier Le Tellier, *abolit l'Edit de Nantes* (18 octobre 1685), et le remplaça par 12 autres articles. Cette mesure, sinon absolument arbitraire, du moins imprudente et d'une *rigueur excessive*, bien qu'elle soit en elle-même un acte catholique et logique, exaspéra les calvinistes, poursuivis d'ailleurs par les violentes mesures de Louvois et les missionnaires éperonnés qu'il leur envoya (*dragonnades*) pour les convertir. Il en résulta l'émigration immédiate de 77 mille calvinistes qui se retirèrent en Angleterre, en Hollande, en Danemark, et surtout dans le Brandebourg. Nous connaissons d'ailleurs la lutte pacifique de Bossuet contre le protestantisme, et nous n'en parlons ici que pour mémoire.

III. *État du protestantisme en France, depuis le XVIIᵉ siècle jusqu'à nos jours.*

Depuis le XVIIᵉ siècle, le protestantisme s'est fixé dans quelques provinces et quelques villes, Montauban, Nîmes, La Rochelle ; mais il y est resté localisé, et à l'état d'exception, de parti, de caste. De plus, il s'y est perpétué sans sympathie dans le pays même qu'il occupe ; toute sa vie lui vient de l'étranger, sa sève n'est pas puisée dans le sol français, et il subsiste d'importation continuelle. Il est comme un rameau du protestantisme de Genève, enté sur un tronc qui ne lui fournit que le rebut de sa sève ; et ceci est tellement vrai que, dans une grande nation comme la nôtre, il n'a pas de caractère propre, mais il emprunte celui de Genève où il a son centre virtuel. Du reste, c'est ici surtout, et plus que dans les autres pays, qu'il porte cette note commune au protestantisme, la haine et le combat, la *protestation perpétuelle* qui est toute sa vie ; et ce caractère est plus accusé encore en France, en raison de sa proximité avec l'élément catholique, et de la pénétrabilité réciproque des deux sociétés, la catholique et la protestante, sans cesse en présence.

L'esprit moderne, la société moderne, ont été pervertis par les infiltrations du protestantisme ; les objections qui courent les rues viennent de lui ; ce qu'on appelle les *principes modernes* sont ses principes. Si, maintenant, nous examinons le clergé de France, nous constatons que la grande place occupée par les discussions du protestantisme, depuis les guerres huguenotes, ont dévoyé l'enseignement ecclésiastique chez nous. Pour combattre avec les protestants sur leur propre terrain, on abandonnait provisoirement et hypothétiquement l'*argument de tradition*, et on donnait toute la place aux arguments d'Écriture et de raison, séparés, pour la même raison, du sens traditionnel. Ces arguments, ainsi employés, n'avaient, dans l'intention des premiers polémistes, que le caractère d'*arguments ad hominem*, et les premiers qui les employèrent savaient que ce n'était que cela, et avaient conservé, tout en ne s'en servant pas, la notion de la valeur du sens traditionnel. Mais leurs élèves, les entendant insister sur ces arguments, et n'étant pas prémunis contre le danger, s'y trompèrent. Les élèves devinrent maîtres à leur tour, et l'*argument ad hominem* devint la *méthode d'enseignement*.

Le rationalisme arriva ; il fallait de même le combattre sur son terrain, abandonner provisoirement le terrain de la foi, passer sur celui de la raison pure et de la science humaine. L'enseignement ecclésiastique rapetissé, rendu puéril d'une part, dévoyé de l'autre, la science sacrée fut abandonnée, et le clergé exploita surtout les sciences humaines. La perte de la foi dans le peuple fut la conséquence nécessaire et logique de la perte des sciences ecclésiastiques dans les pasteurs. C'est une raison pour nous d'y revenir ; c'est le seul remède au mal du temps. La vraie nécessité de la science sacrée, dans les prêtres, n'est pas l'honneur du corps, c'est la vocation à l'apostolat, et la vertu exclusive des vérités chrétiennes à convertir et à sauver le monde.

CHAPITRE IX

Reconnaissance politique du protestantisme en Europe.

Nous avons vu le protestantisme travailler les différentes nations d'Europe. Les diverses histoires de l'invasion du protestantisme dans chacune de ces nations, sont comme les *éléments particuliers* de l'*Histoire générale du protestantisme ;* éléments qu'il faut réunir, par la synthèse, pour voir, au-dessus de ces faits partiels, un seul grand fait : le *Protestantisme ;* ou, mieux, c'est la même question, posée de divers côtés, sous diverses formes ; et il faut une *solution générale.*

Du côté de *l'Église,* la solution générale ne pouvait tarder ; elle fut donnée aussitôt que la question fut complètement posée ; elle consista en la *réprobation du principe protestant, au concile de Trente.* Cette réponse s'appliquait à tous les protestantismes, et l'Eglise étant infaillible, elle était nécessairement le vrai remède général.

Du côté du *pouvoir politique,* la vraie solution était *l'adoption de la doctrine du concile de Trente.* Mais la politique tendait, depuis les dernières années, à se séparer de l'Eglise ; elle voulut résoudre la question par ses propres lumières et donner sa réponse à elle. Elle tâtonna quelque temps, et offrit des solutions particulières, provisoires et incomplètes ; mais enfin elle fut obligée de résumer et de synthétiser ces solutions dans un grand acte, le traité de Westphalie ; mal-

heureusement elle fit fausse route et couronna ainsi son
œuvre néfaste.

I

TENTATIVES D'UNION FAITES PAR LA POLITIQUE ENTRE L'ÉGLISE
ET LA RÉFORME.

L'histoire de ces tentatives, c'est l'histoire des transactions
d'un pouvoir civil, chrétien dans l'intention, mais qui, s'étant
émancipé de la direction de l'Eglise, suit une tactique opposée à celle de l'Eglise et fondée sur un principe contraire.
L'Eglise ayant réprouvé le protestantisme, il fallait le
réprouver. On compromet tout en transigeant avec lui ; en
même temps, le résultat est nul et l'union ne se produit
pas ; elle ne pouvait se produire par ce moyen, puisque
l'Eglise est infaillible et que la foi définie est indivisible. Et
il est heureux que ces transactions aient échoué, car elles
auraient eu des dangers, si elles avaient atteint leur but,
puisqu'elles étaient attentatoires. Cette politique de transactions crée un nouveau genre de rapports, et inaugure le
système moderne.

I. *Concessions malheureuses de Charles V au protestantsime,
en Allemagne.*

Charles V était catholique, d'intention et de conduite ;
mais la réunion des deux partis fut l'illusion de sa vie. C'est
dans ce but qu'il fit au protestantisme les concessions dont
nous avons parlé précédemment, et par lesquelles il lui
accordait d'abord la liberté, puis une existence légale, enfin
des privilèges, et suspendait l'exécution des lois ecclésiastiques. Ainsi, l'*Intérim* ; ainsi, la *demande* faite au Concile
de Trente de ne pas s'occuper des questions doctrinales ;
enfin, ainsi, pour couronner toutes ces concessions, la *paix
publique de Passau*, qui accordait aux protestants la liberté
de conscience, l'égalité des deux religions devant la loi, et
adoptait en principe les conclusions d'une diète où l'on devait

réunir des protestants et des catholiques en nombre égal, pour régler la situation..

Plusieurs tentatives furent faites pour réunir et réconcilier les deux partis, entre autres la conférence de Worms, en 1537, où l'on ne put s'entendre, faute de point commun ; puis, la conférence de Thorn, en Pologne, en 1645 ; les termes de la convocation de cette dernière sont remarquables, ils montrent que les catholiques ne voulurent rien céder, sûrs qu'ils étaient de leur foi ; et l'on se sépara plus irrité et plus divisé que jamais. Divers ouvrages furent composés dans le même but de rapprochement ; mais leur succès fut médiocre.

A l'Allemagne il faut rattacher la Hollande ; mais, dans cette dernière nation, les concessions tinrent peu de place. Philippe II y fut même vaincu par la réaction qui se souleva contre ses mesures énergiques ; cette résistance n'empêcha pas d'ailleurs le protestantisme de s'implanter dans ce pays.

II. *Transactions croissantes et insuccès des rois de France, dans leurs essais de conciliation.*

Nous avons constaté ces transactions, surtout sous Catherine de Médicis, à propos des guerres de religion et des troubles causés en France par l'apparition du protestantisme ([1]) ; qu'il nous suffise de rappeler ici la faiblesse de Michel de l'Hospital, le *Colloque de Poissy* qui est un véritable essai d'union, l'Edit d'Amboise, la paix de Saint-Germain-en-Laye, l'Edit de Nantes. Ajoutons encore que les concessions appelaient les concessions et, par leur exagération, poussaient les partis à des massacres malheureux, et forçaient le pouvoir à des actes odieux qu'il aurait pu éviter, en prenant le mal en temps opportun.

III. *Faiblesse et abaissement des rois d'Angleterre.*

Dans ce dernier royaume, ce fut le gouvernement qui introduisit le protestantisme ; le pouvoir royal y fut donc coupable d'un crime plus grand que la transaction, bien que l'on usât aussi de ce dernier moyen ; car ceux qui n'étaient

1. V. plus haut le chapitre VIII.

pas protestauts de cœur n'eurent pas le courage de rétablir
le catholicisme. C'est ainsi que Jacques Ier, avant la *Conspiration des poudres*, garda cette politique mitoyenne.
Charles Ier se laissa abattre par elle, détrôner par Cromwell,
et décapiter par la révolution, faute d'avoir arrêté le mal à
son début. Au XVIIe siècle, c'est encore par sa faiblesse que
Jacques II laissa l'Anglicanisme se fortifier, en s'efforçant
de l'accorder peu à peu avec le catholicisme.

II

GUERRE DE TRENTE ANS.

L'historien Darras ne raconte pas les faits de la guerre de
Trente Ans ; il donne pour raison qu'elle appartient plus à
l'ordre politique qu'à l'histoire de la religion ; Alzog n'en
juge pas ainsi, et lui, si sobre de détails sur les faits matériels, s'étend sur le récit de cette guerre à cause de son
importance. Or, cette guerre peut se définir le *dernier effort
des rois catholiques pour conserver au catholicisme le peu de
place dont leurs concessions ne l'avaient pas encore privé dans
l'ordre public, et pour empêcher le protestantisme d'envahir le
reste du terrain politique d'où il était encore exclu.*

I. *Origine de la guerre dans l'attentat des protestants contre
les dernières libertés du catholicisme.*

L'origine de cette guerre est la persécution exercée contre
les catholiques par les protestants qui, en Allemagne,
dépouillaient les fidèles, le clergé, et s'emparaient même des
évêchés. Les protestants s'efforçaient alors de renverser le
dernier mur de l'édifice catholique du moyen âge, en rom-
pant même le traité de Passau dans celles de ses clauses qui
contenaient une obligation pour eux et les forçait à respecter
la liberté du catholicisme. Il faut lire, dans ces historiens, les
détails de ces attentats dans lesquels se trouvèrent compromis des évêques devenus apostats et travaillant à faire
apostasier leurs peuples.

II. *Protection d'abord victorieuse donnée à ces libertés par Ferdinand II.*

Ferdinand II voulut prendre la défense des dernières libertés des catholiques ; il s'unit à la *ligue catholique* d'Allemagne, et défendit, d'abord par son gouvernement, ces libertés menacées plus que jamais. Les protestants se révoltèrent ; Ferdinand II leva une armée, marcha contre eux et les battit. Il n'avait eu d'abord à lutter que contre les protestants des provinces d'Allemagne, c'était la *période palatine* des combats, et il était demeuré victorieux. Bientôt, Christian IV, roi de Danemark, appuyé par Jacques Ier, roi d'Angleterre, vint, à son tour, s'attaquer à Ferdinand ; ce fut alors la *période danoise*, dans laquelle Ferdinand demeura encore vainqueur ; et il profita de ses succès pour rétablir le catholicisme.

III. *Triomphe du protestantisme défendu par Gustave-Adolphe, roi de Suède, et intervention malheureuse de la France en faveur de ce dernier.*

Dans cette nouvelle période, appelée *période suédoise*, Gustave-Adolphe, roi de Suède, protestant acharné et guerrier remarquable, trouva un prétexte pour relever l'honneur du protestantisme ; il obtint des subsides des autres nations, et envahit l'Allemagne. Les victoires successives et brillantes qu'il remporta lui firent ambitionner l'Empire, dignité réservée jusque-là aux princes catholiques ; mais il mourut au milieu de ses succès.

A la mort du roi de Suède commence la *période française* de la guerre de 30 ans. Les généraux suédois continuèrent de tenir la campagne, sans doute, mais ici Richelieu se mit de la partie, pour des motifs de rivalité, contre l'empereur Ferdinand II ; il appuya financièrement et diplomatiquement l'armée suédoise, et la victoire fut longtemps et chèrement disputée ; enfin, Ferdinand II mourut, et le parti catholique demeura considérablement affaibli.

III

TRAITÉ DE WESTPHALIE.

Les princes catholiques, comme la France avec Richelieu, avaient abandonné la cause catholique, en haine de l'empereur d'Allemagne ; de son côté, cette dernière nation, épuisée, soupirait après la paix. Cependant, on se battait encore avec fureur de part et d'autre, lorsqu'on commença à entrer en pourparlers à Munster et à Osnabruck (1645-1648). Après avoir traîné en longueur, les négociations aboutirent enfin à la paix, sous l'influence de la France et de la Suède ; la France y gagna l'Alsace ; la Suède, la Poméranie antérieure, l'île de Rugen, Wismar, Brême, Verden. Les confiscations des biens ecclésiastiques et des couvents attribués aux princes, furent appelées alors pour la première fois sécularisation. Au point de vue religieux, on confirma les paix de Passau et d'Augsbourg ; on établit, entre les partis religieux, égalité de droits, selon la constitution des États signataires du traité, égalité numérique de protestants et de catholiques dans les tribunaux et les députations ; on assimila aux protestants les calvinistes sous le nom de *réformés*. Ces conditions créèrent une législation nouvelle qui enlevait à la nation l'égalité religieuse, privant ici les catholiques, là les protestants, des droits de bourgeoisie et de tolérance ; il s'ensuivit que les habitants de certains pays, par exemple du Palatinat, furent, dans l'espace de 60 ans, à partir de Frédéric III, obligés de changer quatre fois de religion. Le traité devait commencer à recevoir son application le 1er janvier de l'année suivante.

Mais on n'avait nullement fixé les bornes du droit de réformation ; par exemple, on n'indiquait pas jusqu'à quel point les seigneurs pouvaient exercer ce droit, non vis-à-vis de sujets d'une autre religion, mais vis-à-vis de vassaux ayant la même religion que le prince, par conséquent dans leur propre Église. Sans doute, cela ne faisait pas question pour les catholiques, soumis, sous ce rapport, au pape et aux évêques ; mais il en était autrement des partis protestants ; aussi, déclara-t-on que les droits de ces derniers resteraient tels que les trouvait le nouveau traité. La chambre impériale devant être composée d'un nombre égal de catholiques et de protestants, l'empereur seul avait le droit de mettre deux catholiques aux deux places qu'il avait à remplir dans le tribunal, entre les quatre présidents qu'il nommait. Mais les Luthériens protestèrent, insistant pour que la chambre fût divisée en sénats, dans lesquels siégerait un nombre égal de membres des deux religions, toutes les fois qu'il s'agirait d'affaires entre les deux partis. Cette demande fut accordée.

Plusieurs autres mesures contraires aux intérêts de l'Église catholique ayant été arrêtées, le nonce du pape, Fabio Chigi, prit à témoins les représentants des puissances catholiques, qu'il ne s'était aucunement mêlé de ce traité hostile, et n'avait voulu ni le signer, ni le ratifier par sa présence aux conférences. Le pape Innocent X approuva cette protestation, en refusant, dans sa bulle *Zelus Domus Dei*, de reconnaître les articles contraires à l'Église, entre autres la clause qui déclarait nulle toute protestation contre ce traité.

La paix de Westphalie ne détruisait pas seulement la puissance impériale et l'antique lien des divers Etats ; elle ne fondait pas seulement l'influence des puissances étrangères sur les affaires de l'Allemagne, pour y perpétuer le désordre et l'opposition : elle *installait officiellement le protestantisme en Europe ;* elle tendait surtout et réussissait à abolir les droits antiques du catholicisme en Allemagne ; elle donnait à l'erreur le *droit d'enseignement* qui est exclusivement propre à la vérité et qui a été réservé à l'Eglise par Jésus-Christ ; elle mettait sur le même pied l'erreur et la vérité, préparant, pour la société moderne, ce *mélange de principes,* cet abâtardissement des doctrines, qui est la grande cause du malaise et de la crise formidable que traverse l'Europe contemporaine (¹).

1. L'État de la doctrine catholique et de l'enseignement, pendant cette cinquième époque, sera étudié à la fin de la sixième époque ; car nous subissons toujours, depuis le Concile de Trente, l'influence et le contre-coup de la réforme protestante, et la *grande épreuve* se continue.

Voici quelques autres chapitres qu'il conviendrait d'ajouter, pour compléter l'étude de cette Vᵉ époque :

Xᵉ CHAPITRE. *Ordres religieux :* Part des anciens à la lutte ; leurs défaillances ; l'institution et la première période de la *Compagnie de Jésus ;* Sᵗᵉ Thérèse.

XIᵉ CHAPITRE. *Théologie :* Le Molinisme.

XIIᵉ CHAPITRE. *Réaction :* Les Sociniens ; Baius. Mais je renvoie cette question à l'époque suivante.

XIIIᵉ CHAPITRE. *Institutions chrétiennes :* Les congrégations romaines ; les facultés ; les séminaires. Comment ces institutions répondent d'abord au besoin de réforme dénoncé par le protestantisme, puis au besoin créé dans le monde par le protestantisme même.

XIVᵉ CHAPITRE. *Missions :* Amérique, Japon, Chine ; Réductions du Paraguay ; Propagande.

XVᵉ CHAPITRE. *L'Art chrétien.*

XVIᵉ CHAPITRE. *Résumé général.*

SIXIÈME ÉPOQUE

DEPUIS LE TRAITÉ DE WESTPHALIE

JUSQU'A NOS JOURS

1648 A 1815

LES TEMPS MODERNES

LA RÉVOLUTION

CHAPITRE PREMIER

Situation générale de l'Église catholique au seuil des temps modernes.

Ceux qui ont suivi la marche de ces leçons d'Histoire, ont pu voir, qu'à mes yeux, l'étude de l'Histoire ecclésiastique n'est pas une étude de faits, mais une étude de doctrine, l'étude de la *Tradition catholique* en tant qu'elle est appliquée — c'est-à-dire confirmée ou niée, défendue, prouvée ou définie — dans l'ordre des faits. Quiconque comprend cette étude, en saisit nécessairement l'importance, et comprend aussi combien elle suppose la connaissance des *principes* ou de l'*Evangile*, ou de la *théologie*. Dans tous les temps, l'Église étant une société enseignante, les plus grandes épreuves dont elle a eu à souffrir ont été les erreurs doctrinales. Le remède à tous ces maux a été la *doctrine catholique* appropriée aux divers besoins des temps. L'étude de l'Histoire de l'Eglise consiste à voir comment l'Eglise a rempli sa mission qui est d'enseigner la vraie foi, comment le génie de l'erreur s'est comporté dans sa mission infernale qui est d'enseigner l'erreur et de détruire la vérité, comment enfin l'Eglise a triomphé de ce mauvais génie — car elle en triomphe toujours — en appliquant au monde non pas ses divers remèdes, mais son grand et unique remède qui embrasse tous les autres : la foi révélée. Cette application du remède unique exige une connaissance parfaite du remède d'abord en lui-même, c'est-à-dire de la théologie, puis du mal auquel il faut l'appliquer, c'est-à-dire de l'époque où l'on vit. Or, nous, prêtres, nous sommes l'Eglise chargée de cette application ; donc, notre premier devoir est d'acquérir cette double connaissance.

D'une part, nous étudions la théologie, c'est l'essentiel, le remède ; de l'autre, n'oublions pas d'étudier la plaie du malade, c'est-à-dire notre époque et ses lamentables besoins : voilà l'Histoire dont il importe, avant tout, je ne dis pas d'*avoir la science*, on ne la possède qu'après une vie d'études, mais de *comprendre l'esprit*. Nous sommes les médecins de la société ; il faut savoir où est et en quoi consiste le mal du monde moderne. Ceci est *essentiel au prêtre, même au fond des plus obscures paroisses ;* il se passe là des phénomènes qui ne sont explicables que *vus de plus haut et dans l'ensemble* auquel ils se rattachent. Ainsi, les deux grandes plaies du monde moderne, l'esprit raisonneur et l'esprit d'insubordination, existent même au village ; or, le premier est le *rationalisme,* et le second, la *Révolution ;* tous deux s'expliquent par la décadence de l'esprit chrétien qui est un esprit de foi surnaturelle.

D'où viennent ces deux maux ? Du protestantisme, leur source et le point de départ de l'Histoire moderne. Quelle est la méthode adoptée par l'Eglise pour leur appliquer le remède ? C'est ce que nous avons à étudier, afin de rattacher notre travail au sien, et de ne pas agir isolément. Je crois que la grande plaie de la religion, dans la France actuelle, c'est que la science sacrée étant perdue, et l'union avec Rome ayant été rompue, chacun *travaillait isolément,* et n'avait à son service que ses ressources individuelles, pour combattre l'erreur. Or, avec cette méthode, les plus grands talents sont stériles, d'abord parce que l'unité de vues et d'efforts est impossible, puis, parce que la sagesse humaine n'a pas en elle-même la vertu de sauver le monde. Or, c'est par l'étude de l'Evangile, c'est-à-dire des principes catholiques, c'est-à-dire des sciences sacrées, que se rétablira l'unité de formation, de vues et de méthode, et qu'on apprendra ce qui manque au monde et ce qui doit le sauver. De plus, cette étude de l'Eglise dans les temps modernes est la meilleure préparation à la lecture des journaux, des revues, des livres modernes.

I

Tout avait été ébranlé et remis en question par la réforme protestante. L'Eglise était si troublée, qu'on se demandait si le bien, à cette époque, pouvait compenser le mal.

I. *Pertes de l'Eglise du côté des peuples catholiques.*

Nous voyons d'immenses nations arrachées du sein de l'Eglise par la réforme ; presque la moitié de la chrétienté était devenue protestante : l'Allemagne, avec les nations du nord, l'Angleterre, la Suisse, la Hollande. Il y avait, dans le spectacle de ces défections, de quoi ébranler la foi dans les âmes, et faire croire que l'Église avait perdu sa note de catholicité, bien qu'il soit évident, de par l'Histoire, que la catholicité de l'Église n'est jamais absolue que successivement et de droit. Heureusement, une compensation avait été donnée à l'Église, dans l'extension de la foi chez les infidèles par les missions. C'est ainsi que l'Église, stable dans son centre et ses parties principales, change souvent ses bras et ses pieds de place ; là où elle disparaît, s'accomplit la parole de Jésus-Christ : *Auferetur a vobis regnum Dei...*

II. *Situation toute nouvelle et précaire donnée à l'Eglise en face de la société, par le traité de Westphalie.*

Je ne comprends l'Église qu'aux Catacombes ou sur le trône ; le milieu, serait l'Église mise au rang des institutions humaines ; c'est là un milieu, mais l'Église ne peut l'accepter ; et nous avons établi plus haut le principe du droit de l'Église, et de son droit exclusif. Nous avons vu aussi que l'œuvre du traité de Westphalie, c'est la reconnaissance politique du protestantisme établi sur le même pied que le catholicisme. Le *principe de cette clause, cette tolérance* et cette défense de l'hérésie par le pouvoir, sont *inouïs dans le passé* de l'Église ; ils établissent une situation précaire et anormale, la persécution en permanence ; or, tel est pourtant le *point de départ* de toute l'Histoire moderne.

La différence entre la situation de l'Église dans les temps modernes et sa situation dans les temps précédents, c'est que, dans le passé, l'Église a été ou bien *officiellement persécutée*, ou bien *unique religion de l'État*. Le milieu entre ces deux états serait la tolérance, ou l'Église mise sur le même pied que les sectes ; c'est ce qu'on appelle la *liberté des cultes*, introduite par le traité de Westphalie. Or, tel est le principe de l'Histoire moderne, et la source des agitations de notre siècle. En lisant les auteurs modernes, j'ai souvent des défaillances dans ma foi sur ce point, et je me demande si l'état qui se prépare n'est pas celui-là, si le fait des temps modernes ne sera pas de constituer l'Église dans cette nouvelle condition d'existence. Mais le *Syllabus* me rassure et me donne un élément de réponse inattaquable.

III. *Nouveaux horizons ouverts à la science sacrée par les luttes protestantes.*

La controverse protestante fut grandement utile à la science sacrée ; elle provoqua, chez les docteurs catholiques, la création des *traités d'Apologétique*, et la mise en lumière comme la défense de l'argument d'autorité, par la création des traités des *Lieux théologiques*. Antérieurement, on ne trouvait pas, dans les auteurs du moyen âge, ces deux genres de travaux, car alors le dogme n'était pas mis en doute ; c'est ainsi que S. Thomas parle fort peu de l'Église et de son autorité. Arrivent les protestants, et le concile de Trente établit la doctrine sur les points en litige ; plus tard, Melchior Cano fait un des premiers traités *De locis theologicis*. Au moyen âge on n'invoquait pas non plus la *Tradition ;* ceci explique pourquoi S. Thomas est tout à fait rationnel ; c'est seulement après le concile de Trente que l'argument d'autorité ou de tradition fut employé ; même, de nos jours, il a pris une trop grande ampleur, et il serait utile de le fondre dans la méthode rationnelle.

II

CARACTÈRE PARTICULIER DE LA VIE DE L'ÉGLISE
DANS CETTE DERNIÈRE ÉPOQUE.

Selon l'historien Alzog, cette dernière époque se termine au pontificat de Pie IX. Peut-être sommes-nous autorisé à dire qu'elle se termine avec son pontificat et avec le concile du Vatican. Cette époque est plus près de nous, il est donc plus difficile de la juger, parce que, si nous en voyons les sources, nous n'en saisissons pas encore toutes les productions et tous les résultats.

I. *Résumé de l'Histoire ecclésiastique des derniers siècles dans le préambule de la constitution dogmatique* De fide catholica *(3ᵉ session du concile du Vatican).*

Il convenait que l'Église, réunie en concile pour la première fois depuis le concile de Trente, rappelât tout ce qui s'est passé depuis son dernier concile. Or, cet aperçu historique renferme trois choses : 1º l'indication des fruits du concile de Trente, et du remède qu'il offrait au monde ; 2º l'indication de la cause des maux de notre dernière époque ; 3º enfin, l'historique de ces maux. — Nous n'avons, pour le moment, à insister que sur la cause ; elle est indiquée par ces mots du concile : *Acerbum compescere haud possumus dolorem ob mala gravissima inde potissima quod ejusdem sacrosanctæ synodi apud permultos vel auctoritas contempta, vel sapientissima neglecta fuere decreta.*

II. *Compensation et remède que Dieu donne aux maux terribles de l'Église pendant cette période.*

L'Église voyait la conspiration terrible du protestantisme s'étendre au loin, s'agiter beaucoup ; elle pouvait trembler. Mais la vie de l'Église n'est pas seulement une lutte — elle

n'est pas un protestantisme — c'est une vie fructueuse ; et
Dieu allait lui faire produire à elle-même ses moyens de
défense. Il est à remarquer, d'ailleurs, que la production de
ces fruits qui germent dans l'Église, est toute spontanée,
puisque dans son sein les vocations sont libres, et qu'elle
laisse aux organisateurs d'œuvres leur initiative personnelle ;
l'erreur même aide et sollicite leur production.

La première compensation que Dieu allait donner aux
maux de son Église, c'est la *sainteté des pasteurs*, surtout des
Pontifes Romains. La réforme avait donc porté ses fruits,
les prêtres étaient plus vertueux, si vertueux même que non
seulement on n'attaquait plus les mœurs du clergé, mais que
l'on traitait sa haute moralité d'extravagante, précisément
parce qu'elle était sainte, et que l'on combattait le célibat
ecclésiastique. — Une autre compensation non moins
consolante, c'est la *production des œuvres de zèle et de
charité*. St Vincent de Paul, mort en 1660, est le type
de l'apôtre de la charité, et il a, dans la renaissance
religieuse de la France au XVIIe siècle, la plus large
part. Autour de lui se groupent les Bérulle, les Condren, les
Bourdoise, les Olier, les Alain de Solminihac, et tant d'autres
dignes de mémoire dont les noms ne sont jamais prononcés ;
prêtres, laïques, femmes admirables, luttèrent héroïquement
pour tirer la France de l'abîme d'irréligion et de désordre
où l'avaient plongée les guerres civiles. Les Oratoriens furent
fondés, les séminaires prirent naissance, le clergé séculier et
régulier se réforma, les plus grandes et les plus belles œuvres
pour l'instruction religieuse du peuple s'organisèrent. St Vincent de Paul a été, ou le moteur, ou l'un des principaux et
des plus utiles agents de la renaissance religieuse et sociale
de la France au XVIIe siècle. La gloire des institutions de
charité, celle des missions à l'intérieur, lui appartiennent en
propre ; il a une part principale dans la réforme du clergé
séculier, l'œuvre par excellence. Pour le reste, on trouve
partout sa main, son conseil, son exemple. A la même
époque, se fondent le Séminaire et l'œuvre des *Missions
étrangères*, plus tard si florissants ; les missions à l'extérieur

prennent un grand développement ; plus que jamais le caractère de la vie de l'Église, c'est l'*activité*, l'action, tellement que, parmi les ordres religieux, les ordres contemplatifs perdent ou se transforment, tandis que les ordres actifs se développent immensément.

III. *Fruits du protestantisme dans l'ordre politique par la révolution.*

Pour avoir la paix, les princes avaient accordé au protestantisme, non seulement la vie et la liberté, mais encore les droits de l'Église ; ils vont recueillir les fruits de leurs concessions coupables, en perdant leurs propres droits, et en assistant, impuissants, aux révolutions qui bouleverseront leurs États, et à l'émancipation des citoyens qui s'attribueront à eux-mêmes les droits propres aux chefs du pouvoir civil. C'est le principe protestant qui est responsable de cette transformation malsaine ; et si la révolution s'efforce désormais d'envahir toute la ligne du pouvoir, c'est en application de l'idée protestante, destructive de toute autorité, principe de la *souveraineté du peuple* et des prétendus *droits de l'homme.*

La mise en lumière de la doctrine de l'origine du pouvoir dans le peuple, ne serait-elle pas le fruit providentiel des luttes modernes ? Et ne serait-ce pas à cette solution que Dieu nous conduirait par les événements actuels ? Je ne le crois pas, parce que dans toute cette controverse doctrinale, c'est dans la bouche de l'Eglise et non dans celle de ses ennemis, qu'il faut chercher le principe dont l'affirmation sera la solution de la controverse, et c'est ce principe qui est l'arme de l'Eglise contre ses ennemis, c'est sur lui qu'elle insiste. Or, dans les luttes modernes, ce n'est pas sur la souveraineté du peuple qu'elle insiste, là n'est pas son argument ; et ce principe est plutôt, sinon uniquement dans la bouche de ses ennemis. Ce principe de la souveraineté du peuple est d'ailleurs inouï avant la révolution. Peut-être cette question ne sera-t-elle jamais tranchée, car elle n'appartient pas à l'ordre des choses révélées.

Le principe de la révolution est peut-être la plus terrible

forme d'erreur que l'enfer ait produite et puisse produire ; c'est celle qui répond le mieux aux besoins de la nature mauvaise de l'homme, qui le porte à la révolte. C'est celle aussi qui est la plus propre à se répandre ; elle a une force de propagation effrayante et qui agit spontanément et nécessairement, gagnant de proche en proche ; c'est même la seule erreur qui, jusqu'à présent, ait eu quelque chose du caractère de propagande qui est le privilège de l'Eglise ; c'est peut-être parce qu'elle est l'antéchrist. Elle est d'autant plus dangereuse, qu'elle est susceptible de se cacher sous des apparences et des raisons séduisantes, de tromper des esprits généreux et élevés, en faisant appel à des sentiments nobles. Contrairement aux autres erreurs, elle ne s'use pas par l'usage, au contraire, elle prend de la consistance ; les peuples s'habituent à gouverner et à renverser les rois.

IV *Influence du principe protestant dans l'ordre intellectuel et religieux.*

J'ai déjà dit que le principe protestant remplit l'histoire moderne, qu'il s'est infiltré même chez les peuples catholiques, y produisant d'abord des effets secondaires, afin ensuite d'y prendre toute la place. En dehors même des sociétés protestantes, et plus encore dans les sociétés catholiques, auxquelles il a plus de raisons de s'attaquer, il produit dans l'ordre intellectuel et religieux un mouvement continu d'erreur que nous allons décrire.

1° *Relation évidente de paternité entre le protestantisme et les erreurs doctrinales des trois derniers siècles.* — Toutes ces erreurs doctrinales portent un air de famille, et reproduisent, sous diverses formes, les deux caractères principaux que nous avons assignés au protestantisme : 1) *Négation de l'autorité ;* 2) *fausse idée de l'ordre surnaturel.*

1) Les erreurs qui se rapportent surtout au *principe d'autorité* appliqué à l'ordre intellectuel et religieux, sont au nombre de trois et portent bien le caractère du protestantisme. — *a*) Le *philosophisme* ou *rationalisme* [1] : c'est la raison déifiée

---

1. Cf. Darras, *Hist. de l'Eglise*, p. 81. — Nicolas : *Du Protestantisme*, etc., p. 395.

et substituée à la foi qui est rabaissée. Cette erreur est à l'état de tendance, même chez les catholiques de l'école de MM. de Broglie et d'Haussonville, qui détruisent ou atténuent le vrai rôle de la révélation. Rousseau et Voltaire sont les pères de cette erreur si universellement répandue aujourd'hui. — *b*) Le *libéralisme*, qui est l'erreur des enfants de l'Eglise. De l'exaltation de la raison sont écloses tout naturellement les *doctrines libérales* (mot sali) : *respect de l'erreur, droits de l'erreur, abandon du vieux principe d'intolérance et de théocratie, principe de séparation des deux pouvoirs, athéisme politique, expulsion de la religion hors de l'ordre politique*, — formules inouïes et monstrueuses qu'on pose comme des axiomes, idées séduisantes qui viennent de l'abandon des principes et de la science théologique, et qui pullulent dans les livres modernes. — *c*) Le *gallicanisme*, qui est l'erreur des pasteurs, et l'esprit de morcellement dans l'Eglise catholique en Églises nationales, sous le prétexte protestant de liberté vis-à-vis de l'autorité ecclésiastique suprême, bien qu'il ne soit en réalité que du servilisme envers le pouvoir civil.

2) Les erreurs qui se rapportent au *principe surnaturel* et qui en sont ou la négation ou la falsification, sont au nombre de deux. — *a*) Le *jansénisme*, dont l'esprit est très répandu chez nous, en raison de notre caractère porté aux extrêmes, et qui a eu une si fâcheuse influence sur l'état de la religion en France. Le principe du jansénisme, c'est l'exagération de la part de l'élément surnaturel ; et, pourtant, par une autre contradiction singulière, il a produit la négation de cette part dans la critique des miracles. Le principe de souveraineté de la raison conduit directement au laxisme ; mais, chose étrange, il conduit aussi vite et aussi nécessairement au rigorisme, parce que les deux tendances extrêmes sont sans frein et sans conciliation, et que chacun, livré à son sens privé, retranche d'une part, ajoute de l'autre aux obligations de l'Évangile, et crée des lois ecclésiastiques. Ainsi, en France, après le passage du jansénisme, quand on compare le christianisme français avec son archétype conservé par Rome, on les retrouve très différents. — *b*.) Le

naturalisme, qui est un des côtés du jansénisme, très voisin aussi du rationalisme, et qui consiste à expliquer tout effet surnaturel par des causes naturelles, et à diminuer le caractère merveilleux et divin du christianisme, qu'on appelle alors *légendaire* pour en faciliter l'admission. Cette erreur se trouve souvent chez les écrivains catholiques de notre époque.

2° *Caractère radical des erreurs modernes, et affaiblissement du sens chrétien dans les premières nations catholiques.* — Quoi qu'il en soit de la comparaison entre la période moderne et les précédentes, il ne faut pas en exagérer le mal, ni trop s'en effrayer, ni laisser s'affadir le zèle sacerdotal. Mais il est certain que le mal du temps, c'est la diminution du sens chrétien et de la foi. La foi a diminué dans le troupeau proportionnellement et parallèlement à la doctrine dans les pasteurs ; notre remède est donc là ! — Ce n'est pas sans intention que je dis : diminution du sens chrétien dans les premières *nations catholiques ;* elles sont plus malades que les autres ; il y a là, ce semble, une réalisation de la parole de Jésus-Christ : *Auferetur a vobis regnum Dei.* Ceci peut ébranler les âmes encore fidèles, mais faibles, bien que la réponse ne soit pas douteuse. Les erreurs modernes s'attaquent non plus à des branches, mais à la racine de l'arbre : elles ont surtout pour but de nier le *principe même ;* si l'Église triomphe, comme la chose est certaine, tout sera gagné.

3° *Essor extrême et direction irréligieuse du progrès matériel.* — Je dis *extrême,* c'est-à-dire excessif, *exclusif.* Cet essor a pour caractère de détourner l'attention de toute autre chose que de la terre, et d'absorber toutes les facultés ; il a pour privilège d'avoir créé des carrières où la pratique religieuse est impossible. Aussi, dans la voie qu'il suit, produira-t-il nécessairement le mal en la nature de l'homme. Son prétexte étant la civilisation, l'abolition de la barbarie, ses promesses ayant été l'abolition des guerres et la diminution des maux et des incommodités physiques, l'histoire des dernières années est très caractéristique contre lui, car il a abouti à des maux qu'aucune barbarie n'a su produire. N'exagérons pas la haine que l'Église a pour lui, et n'attribuons pas à cette haine d'autre principe que le caractère exclusif du progrès moderne. Le christianisme n'est incompatible qu'avec le mal et ses causes.

V. *Un dernier mot sur le protestantisme moderne.*

1° Deux circonstances remarquables de notre époque sont dignes de fixer notre attention ; je veux parler d'abord de l'état actuel du protestantisme qui, de toutes parts, se déclare *socinien ;* c'est ce qu'on pourrait appeler son *ultimatum ;* c'est comme le mahométisme européen, inévitable conséquence de la réforme. L'autre circonstance, en réalité bien plus importante qu'elle ne paraît l'être d'abord, c'est le fait de la *société biblique.* Quoi qu'on dise de cette inconcevable institution, il me semble cependant lui avoir trouvé un côté qui n'a pas été observé et dont je fais juge le lecteur.

Lorsqu'un roi d'Égypte fit traduire la *Bible* en grec, il croyait satisfaire ou sa curiosité, ou sa bienfaisance, ou sa politique. Et, sans contredit, les véritables Israélites ne virent pas sans un extrême déplaisir cette loi vénérable jetée, pour ainsi dire, aux nations, et cessant de parler exclusivement l'idiome sacré qui l'avait transmise sans tache de Moïse à Éléazar. Mais le christianisme s'avançait, et les traducteurs de la *Bible* travaillaient pour lui, en faisant passer les Saintes Écritures par la langue universelle ; en sorte que les Apôtres et leurs premiers successeurs trouvèrent l'ouvrage fait. La version des *Septante* monta subitement dans toutes les chaires, et fut traduite dans toutes les langues alors vivantes qui la prirent pour texte. — Il se passe, en ce moment, quelque chose de semblable, sous une forme différente. Je sais que Rome ne peut souffrir la société biblique, qu'elle regarde comme une des machines les plus puissantes qu'on ait jamais fait jouer contre le christianisme. Cependant, qu'elle ne s'alarme pas trop. Quand même la société biblique ne saurait ce qu'elle fait, elle n'en serait pas moins pour l'époque future précisément ce que furent jadis les *Septante* qui, certes, se doutaient fort peu du christianisme et de la fortune que devait faire leur traduction, Les apôtres ne sont pas des traducteurs ; ils ont bien d'autres occupations ; mais la société biblique, instrument aveugle de la Providence, prépare ces différentes versions que les véritables envoyés expliqueront un jour, en vertu d'une mission légitime qui chassera le doute de la cité de Dieu ; et c'est ainsi que les terribles ennemis de l'unité travaillent à l'établir.

Malgré cela, cette société biblique repose sur une erreur capitale, car ce n'est point la *lecture*, c'est l'enseignement de l'Écriture Sainte qui est utile. La douce colombe prenant d'abord et triturant à demi le grain de froment qu'elle distribue ensuite à sa couvée, est l'image naturelle de l'Église expliquant aux fidèles cette parole écrite qu'elle a mise à leur portée.

2° On a dit, à propos du protestantisme, qu'il y avait plus de corruption chez les catholiques que chez les protestants. L'homme chrétien, dit M. de Bonald, ne vit pas avec moins de passions que l'homme païen ou mahométan ; peut-être même qu'un plus grand développement de son intelligence et un frein plus présent et plus sévère à sa conduite, rendent ses passions plus industrieuses, plus irritées, et augmentent ainsi la force de son âme en ajoutant à l'activité de ses désirs. Ce serait donc aller contre la nature des choses, que de faire un grief à la religion de ce qu'elle aurait occasionné ; c'est là l'effet de la perversité humaine, d'une liberté plus active, et de l'abus plus funeste d'un bien plus parfait, selon la maxime si vraie : *Corruptio optimi pessima* ([1]).

L'action du christianisme sur le monde moral peut se résumer ainsi : Triompher de la civilisation corrompue du paganisme ; triompher de la barbarie qui vint se jeter en travers de son action régénératrice ; sauver le monde de l'abus des biens dont il l'avait comblé ; lui conserver ces biens et les accroître en dépit de ces abus. Or, c'est là le grand spectacle que nous avons sous les yeux, sans le

1. Nicolas, *Etudes philos.*, t. IV.

remarquer assez, et qui caractérise notre époque de *transition*. Cette crise qui se préparait depuis longtemps a éclaté dans le XVIIIᵉ siècle. A cet instant la société moderne a rasé l'écueil, elle a sombré sous voiles, et disparu quelque temps dans les abîmes ; mais elle portait un hôte divin qui sait commander aux vents et aux flots ; la civilisation a reparu, et si l'agitation se fait encore sentir, si les passions battent les flancs de l'Église, ce n'est qu'un retour factice du danger. La raison chrétienne, la foi catholique, identifiées désormais avec tout ce qu'il y a de vraiment conservateur, de civilisateur, de progressif, prennent de jour en jour le dessus ; et, après tant de preuves de l'action de Dieu, tant de gages de fidélité à ses promesses, éclairés par le passé, confiants dans l'avenir, disons-nous bien avec Pascal : « Il est bon d'être ainsi battu par la tempête dans un vaisseau qu'on sait ne pouvoir pas être submergé ! » Ne nous effrayons pas d'ailleurs des chutes et des écarts qui peuvent se produire chez les fidèles ; les froids des nuits, dit Ozanam, remplacent bien la chaleur des jours sans empêcher l'été de suivre son cours et de mûrir les fruits.

CHAPITRE II

Le Jansénisme.

Dans sa première période, le jansénisme se manifesta dès les années qui précédèrent le traité de Westphalie, et nous sommes obligés, pour en étudier les débuts, de nous reporter aux événements qui ont amené ce traité ; tant il est vrai qu'en Histoire on ne peut tracer de lignes de démarcation absolues entre les événements ; chronologiquement ils rentrent les uns dans les autres ; c'est à l'historien de les classer avec intelligence selon leurs caractères.

I

CAUSES ÉLOIGNÉES DE L'HÉRÉSIE JANSÉNISTE.

I. *Ses rapports d'origine avec le protestantisme.*

Tous les historiens voient dans le protestantisme l'origine du jansénisme, qui s'y trouve comme à l'état de gestation, et dont le germe apparaît à Louvain dès le concile de Trente. 1) Comme le protestantisme, il se rattache au *même mouvement d'erreurs*, au *filon d'hérésies mystiques et morales* qui complètent le cycle des hérésies ; surtout, comme nous le verrons, à ce filon d'hérésies subtiles sur la doctrine du surnaturel, qui est la moelle du christianisme. 2) Il naît de la même *tendance à la réforme du peuple chrétien.* 3) En ôtant

à cette réforme ses conditions essentielles, surtout l'obéissance, il se rattache au même mouvement de révolte contre
l'Église ; non seulement parce qu'il est, comme toute hérésie, une négation formelle de l'autorité de l'Église, mais à
cause des attaques particulières qu'il dirige contre elle, en
niant ou en dénaturant, *ex professo*, quelques-uns de ses
droits, comme l'autorité du Saint-Siège, et l'infaillibilité de
l'Église dans les faits dogmatiques. En sorte que le jansénisme est une des erreurs qui ont amené la définition de
l'infaillibilité du pape, et préparé les matériaux de cette
question.

C'est d'ailleurs à propos du jansénisme surtout, soit
comme reste et traduction française du protestantisme, soit
comme erreur vague et impalpable, qu'il faut faire la
réflexion que j'ai souvent émise : que la forme la plus dangereuse de l'hérésie, c'est celle qui consiste en une tendance
vague et répandue partout sans être visible, accentuée et
saisissable nulle part.

II. *Communauté d'enseignement de ces deux hérésies sur
certains points de la doctrine chrétienne, surtout relative à
l'ordre surnaturel.*

Assurément, le jansénisme est une hérésie moins importante en soi, moins radicale, mais je ne dis pas *moins pernicieuse*, que le protestantisme ; car on ne peut pas dire que
le diable, caché sous une forme, soit moins pernicieux que
le diable caché sous une autre forme. Mais outre, comme je
viens de le dire, qu'il a la même origine, et qu'il se rattache
à la même série d'erreurs, leur parenté se trahit encore par
une communauté frappante d'enseignement sur plusieurs
points de la doctrine chrétienne. Du reste, le protestantisme
est l'erreur universelle, toute hérésie désormais le reproduira.
Le protestantisme *attaque tout ;* le jansénisme *n'attaque pas
tout, mais beaucoup,* touche à une foule de points déjà
touchés par le protestantisme, et y ajoute son esprit particulier.

Le jansénisme est le côté rigide du protestantisme ; il lui
prend ce que celui-ci a de plus vigoureux ; ainsi, il enseigne,

comme lui, que la prédestination nous perd ou nous sauve
irrévocablement, que l'homme n'est pas libre, relativement,
de faire le bien ou le mal, qu'on ne résiste pas à la grâce
intérieure, que les préceptes de Dieu sont impossibles, que
Jésus-Christ n'est pas mort pour tous les hommes, etc. Tout
le venin du protestantisme se retrouve donc réfugié dans
cette queue d'hérésie, après avoir été chassé de la société
chrétienne par le catholicisme d'un côté, par le rationalisme
de l'autre — car il ne faut pas oublier que, pour composer
le venin hérétique, il faut deux choses, deux ingrédients : un
fonds de doctrine et d'institutions chrétiennes, avec quelque
sens et principe faux impliquant, pratiquement, la négation
du principe catholique ; et que, par conséquent, ce venin est
également absent là où règne le catholicisme et là où règne
le rationalisme.

L'erreur janséniste est surtout une grande erreur sur le
surnaturel ; et le principe générateur de tout son système,
est la déchéance trop complète de la nature qui ne serait,
par elle-même, capable que de pécher. Et, pour établir ce
principe générateur, elle abuse des livres de S. Augustin —
le Docteur de la Grâce — mais en même temps elle les fait
connaître, elle force à les étudier pour y découvrir la source
des arguments qui la réfutent.

Les docteurs qui avaient précédé la scolastique, S. Augustin surtout, dans sa controverse avec les Pélagiens, consi-
déraient toujours l'homme dans le concret, c'est-à-dire dans
son état actuel où il a toujours la grâce actuelle et où, de
fait, il ne lui est pas possible de faire quoi que ce soit de
bon sans la grâce ; aussi, ne se sont-ils jamais rencontrés
avec l'hypothèse imaginée dans les temps plus modernes
par les docteurs scolastiques, où l'homme n'aurait pas la
grâce actuelle, hypothèse qui considère l'homme dans
l'abstrait. Or, pour cette hypothèse, la scolastique, résumée
par Ripalda, pense que l'homme n'est pas essentiellement
corrompu et peut quelque chose de bon d'une bonté naturelle ; les Pères — il y en a des indices — le pensent aussi ;
mais les Pères, raisonnant sur le concret, comme je l'ai dit,

enseignent que, de fait et dans l'état actuel où nous avons tous et toujours la grâce, l'homme ne peut rien faire de bon sans la grâce, et par conséquent rien faire qui ne soit bon que d'une bonté naturelle, attendu que, par la miséricorde de Dieu, cet acte bon est toujours informé par la grâce.

Or, le jansénisme, empruntant à S. Augustin cette impossibilité de rien faire de bon sans la grâce, en retranche la restriction donnée plus haut, et dit que cela est inhérent à l'état de l'homme dépouillé de la grâce, suppose que cet état est une réalité et existe de fait, et conclut que, d'un côté, le péché originel a ôté toute force au libre arbitre pour le bien, de l'autre, que la grâce n'est pas universelle, et qu'ainsi il y en a qui sont fatalement damnés.

Entre le jansénisme et le calvinisme, en particulier, il n'y a pas seulement un rapport de doctrines, de principes, mais un rapport d'origine et de parenté. Ce rapport de parenté ne consiste pas seulement en ce que ces deux erreurs sont sorties de la même source, c'est-à-dire d'un fonds d'idées fausses répandues en France au XVIe siècle ; mais il y a quelque chose de plus positif et de plus direct : ce sont des calvinistes qui ont formé les chefs du jansénisme. Le calviniste Isaac Arnauld éleva son neveu Robert Arnauld qu'on appelle le patriarche du jansénisme.

III. *Caractère particulier de fourberie et de subtilité du jansénisme.*

Mgr Affre a dit ([1]) : « Le jansénisme est l'hérésie la plus subtile et la plus fourbe que le diable ait jamais tissue. Elle est en effet perfide et insinuante, entêtée, artificieuse, fertile en expédients et en raisons spécieuses pour échapper à toutes les lois et décisions. » Il serait peut-être plus court de dire que le propre du jansénisme et ce qui lui donne un caractère étrange et unique, dans l'Histoire des hérésies, c'est le mélange singulier qu'on y trouve de *sincérité* et de *fourberie*. Il est, par sa direction de crainte et de tremblement, par sa théologie de terreur, par la nature de ses

1. Dans l'*Opuscule :* Appel comme d'abus.

dogmes, par l'abîme d'inquiétudes et de désespoir où il précipite les consciences, enfin par les procédés de ses défenseurs pour échapper à la direction de l'Église, l'*hérésie des scrupuleux*, soit en ce sens que tous les scrupuleux sont jansénistes, soit en ce sens que le jansénisme c'est l'exploitation du scrupule naturel à tous les cœurs humains.

A cause de cela, il a eu et il a encore ce résultat lamentable, de mener à l'enfer sans rendre heureux même sur la terre, mais au contraire par les tortures intérieures, et par un chemin de mortifications qui conduirait, si on s'y laissait mener par l'Église, à des vertus éminentes. Beaucoup de nos saints nous ont été pris par le jansénisme.

Le jansénisme a été encore plus répandu et plus durable à l'état de tendance qu'à l'état de doctrine formulée ; c'est, de toutes les hérésies, celle qui a le plus vécu à l'état de tendance.

IV. *Moyens exceptionnels de succès dont jouissait le jansénisme.*

Ces moyens de succès, le jansénisme les puisait dans la rigidité même de sa morale, qui rendait sa doctrine séduisante pour les âmes sincères. Tout en partageant l'enseignement des protestants sur plusieurs points, le jansénisme pouvait paraître une *réaction contre le relâchement protestant ;* son caractère sombre et austère, et la sévérité de sa morale, lui donnaient des chances que peu d'erreurs ont partagées, bien que finalement il ait abouti à démoraliser le peuple, en l'éloignant de la pratique religieuse. Toujours est-il que c'est par cette apparence d'austérité que le jansénisme conquit la France, tant notre caractère est extrême, emporté même dans le bien, impressionnable et facilement rigoriste par zèle sincère. Cette erreur était d'autant plus séduisante, qu'elle s'adressait à la partie vertueuse et mortifiée du cœur, et qu'elle exagérait la part de la grâce et le sentiment de notre faiblesse. Un des grands moyens de succès du jansénisme fut le zèle de ses adeptes ; ils mettaient leurs richesses à la disposition de la secte. On connaît d'ailleurs l'influence et l'activité de la *famille Arnauld* et de *Port-Royal* qui fut le centre et la citadelle de la nouvelle erreur. *Port-Royal* était une école intéressante ; nulle part ailleurs on ne saurait trouver plus d'esprit de famille ni plus d'activité que dans cette école ; nulle part non plus, malheureusement, plus d'esprit de parti et de coterie ; et si la *famille Arnauld* fut la souche et le sénat tout préparé pour la secte, *Port-Royal* en fut le sanctuaire ; il faut dire que le premier Arnauld avait 14 filles et 6 fils ; quatre des fils survécurent et firent l'œuvre du jansénisme ; les filles devinrent abbesses.

V. *Grand rôle de l'autorité de S. Augustin dans cette querelle , et raison de l'abus qu'en firent toujours les jansénistes.*

S. Augustin avait fait un ouvrage sur la grâce contre les pélagiens, il est d'ailleurs appelé le *Docteur de la grâce ;* or, les jansénistes en abusèrent et parvinrent à le dénaturer pour appuyer leur doctrine. Les pélagiens et les semipélagiens exagéraient les forces de la nature, et diminuaient l'influence de la grâce ; S. Augustin, pour les combattre, avait dû leur démontrer la faiblesse de l'homme, pour leur faire sentir la nécessité de la grâce. Mais, ne se doutant pas qu'il était bien près d'une autre erreur, il exagérait, sinon de fait, du moins dans ses expressions, la faiblesse de l'homme et la nécessité de la grâce. Treize siècles plus tard, Jansénius faisait un livre pour défendre la doctrine de S. Augustin ; mais comme il écrivait en faveur de Baïus qui allait jusqu'à dire que sans la grâce l'homme ne peut que pécher, il abusait des termes de S. Augustin, détachant de leur contexte les expressions du grand docteur et dénaturant sa doctrine ; c'est ainsi que le jansénisme fut constitué par l'*Augustinus*.

II

CONTROVERSE SUR LA GRACE.

Le jansénisme, dans la première période de son développement, c'est-à-dire de 1560, date du jugement de la

Sorbonne contre Baïus, jusqu'en 1642, date de la condamnation de l'*Augustinus*, ne constituait encore ni une hérésie formelle ni une secte.

I. *Erreurs, condamnation et soumission de Baïus.*

Si le protestantisme s'était calmé, il n'en avait pas moins soulevé des questions nouvelles et agité même les nations catholiques ; sans doute, dans ces nations, le débat s'était établi comme sur un terrain neutre, mais le démon n'ayant pu y implanter le protestantisme, s'efforçait d'y introduire d'autres désordres. La *fermentation des idées* commença à Louvain, qui devint dès lors et resta dans la suite le centre d'une évolution janséniste. Baïus inaugura une méthode théologique et développa des idées qui méritèrent à son système le nom de *semi-Luthéranisme*. Voici les points essentiels de sa doctrine : La grâce et les dons surnaturels étaient dus à la nature en Adam. — Le libre arbitre sans la grâce ne peut que pécher. — Les pécheurs et tous ceux qui sont privés de la grâce, comme les infidèles, pèchent dans toutes leurs actions. — Il n'y a pas d'autre amour que la charité théologique ou la passion viciée ; c'est le système d'un double amour qui est le fond du système de Baïus. Ce docteur fut condamné par S. Pie V, et obligé au silence ; il se soumit et mourut dans la communion de l'Église ; mais ses erreurs trouvèrent des défenseurs, parmi eux Jansénius, qui fut le plus célèbre et attacha son nom à la nouvelle erreur.

II. *Querelle* DE AUXILIIS.

Nous sommes ici à une époque de science un peu vaine ; la scolastique s'était jetée dans des questions creuses et futiles ; toutefois, la science était florissante. On discutait alors, entre autres questions, sur la conciliation possible entre le secours de la grâce et le libre arbitre, tout en sauvegardant, d'un côté, la souveraineté de Dieu, de l'autre, la liberté de l'homme. Molina fit un livre sur la possibilité de cette conciliation ; les Jésuites, ses frères en religion, se chargèrent de le défendre, d'où le nom de Molinistes qui leur fut attribué. Les Thomistes, qui étaient les Dominicains, leur opposèrent un autre système, et la guerre d'arguments commença. Pendant dix ans on se disputa la victoire, et on s'anathématisa, sans jamais résoudre la question ; le pape dut intervenir et imposer silence aux deux partis ; il fonda même la célèbre congrégation *de Auxiliis* pour trancher le différend, mais ce fut inutilement. Longtemps encore on disputa dans les écoles catholiques, et deux principaux systèmes furent inventés, le premier, de Molina, le second, des Thomistes.

D'après le *système de Molina* : 1) l'efficacité de la grâce dépend de l'assentiment de notre volonté ; 2) la grâce n'emprunte aucune force à la volonté, mais requiert son assentiment ; 3) quand la volonté consent à la grâce, Dieu l'excite de sa grâce et l'aide de son concours ; 4) Dieu prévoit ce que tel homme doit faire avec telle grâce, il lui accorde la grâce nécessaire pour l'amener infailliblement à lui ; 5) Dieu accorde la grâce de sa propre libéralité. — Ce système a un défaut : en effet, d'après S. Paul, nous ne pouvons rien pour le ciel sans la grâce ; or, dans ce système, l'acte de la volonté consentant à la grâce ne vient pas de la grâce ; donc, on peut faire quelque chose pour le ciel sans la grâce ; ce qui se rapproche du semi-pélagianisme.

D'après le *système des Thomistes*, l'homme ne pouvant rien sans la grâce : 1) la grâce efficace est si puissante, qu'elle prévient et détermine la volonté ; 2) jamais elle ne manque son effet ; 3) Dieu a prévu qu'il en serait ainsi. — Dans ce système, le souverain domaine de Dieu est conservé, mais on conçoit à peine la liberté de l'homme.

La controverse ayant été suspendue, on inventa *le Congruisme* qui consiste en deux points : d'abord, chaque homme a la grâce suffisante pour produire l'effet qu'il désire ; et puis, la grâce est donnée à l'homme précisément dans les circonstances où celui-ci consentirait à la grâce s'il l'avait. Le congruisme diffère peu du molinisme ; Suarez en fut un des plus ardents défenseurs.

III

Jusqu'ici l'erreur janséniste, comme toute hérésie, était à sa période d'élaboration et à l'état de tendance, de vapeur, de nébuleuse ; elle va se condenser et se préciser dans les œuvres de Jansénius. Mais cette nouvelle erreur, outre les commencements ordinaires à toute hérésie, porte ce caractère particulier et inhérent à sa nature, qu'elle demeurera latente pendant toute la vie de son auteur, et que Jansénius ne sera presque pas inquiété, ce qui facilitera au venin son travail d'insinuation dans la société.

I. *Vie et travaux de Jansénius. Composition de l'*AUGUS-TINUS.

La vie de Jansénius fut une vie d'études et de science. Né en Hollande, en 1575, il fit ses études à Utrecht ; Jacques Baïus, neveu du fameux docteur Baïus, fut son maître principal, et dirigea ses études surtout sur les matières de la grâce. Très versé dans les sciences sacrées, surtout dans l'Écriture et la connaissance des œuvres de S. Augustin, Jansénius puisa auprès de son maître l'esprit du Baïanisme. Le docteur Baïus avait mis en grand honneur les études sur la grâce, d'après S. Augustin ; l'apparition du protestantisme donnait, d'ailleurs, un intérêt immense à ces questions. Le principal ouvrage de Jansénius fut l'*Augustinus*, qu'il mit 20 ans à composer, et où il concentra toutes ses méditations et toutes ses études, organisant en système toute la doctrine de S. Augustin sur la grâce, exagérant malheureusement la doctrine du grand docteur de l'Eglise qui, lui-même, avait été entraîné par les besoins de la controverse. La bonne foi de Jansénius, dans la composition de ce livre, paraît indubitablement résulter de l'étude de sa vie, bien qu'on puisse lui reprocher de l'avoir intitulé d'abord « Apologie de Baïus », ce qui est significatif. Les Jésuites s'opposèrent à sa publication et l'accusèrent de calvinisme ; du reste, il avait déjà été déféré au Saint-Siège, et il était en défaveur, car la prohibition parut à Rome l'année même où il fut imprimé et deux ans après la mort de l'auteur.

II. *Formation de la secte ; controverses soulevées par l'apparition de l'*AUGUSTINUS*, et première condamnation.*

Les esprits étaient prêts à la lutte, et l'*Augustinus* arrivait à temps pour les gagner à l'erreur. Malgré la condamnation portée contre le livre par Urbain VIII, l'ouvrage trouva des défenseurs. Enfin, après bien des mouvements, des agitations, du trouble, et des appels au parlement et à Rome, cinq propositions furent *extraites de l'Augustinus* et reconnues fausses et hérétiques. Les partisans de Jansénius réclamèrent, protestèrent, se défendirent avec opiniâtreté ; Innocent X passa outre, et les condamna dans la bulle *Cum occasione.* Cette bulle fut reçue presque universellement en France. La Sorbonne donna l'exemple de l'obéissance, et les partisans des cinq propositions l'imitèrent, par respect pour l'Eglise, dirent-ils.

III. *Les cinq propositions de Jansénius. Nouvelles condamnations.*

Voici les cinq propositions extraites de l'*Augustinus* : 1) Quelques commandements de Dieu sont impossibles aux hommes justes, lors même qu'ils veulent et s'efforcent d'obéir, selon les moyens qu'ils ont dans l'état où ils se trouvent. 2) Dans l'état de la nature corrompue, on ne résiste jamais à la grâce intérieure. 3) Pour mériter et démériter, dans l'état de la nature corrompue, il n'est pas requis en l'homme d'avoir une liberté qui l'exempte de la nécessité de vouloir ou d'agir, mais il suffit d'une liberté exempte de contrainte. 4) Les semi-pélagiens admettaient la nécessité de la grâce intérieure prévenante pour toutes les bonnes œuvres, même pour le commencement de la foi, et ils étaient hérétiques en ce qu'ils voulaient que cette grâce fût telle que la volonté humaine pût lui résister ou lui obéir. 5) C'est du semi-pélagianisme de dire que Jésus-Christ est mort pour tous les hommes sans exception...

Lorsque la condamnation de ces propositions fut prononcée, beaucoup prétendirent que ces propositions, réellement hérétiques, n'appartenaient pas à Jansénius, et qu'on ne pouvait les trouver dans ses livres. De là cette fameuse distinction de droit et de fait, dans les questions dogmatiques, et ce refus de reconnaître la compétence de l'Église, lorsqu'il s'agit d'assigner le sens véritable d'un livre. Nous savons, nous, que l'Église est aussi infaillible dans le jugement d'un *fait dogmatique* que dans la condamnation d'une erreur doctrinale.

Or, cette distinction allait renouveler la controverse. Elle éclata, en effet, plus vive que jamais dans la période suivante ; et le pape Innocent X dut déclarer de nouveau au clergé français que les propositions condamnées étaient bien de Jansénius, et condamnées dans le sens de son livre. Alexandre VII confirma cette condamnation, dans la bulle *Ad sacram*, et imposa une rétractation aux jansénistes. Ceux-ci eurent de nouveau recours à la distinction de fait et de droit inventée par Arnauld ; et le pape, de concert avec le roi, exigea la souscription au formulaire imposé. C'est alors que les jansénistes inventèrent le *silence respectueux*, dont ils ont tant abusé, et qu'ils publièrent une foule de livres pour défendre leur sentiment. Clément XI, à la prière de Louis XIV, publia une nouvelle constitution *Vineam Domini* (16 juillet 1705), où il s'efforçait d'enlever aux novateurs tout moyen d'échapper à la condamnation du « silence respectueux » et des cinq propositions. Loin de se soumettre, les jansénistes s'insurgèrent contre cette institution et remplirent le monde de leurs pamphlets incendiaires.

Dans cette grave question, l'épiscopat français intervint comme interprète et exécuteur de la sentence pontificale, qu'il déclara dirigée contre l'*Augustinus* et frappant le sens de l'auteur. Cet acte de l'épiscopat français est à enregistrer à cause des résistances dont ce même épiscopat va bientôt se rendre coupable contre le Saint-Siège. — Il est à noter, d'ailleurs, que Bossuet, employé dans les affaires des jansénistes, les ménagea, feignit de croire que le jansénisme n'existait pas méconnut sa funeste influence, fut bien moins acharné contre eux que contre les molinistes, qu'il traitait en semi-pélagiens, et contre les casuistes, qu'il regardait comme plus dangereux que les jansénistes. Nous le voyons poursuivre un livre du cardinal Sfondrate, dénoncer et censurer Molina, Suarez, Lugo, Lessius et Cornelius a Lapide ; enfin, regarder inconsidérément le molinisme et le jansénisme comme deux erreurs opposées également dangereuses.

Plus tard, la question va toujours se spécifiant et s'éclair-cissant ; et le Saint-Siège, poursuivant les sectaires jusque dans les subtilités de leur astuce et les recoins de leur malice, en vient à déclarer positivement que c'est bien l'*Augustinus* qu'il a en vue, que les cinq propositions en sont bien extraites, et qu'elles sont condamnées dans le sens de ce livre. — Ces sortes de déclarations sont bien dans les fonctions du Saint-Siège ; il commence par épargner les personnes et les ouvrages spéciaux ; mais comme le rôle du pasteur consiste non seulement à montrer *in abstracto* à ses brebis les bons pâturages, et à les garder des mauvais, mais encore à les empêcher *in concreto* d'aller aux mauvais ; ainsi, le Saint-Siège ne se contente pas de condamner la doctrine, il en indique la source, et condamne le livre, s'il voit le peu-ple en danger de s'y tromper.

IV

PROPAGATION ET TROUBLES DU JANSÉNISME EN FRANCE.

I. *Les chefs du jansénisme après la mort de son auteur. Port-Royal.*

Le premier chef du jansénisme, après la mort de son auteur, fut l'abbé de Saint-Cyran, élève de Jansénius, qui apporta l'hérésie à Paris. S. Vincent de Paul fut suscité par Dieu pour lutter contre cette nouvelle erreur, et organisa des prédica-tions, fonda des missionnaires et des sœurs de charité, formés à l'école de la doctrine la plus pure, et de la piété la plus saine et la plus solide. — Saint-Cyran, premier patriarche du jansénisme en France, joignait à une apparence de grande vertu, un grand entêtement, un esprit d'intrigue et de séduction, surtout, affirme S. Vincent de Paul, une grande duplicité. Il parvint à endoctriner les filles de Port-Royal. Chassé de l'Université de Paris, il se retira à Port-Royal où le suivirent Arnauld d'Andilly, et quelques autres docteurs. C'est alors que les Mères Agnès et Angélique commencèrent à dogmatiser, à s'abstenir de la fréquente communion et des autres sacrements, par esprit d'humilité, disaient-elles, comme si les sacrements étaient une récompense et non un moyen de salut. Port-Royal devint la retraite de la science ; de là sortirent une foule d'ouvrages philosophiques, physiques, scientifiques, mathématiques, linguistiques qui, s'ils eussent été inspirés par la foi chrétienne, et non par l'erreur, seraient devenus les plus beaux monuments de notre religion.

Les premiers docteurs du jansénisme, à la suite de Saint-Cyran, sont Arnauld, Nicole, Quesnel, et les Oratoriens Pascal, Mézenguy. — *Arnauld Antoine*, qu'il ne faut pas confondre avec Arnauld d'Andilly son frère, avait pour principe la rareté de la réception des sacrements, dans son livre de la *Fréquente Communion* qui est la source d'un des principes les plus pernicieux du jansénisme ; il défendit l'*Augustinus*, comme non entaché de l'hérésie des cinq propositions ; cet écrivain a composé 10 volumes d'œuvres diverses. — *Nicole*, dans ses *Essais de morale*, pose en principe la difficulté et l'impossibilité, pour plusieurs, d'être sauvés ; tous ses écrits traitent de presque tous les dogmes et des points de morale. — *Pascal* est le pamphlétaire, le défenseur séculier et philosophe de la secte ; ses *Lettres provinciales*, écrites contre les jésuites, s'efforcent de les tourner en ridicule et de fausser leur doctrine et leur esprit. — *Quesnel*, lui, est l'agitateur du parti ; il n'adopte pas seulement les principes du jansénisme, il excite à la révolte contre l'Église et parvient à entraîner l'Oratoire dont il faisait partie. — *Mézenguy* est le scolasti-

que de la secte, il en expose surtout la doctrine. A la suite
de ces écrivains importants, il faudrait en citer bon nombre
d'autres, tels que Racine, Boileau, qui contribuèrent, pour
leur part et selon leur talent, au développement de l'hérésie.
Le jansénisme fut surtout combattu par Bossuet, Fénelon,
S. Vincent de Paul, S. Liguori et la Compagnie de Jésus.

II. *Premières résistances du clergé de France.*

La première affaire qui donna lieu à la résistance du
clergé, est celle du *Formulaire.* Ce formulaire était un précis
de la foi auquel tout catholique devait souscrire, sous peine
de se constituer en révolte contre l'Église. Les vicaires
généraux de Paris adressèrent au clergé une ordonnance,
les invitant à adhérer pour la *question de droit,* mais de
garder le prétendu *silence respectueux* pour la *question de
fait* ; ils furent dénoncés à Rome, et obligés de se rétracter ;
mais leur rétractation manqua de franchise et de sincérité ;
c'est alors qu'Alexandre VII, de concert avec Louis XIV,
ordonna la signature d'un nouveau formulaire presque identique au premier. Quatre évêques résistèrent, entre autres
Chouart de Buzenval, évêque de Beauvais ; dix-neuf autres
se joignirent bientôt à eux, et la révolte se propagea. Clément IX, à qui l'on avait fait croire que les quatre évêques
avaient fait leur soumission, leva la condamnation par un
acte qu'on a appelé la *paix clémentine ;* les jansénistes abusèrent de cette miséricorde pour répandre leur doctrine et la
justifier devant le peuple.

III. *Liaison ouverte et définitive du jansénisme avec le
gallicanisme :* Le CAS DE CONSCIENCE.

Il y a entre le jansénisme et le gallicanisme un lien de
parenté que nous avons déjà fait ressortir ; après s'être déve-
loppées parallèlement, ces deux erreurs devaient finir par
s'unir contre l'Eglise. Ces sortes d'unions des hérésies dans la
haine, sont très caractéristiques comme *signes de l'erreur* qui
n'a jamais peur de transiger, dont toute la vie consiste à attaquer le catholicisme, et qui réserve pour lui seul son horreur
invincible ; elles sont aussi caractéristiques comme *signes de
la vérité catholique* qui est le signe de contradiction, et qui est

catholique par les persécutions qu'elle endure. C'est après la lutte de Bossuet contre le jansénisme que les deux erreurs se donnèrent la main, et que les actes du jansénisme devinrent les actes du gallicanisme.

Le *Cas de conscience* était un libelle paru en 1702 ; on y supposait un ecclésiastique qui avait condamné les cinq propositions, et auquel on avait refusé l'absolution parce qu'il avait réservé la *question de fait*, c'est-à-dire l'attribution des cinq propositions au livre de Jansénius, affirmant que dans cette question le *silence respectueux* suffisait pour être en règle avec Rome. Quarante docteurs de la Sorbonne décidèrent qu'un tel sentiment n'avait jamais été condamné par l'Eglise, et qu'on ne devait pas, sous ce prétexte, lui refuser l'absolution. Cette pièce, qui a une ressemblance frappante avec l'affaire du *Cas de conscience de la Madeleine, en 1867*, à propos du Syllabus, ralluma l'incendie ; elle fut condamnée d'abord par le cardinal de Noailles, archevêque de Paris, puis par Clément XI ; les docteurs qui l'avaient signée, sauf un, se rétractèrent tous. Les disputes n'en continuèrent pas avec moins d'animosité et forcèrent Clément XI, comme nous l'avons vu plus haut, à donner la nouvelle constitution *Vineam Domini Sabaoth*, célèbre parce qu'elle renferme dans son intégrité la doctrine catholique contre le gallicanisme à propos du jansénisme.

L'affaire du *Cas de conscience* fut suivie de celle du *Problème ecclésiastique*. Le cardinal de Noailles s'était laissé tromper et avait approuvé les *Réflexions morales* de Quesnel, livre janséniste. L'année suivante, l'*Exposition de la foi de l'Église*, ouvrage janséniste aussi, publié par Barcos, fut condamné par le cardinal. Quesnel s'empara de cette contradiction du cardinal de Noailles, pour le mettre en demeure de déclarer clairement sa pensée. Le cardinal hésita, s'embarrassa et, finalement, resta acquis au jansénisme et se mêla aux luttes contre la bulle *Unigenitus*. Bossuet chercha à le tirer de ce mauvais pas ; la question s'aigrit incroyablement, et se compliqua de questions personnelles qui poussèrent un grand nombre d'esprits dans l'hérésie. Aussi, les livres et les pamphlets écrits dans cette circonstance, et dont nous venons de citer le principal, se multiplièrent-ils.

IV. *Progrès du jansénisme et appel aux foudres de Rome.*

Il faut lire les ouvrages de Fénelon pour voir avec quel succès le jansénisme s'était insinué dans la chrétienté ; et pour comprendre combien dangereuse était cette hérésie que l'on a trop regardée comme de second ordre et que l'on serait tenté de croire de peu d'importance. Les actes des papes étaient des condamnations suffisantes, bien qu'elles ne fussent pas sévères ; et on avait toujours épargné les personnes. Il fallait désormais sévir avec énergie, faire appel au pouvoir civil, mettre les jansénistes en demeure de se séparer de l'Eglise.

V

RUPTURE COMPLÈTE ET AVOUÉE DU JANSÉNISME AVEC L'ÉGLISE ROMAINE.

Jusque-là l'Église avait encore épargné les hommes, dans l'espoir de les ramener à la vérité par la miséricorde. Cet espoir déçu, il ne lui restait plus qu'à user des mesures dictées par la justice ; c'est ici que le jansénisme va s'organiser en secte et perdre ses dernières ressources. Nous arrivons, par conséquent, à la dernière période de l'hérésie, celle du *fruit mûr*, celle où tous les yeux doivent se désiller, et où il ne reste plus de place pour la bonne foi, celle où *l'autorité de l'Église* agissant dans toute sa force et où les *notes de l'Église* se montrant dans tout leur éclat, il faut choisir entre l'Église et l'hérésie, ou bien dire que l'Église s'est déplacée et, par conséquent, rejeter toutes les règles de la Tradition.

I. *Dernier coup donné au jansénisme par la bulle* UNIGE-NITUS.

A cette époque, Quesnel était le chef du jansénisme ; l'hérésie reposait sur sa tête et sur son livre des *Réflexions mora-les ;* comme dans toute hérésie, le *succès d'un homme ou d'un ouvrage* était substitué et préféré à celui de l'Évangile. La question était de savoir si le livre de Quesnel serait approuvé ou condamné ; s'il était condamné, l'Église catholique restait la vraie ; sinon, elle devenait une secte hérétique, et on se séparait d'elle. C'est alors que Clément XI lança la bulle *Unigenitus* qui condamnait 101 propositions de Quesnel. Louis XIV imposa la bulle dans ses États, mais il mourut sur ces entrefaites.

II. *Résistances croissantes d'une partie du clergé en France ; et appel, de la bulle, au pape mieux informé et au concile.*

Cependant le cardinal de Noailles continuait à résister, tandis que quelques ecclésiastiques de second ordre prêchaient contre la bulle ; plusieurs évêques, eux aussi, se mirent de la partie et osèrent écrire contre l'acceptation de la bulle. Sans doute, Louis XIV et Bossuet vivaient encore et combattaient pour elle ; malheureusement, la mort de ces deux génies allait avoir les plus funestes conséquences. — Les ennemis de Bossuet, soit dit en passant, oublient trop les luttes de ce grand docteur de la foi.

A la faveur du Régent, Philippe d'Orléans, la Sorbonne, qui était alors toute janséniste, attaqua la bulle, et vit s'accroître le nombre des évêques récalcitrants. On en appela à Rome. Clément XI ne voulut pas céder, et les récalcitrants, ne voulant pas tomber dans le schisme, se soumirent encore, à l'exception du cardinal de Noailles et de quatre évêques. Sincère ou non, cette soumission montre ce que l'on pensait de l'autorité du pape et comment on la confessait, tout en se révoltant contre elle. La bulle *Unigenitus*, aussi bien que le jansénisme, a provoqué des écrits sans nombre dont les bibliothèques de nos couvents étaient pleines ; il a fallu la Révolution, qui a détruit ces couvents, pour faire disparaître ces monceaux d'ouvrages que l'on retrouve encore en grand nombre dans certaines librairies.

III. *Schisme d'Utrecht. Le diacre Pâris. Derniers épisodes du jansénisme.*

Le schisme se produisit en Hollande sous l'impulsion d'un évêque qui avait été sacré par sept évêques jansénistes de

Belgique. A Utrecht, la secte fonda un journal janséniste : la *Gazette ecclésiastique ;* et, pour alimenter la société, on inventa la Boîte à Perrette, destinée à recevoir les offrandes des jansénistes. Cette secte s'est perpétuée jusqu'à nos jours.

Les jansénistes, en France, voulurent avoir des saints et des miracles, et nous ne rappellerons que pour mémoire les faits étranges qui se passèrent sur le tombeau du diacre Pâris ; ce sont là des choses prodigieuses, mais qui sont compatibles avec l'hérésie, et dans lesquelles on sent l'esprit de trouble et de schisme.

Sous le règne de Louis XV, les jansénistes poussèrent les parlements à persécuter l'Église, soit à propos de la canonisation de S. Vincent de Paul, leur grand adversaire, soit à propos du refus des sacrements fait aux jansénistes contumaces. Ces persécutions marquèrent une période d'intervention mauvaise du pouvoir civil. Le Synode de Pistoie fut le dernier acte important et officiel de la secte.

IV. *Influence déplorable et subtile du jansénisme sur l'esprit et les événements du temps moderne.*

Je dis toujours, et à propos de toutes les époques et de toutes les hérésies, qu'elles ont une *importance majeure* dans la préparation des transformations historiques. Cette remarque devient, sous ma plume, un *lieu commun*, une banalité. Elle est exacte cependant ; d'abord, parce que toute hérésie, en général, est, dans la vie de l'Église, un *événement capital,* permis de Dieu, et subséquemment dirigé par la Providence vers la fin de l'Église. Mais la vérité de mon observation se justifie pour le jansénisme en particulier, par des raisons toutes spéciales qui font de cette hérésie un fait de première importance dans les *Destinées de l'Église et de la France.*

Le protestantisme n'a pas pu entrer en France ; le jansénisme y est entré ; c'est le même principe adapté au caractère des nations qui ont échappé au protestantisme. Le sens théologique pur et apostolique entre pour une grande part dans la formation du caractère d'une nation catholique, surtout dans le caractère de la vieille nation française ; or, le jansénisme a formé un nouveau sens théologique, ou déformé le sens théologique chez nous, et nous a ôté ce vieil élément de l'esprit national. Le sens qu'il y a substitué est subversif ; le caractère qu'il a ôté au christianisme est fondamental, c'est le caractère de miséricorde, c'est la notion de la Rédemption ; il l'a remplacé par une vue étroite sur l'Incarnation. Le jansénisme fait consister le christianisme dans les lois, et la piété dans les pratiques, tandis qu'il est avant tout la religion du salut. Et, précisément, Dieu a suscité S. Alphonse de Liguori pour restaurer ce sens et rendre au christianisme ce caractère de miséricorde. La méthode d'enseignement et de prédication a beaucoup souffert de cette influence doctrinale du jansénisme, si tant est qu'elle n'en soit pas morte.

La religion, par là même et inévitablement, défigurée d'un côté par l'esprit janséniste, manquant, de l'autre, de son soutien qui est la doctrine des pasteurs, devait diminuer, et diminua effectivement dans le peuple, elle alla s'éteignant de plus en plus ; la nation perdit et continue à perdre l'esprit catholique et, avec lui, sa gloire, son prestige — car, dans nos temps modernes, on retrouvera bien quelques gloires nationales, mais des gloires ternies par beaucoup de taches. Les événements se pressent, mais l'Histoire est mêlée de deux esprits, et presque partout règne un élément de désordre et de péché. Nous n'avons plus qu'une espérance, c'est que les événements modernes portent des pronostics d'une restauration et d'un retour à la vraie gloire par l'Église.

CHAPITRE III

Affaire du Quiétisme.

I

I. *Nature du quiétisme.*

Nous avons à étudier ici une erreur beaucoup moins importante que les précédentes, et qui n'a ni beaucoup fait de victimes pendant son existence, ni laissé de traces dans l'histoire, comme les autres erreurs. Nous pourrions la passer sous silence sans tronquer l'histoire de l'Église ; mais il est utile de l'étudier parce qu'elle a fait grand bruit en France, surtout dans la lutte entre Bossuet et Fénelon, et tient une grande place dans leurs ouvrages ; de plus, elle complète l'histoire de la théologie, et se rattache au genre des *hérésies morales* des derniers siècles, particulièrement à l'espèce des hérésies *par exagération du bien*, à laquelle certains points du jansénisme se rattachent aussi. Ce principe est diversement appliqué dans les trois quiétismes dont la différence est donnée par Rohrbacher, mais enfin il est appliqué.

Dans sa lutte contre le quiétisme encore, l'Église restitue au christianisme un de ses caractères essentiels, le caractère de *Religion pratique pour tous les hommes et adaptée à la faiblesse d'une nature déchue et pécheresse*, en l'empêchant de devenir une religion de poésie et de rêverie, mais spéculative, inaccessible et antihumaine.

Dieu, en effet, ne demande pas à l'homme quelque chose qui soit au-dessus de ses forces ; il a créé l'homme pour sa propre gloire, mais en même temps il l'a fait pour le bonheur, et ne se décidant à rien par désintéressement *absolu*. Le quiétisme tendait à donner du cœur humain une *trop belle idée* par la piété d'imagination qu'il inventait. Dans l'état de nature déchue, le cœur humain est misérable et naturellement égoïste ; l'innocence même est misérable et pécheresse — *Justus septies cadet in die*. Aussi, dans l'état actuel, l'innocence, c'est la passion vaincue, et encore non sans hésitations et faiblesses ; les saints eux-mêmes ont des faiblesses et même des bassesses ; on exagère la vie des saints ; il n'y en a que deux qui me plaisent, celles de S. Augustin et de Ste Thérèse, parce que l'auteur, étant le saint lui-même, a connu ses vices, et n'a pas craint de les peindre.

II. *Comment le quiétisme se rattache aux hérésies.*

J'ai déjà dit comment le quiétisme se rattachait aux hérésies morales, surtout à celles qui consistent dans une exagération du bien, surtout au jansénisme ; nous en avons un exemple dans la coïncidence entre une erreur commune à Fénelon et à Nicole, dénoncée par J. de Maistre ([1]). Rohrbacher rattache encore le quiétisme aux hérésies des Gnostiques, des Manichéens, des Cathares, qui, sous une apparence de piété, aboutissaient aux impuretés les plus abominables, parce qu'ils ne tenaient pas compte des œuvres. Molinos avouait cette conséquence ; Guyon et Fénelon ne l'avouaient pas, mais y conduisaient. Nous pouvons encore rattacher le quiétisme aux hérésies des Visionnaires ; Rohrbacher le compare à l'hérésie des Béguards, au XIVe siècle. Ajoutons enfin que cette erreur fausse également le péché originel.

1. *Soirées*, t. I, VIe entret., p. 346.

II

I. *Système de Molinos.*

Molinos — qu'il ne faut pas confondre avec Molina — était un prêtre espagnol qui avait étudié à Coïmbre ; il acquit la réputation de prêtre éminent par la science et habile dans la direction des âmes ; il avait d'ailleurs subi l'influence de Ste Thérèse et du P. de Grenade. Sa réputation le suivit à Rome où il fut en relations avec les plus grands personnages, et où venaient le trouver des lettrés de tous les points de l'Italie pour solliciter ses conseils. Mais il s'inspirait sans doute trop des œuvres extravagantes des visionnaires qui avaient succédé aux grands mystiques d'Espagne. Il composa surtout le fameux ouvrage qui renferme la doctrine quiétiste, *La Guide spirituelle.* D'après l'enseignement de ce théologien, la perfection de l'homme consiste dans un pur amour de Dieu, et dans le repos de l'âme par la contemplation du Seigneur, sans songer à la récompense ni à la punition, à la mort ni à l'éternité, c'est-à-dire dans une tranquillité complète, mais oiseuse. Ce principe posé, il suffit d'aimer Dieu ; quant à croire en lui, à espérer en sa bonté, c'est chose inutile, nous l'aimons, cela suffit. D'après ce système, il ne reste plus rien à faire sur la terre, plus personne à aimer, à respecter, à nourrir ; aimer Dieu et toujours Dieu. Sans doute S. Augustin avait dit : *Ama et fac quod vis ;* mais le véritable amour n'exclut pas l'action, surtout la pratique des commandements.

Comme il est facile de le voir, ce pur amour où l'homme se reposerait, d'après Molinos, établit une confusion avec la vie future ; c'est le renversement des destinées établies par Dieu sur l'homme ; celui-ci, ne se souciant plus des bonnes œuvres et des pratiques religieuses, pourra désormais se laisser aller au mal sans être souillé. C'est la mise en précepte de l'immoralité, et le renversement de la religion pratique.

II. *Condamnation de Molinos.*

Rome condamna 65 propositions de Molinos ; celui-ci dut faire une rétractation publique, et fut enfermé par l'Inquisition pour le reste de ses jours ; il mourut du reste dans la pénitence. Le quiétisme était d'ailleurs dans les tendances du temps, et l'on voit dans les mystiques de cette époque une pléiade d'écrivains qui donnèrent dans ce travers d'une manière plus ou moins accentuée. Il nous en est resté, dans la mystique moderne, en France, une trace considérable, une exagération des doctrines de l'amour de Dieu, de la contrition parfaite, qui se confond avec le jansénisme.

III

QUIÉTISME DE Mme GUYON ET DE FÉNELON.

I. *Vie et doctrine de Madame Guyon.*

Mme Guyon, après avoir lu les œuvres de S. François de Sales, s'appliqua avec ardeur à l'oraison. Mariée à l'âge de seize ans, et bientôt veuve, elle ne s'en consacra que davantage à l'oraison. C'est alors qu'elle se sentit éprise du désir irrésistible d'écrire. Elle importa en France le système de Molinos, tout en le mitigeant et en écartant ses conséquences immorales. C'est là le caractère propre de sa doctrine. Le principe était d'ailleurs le même : *Acte continuel de contemplation et d'amour.* C'était alors l'époque des femmes théologiens, et Mme Guyon possédait des vertus personnelles incontestables. Ce qu'il faut surtout attaquer en elle, c'est l'imagination ; et beaucoup d'historiens — Darras entre autres — ne la réfutent que par ce préjugé : qu'étant femme, elle avait rêvé de réformer l'Église. Alzog la traite avec plus de considération. Que l'imagination ait joué un trop grand rôle dans sa doctrine, le fait est certain ;

mais son système était sérieux ; quant à son sexe, il n'importe pas plus qué pour Ste Thérèse. — L'archevêque de Paris et Bossuet, après avoir examiné les ouvrages de Mme Guyon, les condamnèrent. Celle-ci se retira à Saint-Cyr où elle mourut dans les sentiments de la plus grande piété.

II. *Le quiétisme de Fénelon.*

Fénelon, témoin des injures faites à Mme Guyon, avait pris sa défense ; malheureusement, lui-même se laissa prendre à son mysticisme un peu corrompu, et donna prise aux attaques de Bossuet. Le grand évêque de Meaux, malgré ses propres écarts de doctrine, a dans cette question une grande autorité théologique ; la rectitude d'esprit est bien ce qui le distingue de Fénelon, dont le caractère est plus beau et le génie plus touchant et plus pathétique.

Bossuet et Fénelon étaient unis par une amitié intime. Lorsque parurent les ouvrages de Mme Guyon, Bossuet composa contre elle son *Instruction pastorale sur les états d'oraison* où, comme il le fit toujours, il maltraita Mme Guyon. Il demanda l'approbation de Fénelon qui la refusa, défendit Mme Guyon, entra en rapport avec elle, en discussion avec Bossuet, et composa ses *Maximes des Saints.* On ne saurait nier ici les intrigues de Bossuet, ses violences de langage, son désir trop connu de faire condamner Fénelon. Sans doute, il reconnaît ici implicitement et proclame l'autorité doctrinale et, par conséquent, l'infaillibilité du pape, en recourant à lui, mais c'est surtout avec l'espoir de faire condamner le quiétisme ; Alzog affirme même qu'en combattant le pseudo-mysticisme, *il porta peut-être quelque atteinte à la vraie mystique.* Toujours est-il que l'adversaire de Fénelon montra beaucoup de hardiesse et d'énergie ; mais son cœur se découvrit, et la jalousie lui fit dire de Fénelon qu'il était un nouveau Montan.

Fénelon, disgracié, fut renvoyé de la Cour et relégué dans son diocèse. Toutes les erreurs que Bossuet jugeait renfermées dans ses *Maximes,* peuvent se réduire à quatre principales : 1) Il y a, dans cette vie, un état habituel de pur amour dans lequel le désir du salut éternel n'a plus lieu ;

2) dans les dernières épreuves de la vie intérieure, une âme peut être persuadée, d'une persuasion invincible et réfléchie, qu'elle est justement réprouvée de Dieu, et, dans cette persuasion, faire à Dieu le sacrifice absolu de son bonheur éternel ; 3) dans l'état du pur amour, l'âme est indifférente pour sa propre perfection et pour la pratique des vertus ; 4) les âmes contemplatives perdent, en certains états, la vue distincte, sensible et réfléchie de Jésus-Christ.

La différence de la doctrine de Fénelon avec celle de Mme Guyon, c'est qu'il n'admettait pas l'*acte continuel*, mais un *état habituel* d'*amour pur ;* or, comme l'erreur gisait précisément dans cet *amour pur*, le principe demeurait ; il est nécessaire d'ajouter que la possibilité de tels actes, pourvu qu'ils soient transitoires, n'est pas condamnée.

Louis XIV et Bossuet pressèrent le pape de condamner le livre des *Maximes*, et ils y mirent un empressement cruel et déloyal. Louis XIV osa même menacer le pape de recourir à des mesures extrêmes. Innocent XII, après un long et minutieux examen, condamna vingt-trois propositions extraites du livre et qui supposaient l'état habituel de pur amour, exclusif de toute crainte et de toute espérance, ou qui, sans rentrer dans cette erreur, présentaient des inexactitudes dont les intentions les plus pures et les plus minutieuses précautions ne suffisent pas à garantir, principalement dans ces matières subtiles de la plus haute théologie. — On doit remarquer : 1) que parmi les qualifications données aux propositions flétries *in globo*, on ne trouve pas celle d'hérétique, ou même approchant de l'hérésie ; 2) que le respect dû à ce décret n'oblige pas d'appliquer à toutes indistinctement la plus forte des qualifications qui est celle d'erronée ; 3) que le pape n'a pas condamné la doctrine de l'amour pur et désintéressé par lequel on aime Dieu pour lui-même, sans aucun rapport avec notre béatitude ; car cette partie de l'enseignement de Fénelon, que Bossuet poursuivait comme le point principal de la controverse, est devenue la doctrine commune des théologiens, mais dans le sens seulement de l'acte transitoire.

III. *Soumission de Fénelon.*

Tout le monde sait la résignation chrétienne de Fénelon. Averti par son frère du décret rendu contre son livre, au moment où il allait monter en chaire, le jour de l'Annonciation, il changea aussitôt le plan de son discours et le tourna sur la parfaite soumission due à l'autorité des supérieurs. Cette admirable présence d'esprit, ce mouvement sublime, ce calme religieux, firent couler les larmes de l'auditoire. Fénelon publia solennellement un mandement de soumission à la bulle du pape, et marqua cette soumission par le don à son Eglise d'un ostensoir d'or. — Ainsi, comme toujours, l'erreur devint l'occasion de prouver une vérité, l'infaillibilité du pape, et cela dans un moment où l'erreur gallicane faisait plus de ravages, par les œuvres de Bossuet, que le quiétisme.

IV. *Conséquences du quiétisme dans la vie chrétienne.*

Le quiétisme n'est ni une belle erreur, puisqu'il n'y a pas de belle erreur, ni une erreur par amour, car il n'y a pas d'erreur par amour, mais seulement par défaut ou falsification d'amour, ni une petite erreur. On prête au pape Innocent XII, à propos du quiétisme de Fénelon, un mot que je n'admets pas : « Il a péché par amour ! » D'abord l'authenticité de ce mot est douteuse, et fût-elle prouvée, ce n'est qu'un mot très privé, sans portée et qu'il est très permis de ne pas adopter. Du reste, il n'y a qu'à voir comment le Saint-Siège lui-même a qualifié les propositions de Fénelon ; ces qualifications, elles du moins, sont authentiques.

J'ai dit que le quiétisme n'est pas une petite erreur ; il n'est une petite erreur qu'au premier aspect pour ceux qui le considèrent légèrement, sans apercevoir sa portée dans l'ensemble du christianisme, tout ce qu'il tend à ruiner dans la révélation, et ses conséquences dans la morale et la piété chrétiennes. Qu'il me suffise pour le moment de dire qu'il fausse la notion de l'amour de Dieu, fondement de la vie chrétienne et but de toute la sainteté, et qu'en fait d'idéal de la sainteté, il propose à l'homme un état et des sentiments qui, ayant la prétention d'être au-dessus de ce qui est la vraie piété chrétienne, et regardant la vraie piété chrétienne comme imparfaite, sont impossibles, contraires à la nature, réellement répulsifs pour elle et, par conséquent, naturellement et surnaturellement monstrueux. En étudiant les 68 propositions de Molinos, condamnées par Innocent XI, et les 23 propositions de Fénelon, condamnées par Innocent XII, on voit très bien toute la portée et toutes les conséquences de cette erreur.

Historiquement parlant, il faut approfondir aussi tout le mal que cette hérésie, répandue en Europe, en France surtout, sous couleur de piété, a fait à la société chrétienne : Présenter aux âmes de bonne volonté un but faux, malsain, impossible ; dénaturer la sainteté et la rendre odieuse au public ; introduire un mysticisme extravagant, ridicule, contre nature qui, en se donnant pour le vrai mysticisme chrétien, devait en dégoûter les âmes et éloigner du christianisme, donner raison aux accusations de l'impiété, et ouvrir la porte à toutes les objections et à toutes les moqueries. Remarque singulière, les idées de plusieurs rationalistes contemporains sur la piété chrétienne, sont précisément celles qu'on prend en confondant quiétisme avec piété.

La prédication, l'ascétisme, nos livres de piété les plus estimés, les plus répandus depuis le XVIIe siècle, les idées des personnes pieuses, l'enseignement théologique et catéchistique, tout cela est fortement imprégné de quiétisme incontesté. Qu'il me suffise de nommer les *Examens particuliers* de M. Tronson, qui tiennent une si grande place dans la piété sacerdotale, et qui, dans les sujets relatifs à l'amour de Dieu, se ressentent fortement de cette erreur. Tronson n'y recommande que la pratique des *actes d'amour*, laquelle n'est pas condamnée, et peut, comme dit J.-B. de Miro, dans son volume sur le livre des *Maximes des saints* de Fénelon, *aliquo modo sustineri ;* mais c'est bien voisin du quiétisme condamné, si ce n'est pas lui-même.

Que Bossuet ait excédé dans la forme, en combattant le quiétisme, soit, puisqu'on le dit. Mais on a tort, selon moi, de dire qu'il a exagéré l'importance et le danger de cette erreur. Je m'explique fort bien, en dehors d'une haine personnelle, l'horreur qu'a causée à Bossuet le quiétisme. Une intelligence si saine, si virile, si haute, si lucide, si précise, si amie de ce qui est dogmatique, devait naturellement répugner à ces théories romantiques, flasques, vagues, vaporeuses, féminines et malsaines. Je suis loin d'admirer Bossuet en tout ; mais ici j'admire son bon sens et son sens chrétien, et je trouve qu'il a rendu un immense service, en signalant cette funeste erreur (¹).

C'est du quiétisme que nous est venu ce vague romantisme, ce quelque chose d'inquiet, de tourmenté, de maladif, cet excès de tendance aux analyses psychologiques, aux interminables et malsaines études du cœur humain que l'on trouve dans la piété française moderne, au contraire de la piété romaine si haute, si œcuménique, si dogmatique. Il est curieux que les accusations de fanatisme, faites de nos jours par le rationalisme, s'adressent à la même doctrine.

1. Cf. S. Thomas, 2. 2, q. 24, a. 8, et q. 184, a. 2.

CHAPITRE IV

Les doctrines gallicanes au XVIIᵉ siècle.

Après la définition du concile du Vatican, il est impossible de refuser au vrai gallicanisme, qui refuse au pape l'infaillibilité, *le nom d'hérésie*. Le gallicanisme est une hérésie comme une autre, et il en a tous les caractères, comme nous le verrons. De plus, cette hérésie, étant une échappatoire à la vraie autorité de l'Église, doit être rapportée à la même source que le protestantisme et que toutes les hérésies, et finirait par conduire au même résultat. On peut comparer chaque grande hérésie à un arbre mauvais que l'ennemi veut planter sur le terrain de l'Église; toujours, au pied de ce grand arbre, il en pousse trois ou quatre plus petits, des hérésies de second ordre qui sont le même principe accommodé pour ceux dont la conscience répugne à admettre la grande hérésie. Ils sont portés à prendre ces autres erreurs pour des vérités catholiques, pour des arbustes bons et indépendants du grand arbre; mais qu'on fouille la terre à leurs pieds, et, à la lumière des principes théologiques, en suivant leur racine, on voit qu'elle se rattache à celle de l'erreur-mère, qu'elle contient le même principe mauvais, et que si on la laisse vivre, elle retournera pour la fin au même résultat. Ainsi, au pied du protestantisme ont poussé le *jansénisme*, le *gallicanisme* et la *Révolution* qui, probablement, finira par s'accentuer dans le sens doctrinal — déjà elle entre dans l'Église — pour devenir une hérésie et se faire condamner dans ses principes comme

peut-êtré aussi dans le *principe de la souveraineté du peuple.*
La question n'est pas mûre encore ; elle mûrira, et nous y
travaillons activement.

Nous sommes entré, par la même définition du concile
du Vatican, dans la troisième des périodes de l'hérésie, mar-
quées par S. Vincent de Lérins, la *période de définition.* C'est
la période où, les partis n'ayant plus lieu de se disputer,
surtout puisque l'*hérésie ne forme pas secte,* la question va recevoir sa forme définitive dans des traités qui resteront, car
jusqu'à présent les éléments sont éparpillés de tous côtés,
et les appréciations sont très diverses et de mille nuances
différentes — que d'espèces de gallicans nous connaissons
— ce qui n'aura plus lieu. C'est aussi la période où la question va devenir tranquille et calme et, à ce point de vue,
perdre un de ses dangers ; elle se dégagera des embarras de
questions personnelles, et balayera les scories que les excès
de polémique ont amoncelées autour d'elle. L'infaillibilité
du pape est maintenant la mieux élucidée des questions :
tout à concouru à terminer ce travail, l'hostilité comme la
sympathie ; et nous avons, dans les controverses du concile,
un exemple du bien que l'erreur même fait à la doctrine
chrétienne.

Ce qu'il faut penser du rôle de Bossuet, dans ces controverses sur les doctrines gallicanes, nous apparaîtra ; il y a
joué un triste rôle, mais il ne faut pas l'exagérer ; au contraire,
il faut se garder de l'excès de Rohrbacher, qui me semble, de
propos délibéré et par violence de parti, avoir trop mis à la
mode le dénigrement de Bossuet. Pour s'en faire une idée,
il suffit de lire les titres de ses dissertations au mot *Bossuet,*
dans la table de son Histoire de l'Église. Il n'a vu Bossuet
que par son côté gallican, comme si Bossuet n'avait fait
d'autre œuvre que de défendre le gallicanisme, ou comme si
ce côté de ses œuvres était le principal. M. de Maistre a
prononcé sur Bossuet un jugement autrement sérieux, dans
son ouvrage sur l'*Eglise gallicane ;* ses paroles sont en quelque sorte prophétiques, car, bien qu'il ne croie pas que la
Déclaration de 1682 soit de Bossuet, il insinue cependant une

opinion qui trouve sa confirmation dans la manière dont fut rédigée la *Défense*, et dans la rétractation de Bossuet.

Le gallicanisme est né et a fleuri surtout en France ; mais il s'est répandu dans d'autres contrées, sous d'autres noms, mais avec le même principe. Cette erreur est l'altération de l'idée de l'Église, comme le jansénisme est l'altération de l'idée surnaturelle ; ces deux idées sont les deux pivots de la théologie, et toute la lutte, depuis trois ou quatre siècles, roule autour de ces deux points. Il ne faut pas s'étonner de voir le gallicanisme et le jansénisme, par une providence diabolique, se rencontrer au XVIIe siècle ; ces deux idées : idée surnaturelle de l'Église, idée catholique du surnaturel, s'éclairent l'une par l'autre ; c'est au relèvement de ces deux idées qu'il importe surtout de travailler aujourd'hui, en les éclairant l'une par l'autre.

<h1 style="text-align:center">I</h1>

PRINCIPES THÉOLOGIQUES QUI DONNENT LA CLEF DE CETTE HISTOIRE.

Nous avons vu que le programme providentiel des hérésies est de solliciter et d'occasionner le développement de la doctrine chrétienne sur ses différents points, en les attaquant séparément. C'est ainsi que le gallicanisme, par ses attaques, devait provoquer l'affirmation de l'autorité pontificale. Les fondements de la question qui va nous occuper ici sont donc les principes mêmes de la théologie sur la *primauté du pape*, primauté non seulement d'honneur, mais de *juridiction*, s'étendant jusqu'aux *doctrines*, en sorte qu'il faut lui obéir quand il commande, le croire quand il enseigne.

I. *Vraie nature des relations qui doivent unir au Saint-Siège les Eglises particulières et l'Eglise de France comme les autres.*

Le Souverain-Pontife jouit dans l'Église d'une souveraineté absolue ; par conséquent il doit être obéi en tout, partout et toujours. Les Églises particulières ou les évêques sont donc, vis-à-vis de l'Église romaine ou du pape, dans les rapports d'un inférieur à son supérieur hiérarchique : c'est la primauté du pape. Et cette dépendance n'est fondée ni sur le plus de mérite personnel de l'évêque ou de l'Église de Rome, ni sur le moins de mérite des autres, mais sur la volonté de Notre-Seigneur. La raison en est l'*unité*, dont l'Église a besoin, qui ne pouvait exister sans une autorité remise à un chef, et que Notre-Seigneur a voulu procurer de cette façon ; comme nous l'avons établi contre le protestantisme, lorsque nous avons montré la *nécessité d'une autorité dans l'Église catholique*. Cette autorité, ce chef, ayant à statuer à chaque instant sur des doctrines, et son gouvernement ayant surtout pour matière l'enseignement doctrinal, doit être infaillible ; autrement, il n'y aurait pas de primauté. D'où il est facile de comprendre le caractère des rapports à établir entre une Église particulière quelconque ou les Églises particulières, et l'Église romaine : les Églises particulières doivent à l'Église romaine obéissance et *obsequium fidei*.

II. *Exercice tranquille et possession* INCONTESTÉE *du droit de primauté et d'enseignement universels par le Saint-Siège dans tous les temps.*

Nous abordons ici la partie traditionnelle de la thèse *de primatu jurisdictionis et doctrinæ*. Dans tous les temps, on trouve des actes d'exercice de cette autorité ; les voici, pour la plupart, classés de manière à embrasser tous les textes de tradition, et à permettre de les ranger sous ces quelques titres.

Je ne parle pas des *textes et des déclarations expresses de la Tradition*. Perrone ([1]) les classe en quatre séries de Pères, selon que : — 1) ils affirment que Jésus-Christ a établi la primauté dans la personne de Pierre, pour constituer et maintenir à perpétuité l'unité de son Église ; — 2) ils affirment que Jésus-Christ a fondé son Église sur la foi de Pierre ; — 3) ils ont entendu les trois textes évangéliques de la primauté de Pierre et de ses successeurs ; — 4) ils affirment que Pierre

---

1. *Protestantisme et Règle de foi*, t. II, ch. VI, art. III.

a parlé par la bouche de ses successeurs, et appellent du nom de chaire de Pierre le siège du Pontife romain.

Je ne parle que des *preuves de fait* prises dans la pratique de l'Église : — 1) Le pape commande et enseigne pour tous ; et à cette autorité répond l'obéissance et la foi de tous ; tellement, que l'on est chassé de l'Église pour avoir désobéi ou refusé de croire ; et il n'y a que vis-à-vis de lui que cela se produit. — 2) La pierre de touche de l'orthodoxie des Églises ou des doctrines, est la communion avec Rome, et le seul fait de n'être pas avec Rome ou d'être condamné par Rome, est une note de schisme ou d'hérésie ; c'est le grand argument de S. Augustin contre les Donatistes. — 3) Le pape a le bénéfice du droit d'appel et de la réserve des causes majeures ; et ses jugements sont regardés comme sans appel et irréformables ; de là le vieil adage de l'antiquité ecclésiastique : *Summus Pontifex a nemine judicatur.* — 4) Les décisions et sentences du pape marquent la phase définitive des erreurs, celle où elles deviennent des hérésies et où personne ne peut plus les suivre ; et ceci est tellement vrai, que, jusqu'à ce moment, les hérétiques ont toujours fait leur possible pour échapper à ces sentences, et, qu'à partir de ce moment, ceux qui ne suivaient pas ces décisions, étaient regardés par tous comme hérétiques et étaient repoussés. Aussi, quand je dis : exercice *incontesté*, je veux dire qu'on ne peut le contester que pour excuser son hérésie.

III. *Comment, en vertu de ce droit du Saint-Siège, toute exemption aux lois et à l'enseignement de l'Église romaine, revendiquée comme un droit par une Église particulière, est une prétention intolérable et un attentat au principe catholique.*

Quiconque s'exempte d'une loi sans la permission de l'autorité, mais de la sienne propre, commet un attentat contre les principes, et doit être repris. Or, c'est ce que fit l'Église de France, en refusant d'admettre tout ce que l'Église enseigne, et de se soumettre à certaines lois. Donc, elle devait être reprise et punie ([1]).

1. Cf. de Maistre, *De l'Église gallicane*, ch. I.

IV. *Antique rapport de soumission, et tradition ininterrompue d'obéissance qui a toujours uni la France et le Saint-
Siège.*

Les premiers rapports de la France avec le Saint-Siège,
furent des rapports de soumission ; nous en avons eu la
preuve depuis la conversion de Clovis, jusqu'aux règnes de
Charlemagne et de S. Louis. Même lorsque, plus tard, cette
soumission s'affaiblit, la tradition d'obéissance demeura
toujours vive et constante dans la majorité de la nation ([1]) ;
bien plus, chose frappante, jamais les efforts du protestantisme, de l'impiété, des partis, du pouvoir civil, n'ont pu
détacher notre pays du Saint Siège ; ajoutons enfin que la
France a surtout été l'intermédiaire par lequel la foi, partie
de Rome, arrive, par son apostolat, dans les contrées qu'il
s'agit d'évangéliser.

V. *Sens équivoque du mot* ULTRAMONTAIN, *inventé par
les gallicans pour décrier les défenseurs du Saint-Siège.*

L'ironie de ce mot est visible dans les théologiens de
l'école gallicane ; il a été mis à la mode par Fleury, et usité
pour opposer l'Église nationale à l'Église romaine ; les
derniers tenants des théories gallicanes l'emploient encore
de nos jours, bien que les idées que l'on oppose à l'*ultra-
montanisme*, c'est-à-dire aux directions romaines pures de
tout alliage libéral, se soient beaucoup atténuées depuis
la définition du concile du Vatican.

II

COMMENCEMENT DES QUERELLES GALLICANES AVANT LE RÈGNE
DE LOUIS XIV.

Nous sommes restés jusqu'ici dans les principes qui sont
le *fondement* et la *digue* des appréciations historiques.
Entrons maintenant, à leur lumière, dans l'Histoire. Il nous

1. J. de Maistre, *ibid.* liv. II, chap. IV.

faut commencer par remonter plus haut pour suivre le courant de la tradition relativement à cette question. Nous venons de rappeler les origines de l'Église en France, qui sont pures de tout esprit d'indépendance vis-à-vis de l'Eglise romaine. Deux fois aussi, antérieurement, nous avons parlé des origines du gallicanisme, à propos de S. Louis et de Philippe-le-Bel ; car il y a discussion pour savoir auquel des deux il remonte. Quoi qu'il en soit de sa première origine, le *gallicanisme est une nouveauté*, par conséquent une hérésie ; à sa dernière période, d'ailleurs, il est loin d'être identique au gallicanisme de la première période, par conséquent, il a *varié dans ses principes*. Il a donc en lui deux notes d'erreur.

I. *Sens vrai et original du mot de* LIBERTÉS GALLICANES, *au temps de S. Louis.*

Des historiens, surtout des gallicans, voulant faire remonter le gallicanisme aussi loin que possible dans l'Histoire, et le couvrir d'un nom glorieux et vénéré, le montrent sous S. Louis, et attribuent à ce roi le sixième article de la *Pragmatique sanction*, presque synonyme de l'un des quatre articles de la *Déclaration*, et entravant l'exercice du pouvoir papal ; mais l'authenticité de cet article est plus que douteuse. Tout porte à croire que les rapports de S. Louis avec le Saint-Siège ne sont fondés sur aucun soupçon, mais sur la plus sympathique et la plus humble soumission. Le mot de *libertés gallicanes* apparaît alors pour la première fois, mais dans un sens tout autre et même tout contraire [1]. Il est probable cependant que les premiers nuages commencèrent à poindre entre S. Louis et Philippe-le-Bel, c'est-à-dire vers la fin du XIIIe siècle, époque à laquelle Alzog donne le titre suspect de *commencement de l'influence française* [2].

II *Altération de ce sens sous Philippe-le-Bel.*

Ce fut le roi Philippe-le-Bel qui inventa ou mit en corps

1. V. plus haut : IVe époq., ch. VIII, § IV, n° 3.
2. *Hist. de l'Église*, § 224.

de doctrine le *gallicanisme*, à propos d'un concile réuni à Rome et auquel le roi empêcha l'épiscopat français de se rendre. Malgré cette défense, trente-neuf évêques purent y assister, et cette démarche est déjà une condamnation de l'erreur que les rois devaient favoriser dans la suite, jusqu'au moment de sa condamnation par la bulle *Unam sanctam* [1].

III. *Théories schismatiques, à la suite du schisme d'Avignon, et affirmées par les conciles de Constance et de Bâle.*

Nous voici au commencement du XVe siècle ; il est certain que l'effet final du *schisme d'Avignon* fut de troubler l'Eglise et d'encourager l'esprit schismatique, en produisant au grand jour des théories subversives. Nous en avons une preuve au concile de Constance et de Bâle, d'abord œcuménique, puis suspect, enfin schismatique et passant par toutes les nuances d'une évolution complète de l'orthodoxie au gallicanisme. Les théories mises en œuvre par le schisme d'Avignon et précisées au concile de Constance et de Bâle, prennent corps et se formulent ; elles affirment, entre autres erreurs, la supériorité du concile sur le pape. Il ne s'agit plus désormais de tendance ; c'est la fermentation schismatique qui s'accuse et s'accentue.

IV. *Prétentions du pouvoir civil et d'une partie du clergé, au temps du concile de Trente* [2].

Au XVIe siècle, et au moment de la seconde assemblée du concile de Trente, sous Jules III, le roi de France Henri II empêcha les évêques français de se rendre au concile ; ceux-ci obéirent servilement ; c'est ici à proprement parler le baptême politique du gallicanisme. L'un de ces évêques, Amyot, notifia cette sentence au pape, et la France ne fut pas représentée dans cette assemblée ; en même temps, Henri II menaçait le pape de renouveler la *Pragmatique sanction*. Dans la troisième assemblée encore, le rôle de la France fut entaché de suspicion ; et le cardinal de Lorraine, tout en pacifiant, chercha, de concert avec

1. V. plus haut : IVe époque, ch. II, § 5.
2. V. plus haut : Ve époque, ch. VI, § I, n. IV, 2.

Lansac, à obtenir l'exaltation des privilèges de l'épiscopat, dans l'espoir que cette exaltation rabaisserait d'autant la primauté du Souverain-Pontife.

V. *Influence du calvinisme et, plus tard, du jansénisme, pour la propagation et l'exaltation des maximes gallicanes.*

C'est surtout dans les *Parlements* et la magistrature que le semi-calvinisme fit ses ravages, selon la remarque de J. de Maistre (¹), et se transforma en gallicanisme, sous forme d'*opposition aux décrets disciplinaires du concile de Trente* qu'on refusa d'accepter en France. Qu'on se rappelle aussi la politique des rois de France envers le Saint-Siège dans les affaires du calvinisme ; leurs transactions avec l'erreur, leurs révoltes contre le pape. Tout cela créait des courants d'opinions mauvaises. Quant au jansénisme, nous avons vu comment il unit sa cause à celle du gallicanisme et s'identifia pour longtemps avec lui (²). Le gallicanisme trahit du reste son origine et sa naissance par cette union avec le jansénisme, le premier s'unissant au second, pour échapper à la juridiction, le second s'unissant au premier, pour échapper à la condamnation du Saint-Siège.

VI. *État de l'opinion avant le règne de Louis XIV ; triomphe de la doctrine favorable aux droits du Saint-Siège, constaté par Fleury ; proclamation de ces droits par la conduite de Louis XIV.*

L'historien Fleury exagère évidemment la doctrine de l'Eglise romaine, dans ses discours sur les libertés gallicanes ; mais dans l'ensemble, et étant donnés nos principes sur l'infaillibilité du pape, il constate et il nous suffit de constater avec lui, que *l'opinion ultramontaine avait fait de grands ravages*, et que *l'Eglise entière voulait* être romaine. Seuls, les théologiens français, mais non à l'unanimité, auraient voulu avoir une Église catholique qui ne fût pas romaine ; on crut bien, à l'époque de Voltaire, que le temps était venu d'établir en France une Église catholique et apostolique, qui ne serait pas romaine !

1. *De l'Eglise gallicane*, l. I, chap. II.
2. V. plus haut, même époque ; chap. II.

La conduite de Louis XIV vis-à-vis du jansénisme et du quiétisme contient une *profession de foi aux principes romains*, qu'on ne relève pas assez et qui, pour être involontaire ou inconséquente avec le reste de sa vie, n'est pas moins significative et condamne les principes gallicans. Ainsi, même quand le gallicanisme est le plus implanté en France, l'opinion droite et romaine y est toujours représentée ; Fénelon en est le défenseur.

III

PREMIÈRES QUERELLES ENTRE LOUIS XIV ET LE SAINT-SIÈGE
AVANT LA DÉCLARATION DU CLERGÉ DE FRANCE.

I. *Appréciation sur la puissance, le caractère et l'œuvre politique de Louis XIV.*

Il faut bien se garder de mépriser le règne de Louis XIV à la manière des sots qui ne peuvent faire la part des erreurs ou des vices d'un homme sans le mépriser tout entier. Ce règne est-il l'idéal de la royauté française, même abstraction faite de ses erreurs ? Nous ne le croyons pas, bien qu'il nous semble le type le plus rapproché de l'idéal. C'est ici que commencent les temps modernes, et que se produit, avec la vraie langue française, la civilisation moderne ; aussi, tous les genres de génie éclosent-ils à la fois ; et il est fondamental, pour notre éducation nationale, de bien connaître cette époque glorieuse.

La puissance de Louis XIV avait été préparée par ses prédécesseurs, et il la développa extraordinairement, marquant le dernier pas de la royauté vers l'apogée de la puissance. Mais l'absolutisme de cette puissance poussa trop loin le grand roi, bien qu'il conservât à l'union des deux pouvoirs son exercice sinon irréprochable, au moins complet et sincère. Les intentions et le programme de Louis XIV étaient pleinement catholiques, selon les promesses faites par ses ambassadeurs au pape Innocent X ; sa plus grande faute fut de n'être pas toujours fidèle à ses engagements et d'abuser de sa puissance vis-à-vis du Saint-Siège.

II. *Difficultés naissantes sous l'administration du cardinal Mazarin.*

Le cardinal Barberini avait été exilé de Rome pour s'être révolté contre l'autorité pontificale, comme nous l'avons vu antérieurement ; l'accueil empressé que lui fit, en France, Mazarin, suscita des difficultés avec le Saint-Siège. Mazarin fut bien obligé de céder aux remontrances du Souverain-Pontife ; mais il avait laissé voir ses tendances et manifesté ses sympathies. Ces tendances s'accentuèrent encore lorsque le Saint-Siège prit la défense du cardinal de Retz ; certes, ce que défendait en lui le pape, contre le cardinal Mazarin, ce n'était ni le factieux ni le révolutionnaire ; c'était l'épiscopat ; ce qu'il attaquait, ce n'était pas le pouvoir royal, c'était une violation de principe ; on comprend dès lors que le coadjuteur de l'archevêque de Paris, condamné en France à la prison, ait reçu du pape et l'asile et la pourpre cardinalice, en protestation des droits épiscopaux méconnus par le pouvoir temporel.

III. *Affaire de la Régale.*

La querelle de la Régale fut la cause déterminante de la Déclaration de 1682. Cette controverse disciplinaire est instructive au point de vue de la grande question des droits du Saint-Siège attaqués par le gallicanisme.

Au moment de la croisade, le pape avait concédé au roi la facilité de percevoir, pendant leur vacance, et sous le nom de *Régale*, les revenus de certains sièges, abbayes et cures. Ce privilège s'était perpétué en France ; Louis XIV voulut l'étendre à tous les évêchés, et obtint l'assentiment des évêques. Le pape eut beau protester, le roi passa outre, et il ne se trouva que deux évêques, celui d'Aleth et celui de Pamiers, pour protester contre cette odieuse mesure ; tous les autres affirmèrent à Louis XIV une soumission illimitée.

Nous avons dans ce fait une preuve de la servitude créée par les prétendues libertés gallicanes, car les revendications injustes de Louis XIV n'avaient rien que d'onéreux pour l'Église de France. Et c'est ici que Bossuet, cédant aux sollicitations de Louis XIV, et se livrant lui-même à des démarches menaçantes, va se compromettre inconsidérément par son intervention malheureuse et attentatoire. L'évêque de Meaux écrivit au Saint-Siège une lettre pleine de prétentions subversives : il exigea la transaction du droit de l'Église avec l'ambition de l'État ; puis, comme le pape n'accédait pas au désir de Louis XIV, Bossuet préjugea cette transaction en faveur du roi et l'on passa outre — comme si le Souverain-Pontife n'avait pas été le seul juge, soit de la question de principe, soit de la question d'opportunité de sa non-application.

IV

HISTOIRE DE LA DÉCLARATION DU CLERGÉ DE FRANCE.

Les assemblées du clergé, en France, avaient un bon côté sous le rapport civil ; car elles maintenaient, par leur influence, le pouvoir dans une ligne de conduite chrétienne, et entretenaient l'union entre l'Église et l'État. Mais sous le rapport ecclésiastique et surtout doctrinal, qu'ont-elles fait et que pouvaient-elles faire de bon ? Ce n'étaient pas des conciles. Je conçois que des conciles, étant des actes vitaux et organiques de l'Église, des fonctions de sa vie, et ayant une assistance de l'Esprit-Saint, doivent toujours faire du bien, amener une augmentation de lumière, et avancer les questions que se pose à chaque époque le sacerdoce placé au milieu des nations pour les régir spirituellement, et les conduire à leur fin céleste. Mais ces assemblées n'étaient pas cela ; elles n'étaient pas des actes sacerdotaux, et n'avaient pas de caractère canonique ; bien que toutes composées de prêtres et d'évêques, elles avaient un caractère séculier. Dès lors n'était-il pas tout naturel qu'il en sortît des idées malsaines et des germes de décadence doctrinale

et canonique ? C'est ce qui arriva. Parcourez leurs actes, et
et étudiez-les à ce point de vue. Il flotte dans ces assemblées
des idées qui sentent l'hétérodoxie et le parti ; on y respire
un certain esprit de schisme encore indécis et incomplète-
ment formé, que Louis XIV, Bossuet et d'autres, atteints
cependant eux-mêmes, mais moins profondément, empêchent d'aboutir, mais qui, malgré ce frein, produit encore
des déclarations fort significatives. A quoi est dû cet esprit ?
Au relâchement de la discipline en France. L'institution de
ces assemblées, et l'acceptation d'une telle situation, n'est pas
le moindre mal du XVIIe siècle, il s'en faut ; et ce qu'elles
ont fait n'est pas le moindre signe du faux dans lequel
étaient ces grands hommes, au point de vue religieux. Ces
assemblées ont remplacé les conciles provinciaux qui étaient
l'organe disciplinaire par excellence ; elles sont devenues
l'organe du pouvoir civil envahisseur et tyrannique, le
moyen de faire triompher les idées gallicanes. Aussi ne
faut-il pas s'étonner si, au début de la première session, le
concile du Vatican déclare qu'une des causes les plus puissantes des maux de la société moderne, c'est la négligence
qu'on apporta dans l'exécution du concile de Trente : et nous
savons que c'est en France surtout que cette exécution fut
empêchée ou mal faite. Il y eut bien, de suite après le concile,
un commencement d'exécution ; mais le XVIIe siècle se
fait remarquer par son infidélité sous ce rapport, particulièrement quant à la célébration des conciles provinciaux.
Dans la question qui nous occupe ici, nous allons toucher
du doigt la vérité de cette remarque.

I. *L'assemblée de 1682.*

Louis XIV, ému du langage noble et courageux du pape
Innocent XI, avait jusqu'alors temporisé et contenu ses
légistes ; mais dans une première assemblée du clergé en
1681, et à la suite du fameux discours de Bossuet sur
l'*Unité de l'Église*, chef-d'œuvre d'exposition, d'habileté,
d'éloquence, les membres de l'assemblée abandonnèrent les
églises lésées et ne réclamèrent pas contre les envahis-
sements de la puissance civile. Le but premier de cette

assemblée était de tirer vengeance du pape qui avait condamné la conduite du clergé de France dans l'affaire de la Régale ; il fut non seulement atteint, mais largement dépassé.

Mais il s'agissait surtout de préciser, *sans le pape*, la nature des rapports entre la France et le pape. Dans cette intention se tint une seconde réunion, la grande *Assemblee de 1682*, composée de 34 archevêques et évêques, et de 38 ecclésiastiques de second ordre. Bossuet sentait bien la portée de l'acte coupable qui allait se perpétrer ; et l'on sent, à son langage, qu'il aurait voulu demeurer dans la voie catholique, tout en se pliant aux exigences du roi et du clergé mécontent ; bien plus, il semble ranger parmi les choses incontestables et incontestées, l'infaillibilité doctrinale du pape qui, sans doute, n'était pas directement en question, mais qui était au fond du débat. Cependant, le grand évêque se joignit à l'assemblée, malgré ses protestations « d'intentions très pures pour le Saint-Siège et pour *la paix.* »

II. *Autorité canonique de cette assemblée.*

Quelques évêques voulaient donner à cette assemblée le caractère d'un concile national ; mais Louis XIV s'y opposa. D'où il suit que la *Déclaration du clergé de France*, malgré son titre, n'avait rien d'officiel du côté de l'Église, et n'avait aucun caractère canonique ; ce qui, heureusement, rejette la principale responsabilité de cette réunion non pas sur l'Église de France, mais sur le pouvoir royal.

Non seulement l'assemblée s'ouvrit avec peu d'évêques, non seulement elle ne réunit jamais l'unanimité de l'épiscopat français ; mais, de plus, le roi n'y convoqua qu'un certain nombre de personnages choisis d'avance ; elle était donc frappée de nullité canonique : — 1) parce que ce n'était pas au roi, mais au pape à en faire la convocation ; — 2) parce que les décisions n'y étaient ni libres ni soumises au contrôle du Saint-Siège.

III. *Les* QUATRE ARTICLES *de la Déclaration.*

L'*Assemblée de 1682* a résumé ses travaux et condensé ses idées en *quatre articles* devenus trop célèbres et qui formeront désormais le *Credo* de l'erreur gallicane et la base des revendications de l'État contre l'Église.

Le premier de ces articles proclame que l'Église n'a *aucun droit, dans les choses temporelles, sur les gouvernements ;* ... « que les princes ne peuvent être déposés directement ni indirectement par l'autorité du pape ; que leurs sujets ne peuvent être dispensés de la soumission et de l'obéissance qu'ils leur doivent, ni absous du serment de fidélité ; et que cette doctrine, nécessaire pour la tranquillité publique et non moins avantageuse à l'Église qu'à l'État, doit être inviolablement suivie... » — C'est la thèse libérale, fille du gallicanisme, et telle qu'elle est pratiquée de nos jours.

Le second article *soumet l'autorité des papes à celle des conciles* et, dans l'espèce, l'autorité d'Innocent XI à celle du concile de Constance, dont les décisions n'avaient pas reçu l'approbation pontificale, parce qu'elles étaient un monument d'hérésie.

Le troisième article *soumet les pontifes romains aux Canons*, et leur *enlève tout pouvoir* sur ces « lois et usages, établis du consentement du Saint-Siège et des Eglises », et qui doivent *subsister invariablement.* Cet article est une contradiction, car enfin, puisqu'il appartient au pape de rédiger les canons, il peut aussi les modifier.

Le quatrième article refuse au pape l'infaillibilité personnelle, et c'est là le point sensible, le couronnement de l'œuvre gallicane : « Quoique le pape ait la principale part dans les questions de foi, dit-il, et que ses décrets regardent toutes les Eglises en général et chaque Eglise en particulier, son jugement n'est pourtant pas irréformable, à moins que le consentement de l'Église n'intervienne. »

IV. *Rôle et attitude de Bossuet avant, pendant et après l'Assemblée de 1682.*

Bossuet, nous l'avons dit, sentait la portée de l'acte coupable qui se préparait ; il eût voulu le détourner, mais il ne sut même pas y demeurer étranger, tant il avait à cœur de ne pas déplaire à Louis XIV. On a voulu prouver que l'évêque de Meaux avait été l'instrument des vengeances du roi, l'âme de l'assemblée et l'auteur principal des quatre articles ; il y a, au contraire, de fortes raisons de croire qu'il n'y eut que peu de part, et qu'il n'y apporta qu'une grande répugnance ; le discours d'ouverture qu'il prononça prouve bien qu'il eût voulu arracher à son idée cette grande assemblée, qu'il ne se dissimulait pas les difficultés naissantes, et qu'il pressentait les divisions qui en résulteraient. Il y avait tant d'irritation dans les esprits, qu'il craignait un schisme, et c'est la principale raison de son appel à l'*unité ;* malheureusement, si son éloquence put empêcher de rien décréter contre la foi, elle fut impuissante contre les *Quatre articles.* Quant à la *Défense de la Déclaration* attribuée à Bossuet, elle prouve qu'il a été contumace, si elle est authentique, mais la question d'authenticité se pose sérieusement ; d'ailleurs, cette *Défense* a subi des transformations et des amoindrissements qui donnent à réfléchir et à douter.

V. *Ordonnance de Louis XIV imposant au clergé l'enseignement des Quatre articles.*

Aussitôt que l'assemblée du clergé eut présenté au roi les quatre propositions, l'édit qui les transformait en lois du royaume fut signé et enregistré par le Parlement ; ordre fut donné aux professeurs de théologie de les enseigner ; et la résistance que l'antique Sorbonne crut devoir opposer à cette injonction, en ne cédant qu'à la force pour enregistrer l'édit, fut partagée par plusieurs autres établissements d'enseignement, entre autres le collège de Navarre, les Missions-Etrangères ; et Fleury constate la fidélité aux doctrines romaines défendues par le plus grand nombre d'ecclésiastiques.

Louis XIV établissait donc les éléments constitutifs d'une Eglise schismatique ; il affirmait une religion et une doctrine d'Etat indépendantes du Saint-Siège ; il substituait son autorité personnelle à l'autorité du pontife infaillible. Si ses ordres avaient eu leur plein effet, nous aurions eu une Eglise nationale soumise aux caprices du prince ; heureusement, une partie importante du clergé s'efforça de réagir, et il y eut assez de protestations pour sauver la France du schisme.

VI. *Condamnation de la Déclaration par Innocent XI.*

L'une des grandes preuves des droits de l'Eglise à intervenir dans cette circonstance et à déclarer nuls et sans valeur tous les actes de l'Assemblée de 1682, c'est l'intervention des papes dans toutes les querelles, et l'autorité avec laquelle ils ont toujours tranché les controverses et condamné ou approuvé les actes et la conduite des Eglises particulières. Nous avons constaté ce fait dans toutes les querelles antérieures ; en sorte que la primauté du pape est, dans tous les temps, l'*axe de l'Histoire ecclésiastique.*

Si une question s'élève sur le droit même du pape, le verrons-nous s'abstenir par humilité, par discrétion, par prudence ? Nullement, car son droit étant inaliénable, aucune raison ne peut le dispenser d'exercer sa fonction de pasteur ; la doctrine de la primauté du pape fait aussi partie du dépôt qu'il a mission de garder, par conséquent, il faut qu'il la défende comme il défend le reste. — On se demandera s'il peut affirmer et défendre son droit sans une *pétition de principe*, et si on ne pourrait pas lui répondre : Pour définir votre autorité première dans l'Eglise, et condamner les attaques dirigées contre elle, il faut que vous partiez de ce principe, que vous avez le droit de définir et de condamner, c'est-à-dire l'autorité première ; or, c'est précisément ce qui est en question. — En réponse à cette objection, voici le raisonnement contenu dans chaque exercice que fait le Saint-Siège du droit de primauté : l'*argument de prescription*, qui tire sa valeur de l'indéfectibilité de l'Église, prouve absolument la légitime et suprême autorité du pape ; il peut donc l'exercer en vertu de cette possession incontestable qui est elle-même un fait dogmatique ; il peut et doit, par elle, défendre le dépôt entier de la foi, il doit la définir, la défendre, la venger. Ici, comme partout, la meilleure preuve de la légitimité de la conduite du pape, c'est l'adhésion du monde catholique.

Dans la question qui nous occupe, Innocent XI ne prononça aucune sentence contre la *Déclaration ;* mais il déclara nuls et sans valeur tous les actes de l'*Assemblée de 1682.*

V

I. *Diverses querelles à la suite de la Déclaration.*

1º *Querelle pour l'institution des évêques.* — Louis XIV, soit pour se venger du pape qui n'avait pas voulu reconnaître la *Déclaration de 1682*, soit, en même temps, pour fortifier le parti gallican, voulut élever à l'épiscopat les tenants de la Déclaration qui n'étaient pas encore pourvus d'un siège. Innocent XI refusa leur bulle d'institution canonique aux candidats du roi, tant qu'ils n'auraient pas rejeté la Déclaration ; mais Louis XIV passa outre, nomma ses créatures administrateurs spirituels, et ne présenta pas d'autres sujets, tout en reprochant au pape le veuvage de plusieurs diocèses de France.

Nous avons ici un conflit analogue à la querelle des Investitures ; et il est facile de voir en quoi la prétention de Louis XIV était anticatholique, et à quel principe elle était opposée : *l'inviolabilité de la hiérarchie.* Cette sorte de querelle a souvent été utilisée par les tyrans ; elle sert très bien leurs vues et a sa raison d'être pour eux dans le besoin de s'autoriser de l'assentiment du clergé, d'asservir l'Église, et dans la tendance à faire une *Église nationale.* — Innocent XI fut inébranlable, et préféra une vacance prolongée des diocèses à l'admission d'évêques compromis par leur servilisme envers le pouvoir civil.

2º *Querelle des Franchises.* — Un nouveau différend vint s'ajouter au premier, et tendit encore les rapports entre Louis XIV et le Saint-Siège. Le *droit de franchise*, qui en fut la cause, consistait en ce que le quartier où demeurait un ambassadeur accrédité à Rome, était un lieu de refuge où la police et l'armée romaines n'avaient pas accès ; les ambassadeurs ayant maintes fois abusé de ces franchises, le pape les supprima et déclara qu'il ne recevrait plus les ambassadeurs qui revendiqueraient ce privilège, car ce prétendu droit portait atteinte au pouvoir temporel. Louis XIV résista encore, et envoya un ambassadeur qui entra dans Rome par la force, s'arrogeant le droit de franchise, et refusant de se soumettre. Le pape l'excommunia ; mais aussitôt Louis XIV répondit par des représailles ; il intervint injustement dans la nomination de l'archevêque de Cologne, et fit présenter une de ses créatures ; le pape choisit un autre candidat, et Louis XIV, furieux, menaça le pape de s'emparer d'Avignon. Innocent XI passa outre ; il fallait autre chose qu'un appareil de guerre pour ébranler le pontife. Le clergé de France se réunit alors pour protester contre le pape, et l'Université en appela au concile ; de son côté, Louis XIV envahit aussitôt Avignon et le Comtat Venaissin.

II. *Coincidence des premiers revers de Louis XIV avec ses derniers attentats contre le Saint-Siège.*

Nous ne ferons pas l'historique de ces revers ; qu'il nous suffise de faire remarquer la coïncidence de ses échecs en Hollande en face du Prince d'Orange, avec ses attentats contre le pouvoir temporel du pape ; il semble que le principe de sa chute soit là ; tous les grands hommes d'ailleurs n'ont commencé à voir s'affaiblir leur puissance et s'effacer leur gloire, qu'à partir du moment où ils touchaient au Saint-Siège.

III. *Nouvelle condamnation de la Déclaration de 1682 et de toutes les libertés gallicanes.*

Louis XIV avait trop de sens pour n'être pas embarrassé de son rôle, comme aussi trop d'orgueil pour céder à Innocent XI ; aussi attendit-il la mort de ce pape. Aussitôt Alexandre VIII, son successeur, élu, le roi abandonna les prétentions qui avaient occasionné les dernières luttes. Mais ce n'était pas assez ; il fallait tout céder ; le pape exigea la reconnaissance de tous ses droits, et condamna, par la bulle *Inter multiplices*, la Déclaration et toutes les libertés gallicanes. Cette bulle nous offre un exemple frappant de l'indéfectibilité du Saint-Siège et de l'immutabilité de ses principes ; par là le pape est toujours vainqueur, les rois finissent toujours par lui céder, à moins qu'ils ne se séparent de l'Église ; car jamais il ne saurait y avoir de transaction. La bulle *Inter multiplices* est le grand acte de la papauté contre le gallicanisme et, par conséquent, une des pièces importantes de cette histoire.

IV. *Soumission de Louis XIV, et révocation de l'édit relatif à la Déclaration.*

Louis XIV, voyant qu'il fallait tout accorder, écrivit au pape une lettre demeurée célèbre : « Je suis bien aise de faire savoir à Votre Sainteté, y disait-il, que j'ai donné les ordres nécessaires pour que les choses contenues dans mon édit du 22 mars 1682, touchant la déclaration faite par le clergé de France, à quoi les conjonctures passées m'avaient obligé, ne soient pas observées. » Il donna en effet ses ordres et il fut fidè'e à sa parole. Toutefois, il fit cettte démarche en secret, mais ce fut assez pour le pape, qui épargna le grand roi et se contenta de cette soumission.

V. *Rétractation des auteurs et des défenseurs de la Déclaration. Fin de la querelle.*

Les partisans de la Déclaration étaient tellement esclaves du pouvoir civil, qu'à l'exemple et sur un signe du roi, ils se soumirent et rédigèrent une formule d'obéissance à la bulle pontificale. C'est à cette période que se rattache le mot de Bossuet : *Abeat quo libuerit*, et le dernier texte de sa Défense. Le Saint-Siège donna aux évêques nommés leurs bulles d'institution, et acheva son œuvre de miséricorde en étendant à tout le royaume le *droit de Régale*. Il était arrivé à la justification des droits de l'Église, sans sacrifier un principe.

VI

LE GALLICANISME APRÈS LOUIS XIV.

Le règne de Louis XIV est l'époque la plus brillante du gallicanisme, celle où les idées se formulent, se revêtent de la couleur nationale, et s'identifient avec les intérêts du pays. Louis XIV a prêté aux *libertés* le manteau de sa gloire.

I. *Réveil des prétentions gallicanes, à l'occasion des luttes du Parlement pour le jansénisme.*

Nous avons vu la source identique du gallicanisme et du jansénisme, leur communauté d'intérêts, leur coalition contre Rome. C'était *au nom d'un principe gallican* que les jansénistes refusaient les condamnations portées par Rome contre le jansénisme, surtout la bulle *Unigenitus.* Voici ce principe : C'est qu'un acte du Saint-Siège n'avait sa force en France, qu'autant qu'il était accepté par l'autorité ecclésiastique locale. Aussi, toute cette querelle des Parlements appartient-elle autant à l'histoire du gallicanisme qu'à celle du jansénisme. C'était au nom des mêmes libertés qu'on repoussait la canonisation et l'office de S. Grégoire VII et de S. Vincent de Paul ; ces deux saints étaient regardés comme des hérétiques, pour avoir combattu l'esprit gallican. Toujours d'après le même principe, les droits de la juridiction, la juste administration des sacrements, étaient méconnus.

II. *Affaiblissement de la discipline à la faveur de ces querelles, et par suite de l'hostilité répandue en France contre le Saint-Siège.*

Par le gallicanisme, la France s'était, de fait, séparée du Saint-Siège, et les lois pontificales n'avaient plus d'action sur elle ; dès lors, l'Église gallicane, aidée par le pouvoir civil, commença à se faire une législation propre à elle et *fondée sur ce principe, qu'elle était libre du côté de Rome.* Les lois anciennes se perdirent, sans que personne pût y remédier et arrêter le torrent ; on les remplaça par des lois locales et arbitraires, n'ayant plus la sagesse des lois du Pontife romain qui seul a *grâce d'état,* compétence et *autorité absolue pour légiférer dans l'Église universelle.*

Chose remarquable, à mesure que l'Église de France se sépare de Rome, sa tendance est de se revêtir de ce caractère que nous avons donné comme propre au protestantisme ; elle devient une *secte niante,* elle se bat pour une négation. Ceci est frappant dans l'*énumération des libertés gallicanes* telle que nous la trouvons dans l'historien Fleury. Ce fait n'a pas été pour peu de chose dans la perte de la foi en France ; parce que les lois de l'Église sont comme la charpente de l'édifice religieux ; elles sont *conservatrices* et *préservatrices ;* il a marqué aussi l'abaissement progressif de l'Eglise de France. Ce qui est plus évident encore, c'est la part de ce fait dans la préparation et l'œuvre de la Révolution ; car il était déjà la révolution dans l'Église : *Omnis iniquitas incipit a domo Dei.* Enfin, ce fait nous a amenés à la situation tout à fait précaire où nous sommes en France : il n'y a plus de lois ecclésiastiques, et c'est au point que même aujourd'hui où l'autorité du pape est reçue, l'évêque n'a plus de contrôle ; il n'a plus la gêne, mais il n'a plus l'appui des lois ecclésiastiques ; il est suprême dans son ordre ; il commande, défend, renverse, chasse, impose sa volonté sans appel ; *du côté du pape, il peut toujours alléguer la situation exceptionnelle de la France ; du côté de son troupeau, il exige et ne peut exiger que l'obéissance aveugle,* ce qui est contraire à la législation ecclésiastique.

III. *Révolution liturgique due au même esprit.*

Nous savons l'importance de la liturgie comme *formule de la prière publique et catholique,* comme *expression authentique et populaire de la foi ;* nous savons aussi le *besoin qu'à l'Eglise de l'unité dans la liturgie et l'autorité exclusive du pape dans la transformation de la liturgie* qui découle de là. Or, les jansénistes, aidés des gallicans, et appuyés sur un principe gallican, abolirent, en France, l'ancienne liturgie romaine, et la remplacèrent par une *liturgie nationale.* Ce fait se rattache à la transformation janséniste de l'Histoire. On alla jusqu'à inventer, à l'usage de l'Eglise de France, de nouvelles fêtes, de nouveaux offices, un nouveau bréviaire. Letourneux fut un des grands réorganisateurs ou plutôt désorganisateurs du culte. Et nous savons, par les controverses soutenues de nos jours par D. Guéranger, s'il fut difficile de revenir à la liturgie romaine, dans un pays essentiellement catholique comme la France.

IV. *Montrer, dans toute cette histoire, la marche habituelle et les signes caractéristiques de l'hérésie.*

Nous retrouvons, dans la marche du gallicanisme, les trois phases habituelles et communes à toutes les hérésies, comme à tous les dogmes dont elles sont l'altération ou la contre-partie : — 1) La *phase de possession tranquille* et incontestée de la primauté pontificale, qui dure jusqu'à Philippe-le-Bel ; — 2) la *phase de controverse*, de faux-fuyants, d'hésitations et de prétentions inexpliquées, pendant laquelle cette primauté est attaquée ; cette phase s'étend de Philippe-le-Bel jusqu'à la bulle d'Innocent XI, en 1682, ou jusqu'à la bulle *Inter multiplices* d'Alexandre VIII en 1690 ; — 3) alors commence la *phase de définition*, pendant laquelle ceux qui veulent demeurer catholiques se soumettent, tandis que ceux qui se séparent deviennent schismatiques.

Quant aux signes caractéristiques de l'hérésie dans le gallicanisme, ce sont : — 1) l'*innovation*, opposée au signe d'apostolicité ; car on sait d'où date le gallicanisme ; — 2) la *variation*, opposée à l'immutabilité ; autant d'époques, autant de gallicanismes ; autant de têtes, autant de théories ; — 3) la *division*, opposée à l'unité, division soit avec Rome, soit entre les évêques ; autant de diocèses, autant d'Eglises, et chacune avec sa liturgie, sa discipline, ses libertés, ses croyances ; — 4) l'*esprit de nationalité*, opposé à l'esprit de catholicité ; — 5) on pourrait dire aussi, quoique moins strictement, la *perte de la note de sainteté*, en ce que l'Eglise de France devient stérile en saints et en œuvres, à mesure qu'elle devient gallicane.

V. *Raisons qui ont retenu l'Église de France dans la dépendance du Saint-Siège.*

Il ne faudrait pas exagérer ici le sens de ce que je viens d'énoncer sur les caractères de l'Eglise gallicane, de manière à me faire dire que la France ait formé une secte ou une Eglise schismatique. Trois raisons l'ont empêchée de rompre avec le Saint-Siège : — 1) La modération des papes d'abord, qui ne se hâtaient pas de condamner ce qui était condamnable ; et nous savons que c'est en partie à cette modération essentielle du Saint-Siège que la France doit l'inestimable bonheur d'être encore catholique ; — 2) l'esprit vraiment généreux et royal, malgré ses défaillances, de Louis XIV ; — 3) enfin, le caractère droit et noble, la conscience savante, le tact rude et délicat du sacerdoce français, dont les vertus, dit J. de Maistre, se sont si invariablement montrées plus fortes que ses préjugés (¹).

Malgré tout, le gallicanisme imprégna intimement, et pendant de longues années, l'esprit national ; il envahit presque toute la théologie et l'enseignement ecclésiastique ; ce n'est qu'au milieu du XIXᵉ siècle, sous le pontificat de Pie IX, que se manifesta un retour sérieux aux doctrines romaines ; et encore, la condamnation du principe gallican ne fut-elle pas prononcée, sans susciter, dans une fraction de l'épiscopat français, une vive et déplorable opposition.

VII

APPRÉCIATION GÉNÉRALE SUR LE XVIIᵉ SIÈCLE.

C'est un langage très commun en France de dire que le XVIIᵉ siècle a été, chez nous, l'apogée de la civilisation intellectuelle sous tous les rapports, et que le XVIIIᵉ siècle en a été la décadence achevée. Les révolutions intellectuelles sont-elles si brusques, s'achèvent-elles si vite, et une société passe-t-elle, en si peu de temps, d'une perfection si haute à une décadence si complète ? C'est une première invraisemblance qui est bien grave et qui m'a toujours fait soupçonner le XVIIᵉ siècle d'avoir été moins vrai que brillant. Il est assez naturel et légitime qu'on se défie d'une perfection qui a passé si vite, et a laissé la société si rapidement en proie à une telle corruption intellectuelle.

Si le XVIIᵉ siècle a été vraiment ce qu'on dit, le siècle

1. De Maistre, *De l'Eglise gallicane*, l. II, ch. XIV, p. 441.

chrétien par excellence, je m'évertue à chercher pour quelle raison il a produit, sur la suite de notre histoire, si peu de chose ; pour quelle raison il ne nous a pas sauvés ; pourquoi il a été suivi de si près par une décadence si complète, si grave, si profonde ; quel obstacle l'a empêché de nous fixer, au moins pour quelques siècles, dans la foi d'abord et dans toutes les prospérités qui en sont la conséquence. Pourquoi cela ? Lui a-t-on été infidèle ? N'a-t-on pas au contraire gardé son culte, et son culte pratique, un culte d'admiration et d'imitation ? N'a-t-on pas continué de le lire, de l'étudier, de faire de ses œuvres le programme et la matière de l'éducation dans toutes ses branches ? A-t-on rejeté son influence, cette influence pratique et quotidienne qui s'exerce par les lectures ? Ses productions ont-elles cessé d'être la nourriture de la jeunesse française, laïque et sacerdotale ? A-t-on cessé d'y puiser son esprit, ses principes et de se remplir de tout cela ? — Je ne sais si je me trompe, mais il me semble qu'on ne juge si favorablement le XVIIᵉ siècle et qu'on ne l'admire tant, que parce qu'on se place à un point de vue extérieur et superficiel, le point de vue littéraire et artistique ; la toilette des idées, si négligée au XIIIᵉ siècle, prend ici toute la place. Quand on envisage le XVIIᵉ siècle au point de vue profond et intime des doctrines, de suite on le trouve faux, et on est comme suffoqué par tout ce qu'il renferme d'apprêté. On trouve une société étrange, assez peu morale, très mondaine, où les gens les plus légers, et jusqu'aux femmes les plus évaporées, ont un avis sur les controverses du jour ; un abaissement du sacerdoce étonnant devant le pouvoir, avec un genre de vie fort étrange dans le clergé.

Il serait étonnant aussi qu'il y eût une gloire si pure entre notre honteux XVIᵉ siècle et notre impie XVIIIᵉ siècle, et que l'*apogée de la civilisation chrétienne*, comme on l'appelle, se présentât, dans l'Histoire, escortée de deux pareilles hontes. La Providence entoure mieux ce qu'elle aime, et la vérité cherche la bonne compagnie. Je suis effrayé de penser ainsi, et depuis que je réfléchis à ceci et que je roule ces

idées, je me suis souvent surpris à me soupçonner d'exagération, d'esprit de contradiction, ou de préjugé. Ces raisons
cependant sont à peser, en faisant abstraction des idolâtries
littéraires dans lesquelles on nous a élevés.

Ce qui manque le plus à ce siècle, c'est la simplicité qui
est, dit Ernest Hello, la substance du beau ; il a en place la
littérature. Il est à remarquer que tous les grands théolo·
giens ont été simples dans leur diction, et c'est un des élé·
ments de leur sublimité, une des causes de leur puissance.
Vous figurez-vous S. Thomas plus puissant et plus sublime
qu'il n'est, s'il avait écrit autrement, avec moins de simpli·
cité, s'il avait cherché le style et mis plus de littérature
dans ses écrits ? — C'est au XVIIe siècle qu'on cultive l'*artifice oratoire*, l'*artifice littéraire*, l'*amplification oratoire*, dans
toute la force du terme ; et une grande partie de la force
du XVIIIe est dans cet artifice. C'est quelque chose de
gonflé, d'ampoulé, de factice, d'hyperbolique, de solennel ;
ce n'est pas l'éloquence des idées et des choses, mais celle
des mots et des figures. Ceux mêmes qui vantent le XVIIe
siècle, disent à sa louange que sa force consiste à savoir
manier ces instruments. Combien d'ouvrages du XVIIe
siècle sont des ouvrages de pur apparat, tout sur commande
et pour la montre ! C'est alors que commence cette maladie
d'écrire pour écrire, pour faire du style ; la littérature est
le but, le sujet est le moyen ; on veut écrire avant d'avoir
un sujet ; je n'exagère pas, il suffit de se rappeler le précepte de Boileau.

Or, sous ces brillantes choses, qu'est vraiment le XVIIe
siècle ? Je dirai toute ma pensée en un seul mot qu'il me
restera la tâche d'expliquer : Dans l'Histoire de nos décadences, de nos erreurs du temps présent, le XVIIe siècle est
le lieu des germes, même et surtout du germe de notre
Révolution et des idées de 89, — comme notre siècle, il y a
lieu de l'espérer, se trouvera plus tard avoir été le lieu des
germes dans l'Histoire des restaurations et des relèvements
heureux. En effet, quand on lit les auteurs du XVIIe siècle,
leurs préfaces, leurs idées religieuses, leurs plans d'apologie,

on y retrouve en germe toutes nos erreurs. Un examen
attentif des *Pensées* de Pascal montre dans cet ouvrage, qui
est un mélange de génie et d'erreur, sous une forme littéraire éminente et au-dessus de toute louange, une infinité,
une fourmilière, un fouillis de ces germes faux. A chaque
ligne, le vrai, exagéré et faussé, devient le germe d'une des
innombrables théories fausses qui ont tout gâté depuis lors.
Que cet homme a fait de mal! Vous retrouvez chez lui
toutes les erreurs, toutes les idées fausses et modernes,
représentées par un mot, par une phrase, un alinéa qui,
sans doute, n'a pas été la cause de cette erreur, mais qui
vous indique, dans l'École à laquelle appartenait Pascal et
dont il était le chef, la présence de telle ou telle idée fausse
qui a grandi après lui, et qui est devenue une théorie, un
système, une loi de l'intelligence, de la science sacrée ou de
la vie chrétienne. Les *Pensées* de Pascal, écrites sans ordre,
sans art, au jour le jour, sous l'impression quotidienne de ce
qu'il voyait, entendait, lisait, remarquait à chaque instant,
sont la résultante de l'état social dont il était entouré et de
cette étude de l'homme pour laquelle il avait abandonné
toute autre étude; elles représentent bien l'état de l'esprit
humain très répandu dans la société d'alors, surtout chez
les gens sérieux, le mélange de foi, de doute, de contradiction, d'erreur, de vérité, d'observations éminentes et profondes, enfin de principes faux; elles sont peut-être la peinture la plus fidèle de l'état des esprits au XVIIe siècle, car
cette peinture est sans artifice et sans intention frauduleuse
ni préoccupation littéraire, bien qu'elle ait singulièrement
travaillé au raffinement de la pensée moderne et de la langue française. Cet état intellectuel est le produit du désespoir janséniste combiné avec le doute rationaliste et carté-
sien. Les *Pensées* de Pascal, qui sont dans toutes les bibliothèques de prêtres et dont on nourrit la jeunesse dans les
petits séminaires, sont mille fois plus dangereuses, par leur
bonne foi même, que n'importe quel roman obscène ou quel
livre impur dont on ne parle qu'avec horreur aux jeunes
gens, et on n'a pas tort.

Cette brillante société du XVIIᵉ siècle m'apparaît divisée intellectuellement — à part quelques exceptions qui ne sont pas ce qu'il y a d'influent et d'apparent alors — en deux grandes écoles qui se combattent et sont toutes deux dans le faux. L'une veut le surnaturel, est pénétrée de sa notion, de sa nécessité ; mais elle l'exagère, le fausse, et détruit sa nature : ce sont les jansénistes. L'autre est l'école naturaliste, qui affirme encore le surnaturel, mais ne le comprend plus, ne le sent plus, n'en a plus la notion profonde, et prend souvent les opérations et les sentiments de l'âme humaine pour les mouvements de la grâce de Dieu. Même Bossuet et Fénelon, selon moi, tombent dans cette dernière erreur : ils décrivent souvent quelque chose qu'ils appellent la grâce ; mais quand on suit de près leur pensée, on ne trouve dans leur description que les opérations intimes de la nature, on n'y trouve aucun élément surnaturel ; ce qu'ils ont pris pour la grâce, c'est un mouvement intime de l'âme, un sentiment bon, si vous voulez, mais qui ne suppose pas l'intervention d'un élément surnaturel. Il y a chez eux, et on y sent, une impuissance de regard à pénétrer, une impuissance de main à atteindre cet élément surnaturel, qui n'est pas seulement l'intime de l'âme, l'intime de son intime, comme dit Bossuet, mais qui est l'intime de Dieu même, caché dans une région bien plus mystérieuse encore que l'intime de l'âme, et inaccessible à quiconque n'a pas une notion profonde de la vie surnaturelle. Ceci est frappant pour moi dans les *Élévations de Bossuet sur les mystères*, et dans les *Lettres de Fénelon sur la religion*, lesquelles sont l'inauguration de ce genre d'*études religieuses* si répandu dans notre siècle et qu'on a appelé si bien *vues prises du dehors*. — Je dis que ces deux écoles opposées divisent la société intellectuelle au XVIIᵉ siècle ; souvent, elles divisent en deux un même écrivain, et on trouve dans les ouvrages d'un seul auteur, et même dans un seul ouvrage, dans une seule page, les deux défauts dont je parle. Je ne crois pas qu'on trouve souvent le naturalisme dans les jansénistes, mais on trouve une atteinte de jansénisme dans les écrivains que

j'accuse de naturalisme ; ils n'ont pas compris la grâce et
son action sur l'homme ; cela est visible dans Bossuet et
dans Fénelon ; du reste, dit Ernest Hello, le jansénisme est
partout au XVIIe siècle (¹).

Si la doctrine du surnaturel, qui est le fond de la théologie, de l'esprit chrétien, et de toute la religion, est déjà singulièrement affaiblie au XVIIe siècle, dans des théologiens
tels que Bossuet et Fénelon, la faute en est au protestantisme dont les esprits sont saturés et qui, pour s'infiltrer en
France, a pris diverses formes raffinées et subtiles, mais
surtout celle du jansénisme. Celui-ci, répandu un peu partout, sans précision, sans formule exacte, mais à l'état de
tendance et de nuance, s'est attaqué même à des adversaires comme Olier, ce mystique si profond mais qui appuie
trop sur la ruine de l'homme ; Bérulle qui, avec son dogmatisme élevé, a dans toute sa manière une rigidité de janséniste ; Bossuet, dont nous venons de parler plus haut et qui
se montre complaisant pour les jansénistes, trempe dans
leur esprit sur plusieurs points de doctrine et dans l'ensemble par la tenue.

Le jansénisme a encore tout un cadre et un ensemble de
sympathies, d'intelligences et de complices dans ces mœurs
apprêtées, dans ces usages factices, dans cette toilette et ce
fard de l'esprit, dans cette solennité si peu naturelle de
toutes choses, qui est le caractère, le vernis et la perruque
du XVIIe siècle. C'est par le jansénisme et parce qu'il est
janséniste, c'est-à-dire affecté, formaliste, faisant consister
la perfection en des formes rigides, que le XVIIe siècle
manque de cette simplicité qui est la probité de l'esprit
et la substance du vrai.

Ce qui m'indigne surtout contre le XVIIe siècle, et me
fait premièrement croire qu'il est dans le faux sous bien

1. Sur la théologie et la spiritualité de Bossuet, V. Œuvr. compl.
de J.-B. Aubry, t. IX, LA MÉTHODE DES ÉTUDES ECCLÉSIASTIQUES
DANS NOS SÉMINAIRES DEPUIS LE CONCILE DE TRENTE, ch. IX :
L'Œuvre théologique de Bossuet. Ce volume tout entier est de la plus
grande valeur et de la plus haute importance pour la restauration
des études sacrées en France.

d'autres rapports, c'est, sous le nom de *gallicanisme*, cette fermentation de désobéissance et de suspicion contre Rome, qui éclate au grand jour et avec une sorte d'impudeur dans les débats de l'épiscopat, de la Sorbonne, du Parlement, débats qui devaient nécessairement avoir leur traduction et leur côté pratique dans les séminaires. Cet esprit, qui a déjà séparé jadis de l'Église romaine l'Orient presque tout entier, avait sans doute pour mission diabolique d'en séparer encore la moitié la plus occidentale de l'Occident, et de faire ainsi le vide autour du Saint-Siège. Quand on lit par exemple Fleury, et qu'on le voit parler de *nos usages*, de ce qui est ou n'est pas reçu *chez nous*, la vérité de cette remarque saute aux yeux. Et Fleury, comme un grand nombre de ses contemporains, mais bien plus encore qu'eux, croit suffisant, pour repousser une loi ecclésiastique, une bulle ou même une définition de la foi, de dire : « En France, nous avons telle croyance, tel usage ! » C'est tout à fait le cas de dire avec Pascal : « Plaisante justice qu'une rivière ou une montagne borne... vérité en deçà des Alpes, erreur au delà. »

Sans même parler du gallicanisme comme doctrine particulière, ou plutôt — car le concile du Vatican nous oblige à lui donner désormais un nom plus sévère — comme hérésie particulière et rattachée au protestantisme ; et à ne l'examiner que dans son influence générale, nous disons donc que le gallicanisme est un principe de division : il a séparé pratiquement de Rome le clergé français, le privant de cette lumière romaine qui a le don de préserver des excès. Enlevez son chef à une armée, elle perd la moitié de sa force, et n'a plus que bien peu de résistance contre l'ennemi ; dans l'ordre intellectuel, comme partout, l'autorité est la moitié de la force d'une armée, parce que c'est elle qui fait l'unité. Ainsi, le gallicanisme, principe de division, en séparant de son chef l'Église de France, l'affaiblissait et la livrait pieds et poings liés à l'ennemi. L'union fait la force, dit-on ; or, dans notre pauvre humanité, l'union, c'est l'harmonie dans la soumission à l'autorité constituée divinement. Détruisez l'autorité ou la soumission, il n'y a plus de raison d'espérer l'harmonie.

L'étude du jansénisme et du gallicanisme nous donne la note doctrinale du XVIIe siècle ; car ces deux erreurs ont versé dans les veines de la nation non pas seulement des idées particulières fausses, des notions théologiques en contradiction avec plusieurs articles définis et, par conséquent, essentiels, de notre foi ; mais elles ont répandu dans tout l'esprit religieux de la France et de l'enseignement, un souffle qui n'est plus l'inspiration catholique ; surtout — et c'est là le principe premier de leur funeste influence — elles ont faussé l'idée du rapport de la raison avec la foi. Le véritable principe, le plus funeste venin de ces deux erreurs est là ; c'est la formule philosophique, la racine, la moelle, le principe générateur de leur influence chez nous. On ne voit souvent, dans ces deux erreurs, que des détails, des points isolés de leur enseignement ; si importants soient-ils par la grandeur des dogmes qu'ils attaquent et par la funeste puissance des effets qu'ils entraînent, ce ne sont que des détails ; tant qu'on se borne à cela, on n'a pas compris le gallicanisme et le jansénisme — j'ajoute aussi qu'on n'a pas compris le XVIIe siècle et les conséquences qu'il entraîne dans la suite de l'Histoire, soit au point de vue des doctrines et de l'esprit, soit au point de vue social qui dépend du précédent ; on ne comprendra pas non plus le XVIIIe siècle qui est si bas, et qui remplace si vite les plus grandes gloires par les pires hontes. Au contraire, une fois saisie cette cause de décadence, et cette décomposition intérieure sous des dehors brillants et pompeux, la cohésion intime du XVIIe siècle avec la suite de l'Histoire apparaît clairement ; la cause des chutes se dévoile, les conséquences de ce qui semblait si beau, se déroulent sous leur vrai jour.

La vérité sur le XVIIe siècle, c'est qu'à aucune autre époque de notre histoire, nous ne trouvons autant d'erreurs doctrinales théologiques, répandues, accréditées et prenant racine dans l'Église de France ; et qu'en voyant ces erreurs s'installer dans les intelligences et les études, et y fausser toutes les idées principales de la doctrine, nous n'avons plus à nous étonner de les voir s'épanouir au XVIIIe, dans tout l'ordre intellectuel et social, y produire cet horrible état que nous savons, et préparer toutes les erreurs et tous les travers du temps présent. C'est à partir du XVIIe siècle qu'on trouve chez nous cette incohérence des doctrines, cette inconsistance des idées, ce mélange des principes qui font qu'on admet l'identité des contraires, la légitimité de toutes les religions, la tolérance de l'erreur et de tout mal intellectuel, la liberté de tout dire, de tout prêcher, de tout imprimer. Quelle trouée effroyablement funeste faite à l'ordre social et au salut des âmes ! Dès lors, nous assistons au renversement des notions chrétiennes ; on laisse hautement entamer la foi par des concessions faites à l'erreur, tandis qu'on est étroit dans la morale, tout au contraire de Rome qui ne concède rien de la foi et qui, en morale, n'impose que l'obligation certaine. Les jansénistes sont remarquables sous ce rapport, et les gallicans reçoivent d'eux leur esprit ; Bossuet parle des *casuistes* à peu près comme Pascal et dans le même sens, et je ne sais s'il a parlé avec plus de mépris des jansénistes que de ces grands théologiens estimés à Rome, Lessius, Suarez et plusieurs autres, qu'il dénonçait comme relâchés, et paraissait mépriser bien fort. De son côté, Fleury, dans ses *Mœurs des Chrétiens,* considère la *multitude des docteurs* de l'Église comme une décadence, et parle de l'ignorance de S. Thomas en matière de discipline ; il regarde le renouvellement des études qui se fit au XIIIe siècle comme plus nuisible à la vie chrétienne que la « simple ignorance » ; il regrette que, dans les écoles, on se fût « écarté de la *pure autorité* pour donner beaucoup au raisonnement » ; il trouve mauvais l'étude d'Aristote et des anciens, et le développement donné à la métaphysique et à la dialectique ; il déplore l'avantage donné à la « théologie scolastique » sur la « positive », au Maître des Sentences et à Gratien sur les Pères, et, dans l'Écriture, au sens figuré sur le sens littéral ; il regrette la part attribuée aux moines et aux évêques dans les affaires publiques, enfin la fondation des universités et les questions curieuses qu'on y traitait. Que si l'on regarde Fleury comme l'écho de l'opinion qui régnait dans le monde dont il faisait partie, on y trouvera le germe de bien des théories déplorables qui ont fleuri depuis, et qui, en produisant leurs fruits, ont aussi trahi leur vice.

Quand les grands écrivains, dont la supériorité incontestable donnait tant d'éclat à l'Eglise de France et l'empêchait d'arriver trop vite et de leur vivant à certains excès, furent morts et remplacés par la tourbe des médiocres et des imitateurs ; quand la supériorité ne fut plus là pour soutenir la réputation acquise et extérieure, et pour masquer la misère intérieure des idées ; quand le principe de Descartes se fut installé, et que celui de Pascal eut fait sa fermentation ; quand le gallicanisme eut fermé les portes à la lumière, et le jansénisme répandu ses idées endurcissantes ; alors, on vit beau jeu dans nos pauvres écoles ; la misère intellectuelle apparut et s'installa dans le sanctuaire et aux sources de la nation. Je propose un travail instructif : l'histoire particulière des doctrines dans chaque diocèse, et de l'enseignement dans chaque séminaire de France depuis Bossuet ; que l'on fasse ce travail, et l'on ne s'étonnera pas du mal profond où nous sommes tombés, quand on verra, à travers ces deux cents ans, l'erreur avancer, s'infiltrer dans les veines de la nation, y détruire peu à peu tous les éléments de vie, et y infuser la corruption intellectuelle.

On a porté au XVIIe siècle une autre accusation fort grave et qui, si elle est fondée, serait la condamnation de bien des choses admirées jusqu'ici : c'est d'avoir été païen, d'avoir paganisé l'éducation littéraire et, par elle, d'avoir fait entrer dans la société l'esprit rationaliste. Je m'abstiens de prononcer sur cette accusation ; je me borne à dire que les raisons dont elle est appuyée m'ont toujours paru fort graves et dignes d'examen, que je n'en ris pas — comme les adversaires de Mgr Gaume à propos de la querelle des classiques, — et que cette question, qui a fait tant de bruit en Europe il y a 40 ans, et qui en fait encore, dit-on, en Amérique, ne me paraît pas avoir été entièrement tranchée. Quoi qu'il en soit d'ailleurs de la solution de cette question, n'est-il pas permis de trouver le langage religieux des poètes et des littérateurs, même ecclésiastiques, de cette époque, fade et faux comme sentiments et comme images ? Tous ces gens-là, comme a dit Sainte-Beuve, *frisent et parfument* l'Ecriture en la paraphrasant. Et puis, les théories artistiques et litté-raires, les arts poétiques sont-ils sensiblement différents dé ceux qu'avait inspirés le paganisme ? Il me semble pourtant qu'il doit y avoir une différence profonde ; il me semble qu'il y a une littérature, une poétique chrétienne, un art chrétien ; ce n'était pas la peine de naître sous la lumière de l'Evan-gile, d'avoir traversé les Pères de l'Eglise et les grands scolastiques, d'avoir vu tout le travail de la civilisation chré-tienne, pour n'avoir à donner aux peuples chrétiens, en fait d'art poétique, que la traduction des préceptes d'Horace, et pour ne pas trouver, dans son intelligence chrétienne, d'autres préceptes littéraires que ceux d'un païen ; si bien même que, ne trouvant pas de place, dans cette théorie littéraire, pour les sujets chrétiens, il faudra faire une loi nouvelle pour les exclure du domaine de la poésie, et enten-dre dire à Boileau, comme une chose toute simple, que, seul entre tous les êtres, Dieu n'est pas un sujet poétique. O signe du temps ! Notre XIXe siècle est plus chrétien, et nous avons vu des théories d'art, une littérature, une poétique, vraiment chrétiennes et inspirées par l'idée théologique.

Les travaux des grands littérateurs et des orateurs du XVIIe siècle sont devenus les types proposés à l'imitation, et le thème obligé des études pour la jeunesse chrétienne et ecclésiastique des âges suivants. Or, comme je le pense, si ces monuments littéraires sont ou païens d'esprit, ou vides de vie chrétienne et surnaturelle, voyez-vous les jeunes intelligences sacerdotales ou chrétiennes se nourrir de cette pâture, se former l'âme au milieu de ces beautés littéraires d'où la vie chrétienne est absente ? Quoi d'étonnant, dès lors, que ces œuvres littéraires n'aient rien sauvé, et que jamais nous n'ayons été si dépourvus et pauvres d'esprit, que depuis que nous possédons de si beaux modèles ? Ces œuvres me semblent avoir accrédité, chez nous, une certaine littérature *honnête, morale*, pas impie, mais aussi pas chrétienne et, par conséquent, antichrétienne d'esprit, païenne enfin au fond, fort égoïste et sans cœur. Telle est la littérature de La Fontaine, de Molière et de Boileau — *la morale de la nature* enfin, selon l'expression de Sainte-Beuve.

Plus on étudie le XVIIᵉ siècle dans son détail, dans toutes ses parties et, pour ainsi dire, dans tous les coins de son histoire, avec l'œil calme, impartial et chrétien du théologien et de l'historien, plus on y trouve partout des choses fausses : pouvoir qui perd l'idée chrétienne de lui-même, et qui ne vise plus qu'à sa propre gloire et à son propre intérêt ; évêques courtisans et mondains, clergé abaissé et frivole ; rapports des deux puissances qui se faussent de plus en plus ; peuple chrétien qui perd sa foi, idée d'une Église nationale qui s'écarte de Rome ; philosophie cartésienne et rationaliste ; lois qui ne se fondent plus sur l'Église, politique qui perd sa base chrétienne ; hérésies ou tendances hérétiques funestes ; théologie qui s'écarte de la scolastique et perd les deux idées qui sont le fondement de la théologie, je veux dire l'esprit surnaturel et le principe de tradition. — C'est depuis ce temps qu'on a cessé surtout de se faire une assez grande idée de l'autorité *enseignante*, de la fonction d'enseignement dans l'Église, de la place qu'occupe cette fonction dans l'économie du christianisme ; on a oublié que l'Eglise est, avant tout, une *société d'enseignement ;* et le clergé du XVIIᵉ siècle n'a pas peu contribué à cette dépréciation de la plus grande fonction de l'Église, par le genre faux de prédication mis à la mode dans les chaires les plus célèbres. Ce n'est pas pour rien non plus, sans doute, que La Bruyère a critiqué *la Chaire*, et trouvé qu'elle avait peu le goût apostolique ; pour avoir abandonné la manie des citations grecques et latines, empruntées aussi bien aux auteurs profanes qu'aux auteurs sacrés, elle n'avait pas passé si vite à la perfection qu'on lui prête souvent, et elle était tombée dans un autre travers : le pédantisme oratoire et la déclamation, la recherche des divisions géométriques et savantes. L'esprit de tradition perdu, la prédication allait vite s'affadir par la préoccupation de formes trop nouvelles et trop mondaines, de développements tout humains et rationalistes ; la démonstration allait puiser ses arguments exclusivement dans les sciences naturelles. Sans doute, c'est là un genre de développements agréable, frappant même et utile pour l'apologie contre les athées ; mais un genre bien extérieur et superficiel, très étranger à la métaphysique et aux vraies spéculations théologiques ; que si ce genre d'études dispense d'approfondir la notion intime du dogme, il a, de fait, depuis le XVIIe siècle, trop remplacé, dans les livres et les écoles, les études plus profondes et plus solides, ceci soit dit sans nier son utilité, son opportunité et le fruit qu'en peut tirer la théologie. L'usage exclusif de ces preuves secondaires, tirées des sciences humaines, a nui à la solidité des convictions, en faisant oublier les preuves que la raison trouve dans son propre fonds. Leibnitz voyait clair dans le christianisme et dans les choses surnaturelles, quoique protestant, plus clair que bien des catholiques et de grands écrivains qui lui en remontraient sur d'autres points ; et je me permets de croire que si on avait, dans la controverse qu'il eut avec eux, exposé à ce grand esprit le vrai système catholique dans toute sa hardiesse surnaturelle, vu l'aptitude qu'il avait à le comprendre, à l'aimer, vu la sympathie que ce système aurait trouvée en lui, cette controverse aurait eu plus de succès.

De la situation prise par les polémistes catholiques au XVIIe siècle, nous est venu un autre grand mal encore : *on plaide pour le christianisme les circonstances atténuantes ;* et ceci caractérise la situation faite dans les trois derniers siècles soit par la politique, soit par la société mondaine, et acceptée trop souvent par les chrétiens, les apologistes et le clergé. On oblige le christianisme à tout un ensemble de concessions à faire à une seconde société antichrétienne qui vient s'asseoir à côté de la première et y fonder le *progrès* moderne ; de là toutes ces concessions de principes fatales qui ont énervé le sens public chrétien, et ont abouti à faire passer pour axiomes des monstruosités. Bossuet, Fénelon et beaucoup d'autres furent des artisans de ces concessions ; le système de Descartes en est la théorie philosophique et le *Credo* (¹).

Enfin, pour dire franchement toute ma pensée, le XVIIᵉ siècle nous introduit dans cette période fatale de la vie des nations, qui est l'avènement des rhéteurs au pouvoir dans l'ordre intellectuel ; le principe religieux renversé, la rhétorique devient la reine des sciences, la règle des lois, des institutions et de la vie nationale. Cette période a toujours abouti à la mort chez les nations païennes ; la question est aujourd'hui de savoir si elle aura le même terme chez les nations chrétiennes, ou si la miséricorde divine dira, comme dans l'Évangile : *Hæc infirmitas non est ad mortem*. La France est la première qui soit née, comme nation, de l'Église ; la première, elle fournira au monde ce grand sujet d'observation et cette grande expérience historique de ce qui arrive d'une nation chrétienne aux prises avec un mal qui fut toujours mortel pour les nations païennes. Il est au moins permis de douter qu'elle en meure, et d'espérer que la vie chrétienne sauvera la malade. M. de Maistre a dit : « Les nations meurent comme les individus, il n'y a pas de preuve que la vôtre ne soit pas morte (²). » Cette parole, la première fois que je l'ai rencontrée, m'a fait bondir et m'a percé comme un glaive jusqu'aux moelles ; ce qui est terrible, c'est qu'elle est vraie, et que le doute de M. de Maistre n'est pas tranché ; car aujourd'hui nous ne sommes guère plus avancés que de son temps. Que la France a de mal et qu'il lui faut de temps pour mourir ou guérir. On voit bien qu'elle est d'essence catholique, et s'il y a espoir, c'est à cause de cela. Disons avec le cardinal Pie : « Si la France doit être refaite, c'est par la foi. » Il y a pourtant quelque chose de bon et qui est

---

1. Dans son remarquable ouvrage sur la *Méthode des Études ecclésiastiques dans nos Séminaires depuis le Concile de Trente*, au t. IX de ses *Œuvres complètes*, le Père Aubry développe longuement les idées seulement ébauchées dans ce chapitre.

2. *Opuscules inédits.*

plus visible aujourd'hui qu'au temps où M. de Maistre a parlé : Quand on compare notre siècle au XVIIᵉ siècle, au fond, il est préférable ; sans doute, il a autant de misères évidentes que le XVIIᵉ siècle avait de gloires apparentes ; mais ce qu'il faut considérer dans un siècle, pour le juger, ce n'est pas ce qui apparaît, ce qui est actuel et voyant ; ce sont bien plutôt les germes déposés dans le sillon, qui doivent produire les moissons de l'avenir ; s'ils sont bons, même quand le présent serait mauvais, on peut compter sur l'avenir. Or, les seules choses qui, au XVIIᵉ siècle, fussent des germes fécondables et eussent espoir de produire, étaient des germes de mal ; aujourd'hui l'arbre qu'ils ont produit se meurt, et les seuls germes que je trouve dans le sillon ayant l'avenir pour eux, sont des germes de vie ; nous sommes malheureux, mais il y a des moissons qui poussent, et ce sont nos motifs d'espérer que Jésus-Christ a dit pour la France ces mots qui, au sens littéral, s'appliquent à la jeune fille de l'Évangile, mais, au sens spirituel, à bien d'autres malades : *Infirmitas hæc non est ad mortem, sed ut manifestentur opera Dei per ipsam.*

CHAPITRE V

Persécution de l'impiété philosophique contre l'Église au XVIIIe siècle.

I

ORIGINE DE LA NOUVELLE PERSÉCUTION.

La source des maux qui s'abattent, au XVIIIe siècle, sur l'Église de France, est, comme il arrive toujours, dans les événements qui précèdent ; car il est à remarquer que les révolutions sociales, aussi bien que les évolutions de l'esprit humain, ne s'opèrent pas en un clin d'œil, et ne s'astreignent pas à des dates précises, comme la durée des siècles, mais qu'elles se préparent de longue main et durent encore après leur chute. C'est ainsi que l'œuvre du XVIIIe siècle commence en 1741, pour ne finir qu'au milieu du XIXe siècle, bien que, dans ses conséquences, elle doive avoir un prolongement illimité.

I. *État florissant de la religion catholique en Europe, à la fin du règne de Louis XIV.*

Malgré les luttes du protestantisme, du jansénisme et du gallicanisme, la religion catholique était florissante en France et dans toute l'Europe. Tant de cabales et de luttes n'avaient pu enlever au catholicisme la première place, le trône au pied duquel les rois eux-mêmes ne craignaient pas d'abaisser leur puissance pour lui rendre hommage. Louis XIV tenait essentiellement à la religion ; et quand son absolutisme l'eut entraîné trop loin, et lui eut attiré les reproches de l'Église, mis en demeure de choisir entre elle et la sépara- tion, spontanément il choisit l'Église et fit sa soumission. Sans doute, le grand roi avait favorisé l'erreur galllicane, mais il n'alla jamais que jusqu'à une certaine limite dans le mal ; et, au dedans toutes ses institutions, au dehors toutes ses guerres, faisaient la part de l'Église, ou se fondaient sur un principe chrétien ; partout il accordait au Saint-Siège et à l'Église respect et protection.

Si les travaux de l'esprit et les institutions religieuses sont la mesure de l'état d'un pays et de la religion dans ce pays, certes on peut dire que la France était florissante au XVIIᵉ siècle et le catholicisme dans son plein épanouis- sement.

Il faut avouer cependant que l'esprit d'indépendance et d'impiété commençait à poindre, et que, même les grands auteurs chrétiens, par leurs tendances jansénistes, carté- siennes ou gallicanes, favorisaient cet esprit. Pour moi, j'ai beau m'évertuer à chercher les causes profondes de l'impiété du XVIIIᵉ siècle et de la Révolution française, plus je cher- che, plus ma pensée revient irrésistiblement au XVIᵉ et au XVIIᵉ siècles, plus je me sens forcé, comme d'instinct, à trouver ces causes dans les gloires si mêlées du *grand règne*. Tout ce règne est faux, mêlé d'erreurs et sali de crimes. Il serait étonnant aussi, je l'ai dit, qu'il y eût une gloire si pure entre notre honteux XVIᵉ siècle et notre impie XVIIIᵉ. Mais n'insistons pas ; les événements que nous allons voir se dérouler au XVIIIᵉ, se chargeront de confirmer le jugement que nous avons porté plus haut sur le *grand siècle*.

II. *Rôle important que la France commence à jouer dans le mouvement des idées à cette époque.*

La gloire de Louis XIV avait fait monter à son apogée la puissance de la France ; le grand roi avait mis la main à tous les traités de l'Europe, et fait rayonner autour de son trône toutes les nations éblouies de sa gloire. Notre pays était devenu le foyer des idées, le théâtre des inventions, la source des conceptions généreuses ; s'il connaissait le mal, et s'il y prenait une trop large part, il n'en était pas l'inventeur mais la première victime.

III. *Changement d'esprit, abolition des vieilles traditions chrétiennes dans le gouvernement, et dépravation des mœurs en France après la mort de Louis XIV.*

Aussitôt après la mort de Louis XIV, en 1715, Louis XV, âgé de 5 ans, lui succéda sous la régence de Philippe, duc d'Orléans. Aussitôt, la politique changea, la religion perdit son prestige et fut discréditée à la Cour, les principes chrétiens furent bannis de la législation ; la sensualité, la corruption, se développèrent rapidement, s'étalèrent au grand jour, et eurent en quelque sorte force de loi. Dès lors, la Révolution se préparait sans bruit, prête à éclater au moment favorable. Lorsque Louis XV, à sa majorité, devint roi effectivement, et eut choisi Fleury pour son ministre, une amélioration se produisit ; mais le ton était donné, l'impulsion trop forte déjà pour permettre une réaction, et le gouvernement trop faible pour renouer les traditions interrompues.

IV. *Combinaison entre les dernières erreurs théologiques, dont les efforts s'unissent pour affranchir la raison du joug de la foi.*

Nous voyons alors les dernières erreurs théologiques s'unir et tenter un effort combiné, pour s'affranchir du joug de l'Église et de la foi ; elles aboutissent à un dernier système, le *philosophisme* ou rationalisme, qui croit à la suffisance de la raison, rejette la soumission de la raison à la foi, et n'admet que ce qui est compréhensible à l'intelligence. Donc, plus de révélation, plus d'autorité, plus de mystères, et, partant, plus de dogmes. C'était la plénitude et l'application intégrale des principes posés par les protestants, les jansénistes et les gallicans ; des diverses erreurs partielles qui avaient travaillé le monde catholique depuis 200 ans, se dégageait la grande erreur *radicale* qui était leur résultante logique, et qu'on peut appeler un *protestantisme complet*, générateur et père de la Révolution, qui est l'application sociale de ce dogme nouveau et destructeur.

V. *Caractère superficiel et peu fondamental des productions de l'esprit, même dans l'ordre ecclésiastique.*

Les principes de ce philosophisme révolutionnaire s'implantèrent d'autant mieux et plus rapidement, que l'esprit ecclésiastique s'affadit dans le clergé, pour faire place au *bel esprit*, à la littérature mondaine, à la science séparée et déjà sécularisée, sinon extérieurement et officiellement, au moins dans son concept. C'est alors surtout que la foi diminua dans les populations, en proportion de la doctrine dans les pasteurs ; et nous verrons bientôt à quel affaiblissement doctrinal, à quel ensemble d'idées fausses et malsaines, fut livrée la formation du clergé, grâce à la décadence de la théologie dans nos écoles françaises ([1]).

VI. *Origine et point de départ de l'impiété philosophique et rationaliste en Angleterre.*

Si la France, par la fermentation des erreurs et des mouvements intellectuels que nous avons étudiés, fut un terrain choisi et préparé pour l'éclosion du philosophisme, le germe de cette erreur radicale lui fut apporté du dehors, par le protestantisme. Celui-ci, particulièrement en Angleterre, en était arrivé à rejeter toute foi, toute doctrine surnaturelle ; de l'indépendance de la raison, il avait fait son principe ; mais c'est surtout au XVIIIe siècle qu'il le formula en termes clairs et précis ; car, jusque-là, il avait retenu quelque chose de la révélation. Il abandonna donc tout mystère, et ne voulut plus accepter que ce qui est accessible ; en cela il se montrait plus logique que les fondateurs du protestantisme. Or, ce protestantisme complet fut la source première du philosophisme rationaliste inauguré chez nous au XVIIIe siècle.

1. V. plus bas, ch. VII.

II

J'ai dit que la France n'avait été que le champ clos et l'endroit où l'impiété était venue s'armer pour partir à la conquête du monde ; loin d'être une production native de notre sol, elle y a trouvé ses premiers réfutateurs, et n'y a jamais totalement triomphé.

I. *Pléiade d'écrivains précurseurs de l'impiété du XVIIIe siècle.*

Je ne trouve pas le nom de Bayle dans plusieurs manuels d'Histoire ecclésiastique ; mais je crois qu'il faut le rattacher à ce mouvement d'erreurs, bien qu'il soit mort en 1706 ; car il est vraiment le père et l'introducteur en France de ce système philosophique ; il est le premier des philosophes sceptiques, et il forme la transition entre le XVIIe et le XVIIIe siècle ; de plus, il y a, dans son fait, ceci de caractéristique, qu'il est protestant et sert ainsi de transition entre le protestantisme et le rationalisme.

Après Bayle et avant Voltaire, une foule d'écrivains surgissent qui préparent insensiblement le terrain ; Montesquieu est l'un des pires ; son ouvrage sur l'*Esprit des Lois*, en chassant l'Évangile des codes, a causé nos révolutions ; ce livre est le précurseur du *Contrat social*. Montesquieu forme la transition entre le XVIIe et le XVIIIe siècle ; et il faut remarquer, comme effet du naturalisme que le XVIIIe siècle répandit en France dans la science, ce tour de force de Montesquieu et de bien d'autres, dépensant des trésors d'intelligence, de sagacité, d'esprit, de philosophie et d'érudition, à expliquer, par les causes exclusivement naturelles et sans l'intervention de la puissance divine, l'un des événements de l'Histoire où cette intervention est plus évidente et plus directe, *la Grandeur et la Déca-*

dence des Romains. Montesquieu excelle, dans l'ouvrage auquel nous faisons allusion, à expliquer l'Histoire en négligeant sa première et sa plus indispensable explication.

Les caractères communs de la nouvelle école, sont le rationalisme, le scepticisme, l'esprit frondeur, le doute, l'incrédulité, enfin l'indépendance et l'obscénité. Si cette école n'a pas de système arrêté, chez elle du moins *l'obscénité est systématique.*

II. *Voltaire ; sa vie ; son but et ses ouvrages.*

Né à Chatenay, en 1694, et mort à Paris en 1778, Voltaire mena une vie d'égoïsme et d'aventures. Avare, quinteux, irascible au suprême degré, railleur, lascif, hypocrite, coulant ses œuvres dans l'ombre et les démentant toujours, Voltaire a couvert de son mépris tout ce qu'on est habitué à vénérer, la famille, la patrie, la religion. Si l'on juge des hommes par ce qu'ils ont fait, Voltaire est, incontestablement, le plus puissant des écrivains de l'Europe moderne ; nul n'a produit, par la seule force du génie, et par la seule persévérance de la volonté, une si grande commotion dans les esprits. Sa plume a soulevé tout un vieux monde, et ébranlé plus que l'empire de Charlemagne, l'empire européen d'une religion. Son génie n'était pas la force, c'était la clarté ; partout où il entrait, il portait le jour. Malheureusement, Voltaire mit son immense talent au service de l'erreur et du mal ; son programme d'écrivain, comme l'esprit de toute sa carrière, fut la démolition du christianisme par tous les moyens possibles ; son cri de guerre *Ecrasons l'Infâme,* poussé contre la personne auguste de Jésus-Christ, résume son œuvre de haine et d'impiété. Voltaire eût voulu fonder une société philosophique enseignante ; c'est avec cette ambition orgueilleuse qu'il prit la tête du mouvement intellectuel, et forma une pléiade de philosophes impies (¹).

1. Mgr Freppel, dans son *Cours de la Sorbonne,* a donné en 1867 une leçon où il montre les analogies frappantes, de fond et de forme, de procédé et de but, de caractère et de style, entre Voltaire et Celse.

III. *Rousseau, ses œuvres et ses doctrines.*

Né à Genève en 1712, mort à Ermenonville en 1778, Rousseau était d'un caractère fantasque, bizarre et insociable. Il se rendit célèbre surtout par la publication de *la Nouvelle Éloïse* et de ses *Confessions*, de l'*Émile* et du *Contrat social*. Ces deux derniers ouvrages surtout résument toutes ses théories philosophiques, et forment comme le catéchisme de l'impiété, du paradoxe, de l'erreur antisociale et de l'immoralité ; ils sont un appel aux passions démagogiques, la préface et la formule des principes de 1789. *Le Contrat social*, en particulier, c'est la Révolution, l'asservissement du bien, la destruction de l'ordre, le désordre enfin érigé en système avec une métaphysique *ad hoc*, faite tout exprès. On n'aurait pas pu croire, si ce n'était arrivé, l'humanité capable de produire un esprit faux et perverti comme celui qu'il a fallu pour composer ce livre. — « Je ne connais aucun système de servitude, a dit Benjamin Constant, qui ait consacré des erreurs plus funestes que l'éternelle métaphysique du *Contrat social*. » Voltaire était l'ennemi de l'autel, Rousseau fut l'ennemi du trône ; tous deux travaillèrent parallèlement, avec un égal acharnement, et malheureusement avec trop de succès, à la destruction de l'ordre religieux et social.

IV. *Accueil et protection accordés à l'impiété par les rois et la noblesse.*

Ce fut d'abord la Cour de Prusse qui devint le foyer de l'impiété ; elle ne faisait en cela que continuer son œuvre protestante, et nous savons qu'elle a conservé cette triste tradition, car elle a toujours été la source la plus féconde de l'irréligion. On connaît la liaison de Frédéric II et de Voltaire, la nature de leurs rapports, et la bassesse des sentiments que tous deux nourrissaient à l'égard de la France et de l'Église. Dans plusieurs autres Cours, c'étaient moins les rois eux-mêmes que leurs ministres et leurs favoris, qui entretenaient et protégeaient l'impiété ; et ici commence ce phénomène des temps modernes : *les ministres gouvernant selon des principes que leurs maîtres réprouvent.* Les deux nations qui nous intéressent le plus, à ce point de vue, sont le Portugal, à cause de la toute-puissance de Pombal et de ses persécutions contre les Jésuites ; et la France, parce que Louis XV, sans être impie, laissa entrer l'impiété à sa Cour à la suite de la corruption des mœurs.

La noblesse, chez nous, devint rapidement voltairienne, dans sa majorité ; la haute société tout entière fut livrée à la corruption ; et la littérature du XVIIIe siècle nous montre ces nobles courant, de châteaux en châteaux, après les aventures galantes, ne parlant et n'écrivant que de cela. Les élégants et les pourris du XVIIIe siècle, masculins et féminins, imbus des théories de Voltaire et de Rousseau, philosophant dans leurs salons frivoles, réunis pour de fins festins et pour des fêtes où présidaient la luxure et l'impiété, disaient avec enthousiasme : « Vive l'homme primitif ! redevenons sauvages, retournons à l'état d'innocence, ôtons nos habits, et allons vivre de fruits et de racines dans les bois ! » Ils n'en faisaient rien ; ils n'allaient à la campagne que dans des maisons fort riches où ils transportaient le luxe des villes. Les précieuses de ce temps-là tombaient en faiblesse à la vue d'un pauvre en haillons ; et les grands philosophes n'étaient pas loin de s'imaginer qu'il y avait deux natures humaines, une très distinguée et supérieure qui était la leur, une autre vulgaire et basse, celle du peuple, tout exprès organisée pour servir la première.

V. *Organisation de la secte en une sorte de société enseignante.*

L'Église de France ayant perdu, par l'affadissement des doctrines, son caractère de société enseignante, l'enfer ne laissa pas échapper l'occasion de substituer son enseignement à celui de l'Église, affaibli et démonétisé. Déjà, depuis le protestantisme, on voyait l'impiété s'organiser en société d'enseignement. C'est au XVIIIe siècle qu'elle semble arriver à ses fins, et, pour se constituer plus solidement, elle parvient à réaliser une sorte d'*unité* de constitution, de plan et de moyens d'action ; elle acquiert une sorte de catholicité par la propagation de ses idées ; elle réunit dans son sein tous les philosophes impies de tous les pays, dirigeant ainsi dans le même sens toute la sève anticatholique répandue dans la société européenne ; enfin, elle trouve, dans la *franc-maçonnerie* un puissant secours.

La société philosophique du XVIIIe siècle avait donc pour *but unique et avoué* la ruine du christianisme. De notre temps, du moins, on a besoin d'un prétexte, comme *l'instruction du peuple*, la *liberté de conscience*. Au XVIIIe siècle, on pensait, et Voltaire disait, tout net et cyniquement, que le but était d'*écraser l'Infâme*. Tout le système de la secte est caractérisé par ce mot ; elle ne poursuit pas d'autre but, ni ce but sous d'autre prétexte ; c'est ce qui est encore visible dans la correspondance des sectaires qui s'avouaient cela entre eux. Ils employaient comme moyens officiels le mensonge et la corruption par les livres ; et ils ne craignaient pas d'avouer ces moyens avec l'impudence la plus complète. Le produit collectif de ces philosophes et l'organe de leur enseignement pernicieux fut surtout l'*Encyclopédie*, ce pandémonium de toutes les erreurs, destinée à être, dans la pensée de ses auteurs, le fruit de la science universelle, mais surtout la formule de la philosophie séparée de la foi.

VI. *Concentration des haines de la philosophie contre les Jésuites.*

La persécution subie par les Jésuites au XVIIIe siècle se rattache directement à la question du philosophisme, car c'est bien la philosophie impie qui les attaqua ; et la raison particulière de ces attaques, c'est que les Jésuites, par leur situation, leur activité, leur influence, leur fécondité dans la presse et dans l'Église, représentaient le *charisma* de l'enseignement public de l'Église. La secte surtout ne pouvait supporter qu'ils fussent en possession de l'éducation, tant elle convoitait l'enseignement comme moyen d'action sur la société. Quelques défauts dont ne sut peut-être pas se garder suffisamment la Compagnie de Jésus, purent bien aussi contribuer à aiguiser la haine, et à lui procurer, du côté même des catholiques, plus d'estime que de sympathie. On lui reprochait l'attachement aux richesses, la recherche de l'influence, l'artifice de la diplomatie. D'autre part, le clergé séculier poursuivait les Jésuites, parce que leur attitude et leur vie exemplaire étaient une critique de sa vie relâchée. Tels sont les seuls motifs sérieux, et ils n'ont rien que de très avouable, pour lesquels leur perte fut jurée. —

En Portugal, le ministre Pombal les poursuivit le premier, les dépouilla, les exila, et fit même mettre à mort le P. Molagrida. En France, des libelles furent répandus contre eux à profusion ; le P. Lavalette fut poursuivi, Choiseul les proscrivit et obtint du Parlement un arrêt de suppression contre leur ordre. En même temps, ils étaient aussi chassés d'Espagne et d'Italie, et à la Cour Romaine elle-même, on intriguait contre eux. Chose étonnante, ils reçurent l'hospitalité de nations hérétiques comme la Prusse et la Russie ; Catherine II leur fit bon accueil, et leur exil leur permit encore de recruter et de former des hommes éminents.

La preuve de la haine qu'on leur portait, c'est qu'en plein conclave, le cardinal Orsini, voyant élu au souverain-pontificat un cardinal contraire à son parti, put s'écrier : « C'est un Jésuite déguisé. » Clément XIV, fatigué de ces attaques, croyant servir les intérêts de l'Église et ramener la paix et le calme, ordonna enfin la suppression de la célèbre Compagnie. Sans doute, cette suppression était légitime, puisque le pape peut toujours abolir les institutions que lui-même a fondées, mais on a toujours contesté l'opportunité de cette mesure, qui ne devait guère profiter qu'aux ennemis de l'Église et de la foi.

VII. *Influence des doctrines philosophiques sur la société, et de l'impiété du XVIII⁰ siècle dans la préparation de la Révolution.*

Les doctrines philosophiques du XVIII⁰ siècle furent la théorie, la préparation la plus puissante et la plus active de la Révolution ; elles détruisirent d'abord et assez rapidement le principe des deux autorités sur lesquelles repose l'ordre des nations, le pouvoir civil et l'autorité religieuse ; et, pour qu'on ne trouvât pas tout naturel d'avoir des hommes pour maîtres, il fallut, par une longue altération de sentiments et d'idées, arriver à l'athéisme et à la théorie révolutionnaire qui ne veut plus d'origine divine à aucun titre pour le pouvoir. La Révolution allait se charger bientôt de mettre en œuvre cette théorie subversive, et nous la verrons tout à l'heure renverser, par la violence, le trône et l'autel, pour leur substituer le *culte* de la raison indépendante, et le *règne* des passions déchaînées.

CHAPITRE VI

La Révolution française.

I

I. *Questions de l'origine du pouvoir civil et du droit légitime d'une famille ou d'un homme à gouverner un peuple.*

Ces deux questions de l'origine du pouvoir civil et du droit d'une famille à gouverner, sont de premier ordre aujourd'hui, et ne sont pas seulement des questions politiques ; elles se rattachent au traité de la justice et aux fondements mêmes de l'histoire de l'homme ; elles ont des relations intimes avec les principes de la constitution de l'Église, et leur solution est nécessaire pour établir les rapports de l'Église et de l'État ; elles sont contenues, du moins en principe et en germe, dans le dépôt de la révélation, et l'Église leur donnera peut-être leur solution, lorsque la tourmente sera passée et le moment opportun venu de se prononcer ; qui peut savoir si le résultat des luttes et des controverses actuelles n'est pas précisément de préparer cette solution, et de nous faire aboutir, comme pour les hérésies, après les périodes de possession tranquille et de controverse, à la période de définition ?

1° *Question de l'origine du pouvoir.* — Le principe d'autorité, en général, ayant été mis en question d'abord, puis

nié, le pouvoir civil ne pouvait éviter lui-même d'être mis
en doute, puis nié à son tour, comme une usurpation. Mais
avant de voir comment il fut nié, et pour apprécier l'attentat dont il fut victime, il faut se fixer sur sa nature elle-
même. Or, voici toute la question : D'où vient le pouvoir
civil et, en particulier, le pouvoir royal ? est-ce des hommes
ou de Dieu ? S'il vient de Dieu, de quelle façon en vient-il ?
par le peuple ou directement ? D'où *trois systèmes principaux* :

1) Le *système de Rousseau*, que nous allons retrouver en
89, et celui-ci enseigne que le pouvoir ne vient que du
peuple, en dernière analyse, et ne peut être que délégué par
le peuple ; mais comme le peuple ne peut se défaire absolument du pouvoir, cette délégation ne suffit pas pour établir
un droit dans le prince en faveur de qui elle est faite, et le
peuple peut, quand il le veut, reprendre ce qu'il a donné, et
cela sans conditions. C'est ici le principe protestant, et le
grand principe de 89.

2) Le *système de l'origine directement divine* du pouvoir
que Dieu conférerait sans autre intermédiaire que l'Église
ou les événements providentiels. C'est là, si je ne me trompe,
le système de J. de Maistre, dans ses *Considérations sur la
France* et son *Principe générateur des Constitutions*. D'après
lui, en effet, si le pouvoir vient du peuple ou de Dieu par le
peuple, il est possible à l'homme de se donner un gouvernement et une constitution, c'est-à-dire d'exercer son droit de
dépositaire du pouvoir ; or, cela n'est pas possible. La seule
manière dont l'homme soit jamais intervenu dans la création
d'une constitution, c'est par la religion ou l'Église.

L'homme n'a pas même le droit de *conférer immédiatement la souveraineté* qui le gouverne ([1]). Ce système est
moins généralement admis, et *moins probable*, si on regarde
au nombre des autorités théologiques. Mais il s'accorde
plus facilement avec l'Histoire des rapports de l'Église et
de l'État au moyen âge ; je ne crois pas que S. Thomas le

---

1. *Considérations*, n° 80. — *Principe générateur*, n⁰ˢ 39, 41, 64.

contredise ; il n'y a qu'une chose claire dans S. Thomas, c'est que le pouvoir vient de Dieu. J'avoue cependant que cette opinion me semble *excessive et moins probable*.

3) Le *système de l'origine divine indirecte*, par le peuple comme *sujet* du pouvoir, est le système auquel se rallie Balmès ([1]) à la suite de Bellarmin,et il est le plus communément adopté ; d'ailleurs, il suffit encore, bien que moins facilement, à expliquer la conduite des papes vis-à-vis des rois, voici comment : Le pouvoir venant de Dieu, les questions qui s'y rattachent sont régies par le droit divin ; or, l'Église est interprète et gardienne du droit divin, donc elle doit veiller à ce qu'il soit observé dans ces questions. ‹

2° Question du droit légitime d'une famille ou d'un homme à gouverner. — Nous abordons ici le principe de la légitimité. Or, nous savons qu'il n'est pas indifférent que le peuple soit gouverné par un homme qui a droit ou par un usurpateur. Ce droit peut être perdu de fait et gardé en principe, mais lésé et inappliqué ; il ne peut d'ailleurs être perdu par son premier possesseur que dans certaines conditions.

Dans la pratique, et quelle que soit l'opinion que l'on embrasse ici, nous savons les dangers du scepticisme politique où nous a conduits, de nos jours, l'abandon de tout système et de tout principe sur cette question du pouvoir ; et nous allons voir à quoi s'exposait le clergé du XVIIIe siècle en négligeant de défendre et d'acclamer la justice, c'est-à-dire la légitimité.

II. *Origine du principe démagogique de la souveraineté du peuple, proclamé en 1789.*

Si triste que soit l'honneur d'avoir inventé la théorie de la Révolution, les principes de 89 et de la souveraineté du peuple, je n'attribuerai pas cet honneur à J.-J. Rousseau. Cette théorie, ces idées existaient partout dans les esprits et les écrits, au moins à l'état de tendances inaugurées depuis longtemps, en France, sous l'œil complaisant des rois qui en

---

1. *Du Protestantisme comparé au Catholicisme, t. III*, p. 42.

furent victimes dans la suite, et depuis longtemps combattues par l'Église. C'est à Philippe-le-Bel qu'il faut remonter, si l'on veut arriver à la vraie source de ces doctrines subversives ; et c'est à la fin du XIXe siècle qu'il faut redescendre, si l'on veut mesurer la portée du mouvement de sécularisation imprimé à la jurisprudence française par les légistes de Philippe-le-Bel. D'autres causes ont pu influer sur le cours des événements ; mais la cause première, à laquelle les autres ont été plus ou moins subordonnées, celle qui, directement ou indirectement, a produit, au sein de la famille française, si unie de pensées et de tendances au temps du saint roi, les divisions, les luttes, les déchirements auxquels elle a été en proie après sa mort, c'est le divorce qui s'opéra, sous Philippe-le-Bel, entre les deux justices jusque-là indissolublement unies, c'est la sécularisation de notre jurisprudence.

Le règne de Philippe-le-Bel a préparé, de loin mais efficacement, la révolution cartésienne qui semblait n'être que toute philosophique, mais qui, au fond, n'était que l'adaptation à notre esprit national du protestantisme, et la première étape vers le rationalisme complet ou paganisme. A son tour, la révolution cartésienne a préparé la Révolution française, car celle-ci n'est autre chose que la conséquence ultérieure des théories cartésiennes ; elle est, de ces théories, une nouvelle et plus large promulgation. Et c'est en ce sens que la Révolution est satanique dans son essence, selon J. de Maistre, parce que, si elle réussissait à s'établir, elle serait la destruction totale et achevée du christianisme et de toute croyance surnaturelle.

Si ces théories révolutionnaires existaient et travaillaient depuis si longtemps l'intelligence publique, elles n'avaient pas encore été formulées et organisées en une théorie nette et précise. C'est ce que vint faire J.-J. Rousseau, et je ne lui connais pas d'autre œuvre. Mais avec quelle supériorité il fit cela ! Son livre du *Contrat Social* est le chef-d'œuvre d'un genre très fécond de nos jours et qu'on peut appeler *Le beau devenu la splendeur du faux*. La théorie révolutionnaire aurait fait son chemin sans lui ; mais, par lui, elle l'a fait bien plus vite et plus complètement. — C'est bien la théorie de Rousseau qui est devenue la théorie sociale moderne, et qui préside à tous les systèmes politiques de notre siècle. Toutefois, *la logique des choses* a obligé l'esprit humain, dévoyé par cette théorie, à aller plus loin encore, et, ayant détruit l'autorité issue d'En-Haut, à proclamer qu'il fallait écarter aussi l'autorité issue d'en-bas. Cette dernière conclusion a été tirée hardiment entre tous par Proudhon, l'enfant terrible de la Révolution.

III. *Abaissement déplorable de l'autorité en général, et de l'autorité royale en particulier, depuis le règne de Louis XIV.*

L'abaissement du pouvoir civil tient sans doute à ce que Louis XIV avait trop exalté l'autorité royale ; il tient aussi aux désordres de la cour de Louis XV et de la société au XVIIIe siècle, qui jetèrent le discrédit sur le pouvoir royal ; mais il tient surtout à la *philosophie rationaliste*, cette fille si digne du protestantisme, qui travailla à détruire le prestige de la couronne, affecta des allures d'indépendance et sema partout l'ironie, l'esprit de scepticisme et de révolte.

IV. *Etat général de la société dans les dernières années avant la Révolution*

L'impiété et la corruption qui régnaient à la cour et dans l'aristocratie, ne pouvaient tarder à envahir le peuple. La multitude de livres impies et libertins qui se produisirent alors, fut le principal agent de la démoralisation. Sans doute, ces ouvrages ne s'attaquaient directement qu'à l'Eglise et à l'autorité de ses dogmes et de sa législation ; mais, la logique du peuple est irrésistible ; sollicité de rompre avec l'autorité de l'Église, il ne comprenait pas qu'on pût garder la soumission à l'autorité royale ; il n'avait été, jusqu'alors, si docile à celle-ci, que parce qu'il avait cru à celle-là ; le jour où la foi fut arrachée de son cœur par les efforts multipliés de l'impiété, il perdit du même coup l'esprit d'obéissance au pouvoir civil, bien plus, il se laissa persuader que lui-même devenait une parcelle du pouvoir suprême ; il était prêt pour la Révolution.

L'esprit du siècle avait produit dans le clergé une désagrégation trop profonde, pour permettre une réaction énergique qui eût peut-être conjuré ou, du moins, fortement atténué la Révolution. Si quelques hommes d'étude répondaient encore aux attaques de la presse impie par des in-folio que personne ne lisait, l'affadissement général du sacerdoce était trop grand, l'enseignement de la chaire et l'évangélisation du peuple étaient trop délaissés pour laisser le moindre espoir. Ne vit-on pas aussi des abbés, des religieux, plusieurs évêques même, se prévaloir de leur scepticisme, et faire le jeu de l'impiété ? Tant il est vrai que l'état moral et intellectuel du clergé, dans une nation, donne la mesure de l'état moral et intellectuel de cette nation elle-même.

V. *Causes secondaires et accidentelles de la Révolution dans le caractère du gouvernement de Louis XVI avant sa chute.*

Nous avons exposé le principe et les causes fondamentales de la Révolution. Pour conjurer le péril qui menaçait, il eût fallu une autorité civile puissante, donnant la main à un clergé et à un épiscopat solidement organisés. Malheureusement, il n'en fut pas ainsi ; nous avons dit comment l'Eglise, en France, était complètement désarmée. De son côté, le pouvoir royal était tombé aux mains d'un prince vertueux, mais faible, et incapable d'une réaction énergique. Louis XVI, du moins, eut pour excuse le triste état de la royauté, au moment où il monta sur le trône ; les leçons de l'Histoire ne lui offraient, d'ailleurs, rien d'analogue à la situation inextricable où il allait se débattre impuissant et inexpérimenté ; l'art de gouverner un peuple révolutionnaire était encore inconnu ; c'est le privilège de nos souverains modernes de l'avoir découvert ou inventé, bien que ceux-ci ne puissent prétendre à plus de succès ni à un meilleur gouvernement que nos anciennes monarchies.

II

Nous entrons ici dans une histoire connue ; toute ma tâche est de montrer le sens des faits et leur connexion avec l'Histoire ecclésiastique ; car chacune des phases de la Révolution n'est pas seulement un nouvel attentat contre le pouvoir civil, elle est surtout un nouveau gage du triomphe des principes anticatholiques et de la destruction de toute autorité divine.

I. *Réunion et attentat des États généraux.*

Pour remédier à la désorganisation des finances et à l'état déplorable où le règne de Louis XV avait jeté la France, Louis XVI fit convoquer les *États généraux.* Cette assemblée considérable, destinée, en principe, à influer si utilement sur les destinées du pays, en éclairant le pouvoir sur les besoins du peuple et sur de meilleurs moyens à prendre pour assurer la paix et la prospérité publiques, ouvrit ses assises par un monstrueux abus de pouvoir ; elle s'empara de l'autorité qui n'appartenait qu'au roi, et légiféra non seulement en dehors du roi, mais comme s'il n'existait pas ; — « Nous sommes ici par la volonté du peuple, répondit Mirabeau aux protestations de Louis XVI, et nous n'en sortirons que par la force des baïonnettes ! » — Les tendances démagogiques de l'assemblée se manifestèrent bientôt par l'abolition des titres de noblesse, tandis qu'à Paris la populace se révoltait et s'emparait de la Bastille. Vainement la noblesse renonça à ses privilèges, le clergé aux redevances, aux casuels et à la dîme, pour couvrir les dettes de l'État ; rien ne put arrêter le mouvement révolutionnaire. Le clergé fut entièrement dépouillé, sur la motion du fameux évêque d'Autun, Talleyrand, qui demandait de *déclarer propriétés nationales tous les biens du clergé, de les confisquer et de s'en servir pour éteindre la dette publique.*

II. *Organisation schismatique imposée à l'Église de France par la Révolution. Constitution civile du clergé.*

Mais ce que voulait surtout l'*Assemblée nationale*, c'était *décatholiciser* la France, et organiser une Église nationale. C'était le schisme comme aussi la réalisation, au profit de la démagogie, d'un vieux rêve, fait par plusieurs de nos rois, au profit du pouvoir civil. On proposait l'organisation d'un budget des cultes ; les curés et les évêques seraient désignés par le sort dans des assemblées électorales. — C'est de cette malheureuse époque que date la situation anormale du clergé actuel en France ; car il est à remarquer que cette situation est, en fait, une sorte de constitution civile, sinon que, pour le bien des âmes et pour éviter un plus grand mal, surtout pour écarter le schisme, le Saint-Siège a régularisé la situation.

La Constitution civile du clergé fut donc votée, dans les conditions que nous venons de rappeler, par l'Assemblée nationale ou *constituante ;* le clergé dut prêter le serment requis de fidélité au roi, à la loi et à la nation, sous peine de destitution, de privation de tous droits et, plus tard, d'exil et de mort. Cette constitution civile renferme un double attentat : d'abord, en ce que le pouvoir civil, résidant ou non dans l'Assemblée constituante, n'avait aucun droit de statuer, d'autorité, sur la situation de l'Église sans l'Église même ; ensuite, en ce que les décrets portés réglementaient des matières qui sont du domaine de l'Église et non du domaine de l'État.

A cet abus tyrannique et impie du pouvoir civil, le roi protesta inutilement, l'immense majorité du clergé français résista, prête à soutenir la tempête formidable qui allait se déchaîner, prête aussi, il faut bien le dire, à expier les complaisances criminelles qui avaient fait la fortune du gallicanisme et du jansénisme au siècle précédent. Les prêtres et les évêques qui refusaient le serment, durent céder la place au clergé assermenté, en attendant l'exil et la mort. L'abbé Grégoire, qui avait joué, dans l'organisation de la nouvelle Église, un rôle coupable par sa complaisance envers le pouvoir civil, reçut en récompense l'évêché de Blois. L'infâme Talleyrand, évêque constitutionnel d'Autun, sacra les premiers évêques jureurs qui, à leur tour, firent de nouvelles consécrations, en se passant de la confirmation et de l'institution du Saint-Siège.

Pie VI repoussa la constitution civile, déclara nulles les élections des nouveaux évêques, et suspendit ceux qui étaient déjà sacrés ; mais l'Assemblée nationale passa outre (1791). Plusieurs ecclésiastiques se soumirent, échappant ainsi au mépris du peuple qui, plus fidèle qu'on ne le pouvait soupçonner, poursuivait les évêques et les curés constitutionnels. Malheureusement, la plupart des paroisses furent livrées aux prêtres intrus qui détruisirent pour longtemps, au milieu des populations, l'esprit de foi et la vie chrétienne ; la mémoire du mal et des troubles causés par leur intrusion, n'est pas encore complètement disparue. L'Assemblée nationale se vengea de la condamnation portée par Pie VI, en s'emparant d'Avignon et du Comtat-Venaissin, qui fut dès lors annexé à la France.

III. *Soulèvement de la société pervertie contre la religion, le pouvoir et l'ordre social.*

Je crois que c'est bien *soulèvement de la société* qu'il faut dire, en parlant de cette orgie de 1789 à 1793. Et, en effet, c'est bien *la société* qui se souleva et non des individus. C'est bien parce qu'elle était pervertie qu'elle se souleva ; j'oserai même dire, étant donnés les principes dont on la saturait, qu'elle eut raison de se soulever. C'est bien contre la religion d'abord qu'elle se souleva, cela n'a pas besoin de preuves ; et elle ne se souleva contre le pouvoir et l'ordre qu'en tant qu'ils étaient fondés sur la religion. Car le vrai principe, le principe premier et radical de 89, c'est l'athéisme social ; tous les autres n'en sont que la déduction, ou même ne sont pas des principes propres à 89 : le règne de la loi, la souveraineté nationale, les droits de la conscience, l'unité nationale, l'idée de la patrie, la suprématie politique de la France. Tous ces principes secondaires, sur lesquels on avait tant compté pour opérer le salut de la France, en place de Dieu chassé de l'ordre social, ont avorté misérablement ; même, ce qu'il y a de bon en eux a péri, faute de Dieu qui leur donnait la vie, et ce qu'ils ont de mauvais est resté seul et a dévoré la vie populaire.

La Révolution française n'a pas été seulement une époque lamentable par les troubles immédiats qui l'ont caractérisée, elle a peut-être été plus désastreuse encore par l'influence qu'elle a eue dans la suite des temps, sur les destinées de la France et du monde ; car elle a bouleversé les idées, rempli le monde d'un sentiment faux sur ses droits, entretenu l'esprit de séparation entre l'Église et l'État, sécularisé la politique et l'enseignement, favorisé enfin, sous prétexte de liberté, l'indépendance des idées et la licence des mœurs.

Quant à la déportation et au bannissement d'une partie des citoyens, à l'organisation du vandalisme, du pillage et des massacres, tous ces excès atroces commis par la Révolution, prouvent que sans la religion l'ordre et l'autorité disparaissent aussitôt ; c'est là le dogme mis en lumière par cette *sanglante controverse.*

IV. *Captivité et mort de Louis XVI. Succession des gouvernements anarchiques.*

A l'*Assemblée nationale* ou *constituante* (1789-1790) succéda l'*Assemblée législative* (1791-1792), et à cette dernière la *Convention nationale* (1792-1795). Celle-ci, d'une impiété et d'une logique effrayantes, dirigée par Robespierre, Marat et Danton, acheva l'œuvre révolutionnaire, interdit l'habit ecclésiastique, et condamna les prêtres insermentés à la déportation. Louis XVI refusa de sanctionner ces mesures, et ne cessa de repousser les prêtres constitutionnels de sa chapelle, tant qu'il conserva la liberté. Le refus du roi excita une émeute populaire, et Louis XVI fut emprisonné le 13 août 1792 ; le même jour tous les prêtres catholiques dont on put s'emparer, furent jetés à leur tour en prison ; bientôt après, pendant les fameuses journées de septembre, ils étaient massacrés. Le 21 septembre de la même année, la Convention abolissait la royauté par un décret, et le 21 janvier 1793, Louis XVI montait sur l'échafaud. La mort de Louis XVI est le sacrilège de la Révolution, non seulement de la Révolution sanglante de Robespierre, mais encore de la Révolution proprement dite, c'est-à-dire de la révolte officielle de l'État contre l'Église, de l'homme contre Jésus-Christ, inaugurée en 1789. C'est de cette révolte sociale que la France et le monde meurent pour ainsi dire depuis cent ans.

La mort de Louis XVI fut le signal d'une recrudescence de la persécution religieuse : le sang des prêtres *réfractaires* à la loi révolutionnaire coula partout, mêlé au sang de la noblesse et de la bourgeoisie, pendant que les révolutionnaires organisaient le culte de la *déesse Raison* et la fête de l'*Être suprême*.

A la chute de Robespierre (juillet 1794), la Convention revint peu à peu à des sentiments plus modérés et plus sages ; elle rendit même un décret autorisant l'exercice de la religion catholique dans les églises non aliénées ; ce décret fut accueilli par la partie saine de la population comme un immense bienfait. Dès lors, on n'exigea plus des prêtres qu'une promesse de se soumettre aux lois de la République, et de reconnaître le principe de la souveraineté du peuple ; mais ce dernier point fut une occasion de persécutions nouvelles.

Sous le *Directoire*, qui dura de 1796 à 1799, l'irréligion fit une nouvelle évolution ; on vit apparaître, sous la tutelle du gouvernement, la secte des *théophilanthropes*, composée de prêtres mariés, d'anciens membres des clubs, de jacobins et d'orateurs de sections. Mais le pur déisme des sectaires ne put se soutenir vis-à-vis de l'indifférence des uns, en face du christianisme sérieux des autres ; et, poursuivie par les sarcasmes de l'opinion publique, la théophilanthropie tomba, dès que l'attrait de la nouveauté eut disparu, et que le Premier Consul eut défendu à ses adeptes d'exercer leur culte dans les églises. Malgré ce retour à la vérité, le clergé constitutionnel prédominait encore et disputait de toutes façons la juridiction au clergé orthodoxe et fidèle. Il tint à

Paris, en 1797, sous la présidence de l'évêque Grégoire, un synode dont les décrets renouvelèrent en partie la constitution civile du clergé.

V. *Persécution contre le Saint-Siège.*

La Révolution, commencée par le protestantisme, s'était d'abord attaquée au Saint-Siège, comme le boulevard de l'autorité et la source des juridictions ; à toutes les époques de son existence, elle trahit son origine et ses instincts en revenant s'attaquer au Saint-Siège dans le même esprit. Or, l'époque de la Révolution française est un des grands moments de cette lutte.

Pie VI avait protesté contre la constitution civile du clergé, protesté surtout contre la mort de Louis XVI ; le voici encore s'opposant à tous les actes de la Révolution, et condamnant ceux de ces actes qui sont attentatoires à la vie et aux droits de l'Église. Il n'ignorait pas qu'il exposait son pouvoir temporel et son propre repos ; mais, dans cette alternative, on ne citera pas une démarche qui ait sacrifié le bien spirituel de l'Église à ses intérêts temporels.

Le Directoire, dans la personne du premier consul, *Bonaparte*, exigea, du Souverain-Pontife, le retrait de tous les décrets portés contre la France. Sur le refus de Pie VI, l'armée du Directoire envahit l'Italie, et contraignit le pape à la paix de Tolentino, qui lui enlevait plusieurs de ses provinces et lui imposait de dures conditions. La paix fut de courte durée, car le général Duphot ayant été tué à Rome, dans une émeute, le Directoire fit envahir les États du pape par le général Berthier, et proclamer la *République romaine* (1798). Malgré les outrages qu'il eut alors à subir, Pie VI ne quitta Rome que lorsqu'il eut été arraché de vive force du Vatican. On enleva le vénérable octogénaire, pour bien s'assurer qu'il n'était plus roi de Rome ; on le promena prisonnier dans toute l'Italie, ne sachant où fixer le lieu de son exil ; on voulut enfin l'amener à Dijon, mais il mourut à Valence en 1799. C'était un grand et beau caractère, un pontife ferme et digne ; malgré ses 80 ans, il ne céda jamais devant les considération humaines et défendit héroïquement les droits du Saint-Siège.

A la mort de Pie VI, Rome était encore au pouvoir des Français. Trente-cinq cardinaux, accourus de l'exil et réunis en conclave à Venise, lui donnèrent pour successeur Pie VII, des comtes Chiaramonti. Cette élection fut le signal de nouveaux triomphes pour la religion catholique, et un solennel démenti donné aux oracles des clubs de Paris, annonçant qu'après Pie VI, nul pape ne monterait plus sur le siège de S. Pierre.

III

CONCLUSION DE LA RÉVOLUTION FRANÇAISE PAR NAPOLÉON Ier.

Je ne sais trop quel nom il faudrait donner à ces derniers faits ; si ce nom signifie que Napoléon extermine la Révolution, il est faux ; s'il signifie que la Révolution dure encore, ou que Napoléon la continue ou en applique les conséquences, il n'est pas complètement juste.

I. *Génie militaire de Napoléon ; commencement de ses conquêtes sous le Directoire et son élévation au pouvoir.*

Il est certain que Napoléon a été un homme de génie, au point de vue militaire, et que son habileté stratégique présente tous les caractères du génie. L'éducation développa ce génie, mais chez lui il fut d'abord naturel et comme instinctif et d'intuition. De cet homme étonnant on peut dire qu'il fut le *fils de ses œuvres* et qu'il sortit de l'obscurité par sa propre initiative, sans être nullement recommandé par l'éclat de la naissance ou le prestige de la fortune. Ses premières campagnes militaires en Italie, puis en Égypte, furent de brillantes conquêtes, et le mirent suffisamment en relief pour devenir le principe de son élévation au pouvoir suprême. De simple soldat, sous Louis XVI et sous la Révolution, il devint rapidement général en chef des armées françaises, sous le Directoire ; *consul temporaire*, en 1799, avec Siéyès et Roger-Ducos, qui s'effacèrent bientôt devant lui ; puis *premier consul, consul pour dix ans, consul à vie*, et enfin *Empereur*, en 1804.

Jusqu'à son élévation au trône impérial, tous les hommes admirent le rôle de Napoléon Bonaparte, et peut-être sa gloire serait-elle restée sans tache, si sa carrière prodigieuse se fût arrêtée à cette date. Malheureusement, son avènement au trône impérial ouvrit une série de controverses politiques qui furent désastreuses même pour l'Église, et qui donnèrent lieu à des crimes politiques sans nombre ; d'autre part, l'*Empereur* se prévalut de son immense puissance, pour aller au delà du *Concordat* que lui-même avait signé, d'accord avec Pie VII, pour imposer à l'Église les conditions du plus fort, et pour infliger au Saint-Siège un nouveau genre de persécution.

A considérer les choses en elles-mêmes, cette élévation de Napoléon n'accuse-t-elle pas, dans l'état de la société, la tendance démagogique qui abolit les distances, et qui est peut-être la marque de la décadence des nations, car elle se présente dans les derniers temps de l'Empire romain ? Mais alors la dynastie des Napoléon, si elle représente cet esprit, serait la Révolution incarnée, ce que je n'oserais affirmer.

II. *Appréciation du motif de ses guerres et de toute son œuvre.*

La flatterie et l'enthousiasme ont souvent comparé Napoléon, comme guerrier, à Charlemagne ; lui-même aimait et faisait volontiers ce rapprochement. Or, avec autant, sinon plus de génie militaire, et des conquêtes autrement considérables, le mobile et le but du grand empereur moderne sont tout différents et incomparablement moins élevés et moins nobles que ceux de Charlemagne. D'abord, l'occasion des premières guerres fut la mort de Louis XVI, qui souleva toute l'Europe contre la Convention, et qui fit courir à la France les plus grands dangers. Dans la suite de ses conquêtes, et à l'encontre de Charlemagne qui avait en vue la défense et la propagation du christianisme chez les barbares qu'il soumettait, Napoléon ne fut entraîné que par des sentiments humains dont les plus avouables, sinon les seuls, étaient de se couvrir de gloire, d'assurer le triomphe de sa dynastie et de dominer le monde.

Si Napoléon fut un génie, ce ne fut pas un génie chrétien ; à ce point de vue, sa politique est loin d'être irréprochable ; sa gloire n'est pas pure, et ne saurait grandir après sa mort, comme celle de Charlemagne ; car le jugement de l'Histoire demeurera favorable à l'œuvre de Charlemagne, malgré les fautes de ce prince, tandis qu'il sera toujours sévère à l'égard de Napoléon, malgré ses qualités incontestables et sa glorieuse épopée militaire. Avec Napoléon, nous entrons dans cette série de guerres où le principe moderne est appliqué, et où l'honnêteté ne semble plus blessée par les crimes nationaux. Serait-ce trop nous avancer enfin, de croire que la mémoire de Napoléon soit peu chère à l'Église, non seulement à cause des persécutions qu'il fit endurer à Pie VII, mais à cause de l'esprit dangereux qu'il inspira aux nouvelles institutions dont il dota la France? De ce côté, son œuvre me semble révolutionnaire, car il fit la fortune des principes de 89 qu'il couvrit du manteau de sa gloire militaire. Par le *Concordat*, il ne sauva l'Église que provisoirement et en l'asservissant à l'État, autant qu'il fut en son pouvoir. S'il apaisa la Révolution, ce fut non pas en détruisant le principe révolutionnaire, mais en lui imposant un tempérament, et en consacrant l'abolition du vieil ordre chrétien.

III. *Caractère de la législation civile de Napoléon Ier.*

Charlemagne avait donné la place d'honneur au premier de tous les intérêts, la religion ; Napoléon marqua son œuvre par l'absence de tout principe religieux ; il pratiqua, de fait, l'athéisme politique, principe essentiellement révolutionnaire. Malheureusement, il alla plus loin encore, et organisa toute une législation positivement et directement contraire aux principes catholiques, protégeant également tous les cultes, asservissant, sur une foule de points, le culte catholique, avilissant le mariage par l'établissement du divorce, portant atteinte à la puissance paternelle, au droit de tester et de posséder.

C'est assez dire que Napoléon c'est la Révolution domp-
tée, organisée, dépouillée de ses horreurs trop choquantes
pour être tolérées, et d'une partie de ses erreurs, de son
dogmatisme et de sa phraséologie aussi ridicule qu'odieuse,
mais toujours ennemie des vieux droits, des vieilles traditions chrétiennes, toujours éprise de la force. Napoléon a
beau combattre et vouloir tuer la Révolution ; il est son
fils ; elle revit en lui ; et tout ce qu'il fait, il le fait pour elle,
car en lui elle était devenue la nature. Il en est de même
de toute cette famille des Bonaparte, sous diverses formes ;
elle a servi les divers intérêts et opéré les diverses phases
de la Révolution.

IV. *Solution anormale donnée par Napoléon à la Révolution, et situation précaire faite à l'Église par le* CONCORDAT
et l'addition frauduleuse des ORGANIQUES.

C'est ici surtout que Napoléon ne saurait être mis en
parallèle avec Charlemagne. Tandis que celui-ci faisait
reposer toute sa législation sur l'affirmation des droits de
l'Église et sur le principe chrétien, Napoléon établit le droit
moderne sur une concession faite à l'Église ; il compte avec
l'Église parce qu'elle existe et qu'il a conscience de sa
puissance, mais non parce qu'elle a droit à ce qu'il lui
donne. Les papes, d'ailleurs, ont accepté la situation faite à
l'Église par Napoléon, non comme suffisamment répara-
trice, mais pour éviter un plus grand mal, et ils n'ont reconnu au *Concordat* que la valeur d'une entente provisoire. Ceci
nous explique comment l'Église de France se trouve, depuis
la Révolution, dans une situation anormale qui ne saurait
être acceptée comme définitive.

V. *Le Concordat. Les Organiques.*

Pie VII n'avait rien tant à cœur, depuis son avènement
au trône pontifical, que de fermer les plaies et de réparer
les ruines faites par la Révolution, en France comme en
Italie. De son côté Bonaparte, alors Premier Consul, venait
de signer la paix de Lunéville avec l'Autriche et l'Italie
(février 1801) ; lui aussi, désirait, bien plus par politique que
par religion, la réconciliation de la France avec l'Église ; il

sentait qu'on ne peut régner sur un peuple sans religion, et que le rétablissement du catholicisme en France serait la condition de la restauration de l'ordre et du repos de l'État. Il pria donc le pape d'envoyer en France des plénipotentiaires chargés de régler les affaires ecclésiastiques avec ses propres représentants. L'organisation antérieure du clergé constitutionnel rendait l'entente difficile. Le cardinal Consalvi fit, au nom du pape, toutes les concessions nécessaires, et alla jusqu'à légitimer les évêques constitutionnels ; ceux dont ils avaient usurpé les évêchés, renoncèrent généreusement à leurs droits pour le bien de la paix, et le *Concordat* fut signé.

Cet accord, qui a servi de type à tous ceux des divers États, à des dates postérieures, comprend 17 articles. Le premier garantit le libre exercice de la religion catholique, sauf l'observation des règlements de police. Les articles 2 et 9 étaient transitoires et relatifs aux nouvelles circonscriptions diocésaines et paroissiales à établir. L'article 3, également transitoire, concernait la démission des titulaires des anciens sièges. L'article 17 était une simple réglementation hypothétique du droit contenu dans les articles 4 et 5. Il reste donc 12 articles du Concordat qui en sont toute la substance. Les articles 4 et 5 accordent au chef de l'État la nomination des évêques à qui le pape confère l'institution canonique. L'article 6 prescrit le serment pour les évêques. L'article 8 ordonne la prière publique pour les Consuls. Les articles 10 à 12, 14 et 15, concernent la nomination aux cures, les chapitres, les séminaires, les églises à remettre aux mains des évêques, le traitement des ministres du culte, les fondations pieuses. Enfin l'article 13 déclare incommutable l'aliénation des biens ecclésiastiques, et l'article 16 reconnaît au Premier Consul les mêmes droits et prérogatives dont jouissait l'ancien gouvernement.

Pie VII avait chargé le cardinal Caprara, archevêque de Milan, de pleins pouvoirs à Paris, pour l'exécution du Concordat. De son côté, le Premier Consul ratifia le Concordat. Malheureusement, il y ajouta, après coup et de sa seule autorité, 77 *articles*, dits *Organiques*, qui devaient, disait-il, faire adopter plus facilement le Concordat par le corps législatif (1802), mais qui n'étaient qu'une nouvelle codification des théories gallicanes. D'après la teneur de ces articles : « Aucune bulle, provision ou permission, émanant du Saint-Siège, ne pourrait être admise, publiée, ni exécutée sans l'autorisation du gouvernement ; les évêques devaient promettre d'enseigner les *Quatre articles* dans leurs séminaires ; nul concile n'aurait lieu sans l'ordre du gouvernement ; l'enseignement religieux ne devait être donné que d'après un catéchisme approuvé du gouvernement ; le métropolitain devait administrer les diocèses dont le siège serait vacant, et les vicaires-généraux continuer l'exercice de leurs fonctions après la mort de l'évêque jusqu'à l'installation du successeur ; les curés ne devaient donner la bénédiction nuptiale qu'à ceux qui auraient justifié de leur union devant l'autorité civile, etc. »

En vain, le pape se plaignit des *Articles organiques*, qui ne lui avaient pas été communiqués ; le Concordat n'en fut pas moins exécuté ; l'Église de France en célébra la promulgation par une fête solennelle (18 avril 1802), et la réaction religieuse devint universelle.

VI. *Comment faut-il apprécier le* CONCORDAT *et l'acte du Saint-Siège qui le ratifia ?*

Le *Concordat* consenti entre Pie VII et Napoléon Ier a-t-il été un précédent funeste ou l'inauguration d'un ordre nouveau et salutaire ? A-t-il fait à l'Église une situation précaire et anormale, ou posé le premier élément d'un droit ecclésiastique nouveau, qui sera la solution du problème de la situation de l'Église au milieu des sociétés modernes ? Dans l'état actuel des choses, bien que près d'un siècle nous sépare de cet acte solennel, il est impossible encore de se prononcer nettement.

Il est des esprits remarquables qui voient dans le Concordat « le principe de notre salut », l'acte capital, « l'événement majeur qui marqua l'ouverture du XIXe siècle. » D'après eux, on ne peut dénigrer le Concordat sans une grande injustice, et la postérité sera mieux que nous en mesure de bien juger de ses fruits, qui, du reste, paraissent déjà visibles et très grands. « En droit, dit Mgr Pie, le Concordat fut la reconnaissance authentique de l'autorité sociale de l'Église et du suprême pouvoir monarchique de son chef ; et, à ce point de vue, il démolissait, par des mains plus ou moins conscientes, tout un passé de maximes fausses et pernicieuses, en même temps qu'il préparait et nécessitait les définitions dogmatiques de l'avenir. En fait, il rétablissait la hiérarchie légitime et la communion officielle avec le Siège apostolique ; il rendait plus de vingt mille prêtres à leur patrie et à leur ministère ; il relevait les autels, et rouvrait à toutes les âmes fidèles les sources de l'enseignement et de la grâce ; il assurait, dans la proportion du strict nécessaire, la sustentation et le recrutement du sacerdoce. Au lendemain d'une situation désespérée, c'était beaucoup ; le temps, le zèle actif et patient de deux ou trois générations sacerdotales, la pieuse et intarissable générosité des familles chrétiennes, par-dessus tout, la Providence de Dieu sur la France, se chargeraient du reste (¹). »

Il est, au contraire, des critiques qui considèrent le Concordat comme un malheur, mais un malheur nécessaire. Et, de fait, les concordats en général, et celui de Napoléon en particulier, ont bien changé de caractère depuis la Révolution. Si on les considère tels que l'Église, pour éviter de plus grands maux, consent à les signer avec des pouvoirs qui ne la reconnaissent pas comme leur mère, il sera facile de se convaincre que ces concordats sont une preuve manifeste des tyrannies de l'État athée. Dans l'Histoire qui précède 1789, ils n'étaient pas ce que les gallicans et les libéraux veulent bien les définir. On reconnaissait des matières mixtes et litigieuses, sur lesquelles les deux puissances avaient à se concerter. Les concordats avaient pour but, soit de régler la compétence ou les droits respectifs des deux pouvoirs, soit de s'accorder des privilèges réciproques, en signe d'amitié

---

1. Mgr Pie, *Orais. fun.* de D. Guéranger. 1875.

ou d'alliance. Jamais, cependant, le pouvoir civil ne prétendit définir ce qui tombait directement sous sa compétence ; il eut soin de recourir à l'Église, et de prendre ses conseils, avant d'exiger la reconnaissance de son droit. Si, parfois, le contraire se présente dans l'Histoire, c'est grâce aux évêques courtisans et aux juristes précurseurs des gallicans et des libéraux. Le droit public, au moyen âge, n'était qu'un vaste concordat passé entre le pape et les nations chrétiennes, assurant à l'Église son indépendance, et lui concédant de magnifiques faveurs. Quant aux lamentations des libéraux sur les maux que l'Église a soufferts sous l'ancien régime, lorsque le pouvoir civil s'est posé en défenseur du pouvoir spirituel, c'est un lieu commun et une banalité qui n'a pas de sens ; car ces maux, si réels qu'ils aient été parfois, ne sont rien à côté de ceux qui résultent du régime contemporain de soi-disant liberté, qui consiste à séparer l'Église de l'État, pour la traiter en ennemie. De nos concordats modernes on a pu dire qu'ils portent dans leur histoire celle des douleurs de l'Église. La reine et la mère, en effet, pour condescendre aux exigences de ses fils et de ses sujets égarés, consent à suspendre quelques-uns de ses droits, ou à les accommoder aux convenances des temps et des lieux. Mais ces concessions elles-mêmes ne servent qu'à prouver une fois de plus que la séparation de l'Église et de l'État, même quand on lui donne le nom d'indépendance réciproque, n'est pas l'état normal de la société sur la terre ; on ne peut la défendre comme un principe et une règle absolue de gouvernement. Tout s'y oppose à la fois : et la nature de l'homme, et celle de la société, et les droits de l'Église, et la parole des papes.

Les concordats anciens portaient donc sur des principes que les princes s'engageaient à défendre ; souvent même ils étaient la reconnaissance de services rendus à l'Église, l'expression de la gratitude des pontifes romains envers les puissances humaines bienveillantes et dévouées à la gloire de Dieu. Le concordat de 1801 revêt un caractère tout différent : *il porte sur le fait de la puissance spirituelle* et de son organisation, avec laquelle la puissance de Napoléon est obligée de compter, malgré elle, par la force des choses, tout en prenant mille précautions pour en arrêter l'essor et le juste développement sous prétexte d'empiétement. Le rationalisme nous a, depuis longtemps, habitués à cette accusation politique d'*empiétement ;* car c'est le rationalisme qui a consommé cette séparation, sous prétexte que l'Église serait plus libre, en réalité pour travailler plus sûrement à sa ruine.

Il fallait bien compter que la concision même, la rédaction hâtée des articles du Concordat de 1801, donnerait lieu, de la part du pouvoir civil, à des interprétations arbitraires et fausses, comme à une application souvent abusive et souverainement injuste. Mais ce à quoi nous ne devions pas nous attendre, c'est que, non seulement dans le camp ennemi, qui avait intérêt à cette tactique, mais encore et plus malheureusement du côté des défenseurs de l'Église, on allait arguer du concordat pour revenir aux vieilles idées gallicanes. Nous n'avons pas ici à retracer la suite de l'Histoire contemporaine ; nous avons voulu arrêter notre étude au seuil du XIXe siècle, parce que le temps de juger les événements contemporains n'est pas venu, la distance et les années ne les ont pas encore assez mis en perspective pour qu'ils puissent être présentés sous leur véritable jour ; toutefois, il nous est bien permis de déplorer que les défenseurs de l'Église, qui ont détenu longtemps une partie considérable du pouvoir civil, et qui devaient veiller à une application loyale de cette *convention* solennelle, se soient ingéniés à donner à des formules, par elles-mêmes peu explicites, mais suffisamment claires pour des intelligences de bonne foi, une interprétation toute contraire à l'esprit et aux droits de l'Église, toute favorable aux exigences et aux prétentions des vingt ou trente constitutions que se sont données, depuis le commencement de ce siècle, nos gouvernements successifs, imprégnés tous, plus ou moins, de l'esprit de 89.

C'est peut-être sur ce terrain du Concordat que le *Libéralisme,* si souvent condamné par les Pontifes romains, s'est donné davantage libre carrière, a produit le plus de fruits empoisonnés, et a travaillé le plus activement à la dépression de l'idée catholique des *droits de l'Église*. Il serait extrêmement instructif d'examiner, à ce point de vue, les innombrables écrits qui traitent des relations des deux pouvoirs ; et si, comme nous l'avons dit souvent, et comme nous le croyons, les idées d'une nation reflètent les idées de son clergé, l'étude des ouvrages et des méthodes qui, depuis quatre-vingts ans, concourent à la formation du sacerdoce, serait particulièrement intéressante ; certainement, il y aurait là une source de lumière, et la solution de mille difficultés dont les effets se perpétueront fatalement, tant que durera l'ignorance plus ou moins involontaire de leur véritable cause. Tel auteur de *théologie morale* — pour nous borner à un seul exemple, mais à un exemple bien concluant — tel auteur a été universellement suivi, pendant plus de 60 ans, faisait autorité naguère encore dans un grand nombre d'écoles théologiques, et conserve toujours une large place dans l'estime de beaucoup comme dans la pratique de l'enseignement, dont les traités sur les *Contrats* et le *Mariage* fourmillent d'erreurs et d'inexactitudes très préjudiciables aux droits de l'Eglise et au sain développement de sa législation : erreur capitale sur le ministère du sacrement de mariage — erreur sur la condition des religieux devant l'Etat — erreur sur l'obligation qui s'imposerait aux contrats pour des œuvres pies, de passer par le contrôle de l'Etat et les formes légales, sous peine d'être invalides — exagération sur le pouvoir du prince temporel concernant les empêchements — système théologique entier dont le nerf est un principe faux, puisqu'il donne au prince séculier trop de droits sur les consciences, et une puissance arbitrairement étendue sur les choses ecclésiastiques. Sans doute, ce théologien, qui n'est autre que le P. Carrière, est un légiste distingué ; sans doute, quelques-unes de ses théories lui ont valu l'éloge de l'école libérale et les honneurs de la tribune dans nos assemblées législatives ; mais il semble avoir oublié, ou n'avoir pas saisi, dans son cours de théologie morale, le vrai concept de la législation catholique ; en toute hypothèse, de son enseignement et de l'Ecole considérable qui a pris la responsabilité de ses théories, il ne se dégage pas une idée nette, précise et sans tache du type admirable de législation réalisé par l'Eglise, des rapports justes et nécessaires entre les deux pouvoirs ([1]).

VII. *Conséquences de la Révolution pour l'Europe et la France, l'Eglise et l'ordre social.*

La Révolution, exaltée en France, ne devait pas être localisée ; elle a fait le tour de l'Europe, et s'est installée au milieu des nations sous la protection des rois, comme l'insecte rongeur au cœur de l'arbre ; elle est un principe de destruction, imperceptible, si l'on veut, à son origine, mais elle s'organise, monte ses œuvres, son apostolat, son prosélytisme, installe et fait fonctionner ses institutions, ses sociétés secrètes ; les rois la protègent, les honnêtes gens qui ont en horreur la destruction de l'ordre, encouragent son œuvre en grand nombre, et applaudissent à ses théories ; elle gagne, elle se répand par un travail patient et souterrain. Les ruines commencent à s'amonceler, et l'on ne voit pas clair encore ; l'édifice craque, et l'on s'obstine. — « Si on comprenait la Révolution aujourd'hui, dit M. de Maistre, elle cesserait demain. » Mais elle ne cessera pas demain, car on ne voit pas la cause de nos ruines, grâce à un aveuglement d'autant plus irrémédiable qu'il est volontaire.

La Révolution française a été faite au nom de la liberté, mais non à son profit, il s'en faut du tout, car elle a été tout d'abord et de fait la destruction de la vraie liberté, celle du bien ; même, l'emprunt qu'elle a fait du nom de la liberté n'a pas été sincère, il a été un mensonge, même en théorie et en principe. Systématiquement, la Révolution a été l'établissement de la servitude. Et dire que pas mal d'esprits éclairés et de bonne foi ont pris et prennent encore notre

---

1. V. l'ouvrage du P. Aubry : *Les Grands Séminaires*, ch. XV, Le cours de droit canon. — V. aussi *Œuv. compl.*, t. IV, sur *l'Eglise*, passim.

Révolution française, « satanique dans son essence (¹), »
pour la « réalisation sociale et politique de l'idée évangélique (²)!» Quel étrange état d'intelligence, quel renversement
des idées, quelle absolue ignorance des principes une semblable théorie suppose ! Voilà tout juste à quoi servait
autrefois la science théologique, c'est à prémunir contre des
théories et des illusions de cette sorte.

L'avènement du régime parlementaire ou constitutionnel
dans le gouvernement civil des nations d'Europe, est-il le
triomphe de l'idée révolutionnaire qui est une idée de désordre, un principe d'anarchie, et la destruction de l'ordre chrétien ; ou bien est-il l'aurore d'une plus large application des
principes évangéliques de la liberté, de l'égalité et de la fra-
ternité, laquelle application est en voie de se réaliser ? Grosse
question qui ne me semble pas entièrement résolue. — Je
penche pour la première opinion, et voici mes raisons : —
1) Ce sont toujours, depuis la Révolution, les ennemis de
Jésus-Christ qui ont travaillé et plaidé pour l'institution
dont je parle ; — 2) cette institution a été introduite par le
grand ennemi de Jésus-Christ, la Révolution ; cette origine
la trahit et parle assez ; — 3) elle n'a jamais produit que des
désordres et l'expérience est contre elle ; — 4) elle semble
impropre à produire autre chose que des désordres ; même
un bon gouvernement sera poussé par elle à mal agir, car
un bon gouvernement, sous ce régime, n'ose pas faire sa
propre volonté, et se trouve poussé, par les décisions et les
conseils de ses assemblées et de ses ministres, à faire ce qu'il
désapprouve ; souvent la simple crainte des blâmes du peuple et de la presse le détourne de faire ce qu'il sait nécessaire
et le pousse dans les fautes.

Quoi qu'il en soit de ces conjectures sur le régime parlementaire ou constitutionnel des gouvernements modernes, il
est certain que, pour la paix et le bonheur de la société, il
faudra revenir aux principes chrétiens. On aura beau faire,

1. J. de Maistre.
2. Emile Olivier, *L'Eglise et l'Etat*, introduction.

il y a, pour le christianisme, plus encore que la prescription de 18 siècles ; il y a la nécessité intime, la loi de la Providence, incarnée en Jésus-Christ et imposée au monde sous la forme du catholicisme ; c'est là qu'il faudra revenir. Ce qui renverse les données du bon sens, c'est que des hommes intelligents, éclairés, et en grand nombre, ne voient pas que les bouleversements nés de la Révolution sont le malaise d'une décadence, le tourment indicible d'une société inquiète, troublée par la perte de ce sans quoi on ne peut vivre. Est-il possible que l'on prenne ces bouleversements pour un travail de préparation à une future émancipation, à une ère où la raison pure gouvernera ? Je comprends encore qu'aux premiers jours de notre période révolutionnaire, quelques esprits s'y soient vraiment trompés ; que des hommes élevés en dehors de la foi, imbus du rationalisme du XVIIIe siècle, non encore instruits par l'Histoire, aient pu croire que le sang versé dans la Révolution était, comme dit V. Cousin, la rançon, que les désordres de 89 étaient le brisement de l'œuf par le poulet, et qu'après ce déchirement pénible, mais nécessaire, la raison commencerait à régner.

Aujourd'hui, cette aberration n'est plus excusable. Les retours de tyrannie, les renversements successifs du pouvoir par le peuple souverain, sont inévitables, nécessaires, logiques, dans le système inauguré par la Révolution. Le Français, avec son enthousiasme, avec son cœur ardent et généreux, ne saura jamais s'empêcher de donner tout pouvoir au révolutionnaire qui l'aura sauvé une fois, et celui-ci deviendra tout naturellement un tyran prêt à être renversé, quand la mesure de ses excès sera comble. Et il en sera toujours ainsi ; tant il est impossible de gouverner un peuple sans religion, saturé de rationalisme !

IV

CONJECTURES SUR L'AVENIR.

I. *Tendances principales qui, au milieu du chaos des évène-*
ments modernes, dominent l'Histoire contemporaine, relati-
vement à l'Histoire de l'Église, depuis la Révolution.

Sans entrer sur le terrain de l'Histoire contemporaine que
nous ne voulons pas aborder ici, nous pouvons, dès maintenant, et d'après les principes posés et mis en œuvre par
la Révolution, donner la caractéristique des événements
qui se dérouleront avec le XIXᵉ siècle.

Une chose bien certaine, c'est que tous les gouvernements
ont renié le droit divin comme fondement de leur autorité.
A cause de cela, leur pouvoir chancelle et s'écroule rapidement, parce que leur autorité manque de fondement, ou que
ce fondement est le sable mouvant, c'est-à-dire la volonté du
peuple. Pendant que les pouvoirs tombent ainsi, souvent
après s'être trop affirmés, l'Église qui, de son côté, n'avance
que prudemment et après une préparation longue et détaillée,
s'affirme de plus en plus, établit son autorité avec une force
toujours nouvelle ; et les regards qui de partout se portent
vers Rome, la tendance qui, dans toutes les nations, dirige
l'attention des esprits vers le Saint-Siège, sont un signe de
cette autorité. Un travail s'opère partout, dont le résultat
providentiel sera le renversement des murs qui séparent les
hommes, et la réalisation de l'unité religieuse la plus grande
peut-être qui se soit jamais vue.

Voici quelle est la grande faute de beaucoup de rois et
d'empereurs, depuis l'invention et la propagation, par la
Révolution, du principe du suffrage universel, et quelle a été
la cause efficace et infaillible de leur chute : Pour asseoir leur
autorité sur une base large et solide qu'ils ont cru trouver
dans le choix et l'arbitrage populaire du suffrage universel,
voyant le génie de la Révolution en possession de la société

européenne, ils ont voulu utiliser sa puissance au profit de leur autorité, tourner sa force de propagation dans le sens de leur autorité, *le monter*, en quelque sorte, afin d'en faire ainsi l'instrument de leur pouvoir. Sans doute, ce moyen eût été très efficace et très sûr pour faire fortune, si le génie de la Révolution n'avait pas été *un génie essentiellement destructeur de toute autorité ;* mais parce qu'il était cela, il devait nécessairement, ou sa force de renversement devait reprendre le dessus aux dépens même du cavalier qui le menait et qui lui imprimait mouvement et direction. Les choses pouvaient marcher passablement et même très bien dès l'abord, dans les premières années d'un règne soi-disant libéral, c'est-à-dire tant que le prince avait quelques débris de l'ancienne autorité à jeter en pâture à ce terrible et dévorant génie, tant que sa politique consistait à abolir et à ruiner lambeau par lambeau l'ancienne autorité. Mais après, quand apparaissait sa propre autorité, surtout quand elle restait toute seule, tout affaiblie et délabrée, il fallait qu'elle passât dans le gouffre à son tour, et cela d'autant plus vite que le monstre, à force d'engloutir, avait acquis plus de voracité.

Ce qu'il aurait fallu faire, c'eût été, coûte que coûte, de dompter et de détruire le monstre. Or, une seule puissance était capable de le faire et d'*opposer au principe de révolution le vrai principe d'autorité*, l'Église ; malheureusement, on affaiblissait cette puissance, au lieu de l'exalter. — Dans cette nouvelle situation, il est facile de voir une dernière période des luttes du protestantisme contre le catholicisme ; les deux mêmes principes sont toujours en présence.

Les points les plus importants sur lesquels les princes modernes ont voulu, comme je l'ai dit, utiliser l'*esprit de la Révolution* sont : — 1) le suffrage universel, appliqué de plus en plus dans la collation du pouvoir suprême et des pouvoirs secondaires ; — 2) le recours à ce même suffrage dans les moments de crise ; — 3) l'érection et la reconnaissance officielle de la franc-maçonnerie, qui est la Révolution incarnée et que les princes s'efforcent d'attacher au char de leur fortune.

II. *Caractère propre de la société religieuse au XIXe siècle.*

Le caractère propre de la société religieuse qui sortira des crises de la Révolution, sera l'expérience régénérée par la Rédemption ; on lira sur son visage et à travers ses larmes, la trace effacée de ses péchés : elle sera radieuse et, plus encore qu'au moyen âge, le type de l'humanité. La vie chrétienne se trahira de plus en plus par des œuvres d'apostolat pratique ; déjà, tous les cœurs généreusement chrétiens se portent instinctivement vers l'apostolat : il passe comme un souffle surnaturel qui pousse impérieusement vers la vocation aux missions ; des ordres nouveaux se sont fondés dans le même but ; les anciens ordres eux-mêmes se transforment et s'orientent du même côté. Quelle richesse de sève surnaturelle, quelle abondance et quelle fécondité de vie ne faut-il pas à l'Église pour faire face à des œuvres si vives, si généreuses, si spontanées, qui reposent sur des sacrifices si complets ! Et ce ne sont là que des germes qui s'échappent de la terre éprouvée par les rigueurs du passé — comme on voit, au sortir des hivers et au premier sourire du soleil et de la nature, des germes plantureux et débordants de sève s'échapper de la terre avec une sorte d'impétuosité. La moisson, les fruits de l'automne, nous ne les récolterons pas, nous ; mais nous vivrons assez pour voir cette végétation surnaturelle s'accentuer et se développer de plus en plus.

On compare quelquefois notre époque à celle de la chute de l'Empire romain, et on applique à notre temps et à notre société les plaintes et les pressentiments de S. Augustin prévoyant la chute effroyable qui se préparait. Or, il y a, entre ces deux époques, plus qu'une différence de degré, il y a une différence *ex toto genere ;* car, d'un côté, c'est la société païenne, essentiellement et par origine ennemie de Dieu, à qui Dieu devait sa colère, et dont la destruction était nécessaire pour fonder l'Eglise. Chez nous, rien de pareil ; c'est tout le contraire ; et, si étendu, si profond que soit le mal, il n'est pas l'essence de la vie sociale.

Une grande raison qui me fait croire que notre société vivra, outre le mouvement vers l'apostolat que je viens d'indiquer, c'est que le christianisme n'a pas fini d'expérimenter sur elle sa force, et de manifester en elle sa divine fécondité ; il n'est même encore qu'à l'aurore de cette manifestation et de l'application qu'il doit faire en elle de ses principes, de son esprit. Les bouleversements contemporains sont la crise causée par les combats qui accompagnent cette transformation en voie de s'opérer. Le démon voudrait fausser ce travail, et en détourner le cours à son profit ; l'erreur cherche à s'y glisser ; l'Église n'a pas encore eu le temps, ébranlée par cette secousse, de reprendre le dessus. Il y a, dans le monde, plusieurs forces nouvelles, apparues récemment, dont l'Église doit s'emparer, et qui ont une mission : la *liberté civile*, la *presse*, la *science*, la *facilité des communications*, la *richesse matérielle*. Il faut le temps de mettre tout cela au service de la vérité : *Donec ponam inimicos tuos scabellum pedum tuorum.*

III. *Les signes de l'avenir dans le présent.*

Lorsqu'on analyse le présent, pour en tirer une conclusion qui exprime l'avenir, on trouve que tout est bien obscur, et que l'histoire contemporaine est un mélange de pronostics effrayants de décadence et de signes consolants de résurrection ; selon qu'on fixe ses regards sur les uns ou sur les autres, on est tour à tour découragé ou consolé. De là vient que beaucoup d'écrivains, voyant un seul côté de la question, ne l'étudiant pas dans son ensemble, n'ayant pas une vue complète de la situation, en tirent des pronostics opposés, avec autant de vraisemblance que de raison, et avec des observations aussi frappantes les unes que les autres.

Les uns, fixant les yeux sur le côté mauvais de la situation, n'y regardent que les signes de décadence : péché de l'esprit, éducation antichrétienne ou chrétienne sans solidité ; divisions politiques et absence de convictions ; préjugés sur la séparation de l'Église et de l'État ; institutions sociales, mœurs et esprit public éloignant la perspective d'un retour possible aux vrais principes ; clergé affadi, sans traditions, sans solidité, divisé et pulvérisé dans les efforts de son

apostolat ; découragement des honnêtes gens ; esprit révolutionnaire entré dans les veines de la nation ; rien de fixe ou
de palpable n'annonçant un changement. Aussi, n'y a-t-il
pas, dans tous ces signes, un grave motif d'inquiétude et
d'effroi.

Les autres annoncent une rénovation prochaine, parce
qu'ils ne voient que le côté consolant des choses : la connexité des destinées et des malheurs de la France avec
ceux de l'Église ; la direction des vocations vers la pratique
des conseils évangéliques ; la renaissance des ordres religieux et le développement des missions ; la pureté du clergé ;
les constructions d'églises et les institutions d'œuvres ; le
retour vers le Saint-Siège ; l'expérience des honnêtes gens
enfin désabusés par le radicalisme du mal et par les résultats péremptoires auxquels ont abouti les principes dangereux de la Révolution ; l'inquiétude des esprits qui sentent
qu'on n'est pas dans le vrai, qui s'endorment mécontents
dans le mal ; l'effusion du sang innocent ; le rôle de la
France dont les derniers gouvernements n'ont pas pu la
dépouiller ; le soin même que Dieu prend de nous châtier
sans nous abattre complètement, ce qui est une miséricorde ;
le peu de durée des institutions fondées sur un faux principe ;
le rôle des ennemis de la France, entre autres des Allemands,
qui a toujours été de la châtier, tandis que le rôle de la
France est privilégié, la rapproche plus de l'Église et de
Dieu, lui donne plus de droits à la miséricorde, et lui permet
plus d'espérances pour l'avenir.

Tous les raisonnements que l'on fera sur ces données
peuvent avoir leur solidité. Leur valeur et leurs droits à
notre créance sont proportionnés à l'autorité des personnes
dont ils émanent, à la force des principes dont ils sont
déduits, à la justesse des observations sur lesquelles ils
reposent. Mais, en toute hypothèse et quoi qu'il arrive
aujourd'hui, ne nous effrayons pas trop de la grande effervescence du mal, de la recrudescence de l'impiété, de l'entente infernale des éléments de perversion qui, d'un bout du
monde à l'autre, se liguent et se répondent pour travailler

de concert. Il est vrai, cette recrudescence est affreuse, et cette union est un pronostic effrayant ; il est vrai aussi, l'Église est bien faible et paraît impuissante. J'ose dire cependant que nous avons des garanties qui doivent nous empêcher de craindre, et des garanties actuelles. Je ne veux pas parler de cette raison générale dont personne ne doute, savoir, que l'Église ne peut périr. Je ne parle pas non plus de cette raison que plusieurs invoquent et qui a sa valeur, savoir, que l'Église n'est faible qu'en moyens naturels,et que Dieu a, pour nous sauver, des moyens surnaturels irrésistibles ; cela ne répond à rien, car il reste à prouver qu'il veut nous sauver. Je veux dire que ce mal et le désarroi de l'Église s'expliquent par ce fait que l'Église s'est trouvée, par la facilité des communications, dans une situation exceptionnelle et inattendue, en face de laquelle elle a été surprise et un moment désorientée ; le grand mal de notre temps vient surtout de la facilité, pour les méchants, de se coaliser. Jamais l'Église ne s'était trouvée en face d'une ligue si subite et si formidable, formée si rapidement ; il n'est donc pas étonnant qu'elle ait semblé un instant ployer sous le faix, n'ayant pas encore eu le temps d'aviser au remède à de tels fléaux, et ne s'étant pas encore organisée, en conséquence. Laissez-lui le temps de se reconnaître, et nous verrons l'Église, comme par le passé, utiliser, pour le bien et le salut des âmes, les instruments qui auront été inventés pour le mal.

Tout ce qui se passe au XIXe siècle, en bien ou en mal, montre — 1) que Dieu commence un grand travail sur le monde, ce qui annonce un grand avenir ; — 2) que l'Église, consciemment ou non, se prépare à de grands travaux et pour une longue période. Elle a bien le temps de triompher du mal actuel, de reprendre l'empire du monde, de remplir son programme encore vaste d'œuvres à réaliser au dehors ; — 3) que l'enfer lui-même, dont les tendances sont toujours significatives, sentant ces grands projets de Dieu et ce grand programme de l'Église, fait de grands préparatifs pour les entraver.

Quoi qu'il en soit, l'abaissement même de l'Église et la profondeur du mal, sont un indice que le monde doit durer encore longtemps ; car, d'après la marche de l'Histoire, il faudra bien du temps à l'Église pour ressaisir l'empire du monde, et triompher de cette crise. Sans doute, en attendant cette période d'exaltation de l'œuvre de Dieu, il se perdra bien des âmes ; mais il faut voir les choses de haut, se réjouir des victoires de l'Église, et pour ceux qui se damneront, se rappeler que Dieu tirera encore sa gloire de leur perte. Que de personnages considérables se sont élevés contre l'Église ! que de grandes catastrophes ont semblé la mettre en péril ! Les années ont marché ces hommes et ces catastrophes ne sont plus que des détails, des incidents de cette lutte, et tous n'auront pas même l'honneur d'occuper une demi-ligne dans l'Histoire.

Certes, si les espérances du triomphe de l'Église ont une valeur, elle ne leur vient que du ciel, nous l'avons déjà laissé entendre, et elle n'est fondée que sur des pronostics surnaturels ; car, du côté de la terre, et à ne regarder que les choses humaines, que les apparences naturelles, tout serait bien plutôt à la crainte et au découragement ; et il y a partout, dans la société moderne, des signes propres à rassurer bien plus les ennemis que les amis du christianisme : le triomphe des sociétés secrètes si répandues, si influentes et qui ne croient plus nécessaire de cacher leur existence et leur but ; le rationalisme, le matérialisme, l'athéisme et toutes les erreurs les plus radicales et même les plus brutales et les plus choquantes, qui s'affichent, se prêchent librement, font fortune et sont sur le pavois ; la vérité humiliée, opprimée, privée du droit de s'affirmer et même de se défendre ; la rupture de tous les pouvoirs publics avec l'Église, partout la séparation de l'Église et de l'État ; les principes révolutionnaires triomphant sur toute la ligne ; l'ordre public nouveau essayant de se fonder et d'établir ses institutions sur l'athéisme, le naturalisme, et semblant réussir ; le renversement de toute autorité. Et c'est au milieu de pareilles circonstances, de pareils pronostics, que nous disons qu'il y a non seulement espérance, mais espérance très sûre, et que l'autorité la plus haute et la plus directement assistée de Dieu qui soit sur terre, en parle elle-même et au nom de Dieu : *Certissima spe et omni prorsus fiducia* ([1]).

[1]. Pie IX, Bulle de l'*Immaculée-Conception* de la Très-Sainte Vierge, 1854.

CHAPITRE VII

État de l'enseignement catholique et de la doctrine
pendant la réaction antichrétienne
et la grande épreuve de la théologie, de 1520
au XIXe siècle.

I

ORIGINE DE LA RÉACTION ANTICHRÉTIENNE.

I. Nous abordons ici une époque désastreuse. En entrant
dans les universités, Aristote avait naturellement tourné
les esprits vers la philosophie et la littérature antiques.
Est-ce à lui toutefois qu'il faut attribuer la réaction dont
nous allons parler ? J'en doute. Cependant, le triste usage
que les théologiens en étaient venus à faire de ses procédés,
éloigna les intelligences des études théologiques, et engen-
dra une nouvelle école ; la théologie tomba dans un profond
discrédit ; partout se fit sentir le besoin de secouer le joug
de la scolastique, et d'ouvrir à l'esprit humain des routes
nouvelles ; on se passionna pour l'étude de l'antiquité classique.

A la même époque, plusieurs occasions remettent en
circulation, dans la société européenne, beaucoup d'ouvrages
antiques jusque-là ignorés en Europe. Nicolas de Cusa,
cardinal légat, rapporte de Constantinople un précieux trésor de manuscrits grecs qui éveillent bientôt un immense

intérêt. Les Orientaux, venus au concile de Florence, raniment l'amour de l'antiquité grecque. Les néoplatoniciens, Gémistus, Pléthon et Bessarion, les nouveaux péripatéticiens, Georges Scholarius, surnommé Gennade, Théodore de Gaza et Georges de Trébizonde, transportent en Italie le théâtre de la vieille lutte entre Platon et Aristote, autrefois confinée sur les rives du Bosphore. Une foule d'autres savants, bannis de Constantinople par les Turcs, viennent alimenter les débats ; l'Europe entière s'y intéresse. Après avoir étudié Aristote, on aborde Platon ; on lit dans leur langue ces deux grands esprits ; on s'enchante, on s'enivre de cette merveilleuse antiquité ; on compare la sécheresse des formes scolastiques avec les riches développements des systèmes grecs et leurs formes si brillantes ; on dédaigne la science de l'Occident, on prend en pitié son style rude et barbare, pour se laisser entièrement subjuguer par la littérature et la philosophie de l'ancien paganisme ; on devient platonicien, péripatéticien, pythagoricien, épicurien, stoïcien, académicien, alexandrin. Ajoutez à cela les poètes, les orateurs, et toutes les formes de la littérature antique pour lesquelles on s'exalte et on s'enthousiasme, tandis qu'on n'a plus que du mépris pour les productions inspirées par le christianisme ; enfin, on n'est presque plus chrétien, et assez peu philosophe. Mais il est impossible à l'esprit humain de n'admirer que des formes, sans accorder aux idées un peu de cet enthousiasme qu'on donne à leur expression. L'engouement ne s'arrêta donc pas aux productions littéraires mais, comme il était naturel, alla jusqu'aux idées, au fond des principes, et même aux institutions et à tout ce qui composait l'état social antique. On voit comment l'esprit chrétien diminuait, et quel péril courait la théologie.

II. Toutefois, comme la théologie était encore, selon l'expression de Guizot, le sang qui coulait dans les veines du monde européen, l'esprit antichrétien devait, pour faire son chemin, prendre une apparence théologique. Dans le programme de la nouvelle théologie, prêchée dès le XIVe siècle par Jean Wickleff, professeur de théologie anglais, on reconnaît, au premier coup d'œil, l'œuvre de l'esprit d'hérésie qui, toujours vaincu dans l'Église, recueille ses forces et médite, contre la vérité, un assaut plus général et plus décisif. C'est bien ce qu'indique le système de Wickleff ; si on l'analyse dans ses grands traits, on trouve son symbole appuyé sur trois articles fondamentaux tout à fait caractéristiques : — 1) haine irréconciliable à Rome, la *grande prostituée*, au pape, l'*antechrist*, et à ses suppôts, les membres de la hiérarchie catholique ; pas d'autre maître en religion que l'Écriture interprétée par les saints ; — 2) fatalisme, et fatalisme transcendant qui étouffe la liberté dans sa plus haute source, en entraînant Dieu lui-même, et le faisant auteur du mal comme du bien, de manière à légitimer toute corruption ; — 3) panthéisme, négation de l'Être divin, qui découle tout naturellement du fatalisme sa falsification ; selon Wickleff, « Dieu n'est que l'universalité des choses qui tombent sous nos sens. »

Cette religion de Wickleff, « pire que l'athéisme, » dit Bossuet (¹), est propagée d'abord en Angleterre, par son auteur, puis en Allemagne, par Jean Huss et Jérôme de Prague : elle forme le premier élément du protestantisme, qui ne tardera pas à s'établir sur les mêmes principes.

III. Quel aurait dû être, dans cette renaissance, et pour la rendre saine et bonne, le rôle de la scolastique, et qu'a-t-il manqué à la scolastique pour lui donner une bonne direction ? Par conséquent, en quoi la scolastique est-elle coupable de ce qui est arrivé ?

L'Ecole théologique avait, jusque-là, rempli la première et la plus difficile partie de sa mission, en produisant une philosophie catholique dont la théologie était le centre lumineux et universel ; mais il restait à produire une littérature et une histoire vraiment catholiques, et à réaliser, dans les divers ordres des sciences, les principes de cette philosophie et le type idéal d'exposition scientifique donné par la méthode scolastique. Tout ce travail ne pouvait

1. *Hist. des Variations.* L. XI, ch. 143.

réussir et aboutir au bien de la religion, qu'à condition
d'être accompli ou, du moins, commandé et dirigé par les
maîtres de l'enseignement sacré, comme centre des forces
qui produisent tout travail intellectuel, et type de toute
exposition et de toute méthode d'un enseignement. Or,
pour cela, on avait dans la foi, dans les Saints Livres, dans
les écrits des Pères et des Historiens ecclésiastiques, dans
l'histoire universelle du genre humain, une source d'inépuisables beautés, la grandeur des points de vue, la profondeur
des idées, le lien profond des doctrines et des faits. Mais,
pour mettre tout cela en œuvre, il fallait une forme littéraire et artistique que sa perfection rendît digne de devenir
l'expression d'un tel fond. Cette forme se trouvait chez les
anciens, qui même l'avaient soignée exclusivement et au
détriment du fond. Il fallait donc étudier les chefs-d'œuvre
de la littérature et de l'Histoire grecque et romaine, modèles admirables dans l'art de dire, de raconter, d'embellir, de
faire resplendir les idées. En s'emparant des beautés de la
forme, pour les mettre au service de la vérité catholique, on
ajoutait à l'enseignement des docteurs catholiques le charme
d'une littérature plus digne de leur doctrine que la langue
barbare dont ils se sont servis. Il ne s'agissait pas pour les
maîtres de l'école théologique de créer eux-mêmes la littérature et l'histoire catholique, mais d'en favoriser le développement, en gardant ce qu'il y avait de grand dans la
méthode de leurs prédécesseurs, et en dirigeant l'introduction de la forme littéraire antique dans les écrits inspirés
par la foi, et aussi la production des ouvrages nouveaux,
surtout des compositions historiques que réclamait la marche des intelligences et qui devaient s'inspirer de la manière
antique. En restant à la hauteur où les avaient placés les
travaux de leurs devanciers, ils devaient montrer que la
révélation chrétienne n'a pas seulement dévoilé au monde
la vérité souveraine qui éclaire, purifie, féconde et organise
le chaos des connaissances humaines ; mais qu'elle a aussi
ouvert une source inépuisable de beautés et de biens intellectuels qui sont, pour la littérature et les arts, les plus

radieux sujets, et pour l'intelligence humaine, les plus nobles jouissances qu'elle puisse espérer goûter en cette vie. Dans ce travail d'exposition et de démonstration, les maîtres, sans copier les anciens, ni emprunter leur fond, devaient imiter largement leur manière, et s'inspirer des grâces de la forme antique, purifier leur style des restes de la barbarie, et rendre l'expression moins indigne de la richesse et de la sublimité du fond. Par là, ils eussent conservé à la reine des sciences son trône dans le monde intellectuel. C'est ce qu'on fit à Rome où la Renaissance fut bien accueillie, favorisée et dirigée dans son mouvement par les papes.

Or, au contraire, en s'éloignant du monde historique et littéraire pour refaire, à l'aide d'une misérable métaphysique et en un style toujours plus barbare, ce qui était très bien, les théologiens perdirent cette royauté et firent le succès de la réaction antichrétienne. Le monde intellectuel prit en dégoût une science qui restait étrangère au vrai progrès de la Renaissance, et un sacerdoce qui semblait anathématiser les arts ; mis dans l'alternative de choisir entre l'école du Christ et les anciennes écoles païennes, il se jeta d'enthousiasme vers celles-ci, et ne se contenta pas d'y prendre la forme, que personne ne lui avait appris à consacrer aux vraies doctrines ; ce devint une maxime générale, formulée un peu plus tard par un des grands maîtres dans l'art de bien dire, que :

De la foi du chrétien les mystères terribles
D'ornements égayés ne sont pas susceptibles.

Une fois admis et, pour ainsi dire, constaté que le christianisme ne se prêtait pas à la perfection littéraire et artistique, la fortune de l'erreur fut faite, car de là à penser que cette religion hostile à la beauté de la forme n'était pas, dans son fond, la vocation divine de l'homme, la forme vraie de la civilisation, l'expression la plus haute et la plus parfaite du beau, splendeur du vrai, il n'y a pas loin. On en vint donc à regarder l'antiquité comme le plus beau modèle de la vérité philosophique, l'idéal de la perfection sociale, et le christianisme comme l'ennemi de la belle nature et du vrai progrès.

IV. Toutefois, une observation importante est ici nécessaire. Sans doute, la forme antique, appliquée aux idées chrétiennes, eût donné le plus haut développement de perfection qu'eût jamais pu atteindre l'esprit humain, et réalisé l'idéal même de la science et des arts. Mais devait-il, pourra-t-il jamais se réaliser sur la terre? N'est-ce pas par une permission et une volonté profonde de Dieu, et par une disposition expresse de la Providence, que jamais la beauté parfaite de la forme esthétique, humaine, naturelle, n'ait été rencontrée dans les productions intellectuelles qu'il a inspirées pour parler à l'homme et exprimer sa divine pensée? Et ne semble-t-il pas avoir pour tactique de dédaigner toujours les ornements inventés par le génie humain, comme s'il préférait à la beauté trop mesquine de ces ornements, cette pauvreté fière qui laisse à l'œuvre divine le soin de n'emprunter qu'à elle son majestueux éclat, et de ne devoir sa grandeur et sa beauté à aucun artifice inventé par la sagesse humaine? Peut-être y a-t-il dans cette observation de quoi expliquer l'imperfection où resta toujours la théologie par son côté littéraire, et aussi de quoi nous consoler des regrets que nous exprimions tout à l'heure.

II

ÉPOQUE DE LA GRANDE ÉPREUVE.

I. De 1520 à 1550, le symbole de Wickleff, à l'exception du panthéisme qui ne devait se produire que plus tard au grand jour, envahit l'Europe sous le nom de *Réforme* ou *Protestantisme*. C'est la *grande épreuve*, l'épreuve universelle et finale. En effet, le protestantisme fut le couronnement et la généralisation de toutes les machinations antérieures de l'esprit d'hérésie et de schisme contre la foi. Les autres révoltes

avaient beau être importantes, et, en niant un point, nier le
principe de tout le catholicisme ; elles avaient un objet res-
treint et, par une inconséquence très fréquente dans l'histoire
de la théologie, n'appliquaient pas à tout dogme le principe
rationaliste du libre examen qu'elles pratiquaient pour un
point. Ce principe du libre examen n'était donc pas l'objet
formel de leur hérésie et, tout en s'en servant pratiquement,
elles ne le formulaient pas et ne l'admettaient pas en
doctrine, et ainsi elles ne s'attaquaient pas encore à la base
de la théologie. Or, le protestantisme, en détruisant toute
autorité enseignante et vivante, et en érigeant en règle de
foi le libre examen appliqué à la Bible, va droit à la base
de la théologie et au principe de tout enseignement doctrinal.

II. Le principe protestant, une fois formulé, fermenta dans
tous les ordres d'enseignement, comme fermentent toujours
les principes doctrinaux ; on le vit porter ses fruits dans les
Écoles protestantes, dans les écoles de théologie, dans celles
de philosophie et de droit, et dans toutes les sciences.

1º Dans les *écoles protestantes de théologie.* — On voit
l'erreur doctrinale grandir dans une progression très régulière
et très logique : le *pur protestantisme* des premiers réformateurs n'avait d'abord nié, au nom de son principe, que des
dogmes relativement peu nombreux et peu importants.
Bientôt, le *rationalisme socinien* élimine simplement et
encore avec peu d'éclat les plus hauts mystères, la Trinité,
la consubstantialité du Verbe et, conséquemment, la divinité
de Jésus-Christ, le péché originel, etc., donnant un sens plus
ou moins forcé aux passages de l'Écriture qu'on lui opposait,
sans élever encore des doutes sur la divinité de la Bible.
Bientôt, des doutes, et même des négations accentuées, se
produisent dans l'*école exégétique* du XVIIIe siècle, qui, après
Semler son auteur, montre dans la Bible un ensemble de
mythes poétiques ajoutés à la vérité, et dans le christianisme
un petit nombre de points fondamentaux surchargés d'ornements superflus, étrangers, par le travail de l'homme et du
temps. Enfin, au XIXe siècle, le *panthéisme* de Schelling,

Fichte et Hégel, vient encore s'ajouter à cela ; Schleiermacher, en 1829, l'introduit dans les écoles de théologie ; peu après, Strauss, dans sa *Vie de Jésus*, ajoutant encore à cette idée, ose montrer, dans la *Fable évangélique* du Christ Homme-Dieu, une personnification poétique de l'Humanité-Dieu se rendant compte de son développement progressif, depuis les profondeurs de l'Être-Néant ou de l'Être-Devenir (de. Hégel), jusqu'au moment où elle aura pleinement conscience de son infinité, et de l'identité absolue de ces trois termes : Dieu, l'homme, le monde. Ici finit l'absorption complète de la théologie chrétienne dans l'athéisme, auquel le protestantisme la reconduit tout naturellement.

2º Dans les *écoles protestantes de philosophie*. — Quand on eut rejeté la théologie comme base de la science universelle, on lui substitua la philosophie qui se sépara complètement de toute théologie. Spinosa commence en 1670 ; dans son *Tractatus politico-theologicus*, il met en lumière le principe de Wickleff, que « Dieu est tout ce que nous voyons », et en formule son panthéisme ; il est le précurseur des grands philosophes panthéistes allemands. Kant, en 1781, dans sa *Critique de la raison pure*, fait en philosophie ce que le protestantisme a fait en théologie, renverse tous les travaux antérieurs de la raison humaine, et entreprend de mesurer sa puissance ; pour lui, notre raison spéculative ne peut rien constater avec certitude sur ce qui dépasse le monde sensible et même en dehors du *moi ;* même les lois que nous croyons voir dans la nature, ne sont que les lois de notre intelligence qui les impose à la nature. Fichte et Schelling, ses disciples, en concluent que tout ce qui est en dehors du *moi*, peut n'être qu'apparence, que le monde n'a pas une existence distincte, et n'est ou bien, selon Fichte, qu'une idée du *moi*, ou bien, selon Schelling, qu'une évolution du grand tout qui est le dieu du monde.

Mais ces systèmes ne détruisaient pas assez radicalement le christianisme ; pour mieux le renverser, il fallait aller jusqu'au bout de l'absurdité, et détruire non seulement une

partie de la puissance de la raison, mais toute sa puissance.
Hégel, successeur de Fichte, ne se contenta pas des contradictions de ses devanciers, mais érigea la contradiction en
principe, affirma l'identité des contraires, du moi et du non-
moi, de l'être et du rien, comme deux éléments nécessaires,
également vrais, et qui constituent l'être et le monde par
leur synthèse. Dès lors, l'Être infini, le Dieu personnel, n'est
plus qu'une pure abstraction ; la grande réalité, c'est l'être-
pensée qui, parti du néant, son point de départ, se développe
dans le monde et dans l'homme, tendant vers une existence
indéfiniment plus parfaite. Ainsi la *déraison pure* ou l'identité
des contraires, voilà où le principe protestant conduit la
philosophie.

3° Dans les *écoles protestantes de droit*. — Dès que le
principe protestant fut prêché, il s'installa en tête des
doctrines sociales et politiques. Or, tandis qu'à l'origine le
protestantisme avait abaissé l'autorité religieuse au profit des
princes dont il avait affirmé le pouvoir absolu, bientôt tout
l'édifice du droit public fut renversé, et on donna pour base
au droit nouveau à construire la fable païenne d'un *pacte
social*, par lequel les hommes, originairement égaux, libres
et indépendants, auraient fondé la société et sacrifié en
partie leur souveraineté personnelle, pour former la souveraineté collective. De là on déduisit que le pouvoir
n'est qu'une délégation de la souveraineté nationale, que le
prince n'est que le mandataire de tous, l'exécuteur des lois,
et que les lois elles-mêmes ne sont que l'expression de la
volonté générale.

On voit quel renversement dans les principes de l'ordre
politique ! Quand il fallut appliquer cette théorie du pouvoir
dans des institutions gouvernementales, deux écoles se formèrent, celle des réformateurs modérés et monarchistes, et
celle des réformateurs rigoureux et républicains, tous affirmant le même principe, mais les premiers voulant l'exercice
de la souveraineté nationale par délégation, les autres par le
peuple même. Mais, de même que dans l'ordre religieux le
principe protestant, travaillant et fermentant par lui-même,

s'était produit tour à tour sous des formes de plus en plus franches et radicales, de même, dans l'ordre politique, la logique du principe engendre peu à peu des écoles de plus en plus radicales qui étendent, chacune dans un cercle plus large, le domaine de l'égalité et de la communauté, égalité des conditions, égale répartition des fortunes et de l'éducation, socialisme qui exclut toute propriété, et qui bientôt étend cela même aux femmes et à la famille, puis absence même de toute loi et de tout ordre soumis à une règle quelconque. Mais, au bout de ces transformations du principe de l'égalité et de la souveraineté nationale, se trouve la tyrannie des meneurs de révolutions.

4° Dans les *écoles d'humanités et de sciences.* — Toute lumière supérieure enlevée, les principes premiers de toute science et la source divine de tout art, sont détruits. Désormais : — 1) l'unique base commune possible pour la fusion et l'harmonisation de toutes les sciences manque ; dès lors, les sciences disloquées s'en vont de tous côtés. — 2) Toute science, toute littérature, privée de cet éclat que lui donne la lumière de la foi, séparée de son but vrai et final qui est la fin surnaturelle de l'homme, et réduite à des horizons terrestres, devient petite et mesquine.

III. Il est facile de juger par là de l'ébranlement que le protestantisme a dû imprimer à la théologie, et de la transformation qu'il a dû occasionner dans son enseignement ; ébranlement si profond, que nous n'en sommes pas encore bien remis, transformation si large, que son terme aboutit seulement, selon moi, au moment où nous sommes. Mais réservons à tout à l'heure de parler de la transformation, et ici parlons de l'ébranlement. Décrivons ce travail de lutte et de transformation, et la manière dont le protestantisme l'amène : union, par suite des luttes protestantes, de la méthode d'autorité avec celle d'investigation philosophique ou de description des concepts ; phases par lesquelles elle passe ; création des traités de l'Église, de la Foi, de la Tradition, comment et pourquoi ?

En même temps que la guerre doctrinale, allumée par le

protestantisme, produit un ébranlement, elle produit aussi une transformation ; même, cet ébranlement est la condition nécessaire de la transformation ; et plus l'ébranlement est grand, plus la tranformation est large et profonde. Or, cet ébranlement, nous l'avons vu, est immense, et affecte tout l'ensemble de l'exposition théologique, le principe même de son autorité, et la base de sa méthode : aussi, cet ébranlement dure-t-il encore aujourd'hui. Il est donc à croire que la transformation qui va résulter de là, sera considérable, et que quand l'Église, étonnée d'abord et troublée par la force de cette attaque, sera bien relevée, calmée, rassurée dans son triomphe et dans la majesté de son enseignement, elle se trouvera avoir récolté un grand profit, et réalisé un grand progrès. Or, il me semble que nous touchons à cet heureux instant. Pour moi, je crois que la méthode d'enseignement que le protestantisme aura fait découvrir, et qui doit être le fruit de ses attaques, est en voie de se formuler d'une manière définitive et dans une expression superbe ; je crois que c'est la théologie de l'avenir, celle qui réalise le programme idéal que j'assignais plus haut comme tâche aux successeurs de S. Thomas, chargés de continuer et d'achever son œuvre, et que je regrettais de ne les avoir pas vus réaliser ; je crois aussi qu'il n'était pas possible qu'elle fût réalisée alors, et qu'il était bien qu'elle ne le fût que plus tard, sous l'influence d'une controverse et avec le secours du temps, car rien, dans ce beau travail de développement doctrinal, ne se fait autrement. Aujourd'hui, ces conditions se sont réalisées ; nous avons eu la controverse pour creuser et éclaircir, le temps pour mûrir et rasseoir ; la question a été examinée sous toutes ses faces, par une variété de docteurs et à la faveur d'une variété de circonstances. On discute bien encore, mais le protestantisme vrai n'existe plus et ne discute plus. Je crois donc que la méthode vraie va jaillir radieuse et magnifique de ces ruines éparses dans un désordre apparent. Déjà, du reste, elle existe, elle a eu des précurseurs ; aujourd'hui, elle apparaît toute composée, elle existe réalisée dans un petit nombre d'esprits d'élite qui tiennent l'avenir ; le cardinal Franzelin est un des types de cette méthode, je l'ai prouvé ailleurs (¹).

IV. Le principe protestant, par d'autres applications plus ou moins complètes et conséquentes, a produit, dans les siècles modernes, une tourbe d'autres hérésies de second ordre qui sont des protestantismes incomplets : gallicanisme, jansénisme, libéralisme, etc., dont nous avons d'ailleurs retracé et l'histoire et les suites malheureuses.

V. Que fit l'Église, et comment l'enseignement théologique fut-il conduit dans la lutte contre le protestantisme ? Il y a toujours, dans les grandes luttes dogmatiques, une première phase de surprise où l'Église semble chavirer, et n'être pas en mesure de répondre à l'attaque ; mais ce premier moment passé, elle se relève dans la force de ses principes, répond victorieusement, et se sert même de l'attaque dirigée contre elle, pour ajouter une nouvelle beauté à son enseignement. Plus l'attaque est profonde, plus ce premier moment de surprise est long et pénible, mais plus aussi ensuite le triomphe est éclatant. Commençons par décrire la phase de surprise et de désarroi pour montrer ensuite la belle transformation théologique engendrée par la lutte protestante.

L'Esprit-Saint révèle tout à l'Église et la prémunit contre toute hérésie. Mais cependant, quand une hérésie surgit, s'il est vrai que l'Église a, dans son sein, tout ce qu'il faut pour la combattre efficacement, et que même la lutte finira par le triomphe de l'Église, il est vrai aussi que les théologiens catholiques ne découvrent pas de suite son sens et sa portée, et qu'ils tâtonnent pour formuler le mal et trouver le remède. Or, ainsi je crois que les théologiens n'ont pas connu de prime abord la nature intime du protestantisme et la portée satanique de son principe ; ils l'ont presque pris pour une hérésie ordinaire et, au lieu de le frapper au cœur, de dévoiler l'antichristianisme qu'il portait dans ses flancs, de dénoncer le fond qu'il cachait, et de le serrer de près dans sa

1. Voir l'ouvrage du P. Aubry : *Essai sur la méthode des Études ecclésiastiques en France*, tome II : *Les Grands Séminaires*, ch. VIIᵉ : La méthode théologique du cardinal Franzelin.

marche rapide et logique vers le pur rationalisme, ils lui font d'abord une guerre de détail, s'ingénient à battre en brèche ses anciennes confessions de foi, et à les poursuivre encore après qu'elles étaient abandonnées. Nos théologiens en étaient encore à s'escrimer contre les vieilles thèses des anciens novateurs et à les réfuter mot par mot, que le protestantisme, échappé à leurs coups, leur laissant entre les mains ces formules abandonnées comme de vieux vêtements, et prenant toutes les formes pour s'infiltrer au sein de l'Europe intellectuelle, envahissait le monde politique, scientifique, historique, littéraire. Aussi, ne virent-ils pas trop arriver le philosophisme voltairien, et, ne comprenant rien à cette irruption violente et prématurée qu'ils n'avaient pas prévue, et qui cependant se préparait depuis deux siècles, ils laissèrent Bergier lutter presque seul contre le torrent dévastateur, jusqu'au jour où la profondeur du mal se révéla ; mais alors le mal avait tellement grandi, qu'on se trouva désemparé pour le combattre avec succès. Bergier a beau, d'ailleurs, être un homme de bon sens, et avoir mis toute son érudition, son jugement, sa bonne volonté, à réfuter l'erreur ; je lui reproche d'avoir donné, avec influence et succès, l'exemple et le type de la dissipation polémique ; ce que surtout je lui pardonne le moins, c'est d'avoir fait un *Dictionnaire de théologie,* car je ne puis digérer ces *Dictionnaires de théologie,* même ceux qu'on fait de notre temps et qui ont d'ailleurs du mérite.

Cette surprise des hommes s'explique surtout quand le protestantisme lui-même, par la plume de ses défenseurs les plus éclairés, a eu besoin de trois siècles pour sortir de ses contradictions et de ses longs tâtonnements, pour trouver la formule de son principe et acquérir la conscience de ce qu'il était et de ce qu'il voulait. Longtemps, en effet, il sentit le besoin d'épargner la foi des peuples, et de transiger avec l'organisation chrétienne, en gardant, pour dissimuler sa nature essentiellement antichrétienne et sauver les apparences, quelques restes de christianisme, la base théologique de la Bible, et même de la Tradition, les points principaux de la doctrine chrétienne. Tout cela ne s'altéra qu'ensuite ; mais tant que le protestantisme le garda, nos théologiens, d'abord, ne pouvaient découvrir combien il était radical ; et puis, ne pouvaient transporter la lutte sur le terrain de la philosophie ; enfin, ne pouvaient combattre, dans le protestantisme, des erreurs encore latentes et qu'il n'aurait pas manqué de désavouer.

VI. Les seules choses qu'on pût faire alors sont celles qu'on a faites en effet : — 1) une démonstration, par la raison théologique et par les monuments encore admis chez les protestants, sur le principe d'autorité ; — 2) des travaux de détail et d'ensemble sur la Bible, pour en montrer le parfait accord avec le système catholique, et pour réfuter les erreurs de l'exégèse protestante ; — 3) des travaux de détail et d'ensemble sur la Tradition et l'histoire chrétienne depuis les temps apostoliques, pour anéantir le reproche de corruption et mettre en lumière l'invariable perpétuité du christianisme primitif dans l'Église catholique. Or, ces travaux ont été admirablement exécutés par une foule de grands théologiens, entre lesquels brillent au premier rang Cajetan, Corneille de la Pierre, Maldonat, Estius, Melchior Cano, Bellarmin, Suarez, Pétau, Thomassin, Baronius, Pallavicini, Bossuet, etc. Nous ne disons pas que les travaux de ces maîtres furent le dernier type de la méthode théologique auquel le protestantisme devait faire donner naissance, non, car nous dirons tout à l'heure que ce type naît seulement aujourd'hui ; mais ils y préludent, ils dessinent le genre, et composent, par leurs travaux, le trésor des monuments de la controverse. Déjà, du reste, je viens de le dire, ils dessinent le genre, tracent le programme de la nouvelle théologie qui devra s'élaborer plus tard ; l'irruption du protestantisme fut une époque de réveil et de restauration pour l'école catholique de théologie. Dirigés, dans leur lutte, par les admirables définitions du concile de Trente, nos théologiens renoncèrent aux subtilités, aux vaines spéculations de la décadence théologique, pour étudier et défendre la doctrine et les institutions de l'Église au point de vue autoritaire et traditionnel ; et leur méthode, immortalisée par des chefs-d'œuvre d'érudition et de controverse, créait un genre qui devra fleurir bientôt.

VII. Le mouvement théologique, au XVIIe siècle, produisit, particulièrement en France, une littérature d'une gloire exceptionnelle ; et ce siècle ne fut si grand dans les lettres et les sciences, que parce que la théologie en fut l'âme, comme on peut s'en convaincre en lisant ses philosophes et ses poètes. Pourtant, ce mouvement fut peut-être plus brillant que profond, car s'il produisit, surtout sous la plume des grands écrivains français, des monuments d'un grand éclat, on y vit peu de recherches profondes, et il est remarquable que la plupart des grands écrivains de ce siècle ont moins cultivé la doctrine dans l'ordre surnaturel.

III

Après la grande manifestation de lumière et de vie, plus brillante que profonde, qui se produit dans l'enseignement théologique au XVIIe siècle, l'Ecole tombe dans une vraie décadence, surtout en France, mais dans un tout autre sens qu'à la fin du moyen âge. Elle se laisse déborder par l'esprit du siècle, abdique sa suprématie, et accepte, sans trop de répugnance, le petit canton qu'on lui assigne dans le monde scientifique. La théologie de ce siècle, humiliée et comprimée, descend de sa méthode sur le terrain des erreurs qu'elle avait à combattre ; il le fallait sans doute, et l'enseignement catholique l'a toujours fait pour se plier aux exigences des controverses qu'il a dû soutenir ; mais, tout en combattant ses ennemis par des arguments adaptés à leur méthode, il doit toujours rester fidèle à ses vieilles et profondes traditions, et ne déroger jamais à sa dignité. Les productions de l'esprit dans ce siècle sont nombreuses, mais d'une remar-

quable faiblesse, même dans l'ordre ecclésiastique, et appartiennent presque toutes à un genre d'écrits utiles, mais
superficiels, et qui n'ont pour mérite que de préparer les
éléments du travail plus grand qui se fera plus tard, en
amassant des matériaux et en élucidant les questions polé-
miques ; en attendant, la décadence est évidente. Quelles en
sont les causes ?

I. La première de ces causes est la direction qu'avaient
prise les études théologiques sous l'influence du protestantisme. On avait adopté un genre de travaux polémique, et
on s'était beaucoup adonné à la critique. C'était bien ; mais
il fallait prendre garde de s'y oublier et d'y perdre les
vieilles traditions d'enseignement procédant avant tout
par investigation et contemplation des concepts dogmatiques ; or, on s'y oublia, et des travaux qui étaient d'abord,
dans la pensée des fondateurs de ce genre, purement secondaires, devinrent, pour la génération nouvelle de leurs disciples, les seuls auxquels ils surent s'adonner et au-dessus
desquels ils n'en soupçonnèrent pas de meilleurs.

II. La seconde cause, c'est l'infiltration de nombreuses
erreurs, nées de la sève du protestantisme, qui se répandent
à l'état de tendance sur bien des points de la société même
catholique et, entre autres effets funestes, font perdre à
l'enseignement sa méthode antique. Ainsi, le jansénisme et
le gallicanisme. — Le gallicanisme, entre toutes ces erreurs,
a eu beaucoup d'influence dans cette décadence en séparant
la France de Rome.

III. Il faut également juger comme coupables de cette
décadence, la philosophie cartésienne et la tendance moderne à procéder par preuves de fait, d'expérience et de
témoignage, et non plus par investigation philosophique
et profonde ; le développement excessif donné aux sciences
et aux arts matériels et physiques, qui ne reposent pas sur
le raisonnement ; le genre léger et superficiel des productions de l'esprit au XVIIIe siècle, genre qui est introduit
et développé surtout par l'incrédulité légère de ce temps, et
par la frivolité des mœurs et de la civilisation moderne.

IV

MÉTHODE VRAIE QUI EST EN VOIE DE FORMATION
ET QUI SERA LE FRUIT DE LA CONTROVERSE CATHOLIQUE
CONTRE LE PROTESTANTISME.

I. Le progrès de l'enseignement théologique doit se constater, non pas d'année en année, pas même de siècle en
siècle, mais d'une période théologique à l'autre, de controverse à controverse. Il se peut, et il arrive fort souvent que,
dans un siècle, l'état de l'enseignement est inférieur à celui
du siècle précédent ; mais il y a, dans chaque période, un
moment qui est le point culminant où il faut prendre l'enseignement pour le comparer avec celui de la période précédente au même point. C'est là l'enseignement de cette
période. Or, pris ainsi, l'enseignement d'une période est
toujours supérieur à celui de la précédente. Je dis donc que,
comme toutes les grandes controverses, la controverse protestante doit aboutir à produire aussi un grand progrès
dans l'enseignement théologique, mais que ce progrès n'est
pas encore formulé dans une méthode précise et définitive,
appréciable et réduite à une forme qui s'impose à tous et
qui contraste vraiment avec les précédentes.

Déjà, cependant, on sait quels seront les caractères de
cette *théologie de l'avenir.* Il est évident qu'à l'investigation
scientifique appliquée aux concepts dogmatiques par la
scolastique, elle ajoutera la démonstration par témoignages
traditionnels et faits historiques, démonstration dont les
derniers siècles ont fait tant d'applications et si bien réglé
et facilité l'usage ; et que ces deux éléments, jusqu'ici trop
souvent séparés, seront fondus pour composer la plus belle,
la plus grande et la plus complète méthode qui ait été
vue.

II. Les derniers siècles avaient oublié l'investigation scolastique, pour se concentrer dans la démonstration tradi-

tionnelle ; ils lui ont aussi donné un grand essor et une grande puissance ; maintenant qu'elle a été faite sous tous ses aspects, et achevée séparément, elle est prête à être unie à l'autre que les scolastiques, en la cultivant séparément aussi, avaient perfectionnée pour la même réunion. Ainsi, par l'imperfection même de leur manière de procéder, c'est-à-dire par leur exclusivisme, ces deux méthodes servent à perfectionner la grande méthode. Les derniers siècles nous ont donné une foule de recueils de textes tout classés dans leur ordre dans les théologies ; ainsi, toute la partie traditionnelle et historique de l'exposition des dogmes, qui manquait autrefois, est faite maintenant ; il suffira d'y réunir les vues scolastiques. Ajoutez à cela que l'imprimerie, inventée dans la même occurrence, a été comme envoyée par la Providence pour faciliter et vulgariser les monuments où cette méthode puise ses matériaux.

III. Je crois que, précisément au moment où nous sommes, ce que j'ai appelé la *théologie de l'avenir* est en voie de se former, de prendre sa formule. Peu d'esprits la connaissent, mais le nombre n'y fait rien. Citons, parmi ses principaux représentants, Mœhler, Schrader, Franzelin surtout. L'avenir est à cette méthode ; et elle sera plus belle, plus complète que les anciennes ; mais elle ne fait que sortir du chaos dans lequel ses éléments se sont élaborés jusqu'au milieu des controverses et du mélange de découvertes et d'erreurs des deux ou trois derniers siècles.

J'ai toujours conseillé, et je conseillerai toujours de prendre pour base et direction d'études, non pas S. Thomas exclusivement, pas même S. Thomas principalement ; mais, au-dessus même de S. Thomas, un théologien moderne, pourvu qu'il soit bien choisi, pas parmi les médiocres qui sont fort nombreux. Voici mes raisons : S. Thomas est un génie, et les autres qu'on pourra étudier, ne sont que ses enfants ; la méthode de S. Thomas est éternelle, et on l'étudiera toujours ; et, cependant, depuis qu'il a écrit et à travers toutes nos décadences théologiques, il y a une méthode d'enseignement théologique qui est en voie de se former et qui sera plus vraie, plus complète, plus belle encore et non moins profonde, plus parfaite que celle du XIIIᵉ siècle, quoique les écrivains peut-être soient bien inférieurs à ceux du XIIIᵉ siècle, surtout à S. Thomas. On se servira toujours de S. Thomas ; mais désormais, à son travail, qui est la contemplation du dogme en lui-même, on ajoutera l'étude de la Tradition ou des développements et des preuves, des *états historiques* du dogme, autre grand côté de la théologie qui n'avait pas sa raison d'être ou auquel on ne pensait pas encore au temps de S. Thomas.

Si je conseille un théologien moderne, Franzelin par exemple, et principalement, ce n'est pas qu'il soit le seul bon ; c'est qu'à mes yeux, il est un de ceux qui ont le mieux compris et le mieux rendu cette transformation de la théologie, cette fusion des deux éléments, philosophie et tradition, ou des deux méthodes, celle de S. Thomas, qui est la méthode contemplative, et celle de Bellarmin, Pétau, etc., qui est la méthode démonstrative. Franzelin réunit et fond les deux en une seule, et c'est pour cela que je le regarde comme un beau type de la méthode nouvelle — *non nova sed nove* — ; lui aussi, sait bien que S. Thomas est parfait, que c'est un génie, et qu'on ne l'atteindra pas ; lui aussi, conseille l'étude de S. Thomas ; et cependant, il ne croit pas superflu d'écrire, lui aussi, même après S. Thomas, et pour un public de théologiens à peu près le même que celui des lecteurs de S. Thomas. Pourquoi écrit-il cependant ? Apparemment parce qu'il pense qu'ils doivent étudier S. Thomas, et que, cependant, S. Thomas n'est plus pour eux une règle suffisante, adéquate, au niveau du progrès, ni l'idéal de ce qu'il faut aujourd'hui.

IV. Quel sera le caractère de cette nouvelle méthode ? Elle sera plus belle, plus touchante, plus poétique, plus littéraire, plus complète ; elle utilisera mieux les sciences humaines ; et on verra combien était vraie et profonde la loi formulée par les scolastiques établissant un ordre hiérarchique entre les sciences humaines groupées, comme des servantes, autour de la théologie leur reine. Déjà on voit cet ordre s'ébaucher dans une foule de travaux partiels, opérés soit sur le terrain propre de la théologie amenant à elle les sciences, soit sur le terrain propre des sciences rappelant toujours leur rapport avec la théologie et empruntant d'elle leurs principes, tirant d'elle leur sève. Déjà on saisit le rapport de la théologie avec la nature humaine envisagée sous tous ses aspects, enfin, son rapport avec l'organisation de la société humaine. Cette élaboration est loin d'être achevée ; mais j'y vois travailler partout, j'en retrouve partout des traces, même dans l'esprit de ceux qui croient battre en brèche la foi catholique ([1]).

1. Voir le développement complet de ces idées dans l'ouvrage du P. Aubry cité plus haut : *La méthode des Études ecclésiastiques dans nos séminaires depuis le Concile de Trente*, t. IX des *Œuvres complètes ;* voir aussi l'ouvrage du P. Aubry sur les *Grands Séminaires.*

TABLE DES MATIÈRES

QUATRIÈME ÉPOQUE

Depuis la première croisade jusqu'au protestantisme
1095 à 1517

LA RENAISSANCE CHRÉTIENNE

CHAPITRE PREMIER

SITUATION GÉNÉRALE DE L'ÉGLISE APRÈS LE PONTIFICAT
DE SAINT GRÉGOIRE VII
ET CARACTÈRE PARTICULIER DE L'ÉPOQUE OÙ NOUS ENTRONS

CHAPITRE II

LA PREMIÈRE CROISADE

CHAPITRE III

SAINT BERNARD

CHAPITRE IV

LUTTES DU SAINT-SIÈGE CONTRE FRÉDÉRIC BARBEROUSSE

CHAPITRE V

SAINT THOMAS BECKET DE CANTORBÉRY
DÉFEND L'ÉGLISE CATHOLIQUE PERSÉCUTÉE EN ANGLETERRE

CHAPITRE VI

PONTIFICAT D'INNOCENT III

CHAPITRE VII

LA CHRÉTIENTÉ D'ORIENT DEPUIS GODEFROY DE BOUILLON
JUSQU'À SAINT LOUIS

CHAPITRE VIII

SAINT LOUIS ROI DE FRANCE

CHAPITRE IX

LES ORDRES RELIGIEUX DU XIIᵉ ET DU XIIIᵉ SIÈCLE

CHAPITRE X

LUTTES DE FRÉDÉRIC II CONTRE LE SAINT-SIÈGE ET FIN DE LA GUERRE DE CENT ANS

CHAPITRE XI

RAPPORTS ENTRE LA FRANCE ET LE SAINT-SIÈGE SOUS PHILIPPE-LE-BEL

CHAPITRE XII

LUTTE DU SAINT-SIÈGE CONTRE LOUIS DE BAVIÈRE

CHAPITRE XIII

LE GRAND SCHISME D'OCCIDENT

CHAPITRE XIV

APPRÉCIATION GÉNÉRALE DE CETTE QUATRIÈME ÉPOQUE AU POINT DE VUE
DES RAPPORTS ENTRE L'ÉGLISE ET L'ÉTAT

CHAPITRE XV

ÉTAT DE L'ENSEIGNEMENT CATHOLIQUE ET DE LA DOCTRINE
PENDANT L'ÉPOQUE SCOLASTIQUE. 1093-1520

CINQUIÈME ÉPOQUE

Depuis Luther jusqu'au traité de Westphalie
1517 à 1648

PÉRIODE DE LA GRANDE ÉPREUVE

CHAPITRE PREMIER

SITUATION GÉNÉRALE DE L'ÉGLISE CATHOLIQUE
A LA NAISSANCE DU PROTESTANTISME

CHAPITRE II

NOTION ET HISTOIRE COMPARÉES DU PRINCIPE CATHOLIQUE D'AUTORITÉ,
ET DU PRINCIPE PROTESTANT DE LIBRE EXAMEN

CHAPITRE III

HISTOIRE DE LA VIE ET DES DOCTRINES DE LUTHER

CHAPITRE IV

CALVIN ET LA RÉFORME EN SUISSE

CHAPITRE V

HISTOIRE DE LA RÉFORME EN ANGLETERRE

CHAPITRE VI

LE CONCILE DE TRENTE.

CHAPITRE VII

INSTALLATION DÉFINITIVE DU PROTESTANTISME EN ANGLETERRE
SOUS ÉLISABETH ET SES SUCCESSEURS

CHAPITRE VIII

TENTATIVE D'INVASION DU PROTESTANTISME EN FRANCE

CHAPITRE IX

RECONNAISSANCE POLITIQUE DU PROTESTANTISME EN EUROPE

SIXIÈME ÉPOQUE

Depuis le traité de Westphalie jusqu'à nos jours
1648 à 1815

LES TEMPS MODERNES. — LA RÉVOLUTION

CHAPITRE PREMIER

SITUATION GÉNÉRALE DE L'ÉGLISE CATHOLIQUE
AU SEUIL DES TEMPS MODERNES

CHAPITRE II

LE JANSÉNISME

CHAPITRE III

AFFAIRE DU QUIÉTISME

CHAPITRE IV

LES DOCTRINES GALLICANES AU XVIIe SIÈCLE.

CHAPITRE V

PERSÉCUTION DE L'IMPIÉTÉ PHILOSOPHIQUE CONTRE L'ÉGLISE AU XVIIIe SIÈCLE.

CHAPITRE VI

LA RÉVOLUTION FRANÇAISE

CHAPITRE VII

ÉTAT DE L'ENSEIGNEMENT CATHOLIQUE ET DE LA DOCTRINE
PENDANT LA RÉACTION ANTICHRÉTIENNE
ET GRANDE ÉPREUVE DE LA THÉOLOGIE DE 1520 AU XIXᵉ SIÈCLE

IMPRIMÉ PAR DESCLÉE, DE BROUWER ET Cie,

41, RUE DU METZ. — LILLE.

OUVRAGES DES MÊMES AUTEURS

J.-B. Aubry, missionnaire, théologien. 1 vol. in-12, **3 fr. 50**

La méthode des Études sacrées en France. 1 vol. in-8° . . . . **4 fr. 00**

Les Grands Séminaires. 1 vol. grand in-8°, 700 pp. **8 fr. 00**

« Cette immense étude suppose, dans son auteur, des connaissances très variées et un esprit d'observation considérable. Les défauts de nos méthodes y sont relevés avec sagacité et les améliorations à introduire signalées avec talent et autorité.

» Malheureusement, l'appauvrissement sacerdotal de la plupart de nos diocèses ne permet pas de donner aux études philosophiques et théologiques toute l'attention et toute la profondeur désirables.

» Je vous remercie de m'avoir envoyé cet ouvrage, si plein de choses dont je ferai mon profit, et qui tiendra un bon rang dans ma bibliothèque. »

† J.-C. Ernest, Cardinal Bourret.

Mélanges philosophiques. 1 vol. in-8° . . . . **6 fr. 00**

Théorie catholique des sciences. 1 vol. in-8° . . **6 fr. 00**

« C'est ici l'ouvrage d'un saint prêtre, doublé d'un profond théologien et d'un vrai savant. L'argumentation du théologien nous a plu, la piété du prêtre nous a séduit, la vaste intelligence du savant nous a passionné...

» C'est sans aucune restriction que nous en recommandons la lecture à tous ceux qui s'occupent de sciences, surtout aux jeunes gens. Nous les engageons vivement à étudier, à méditer ce livre, et cela pour leur plus grand avantage, savoir, leur avancement dans la science et la consolidation de leur foi. Rien de propre comme cet ouvrage pour donner à l'étudiant des idées généreuses et élevées au-dessus du terre-à-terre, le soutenir dans ses études parfois arides. Dirigé par un tel guide, il ne s'égarera pas dans le détail des faits, mais, rapportant chacun d'eux à une idée maîtresse, il ne perdra pas de vue l'ensemble, et sera sans cesse soutenu dans le dédale des sentiers où il lui faut marcher. Cet idée maîtresse que le P. Aubry fait si magistralement ressortir avec l'autorité de sa science, sera comme un phare lumineux qui éclairera sa route, soutiendra son espérance, et lui montrera le but. »

Docteur Maisonneuve,
Professeur à la Faculté catholique d'Angers.

(Extrait de la *Science Catholique*.)

Le Christianisme, la Foi, les Missions. 1 vol. in-8° **6 fr. 00**

Le radicalisme du sacrifice. 2e édition. . . . . **0 fr. 30**

L'Église, le Pape, le Surnaturel. 1 fort vol. in-8°. **6 fr. 00**

Méditations sacerdotales. 1 vol. in-8°. . . . . **6 fr. 00**

Études sur l'Écriture-Sainte. 1 vol. in-8° . . . **6 fr. 00**

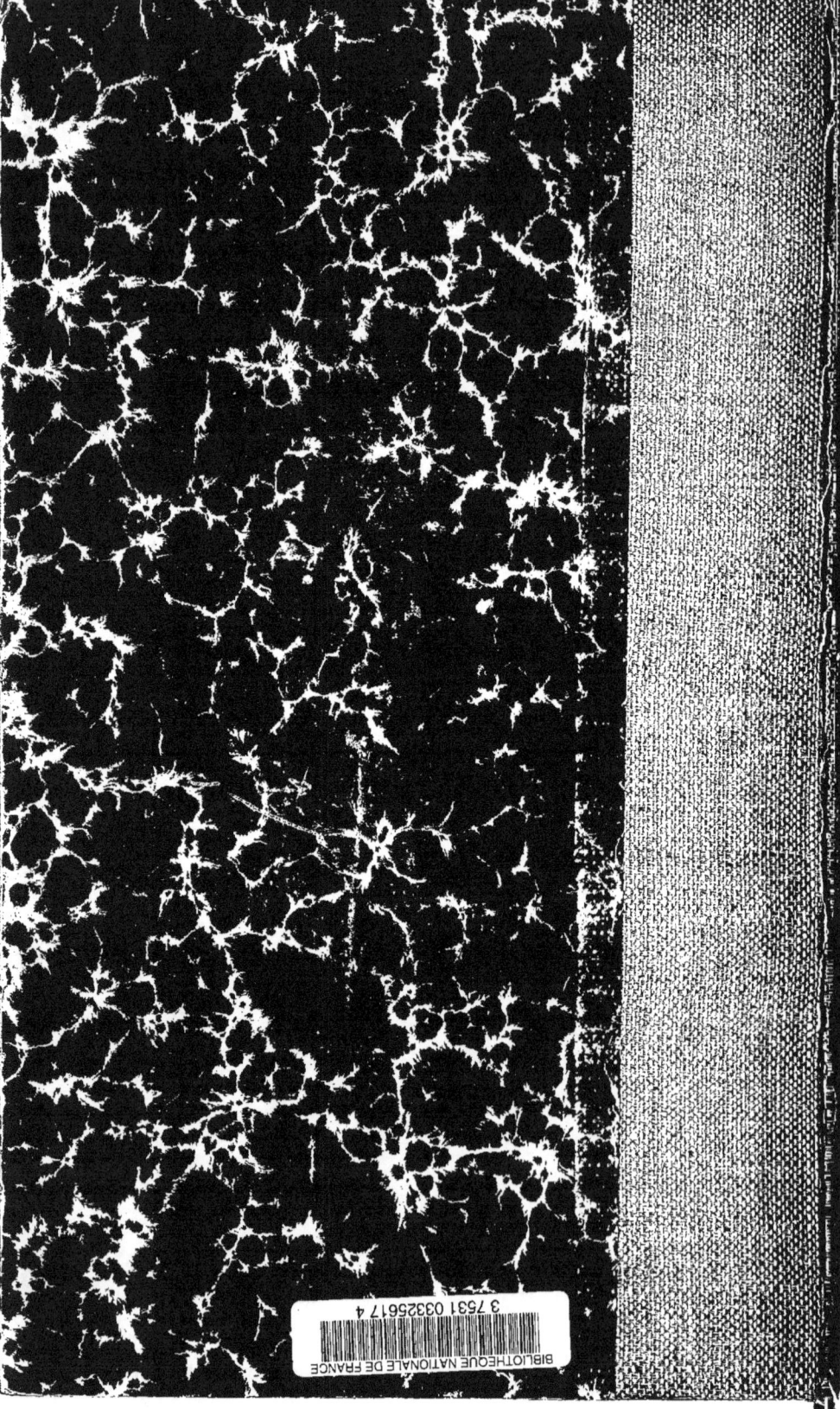